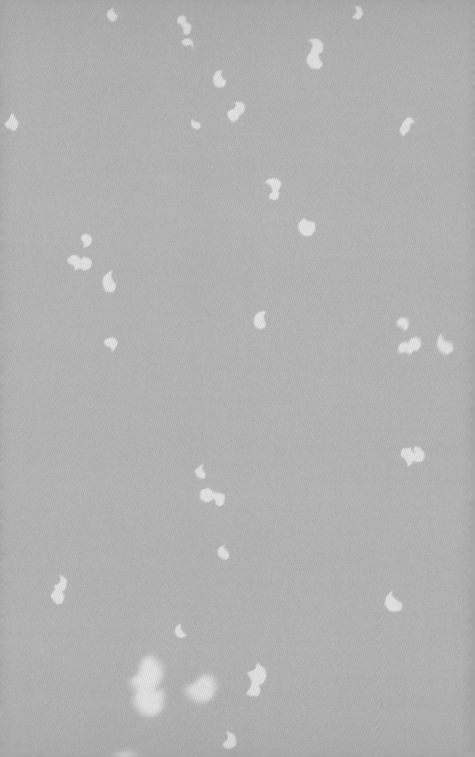

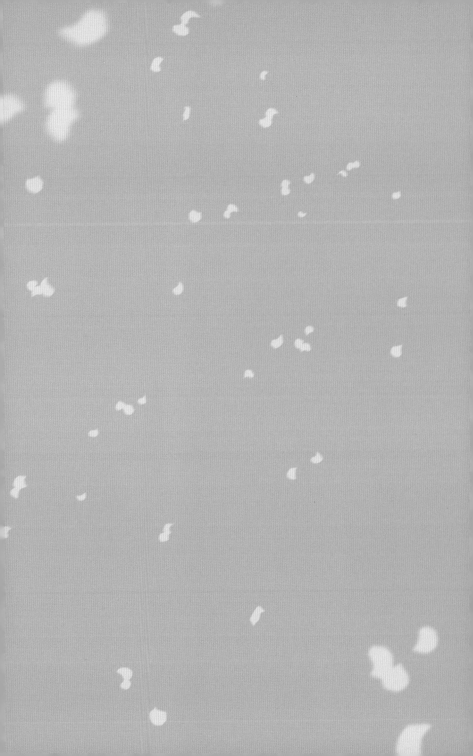

간택주의보 2

간택주의보

2

진숙 장편소설

Terrace Book

1권

2권

제 21 장

정자나무 언덕

추국청으로 돌아온 헌은 싸늘한 얼굴로 죄인들을 내려다보며 명을 내렸다.

"바른대로 실토할 때까지 매우 쳐라."

그때, 영의정이 휘적휘적 추국청 안으로 들어서며 헌을 향해 고개를 조아렸다.

"오시었습니까, 대감."

영의정은 포박당한 채 모진 고문을 받는 죄인들을 내려다보았다.

"저자들입니까? 우리 소진이를 납치하였다는."

"예. 배후가 누구인지는 절대 입을 열지 않습니다. 하지만 배후가 누구인지 저들이 말하지 않아도 쉬이 유추해볼 수는 있지요."

헌은 싸늘한 시선으로 죄인들을 응시하며 입술을 달싹였다. 건조한 얼굴로 정면을 바라보던 영의정의 고개가 천천히 헌을 향해 돌아갔다. 조금 전의 말이 무슨 뜻을 담고 있는지 영의정의 얼굴이 복잡해졌다.

"확실히 배후를 가려내려면 한 규수를 그곳까지 유인한 궁녀를 잡아야 하는데, 그 궁녀는 흔적도 없이 사라졌습니다. 하지만 확실한 건, 대비전에서는 그런 궁녀를 한 규수에게 보낸 적이 없다고 하니, 그 궁녀만 찾으면 배후를 이곳까지 끌어올 수 있겠지요."

헌의 말에 영의정의 입가가 파르르 떨렸다. 정면만 뚫어지게 바라보며 조소하던 헌이 자리에서 일어나 영의정을 돌아보았다.

"중전마마를 만나뵙고 오시는 길이지요? 하면 대감께서 원하는 답은 듣고 이리로 오신 것이겠지요."

그 말에 영의정은 아무런 대답도 할 수 없었다.

'역시…… 세자는 처음부터 배후가 중전이라는 것을 알고 움직인 것이다.'

영의정은 덤덤히 헌의 발끝을 내려다보며 생각에 잠겼다.

'하면 무엇 때문에 나선 것일까. 간택을 멈추기 위해? 이번 재간택의 무효를 주장하기 위해서……? 그렇다면 단지, 내 여식을 세자빈으로 세우기 위해 그런 것일까.'

헌이 중전을 영의정인 자신만큼 경계하며 그녀의 흠을 잡기 위해 애쓰고 있다는 것을 잘 알고 있었다. 그러니 이 정도의 흠이면 자신이 중궁전에 들기 전에 중전을 협박하고도 남았을 것이다.

한데 왜, 겨우 이 좋은 패를 간택 중단이라는 것에 쓰려 했던 것일까. 영의정이 치열하게 머리를 굴리는 그 순간에도 헌은 여유롭게 영의정을 바라보고 있었다.

"중전마마께서 명을 거두셨습니다."

떨떠름한 얼굴로 영의정은 헌에게 말했다. 헌은 그럴 줄 알았다는 듯, 흡족한 미소를 띠며 고개를 주억거렸다. 그러더니 포박당해 축, 늘어져 있는 죄인들을 돌아보며 혼잣말을 했다.

"너희의 배후가 죄를 인정했나 보구나."

헌은 죄인들을 옥에 가두라는 명령을 내리고 추국청을 빠져나갈 준비를 했다. 그 모습을 물끄러미 바라보던 영의정이 발걸음을 옮기려는 헌을 불러 세웠다.

"어찌하실 생각입니까, 저하."

"차차 생각해보려고요. 고맙게도 대감께서 시간을 벌어주셨으니."

"……하면 간택은……."

"오늘 재간택은 당연히 무효가 될 것이고, 재간택 재진행은 대비마마와 함께 상의해야 할 것 같습니다."

결국, 헌의 뜻대로 되고 만 것이었다.

오늘 이런 일이 벌어졌으니, 당연히 대비 역시 중전이 장난을 쳤다는 걸 직감했을 테고, 그렇게 되면 다음 간택에서 중전의 권한은 배제할 것이 분명했다.

자신의 입맛대로 짜놓은 계획이 점점 일그러져가자 영의정은 초조함을 느꼈다.

"하면 다음에 또 뵙지요, 대감."

"예……. 저하."

"참, 한 규수께서 오늘 많이 놀랐을 것인데 심신을 잘 다스리라 전해주시고요."

헌은 영의정을 향해 슬쩍 고개를 숙이고는 돌아섰다. 영의정은 그런 헌의 뒷모습에서 시선을 떼지 못했다.

'하면 언제부터 중궁전이 그런 일을 꾸미고 있었다는 것을 알고 있었을까? 아니, 대체 어떻게…… 알게 된 것일까.'

이대로 가다간 꼼짝없이 소진을 세자빈으로 보내게 될지도 몰랐다. 재간택이 여기서 멈춘 것이 어쩌면 다행일 수도 있었다.

'중전을 이제 버릴 때가 온 것이라면 남은 것은 단 하나, 민 소용이겠구나.'

영의정은 곧바로 소용 민씨의 처소로 발걸음을 옮겼다. 그리고 그 모습을 먼발치서 바라보던 헌이 윤현에게 낮게 명령을 내렸다.

"속히 뒤를 따라, 어디로 향하는 것인지 알아보거라."

"예, 저하."

"그리고 내일 강습이 끝나는 대로 한 규수를 만나러 갈 것이니 채비하도록 하고."

"……하오나 한 규수께서 쉽게 나오지 못할 것 같은데."

윤현이 헌의 말에 조금 굳은 얼굴로 말했다.

"오늘 일도 있고 하여 외출이 어려울 듯한데. 또 외출한다 하더라도 호위 무사가 반드시 따를 것도 같고."

그러자 모두 예상하고 있었다는 듯 헌이 여유롭게 미소를 지으며 대꾸했다.

"내게 다 좋은 수가 있지."

"영의정 대감께서 지금 민 소용의 처소로 향했습니다."

민 소용이라는 말에 헌의 한쪽 눈썹이 거칠게 솟았다. 서책을 반듯하게 내려다보고 있던 그 시선에도 감정이 실렸다.

"민 소용의 처소를……."

영의정의 행보가 무엇을 뜻하는지 헌은 잘 알았다. 헌의 기다린 손가락이 서책을 툭, 덮었다.

"예, 저하."

"영의정이 많이 초조한가 보구나. 보은군과 한 규수의 혼인을 확인받고 싶은 것인가."

그렇게 중얼거리던 헌은 자리를 박차고 일어나 창가로 걸어갔다. 답답한지 창을 획, 열어젖히고는 노을이 타는 하늘을 올려다보며 제 아랫입술을 천천히 쓸었다.

"바람이고 소망이라……."

피할 수 없다면 부딪쳐야만 했다.

헌은 가만히 주황빛으로 물들어가는 하늘을 바라보다 눈을 감았다. 이내 아까, 보은군과 나누었던 이야기를 떠올렸다. 진심이 듬뿍 담겼던 그의 눈빛도 지워지지 않았다.

"태어나 무언가를 얻기 위해 이토록 간절히 소망해본 적은 없는 것 같구나."

헌의 말에 가만히 고개를 조아리고 있던 윤현이 그의 뒷모습을 물끄러미 바라보았다.

"바라시는 대로 될 것이옵니다."

헌은 피식 웃으며 소진의 얼굴을 떠올렸다. 제 품에 안기며 서럽게 울던 그녀의 모습을 생각하던 헌은 소진에게 보낼 서찰을 쓰기 위해 다시금 서안 앞에 앉았다.

이 서찰을 보는 즉시 정자나무 언덕으로 나와주십시오.
호위 무사를 대동해도 좋습니다.
외출이 쉽지 않다면 잠깐 바람을 쐬고 온다 하며 나오십시오.
기다리고 있겠습니다.

그렇게 써 내려가며 헌은 쥐고 있던 붓을 가지런히 놓았다. 서찰을 반듯하게 접어 봉투에 넣으며 헌은 턱을 괬다.

"그날 꼭…… 볼 수 있었으면 합니다, 낭자."

그 간절한 바람을 그 안에 함께 담았다.

닷새 후, 소진은 오늘도 기다리던 헌의 서찰을 받아 들었다. 간택전에서의 일이 있고 난 뒤 그녀는 꼬박 닷새 동안 외출 금지를 당해야만 했다. 그 때문에 번번이 헌을 바람맞혀야만 했다. 소진은 주위를 살피고는 서찰을 조심스럽게 폈다.

"뭐래요? 오늘도 기다리고 계시겠다나요?"

서찰을 읽어 내려가던 소진이 낮게 한숨을 내쉬었다. 소진은 눈을 반짝이는 숙자를 돌아보며 심각한 얼굴을 해 보였다.

"몰래 나가면 당연히 들키겠지? 아, 오늘은 정말 나가보아야 하는데."

"몰래는 불가할 것 같사옵니다."

"또 고독한 싸움이 되겠구나."

"예?"

"나와의 싸움."

그렇게 말한 소진은 갑자기 푹, 쭈그리고 앉아서는 울상을 짓기 시작했다. 조금 전까지만 해도 상기된 얼굴로 마당을 휘젓고 다녔던 그녀인데 갑자기 왜 이러는 것인지, 숙자는 알 수 없었다.

"슬프다……. 나는 지금 너무…… 슬프다……."

소진은 흙바닥을 빤히 내려다보며 중얼거리더니 이내 벌떡 일어나 숙자를 돌아보았다. 그녀의 눈동자에 닭똥 같은 눈물이 그렁그렁 맺혀 있었다.

"아씨? 울어요?"

"울지? 나 지금 울지? 어?"

"예……? 아, 예. 눈물이 나는데."

"되었다, 그럼!"

소진은 헐레벌떡 안채로 뛰어갔다. 그러곤 눈물이 그렁그렁 맺힌 채로 문 앞에 다소곳이 서서는 다시 슬픈 생각을 머릿속에 분주히 떠올렸다.

"어머니…… 아버지, 저입니다."

소진의 목소리에도 흐느낌이 묻어나 있었다. 그 모습을 밑에서 바라보고 있던 숙자는 눈만 끔뻑거릴 뿐이었다.

"소진이니? 들어오거라."

최씨 부인의 목소리가 들려오고 소진은 후다닥 안채로 들어섰다.

"무슨 일이냐."

영의정은 서책을 보고 있었고, 그 곁에서 최씨 부인이 수를 놓고 있었다.

"저…… 어머니."

조심스럽게 자리에 앉은 소진이 열심히 모은 눈물을 뚝, 뚝 흘리며 흐느꼈다. 갑작스러운 그녀의 눈물에 두 사람은 흠칫 놀라며 소진을 바라보았다.

"무슨 일이냐?"

"잠시…… 바람을 쐬러 밖에 좀 다녀와도 되겠습니까?"

그 말에 영의정이 미간을 확 구기며 절대 안 된다는 듯, 소진에게서 시선을 거두었다.

"그런 큰 고초를 겪고도 네가 아직 정신을 못 차린 것이냐."

영의정의 말에 소진은 더욱 눈물을 뚝, 뚝 흘려보냈다. 그녀의 치맛단 위로 눈물이 떨어졌다.

"방에만 있으니 자꾸 눈물이 나서요."

"뭐?"

"그날의 일이 너무 억울하기도 하고…… 누가 날 그렇게 미워하고 증오하기에 그런 일까지 벌인 것일까, 자꾸 안 좋은 생각이 들기도 하고."

울먹이며 말을 이어가던 소진이 연신 눈시울을 훔쳤다. 그 모습을 바라보던 최씨 부인은 덩달아 심각한 얼굴로 소진의 손을 잡았다.

"누가 널 미워한다고. 그런 것이 아니야. 널 간택에서 떨어지게 하려고 다른 가문이 네게 몹쓸 짓을 한 것이지, 결코 네가 미워서 그런 것이 아니다."

"그 많고 많은 후보 중에 왜 하필 나였을까……. 요리 과제도 망쳤고 꽃을 가지고 오는 과제에서도 변변찮은 대답을 올린 나인데. 왜 하필."

절레절레 고개를 저으며 소진은 목이 메는 척 말끝을 흐렸다. 그러자 최씨 부인이 눈시울을 붉히며 소진의 등을 토닥였다.

"잘나서 그런 것이야. 네가 너무 잘나서."

"두렵습니다. 방 안에만 있으니 비관적인 생각만 들고. 자꾸 그 끔찍했던 일이 악몽처럼 떠올라, 방 안에 있는 것도 두렵사옵니다."

"대감, 이러다 소진이 마음에 병이라도 생기겠습니다. 마냥 방 안에만 틀어박혀 지내게 하는 것도 능사는 아니지 않습니까?"

최씨 부인이 진지한 얼굴로 영의정을 돌아보며 말했다. 그러자 영의정은 깊은 한숨을 내쉬며 슬그머니 소진의 안색을 살폈다.

절대로 외출을 금하던 영의정의 말이 떠올라 소진은 더욱 슬픈 낯빛을 해 보였다.

"닷새 내내…… 방 안에만 있었더니 그런 것 같아요."

"그리 활동적인 아이를 가두어만 뒀으니. 대감, 바람만 잠깐 쐬고 오도록 허락해주세요. 호위 무사와 함께 움직이면 되지 않겠습니까?"

쐐기를 박듯 소진이 고개를 푹 숙이며 눈물을 훌쩍였다. 그제야 영의정의 입술이 무겁게 떨어졌다.

"대신 꼭, 호위 무사와 함께 나가야만 한다."

"여부가 있겠사옵니까, 아버지."

기어이 허락을 받아낸 소진은 안채를 나설 때까지 우울한 표정을 지어 보였다. 그러다 밖에서 기다리고 있던 숙자와 눈이 마주치자 생긋 웃었다.

"아씨……."

그녀는 눈물이 그렁그렁 맺힌 눈을 손끝으로 깔끔하게 닦아내며 신을 신었다.

"가자. 저하께서 기다리신단다."

대문을 나서는 소진의 발걸음이 그 어느 때보다 가벼웠다.

정자나무 언덕에 오른 소진은 가만히 앉아 먼발치에서 자신을 바라보고 있는 호위 무사를 힐끔거렸다.

"아씨. 저하께서 오시면 곤란해지는 게 아닐까요?"

숙자도 호위 무사의 눈치를 살피며 소진에게 소곤거렸다. 그러자 소진은 양 무릎을 끌어안으며 느리게 고개를 저었다.

"아닐 것이야. 저하께서 다 생각이 있을 것이다. 하니, 호위 무사를 데리고 와도 좋다고 하신 것이겠지."

그 말에 숙자는 헌의 흔적을 찾기 위해 주위를 두리번거렸다.

하지만 헌의 모습은 보이지 않았다.

"혹시 가신 걸까?"

"아닐 거예요. 서찰 받자마자 서둘러 나왔잖아요."

"그러게. 기다리고 있으면 오시겠지?"

먼 산을 바라보며 소진은 입술을 잘근잘근 깨물었다. 그때, 갑자기 저 멀리서 누군가가 소진의 이름을 크게 부르기 시작했다.

"어? 소진이 아니냐!"

갑작스러운 외침에 숙자와 소진의 고개가 뒤로 향했다. 또한, 소진을 지켜보고 있던 호위 무사 역시 흠칫거리며 소리가 나는 쪽으로 몸을 돌렸다.

"엥……?"

그곳에는 봉희 남편의 옷차림을 한 헌이 서 있었다. 그는 환한 얼굴로 소진을 향해 손을 휘휘 흔들어 보였다.

"어머……? 저분은……."

숙자도 헌을 발견한 것인지 흠칫 놀라며 소진에게 바짝 달라붙었다.

'이래서 호위 무사를 대동해도 괜찮다고 한 것이었구나.'

소진은 피식 터지려는 웃음을 삼키며 자리에서 일어났다. 그러곤 반갑다는 듯 이쪽으로 달려오는 봉희의 남편이 아닌, 헌을 향해 함께 손을 흔들었다. 호위 무사가 그런 헌을 뚫어져라 쳐다보고 있었다.

"어! 네가 여기는…… 무슨 일인 것이야?"

또다시 시작된 소진의 어색한 연기. 시선은 헌을 뚫어져라 바라보고 있는 호위 무사에게 고정한 채, 입술만 헌을 향해 내밀고 우물거렸다. 다행히 호위 무사는 일전에 봉희 집에서 이런 차림새의 헌을 본 적이 있는지라, 별다른 의심 없이 바라보고 있었다.

"여기서 이리 딱, 만나니 참으로 반갑구나."

소진에게 다다른 헌은 그녀의 어깨를 가볍게 쥐며 환히 웃어 보였다.

"제법이십니까?"

잠자코 그를 바라보던 소진이 나지막이 말했다.

"감쪽같지요?"

"예. 한데 이것들은 다 어디서 구하신 것입니까?"

"이 정도는 어렵지도 않은 일이지요. 한데, 괜찮으십니까?"

헌이 소진의 안색을 살뜰히 살피며 물었다.

"닷새 내내 연통이 닿지 않아 걱정했습니다."

그 말을 덧붙이며 호위 무사가 안 보이게 소진을 자신의 몸으로 가린 채 그녀의 손을 조심스럽게 쥐었다. 숙자는 흠칫 놀라며 슬그머니 자리를 비켜주었다.

"괜찮기는 한데, 외출이 어려웠습니다. 아무래도 그때의 일 때문에요."

"그럴 줄 알았습니다."

"닷새 내내 기다리신 것이옵니까?"

소진이 걱정스럽게 헌을 향해 물었다. 그는 느리게 고개를 저으며 밝은 미소를 입가에 그려 보였다.

"잦은 잠행이 어려워 닷새 내내 기다리지는 못했습니다."

"하면요?"

"첫날과 세 번째 날에만 혹시나 하는 마음으로 나와보았습니다. 나머지 날에는 윤현에게 서찰만 전해주라 하였고요."

"그리하셨군요."

헌의 말에 소진이 가볍게 고개를 끄덕이다가 미안한지 미간을 조금 좁혔다.

"본의 아니게 송구하게 되었습니다. 저하를 기다리게 할 생각은 없었는데."

"아닙니다. 당연히 쉬이 나오지 못하실 거라 생각하고 있었습니다."

그렇게 말하며 헌이 슬그머니 호위 무사 쪽을 돌아보았다.

"여기서 나누는 대화가 저곳까지는 들리지 않겠지요?"

그 말에 소진이 나지막이 고개를 끄덕였다.

"예. 하면 앉아서 이야기를 나누시지요."

"그럽시다."

두 사람은 탁 트인 전경을 내려다보며 나란히 앉았다. 한양의 저잣거리가 한눈에 보였다. 소진은 말없이 정면을 바라보고 있다, 느리게 헌을 돌아보았다.

"그자들의 자백은 받아내시었습니까?"

"쉬이 입을 열 자들이 아니지요. 하나, 영의정 대감께서 직접 나서서 중전마마와 이야기를 잘 끝내준 덕에 다행히 간택은 중단되었습니다."

순간, 소진의 눈동자가 반짝였다.

"하면 그날 재간택은……"

"무효 처리되었지요. 아마 재간택이 다시 열릴 것입니다. 하지만 대비마마께서도 날짜를 쉬이 잡지 못하실 것입니다."

말을 이어가는 헌의 목소리가 어느 때보다 가라앉아 있었다. 소진은 고개만 주억거리며 헌의 눈치를 살폈다. 다정한 눈빛으로 소진을 바라보고 있던 헌은 시선을 접으며 정면을 바라보았다.

"궁금하시지요?"

"예?"

"간택을 멈추려고 하는 연유."

소진의 눈동자에 긴장감이 역력했다. 그녀는 마른침을 삼키며 천천히 고개를 끄덕였다.

"그날 중궁전에서 비밀 통로 같은 것을 보았습니다."

"……비밀 통로요?"

"지하로 향하는 문 같은 것을 따로 만들어놓았더군요."

"예? 그것이 가능한 일입니까?"

헌의 말에 소진은 소스라치게 놀라며 입을 틀어막았다.

"자물쇠로 잠겨 있어 안으로 들어가보지는 못했지만, 지하에 사람이 있는 것이 분명했습니다."

"그 안에…… 사람이 있었다고요?"

"예. 확실합니다."

"어떻게 그런 일이……!"

믿을 수 없다는 얼굴로 소진이 헌의 얼굴을 뚫어지게 응시했다. 그러다 문득, 자신이 그날 봉희의 흔적조차 찾지 못했던 것을 떠올렸다. 그녀의 눈빛이 미세하게 떨리기 시작했다.

"혹, 그럼 그 안에……."

"예. 낭자께서 찾는 봉희댁이 있을 수도 있을 것 같습니다."

"어떡해!"

소진의 심장은 두근거리다 못해, 터져나갈 듯 뛰고 있었다. 당장이라도 중궁전으로 달려가, 봉희를 데려오고 싶었다. 그녀는 조금 상기된 얼굴로 헌을 바라보았다.

"그날 어디에서도 봉희의 흔적을 찾을 수가 없었어요. 마을에서 사라졌다는 여인들도요."

"아무래도 그곳에 갇혀 있는 것 같습니다. 중궁전 궁녀들이 돌아가며 감시하는 것도 그렇고 심상치 않은 공간임은 틀림없습니다."

"하오면 간택을 멈추어야 한다고 했던 연유도 그곳과 관련이 있습니까?"

행여 봉희가 잘못되지는 않을까, 조마조마한 마음은 가시질 않았다. 자신의 팔을 꼭 움켜쥔 채 굳어가는 얼굴의 소진을 헌이 물끄러미 바라보았다.

"그곳에서 상궁과 궁녀가 나누는 이야기를 들었습니다. 간택이 마무리되는 대로 속히 통로에 있는 사람들을 내보내겠다는……."

"아."

"해서 급히 간택을 중단시킬 수밖에 없었습니다."

소진의 눈시울이 붉어지고 있었다. 봉희를 향한 걱정과 염려 때문이기도 하지만, 국모라는 자가 그런 야비하고 추악한 짓을 뒤에서 저지르고 있다는 것에 대한 분노 때문이기도 하였다.

애써 마음을 차분하게 가라앉히고 말을 이어보려 했지만, 소진의 숨결은 이미 흐트러진 뒤였다.

"낭자."

그런 그녀의 분노를 이해한다는 듯이 헌이 느리게 소진을 불렀다. 갈피를 못 잡고 이리저리 땅바닥만 응시하던 소진의 눈동자가 헌에게 고정됐다.

"이제 기회만 포착하면 됩니다. 다 되었습니다. 더는 낭자께서 슬퍼할 일도, 걱정할 일도, 그리고 이리 화낼 일도 없을 것입니다.”

“어찌 기회를 잡지요? 어떻게 해야 그 비밀 통로 안을 살필 수 있을까요?”

간절함이 뚝뚝 묻어나는 목소리로 소진이 그를 바라보았다. 헌에게 애원해도 그 역시, 지금 당장 해줄 수 있는 일이 없다는 걸 알면서도 소진은 조바심을 냈다.

그러자 헌이 그녀의 조그마한 손을 따스하게 잡았다. 두 사람의 온기가 보드랍게 포개졌다.

“기회는 반드시 올 것입니다. 만삭인 중전마마께서 간택을 서둘러 마무리하고 출산 전에 지하 통로에 있는 사람들을 내보내려 한 것인데, 간택까지 중단되었으니 섣불리 지하 통로의 문을 열 수는 없을 것입니다. 마마의 산달이 얼마 남지 않았다고 들었거든요.”

“예에…….”

“내가 그곳을 본 이상, 중궁전은 절대로 내 눈을 벗어나 단독 행동을 할 수 없을 것입니다. 궐문도 더욱이 삼엄하게 지킬 것이고 궐 밖을 통할 수 있는 구멍이란 구멍은 모두 감시할 것입니다. 이미 중궁전에도 사람을 붙여 일거수일투족을 감시하라 일러놓은 상태입니다.”

괜스레 헌의 말이 위안이 되는 것만 같아 소진은 눈가를 더듬으며 고개를 끄덕였다. 그러다 그녀는 멋쩍은 미소를 그리며 물끄러미 정면을 바라보았다.

소진은 진심을 다해 자신을 돕고 있는 헌에게 새삼 고맙기도 하고 미안하기도 했다.

“이미 알고 계시겠지만, 실은 봉희를 구하기 위해 간택을 선택한 것이었습니다.”

낮은 목소리로 뱉어낸 고백이었다. 물끄러미 소진을 바라보는 헌의 눈빛이 다정했다.

"벗이 그 안에 있을지도 모른다는 생각에 소인은 무조건 궐 담을 넘어야만 했습니다."

불어오는 바람이 차기는 했지만, 살갗에 닿는 촉감은 보드라웠다. 헌은 옅게 미소를 그리며 소진의 다음 말을 기다렸다.

"궐 담을 넘어 구애받지 않고 궐을 살필 수 있을 것이라 생각했습니다. 해서 아버지께 청을 넣어 간택에 참여한 것이었지요. 원래는 초간택에만 참여해 궐 안을 둘러보려 했습니다만, 결국 저하와 함께 여기까지 오게 되었네요."

소진 역시 희미한 웃음을 띠었다. 그러다 문득 자신을 바라보는 헌을 돌아보며 그와 시선을 맞추었다.

"함께했으니 여기까지 올 수 있었겠지요?"

"하지만 초간택에서 떨어지겠다는 낭자의 뜻은 이루지 못한 것이 아닙니까. 아마 중전마마께서 재간택 중, 낭자를 납치하라 한 것도 낭자를 간택에서 떨어뜨리기 위한 술수였겠지요."

헌이 차분하게 말을 이어갔다.

"한데 그 계획마저 내가 어그러뜨렸으니, 낭자께서는 어쩌면 삼간택에 오르실 수도 있을 겁니다. 괜찮으시겠습니까?"

그가 낮은 음성으로 그렇게 묻자 소진은 뜻 모를 미소를 지으며 슬쩍 고개를 숙였다. 그녀의 머리 위로 모시 빛의 햇살이 흐드러지게 쏟아지고 있었다.

"괜찮으니 그날, 저하와 함께 중궁전으로 든 것이겠지요. 사실 초간택 때와 재간택 때의 제 마음이 달라지기는 했습니다."

소진의 양 뺨이 불그스름하게 물들어갔다. 헌은 그런 소진에게서 눈을 떼지 못하고 있었다.

"초간택 때는 그저…… 봉희만 찾고 속히 돌아가야겠다는 생각뿐이었습니다. 그때는 난봉꾼에 호색한이라 소문난 저하의 사람이 절대 될 수 없다, 그리 마음먹고 초간택에 임했지요. 하나 재간택 때는 생각이 조금 달라졌습니다."

"어떻게요?"

그렇게 되묻는 헌의 목소리도 차분하게 가라앉아 있었다. 묘한 긴장감이 두 사람을 에워쌌다.

"이런 저하라면, 만약 예상치 못하게 삼간택까지 올라…… 세자빈으로 간택이 된다고 하여도."

순간 말을 멈춘 소진과 긴장한 얼굴로 그녀를 바라보는 헌. 묘하게 달아오른 두 사람의 시선이 진득하게 얽혔다.

"행복하게 저하의 사람이 될 수 있겠구나, 하는 그런 생각이요."

소진의 차분하고도 설렘 가득한 말에 헌의 가슴이 뛰기 시작했다. 자신의 솔직한 마음을 나지막이 뱉어낸 소진도 볼을 붉힌 채, 슬쩍 그의 시선을 피했다. 불어오는 바람도 살갗에 닿는 햇볕도 보드랍기만 했다. 두 사람은 옅은 미소를 입가에 머금은 채 말없이 정면만 바라보고 있었다.

어쩌면 자신과 같은 마음을 품고 있을지도 모른다는 생각에 헌은 미소를 멈출 수 없었다.

조금만 더, 깊숙이 소진의 마음에 자신이 스며들기를.

속으로 그렇게 바라며 헌은 슬쩍, 정면을 바라보고 있는 소진을 돌아보았다.

"곧장 궐로 가십니까?"

"그리해야지요. 그 소식을 낭자께 전해주려 잠행을 나온 것이니."

그 말에 소진이 어쩐지 아쉬운 얼굴로 볼을 부풀렸다. 소진과 헌은 발걸음을 나란히 맞추어 저잣거리를 거닐고 있었다.

"아쉽습니까? 그냥 환궁한다고 하니."

"……아, 그런 것은 아니고."

헌의 말에 소진이 멋쩍게 웃으며 입술을 감쳐물었다. 그러다 무언가 생각이 난 듯 다시금 헌을 돌아보았다.

"한데 간택이 재개되기 전까지, 중궁전도 잠잠하겠지요?"

"아무래도요. 출산이 임박해졌으니 다른 곳에 눈길을 둘 여력이 없을 겁니다."

"그래도 만약 그 전에 중궁전에서 움직인다면요?"

소진이 심각하게 표정을 굳히며 헌을 돌아보았다. 가만히 뒷짐을 진 채 걷던 헌이 그녀의 물음에 천천히 도리질했다. 다 계획이 있다는 듯, 그는 어쩐지 자신만만한 얼굴을 하고 있었다.

"낭자에게 이야기도 전했으니 궐로 돌아가는 대로 전하께 청을 넣을 생각입니다."

"전하께요? 무슨 청을……."

"궁녀 하나를 포섭하여 몰래 출궁하려 했다는 자작극을 꾸밀 요량입니다."

"해서요?"

"그럼 궐 안에 소문이 파다하게 날 것이고 그 일은 대전에도 또한, 중궁전에도 닿겠지요?"

"그렇겠지요. 넓은 궐이기는 하나 소문은 그 어느 곳보다 빨리 퍼지는 곳이 궐이라 들었습니다."

소진의 대답에 헌이 고개를 주억거렸다.

"예. 그렇게 되면 힘을 들이지 않고 자연스럽게 궐문을 단단히 걸어 잠글 수 있게 될 것입니다."

헌의 말을 듣고 보니 그가 왜 그런 일을 꾸미려는지 짐작이 갈 것도 같았다.

"아……. 궁녀가 간밤에 도망을 치려 했으니 타당한 이유로 궐문을 잠그겠다는 뜻입니까?"

"그렇지요. 야간 순찰을 강화하고 궐을 출입하는 궁녀들에 대한 감시를 더욱 삼엄히 할 명분이 생긴 것이니. 대놓고 궐문을 감시할 좋은 기회가 될 것입니다."

한편으로는 헌의 작전이 걱정스럽게 다가오는 것도 같아, 소진이 슬쩍 그에게 물었다.

"그럼 중전마마의 귀에 들어갈 수도 있을 텐데요? 그렇게 되면 그 비밀 통로 안의 사람들이 위험해지는 것이 아닐까요?"

헌은 느리게 고개를 저으며 확신에 찬 얼굴로 소진을 돌아보았다.

"중궁전에 그 소식이 닿아야 그 안의 사람들을 보호할 수 있습니다."

"아?"

소진의 눈이 동그래졌다.

"여인의 몸으로, 그것도 만삭인 중전마마께서 궐 안에서 그 안의 사람들을 어찌할 수 있겠습니까? 당장이라도 내보내는 것이 자신의 안위를 위한 일인데 뜻밖의 일로 궐문을 걸어 잠근다고 하니."

"……."

"찜찜하고 신경 쓰이더라도 통로 안의 사람들을 더욱 꽁꽁 감출 수밖에요. 삼엄한 경비의 눈을 뚫고 그자들을 모두 궐 밖으로 보내기에는 궐 안에 가려야 할 눈들이 너무 많으니까."

헌의 말에 소진이 그제야 고개를 힘차게 끄덕였다.

"저하께서는 참, 똑똑하십니다."

그 말을 덧붙이며 소진이 샐쭉 웃었다. 헌도 그녀를 따라 입가에 고운 미소를 그리며 슬그머니 소진을 내려다보았다. 그런데 그때, 소진의 앞에 한 무리의 여인들이 우르르 다가와 멈춰 섰다.

"한 규수?"

소진은 그대로 멈칫할 수밖에 없었다. 그녀 앞에 우르르 몰려온 것은 함께 다과 모임을 하는 반가의 규수들이었다.

갑작스러운 여인들의 등장에 헌이 흠칫 놀라며 소진에게서 슬쩍 떨어졌고, 소진은 서둘러 규수들의 얼굴을 살폈다.

'휴, 다행히 함께 간택에 들었던 규수들은 없구나.'

소진은 가슴을 쓸어내리며 표정을 굳혔다.

"여기서 다들 만납니다? 이리 뵈니 반갑네요."

전혀 반갑지 않은 얼굴로 소진이 그렇게 말했다. 그러자 규수들이 피식거리며 소진을 곁눈질로 바라보았다. 헌은 괜스레 약초방 앞을 서성이며 소진과 규수들을 힐끔거렸다.

"반갑기는 합니까?"

톡 쏘는 듯한 말투로 규수 하나가 소진의 앞에 섰다.

"그렇게 다과 모임에는 나오지도 않더니…… 소문에 의하면 세자빈이 되기 위해서 고군분투하고 있다고 하던데. 간택 수업 때문에 모임에 얼굴 한번 비치지 않은 것이어요?"

"그러게요. 그래서 우리 같은 것들하고는 겸상하지 못하겠다면서 다과 모임에도 불참하신다면서요?"

이게 다 무슨 소리인가, 소진은 멍한 얼굴로 비아냥거리는 규수들을 돌아보았다. 헌 역시, 두 귀를 쫑긋 세운 채 규수들의 말소리에 집중했다.

"그것들이 다…… 무슨 말입니까?"

소진이 슬쩍 미간을 좁히며 규수들을 응시했다. 그러자 팔짱을 낀 채 한껏 비아냥거리던 규수 하나가 소진을 세차게 바라보았다.

"이번 세자빈 간택은 한 규수로 내정되어 있다면서요?"

"……누가 그런 소리를."

"누가 그런 소리는. 한 규수께서 아주 간택장에서 티를 팍, 팍 내신다는데, 모를 리가 있겠습니까?"

"이보세요."

"지금 간택에 참여했던 다른 이들에게 모두 다 듣고 오는 길입니다."

피식, 헛웃음을 터뜨리며 소진도 팔짱을 끼고는 자신을 세차게 노려보는 규수들 하나, 하나를 직시했다.

평소 똑똑하고 자신들보다 권세 있는 가문의 여식인 소진을 싫어하며 은근히 따돌리던 규수들 무리였다.

"무엇을 다 듣고 오는 길인데요?"

"초간택 때는 세자 저하께서 직접 납시셔서 한 규수의 실수를 무마시켜주었다면서요?"

"예, 그리했습니다."

당당한 소진의 대답에 듣고 있던 진짜 세자인 헌은 흠칫 놀라고 말았다.

'아니…… 그걸 저렇게 부정도 하지 않고 맞다고 하면 미움을 더 받을 것인데.'

헌은 걱정스러운 얼굴로 소진을 바라보았다. 하지만 그녀는 오히려 웃음기를 머금은 채 빳빳하게 고개를 들고 있었다.

"너무 불공평하지 않아요? 모두 간택에 뽑히고 싶어 열심히 준비하고 있는데, 한 규수는 영의정 대감의 여식이라는 이유로 그리 차별 대우를 받고 있지 않습니까? 게다가 실수투성이였는데 재간택까지 떡하니 올랐고."

"그게 어째서 제가 아버지의 여식이기 때문이라 하시는 것이지요?"

소진이 눈을 반짝이며 규수들을 향해 쏘았다. 그러자 규수들은 눈만 끔뻑이며 소진을 바라보고 있었다.

"내가 영의정 대감의 여식이라는 이유로 저하께서 그리 차별 대우를 하신 것이 아니라, 뭐, 저의 미모에 저하께서 한눈에 반해 그리하신 걸 수도 있지요?"

그녀의 대답에 헌이 피식, 웃음을 터뜨리고 말았다.

"뭐라고요?"

"안 그렇습니까? 그게 꼭 제 아버지 때문만은 아니지요. 그리고 실수는 나뿐만이 아니라 함께 참여했던 규수들도 만만치 않았습니다. 그대들이 간택장에 함께 들어 그날의 간택을 지켜본 것도 아니면서 어째 그 규수들의 말만 믿고 이리 우르르 몰려와 행패를 부립니까? 초간택의 일을 따지고 싶거든 내가 아니라 세자 저하께 직접 따져 물으시지요."

"행, 행패요?"

소진이 눈을 동그랗게 뜨고 따지듯 그렇게 말하자, 규수들은 황당하다는 얼굴로 손부채질을 했다.

"행패가 아니라 남은 간택은 부정행위를 하지 말고 정정당당하게 임하라는 경고입니다. 우리 한양 규수 모임에 더는 먹칠하지 말라는!"

"그러니까요. 우리가 어떤 가문의 규수들의 모임인데. 재간택에서도 엉망인 답을 올려놓고, 제시간에 과제 제출을 못 하게 되자 납치니 어쩌니 하는 자작극으로 간택까지 중단시켜 놓다니. 부끄러운 줄 알고 앞으로는 실력껏, 간택을 치르시지요. 갑시다."

콧방귀를 끼며 규수들이 사라지려 하자, 소진은 돌아서는 규수들을 향해 입술을 달싹였다.

"내가 그 모임에 먹칠을 한다고 생각하면, 지금 이 순간부터 저는 그 모임에서 빠지도록 하겠습니다. 저 또한, 그 모임의 일원이라는 것이 막 부끄러워지던 찰나였으니까요."

소진의 말에 규수들은 흠칫 놀라며 서로를 바라보았다.

"그리고 내가 가진 실력을 모두 발휘해 간택에 임한다면 더욱, 형평성에 어긋난다고 그 규수들이 징징거릴 텐데. 괜찮으시겠습니까?"

"뭐……."

"실력 차이가 워낙 나야 말이지."

그 말을 덧붙인 소진은 우르르 몰려 있는 규수들의 앞으로 자박자박 다가갔다. 헌의 시선도 소진에게 고정되어 있었다.

"내가 그간 왜 다과 모임에 불참했는지, 아직 이유를 모르시겠습니까? 근묵자흑(近墨者黑)이라 하였습니다."

갑작스럽게 뱉어진 사자성어에 규수들은 모두 꿀 먹은 벙어리처럼 입을 다문 채, 소진만 바라봤다. 헌도 호기심 가득한 얼굴로 소진을 뚫어져라 바라봤다.

"이 말이 어렵다면. 까마귀 노는 데 백로야 가지 마라, 이건 들어보셨지요?"

"뭐? 우리가 까마귀라는 거야?"

"만났다 하면 다른 이들 험담하기 바쁘고 그 자리에 없는 이들을 깎아내리기에만 연연하는 그대들과 어울리기 싫어서 그랬던 것입니다. 나까지 그 나쁜 물이 들까, 유익할 것이 조금도 없는 그 모임에 괜한 나의 시간을 낭비할 바에는 집에서 서책이라도 한 자 더 읽는 것이 나으리라 판단해 참석하지 않은 것입니다. 하니, 지금부터 그 모임에서 빠지도록 하지요."

그러자 규수 중, 제일 키가 큰 여인 하나가 불쑥 무리를 헤집고 나와 위협적으로 소진의 앞에 섰다.

"네가 영의정 대감의 여식이면 다야? 가문의 그늘 없이는 아무것도 하지 못하는 주제에 누가, 누구를 가르치려 해! 넌 진작 초간택에서 떨어졌어야 했어. 주제를 알아야지!"

그렇게 언성을 높이자 소진도 지지 않고 소리쳤다.

"그런 그대는 가문의 그늘 없이 무얼 할 수 있습니까? 결국, 가문의 그늘에서 금수저 물고 자란 그대들이 모여 하는 일이라고는 남 뒷담과 쓸데없는 소문 생산뿐이지 않습니까?"

"뭐? 너 지금 말 다 했느냐?"

"내 주제를 운운하기 전에 그대들의 주제부터 파악하시지요?"

소진의 말이 끝나자마자, 그녀 앞에 바짝 붙어 서 있던 그 규수가 우악스럽게 소진에게 다가갔다. 그러자 한 걸음 뒤에서 그 모습을 지켜보고 있던 헌이 불쑥, 소진과 그 규수 사이를 파고들었다. 가만두었다가는 소진이 한 대 맞을 것 같다는 생각이 헌의 머리를 스쳤기 때문에.

그 규수가 소진에게 더 다가가지 못하게 그 사이를 가로막고 선 헌. 소진이 조금 놀란 얼굴로 헌을 바라보았는데, 그 역시 놀란 듯 눈을 동그랗게 뜨고 소진을 내려다보고 있었다. 그때, 뒤에서 규수가 헌을 향해 버럭 소리쳤다.

"뭐야! 이 키 큰 거적때기는……!"

소진은 커다란 눈을 깜빡거리며 헌을 올려다보았다.

"그러니까, 나는……."

우선 소진이 위험에 처한 것 같아 그녀와 규수 사이를 갈라놓기는 했지만, 이 거적때기는 뭐냐는 말에 헌은 할 말을 잃고 말았다.

소진에게 우악스럽게 달려들던 규수는 순간, 말을 멈추고 헌의 뒷모습을 빤히 훑었다. 비록 차림새는 허름하기는 했지만, 훤칠한 키와 떡벌어진 어깨 등 심상치 않은 헌의 풍채에 규수는 눈을 휘둥그레 뜨고 그를 위아래로 바라보았다.

소진은 그 규수의 눈빛을 읽고는 슬쩍 헌을 자신의 뒤로 잡아당겼다.

"어머……."

그러자 헌이 빙그르르 몸을 돌며 소진의 뒤에 섰다. 이내 그의 얼굴을 정면으로 바라본 규수는 흠칫 놀라고 말았다.

다른 규수들도 헌을 보고는 모두 눈을 동그랗게 떴다. 한양에 자신들이 모르는 이런 미남이 있었던가, 그들은 모두 같은 얼굴을 하고서 헌을 바라보고 서 있었다.

"누구……?"

한양의 웬만한 옥골선풍(玉骨仙風)의 사내들은 다 꿰고 있는 그들이었기에 처음 보는 헌의 얼굴에 눈을 떼지 못하고 있었다. 그러다 헌이 대체 누구인지, 저들끼리 속닥거렸다.

"처음 보는 얼굴인데?"

"아마 천민이라 몰랐던 것이 아닐까요? 차림새가 영, 천민 같은데? 양반가 자제 아니면 거들떠보지도 않았으니."

그런 규수들을 바라보며 소진이 핏, 실소를 터뜨렸다. 그러곤 감히 넘볼 수 있는 상대가 아니라는 듯 헌을 가로막고 서서는 표정을 굳혔다.

"제 벗입니다. 하면 전 벗과 선약이 있어 먼저 가보도록 하겠습니다."

소진이 규수들을 향해 고개를 꾸벅 숙이자, 비아냥거리는 목소리가 들려왔다.

"양반 체면은 한 규수가 다 떨어뜨리고 있네."

그 말에 이번에는 소진이 아닌 헌의 고개가 스르륵 돌아갔다.

"천민이 벗이라니. 참으로 우습군요."

"다른 천민들과도 잘 어울리지 않습니까? 양반과 천민이 이리 함께 어울려 다니니 천민이나 평민들이 양반 무서운 줄 모르고 기어오르는 것이지."

"그러게요. 한데 뭐, 한 규수의 천민 벗이 어디 한둘입니까? 격 떨어지게 뭣 하는 짓인지."

헌은 그렇게 중얼거리는 규수들을 싸늘하게 바라보았다. 그와 시선이 마주친 규수들은 흠칫하며 서둘러 그의 눈길을 피했다.

"말씨는 생김새에서 비롯되며."

갑작스럽게 흘러나온 헌의 낮은 목소리는 참으로 근사했다. 규수들의 시선이 동시에 그에게 닿았다.

"또한, 태도에서 인성이 보인다고 하지. 내로라하는 가문의 규수들인 것 같은데, 배움이라고는 티끌도 보이지 않고."

"지금 무슨……!"

"격식과 품위라고는 조금도 찾을 수 없으니, 어쩜 다들 생긴 대로 불손한 언사를 행하며 불량한 인성이 그 태도에 적나라하게 드러나는 것인지. 옛말이 하나도 틀린 것 없는 것 같아, 참으로 신기합니다."

"뭐라?"

그 근사한 목소리가 뱉어낸 말은 규수들의 뺨을 붉히게 했다. 조곤조곤, 입가에 웃음기까지 머금은 채 헌이 말을 이어가자 규수들은 붉어진 얼굴로 소리쳤다.

"감히 천민 주제에 누굴 가르치려 드느냐!"

그러자 헌이 피식, 조소를 터뜨리며 뒷짐을 지었다. 소리치는 규수를 빤히 내려다보는 그의 눈빛은 여유가 넘쳐흘렀다. 그러자 소진에게 사납게 달려들던 규수가 참을 수 없다는 듯, 소리치며 헌에게 바짝 다가갔다.

"내가 누군지 알고 그런 망발을 하는 것이냐! 생긴 대로 불손한 언사를 행한다고? 불량한 인성이 태도에 드러난다고?"

헌은 덤덤한 얼굴로 고개를 꺾었다.

"나는 홍문관의 여식이다!"

"그렇습니까? 흠, 홍문관 대감께 이런 여식이 있었다니. 내 기억하겠습니다."

"그게 무슨! 네까짓 게 무엇인데 기억하고 말고 한다는 것이냐, 천것 주제에! 양반인 나에게 이런 말을 하고도 네가 무사할 것 같으냐!"

아무리 양반이라도 도를 넘는 말에 소진의 미간이 절로 찌푸려졌다.

이대로는 안 되겠다 싶었던지 규수들이 우르르 물러나기 시작했다.

"무슨 이런 어처구니없는……! 생긴 것만 번지르르하지 무례하기 짝이 없구나."

"갑시다. 우리가 이런 천민하고 왜 마주하고 있어야 합니까?"

"그래, 갑시다! 가요!"

평민들과 어울려 다니는 소진의 모습이 그렇게 놀라울 일은 아니었기에 규수들은 콧방귀만 끼며 모두 등을 돌렸다. 그 모습을 물끄러미 바라보던 소진과 헌. 소진은 규수들이 제법 멀리 사라진 뒤에야 헌을 향해 슬쩍 고개를 숙여 보였다.

"소인이 대신 사과드리겠습니다. 송구하옵니다. 저들의 말을 마음에 담아두지 마세요."

그러자 헌이 가볍게 실소를 터뜨리며 도리질을 했다. 두 사람은 다시금 걸음을 옮겼다.

"낭자가 왜 사과를 합니까. 무례하게 군 것은 저들인데."

"어찌 되었든 저들과 벗이라고 할 수는 없어도 지난날, 함께 모임을 가졌던 일원으로서 대신 무례함을 사과하여야 할 것 같아서요."

"한데 평민들과 종종 어울려 다니나 봅니다? 저들의 반응을 보아하니 한두 번 마주친 것이 아닌 듯하여."

정면을 바라보고 있던 소진은 헌을 향해 고개를 돌렸다.

"지금 사라진 벗도 그렇고…… 소인이 평민들과 허울 없이 지내는 것은 사실입니다."

"그렇군요."

"해서 양반 체면도 없느냐는 둥, 신분의 경계를 무너뜨린다는 둥, 혼도 종종 났지요."

"그렇습니까?"

묵묵히 걷기만 하던 헌이 걸음을 멈추고 소진을 돌아보았다.

"나는 칭찬을 해주고 싶은데 말입니다."

"세상에는 넘지 말아야 하고 경계해야 할 선들이 있으니까요. 하지만 소인은 그것들에 사람을 나누는 선은 없었으면 좋겠습니다."

진지한 소진의 말에 헌의 눈빛이 더욱 깊어졌다.

"감히 이런 말씀을 조선의 왕세자이신 저하 앞에서 해도 될지는 모르겠지만, 전하의 세상인 이 조선을 감히 부정하는 것은 아니옵고, 그저 이제 막 세상을 바라보는 시선이 생긴 백성의 바람. 그 정도로 여겨 주시옵소서."

그러자 헌이 기분 좋은 웃음을 입가에 매단 채 고개를 젖혔다.

'참으로 지혜롭고 어진 여인이구나.'

제 22 장

조 숙원의 죽음에 관한 의문

"중전마마, 소인이옵니다."

종일 우울한 얼굴로 누워 있던 중전은 밖에서 들려오는 상궁의 목소리에 몸을 일으켰다. 문이 열리고 상궁이 어두운 낯빛으로 들어섰다.

"중전마마. 전하께서…… 급히 대전으로 납시라는 명을……."

왕이 직접 중전을 찾는 일은 드물었다. 상궁에게 그 말을 전해 들은 중전은 자신도 모르게 치맛자락을 움켜쥐며 불안한 듯 동공을 떨었다.

"추국청에서 혹 새 소식이 들려온 것이냐?"

"그것은 아니옵니다. 그저 전하께서 따로 하실 말씀이 있으신 것 같사옵니다."

중전은 한껏 찌푸린 얼굴로 상궁의 부축을 받으며 자리에서 일어났다. 안 그래도 배가 불러 움직이기 힘든데 왜 대전까지 오라는 것인지, 그녀는 중궁전을 나서는 내내 인상을 쓰고 있었다.

"대체 무슨 일 때문에……."

대전으로 향하는 중전의 얼굴이 일그러지고 있었다.

"참, 대비마마도 함께 드실 것이옵니다."

"대비도?"

"예. 아, 그리고 대비전에서 마마께 전하라 하시었습니다."

발걸음을 옮기던 중전은 별안간 대비전이라는 말에 입술을 씹었다.

"이제부터 간택에는 신경을 끄고…… 태교에만 전념하시라고."

그 말을 듣자마자 중전은 치맛자락을 꾹 움켜쥐었다.

"늙은 여우 같으니라고……!"

"오시었습니까, 어마마마."

"주상, 몸은 좀 어떻습니까?"

대전에 대비와 중전이 나란히 들었다. 그러자 옥좌에 앉아 가만히 눈을 감고 있던 왕이 희미하게 눈을 떴다.

"오늘은 좀…… 괜찮습니다."

왕은 자신을 지그시 바라보는 중전과 눈이 마주치자 표정을 싸늘하게 굳혔다.

시선이 부딪치자 적나라하게 굳어가는 왕의 얼굴을 본 중전의 뺨에 잔 경련이 일었다. 증오와 경멸만이 가득한 왕의 눈동자를 직시하니 그녀의 가슴이 타들어가는 것 같았다. 중전은 울분을 삼키며 입술을 짓씹었다.

'그래…… 당신은 첫날밤부터 날 그런 눈으로 보았지. 내게 손 하나까딱하지 않으면서, 날 중전 취급도 하지 않으면서. 정신이 온전치 않을 때만 날 보듬어주었지. 하나, 그것도 내가 아닌 죽은 숙원 조씨라 생각하면서 말이야. 내게 준 이 모욕감은 반드시, 이 배 속에 있는 내 아들이 갚아줄 것이다.'

그 말을 삼키며 중전이 자리에 앉았다.

"배가 불러 오래 서 있지 못합니다. 먼저 앉겠습니다."

고고하게 고개를 치켜든 채 중전이 제일 먼저 자리를 잡고 앉았다. 비단, 궐 안에서는 왕의 자식을 잉태한 여인이 상전이라고 하였다. 중전은 그 유세를 마음껏 누리고 있는 참이었다. 그런 중전을 대비가 물끄러미 내려다보며 말했다.

"아들을 낳아야 할 텐데요."

"뭐라고요?"

"아들을 낳아야 그 유세, 오래오래 부리며 지낼 수 있지 않겠습니까?"

날아든 언중유골(言中有骨)에 중전이 피식, 조소했다.

"예. 안 그래도 그리해보려 합니다."

"그것이 마음대로 되는 줄 압니까, 중전?"

"어째 소첩이 아들이 아닌 딸이라도 낳길 바라는 듯한 말투이십니다."

그 말에 왕이 버럭 소리쳤다.

"그 무슨 말버릇입니까, 중전!"

그러자 중전은 무언가를 더 말하려, 입술을 꾹 깨물며 시선을 회피했다.

"언성 높일 것 없습니다, 주상. 뒷방 늙은이가 눈치 없이 중전의 심기를 건드린 것 같으니."

그렇게 말하며 대비도 자리를 잡고 앉았다. 왕은 싸늘한 얼굴로 중전을 빤히 훑다, 역시 옥좌에 앉았다. 그는 고심에 잠긴 듯 말없이 바닥만 바라보고 있다, 천천히 입술을 열었다.

"어마마마와 중전을 이리, 대전에 부른 연유는……."

왕의 낮고도 근엄한 목소리에 대비와 중전의 시선이 그에게 향했다.

"두 분께서도 잘 알고 계시겠지만 내 정신이 온전치 못한 증세가 나날이 더해가고 있습니다."

그 말에 대비의 입가에 옅은 한숨이 흩어졌다.

"그 때문에 아침마다 열리는 상참도 또한, 어전 회의도 거르기 일쑤지요."

"주상, 그것은······."

"해서 더는 내 병세 때문에 왕실의 권위를 실축시키고 싶지도 않고 조선의 안위를 위협하고 싶지도 않습니다."

"어찌 그것을 주상의 병세 때문이라 단정 지어 말씀하십니까."

안타까운 듯 대비가 말을 보탰고, 중전은 조마조마한 얼굴로 왕을 바라보았다. 어째서 이런 말을 꺼내는 것일까, 중전이 왕을 뚫어져라 올려다보며 아랫입술을 질끈 물었다.

"우리 세자, 내 뒤를 이어 조선을 거느리고 대신들을 통솔하며 궐의 주인으로서 잘 해낼 수 있을 만큼 장성하였으니······ 내, 세자에게 선위(禪位)를 할까 합니다."

왕의 입에서 그 말이 떨어지자마자 대비와 중전, 그리고 상선까지 모두 놀란 얼굴로 왕을 올려다보았다. 중전은 더욱 소스라치게 놀라며 자리에서 벌떡 일어났다.

"선위라니요! 그것은 절대, 아니 될 일입니다!"

중전의 목소리가 대전의 공기를 갈랐다. 대비는 신경질적으로 중전을 쏘아보며 입술을 벌렸다.

"감히 어느 안전이라고 언성을 높이는 겁니까, 중전!"

치맛자락을 움켜쥔 채 부들부들 떨고 있는 중전의 눈시울이 붉어졌다. 하지만 그런 그녀의 반응을 예상했다는 듯, 왕은 평온한 얼굴로 대비만 내려다보고 있을 뿐이었다.

"이제는 때가 된 것 같습니다. 어마마마의 생각은 어떠신지요."

철저히 자신을 무시하는 왕을 향해 중전이 다시금 소리쳤다.

"전하께서 아직 이리 강건하신데 어찌 선위를 입에 담으십니까!"

그런 중전을 탐탁지 않은 얼굴로 바라보던 왕이 우악스럽게 말했다.

"내가 강건해 선위를 말리는 것이 아니라 세자가 왕이 된다니 그 사실이 아니꼽고 두려워 이러는 거겠지."

"어찌…… 그리 말씀하십니까?"

"내 말이 틀렸다는 겁니까, 중전?"

"신첩도 세자의 어미입니다! 세자를 내 배로 낳지는 않았지만 입궐 후, 신첩은 단 한 번도 세자를 내 아들이 아니라고 생각한 적이 없었습니다."

"하면 더욱이 나의 선위를 반겨야 하지 않겠습니까?"

왕의 말에 대비는 난감하다는 얼굴로 두 눈을 질끈 감았다. 대비에게 있어, 왕의 선위는 양날의 검과도 같은 존재였다.

자신이 그토록 아기는 세자 헌을 그 누구도 위협할 수 없는 왕의 자리에 앉히는 것이었지만, 한편으로는 아직 몇 해는 거뜬히 옥좌에 앉아 조선을 통솔하여야 할 왕이 그만큼 쇠약해져버렸다는 의미이기도 해, 안타까웠다. 헌이 대비에게 눈에 넣어도 안 아픈 손자이기도 하지만 작금의 왕 역시, 대비에게는 둘도 없는 아들이었기에. 왕이 지금의 병세를 홀홀 떨쳐내 헌에게 군주로서의 위엄과 그 자격을 모두 가르쳐준 후, 적시에 선위를 해주는 것이 제일 바람직하였다.

하지만 왕의 병세가 나날이 심각해지고 있으니, 선위를 고려하지 않을 수가 없었다.

"전하의 선위를 반길 궁인은 없습니다."

"중전께서 제일 잘 알지 않소? 내, 이 정신병의 심각성을. 아니, 어쩌면…… 그대는 내 이 병세를 이용하고 있었던 건지도 모르지."

"신첩이 감히 어찌……!"

"그러니 내가 선위를 입에 담자마자 이리 노발대발하는 것이 아닙니까?"

왕은 주먹을 바짝 움켜쥐고서는 부들부들 떨었다.

"내가 정신이 온전치 못할 때, 우리 세자의 존재를 부정하고, 그대를 조 숙원이라 착각해, 그 배 속에 있는 아이를 원자로 삼겠다, 왕세자 자리에 앉히겠다, 보위를 잇게 하겠다! 그런 헛소리를 지껄이니…… 중전께서는 내 병세가 더 심해지기를, 해서 언젠간 중전이 낳은 아이가 지금의 세자를 밀어내고 그 자리에 앉을 날이 오길 손꼽아 기다리고 있는 것이니 나의 선위에 발끈하는 것이 아니오?"

왕의 말에 중전은 닭똥 같은 눈물을 뚝, 뚝 흘리며 무릎을 꿇었다. 대비는 그런 중전을 건조한 얼굴로 바라보고 있을 뿐이었다. 중전은 무릎을 꿇은 채 눈물범벅이 된 얼굴을 치켜들었다. 그러곤 씹어뱉듯 말을 뱉어내며 입술에 힘을 주었다.

"이 아이도…… 전하의 아이입니다! 왜…… 어째서, 왜, 이 배 속에 있는 아이는 남의 아이 보듯 하십니까?"

원망 서린 눈으로 중전은 왕을 직시했다. 하지만 왕은 그마저도 외면하며 등을 돌렸다.

"배 속에 있는 그 아이가 무슨 잘못이 있겠느냐만은."

그러곤 느리게 말을 이어갔다.

"그 아이가 중전의 아이라서, 나는 어쩐지 정이 가지 않습니다."

"전하!"

"연유를 모르겠습니까?"

왕은 호통치며 중전을 세차게 돌아보았다. 대비는 묵묵히 당의 안에 손을 집어넣은 채 지그시 눈을 감고 있을 뿐, 높아지는 두 사람의 언성을 가만히 듣고만 있었다.

"무엇을 말입니까?"

"내가 이토록 왜 중전을 박대하고 경멸하는지를……!"

"전하."

"아직도 내가 아무것도 모르고 있을 거라 그리 생각하고 있습니까?"

갑작스러운 왕의 말에 중전의 머릿속이 혼란스러워졌다. 왕은 하염없이 눈물을 흘리는 그녀를 내려다보며 무겁게 입을 뗐다.

"조 숙원의 죽음. 나는 여전히 조 숙원의 죽음에 대한 의문을 가지고 있습니다."

"전하! 배 속의 아이가 듣고 있습니다! 어찌 그런 말씀을……! 하면 제가 조 숙원을 죽이기라도 했다는 말씀입니까?"

억울하다는 듯 중전이 몸을 사시나무 떨듯 떨며 왕에게 물었다. 하지만 그는 입술을 꾹 맞다물고 말았다. 더는 이야기하고 싶지 않다는 듯 고개를 돌리며 대비를 바라보았다.

"소자, 선위를 생각하고 있으니 어마마마께서도 이 일에 대해 긍정적으로 생각해주시길 바랍니다."

뜻을 굽힐 생각이 전혀 없다는 듯이 왕은 다시 한번 그렇게 말했다. 고개 숙인 중전은 두 주먹을 움켜쥔 채 아무런 말도 할 수 없었다.

그때, 대전 문밖에서 이 모든 이야기를 듣고 있던 민 소용은 묘한 얼굴로 대전 상궁을 돌아보았다.

"지금은 전하를 뵙기가 그럴 것 같군."

"예, 소용 마마."

"돌아가 있을 테니 전하께 내가 긴히 드릴 말씀이 있어, 발걸음을 하였다고 전해줄 수 있겠는가."

"그리하도록 하겠습니다."

민 소용은 가볍게 고개를 끄덕이며 등을 돌렸다.

—나는 여전히 조 숙원의 죽음에 대한 의문을 가지고 있습니다.

좀 전에 대전 안에서 들려왔던 왕의 말이 메아리처럼 민 소용의 귓가에 퍼지고 있었다.

"대체 나를 찾으러 다니는 그년과 그놈의 정체가 무엇이란 말이냐!"

김 도령은 우악스럽게 서안을 내려치며 읊조렸다. 그의 얼굴이 이제 한양 모든 곳에 붙어, 집 밖을 나갈 수 없을 지경이었다.

그러자 그의 앞에 고개를 조아리고 있던 포도대장이 이 말을 할까, 말까 고심하는 얼굴을 했다. 그것을 발견한 김 도령의 입가에 비릿한 웃음이 걸렸다.

"내가 쥐어준 돈이 모자라게 느껴지는 것인가."

"……예, 예?"

갑작스러운 김 도령의 말에 포도대장은 안절부절못했다.

"아니면 다른 이가 준 금은보화가 더 탐스러웠던 것인가."

포도대장은 황급히 손사래를 쳤다.

"아닙니다! 결코, 행수님을 배반하고 다른 이의 손을 잡은 것이 아닙니다!"

"그럼 왜 알고 있는 것을 토설치 않는 것인가."

김 도령의 목소리는 싸늘하기 그지없었다. 포도대장은 잠시 망설이다, 두 눈을 질끈 감았다.

"그것이…… 소, 소인도 모르는 일입니다."

"어찌 몰라! 포도청에서 일어난 일을 포도대장인 그대가 어찌 모른단 말이냐!"

김 도령이 크게 호통치며 언성을 높이자 포도대장은 억울하다는 얼굴로 고개를 치켜들었다.

"고발자의 얼굴을 확인하지 못했습니다! 참입니다!"

"하면 고발자의 얼굴도 보지 않고 그들의 말만 믿고 감히 내 얼굴이 그려진 방을 한양 천지에 붙였다? 내가 곤경에 처하면 그동안 내 돈을 꼬박꼬박 받아먹으며 내 거사에 일조한 그대 또한, 목숨줄이 간당간당해질 것이라는 걸 정녕 모르는 것인가?"

"압, 압니다. 하지만……!"

포도대장은 우물쭈물하다, 입을 열었다.

"익명의 서찰에 행수님이 그동안 해왔던 일이 모두 적혀 있었습니다! 또한, 증거까지 모두 가지고 있는 상태였고요. 그리고 그 서찰과 함께 행수님의 얼굴이 그려진 용모화가 있었습니다."

잠자코 그 말을 듣고 있는 김 도령의 얼굴이 점점 굳어졌다.

"그자는 이미 저와 행수님의 관계 또한, 알고 있는 눈치였습니다."

"뭐라? 너와 내 관계까지?"

"당장 행수님에 대한 추포령을 내리지 않으면 이 서찰과 증거, 그리고 제가 행수님의 일에 개입했다는 증좌까지 모두 가지고 궐로 가겠다고, 그리 협박을 하는 바람에……."

그렇게 말한 포도대장의 얼굴빛은 사색이 되어갔다. 김 도령이 이내 피식, 나지막한 조소를 터뜨리며 입술을 짓씹었다.

"해서 그 협박에 감히 나의 얼굴을 팔았다?"

"하오나 결코…… 결코! 행수님을 찾지 못할 것입니다! 그저 하는 시 늉이라도 해야 할 것 같아 방만 붙이라 한 것입니다. 그래야 그자가 궐로 그 서찰을 보내지 않을 것 같아서요."

"지금 그걸 변명이라고!"

"참입니다, 행수님. 지금까지 포도청 그 누구도 저와 행수님이 거래하고 있다는 걸 눈치채지 못하고 있지 않습니까! 그러니 그저 지금처럼 조금만 더 숨어 계시면…… 그럼, 시간이 해결해줄 것입니다."

금방이라도 자신을 내칠 것만 같은 김 도령의 얼굴에 포도대장은 애원했다. 그의 애원을 김 도령은 물끄러미 바라보고만 있었다.

"포도청에서는 지금까지 마을의 여인들이 사라진 것에 대한 단서를 단 하나도 찾지 못했지요. 관심도 없습니다. 골치 아픈 건 딱 질색이니, 그저 부녀자들이 가출한 것이라고 그리 믿고 있습니다."

김 도령은 깊게 한숨을 쉬며 이마를 짚었다. 얼른 청국으로 피신해야 하는데 뱃길마저 막혔으니 막막하기만 했다.

"하는 시늉만 며칠 하다, 부둣가를 지키고 서 있는 포졸들을 물릴 것입니다. 하면 그때, 속히 부인과 함께 청국으로 건너가시지요."

그 말에 김 도령은 깊은 생각에 잠겼다.

"궐로…… 가지고 가겠다, 협박을 했다?"

"예?"

"궐이 아무나 들어갈 수 있는 곳도 아니고…… 또한, 궐이라 함은 지극히 왕을 뜻하는 바. 협박을 하고자 했으면 그렇다 할 대신들을 지목해도 되는데, 굳이 겁박용으로 궐을 언급하지는 않았을 것인데."

중얼거리던 김 도령은 그날, 숲속 투전판에서 보았던 헌의 얼굴을 다시 떠올렸다. 혈기 왕성한 젊은 사내였다. 제 또래 같아 보이기도 한 그 사내의 정체는 과연 무엇일까.

그 누구에게도 들키지 않았던, 치밀하게 진행했던 거사를 단번에 뒤엎어버리고 증거까지 모두 모아 왕에게 고한다는 배포까지 가진 사내.

또한, 자신의 얼굴을 똑바로 직시하며 눈빛을 단단히 하던 그 여인도 떠올랐다. 대체 그 둘의 정체가 무엇이기에 이리 한양을 들쑤시고 다니는 것일까.

김 도령이 고심에 잠겨 이마만 어루만지고 있던 그때, 그의 눈치를 살피던 포도대장이 입을 열었다.

"한데 행수님, 하나 걸리는 게 있습니다만."

포도대장의 조심스러운 목소리에 김 도령이 얼굴을 들었다.

"좀 지난 일이기는 한데……."

"무슨……."

"포도청에 영의정 대감이 찾아왔었습니다."

순간, 김 도령의 눈이 번뜩이고 말았다.

"영의정이 왜, 무슨 일로."

싸늘한 김 도령의 음성에 포도대장이 우물거리던 입술을 열었다.

"며칠 된 이야기이기는 하나…… 제가 없던 날, 영의정께서 직접 포도청에 발걸음을 했다고 합니다."

"해서."

"포도부장에게 마을의 실종된 여인들과 관련된…… 이야기를 물어보았다고 합니다."

그 말에 김 도령이 매섭게 소리치며 포도대장을 쏘아보았다.

"그걸 왜 이제 말하는 것이야!"

"그저 포도청 앞에 모여 있는 백성들을 보고 의문을 가져 물었던 것이라 여겼는데, 이제 와 생각해보니 그런 사사로운 일에 직접 나설 영의정이 아닌 것 같아서요."

"무엇을 물었다고 하더냐."

"실종된 여인들에 관해서요. 하지만 포도부장도 그 일에 대해 아는 것이 없으니 수색을 해도 증거 하나 나온 것이 없다, 그리 고했다고는 합니다만……."

영 찝찝하다는 얼굴로 포도대장이 입술을 말아 물었다. 김 도령 역시 영의정이라는 의외의 이름에 그 낯빛이 굳어져갔다.

"영의정이라……."

왕 못지않은 권세를 가진 영의정이었다. 김 도령도 영의정에 대해 잘 알고 있었다. 그가 자신의 일에 관심을 두게 된다면 일은 더 골치 아프게 꼬일 것이었다.

"설마 영의정 쪽 세력이 행수님의 추포령을 내리라, 명한 것일까요?"

포도대장은 표정을 굳힌 채 서안만 내려다보고 있는 김 도령을 바라보았다. 김 도령의 입가에 미세한 경련이 일었다.

"아니. 그것은 아닐 것이다."

"……하면."

"영의정이 군이 나설 이유가 없지. 자신에게 피해를 주는 것도 없는데 이 복잡한 일에 나설 사람이 아니다. 더군다나 양반의 일도 아니고 백성들 사이에서 일어난 일이니."

"예에……."

"나설 이유가 있었다고 하더라도 그런 식으로 익명을 내세워 서찰을
보낼 인물도 아니지. 영의정인 내가 이자를 잡겠다, 얼굴 한 번만 드러
내면 일사천리로 진행될 일을 굳이 익명으로? 그만한 권세를 가진 이가
영의정인데, 궐로 가져가겠다는 협박 없이도 충분히 포도청의 모든 세
력과 다른 대신들까지 움직이게 만들 수 있는 인물이니."

김 도령이 말을 마치며 자리에서 일어났다. 포도대장도 놀라 몸을 일
으키며 김 도령을 바라보았다. 김 도령은 한참 입안에서 혀를 굴리며
골똘히 생각했다.

'영의정과 그자들 사이에 뭔가 연결 고리가 있다면……?'

그럼 자신에게 더 불리하게 일이 돌아갈 것이었다.

"이번 추포령을 직접적으로 명한 자가 영의정은 아니겠지만, 아무래
도 영의정이 나의 일에 관심을 두고 있는 모양인데. 그럼 내 얼굴이 그
려진 방을 보고 필시 의아하게 여겨 포도청을 다시 들를 것이다."

"예."

김 도령은 은밀하게 목소리를 낮추며 포도대장을 향해 묵직하게 입
술을 뗐다.

"하면 내게 다시 고하거라. 영의정까지 이 일에 더 관심을 두게 된다
면 부인과 내가 청국으로 떠나기도 전에 모든 것이 다 어그러지고 말
것이다."

"예. 행수님께서 청국으로 떠나실 수 있게 성심껏 돕겠나이다."

"익명의 서찰을 보냈다는 그자를 먼저 잡아 없애버려야겠구나."

의미심장한 얼굴로 그렇게 말한 김 도령이 무미건조하게 정면을 바라

보았다. 차가운 그 눈빛이 그 어느 때보다 매서워, 포도대장은 아무런 대꾸도 할 수 없었다.

"조만간 나를 잡았다는 허위 소문을 내거라."

"예?"

"익명의 서찰을 보낸 뒤 여태 포도청을 감시하고 있을 것이니. 내가 잡혔다는 소식을 들으면 제일 먼저 움직임을 보일 것이다. 그때, 그놈과 그년의 정체를 파악해 바로 제거할 것이다."

말을 마친 김 도령은 건조한 얼굴로 방을 나섰다.

"선위라······."

대비전에서는 대비가 깊은 한숨을 내쉬며 고심에 잠겨 있었다. 왕이 선위의 뜻을 내비쳤으니, 내일 아침 회의 때 분명 대신들에게도 그 이야기를 꺼낼 것이었다.

"차라리 잘된 것이 아니겠습니까, 대비마마?"

그때, 연거푸 깊은 한숨만 내쉬던 대비를 향해 상궁이 입을 열었다. 그러자 대비는 느리게 도리질을 했다. 깊이 팬, 대비의 주름살이 선명해졌다.

"세자를 부정하는 세력들에게 기름을 붓는 꼴이 될 수도."

"······아."

"영의정이 가만히 두고 보지 않을 것이다. 무수리 출신의 어미를 둔 세자를 지금껏 부정해온 그가 아니던가."

"대비마마······."

"그런 세자가 왕위에 앉는다? 내내 감추고 있던 발톱을 드러낼 인물이지."

그렇게 중얼거리던 그녀가 한참 생각에 잠겨 있다, 겨우 입을 열었다.

"영의정의 날개 하나를 꺾는 수밖에. 그래야 내가 영의정의 여식을 손자며느리로 삼을 기회를 얻을 수 있을 것이다."

"날개라 하시면."

고개를 치켜세운 대비의 눈시울에 핏발이 섰다.

"지금 영의정의 어깨에 달린 날개는 두 개다. 해서 주상의 머리 꼭대기에 앉아 왕실을 좌지우지하는 것이지. 하나는 중전의 배 속에 있는 아이, 다른 하나는 보은군. 하지만 중전이 아직 아들을 낳은 것은 아니니, 그건 뒤에 생각할 일이고."

그녀의 말에 상궁이 흠칫 놀라며 고개를 잘게 떨었다.

"하오나 보은군 마마는……!"

"보은군의 혼사를 서둘러야겠다."

"지금 세자 저하의 간택이 중단된 상황인데…… 어찌."

"세자의 간택이 중단된 것이 천운인 듯하구나. 보은군을 영의정의 반대 세력인 수론파의 여식과 혼례를 치르게 해야겠다. 조 상궁은 지금 당장 수론파 대신들의 여식 중, 군(郡)부인으로 마땅한 인물이 있는지 물색해보도록 하라."

대비의 명을 받잡은 상궁이 자리에서 일어났다. 상궁을 물끄러미 바라보던 대비가 이어 말했다.

"그리고 민 소용에게 대비전으로 오라, 연통을 넣거라."

"예, 대비마마."

화론파인 영의정의 반대 세력인 수론파의 여식 중 한 명과 보은군을 혼인시킨다면 영의정은 하는 수 없이 보은군을 버리게 될 것이다. 하지만 이런 쉬운 방법이 있음에도 지금까지 행할 수 없었던 이유는 보은군의 생모인 민 소용의 외가(外家)가 화론파였기 때문이다.

이제 민 소용을 불러들여 보은군을 수론파 세력의 가문과 맺어주자고 설득시키는 일만 남았다. 쉽지 않을 것이란 걸 대비는 잘 알고 있었다. 그러나 왕이 선위의 뜻을 품은 이상 세자를 무사히 그 자리에 앉히려면 대비가 가만히 손을 놓고 있을 수만은 없었다.

민 소용을 어떻게 해서든 자신의 편으로 만들어야만 했다.

"보은군과 세자, 모두를 지키기 위해서는 이 방법밖에 없다."

부디, 민 소용이 제 뜻을 헤아려주기를 대비는 바랄 뿐이었다.

*   *   *

"저것이 무엇인가."

영의정을 태운 보교(步轎)가 땅 위에 내려앉았다. 그는 방 앞에 웅성웅성 모인 백성들을 바라보며 자리에서 일어났다.

포졸들이 김 도령의 얼굴이 그려진 용모화를 쭉, 쭉 뜯어내고 있었다. 영의정의 등장에 삼삼오오 모여 있던 백성들이 순식간에 흩어졌다. 포졸들은 영의정을 발견하고는 고개를 조아렸다.

"대감마님……!"

"지금 무얼 하는 것인가."

나지막한 영의정의 물음에 포졸 하나가 황급히 대답했다.

"며칠 전 붙인 절도범의 용모화인데 오늘 잡혀서요……."

포졸은 포도대장이 시킨 대로 거짓을 고하며 영의정의 눈치를 살폈다. 영의정은 시큰둥한 얼굴로 고개를 주억거리며 포졸들을 무심히 지나쳤다. 그런 그를 잠시 바라보던 포졸들도 방을 떼어내고는 사라졌다.

"용모화를 가지고 와보아라."

그제야 영의정은 무사를 향해 은밀히 말했다. 무사는 아직 방이 붙어 있는 곳으로 가, 김 도령의 용모화를 뜯어 가지고 왔다. 영의정은 한참 김 도령의 용모화를 내려다보았다.

"며칠 전부터 한양 곳곳에 방을 붙였던 절도범입니다."

무사가 그렇게 말하자 영의정이 천천히 도리질했다.

"아니지……."

"예?"

혼잣말로 아니라고 중얼거리는 영의정을 무사가 의아하다는 얼굴로 올려다보았다.

"그것이 아니라고."

영의정은 목구멍에 힘을 주어, 그 말을 뱉어냈다.

"무엇이……."

"단순히 잡범(雜犯) 하나 잡자고 방을 이리 요란스레 붙여?"

영의정의 눈동자가 형형해졌다.

"이리 곳곳에 방을 붙일 만한 절도범이었으면 내 귀에도 이자의 범행이 들려도 진작 들려왔어야 했다. 하지만 근래 도둑을 맞았다는 이야기는 내, 들어보지도 못하였지. 게다가 이리 훤한 얼굴로 갓까지 쓴 절도범이라."

영의정의 말에 무사 역시, 김 도령의 용모화를 다시금 관심 있게 바라보았다. 종이를 내려다보는 영의정의 낯빛에 묘한 웃음기가 서렸다.

"누가 보아도 반가(班家)의 자제같이 생긴 도령이…… 절도를?"

이내 그는 무언가를 떠올리는 듯 얼굴을 구겼다.

"한데 말이지, 이 얼굴이 어딘가 낯이 익단 말이야."

그러다 영의정은 포도청 쪽을 물끄러미 바라봤다. 그의 시선을 읽은 무사가 고개를 조아리며 입술을 열었다.

"하면 제가 포도청으로 가, 일을 소상히 알아볼까요?"

영의정은 의미심장한 눈빛으로 도리질을 했다.

"그럴 것 없다. 포도청이 아니라도 알아볼 수 있는 길은 많으니."

"예."

"저번에도 마을의 여인들이 실종된 것으로 포도부장을 찾았을 때, 아무것도 모른다고 하지 않았더냐?"

"예, 그리하였지요."

"이번에도 입을 다물고 있으면 나만 바보 되는 것이지. 그때 포도부장이 내가 포도청에 들러 그 일에 관해 물었다는 것을 포도대장에게 분명 고하였을 텐데 포도대장에게서 지금까지 아무런 연통도 없는 것을 보면, 정말 관심도 가질 필요 없는 단순한 가출 사건이든지, 아니면 무언가를 감추고 있는 큰일이든지. 둘 중 하나일 것이다."

김 도령의 용모화를 무사에게 휙 건네며 영의정은 다시 보교로 돌아왔다. 그러곤 은밀히 목소리를 낮추며 무사를 향해 말했다.

"한데 만약 후자라면 정말 한양에서 나도 모르는 큰일이 벌어지고 있고, 더불어 내가 알아서는 안 될 일이라는 것이지. 그런 것이라면 내가 그 일에 관심을 두고 있다는 걸 포도청 사람들에게 드러내서는 안 되지. 포도청에 내가 직접 발걸음했다는 게 그와 관련된 자들의 귀에까지 이미 닿았을 수도 있는데. 평소 그곳에서 일어나는 모든 일에 관심도 없던 내가, 그저 절도범이라고 붙인 방에 대해 궁금증이 일어 사람을 보냈다? 오히려 그들의 관심이 내게 쏠릴 것이다. 영의정이 무언가를 알고 싶어 하는구나, 뭔가 냄새를 맡았구나."

그렇게 중얼거리는 영의정의 입가에 비릿한 웃음이 번져갔다.

"내가 몰라야만 하는 일이라면 나는 반드시 알아야 한다."

"예, 대감마님."

"관심 없는 척 좌시하다가 기회를 잡아야지. 그들에게 내 눈을 피해 도망갈 기회를 주면 아니 되지 않겠느냐?"

무사 역시, 그의 말에 동의한다는 듯 고개를 주억거렸다.

"요즘…… 한양 안이 어수선하단 말이야. 궐도 그렇고."

마음에 들지 않는다는 듯 영의정이 이리 저리 눈동자를 굴렸다.

"세자가 우리 소진이를 적시에 구한 것 하며, 중궁전에서 보았던 봉희 댁의 얼굴도 여전히 마음에 걸린단 말이지. 내가 잘못 본 것이라고는 하나…… 느낌이 좋지 않아. 또한, 마을의 여인들이 실종되고 있는데 아무것도 모른다는 포도청 사람들이나 이 용모화도 그렇고."

찬찬히 그 말을 뱉어낸 영의정의 뺨이 딱딱하게 굳어갔다.

"우선 이 용모화 속의 인물에 대해 소상히 알아 오라."

"예, 대감마님."

"그 모든 수상쩍은 일들이 나와 우리 소진이를 혹, 위험에 빠뜨리게 한다면. 나는 결코 좌시하고만 있지 않을 것이니."

그러곤 이내 집으로 돌아가자는 듯 고갯짓을 해 보이자 영의정을 태운 보교가 들렸다. 그리고 저잣거리 쪽에서 부원군을 태운 보교가 나타났다.

중전의 양부(養父)이자 왕의 장인.

순간 영의정과 부원군의 시선이 스쳤고, 부원군은 기다렸다는 듯 보교를 돌려 그에게로 다가왔다. 갑작스러운 부원군의 등장에 영의정은 다시 보교를 내려 자리에서 일어났다.

"여기서 뵙니다, 부원군 대감."

건조한 영의정의 인사에 부원군은 황급히 보교에서 내려 영의정의 앞으로 다가갔다. 어쩐지 부원군의 얼굴이 사색이 된 것만 같았다. 같은 화론파이지만 중전의 행보가 점점 제 뜻과 반대되는 모습을 보이자 영의정의 심기가 불편하던 찰나였다.

"영의정 대감! 내 안 그래도 지금 대감을 만나러 가려던 참이었소."

"……나를 어찌……."

영의정이 떨떠름하게 대답하며 부원군의 시선을 회피했다. 그러자 부원군은 하늘이라도 무너진 것처럼 힘겨운 얼굴로 입을 열었다.

"지금 막, 궐에 다녀오던 참입니다."

궐이라는 말에 영의정의 눈매가 매섭게 번뜩였다.

"아직 확정된 것은 아니나……."

이내 부원군은 주위를 삼엄히 살피더니, 영의정의 귓가에 은밀히 속삭였다.

"오늘 전하께서 선위의 뜻을 내비쳤다고 합니다."

낮고도 은밀한 부원군의 목소리였지만, 그 음성 속에 담긴 '선위'라는 두 글자 때문에 영의정은 소스라치게 놀라며 주위를 살폈다.

"대체 그 무슨……!"

영의정은 부원군이 실언이라도 한 것이 아니냐는 듯한 얼굴로 그를 돌아보았다. 하지만 부원군의 얼굴은 파리하게 질려 있었다. 금방이라도 기절할 사람처럼 사색이 된 상태로 영의정을 바라보고 있었다.

"방금 막…… 궐에서 듣고 오는 길입니다, 대감."

그러곤 마치 영의정이 동아줄이라도 되는 것처럼, 그의 팔을 꼬옥 붙들고서는 벌벌 떨었다. 그도 그럴 것이 왕의 선위에 제일 큰 타격을 입을 사람은 부원군과 중전이었다. 중전의 배 속에 있는 아이는 세상에 태어나기도 전에 그 목숨을 위협받을 터였다.

세자가 왕의 자리에 오르면 당연히 헌을 추종하는 수론파들은 헌의 입지에 가장 위협을 가할 인물로 중전의 아이를 꼽을 것이었다. 중전이 덜컥, 왕자라도 생산한다면 그 아이는 궐에서 유일한 적통(嫡統)이니 당연히 제거 대상 1호가 될 것이었다.

"사실이오?"

"대비마마와 중전마마를 불러 전하께서 직접 그리 전했다 합니다."

부원군과 중전, 그리고 영의정은 중전이 왕자를 생산하기를 간절히 바라고 있었다. 중전이 왕자만 낳아준다면, 작금의 세자를 폐위시키고 그 자리에 중전의 아들을 앉힐 충분한 명분이 생기는 것이었다.

그런데 중전이 출산을 하기도 전에 세자에게 선위하려 한다니. 이건 필시 중전과 영의정의 세력을 꺾어버리기 위해 왕이 선방을 날린 것이었다. 영의정의 머리가 지끈거려왔다.

중전이 왕자를 낳는다는 보장도 없고 요즘 들어 중전의 태도 또한 마음에 들지 않아 과감하게 중전을 버릴 생각을 하고는 있었지만, 세자에게 덜컥 선위해버린다면 보은군을 군주의 자리에 앉히려던 영의정의 또 다른 계획도 수포가 되는 것이었다.

"흠."

이리저리 눈동자를 굴리며 표정을 굳히는 영의정을 부원군이 애타는 마음으로 바라봤다. 부원군에게 있어 영의정은 작금의 왕보다 더한 존재였고, 자신과 제 가문을 구원해줄 유일한 동아줄이었다.

"대감……."

조마조마한 얼굴로 부원군이 다시금 영의정을 불렀다.

"우선 우리 둘만 알고 있는 거로 하지요."

"방책이 있소? 선위 소리를 쏙, 들어가게 할 만한."

그런 비책 하나쯤은 당연히 갖고 있을, 아니 가지고 있어야만 하는 영의정이었다. 초롱초롱하게 눈을 반짝이며 부원군이 영의정에게 한 발 더, 가까이 다가갔다.

하지만 어쩐지 부원군을 돌아보는 영의정의 눈빛에는 냉기만이 그득했다. 겨울바람처럼 매섭게 시린 그의 시선에 부원군의 몸이 절로 움츠러드는 것 같았다.

"그런 방책이……."

영의정이 말끝을 흐리며 부원군의 끓는 눈길을 외면했다.

'있다고 한들, 내가 너에게 알려줄 연유는 없지.'

영의정은 그 말을 꾹 삼키며 목구멍에 힘을 주었다.

"뚝딱하면 나오겠소? 내가 무슨 신도 아니고."

짧게 혀를 차며 영의정이 한 발 뒤로 물러났다. 순간 부원군은 심장에 큰 돌덩이가 떨어진 듯, 그 가슴에 큰 파문이 이는 것 같았다.

"대감……."

부원군은 그저 영의정을 낮게 부르며 넋이 나간 얼굴을 하는 수밖에 없었다.

"내일 상참 때 뵙도록 하지요, 그럼."

예상했던 반응이 아니라, 부원군은 크게 당황하고 말았다. 자신에게서 멀어지며 보교에 오르는 영의정의 모습을 지켜만 볼 뿐, 어떤 행동도 취할 수 없었다. 그저 영의정은 여느 때와 다름없이 오만한 얼굴로 까딱, 고개를 숙여 보이고는 멀어졌다. 부원군은 저도 모르게 주먹을 말아쥐며 허탈함에 한숨을 뱉었다.

"그래도 내가…… 국구(國舅)인데, 한낱 영의정 따위에게 매번 이리 굽신굽신거려야 한다니."

그렇게 신세 한탄을 하던 대원군의 시선은 궐 쪽으로 향했다. 이것이 전부 제멋대로, 망아지처럼 구는 자신의 수양딸인 중전 때문인 것 같아 부원군의 속이 꺼멓게 타들어갔다.

이대로 환궁하기 아쉬웠던 헌은 소진과 함께 저잣거리를 조금 더 걸었다. 그러다가 뒤따르는 호위 무사를 힐끔거리며 입술을 달싹거렸다.

"호위 무사가 따르고 있으니 어디 바람이라도 쐬러 가기는 그렇고, 벗에게 집을 좀 빌립시다."

"……예?"

"마침 시장하던 찰나였는데, 점심이나 먹고 환궁하지요."

"시장하십니까?"

헌의 말에 소진의 눈이 동그래졌다.

"어쩌지요……? 봉희의 집에 먹을 게 있으려나."

소진은 생각에 잠긴 얼굴로 헌을 바라보다, 숙자를 돌아보았다. 그녀와 눈이 마주친 숙자가 무슨 할 말이라도 있느냐는 듯 눈을 크게 떴다.

그럼 되겠구나, 소진은 숙자를 향해 미소 가득한 얼굴로 고개를 주억거렸다.

"그럼 봉희의 집으로 가시지요. 숙자에게 상 좀 차려달라고 해야겠습니다. 어차피 호위 무사는 저하의 집이 봉희의 집인 줄 알고 있으니 무리 없을 것 같아요."

소진이 생긋 웃으며 앞서 걸음을 뗐다. 그러자 헌이 슬쩍 그녀의 팔을 그러쥐었다.

"저 여종의 솜씨 말고, 나는 낭자가 만들어준 음식이 먹고 싶은데."

싱그러운 미소를 머금은 채 헌이 말하자 소진의 뺨이 당혹스러움으로 굳어갔다.

'내가 차려준 음식……? 못 드실 텐데.'

선뜻 대답을 올리지 못하고서 슬쩍 입술만 벌리고 있자, 헌이 피식 웃음을 터뜨렸다. 그러곤 그녀와 어깨를 나란히 하고 고개를 까딱거려 보였다.

"가시지요. 가는 길에 장을 보면 되겠지요?"

"아, 저 그것이……."

소진이 서둘러 헌의 옷깃을 쥐었다.

"저 그것이, 제가 요리를……."

채 말을 잇지 못하고 말끝을 흐리자 헌이 슬며시 그녀의 곁에 바짝 붙어 섰다. 그는 허리를 조금 굽혀 소진을 바라봤다.

"괜찮습니다. 나도 못합니다, 요리는."

"아."

"뭐, 그럴 수 있지요."

"하오나 소인과 저하는 다르지요. 저는 여인이면서 칼질도 제대로 못 하니……."

"뭐가 다릅니까?"

소진의 말에 헌이 정말 모르겠다는 듯 눈을 크게 떠 보였다.

"낭자도 삼시 세끼, 차려주는 밥만 먹으니 칼을 들 일도 없고 직접 쌀을 씻을 일도 없잖습니까?"

"그렇기는 하지만……."

"여인이라고 하여 모두 음식 솜씨가 빼어나야 하고 사내는 당연히 못 해도 된다는 건, 너무 우스운 이야기가 아닙니까?"

나지막한 헌의 음성이 소진의 가슴에 살포시 닿았다. 이내 헌의 눈꼬리가 부드럽게 휘었다.

"남녀가 유별(有別)한 것이 당연지사고, 그리 생각하며 행동하라 배우고는 있지만, 낭자는 남녀 구분 짓지 않고 응당 사내가 해야 할 일도 거뜬히 해내려 하며, 여인이라는 이유로 물러서지도, 비겁해지지도 않으려 하니, 나 또한 낭자를 그리 대하여야 할 것 같아서요."

"저하."

어찌 이리 자신의 마음을 잘 헤아려주는 건지. 어쩜 이렇게 자신과 똑같은 마음을 갖고 있는 것인지. 그 순간, 소진은 흐뭇한 얼굴로 헌을 바라보게 됐다.

'이런 사내라면…… 정말 평생 함께 살아도 좋을 것 같아.'

그녀는 저도 모르게 그런 생각을 하며 헌에게서 눈을 떼지 못했다.

"하면 드시고 싶으신 것 있으십니까?"

"내가 먹고 싶은 걸 말하기보단, 낭자가 할 수 있는 음식을 이야기하는 편이 빠를 것 같은데?"

"아……. 그렇네요."

소진이 멋쩍게 뺨을 쓸어내리며 시장 쪽을 바라보았다. 지금껏 숙자와 함께 만들어본 음식이 뭐가 있을까, 찬찬히 기억을 헤집어보았다.

"화전!"

그러다 지난봄. 화전을 예쁘게 굽는 여인이 시집가서 잘 산다는 이야기 때문에 규수들과의 모임에서 화전을 구워본 적이 있었다.

물론 워낙 손재주가 없는 소진이라 규수들 사이에서 제일 못난 화전을 굽긴 했지만. 꼴찌라는 굴욕을 맛본 후, 승부욕에 불타올랐던 소진은 숙자와 함께 봄 내내 화전을 구웠다. 그 덕분에 이 자리에서 당장 화전을 부치라면 부칠 수 있을 것 같았다.

화전이라는 말에 헌이 고개를 갸웃했다. 겨울이 다 되어가는 이 계절에 화전이라니? 헌은 어색하게 웃으며 커다란 눈만 깜빡거렸다.

"화전은 잘 부칠 수 있는데, 지금 진달래꽃을 구하긴 어렵겠지요?"

소진도 이 추운 날씨에 화전을 만들긴 무리라는 걸, 곧장 깨달았다.

"그럼 뭐가 좋을까……."

자신 있게 화전을 외칠 때와 달리 조금 위축된 얼굴로 시장 쪽을 물끄러미 바라보는 소진. 그런 그녀를 지그시 응시하던 헌이 미소를 머금은 입술을 벌렸다.

"하면 화전을 만들어봅시다."

"화전을요? 한데 꽃을 구하기가 힘들 것인데."

"내게 좋은 방법이 있지요. 이쪽으로 와보세요."

헌은 그렇게 말하며 소진의 손목을 지그시 쥐었다.

헌이 소진의 손을 잡아 이끈 곳은 한약방 앞이었다. 갑자기 왜 이곳으로 온 것인지 영문을 몰라 소진의 눈이 휘둥그레졌다.

"한약방에는 어찌……?"

그녀의 물음에 헌이 생긋 웃었다.

"이 추운 날, 꽃을 구할 수 없으니 말린 것으로 대체하면 좋을 것 같아서."

그 말에 소담히 맞물려 있던 그녀의 입술이 살며시 벌어졌다.

"아……!"

진달래꽃은 영산홍이라고도 불리며 한약재로도 종종 쓰이고는 했다. 그러니 당연히 한약방에 말린 꽃잎이 있을 터였다. 왜 그 생각을 못 했을까, 소진은 손뼉을 딱 치며 한약방 안으로 들어섰다.

향긋한 약초 냄새가 밀려왔다.

"계시오?"

소진이 치맛자락을 살며시 움켜쥐고서는 한약방 안을 둘러보았다. 하지만 인기척이 느껴지지 않았다.

"잠깐 자리를 비운 모양입니다."

헌에게 그렇게 말하며 소진은 잘 말린 약초들을 물끄러미 내려다보았다. 그러다 그 사이에서 말린 진달래 꽃잎을 발견했다.

"아, 저기에 있구나?"

하지만 자신의 머리에서 세 뼘이나 더 위에 있는 그것을 쥐기는 무리였다.

한약방 밖에 서 있던 헌은 가만히 고개를 젖힌 채, 말린 꽃잎을 올려다보는 소진을 발견했다. 까치발을 하고서 슬쩍 손을 뻗어보던 그녀는 무리라는 것을 깨닫고는 얼른 손을 내리고 있었다. 아무래도 저것을 꺼내려는 것 같은데 한눈에 보아도 소진의 손에 닿지 못할 곳에 있었다.

'내가 꺼내줘야겠군.'

헌은 그렇게 생각하며 성큼성큼 그녀에게 다가갔다. 이내 소진의 뒤에 살포시 서서는 단숨에 진달래 꽃잎을 손에 쥐었는데, 동시에 소진도 발을 딛고 올라갈 것을 찾아 그것 위에 올라서서 말린 꽃잎을 손에 넣었다.

꽃 하나를 두고 두 사람의 손이 포개졌다. 소진은 그대로 굳었다. 손이 닿지 않아 당연히 발 디딜 것을 찾아 그것을 꺼내려고 했는데, 헌이 이렇게 도와주리라고는 예상하지 못했다.

두 사람은 밀착한 채로 손을 포개고 있었다. 소진은 자신의 등 뒤에 닿은 탄탄하고도 뜨거운 헌의 가슴에 몸을 움직일 수 없었다.

"저…… 저하……."

그녀가 더듬더듬 입술을 달싹이자, 그제야 헌이 황급히 감싸고 있던 소진의 손을 놓았다.

"아."

헌이 황급히 그녀에게서 물러나고자 발을 한 걸음 떼려는 순간…….

촉.

예고 없이 빙그르르 돌아서던 소진의 입술이 그만 헌의 입술에 닿고 말았다! 순식간에 말캉한 두 입술이 틈 없이 맞물렸고 둘은 토끼 눈을 하고서 서로를 바라보았다. 사위의 모든 빛이 거두어진 듯, 두 사람의 시선에는 서로의 얼굴만 담겼다.

놀란 소진의 눈꺼풀이 파르르 떨려왔고, 헌의 반듯한 미간 역시 옅은 떨림과 함께 구겨졌다.

"앗!"

"미안합니다, 낭자!"

곧, 두 사람은 약속이라도 한 듯 놀라며 동시에 떨어졌다. 소진은 황급히 뒤돌아서며 자신의 입술을 손바닥으로 틀어막았다. 그리고 그런 그녀를 헌이 넋이 나간 얼굴로 바라보고 있었다.

찰나에 스친 입술이었지만…….

감히 상상도 하지 못하였던 사고였지만…….

'이를 어쩌면 좋아……!'

불덩이가 떨어진 듯 소진의 뺨이 홧홧하게 달아올랐다. 그 모습을 묵묵히 바라보고 있던 헌이 피식, 웃었다.

어쩐지 그녀와 닿은 입술에서 단내가 나는 듯했다. 참으로 달콤하고 향긋한 단맛이 혀 끝에 감돌았다. 이것이 한약방에서 풍기는 특유의 달큼한 향내인지, 그녀의 입술에서 맛보았던 단내인지는 모르겠지만.

헌은 여러 번 자신의 입술을 검지 끝으로 훑다, 조심스럽게 그녀에게 다가갔다.

"낭자."

그의 부름에도 소진은 여전히 등을 보이고선 어깨만 떨고 있었다.

"괜찮으십니까?"

"예? 아, 예! 예…… 뭐."

소진은 허둥대며 빨갛게 달아오른 얼굴을 손바닥으로 슬쩍 가렸다. 그러면서 서둘러 한약방을 나서기 위해 걸음을 옮겼는데, 헌의 목소리가 들려왔다.

"책임지라면 지겠습니다."

그 말에 소진의 동공이 옅게 떨렸다.

"비록 실수였지만, 낭자의 입술을 허락 없이 범한 것 말입니다."

순간, 소진의 눈이 커졌다. 무어라 대답해야 할까, 잠깐 고민하는 사이 헌이 제 뒤로 다가오는 기척이 느껴졌다.

"아, 아닙니다! 괜찮습니다!"

괜스레 그의 얼굴을 마주하기 창피해 소진은 그렇게 얼버무리며 밖으로 뛰쳐나갔다.

⁂

입술이 맞닿은 후, 두 사람은 급격히 말수가 줄어들었다. 둘은 그저 멀찌감치 떨어져서 정면만 바라보며 걷고 있었다. 그런 헌의 한 손에는 곱게 말린 영산홍 꽃잎이 들려 있었다.

"아씨……! 아씨!"

그때, 저 멀리서 호위 무사와 함께 따라오던 숙자가 소진을 부르며 곁으로 다가왔다.

"바로 집으로 가시는 거 아니에요?"

숙자는 호위 무사의 눈치를 살피며 작게 물었다.

"봉희네 좀 들렀다 가려고."

"봉희댁에요?"

"응, 저하께서 좀 시장하다 하시어……."

소진이 헌을 힐끔 바라보며 그렇게 대답했다. 그녀의 대답에 숙자는 의아하다는 듯 고개를 갸웃거리며 중얼거렸다.

"아니 진수성찬 차려줄 궐을 놔두고 왜…… 먹을 거라곤 풀 쪼가리뿐인 봉희댁에서……."

그녀의 중얼거림에 소진이 피식, 웃었다.

"그럼 쇤네는 먼저 봉희댁으로 달려가 봉희댁 서방에게 아씨와 저하께서 납실 것이니 숨어 있으라, 전하겠습니다."

숙자는 서둘러 봉희의 집을 향해 걸음을 옮기기 시작했다. 그 모습을 말없이 바라보던 소진이 무심코 옆을 돌아보았는데, 어느새 제 옆에 성큼 다가온 헌을 발견하고는 흠칫했다.

'입술……!'

어쩐지 자꾸만 그의 입술 위에 시선이 머물렀다. 시선을 떨쳐내려 해도 연신 곱게 맞물린 헌의 잇새만 응시하게 되니 환장할 노릇이었다.

쿵.

소진은 자신의 이마를 주먹으로 콩, 쥐어박고 말았다.

'엉큼해서는!'

갑작스러운 그녀의 행동에 헌이 흠칫 놀라 그녀를 바라봤다.

"왜 그러십니까?"

"예? 아, 아닙니다."

소진은 황급히 헌에게서 등을 돌리며 앞서 걸었다.

그 모습에 헌이 피식, 웃음을 터뜨렸다. 어쩐지 그녀가 왜 그러는지, 그 까닭을 알 것도 같았다. 서둘러 멀어지는 그녀의 뒤를 따르는 헌의 입가에 미소가 끊이지 않았다.

'수줍어하는 모습도 어여쁘구나.'

속으로 그렇게 생각하며 헌은 앞서가는 소진을 천천히 뒤따랐다. 길게 늘어진 그녀의 그림자가 그의 발아래에 사뿐사뿐, 닿았다. 그때, 어깨를 늘어뜨린 채 앞서 걷던 그녀가 무어라 중얼거리는 소리가 들려왔다.

"아니 입술은 왜 쳐다보는 거야, 대체. 뭐 할 거라고 눈길은 자꾸만 거기로 향하는 건지."

애석하게도 소진의 혼잣말은 헌에게 고스란히 닿고 있었다. 풉, 터지려는 웃음을 꾹꾹 참아내며 헌은 발소리를 죽였다.

연신 도리질을 하다가, 또 발아래 돌부리도 툭툭 걸어차면서 걷는 소진의 어깨는 축 늘어져 있었다. 바닥만 푹 내려다보며 걷는 그녀 앞으로 동네 꼬마들이 우르르 몰려오고 있었다. 흙먼지를 일으키며 달려오는 꼬마 무리를 발견 못 한 듯, 소진은 그저 고개만 숙인 채 걸을 뿐이었다.

그때, 이러다 꼬마 무리와 소진이 부딪칠 것 같다는 생각에 헌이 잽싸게 그녀를 뒤에서 잡아당겼다.

"위험합니다, 낭자."

헌은 본의 아니게 소진을 뒤에서 끌어안게 됐다. 동시에 안 그래도 두근거리던 그녀의 심장이 요동치기 시작했다.

영의정은 황급히 민 소용의 친부인 공조판서 민추환을 찾았다. 연통도 없이 갑작스럽게 방문한 영의정의 등장에 민추환의 눈이 휘둥그레졌다.

"대감께서 어찌……?"

"급히 상의할 일이 있어, 내 연통도 없이 들렀소."

"속히 안으로 드시지요, 대감."

민추환은 영의정을 반갑게 맞이했다. 두 가문은 오랜 시간 동안 정치적 뜻을 함께했다. 민추환의 여식이 후궁으로 입궐할 수 있게 물꼬를 터준 것도 영의정이었기에 둘의 사이는 각별했다.

"궐에 무슨 일이 생겼습니까?"

민추환은 단번에 영의정이 자신의 집에 방문한 연유를 꿰뚫었다. 안채로 든 영의정은 부원군에게 처음 선위 이야기를 들었을 때 덤덤하게 굴었던 것과 달리 초조한 기색을 드러내 보였다. 어떠한 풍파에도 거뜬하던 영의정이 조금 흔들리는 모습을 보이자, 민추환은 덩달아 가슴이 불안해졌다.

"무슨…… 안 좋은 일이라도."

"부원군에게 들은 이야기라 정확한 것은 아닐 수도 있으나, 헛소문이라 하기에는 너무 뜬금없고 갑작스러운 것이라…… 마냥 흘려들을 수가 없었소."

"무엇인데요?"

영의정의 낯빛이 파랗게 질렸다.

"전하께서 선위를 입에 담으셨소."

그 말이 민추환의 가슴에 비수처럼 꽂혔다.

"우리 보은군 마마는……!"

민추환이 잘게 입술을 떨며 그렇게 소리쳤다.

"하면 대비께서 갑작스레 우리 보은군 마마를 출궁시키라는 명을 내렸던 것도 선위 때문에?"

"그것은 아니오. 대비께서도 선위는 몰랐던 일인 것 같소. 일찌감치 알았더라면 굳이 우리 화론파의 눈초리까지 감수해가며 출궁을 서두를 필요가 없었으니."

"……선위라니. 대체 무수리의 배에서 나온 세자를 어찌 그리 감싸고도는 것인지!"

"그 무수리에게 유일하게 어심을 내어주었기 때문이지."

나지막한 영의정의 음성에 민추환의 주먹이 파르르 떨렸다.

"아들이 없는 것도 아니고 우리 보은군 마마께서 버젓이 장성해 계시는데, 왜 허구한 날 그 무수리의 자식만 쥐고 계신 것인지요. 이 속이

까맣게 타들어갈 것 같습니다, 대감."

그러자 영의정이 느리게 고개를 저으며 심각한 얼굴을 했다.

"장자라는 이유만으로 보위를 물려주기에는 너무도 큰 약점을 가지고 있는 세자니. 전하께서도 그것을 모를 리 없으니, 선위를 서두르는 것이겠지."

"전하의 병세가 깊어진 까닭이 클까요?"

"그것도 이유라면 이유겠지. 하지만 전례에 없던 이른 선위라 나 역시, 무엇을 어찌해야 할지 모르겠소."

영의정의 말에 민추환이 조금 더 목소리를 낮추었다.

"내일 상참 때, 그 어심을 밝히시겠지요?"

"이미 대비와 중전에게 뜻을 전하였다고 하니 선위의 뜻을 오래 감추고 있지는 못할 것이오."

"……우리 화론파는 당연히 선위를 반대하겠고요?"

"잠잠했던 화론파와 수론파의 정쟁(政爭)이 시작되겠지. 한동안 궐이 시끌시끌하겠구만."

"우리의 반대로 전하의 뜻을 꺾을 수 있겠습니까, 대감?"

민추환의 얼굴에 짙은 먹구름이 꼈다.

중전을 버리기로 하였으니 영의정에게 남은 것은 보은군뿐이었다. 아무리 왕의 뜻이 확고하고 현재 국본(國本)의 길을 밟아가는 왕세자가 헌이라고 할지라도, 영의정은 헌을 인정하고 지지하며 자신의 여식을 그에게 덜컥 내어줄 수는 없었다. 그는 언제 스러질지 모를 허수아비 왕이 될 게 뻔했다.

영의정은 헌이 언제라도 누군가의 손에 처참하게 끌어내려질, 비운의 군주가 되리라고 믿었다. 무수리의 배에서 나온 왕은 끝까지 위엄을 그러퀸 채, 대신들을 통솔하고 백성들을 보듬을 수 없었다. 지금까지의 선왕들이 그래왔기 때문에.

적통이 아니라는 이유만으로 내쳐진 폐주가 한둘이 아니었는데 언감생심, 감히 무수리의 아들이 군주라니. 그것은 애초에 말이 안 되는 소리였다.

그런 헌에게 제 하나뿐인 여식을 왕비로 보낼 수는 없었다. 목숨과도 바꾸지 않을 여식이 폐비(廢妃)가 되는 꼴은 죽어도 볼 수 없으니까. 굳게 말아 쥔 영의정의 주먹도 덜덜 떨려왔다.

"반대만으로 꺾을 수 없다면, 거래를 하여야겠지."

싸늘한 영의정의 음성에 민추환의 고개가 **빳빳**하게 세워졌다.

"어쩌면 말이오, 이번 선위 발표가 나와 그대의 뜻에 날개를 달아줄 수 있겠다는 그런 생각도 듭니다만."

영의정의 의미심장한 말에 민추환의 눈빛이 번뜩였다.

"보은군 마마……! 마마……!"

다음 날 출궁 예정인 보은군이 마지막으로 화원을 돌아보며 생각에 잠겨 있는데, 저 멀리서 내관의 목소리가 들려왔다. 보은군의 고개가 소리가 들려오는 쪽을 향해 천천히 돌아갔다.

"무슨 급한 일이라도 생겼느냐?"

내관은 숨을 헐떡이며 보은군 앞에 멈춰 섰다.

"하아, 하아. 그, 그것이……."

"호랑이라도 보았느냐? 숨 좀 고르고 이야기를 전하거라."

보은군이 낮게 웃으며 화원에 물을 주었다. 그 모습을 바라보던 내관이 힘겹게 입술을 뗐다.

"보은군 마마…… 지금 대비전에 소용 마마께서 들어 계시옵니다."

"어머니께서 대비전에?"

대수롭지 않다는 듯, 건조하게 대꾸하며 보은군은 화원을 가로질러 걸었다.

"한데 그것이 왜? 어머니께서 늘 할마마마께 문후 인사를 여쭈러 가지 않으냐?"

"문후 때문에 납신 것이 아니라 따로 대비마마의 연통을 받고 들른 것이라 하옵니다."

"그래? 내 출궁 때문에 할마마마께서 어머니를 부른 모양……."

"그것이 아니오라……."

보은군의 말을 끊으며 내관이 속히 고개를 조아렸다.

"마마의…… 혼처를 두고 상의하고 계시다 하옵니다."

그 말에 여유로운 미소를 띠며 화원에 물을 주고 있던 보은군의 손이 멈추었다.

"나의 혼처를…… 어찌, 할마마마께서?"

내관의 말을 전해 들은 보은군의 얼굴이 딱딱해졌다.

"할마마마와 어머니 쪽 세력은 확연히 다른 정치색을 띠는데 어째서 할마마마께서 내 혼처를…… 어머니와 상의한다는 것인지."

그렇게 중얼거리던 보은군은 이내 심각한 얼굴로 대비전 쪽을 바라보았다. 내관은 그의 눈치를 살피며 조심스레 말문을 열었다.

"대비마마께서 화론파가 아닌 수론파의 여식을 대군마마와 이어주려고 하시옵니다."

그 말에 보은군의 눈이 커졌다.

"뭐? 수론파의 여식을?"

소진은 엄연히 화론파인 영의정의 여식이었다. 한데, 수론파의 여식과 저를 이어주겠다는 말은 소진과의 혼담은 이루어질 수 없다는 것이었다.

"대군마마와 세자 저하에게만큼은 피바람이 불었던 선왕들의 전철을 밟게 할 수 없다 하시면서…… 그리 말씀하셨다고 하옵니다."

아득히 먼 그곳을 바라보는 보은군의 속이 탔다. 그가 옅게 실소를 터뜨리며 말문을 열었다.

"한 번도 탐내본 적 없는 세자 저하의 자리이건만, 아무래도 할마마마께서 행여나 피어날 그 불행의 불씨를 아예 잘라버리시려는 요량이시구나."

"예……?"

"내가, 그리고 나를 감싸고 있는 무리가 저하의 자리를 결코 넘볼 수 없도록, 나를 수론파와 맺어주시려나 봐."

보은군의 말에 내관의 표정이 약간 굳었다.

"강제로 화론파와의 연을 끊어내게 하실 참이지."

"……화론파 대신들이 바라보고 있는 분이 바로 대군마마시니까요?"

"그래. 내가 세자 저하의 사람이 되길 바라시는구나."

급히 출궁을 결정했을 때도 보은군은 대비의 그 결정을 덤덤하게 받아들였다. 혼인도 안 한 왕자를 어찌 그리 내치듯 서둘러 출궁시키냐며 외가 쪽 세력인 화론파가 거센 반발을 일으켜도 보은군은 그에 동요하지 않았다.

하지만 수론파 여식과의 혼인이라는 말에 그의 가슴이 예민하게 떨리고 말았다. 그보다 대비가 직접 자신의 어미인 민 소용을 불러 혼담을 의논한다는 것은 보은군을 추종하는 화론파 쪽에서도 탐내고 있는 왕비 감인 소진을 아예 헌의 세자빈으로 만들어버리려는 심산일 것이다.

그 순간 보은군은 사람을 탐내서는 아니 된다며 남몰래 소진을 연모하는 자신을 향해 경계의 말을 잊지 않던 어머니, 민 소용의 얼굴을 떠올렸다.

"어머니……. 정녕 이대로 낭자를 마음에서 떠나보내야 합니까."

보은군은 곧바로 민 소용의 처소에 발걸음했다.

"어머니, 소자이옵니다."

깊은 생각에 잠겨 있던 민 소용은 보은군의 목소리에 고개를 치켜들었다. 안 그래도 심란해, 마음이 어지러웠는데 보은군까지 왔다니 그녀의 얼굴이 더 일그러졌다.

"들어오세요."

문이 열리고 덤덤한 얼굴로 보은군이 안으로 들어섰다. 차분히 민 소용에게 인사를 올린 그가 그녀 앞에 천천히 자리를 잡고 앉았다. 그러다 가만히 자신을 바라보는 민 소용을 향해 입을 열었다.

"할마마마를 뵙고 오는 길이시라고요."

"벌써 거기까지 소식이 닿았습니까."

"해서 어머니께서는…… 무어라 대답하셨습니까? 알겠다고, 뜻을 함께하겠다고, 그리 대답하셨겠지요, 어머니께서는?"

보은군은 거두절미하고 단도직입적으로 물었다. 평소와 달리 조금은 격앙된 것 같은 그의 모습에 민 소용이 천천히 눈을 아래로 내리떴다.

"보은군. 내가 대비마마께 어떠한 대답을 올렸든."

그 말을 끝으로 민 소용은 아들, 보은군을 향해 슬픈 얼굴을 들어 보였다. 다음 말을 듣지 못했지만, 그녀의 처연한 눈빛에 보은군의 심장은 벌써 아려오는 듯했다.

"한 규수는, 네 것이 아니다."

간단한 그 말이 보은군에게는 참, 어렵게 닿는 순간이었다.

"늘 어머니의 뜻을 따라온 소자입니다."

마음이 무너지고 부서지는 기분이었지만 보은군은 그 비참함을 드러내지 않았다. 꾹꾹, 감정을 내리누르며 보은군이 민 소용을 바라보았다.

"하지만 이번만큼은……."

"안 된다."

보은군의 말을 다 들어보지도 않고 민 소용은 그렇게 대꾸했다.

"어머니!"

"너는 절대 품어서는 아니 될 이를 마음에 품은 것이야."

"하지만 어머니께서도 소진 낭자를 소자의 배필로 삼을 것이라, 마음에 두었던 것이 사실이지 않습니까? 소자의 안위를 위해서, 오로지 소자의 앞날을 위해서 영의정 대감을 반드시 뒷배로 두어야겠다, 그리 말씀하시었잖아요."

그 말에 민 소용이 괴로운 듯 미간을 구겼다. 사실, 소진과의 혼담은 소진과 보은군이 태어나던 해부터 영의정과 민 소용의 가문 사이에서 오가던 이야기였다.

당연히 민 소용의 가문에게 한양의 실세인 영의정의 여식을 사돈으로 맞는다는 것은 저들의 안위는 물론, 보은군이 헌을 물리치고 왕세자 자리에 오를 기회까지 엿볼 수 있으니 금상첨화인 일이었다.

하지만 여태껏 민 소용의 생각은 달랐다. 겉으로는 자신의 부친을 포함해 외조부, 외숙부들의 말을 따르는 척 담담하게 입을 다물고 있었지만, 그녀는 자신의 아들을 그 위험천만한 모험의 선두에 서게 하고 싶지 않았다.

민 소용은 잘 알았다. 영의정은 군이 자신이 나서서 활시위를 당기지 않는다는 것을. 보은군의 뒤에 서서 보은군과 자신의 가문을 입맛대로 조정하리라는 것을. 그러다 입에 맞지 않으면 단숨에 뱉어버리고 당장 중전의 뒤편에 서리라는 것 또한 잘 알고 있었다.

"그때는 그것이 너를 위한 일이라 생각했지."

"그때와 지금 다를 것이 무엇 있습니까?"

"왜 없어. 세자의 마음가짐이 달라졌는데."

"저하께서는 그때도 지금도 같은 마음이십니다. 그 자리를 굳건히 지키고 싶어 하시는 마음. 조금의 변함도 없으시지요. 나를 경계하고 탐탁지 않게 생각하시는 것 또한 그대롭니다. 한데 무엇이 달라졌단 말입니까?"

조금의 양보도 없이 보은군은 민 소용을 몰아붙였다. 따지듯 묻는 그의 말에 민 소용은 느리게 도리질을 했다. 그녀의 눈동자에 슬픔이 너울 쳤다.

"네가 마음에 품은 그 여인. 그 여인을 세자 또한 주시하고 있다는 것이 큰 변화지."

"진심이 아닐 것입니다. 단순한 호기심에……."

하지만 보은군은 채 말을 잇지 못하였다. 단순한 호기심이 아니라는 것을 알고 있으므로, 자신과 같은 진심이라는 걸 보은군은 이미 알아버렸기 때문에 말을 맺지 못하고 있었다. 말끝을 흐리는 그의 얼굴에 어두운 빛이 서렸고 민 소용은 그것을 놓치지 않고 읽어냈다.

"보아라. 너도 이미 알고 있지 않으냐?"

"어머니……."

"세자 또한 네가 그 여인을 진심으로 은애한다는 것을 알고 있겠지? 그렇다면 세자는 그 여인을 갖기 위해 얼마나 갖은 노력을 다할까."

"아닙니다, 그것은. 저하와 이런 이야기를 한 적이 있었습니다. 하지만 저하께선 소진 낭자를 얻기 위해 억지로 힘을 쓰지 않을 것이라 하였습니다."

"그 말을 곧이곧대로 믿는 것이냐?"

안타깝다는 듯 민 소용이 얼굴을 구기며 느리게 입을 뗐다.

"소진 낭자를 욕심내지 않겠다, 그저 그 마음이 너와 같기를 기다리겠다던 너 역시, 행여 그 여인을 뺏길까 싶어 너답지 않게 눈을 붉히고 이리 나를 찾아오지 않았느냐."

씁쓸함이 그녀의 목소리 끝에 묻어났다. 보은군은 그 말에, 차마 대답을 올리지 못하고 있었다. 정곡을 찔린 듯 그의 뺨이 딱딱하게 굳어 갔다.

"세자는 그렇다 치고, 하면 대비마마의 마음은 어찌 꺾을 것이냐. 설령 네가 욕심을 내, 한 규수를 갖고자 한다면 넘어야 할 산은 하나도 아니고 둘도 아니고 셋이다."

"어찌 셋이라 하시는지……."

"세자 저하, 대비마마, 그리고 주상 전하."

"……!"

민 소용의 말에 보은군은 그만 고개를 툭, 떨구고 말았다. 힘없이 떨구어지는 고개에 민 소용의 마음도 와르르 무너지는 것만 같았다.

"네가 다 넘을 수 있겠느냐."

"하지만 영의정 대감께서 소진 낭자를 그리 호락호락하게 저하의 사람으로 만들지 않을 것입니다. 끝이 뻔히 보이는 그 길에, 절대 낭자를 세우지 않을 것입니다."

"그래. 영의정은 결코, 낭떠러지에 제 여식의 등을 떠밀지 않을 것이다. 하지만, 보은군."

민 소용이 가만히 그를 응시하며 차분하게 말을 이었다.

"제 여식이 굳이 그 길을 가겠다며 낭떠러지 앞에 선다면, 영의정은 그 절벽에 기와를 세우고 벽을 쌓아 제 여식의 안식처를 만들 사람이다."

"그 말은……."

"그래. 기어이 그 길을 가겠다면 영의정은 그 길 위에 꽃을 뿌려줄 것이다."

설마, 했던 보은군의 얼굴은 그대로 사색이 되고 말았다.

"한 규수가 세자의 사람이 되겠다고 한다면, 지금 세자의 발목을 잡고 있는 모든 것을 제거하고 조선 제일의 왕으로, 그 누구도 음해하고 방해할 수 없는 최고의 군주로 만들어줄 것이야."

"……어미가 무수리 출신이라, 결코 칭송받고 존경받지 못할 왕이 될 것이라 했습니다."

"그것은 영의정이 세자와 척을 지고 있으니 나돌 수 있는 말이다. 세자는 미비한 출신이라는 것만 제외하면 흠 하나 잡을 것 없는 완벽한 왕세자시다. 그런데 영의정이 그 뒷배로 앉아 있다? 세자의 어미가 무수리 출신이란 말을 감히 입에 담을 자가 있을 것 같으냐."

민 소용의 말은 구구절절 옳았다. 그랬기에 보은군은 더 반박하지 못하고 입술만 잘근잘근 씹을 뿐이었다.

"부모는 끝이 뻔히 보이는 그 길에 자식을 보내고 싶어 하지 않는단다. 나 역시, 민 소용으로서 내 가문을 지켜야 하고 번영할 수 있도록 힘을 써야 한다는 사명감이 있다. 하지만 나는 네 어미이기도 하다."

그렇게 말하는 그녀의 목소리는 낮고도 은밀했으며, 어쩐지 처연하기도 했다. 보은군은 슬픈 눈으로 자신의 어미인 민 소용을 물끄러미 올려다보았다.

"네 어미이기에 나는, 그 절벽으로 네 등을 떠밀고 싶지 않구나."

그러자 잠자코 그 말을 귀에 담고 있던 그가 힘겹게 입술을 뗐다.

"소자가 기어이 그 길을 가야 하겠다면……?"

제발 그 길을 가지 말라는 듯한 얼굴로 민 소용이 대답했다.

"전하께서 선위를 생각하고 계신다."

그 말에 보은군의 얼굴에 무자비한 금이 가기 시작했다.

"그 길을 가라, 네 등을 떠밀어도 너는 이제 가지 않겠다며 버텨야 할 명분이 생긴 것이다."

모든 것이 무너지는 절망적인 순간이었다.

제 23 장

선위의 뜻

소진과 헌은 봉희의 집에 도착했다. 안채에서 꼭꼭 숨어 있던 봉희 남편도 반갑게 헌과 소진을 맞았다.

"왔어, 소진아? 오시었습니까, 선비님."

봉희 남편은 그렇게 대답하며 거적때기 같은 옷을 걸치고 있는 헌을 물끄러미 바라보았다.

"제 마누라를 찾아주기 위해…… 귀하신 분이 이리 누추한 옷까지 입으시고. 선비님을 뵐 면목이 없사옵니다."

그는 저의 아내를 찾기 위해 고군분투해주는 헌이 고마우면서도 미안했다. 하지만 그는 헌이 이 나라의 왕세자라는 것은 꿈에도 몰랐다.

소진이 피식 웃으며 봉희 남편을 향해 말했다.

"봉희를 찾기 위해 선비님께서 나보다 더 노력하시고 계셔. 나중에 봉희 찾거든 너 선비님께 이 은혜 꼭 갚아야 한다?"

그 말에 당연하다는 듯, 그는 몇 번이고 헌을 향해 고개를 조아려 보였다.

"당연하지, 당연합니다, 선비님. 이 한목숨, 평생 선비님께 바칠 각오가 되어 있습니다."

소진은 자리에서 일어나며 손을 걷어붙였다.

"선비님께서 네 목숨 얻어 뭘 하시려고?"

실소를 터뜨리며 그녀가 주방으로 향하기 위해 문고리를 쥐었다.

"어디 가려고?"

"화전 좀 만들려고. 너 여기에 꼭 붙어 있거라? 괜히 밖에 나와 호위무사한테 들키지 말고."

"알겠어."

숙자와 소진은 속히 주방으로 향했다. 잠깐 머뭇거리던 헌도 그녀가 사라진 주방 쪽으로 슬그머니 걸음을 옮겼다. 소진은 난감하다는 얼굴로 숙자와 입씨름을 하고 있었다.

"엄마? 고새 반죽하는 법을 잊으신 것이옵니까, 아씨?"

"화전은 너보다 내가 더 잘 부친대도?"

"가루를 조금 더 넣어야 반죽이 되지요. 이것은 너무 물기가 많지 않습니까?"

"내가 규수들 코를 납작하게 하려고 화전을 얼마나 많이 부쳤는데!"

"그렇지만 한 번도 콧대를 눌러준 적 없으면서……. 매번 제일 못나게 부쳐 못난 서방 만날 거라고 아씨들이 놀렸잖아요."

그 말에 헌은 그만 꾹꾹 참던 웃음을 터뜨리고 말았다. 갑작스럽게 등 뒤에서 들려오는 헌의 목소리에 소진이 화들짝 놀라, 뒤를 돌았다.

"뭐 도울 것이 없나 해서."

헌이 자신의 콧잔등을 슬쩍 어루만지며 주방 안으로 들어섰다. 왕세자인 헌이 주방 한가운데 서 있자 그 모습이 신기한지 숙자와 소진이 멀뚱히 그를 바라보기만 했다. 그러다 숙자가 서둘러 헌의 눈치를 살피고는 들고 있던 바가지를 내려놓고 손을 닦았다.

"하면 쉰네는 나가 있겠습니다?"

"어?"

"오붓한 시간 보내십시오."

꾸벅 고개를 숙이며 숙자가 주방을 나서고 두 사람은 멀뚱히 서로를 바라보았다. 이내 헌은 밀가루 반죽을 손에 잔뜩 묻히고 있는 소진을 내려다보며 자신도 팔을 걷었다.

"내가 뭘 좀 도와줄 것은 없겠습니까?"

"괜찮습니다. 뭐 손이 많이 가는 음식이 아니라 혼자 충분히 할 수 있습니다."

헌은 어쩐지 자신만만한 그녀의 모습을 가만히 바라보았다. 앞치마를 두르고 제법 익숙하게 반죽을 하며 맛을 보는 소진의 모습에 헌의 입매가 부드럽게 휘었다.

"반죽은 이 정도면 될 것 같고…… 이제 슬슬 전을 구워볼까요?"

그렇게 말하며 소진이 기름을 찾기 위해 허리를 슬쩍 굽혔다.

"기름이…… 어디에……."

그때, 소진의 발밑으로 무언가가 휙, 지나갔다.

"으악!"

들고 있던 숟가락까지 떨어뜨리며 소진은 뒤로 휘청 물러났다.

"무슨 일 있습니까?"

놀란 헌이 소진의 팔을 감쌌는데, 어디선가 찍찍거리는 쥐 소리가 들리기 시작했다.

"쥐, 쥐……!"

막 발밑으로 지나간 자리에서 쥐 소리가 들리는가 싶더니, 다시 소진의 치맛자락 아래로 쥐가 불쑥 나타나 쏜살같이 사라지고 말았다.

"악!"

순간 기겁한 소진이 저도 모르게 헌에게 바짝 달라붙었고, 그는 엉겁결에 그녀를 번쩍 안아 올렸다. 순식간에 그의 품에 안겨버린 소진은 잠깐 당황해, 그의 얼굴을 뚫어져라 바라보았다. 반면 헌은 덤덤한 얼굴로 아궁이 앞을 지나치는 생쥐를 바라보고 있었다.

"갔습니다, 이제."

저와 달리 무덤덤한 반응에 소진은 멋쩍은 듯 미소를 그리며 작게 입술을 달싹거렸다.

"아…… 이제 내려주셔도 될 것 같사옵니다."

헌이 옅은 미소와 함께 그녀를 조심스레 내려주었다.

"쥐를 무서워하시나 봅니다."

"예? 아무래도……. 한데 저하께서는 쥐를 처음 보시는 것일 텐데도 별로 안 무서우신가 봐요?"

그에게 안겼던 것이 부끄러워 헌을 향해 있던 시선을 슬그머니 거두며 물었다. 그러자 헌이 생긋 웃으며 그녀의 곁에 바짝 다가섰다.

"처음 아닌데. 저잣거리에서 종종 보았습니다."

"아…… 그러셨군요."

소진은 쭈뼛쭈뼛 뒤돌아서며 반죽 그릇을 만지작거렸다.

"하면 화전을 부쳐보겠사옵니다."

그 역시 소진이 손수 만든 반죽을 빤히 보며 입술을 달싹거렸다.

"잘은 모르지만, 반죽에 윤기가 흐르는 게 참 맛있을 것 같습니다."

곧, 소진은 심각한 얼굴로 반죽을 달아오른 솥에 올렸다.

촤아.

기름과 반죽이 만나 맛있는 소리를 냈다. 소진은 조마조마한 얼굴로 반죽을 국자로 살살 눌렀다.

한껏 집중한 듯, 그녀는 웃음기 없는 얼굴로 반죽만 빤히 바라보고 있었다. 꼭 과시를 치르는 성균관 유생 같기도 했다. 그 모습이 귀여워 헌은 그녀에게서 눈을 떼지 못했다.

솥에 닿은 면이 익었을까, 소진은 기우뚱 몸을 숙이며 예리한 눈초리로 반죽을 살폈다.

"혹시……."

가만히 소진의 모습을 살피던 헌이 장난기 어린 눈으로 허리를 굽혔다. 그의 음성에 소진은 잔뜩 심각한 얼굴로 익어가는 반죽을 살피다가, 시선을 들어 올렸다.

순간 헌과 시선이 교차했는데, 그는 자신과 같은 표정을 지은 채 저를 뚫어져라 응시하고 있었다.

"예? 뭐라고요, 저하?"

"아니, 혹시 눈으로 전을 굽는 것인가 하여서."

"……아?"

"눈빛에서 불이 나올 것 같습니다, 낭자."

그 말에 소진은 서둘러 굽혔던 허리를 폈다. 그러곤 민망한지 콧잔등을 스윽, 훔치며 뒤집개로 전을 꾹꾹 눌렀다.

"솜씨가 비루할수록 정성을 더욱 쏟아야 할 것 같아서요."

그녀는 잠시 호흡을 고르더니 뒤집개를 양손으로 곱게 잡았다.

"하나, 둘……."

갑자기 수를 세기 시작하는 그녀의 행동에 헌이 눈을 동그랗게 떴다.

"셋! 으차!"

소진은 그 작은 전을 뒤집는데 기합까지 넣고 있었다. 그 모습에 헌은 그만 참지 못하고 웃음을 터뜨리고 말았다.

동시에 완벽하게 뒤집힌 전. 하지만 하얗고 노릇노릇하게 구웠어야 할 반죽이 새카맣게 타 있었다.

"아……."

소진은 그대로 뒤집개를 손에 쥔 채, 굳어버리고 말았다. 그녀의 얼굴에서는 실망감이 뚝뚝 흘렀다.

화전을 잘 부친다고 큰소리를 떵떵 쳤는데…….

소진은 아무런 말을 잇지 못하고 다 타버린 전만 내려다보았다.

'놀라셨겠지……? 솜씨가 너무도 형편없어서.'

주방 안의 공기가 싸해졌다. 아무 말 없이 타버린 전을 내려다보고만 있는 그를 향해, 소진은 겸연쩍게 입을 열었다.

"그것이 집기가 저의 손에 익은 것이 아니라……."

구차한 변명으로 들리겠지만, 소진은 무어라 핑곗거리를 만들어야만 했다. 그녀가 그렇게 말을 이어가는데 헌이 살며시 미소를 그리며 소진을 다정한 눈으로 바라봤다.

"참으로 맛있겠습니다."

맛있겠다고……?

뜻밖의 말에 소진은 하던 말을 꿀꺽, 삼키고 말았다. 탄내까지 솔솔 흐르는 이 까만 전이 맛있겠다니? 소진은 자신이 잘못 들은 것인가 하여 눈을 동그랗게 뜨고서 그를 바라보았는데,

"자고로 전은 이렇게 노릇…… 흠, 흠. 노릇노릇해야 맛이 있는 법이지요."

그는 희미한 미소를 그리며 그렇게 말하고 있었다. 그러나 헌도 알고 있었다. 노릇노릇이라고 하기에는 심각하게 많이 타버렸다는 것을.

하지만 시무룩해진 그녀를 위하여 그렇게 대답한 그는 그녀가 꼭 움

켜쥐고 있는 뒤집개를 대신 들었다. 그러곤 앞뒤로 골고루 타버린 화전을 빈 접시 위에 가지런히 놓았다.

"집기도 낯선 이의 것이라 손에 익지 않았을 텐데, 이 정도면 훌륭하지요."

놀리는 것인가 싶어 소진이 유심히 그의 얼굴을 살폈지만, 웬일인지 그는 진심을 담아 이야기하고 있는 것 같았다. 그 순간 소진은 이유를 알 수 없었지만 그런 생각이 들었다. 이리 못난 화전을 보고도 훌륭하다, 칭찬을 해주는 사내라면 천년을 살아도 행복할 것 같다고.

그때, 헌이 한 입 먹으려는 듯 젓가락을 들자 소진이 서둘러 그의 손을 잡았다.

"아, 드시지 마세요! 새로 부쳐드리겠습니다!"

놀란 듯 조금 커진 소진의 눈동자 속에 보드랍게 미소 지은 헌의 얼굴이 차올랐다. 말없이 미소를 그리던 그가 손을 들어 그녀의 콧잔등에 묻은 하얀 가루를 검지로 닦아내 주었다.

"맛있을 것 같은데요?"

그 말과 함께 헌은 타버린 전을 크게 한 입 베어 물었다.

"아, 저하⋯⋯!"

소진이 눈살을 찌푸리며 조심스레 입술을 오물거리는 헌의 표정을 살폈는데.

"맛있습니다."

그는 그렇게 말하며 엄지를 척, 세웠다.

"거짓말⋯⋯이지요?"

그의 말에 그녀는 그럴 리 없다는 얼굴로 되물었다. 하지만 헌은 전을 한 젓가락 더 먹으며 다시금 대답했다.

"아니. 참으로 맛있습니다. 누가 만들어준 전인데 당연히 맛이 있지."

어쩐지 소진의 가슴 위로 향긋한 영산홍 만큼이나 향긋한 꽃바람이 불어오는 것 같았다.

추적추적 빗방울이 떨어지는 소리가 들렸다. 처마를 적시고 마룻바닥을 탁, 탁 치는 빗소리에 소진이 느리게 눈을 떴다.

"아, 잠이 들었었나 보네."

소진은 찌뿌둥한 몸을 일으키며 기지개를 켰다. 그러곤 주위를 두리번거리며 빈방 안을 둘러보았다. 함께 전을 방 안에서 나눠 먹은 후, 헌이 잠깐 호위 무사와 할 이야기가 있다며 방을 나간 뒤 깜빡 잠이 들어 버린 것 같았다.

"저하께선…… 그대로 환궁하신 것일까?"

살며시 방문을 열어 보니 제법 비가 내리고 있었다. 자신의 호위 무사가 여전히 비를 맞고 대문을 지키고 서 있는 것이 보였다. 그리고 그 반대편에서 헌이 윤현과 심각한 얼굴로 이야기를 나누고 있었다. 그 모습을 잠자코 바라보던 소진이 문을 닫으며 나지막이 중얼거렸다.

"아휴, 저하의 기억이 빨리 돌아와야 할 텐데……. 분명 기억을 되찾게 해주는 약재 같은 것도 있을 것이야."

소진은 언젠가 봉희에게 읽으라며 빌려주었던, 생활 속에 쓰이는 한약 재료가 적힌 서책을 찾기 위해 두리번거렸다. 헌을 기다리며 그것이라도 잠시 읽으려 했다.

"여기 어디쯤 놔두었던 것 같은데."

뽀얗게 먼지가 내려앉은 서책 더미를 뒤적거렸다. 봉희는 평민이었지만 글을 읽을 수 있었다. 소진이 그녀에게 평민일수록 글을 알아야 한다며, 몰래몰래 글자를 가르쳐주었기 때문에.

"이건가?"

소진은 서책 하나를 들어 자리에 앉았다. 그러곤 가만히 서책을 펼쳐 한 글자, 한 글자 읽어 내려갔다.

"엥?"

그녀가 찾는 책이 아니었다. 웬 연정 소설인 듯한 이야기가 쭈욱 쓰여 있었다. 시큰둥한 얼굴로 소진이 책을 덮으려 하는데, '연모의 마음이란' 글자가 그녀의 시선을 사로잡았다.

"연모……?"

당신이 누군가를 연모하고 있는지, 쉽게 확인할 수 있는 법.

별생각 없이 펼쳐 든 서책이었는데, 그 문구 하나에 소진의 눈이 조금 커지고 말았다.

내가 그 사람을 연모하고 있는지 아닌지 헷갈린다면 이것을 보아라.
그리고 나는 어떤지 빗대어 생각해보아라.

"무슨 이런 서책이 다 있어? 얘는 서방도 있으면서 뭐 이런 걸 보고 난리야."

그렇게 중얼거리면서도 소진은 책을 놓지 못했다. 이내 그녀는 홀린 듯 한 장을 더 넘겼다.

자꾸만 누군가의 얼굴이 밤낮을 가리지 않고 시도 때도 없이 떠오르거나

"……시도 때도 없이 떠오르는 얼굴?"

서책의 글귀를 소리 내 읽던 소진의 눈앞에 갑자기 헌의 얼굴이 그려졌다.

"뭐, 저하의 얼굴이 시도 때도 없이 떠오르긴 하지. 하지만 봉희 때문에 연일 붙어 다녀 그런 것인걸?"

자신도 모르게 그 사람을 은근히 기다리고 있다거나

"기다리고…… 있기는 하였지? 지난날, 보은군 대감이 방문하였을 때, 괜히 저하이길 기대하기도 했었으니까. 하지만 그건 봉희 일을 해결하기 위해 기다릴 수밖에 없었잖아?"

다른 이성이 그 사람을 고운 눈으로 바라보는 것이 불쾌하다거나

"이건 좀 불쾌하기는…… 하던걸? 아까 그 규수들이 잠깐이었지만 저하를 진득한 눈길로 바라보았을 때? 그런데 꼭 그것 때문만은 아닌데. 그 규수들이 워낙 밥맛이니까."

그 사람이 내게 하는 행동들을 곱씹게 되고 여러 번 떠올리다
얼굴을 붉힌다거나

"……아."

이 글귀에서 소진은 낮에 그와 슬쩍 부딪쳤던 입술을 떠올렸다. 자신도 모르게 얼굴이 활활 타오르기 시작했다. 붉어진 뺨을 감싸 쥐며 소진은 세차게 도리질했다.

"아니야. 그건 너무 큰 사, 사고니까……! 떠올릴 수밖에 없고? 얼굴이 붉어질 수밖에 없잖아?"

책 속에 적힌 글귀들에 하나, 하나 반박해가며 차근차근 읽어 내려가고 있던 그때…….

위의 것들이 아니라고 부정하고 있는 당신

"……?"

이미 네가 말하고 있는 이것들에 한 얼굴을 떠올려, 맞을까 아닐까 고심에 잠겨 있다면, 당신은 이미 그자를 연모하고 있는 것이다.

"뭐?"

연모의 마음은 이렇게 숨길 수 없다.
당신이 아무리 부정해도 몸과 마음은 이미 그자를 은애하고 있다고 당신에게 말해주고 있으니까.

그 문구에 소진은 찬물이라도 맞은 것처럼 빳빳하게 굳고 말았다. 서책을 그대로 쥔 채 멍한 얼굴로 정면을 바라보고 있던 그때…….

"무슨 책을 그리 심각하게 읽으십니까?"

헌이 갑작스럽게 나타나 허리를 굽히고선, 소진의 얼굴 바로 옆에 자신의 얼굴을 나란히 하며 그녀가 읽고 있는 서책을 바라봤다.

"으악!"

그러자 소진은 외마디 비명을 지르며 그 서책을 냅다 던져버렸다.

"아, 아닙니다! 아무것도!"

"무슨 책이기에 그리 놀라……."

헌은 소진이 냅다 던져버린 책을 줍기 위해 다가갔는데, 소진이 몸을 날려 그 책을 먼저 잡았다.

"안 됩니다!"

몸을 날리는 그녀의 행동에 헌이 눈을 동그랗게 떴다. 서책을 쥔 소진은 그것이 보물단지라도 되는 양, 품에 꼭 안았다. 그러곤 황급히 등 뒤로 감추며 쭈뼛쭈뼛 자리에서 일어났다.

"뭐가 아니 되고…… 뭐가 안 된다는 것입니까?"

"서책이 너무……!"

"너무?"

헌이 성큼, 소진에게 다가왔다. 그녀가 이리 당황해하는 모습은 처음이었기에, 괜스레 궁금증이 일었다. 서책을 뒤로 감추며 쭈뼛거리는 그녀에게 한 걸음 더 다가갔다. 그러자 소진도 한 걸음 뒤로 물러났다.

"너무 불순합니다!"

다짜고짜 그렇게 말하며 소진이 이만 물러나라는 듯이 슬쩍 눈을 가늘게 뜨며 고개를 저었다. 하지만 헌은 그럴 생각이 없었다. 가볍게 어깨를 으쓱하더니 그녀가 뒤에 감추고 있는 서책을 향해 손을 뻗었다.

"불순하다면 더욱이 확인을 해보아야겠습니다."

"어, 어! 아니 됩니다."

하지만 이미 그의 손에 서책이 들어간 후였다.

"연모의 정의……?"

그녀가 읽고 있던 서책을 내려다보던 헌이 재미있다는 얼굴로 서책의 제목을 읽었다. 순간, 소진의 얼굴이 빨개졌다. 힐끔 그녀를 바라보며 헌은 낮은 음성으로 중얼거렸다.

"연모의 정의를 내려주면 뭣하나. 인정하지 못할 것인데?"

"주, 주십시오. 저하."

"해서 연모란 무엇이라고 하더이까?"

헌이 고개를 까딱해 보이며 그렇게 묻자 소진은 멋쩍은 듯 어색한 웃음을 머금었다.

"그, 글쎄요. 하하하."

괜스레 대답을 회피하며 소진은 멋쩍은 웃음만 지었다. 그 모습에 헌은 서책을 다시금 내려다보다 말문을 열었다.

"내 것인 것 같은데 내 것이 아니고, 하지만 내 것이었으면 하는…… 그런 마음."

"예……?"

"난 그것이 연모라고 생각합니다."

헌의 말에 소진이 잠자코 그를 돌아보았다.

"낭자께서도 집으로 돌아가 연모가 무엇인지, 한번 잘 생각해보시지요. 하면 돌아가볼까요? 시간이 지체된 것 같은데."

소진은 느리게 고개를 끄덕이며 헌을 반듯하게 바라보고 섰다.

"혹, 봉희와 관련된 또 다른 일이 생기거든 연통 주셔요."

"그리하도록 하겠습니다. 낭자께서도 내게 전할 말이 있으면 궐 문지기에게 윤현이라는 이름으로 서찰을 보내놓으면 됩니다."

"알겠습니다, 저하. 하면 살펴가십시오."

"예, 낭자."

두 사람은 서로를 향해 정중하게 고개를 숙여 보이고서는 돌아섰다.

─내 것인 것 같은데 내 것이 아니고, 하지만 내 것이었으면 하는……
그런 마음.

돌아서는 소진의 귓가에 헌이 내린 연모의 정의가 연신 맴돌았다. 그
러다 그녀는 걸음을 멈추고 헌의 뒷모습을 바라보았다.

'실은 말입니다, 저하. 저하께서 나의 사람이었으면 하는 마음이 점
점 짙어지고 있습니다. 해서 소인이 대체 어찌해야 할지, 혼란스럽기만
합니다.'

"전하께서 몇 번이고 저하를 찾으셨습니다."

환궁하자마자 내관이 헌에게 다가왔다. 얼추 궐에서 돌아가는 상황
이 심각하다는 윤현의 말에 서둘러 입궐하였는데, 왕까지 저를 찾았다
고 하니 헌은 어두운 얼굴을 할 수밖에 없었다.

곤룡포를 여미며 헌이 서둘러 동궁을 나섰다. 대전으로 향하는 그의
발걸음이 무거웠다.

"전하, 세자 저하 드셨사옵니다."

곧 대전에 도착한 헌이 조금 긴장한 채 문 앞에 섰는데. 그 뒤를 이어
영의정이 도착했다. 아무래도 왕의 부름을 받고 온 것 같았다. 헌과 영
의정의 시선이 날카롭게 교차했다.

"저하를 뵙니다."

"드셨습니까, 영의정 대감."

알 수 없는 묘한 기류가 두 사람 사이로 재빠르게 흘렀고, 이윽고 상선은 영의정이 도착했음을 왕에게 알렸다.

"전하, 영의정 대감께서도 드셨사옵니다."

하지만 왕은 묵묵부답이었다. 헌의 가슴 끝이 서늘해졌다. 고요한 정적이 그의 가슴을 베어내는 것만 같았다. 영의정도 심상찮은 느낌에 예민하게 고개를 치켜세웠다.

"전하……."

상선이 다시금 왕을 부르며 고개를 조아렸지만, 아무런 대답이 들려오지 않았다. 왕의 안위에 문제가 생긴 것은 아닐까, 상선이 헌을 다급하게 돌아보았다.

"아바마마."

헌은 문을 열라는 듯, 눈짓을 해 보이며 서둘러 대전 안으로 들어섰다. 재빠르게 열렸다가 닫히는 문틈을 영의정이 서둘러 들여다보았는데, 왕이 곤룡포를 모두 벗어 던지고 옥좌가 아닌 맨바닥에 드러누워 있는 것이 보였다. 곧 문은 조금의 틈도 없이 굳게 닫혔다.

"아바……마마."

그 모습을 마주한 헌은 허탈한 듯 미간을 구기며 왕 앞에 무릎을 꿇고 말았다.

"어찌…… 이런……."

말을 채 잇지 못한 헌은 서둘러 널브러진 곤룡포를 주웠다. 맨몸으로 바지만 입고 바닥에 누워 있던 왕이 지그시 눈을 떠 헌을 바라보았다.

"누구냐, 너는!"

헌을 발견하자마자 또다시 낯선 이를 바라보듯 하며 소리 지르는 왕이었다. 헌은 깊이 한숨을 내쉬며 반쯤 넋이 나간 것 같은 왕의 얼굴을 똑바로 직시했다.

"이런 모습을 영의정에게 보여주려 하셨습니까."

낮고도 무거운 헌의 목소리가 대전을 갈랐고, 왕은 초점 없는 눈으로 허공을 바라보고 있었다.

"이런 모습을 저들에게 보이는 것은 날 물어뜯어라, 목덜미를 내어주는 것과 뭐가 다릅니까. 중전마마에게도 영의정에게도…… 이리 나약한 모습은 보이면 아니 된다고…… 소자가 그렇게 누누이 말씀을 드렸는데. 어찌 이러십니까, 아바마마."

밀려오는 허탈함에 고개를 푹 떨구던 그때, 헌의 시야에 옥좌 아래 떨어져 있는 종이 하나가 걸렸다. 헌은 자리에서 천천히 일어나 옥좌로 다가가, 그 종이를 주웠다.

어지(御旨)를 써 내려간 듯 종이 위엔 왕의 필체가 반듯하게 쓰여 있었다. 그중 '선위(禪位)'라는 두 글자를 발견한 헌은 그대로 굳고 말았다.

"……전하."

헌은 여전히 어린아이처럼 바닥에 드러누워 배고프다며 징징거리고 있는 왕을 돌아보았다. 그러다 그는 언제나 근엄한 모습으로 왕이 앉아 있던 옥좌를 바라보았다.

왕이 선위의 뜻을 품고 있었다. 그 말은, 이제 이 옥좌가 헌의 차지가 된다는 것이었다. 언제나 올려다보던 옥좌가 시선에 수평으로 맞닿아 있자, 묘한 감정이 헌의 온몸을 감쌌다.

왕이 이렇게 흐트러진 모습을 보일 때마다, 사실 헌은 모든 것을 자신이 쥐고 바로잡고 싶었다. 하지만 그건 제 뜻대로 되는 것이 아니었기에 헌은 그저 왕이 정신을 찾고 원래의 모습으로 돌아오기를 간절히 바라고 있을 뿐이었다. 그런데 선위라니. 헌은 선위의 뜻이 적힌 어지를 가만히 옥좌 위에 놓고 영의정이 서 있을 대전 문 쪽을 바라보았다.

"하오나 아바마마께서 선위의 뜻을 품고 계신다고 해도 영의정을 꺾어야지만 이 옥좌가 제게 무사히 넘어올 수 있겠지요."

문 너머에 서 있을 영의정을 바라보는 헌의 눈빛이 불같이 타올랐다.

"선위는 아직, 때가 아닌 듯합니다. 아바마마의 뜻을 저자가 알게 되면 반드시 반기를 들고 어떻게든 선위를 막으려 할 테니까요. 하면 소자는 그 반기를 나의 기회로 삼아보겠습니다. 이것을 어떻게 써먹을지, 이제부터 소자가 고민해봐야겠지요."

그렇게 중얼거리던 헌은 저벅저벅 옥좌에서 내려와 바닥에서 발을 버둥거리고 있는 왕의 어깨 위에 곤룡포를 걸쳐주었다.

"버거우시겠지만, 조금 더 옥좌를 지켜주세요. 아바마마."

"배고프다, 이놈들아!"

"소자가 반드시 영의정을 이 손아귀에 넣고 대전으로 찾아오겠습니다. 그때, 이 소자에게 아바마마의 옥좌를 물려주시지요."

가만히 왕의 어깨를 따스하게 그러쥐던 헌이 굽혔던 허리를 폈다.

"상선!"

그러곤 대전이 쩌렁쩌렁 울리도록 소리쳤다.

"예, 예. 저하!"

"지금 당장 어의를 불러라. 그리고 어의 이외에 그 누구도 대전에 들지 못하도록 하라!"

그 말에 문 뒤에 서 있던 영의정의 얼굴에 불편한 기색이 역력했다.

제 24 장

간택, 그리고 선택

"대감마님, 알아보라 하신 것 알아 왔습니다."

굳은 얼굴로 궐을 나서던 영의정 앞에 무사가 고개를 조아리며 섰다.

"김 도령."

김 도령이라는 말에 영의정이 무관심하게 그를 돌아보았다.

"추포령이 내렸었던 그자의 이름입니다."

"김 도령……."

"아직 그자의 정확한 신분과 식솔, 정체는 알아내지 못했지만, 저잣거리와 숲에서 투전판을 아주 크게 벌렸었다 합니다. 청국을 오가는 거상인 것 같은데 꽤 돈을 만지는 자 같습니다."

"한데 그자가 왜 도둑질로 추포령이 내렸었던 것이냐."

"도둑질이 아니라, 사람을 담보로 투전판을 벌였다 합니다."

그제야 관심 없던 영의정의 눈빛에 번쩍, 하고 불이 켜졌다.

"사람을……?"

"예. 해서 누군가가 익명으로 제보해 추포령을 내렸었다고 하는데. 누가 제보를 했는지, 또한 그 죄목도 사실인지는 좀 더 알아보아야 할 것 같습니다."

이제야 무언가가 서서히 맞아떨어지는 깃 같았다.

마을의 여인들이 사라진다던 해괴한 소문. 포도청에 직접 찾아갔지만, 모른다며 말도 안 되는 핑계를 대던 포도부장. 그리고 그의 방문에도 묵묵부답으로 일관하며, 좀도둑이라던 김 도령의 인신매매라는 숨겨진 죄명까지. 영의정의 머릿속이 빠르게 돌아가기 시작했다.

"좀 더, 소상히 알아볼까요."

"김 도령이라는 자의 정체를 좀 더 파헤치거라. 확실히 잡혔는지도 알아보고."

"예, 대감마님."

궐에서 보았던 봉희댁의 얼굴이 다시금 선명해지는 것 같았다. 그리고 왜 하필, 그곳이 중궁전이었는지도 의문이 들었다. 중궁전에서 조금이라도 수상쩍은 것을 발견한다면 그것은 곧, 영의정에게는 중궁전을 통째로 들어낼 기회가 될 것이었다.

"최근 입궐한 새 궁녀들의 명단과 따로 출궁한 이들이 있는지도 알아 오도록 하여라."

"예."

"특히, 중궁전을 중심으로."

무사는 영의정을 명을 받잡고 속히 사라졌다. 영의정은 물끄러미 궐을 돌아보며 눈빛을 더욱 견고히 굳혔다. 내일 해가 뜨면 왕은 반드시 오늘 자신을 대전으로 불러 하려던 이야기를 대신들 앞에서 할 것이다.

선위.

하지만 영의정은 왕의 입에서 그 말이 떨어지자마자 등청(登廳)을 거부할 생각이었다.

"전하께서 그 뜻을 굽히시지 않으면 궐이 어찌 되는지. 내일 똑똑히 보십시오. 전하의 것이라 생각하는 그 궐 안의 모든 사람이 등을 돌리는 처참함을 맛보게 될 것입니다."

"해서 어찌하실 생각입니까, 대감? 어찌 되었든 전하의 뜻이 그러하 다면 신하 된 도리로 받들어야 하지 않겠습니까?"

부인 최 씨는 말없이 찻잔만 만지작거리는 영의정을 넌지시 바라보았 다. 그녀에게도 왕의 선위는 무척이나 곤란한 일이었다. 그때, 고심에 잠 긴 듯 최 씨의 물음에도 대답할 생각을 않던 영의정은 밖에 손님이 왔 다는 말에 고개를 치켜세웠다.

"공조판서 대감마님 오셨사옵니다."

민추환의 방문에 최씨 부인이 눈을 동그랗게 떴다.

"공판 대감이 이 시간에 어찌……?"

"내가 불렀소. 급히 상의할 것이 있어서."

최씨 부인이 자리에서 일어나 민추환을 맞이하기 위해 방을 나섰다. 그러자 문이 열리길 기다리고 있던 민추환이 그녀를 발견하고는 고개 를 숙였다.

"늦은 시간에 실례가 많습니다, 부인."

"실례라니요. 속히 들어가보시지요."

최씨 부인의 말에 민추환이 희미한 미소를 드리운 채, 안채로 들어섰 다. 그리고 그 모습을 숙자가 호기심 가득한 눈으로 바라보고 있었다.

"뭐? 보은군 대감의 외조부께서……?"

소진은 가만히 서책을 읽고 있다, 민추환이 안채에 들었다는 숙자의 말에 흠칫 놀랐다.

"예. 방금 안채로 드셨어요. 이 야심한 시간에 무슨 일이실까요?"

"그러게……. 이리 늦은 시간에…… 어찌."

그러다 소진은 혹시나 하는 마음이 들어 자리에서 벌떡 일어났다.

"아씨, 왜요?"

보은군과의 혼담을 본격적으로 주고받으려는 것은 아닐까, 가슴이 조마조마해지기 시작했다. 안채 쪽을 바라보는 소진의 눈동자에 뜻 모를 슬픔이 넘실거렸다.

─내 것인 것 같은데 내 것이 아니고, 하지만 내 것이었으면 하는…… 그런 마음.

낮에 헌이 궐로 돌아가기 전, 제게 했던 말이 떠올랐다.

"그 사람도 내 것이었으면 하지만 나도 그 사람의 것이었으면 하는 그런 마음도, 연모겠지요?"

소진은 달이 떠오른 밤하늘을 물끄러미 올려다보며 헌의 얼굴을 그렸다. 영의정이라면 간택이 멈춘 지금을 틈타, 보은군과의 혼인을 강행하고도 남을 사람이었다.

재간택에 올랐고, 이미 세자빈이 되기 위해 사주단자를 올린 상태였지만, 그런 것 따위는 영의정에게 중요치 않을 터였다.

"넌 원치 않은 이와 혼인을 하게 된다면 어떨 것 같으니?"

갑작스러운 소진의 물음에 숙자가 눈을 동그랗게 떴다.

"운명이라 생각하고 받아들일 것이니? 아니면 맞서 싸워볼 것이니?"

소진이 지그시 숙자를 내려다보자, 숙자는 대수롭지 않게 입술을 열었다.

"쇤네면 당연히 운명이다, 생각하고 받아들이겠지요? 거부할 힘이 어디 있습니까, 쇤네 같은 사람이. 하지만 아씨는 다르지요?"

이번에는 소진의 눈이 동그래졌다.

"맞서 싸우시잖아요."

"……내가?"

"예. 아씨는 언제나 그 얄궂은 운명과 맞서 싸울 준비가 되어 있으신 분인걸요? 늘 그렇게 살아오시기도 하셨고요."

매번 자신이 그렇게 살아왔다는 말이 이상하게 소진에게 위로가 되고 힘이 되고 있었다.

"왜 아씨답지 않게 앓는 소리세요?"

그러면서 피식 웃는 숙자를 바라보던 소진도 그녀를 따라 옅은 미소를 지어 보였다. 숙자의 말대로 늘 그렇게 살아온 자신이었지만, 아무래도 이것은 그 어떤 것보다 신중해야 했고 또 제 뜻이 맞다는 확신이 서지 않아 그런 것 같았다.

분명 헌에 대한 자신의 마음이 처음과 많이 달라졌고 점점 더 진심을 담고 있는 것은 사실이었다. 하지만 헌은 그저 그런, 이웃에 사는 사내가 아니었다.

내 것이었으면 해서 덜컥 마음에 담을 수도, 또한 쉽게 욕심을 낼 수 있는 인물도 아니었다. 그는 조선의 왕세자였고, 자신과는 다른 세상에 사는 사람이었으니까. 말갛게 떠오른 달을 올려다보며 소진이 깊이 숨을 내쉬었다.

"그러게…… 나답지 않게 어찌 이리 주춤하게 되는지."

누군가를 향한 이런 마음도 처음이고 그 상대가 평범하지 않으니 더욱 망설여지는 것 같았다. 애써 웃음을 지어 보이는 소진의 입가에 한숨이 흩어졌다.

보은군의 외조부가 자신의 아버지와 무슨 이야기를 나누고 있을지,

소진은 조바심이 났다. 그녀는 치맛자락을 움켜쥐고서 조심스럽게 별채를 나섰다.

"아씨, 어디 가셔요?"

"……아무래도 아버지와 무슨 이야기를 나누시는지, 들어보아야 할 것 같아."

"하면 등청(登廳)이라도 거부할 요량입니까?"

민추환이 목소리를 은밀히 낮추며 물었다. 그의 얼굴에서는 근심이 뚝뚝 떨어지고 있었다. 그것은 영의정도 마찬가지였다. 이 위기를 어떻게 극복해 나가야 할지, 그의 눈앞이 캄캄했다.

"그렇게 해서라도 우리의 뜻을 밝혀야지요."

"아마 대감께서 등청을 거부한다고 하면 우리의 뜻을 함께할 대신들은 많을 것입니다."

"상참 때 편전이 텅텅 비겠지. 수론파들만 편전에 들어 왕의 눈치만 슬슬 보고 있을 텐데. 과연 그것을 보고 전하께서는 무슨 생각을 하실까."

"해서 그다음은요."

민추환이 눈을 번뜩이며 물었다.

"생각해두신 것이 있습니까?"

"있다마다……. 내가 대감께 말하지 않았습니까? 이것을 기회로 바꿔 우리의 등에 날개를 달아보자고."

곧 무너져 내릴 하늘이라도 정신만 똑바로 차리면 살아남을 구멍이 있을 것이었다. 영의정을 주시하는 민추환의 눈가가 옅게 떨렸다. 그의 입술이 벌어지기만을 기다리며 민추환은 숨을 죽였다.

"간택. 우리 소진이가 재간택까지 올랐던 그 간택을 재개하라 할 것입니다. 단, 우리 소진이를 제외한 뒤 말입니다."

"그것이 무슨."

조금도 예상치 못한 말에 민추환이 고개를 갸웃거렸다. 영의정은 자신감에 찬 목소리로 말을 이어갔다.

"등청을 거부한 우리를 다시 편전으로 불러들이기 위해서 왕은 분명, 나에게 대화를 청할 것이지요."

"그렇겠지요……?"

"하면 난 못 이기는 척 전하와 거래를 할 생각입니다."

"거래……요."

"전하의 뜻에 따르는 대신, 우리 소진이를 보은군의 신붓감으로 윤허해달라고 할 것입니다."

그러자 민추환이 이맛살을 슬쩍 찌푸리면서 대답했다.

"선위와 우리 보은군의 혼사에 연관성이 없는데. 다짜고짜 그렇게 청을 하면 대감께서 억지를 부린다며 노발대발하지 않겠습니까?"

걱정기가 가득한 목소리로 민추환이 그렇게 묻자, 영의정이 슬쩍 웃어버렸다. 어쩐지 그 웃음기에 여유가 그득하게 묻어나는 것 같았다.

"연관성이 왜 없습니까? 화론파를 움직이게 하려면 화론파들의 마음을 돌릴 만한 것을 쥐여주어야지요."

"아?"

"선위를 반대하는 이는 화론파, 그들을 전하의 편으로 만들기 위해선 그들이 원하는 것인 보은군과 내 여식의 혼사, 그것을 성사시켜주면 될 일이지요? 보은군과 소진이 혼인만 하게 된다면 작금의 세자가 왕이 되는 것을 화론과 대신들은 기꺼이 받아들일 테니까요."

"그것은 그렇지요. 대감의 여식이 우리 보은군과 혼인만 한다면야 옥좌는 언제든 갈아 치울 수 있으니까요. 대감의 여식이 없다면 그저 허울만 좋은 왕이 되겠지요. 여전히 무수리 출신의 어미를 두어 힘없고 볼품없는 왕."

민추환이 그제야 영의정의 뜻을 조금 헤아릴 수 있겠다는 얼굴로 고개를 끄덕였다. 영의정은 수염을 만지작거리며 눈을 게슴츠레하게 떴다. 자신이 생각해낸 묘안이 만족스럽다는 듯 영의정이 웃음기 가득한 입술을 열었다.

"전하에게나 우리에게나 서로 손해 보는 장사는 아닐 겁니다."

"한데, 전하께서 꽤 고민하겠습니다. 선위냐, 대감의 여식이냐."

"당연히 세자에게 선위를 하고 내 여식을 중전으로 만들려고 하였겠지. 내 여식을 세자의 빈으로 만들기 위해 고군분투하던 전하셨으니."

"전하께서…… 무엇을 선택할까요?"

민추환의 말에 영의정은 피식, 조소를 터뜨렸다.

"무엇을 선택하든 우리가 손해 볼 것은 없습니다."

"하긴. 등청을 언제까지 거부할 수도 없고 전하의 뜻을 영원히 꺾을 수도 없으니. 적당한 때에 우리 보은군과 대감의 여식을 혼인시키는 것으로 거래를 청하는 것은 참으로 기발한 묘책인 것 같습니다."

"호락호락 당할 내가 아니지. 감히 내 여식을 누구의 빈으로 만들어."

혼잣말처럼 중얼거리는 영의정의 목소리에는 살기(殺氣)가 가득했다. 그 앞에 앉은 민추환도 같은 생각이라는 듯 고개를 주억이며 피식, 웃었다. 그러자 영의정이 한 가지 걸린다는 얼굴로 입술을 짓씹었다.

"한데 부원군이 가만히 있지 않겠지요."

부원군이라는 말에 민추환의 얼굴도 어두워졌다.

"하긴……. 대감께서 전하께 내세울 거래 내용을 듣게 된다면 아주 난리를 피우겠습니다."

"중전이 딸을 낳아야 합니다. 그래야 중전을 화론파에서 아주 내쳐버릴 명분이 생기는데."

"……맞습니다. 어쭙잖게 중전 세력을 화론파에 두는 것은 위험한 처사라, 화론파 내에서도 목소리가 나오고 있습니다."

영의정 못지않은 야망을 품은 중전이었다. 그랬기에 행여 그녀가 덜컥 아들이라도 낳아, 제 아들을 왕으로 만들겠다고 하면 화론파 내에 균열이 생길 것이 뻔했다. 뿌리 깊은 정통(正統)을 가진 화론파가 둘로 나뉘어 세력이 분배되는 것은 원치 않았다. 그렇기에 중전이 차라리 딸을 낳아 제 욕심을 스스로 꺾고 영의정의 뜻에 따르거나 아니면 아예 화론파에서 배제해버리는 것이 답이었다.

"중전이 아들을 낳으면 일이 복잡해지겠지요?"

민추환이 영의정의 얼굴을 살피며 그렇게 물었다.

"복잡해지다마다……. 아마 보은군 마마를 치기 위해 만반의 준비를 할 것입니다."

"그 전에 손쓸 방법은 없을까요?"

민추환의 물음에 영의정이 자신의 이마를 슬쩍 쓸었다. 그러다 오늘 낮에 김 도령이라는 자에 관해 들은 이야기가 떠올랐다. 거기에 중궁전에서 보았던 봉희댁의 얼굴도 묘하게 겹쳐졌다.

"……방법이야 만들면 얼마든지 만들 수 있지요."

"우선은 선위 문제부터 잘 해결할 수 있도록 하지요. 성심껏 대감을 돕겠습니다."

"잘…… 해결될 것입니다. 참, 내일 보은군 마마께서 출궁하시지요?"

"예. 궐을 떠나시는 우리 마마가 참으로 안쓰럽고 가여웠는데, 뜻밖의 선물을 안겨주게 되었습니다."

"보은군 마마께서 흡족해하실 선물이 되었으면 하네요."

"……예. 그럴 것입니다."

그렇게 대답하며 민추환은 영의정과 시선을 주고받았다. 무언의 눈빛이었지만, 그 속에는 서로를 향한 깊은 신뢰가 박혀 있었다. 그리고 그이야기를 밖에서 듣고 있던 소진은 굳어버리고 말았다.

'……선위라니! 한데 그것을 이용하여 보은군 대감과 날 기어이 혼인시키려 하는 것인가.'

안채 안을 바라보는 소진의 눈동자에는 원망이 뚝뚝 묻어났다. 아버지가 그렇게 하기로 마음을 먹었다면 거스를 수 없을 것이었다. 이대로 있다간, 정말 보은군과 혼인을 해야만 할지도 몰랐다.

툭, 툭.

돌계단을 내려서는 소진의 발걸음이 무거웠다. 연모를 담고 있는 자신의 마음과 같아지기를 욕심내지 않겠다던 헌의 말이 떠올랐다.

"저하께서 나를 욕심내어주셨으면 좋겠어."

그렇게 중얼거리는 소진의 얼굴 위로 달빛이 느리게 번져갔다.

"주상 전하 납시오!"

다음 날, 상참이 열리고 대신들이 모두 굳은 얼굴로 편전에 자리를 잡고 섰다. 왕의 등장을 알리는 소리에 그들이 모두 고개를 조아렸다. 그 사이에는 영의정도 있었다.

편전으로 들어서는 왕의 얼굴은 그 어느 때보다 수척해져 있었다. 그리고 그 뒤에는 헌도 함께 따르고 있었다. 가끔 상참 때마다 왕세자인 헌이 동참하기도 했기에, 대신들은 별다른 생각 없이 그를 올려다보고 있었다.

왕이 건조한 얼굴로 대신들을 내려다보았다. 그러다 찬찬히 대신들을 하나하나 살피던 그가, 무지근하게 입을 열었다.

"내 오늘 상참에 앞서 그대들에게 전할 말이 있소."

때가 되었구나, 싶어 영의정은 지그시 눈을 감았다. 못마땅한 기색이 역력한 얼굴이었다. 그것을 헌이 느긋하게 바라보고 있었다.

"그대들도 알고 있다시피, 내 병세가 요즘 더 깊어가고 있소. 해서 나는 인제 그만 내 자리를 세자에게 물려주고 요양이나 하며 남은 생을 살까 하오."

"전하!"

그 말이 떨어지자마자 영의정이 느리게 눈을 떴다.

"세자에게 선위를 할까, 하는데."

순간 술렁이던 편전이 싸늘해지고 말았다. 반색하는 수론파와 화들짝 놀라며 얼굴을 구기는 화론파의 반응이 명확하게 대비되었다.

"이제 내 뜻을 받들어 조선을 거느려도 부족함이 없을 만큼, 우리 왕세자도 장성하였고……."

왕이 느릿느릿 말을 이어가던 그때, 영의정이 대신들 사이에서 불쑥 튀어나와 무릎을 꿇으며 소리쳤다.

"전하! 선위라니요, 가당치 않습니다! 그 뜻을 거두어주시옵소서!"

영의정이 선창하자 기다렸다는 듯, 화론파 대신들이 그를 따라 무릎을 꿇으며 고개를 조아렸다.

"뜻을 거두어주시옵소서!"

왕은 분노하며 자리에서 일어났고 헌은 여유 넘치는 얼굴로 그들을 바라보았다.

"영의정."

왕은 자기 뜻에 강력히 반발하는 영의정을 지그시 내려다보았다. 그의 이런 반응을 아주 예상 못 한 것은 아니었다.

"전하, 전하의 뜻을 소신들이 모르는 것은 아니옵니다. 하지만 선위는 시기상조입니다."

영의정이 고개를 조아리며 그렇게 말하자 화론파 대신들 모두, 그를 따라 고개를 더욱 깊이 조아렸다.

"전하께서 아직 강녕하시고 몇 해는 더, 거뜬하게 정사를 돌보실 수 있으신데 이리 일찍 선위를 결정하시게 되면 백성들이 크게 동요할 것이옵니다. 또한 타국에서도 이른 선위를 두고 전하의 안위에 문제가 생긴 것은 아닐까, 잡음이 끊이지 않을 것입니다. 하오니 그 뜻을 거두어주시고 백성의 아버지로서, 또한 조선의 주인으로서 조금 더 저희를 보살펴주시옵소서, 전하!"

그 말에 왕이 스르륵 눈동자를 굴려 헌을 바라보았다. 자신의 발아래에 앉아 있는 헌은 여전히 고개를 빳빳하게 치켜든 채 영의정을 바라보고 있었다. 왕은 조금 전, 편전에 들기 전에 헌과 나누었던 이야기를 다시금 떠올렸다.

─선위는 이릅니다, 아바마마. 어의도 점점 차도를 보일 것이라 하지 않았습니까.

자신의 뜻을 이야기하자, 헌도 영의정과 같은 반응을 보였다. 하지만 왕은 옥좌에 더 앉아 있을 힘이 없었다.

하루만 더, 딱 하루만 더.

그렇게 버텨온 것이 여기까지였다. 하지만 병세는 나을 기미가 없으니 왕은 점점 지쳐갔다.

─이르지 않다. 내 몸은 내가 제일 잘 안다. 이것은 시간이 흐른다고 하여 나을 병이 아니다. 이 병마는 점점 더 내 맑은 정신을 갉아먹어 결국엔 내 몸 모두를 지배하고 말 것이야. 그렇게 되면 너를 폐위하고 중전의 아이를 왕으로 삼을 수도 있다.

─아바마마⋯⋯.

─그런 참혹한 일을 내 손으로 벌이기 전에, 나는 너에게 선위를 해야겠다.

─하오나⋯⋯ 영의정이 가만히 있지 않을 것입니다.

─제까짓 게 가만히 있지 않으면 내 목이라도 베어낼 것이라더냐!

흥분한 왕과 달리 헌은 침착하기만 했었다. 그의 호통에도 헌은 차분하게 고개를 조아린 채 왕의 앞에 앉아 있었다.

─아바마마의 뜻을 소자가 결코 헤아리지 못하는 것은 아닙니다. 하지만 지금은 때가 아니라는 것입니다.

─때⋯⋯?

─필시 아바마마께서 선위의 이야기를 꺼내시면 영의정과 그의 세력은 크게 반발할 것입니다.

─하면.

─끝까지 아바마마의 뜻에 반대하며 결국에는 등청을 거부하는 사태까지 벌어지겠지요.

─뭐라? 등청을 거부해?

헌은 찬찬히 고개를 들어 왕을 직시했다.

─그것으로도 모자라 성균관 유생들을 앞세워 선위의 뜻을 거두어 달라, 시위를 벌일 수도 있겠지요.

─괘씸한 것들 같으니라고……!

─만약 영의정이 그렇게 나온다면 아바마마께서는 그저 그자가 하는 대로 내버려두십시오.

─내버려두면……?

헌의 말에 왕이 고개를 갸웃거렸다. 다 계획이 있다는 얼굴로 헌이 옅은 미소를 지으며 입술을 달싹였다.

─언제까지 아바마마의 뜻을 거스를 수 없기에, 그쪽 세력이 대화를 청해올 것입니다. 물론 우두머리인 영의정이 직접 아바마마께 알현을 청하겠지요.

─……대화?

─예. 거래하자 들 것입니다. 아바마마께서 선위를 기꺼이 포기하게 할 수밖에 없는 거래. 혹은 선위의 뜻을 받아들여도 자신들에게 절대, 손해가 가지 않을 것을 대신 쥐려 하겠지요.

─그것이 무엇인가.

─글쎄요. 거기까지는 소자도 헤아리기가 어렵사옵니다. 하오나 필시 거래를 청해올 것입니다.

헌의 말을 들은 왕의 머릿속은 뒤죽박죽이 되었었다. 거기까지는 왕도 미처 생각지 못했는데, 이미 헌은 많은 생각을 한 모양이었다.

─하면 내가 어찌해야 하는가. 나는 이 옥좌의 무게를 더 견딜 수가 없다. 난 영의정이 내게 무엇을 요구하든 그것을 들어주고, 너에게 나

의 자리를 물려줄 것이다.

―그래도 무엇을 걸고 거래를 해올지는 들어봐야 하지 않겠습니까?

―거래를 하자 한들, 나는 영의정의 요구를 안 들어줄 수도, 또한 선위를 포기할 수도 없음이야.

―소자에게 생각이 있긴 있습니다.

자신감에 찬 헌의 목소리에 흔들리던 왕의 눈빛이 진정이 되었다.

―선위도 거머쥐고 그들의 요구 또한 묵살시켜버릴 묘안이 있지요.

―그래?

―하니 우선 무엇을 요구하는지, 그쪽에서 먼저 입을 열도록 해야 합니다. 절대 아바마마의 조바심을 그들에게 드러내어서는 안 됩니다.

왕은 헌의 신신당부를 되새기며 표정을 굳혔다. 여전히 영의정은 선위는 아니 된다며 고개를 조아리고 있었고, 헌은 그런 그와 기 싸움이라도 하듯 무지근한 시선으로 영의정을 쏘아보고 있었다.

"경들의 뜻도 영의정과 같은가."

왕이 돌아본 곳은 당황해 어찌할 바를 모른 채 꾸물거리고 서 있는 수론파 대신들이었다. 수론파에는 영의정만큼이나 강력한 힘을 가진 인물이 없었기에 그저 그들은 크게 반발하는 화론파의 반응에 우물쭈물하고 있을 뿐이었다.

"경들의 뜻도 같으냐고 묻지 않느냐!"

왕은 호통치며 자리에서 일어났다. 늘 이렇게 목소리 한번 크게 내지 못한 채, 화론파 대신들에게 끌려다니는 그들이 못마땅했다.

세자를 뒷받침하고 있는 저들의 힘이 영의정보다, 아니 그에게 견줄 수 있을 만큼 비등하기라도 했더라면, 이런 이른 선위는 하지 않아도 됐을 터였다. 왕세자를 보필하는 저들의 힘이 조금 더 강력했더라면……. 아쉬운 마음과 동시에 자신이 이렇게 무능한 왕이었나 싶어 한탄스러울 따름이었다.

"신, 신들은…… 전하의 뜻에 따를 것이옵니다……."

왕의 재촉에 수론파 대신들은 슬금슬금 영의정의 눈치를 살피며 그렇게 대답했다. 영의정은 부러 더 큰 목소리로 소리쳤다.

"부디 명을 거두어주시옵소서, 전하!"

영의정을 넌지시 바라보고 있던 헌이 자리에서 천천히 일어났다. 영의정이 고개를 슬쩍 들어 헌을 올려다보았다. 두 사람의 시선이 거칠게 교차했다. 그때, 헌은 보란 듯이 왕을 향해 무릎을 꿇으며 소리쳤다.

"어명을…… 받들 수 없나이다!"

그 뒤에 있던 영의정의 미간이 적나라하게 구겨졌다.

"소자는 아직 부족함이 많습니다. 전하께서 이 소자를 더 가르쳐주고 일러주셔야지요!"

"세자…… 너까지 어찌."

속내가 무엇일까. 헌의 뒷모습을 바라보는 영의정의 얼굴이 딱딱하게 굳어갔다. 이미 헌이 그런 반응을 보일 것이라는 걸 알면서도 왕은 그렇게 대꾸했다.

"선위는 이릅니다, 저하. 부디 명을 거두어주시옵소서!"

편전 안에는 날 선 기운이 팽팽하게 대립하고 있었다.

"대체 세자의 꿍꿍이는 무엇일까요?"

민추환이 영의정의 곁으로 다가오며 한숨을 푹, 내쉬었다. 선위를 당연히 반길 줄 알았는데 어찌 화론파의 편에 서서 어명을 거두어달라고 하는지. 영의정도 도통 헌의 속내를 알 수가 없어 답답할 노릇이었다. 편전을 나서는 대신들은 두 파로 나뉘어 서로 심각한 얼굴을 하고 있었다.

그때, 헌은 궁인들을 거느리고 편전을 나와 동궁으로 향하고 있었다. 대신들이 모두 고개를 조아리며 헌에게 길을 터주었다. 고고하게 허리를 세운 채, 걸음을 옮기던 헌이 별안간 발을 멈추었다. 그러곤 자신을 향해 고개를 조아리고 있는 영의정을 넌지시 내려다보며 입술을 뗐다.

"이번만큼은 나와 대감의 뜻이 같기를 바랍니다."

의미심장한 그 말을 남기고서 헌은 사라졌고, 그의 뒷모습을 영의정이 물끄러미 바라보았다. 헌이 동궁 쪽으로 완전히 발걸음을 돌리자, 두 사람은 은밀하게 이야기를 주고받았다.

"……이러다 덜컥, 전하께서 우리의 거래를 들어보기도 전에 선위의 뜻을 거두는 것은 아니겠지요?"

"이왕 이렇게 저질러진 것, 무엇이라도 하나는 건지고 매듭을 지어야 속이 편할 텐데."

보은군과 소진을 어떻게 해서든 혼인시키려는 영의정이었다.

"한데 저하까지 저렇게 강경하게 나오니 보은군 마마와 대감 여식의 혼사는 어려운 일이 되지 않겠습니까?"

"그게 어렵다면 간택 재개, 단 우리 소진이는 배제한 채 진행되게 해야지요. 무조건 혼사는 보은군 마마와 이루어질 수 있게 할 것입니다."

그 말에 민추환은 고개를 몇 번 주억거리며 보은군의 처소 쪽을 휙, 돌아보았다.

"하면 난 보은군 마마께 가보아야겠습니다. 이야기도 전할 겸, 출궁 준비를 모두 마쳤는지도 살펴야 하고요."

"그러시지요, 대감. 보은군 마마께 안부를 전해주세요. 조만간 제가 사가로 찾아뵙겠다는 말도요."

한편, 헌은 조금 전 편전에서 선위는 아니 된다며 소리치던 영의정의 모습을 떠올리며 이를 사리물었다.

헌은 싸늘한 눈빛으로 동궁으로 걸음을 속히 옮겼다.

"전하. 급히 아뢸 것이 있사옵니다."

그때, 심란한 헌에게 윤현이 다가와 섰다.

"무엇인가."

그러자 윤현이 한껏 목소리를 낮추며 헌에게 성큼 다가가 고개를 조아렸다.

"김 도령이 추포되었다 합니다."

"뭐라……."

"어찌 하올까요?"

"중궁전은."

"중궁전에서는 별다른 움직임이 없습니다."

헌의 눈빛이 기민하게 떨렸다. 생각보다 김 도령이 쉽게 잡혔다는 생각을 지울 수가 없었다. 동궁으로 향하는 걸음을 재촉하는 헌은 윤현을 돌아보며 낮게 명을 내렸다.

"나를 잡기 위한 함정일 수 있으니 우선 중궁전의 반응을 살피거라."

"예, 저하."

"필시 팔아넘길 여인들과 관련이 있는 김 도령이 추포되었다는 소식에 제일 먼저 반응을 보일 곳이 중궁전일 테니."

간택 때 벌어진 사건 이후, 중궁전은 쥐죽은 듯이 조용했다. 소진을 납치하고 감금했던 중전 쪽 무사들이 여전히 헌의 손아귀에 있으니 중전은 더욱이 입을 다물고 있을 수밖에 없었다. 겉으로는 덤덤한 척하고 있지만 속은 초조함으로 검게 타들어갈 것이었다.

그 때문에 헌은 옥에 가둬놓은 무사들을 더, 심문하지 않았다. 목숨을 내놓는 한이 있어도, 배후가 중전이라는 것을 절대 토설하지 않을 것이니 굳이 시간 낭비, 인력 낭비를 할 필요가 없었다.

그저 그렇게 쥐고 있는 것만으로도 충분히 중전의 목을 옥죌 수가 있었으니. 중궁전 쪽으로 돌아서는 윤현을 보는 헌의 얼굴에 짙은 그림자가 드리웠다.

"예……? 선위와 저의 혼인을 맞바꾸실 것이란 말입니까?"

궁을 떠나기 전, 외조부인 민추환과 잠시 이야기를 나누던 보은군은 소스라치게 놀라고 말았다.

"그렇습니다. 영의정 대감이 그렇게 마음을 먹었으니, 아마 한 규수와의 혼인은 일사천리로 진행될 것입니다."

"아……."

"아주 잘된 일이지요? 마마와 한 규수가 혼인만 할 수 있다면 세자가 왕이 된다고 해도 마마의 앞길은 훤히 트일 것입니다. 그 자리를 노려 볼 수도 있고요."

하지만 어쩐지 보은군의 표정이 어두웠다. 어둑해지는 그의 낯빛을 살피던 민추환이 조심스럽게 말을 이었다.

"기쁘지…… 않으십니까?"

그 물음에 내내 땅바닥만 응시하던 보은군이 고개를 들었다.

"기쁘지 않습니다."

"예? 어째서요? 마마께서…… 한 규수를 마음에 두고 계신 것이 아니었습니까?"

민추환이 조심스러운 목소리로 물으며 보은군의 눈치를 살폈다. 어렸을 때부터 벗처럼 지내오면서 켜켜이 쌓아온 정이라는 걸, 그의 외조부인 민추환이 모를 리가 없었다.

같은 왕의 핏줄이면서 무수리 출신의 어미에게 난 헌은 곧 왕의 자리에 앉으려 하고, 탄탄한 가문을 가진 민 소용의 아들인 보은군은 출궁을 앞두고 있었다.

그것만으로도 민추환의 속은 뒤집힐 것 같은데, 보은군은 내내 왕위에는 관심이 없다는 듯, 시큰둥한 반응만 보이니 속이 바짝바짝 탔다. 게다가 마음에 둔 한 규수를 헌과 왕이 탐내고 있는데 이리 태평하게 출궁 준비를 하고 있다니. 대체 보은군의 진심이 무엇인지 궁금했다.

"원하는 것이 있으면 이 할애비에게 허심탄회하게 이야기해보세요, 마마. 왕위가 탐나지 않습니까? 왜 마마는 이렇게 쫓기듯 출궁을 해야 합니까? 한 규수만 꽉 쥐면, 마마께서도 원하는 그 한 규수만 꽉 쥔다면 왕위도 그리고 그 마음도 모두 얻는 승자가 되지 않겠습니까?"

조바심을 내며 민추환이 보은군의 손을 맞잡았다. 민추환의 말이 보은군의 속을 더욱 뜨겁게 데우고 있었다. 고개를 천천히 치켜들어 민추환을 바라보던 보은군이 느리게 입술을 뗐다.

"소진 낭자도…… 영의정 대감의 생각을 알고 있습니까?"

"아마 오늘, 대감이 한 규수에게 뜻을 전할 것입니다. 혼사 준비도 곧 할 것이고요."

"혼사 준비를 그렇게 빨리요?"

"서두를수록 좋은 것이지요?"

"간택이…… 여전히 중단된 채로 있지 않습니까."

보은군의 목소리가 어둑해졌다. 반대로 민추환의 얼굴이 밝아졌다.

"재개될 것입니다."

"어찌요?"

"무조건 재개는 되게 할 것이라 했습니다. 대신, 한 규수는 제외한 채로 말입니다."

"누가요."

"영의정 대감이…….."

그러자 보은군이 버럭 소리를 질렀다.

"어째서 왜! 영의정, 영의정, 영의정!"

"마, 마마……!"

"영의정 대감의 그늘에서 벗어나시질 못하는 것입니까!"

"그, 그것은…… 다 마마를 위한…….."

보은군의 얼굴에는 슬픈 빛이 역력했다.

"나를 위한 일이라면서 할아버지께선 어찌 왜, 단 한 번도, 내 뜻을 물은 적이 없습니까?"

"마마…….."

"원합니다, 할아버지의 말씀대로 원하고 있습니다. 소진 낭자를요. 하지만 이렇게는 싫습니다."

보은군은 숨을 고르며 민춘환에게서 시선을 거두었다.

"도둑질하듯, 낭자를 훔쳐 오기는 싫습니다."

그 말에 민추환이 소스라치게 놀라며 손사래를 쳤다.

"마마……! 훔치다니요, 도둑질이라니요! 가당치도 않습니다!"

"낭자의 의사는 묻지도 않고 간택을 재개하고, 배제해버리고. 선위를 거래 삼아 혼사를 마음대로 정해버리는 것이, 도둑질이지요."

"마마…… 그런 표현은 영의정 대감도, 나도 너무 속이 상합니다."

"진심으로 낭자를 은애하는 내 속이 더 상할 것이라는 생각은 못 해 보셨습니까?"

보은군은 그렇게 말하며 한숨을 푹 내쉬었다. 민추환은 더는 대꾸할 말이 없었다.

"하지만 어쩔 수가 없습니다. 대신들이 마마에게 거는 기대가 얼마나 큰지 모릅니다. 한데 덜컥 전하께서 선위를 입에 담으시니…… 대신들 의 반발이 거세 영의정 대감께서도 어쩌실 수가 없었겠지요."

"이해는 합니다만…… 이건 너무 갑작스러운 것 같습니다. 소진 낭자 와의 혼인은 나도 원하는 것이고 할아버지도 또한, 영의정 대감 모두가 원하는 것이라고 해도 순서가 틀린 것 같습니다."

보은군의 목소리가 제법 단호했다. 민추환은 그저 그 말을 덤덤히 듣 고만 있을 뿐이었다.

"간택을 재개해도 소진 낭자의 뜻을 물어야 한다고 생각합니다."

보은군의 말을 거스를 수는 없었다. 워낙 심성이 고운 인물이니 그 고집을 꺾을 수는 없을 것 같았다.

하지만 민추환도 이번만큼은 생각을 굽힐 수 없었다. 이것은 가문의 모든 것이 달린 사안이었다.

"마마의 뜻은 잘 알겠습니다."

적당히 그렇게 대답하며 민추환은 한 걸음 물러났다. 어찌 이리 마음 이 약한 것일까, 제 여식인 민 소용과 똑 닮은 보은군의 모습에 민추환은 속이 상했다.

"함께 가시지요. 저도 마침 궐을 나가려던 참이니."

민추환이 돌아서자, 보은군이 그 뒷모습을 물끄러미 응시했다.

"아니요. 저는 전하와 저하를 뵙고 출궁해야 할 것 같습니다."

"하면 여기서 기다리지요. 마마 홀로 출궁하시는 것, 보기 그렇습니다. 기다릴 테니 다녀오세요."

민추환은 애써 미소를 그리며 보은군을 향해 고개를 조아려 보였다.

"소진아, 잠깐 이야기 좀 하자꾸나."

출타 후 돌아온 영의정은 곧장 소진을 찾았다. 어젯밤, 민추환과 그런 이야기를 나누었다는 것을 알고 있는 소진은 괜히 영의정과의 대화가 두려웠다.

"무슨 이야기요……?"

"안으로 들어오거라."

영의정은 그렇게만 말하고 안채로 먼저 들어섰다. 소진은 죽을상을 하고 안채를 물끄러미 올려다보았다. 그때 숙자가 쪼르르 달려와 소진의 곁에서 종알거렸다.

"아씨, 간택이 재개된답니까?"

"……간택이? 왜?"

"안방마님 하시는 말씀 들었는데, 곧 아씨 혼담을 준비한다고 하던데요?"

"내…… 혼담을?"

"예. 간택이 재개되어 아씨께서 세자빈으로 뽑히시는 것 아닐까요?"

소진의 속도 모른 채 숙자는 히히거리며 홀로 수줍어했다.

"세자 저하의 입이 귀에 걸리시겠네……!"

그렇게 말하며 숙자가 치맛자락을 팔랑거리며 멀어졌다.

그 말에 소진은 더욱 조바심이 났다. 보은군과의 혼담이 점점, 현실이 되어가고 있었다. 그녀는 서둘러 안채로 들어섰다. 영의정이 담담한 얼굴로 소진을 기다리고 있었다.

"아버지."

"앉거라."

소진은 차분하게 그의 앞에 앉아, 말이 떨어지기를 기다렸다. 영의정의 이야기를 기다리는 소진의 가슴이 콩닥콩닥 뛰기 시작했다.

"내가 이리 널 부른 것은. 간택 때문이다."

"……간택이요?"

"간택이 지금 무기한 중단이 되었다. 곧 재개될 것으로 생각하였지만 전하께서 오늘 선위를 발표하시는 바람에 일이 좀 복잡하게 되었지."

영의정을 바라보는 소진의 눈동자가 옅게 흔들렸다. 치맛자락을 꾹 움켜쥐는 그녀의 손끝도 파르르 떨렸다. 그렇게 반대하던 헌이 결국 왕의 자리에 오르게 생겼으니, 당장이라도 자신을 보은군과 혼인시킬 영의정이었다.

소진은 꼭, 곧 떨어질 벼락을 기다리는 기분이었다.

"해서 나는 전하께 청을 넣을 생각이다."

"……어떤 청이요?"

"간택에서 널 빼달라고. 그리고 보은군과 너와의 혼인을 허락해달라고."

내내 그녀의 가슴을 졸이게 하던 그 말이 영의정의 입에서 떨어지자 소진의 감정이 울컥, 치솟고 말았다.

"아버지, 그 간택은…… 소녀의 선택으로 들어간 것이니, 그 마무리도 소녀가 선택할 수 있게 해주세요."

그 말에 영의정의 눈빛이 삼엄하게 번뜩이고 말았다. 이대로 헌과 허망하게 헤어지기는 정말, 싫었다.

───

─네가 선택하고 말고 할 것이 아니다! 분명 너는 초간택에만 임하고 떨어지겠다고 하지 않았더냐!

괜스레 호통만 듣고 별채로 돌아온 소진. 호기롭게 재간택에 다시 임하고, 결과에 따라 삼간택까지 보겠다고 했다가 된통 혼만 난 것이다.

─세자빈에 대한 없던 욕심이 생긴 것이냐?

─그게 아니오라 이대로 홀로 빠지면 잡음만 날 것 같아…….

─그건 네가 신경 쓸 것이 아니다. 그리고 감히 우리 가문을 두고 누가 숙덕대!

─아버지…….

─세자빈의 자리가 탐이 나는 것이라면 조금만 기다려라.

─그것이 무슨.

─너는 보은군의 부인이 될 것이야. 시작은 군부인이겠지만, 끝은 세자빈보다 더한 것을 쥐게 해줄 것이니.

탐욕스럽게 타오르던 영의정의 눈빛이 잊히지 않았다.

─하면 세자빈은…….

─저하는 수론파 대신의 여식과 혼인하게 될 것이다. 이미 그렇게 손을 쓰고 있으니 네가 세자의 빈까지 걱정할 필요는 없다.

─예……?

─저하의 배필은 네가 아니다.

소진의 가슴이 더욱 답답해져왔다. 그녀는 양 무릎을 끌어안은 채, 고개를 묻었다. 걱정했던 대로 영의정은 보은군과의 혼사를 서둘러 진행하려 하고 있었다. 더군다나 헌의 짝까지, 영의정이 정해두고 추진하고 있다니 꼭 가슴에 비수가 박힌 것 같았다.

"어떻게 해야 하지? 이러다 덜컥…… 저하께서 정말 다른 여인과 혼인이라도 하시면?"

갑자기 헌이 다른 규수와 국혼을 한다고 생각하니 눈물이 왈칵 치솟을 것 같았다.

"입맞춤…… 책임진다고 했으면서."

그와 사고처럼 부딪쳤던 입술이 떠올랐다. 그리고 자신에게만 유독 따뜻하고 다정했던 헌의 모든 행동도 선명하게 피어오르고 있었다. 소진은 창문을 활짝 열어 어둑해지려는 하늘을 바라보았다.

"저하를 만나야겠어. 죽이 되든 밥이 되든 얼굴을 보아야겠어."

이 끓는 마음을 잠재워줄 사람은 보은군이 아닌, 헌이었다.

"저하가 보고 싶어."

다음 날, 소진은 곧바로 헌에게 서찰을 보냈다.

일이 생기거든 문지기에게 윤현의 이름으로 서찰을 보내면 된다던 그의 말을 떠올린 소진은 숙자를 시켜 연통을 보냈다. 하지만 답신은 오지 않았다. 다음 날도 그다음 날도.

"아씨. 다녀왔습니다."

"오늘도…… 아무런 연통이 없었어?"

"예……. 저하께서 많이 바쁘신가 봐요."

숙자의 대답에 소진은 또다시 풀이 죽고 말았다. 영의정이 헌의 배필을 직접 골라 이어줄 것이라는 말이 생각나, 가슴이 더 조마조마했다.

헌은 소진이 자신과 같은 마음이기를 언제고 기다릴 것이라 했었다. 그때는 그저 헌이 연모의 감정에 앞서 한 소리라 생각하고 한 귀로 흘려들었다. 그런데 그 말이 지금 이 순간 이토록 믿고 싶어질 줄 몰랐다.

숙자가 굳게 걸어 잠근 대문을 바라보며 소진은 어깨를 축 늘어뜨렸다. 직접 궐로 들어가 헌을 만날 수도 없고.

대체 무슨 일이 생긴 것인지, 아니면 그 굳건할 것 같던 마음에 변화가 생긴 것인지 알 길이 없어 더욱 기분이 가라앉고 있었다.

영의정이 선위를 반대하고 헌과는 철저히 상반되는 길을 가고 있으니 그의 여식인 자신까지 혹시 미워진 것은 아닐까. 온갖 부정적인 생각에 사로잡혀 소진의 마음은 더 아파졌다.

"참, 아씨. 오늘 민 대감마님 댁에 가셔야 해요."

숙자는 우울해 보이는 소진에게 조심스럽게 말을 건넸다.

"민 대감 댁……? 보은군 대감의 외조부께서?"

"예. 식사 대접을 하고 싶다고 하시었대요."

애타게 그리운 헌은 볼 수도 없는데, 보은군과의 혼사는 점점, 윤곽을 드러내고 있었다. 그때, 안채에서 영의정이 나서며 깊은 한숨을 내쉬었다. 그러자 그 옆에 최씨 부인이 다가와 섰다.

"벌써 며칠씩이나 등청을 거부하고 계시는데…… 이래도 괜찮은 것입니까? 조마조마합니다, 대감."

영의정은 왕의 선위 선언이 있고 난 후 등청을 쭉 거부하고 있었다. 그것은 다른 대신들도 마찬가지였다. 왕의 뜻을 완강하게 거부하고 있었다.

"안 괜찮으면 나를 부르시겠지. 대화를 하자고."

하지만 하루고 이틀이고 여러 날이 지나도, 궐에서는 연락이 없었다. 당장이라도 왕이 크게 노하여 자신을 부를 것으로 생각했는데 아니었다. 왕의 침묵이 길어질수록 자신의 예상과 크게 빗나가는 것 같아 영의정도 초조한 것은 마찬가지였다.

그런데 그때, 누군가가 다급하게 대문을 두드렸고 영의정과 소진의 시선이 동시에 그곳에 닿았다.

"누구냐."

하인이 대문을 삐걱 열었고, 민추환이 다급하게 들어서고 있었다. 한눈에 봐도 긴박한 일이 생긴 듯 민추환이 숨을 몰아쉬고 있었다.

"아니 대감께서 어찌."

영의정이 서둘러 마당으로 내려와 민추환의 앞에 섰다. 소진도 잔뜩 긴장한 얼굴로 두 사람을 바라보고 있었다.

"대감. 그것이……"

"무슨 일입니까?"

"저하께서……."

저하라는 말에 소진은 가슴이 산산이 부서지는 느낌이 들었다.

"저하께서 석고대죄를 하고 계시다 하옵니다!"

그 말에 영의정과 소진 모두 굳고 말았다.

석고대죄를 왜……?

혹, 그가 왕에게 큰 잘못이라도 저지른 것인가 싶어 순간 소진의 가슴이 서늘해지고 말았다. 그 소식을 전하러 온 민추환 역시, 굳은 표정이었다.

대체 궐에서 무슨 일이 벌어지고 있는 것인지, 영의정과 민추환을 번갈아 응시하는 소진의 눈동자에는 걱정이 가득 담겨 있었다.

"아니 석고대죄라니……."

믿을 수 없다는 얼굴로 영의정이 휘적휘적 민추환의 앞으로 걸어가, 주위의 눈치를 살피며 조용히 목소리를 낮추며 말문을 열었다.

"대체 무슨 연유로."

"어명을…… 받들 수 없다는…… 연유로."

"이런!"

영의정은 민추환의 말에 크게 노하며 주먹을 바짝 쥐었다.

"선위의 명을 거두어달라, 석고대죄를 하고 계시다 하옵니다."

그 말에 멀리서 두 사람을 지켜보고 있던 소진의 눈도 커졌다.

'선위를…… 어째서 거부하시는 겁니까, 저하?'

대체 그의 속내가 무엇인지, 조금도 감을 잡을 수가 없는 소진이었다. 그녀는 영의정만큼이나 굳은 얼굴로 두 사람을 예민하게 바라보고 있었다.

혼란스러운 듯, 영의정은 이리저리 눈동자를 굴렸다. 아무래도 헌의 석고대죄는 화론파에게 보여주기 위한 하나의 장치일 것이라는 생각이 들었다.

아무 연유도 없이 그가 감히 석고대죄할 리는 없었다. 한참 고심에 잠겨 있던 영의정의 입술이 거칠게 벌어졌다.

"하……가히 세자로세."

그 입매에는 짙은 조소도 걸려 있었다. 갑작스러운 영의정의 말에 민추환이 고개를 번쩍 치켜들었다.

"무슨…… 말입니까, 그것이?"

"우리를 부르는 겁니다. 대화를 시도하자, 미끼를 던지는 것이지요. 아주 영특한 세자십니다."

조롱이 섞인 어투로 그렇게 말하던 영의정이 옷자락을 사납게 펄럭이며 돌아섰다. 민추환은 그 모습에 어쩐지 조바심이 나기 시작했다.

"미끼를 던지다니요?"

"이미 세자는 우리가 선위를 대상으로 거래를 준비했다는 걸 알고 있는 눈치인 것 같습니다."

"그걸 어찌 압니까, 세자가!"

민추환이 버럭 소리를 내지르며 영의정의 옆으로 다가갔다.

"먼저 대화의 물꼬를 트는 것은 체면도 상하고 한 수 굽히고 들어가야 하니 꺼려진다는 것이겠지. 거래에서 우위를 차지하겠다는 심상입니다."

"아니…… 그것은 우리끼리 은밀히 나눈 대화인데요?"

"무슨 거래인지, 우리의 속내까지는 파악 못 한 듯합니다. 그러니 석고대죄라는 연극으로 우리를 움직이게 하는 것이지요."

"아."

"우리는 등청을 거부하고 전하께서 먼저 부르실 때까지 기다리려 하지 않았습니까?"

"그랬지요……?"

"한데 그것을 완전히 깨부순 것이지. 저하께서 우리의 의도를 파악하고 석고대죄를 벌여, 우리가 더는 시간을 끌 수 없도록 만든 것이지요."

영의정의 설명에 민추환의 이맛살이 우악스럽게 구겨졌다. 좀처럼 호락호락하지 않은 세자였다.

"하긴…… 왕세자가 선위의 뜻을 받들 수 없다, 석고대죄를 하는 마당에 우리가 이리 집에만 있을 수는 없는 노릇이니. 하…… 적이 이리 똑똑하니, 한시도 긴장을 늦출 수가 없군요."

영의정은 서둘러 입궐할 채비라도 하려는 듯, 민추환을 돌아보았다.

"궐에서 봅시다, 대감."

"그러도록 하지요."

"다른 대신들에게도 이 소식을 전해주시지요."

"알겠습니다."

그렇게 민추환이 돌아서고 영의정은 애써 분노를 삼키며 안채로 향하고 있었다. 그 모습을 지켜보던 소진은 걱정스러운 얼굴을 했다.

'적……이라.'

그러다 민추환이 했던 말이 괜스레 비수처럼 그 가슴에 박히는 것 같아, 따가웠다.

"저하와 같은 편이 될 수는 없는 것일까……?"

중얼거리는 소진의 눈동자가 촉촉해져갔다.

"부디 뜻을 거두어주시옵소서, 전하……!"

정말, 헌은 멍석 위에서 소복만 입은 채로 무릎을 꿇고 앉아 있었다.

궁인들은 어찌할 바를 모른 채, 그에게서 몇 걸음 물러나 발만 동동 구르고 있었다. 굳게 닫힌 대전 문 안에서 왕은 그저 두 눈만 굳게 감고 있었다.

―석고대죄를 할 것입니다.

―꼭 그렇게까지 해야겠느냐.

―저들은 우리가 한 수 굽히고 들어와주길 바라고 있습니다. 뜻대로 해줄 수 없지요.

―석고대죄한다는 것은…… 불효를 저지르고 그것을 인정하는 것이 된다. 백성들에게 너의 석고대죄가 알려지면 좋을 것이 무엇 있겠느냐.

―모든 것을 완전히 거머쥔 채 원하는 것만 얻을 수는 없사옵니다.

―……세자.

―속절없이 그들을 기다리고 있을 수만은 없습니다. 이것은 시간 싸움이기도 하지요. 이번만큼은 소자를 믿고 맡겨주십시오. 아바마마.

상선은 그들의 숨은 사정을 몰랐기에 어찌할 바를 모른 채, 왕만 바라보고 있었다. 반나절째 석고대죄하는 헌이 걱정이 되는지 상선은 결국, 왕의 앞에 섰다.

"전하……."

상선의 부름에 왕이 느리게 눈을 떴다.

"저러다 저하의 안위에 문제라도 생길까……."

"놔두거라. 곧 멈출 것이니."

왕의 의미심장한 말에 상선은 물러날 수밖에 없었다. 그는 곧 대전 문을 열고 나가 울상을 짓고 있는 헌의 내관 앞에 섰다. 그러곤 소용없다는 듯, 느리게 도리질을 해 보였다.

"아휴……. 대체 이게 무슨 일인지요."

"속히 저하께 가보게. 조금이라도 저하의 안위에 문제가 생기거든, 다시 전하를 찾고."

"예, 그리하지요. 상선 어른."

헌의 내관은 풀이 죽은 채, 여전히 석고대죄 중인 헌의 곁으로 다가갔다. 그러자 윤현이 내관의 앞에 바짝 다가와 섰다.

"전하께서는."

"아직 아무런 말씀이 없으신 것 같소."

"알겠습니다."

곧장 윤현은 무릎을 꿇은 채 두 눈을 감고 있는 헌의 옆으로 다가가 한쪽 무릎을 구부리고 앉았다. 그러자 헌이 천천히 눈을 떠, 닫힌 대전 문을 바라보았다.

"영의정은."

"아직 소식이 없습니다만, 곧 입궐할 것 같습니다."

"한 규수에게서는……."

"예. 오늘도 연통이 왔었습니다."

윤현의 말에 헌의 입술이 힘없이 일그러지고 말았다. 멍석을 짚고 있는 손바닥에 거센 힘이 들어섰다.

"그래…… 알겠다. 혹, 또 한 규수에게서 소식이 오거든 전하거라."

"예, 저하."

마음이 편치 않았다. 벌써 며칠째, 소진에게서 밀서가 오고 있었다.

저하, 정자나무 언덕에서 기다리겠습니다. 와주실 수 있습니까?

하지만 헌은 그 서신에 답을 할 수가 없었다. 그녀를 만나러 가기 전,

영의정과 담판을 지어야 했다. 조금만 기다려달라, 말을 할 수도 없었다. 승리가 보장된 싸움은 세상에 없으니까.

영의정의 속내가 무엇인지 정확하게 알 수는 없었지만, 아무래도 보은군을 두고 거래를 할 것 같다는 생각이 들었다.

그렇게 된다면 섣불리 소진에게 기다리라는 말도, 또한 알겠다는 말도 할 수가 없었다. 확실히 영의정이 무엇을 두고 거래를 하는지 두고 본 뒤, 헌은 정확히 자신이 나아갈 길을 정할 참이었다.

그리고 그 길에 소진이 함께 갈 수 있다고 판단이 선다면 그녀를 자신이 이끌 것이었다. 하지만 이 싸움에서 자신이 행여, 패(敗)한다면.

헌의 입가에 씁쓸한 웃음이 번져갔다.

"그대를…… 홀로 연모해서도 아니 되겠지."

그때, 헌의 등 뒤에서 내관의 목소리가 들려왔다.

"저하…… 영의정 대감께서 납시셨나이다……."

무릎을 꿇은 채, 대전만 고집스럽게 바라보고 앉아 있던 헌의 고개가 드디어 돌아갔다. 저벅저벅 대전을 향해 걸어오는 영의정과 헌의 시선이 정확하게 부딪친 순간이었다.

대전에 모여 앉은 세 사람.

영의정과 헌은 나란히 앉아 왕을 마주 보고 있었다. 어쩔 수 없이 대전에 와 앉은 듯, 영의정의 표정은 어두웠다. 거의 헌에게 먹살을 잡혀 이곳까지 끌려온 것이니 그럴 수밖에 없었다.

"그래. 준비해 온 말이 있으면 해보시오, 영의정."

왕이 느긋한 시선으로 영의정을 내려다보았다. 영의정의 곁에 앉은 헌은 아무런 말도 하지 않았지만, 어쩐지 여유가 흘러넘치는 듯했다. 이미 헌에게 기선을 제압당한 느낌에 영의정은 마음이 찜찜했다.

"선위의 명을 거두어달란 저하의 뜻에 저희도 같은 생각이옵니다."

영의정이 힘겹게 말문을 열었다. 헌이 느리게 영의정을 돌아보았다.

"아직 선위하시기에는 너무 이르기도 하고 저하의 뜻도 이리 강경하니. 선위의 명을 거두어주시면 아니 되겠습니까, 전하."

"해서 등청을 거부한 것이오?"

"……송구하옵니다, 전하. 저희 뜻을 전할 길이 달리 없었사옵니다."

"내가 선위의 뜻을 거두지 않겠다면?"

왕의 말에 영의정이 조금 더 턱 끝에 힘을 주었다.

"정녕 뜻을 거두실 수 없다면."

그제야 본색을 드러내는구나 싶어, 영의정을 응시하는 헌의 눈동자에 빛이 번뜩였다.

"대신들의 마음도 헤아려주시옵소서."

"……그대들의 마음을 헤아려달라?"

"예, 전하."

왕은 괘씸했지만, 헌의 말대로 저들의 조건을 들어볼 참이었다. 다음 말을 하기 위해 입술을 달싹이던 영의정은 왕이 아닌 헌을 천천히 돌아보았다. 기 싸움이라도 하려는 듯, 헌과 시선을 맞춘 영의정은 미간에 힘을 주었다.

"이번 건으로 화론파 대신들의 뜻을 모으기엔, 혼자 힘으로는 역부족인 것 같습니다. 모두 완강히 전하의 선위를 반대하고 있습니다."

그 말이 사실일 리 없었다. 화론파 모두를 손아귀에 넣고 쥐락펴락하는 인물이 영의정인데. 자신의 힘으로 대신들의 마음을 모으기 힘들다는 것은 그저 요구를 말하기 전 덧붙이는 서론 같은 것이었다.

헌은 그것을 너무 잘 알았다.

"하면 어찌해야 하는가."

왕은 헌이 시키는 대로 대답하였다.

"저들의 마음을 하나로 모으려면 저들에게 당근을 던져주시지요."

"……당근."

"보은군 마마와 제 여식의 혼인. 그것이면 화론파 대신들의 마음을 돌리는 데 적격일 것입니다."

그 말에 헌의 눈빛이 무자비하게 떨리고 말았다.

'결국…… 그것이냐.'

왕도 곤란하다는 듯 미간을 구겼다.

"어찌…… 그대의 여식을. 그대의 여식이라면 이미 세자의 빈이 되기 위해 사주단자를 올리지 않았소? 간택이 갈무리가 되지도 않았는데 어찌 그런 청을……!"

황망하다는 투로 왕이 말했지만, 영의정은 주춤하지 않고 속히 준비한 대답을 올렸다.

"전하께서도 아시겠지요? 지난 재간택 때, 제 여식이 목숨을 잃을 뻔했다는 것을요."

그것이라면 왕도 잘 알고 있었다.

"알고 있소만."

"안 그래도 그것 때문에 전하께 알현을 청할 요량이었습니다. 남은 간택에 제 여식을 참가하게 할 수 없을 것 같습니다. 제 여식만을 노리고 납치해 감금까지 했던 자들입니다. 다시 간택이 진행된다면 또다시 그들은 제 여식의 목숨을 노릴 것입니다. 또한, 제 여식이 간택을 앞두고 사가에서도 변고를 당할 뻔한 적이 있었지요. 제 여식의 목숨을 위해서라도 더는 간택에 내보낼 수가 없을 것 같습니다."

그 말에 왕의 말문이 턱, 막히고 말았다. 어쩐지 영의정의 말을 듣고 있는 헌은 착잡해졌다.

"세자빈 간택전에 참가했던 규수를 중간에 제외하는 것이 껄끄러우시다면 저 연유면 충분할 것입니다."

"해서…… 그대의 여식을 보은군의 신부로 삼아라?"

"예. 그것이면 화론파 대신들의 마음을 전하의 손에 넣으실 수 있을 것입니다."

영의정은 그렇게 말하며 왕을 향해 고개를 조아려 보였다. 왕의 갈등은 시작됐고 헌의 고뇌도 커져만 갔다. 보은군과 영의정의 여식을 혼인시킨다면 보은군의 세력이 커질 것이다.

그것을 경계해야 하는 것도 사실이었지만, 선위 또한 왕에게는 포기할 수 없는 문제였다. 왕이 고심에 잠긴 듯, 머리를 감싸 쥐자 헌의 명치 끝이 아려왔다.

왕은 결국, 영의정의 뜻대로 소진을 보은군의 신붓감으로 윤허할 것이었다.

헌에게도 선위는 중요한 일이었다. 자신도 하루빨리, 모든 것을 손에 쥐고 영의정과 제대로 맞서 싸우고 싶었다. 그래서 사사건건 제 발목을 쥐고 흔드는 화론파를 모두 부수어놓을 참이었다.

사실 헌은 석고대죄 연극을 펼치기 전, 왕에게 호기롭게 이야기한 것이 있었다.

―소자에겐 영의정의 뜻을 묵살시켜버리고 전하도 흡족해하실 만한 결과물을 끌어낼 묘안이 있습니다.

하지만 그 거래 상대가 소진이라면 이야기는 달라졌다.

보은군과의 혼인.

그것을 당장에 뭉개버릴 수도 있었지만, 행여 소진이 원한다면 자신이 함부로 그럴 순 없었다.

헌은 질끈 눈을 감으며 자리에서 일어났다. 영의정과 왕의 시선이 모두 그에게로 향했다.

"전하께 조금 더 생각할 시간을 주시지요, 대감."

그러자 영의정도 슬그머니 자리에서 일어나며 고개를 끄덕였다.

"당연히 그래야 하지요."

헌은 굳은 얼굴로 영의정을 싸늘히 응시하더니 왕을 올려다보았다.

"하면 생각이 정리되는 대로 소자를 불러주십시오, 아바마마."

"그래, 그러도록 하마."

"그럼 저희는 이만 물러가도록 하겠습니다."

그 말은 영의정도 속히 대전에서 꺼지라는 소리였다.

영의정은 건방진 헌의 태도에 기분이 상했다. 하지만 이미 보은군과 소진의 혼사를 입에 올린 영의정에게 불만이 가득한 헌은 그의 어깨를 세차게 부딪치며 지나쳤다.

'내가 낭자를 욕심내어도 좋다는 말, 딱 그 한마디면 됩니다. 그럼 내가 최선을 다해, 그대를 욕심낼 것이니.'

그러곤 기다리고 있던 윤현을 향해 낮게 읊조렸다.

"오늘 낭자에게서 온 서찰은."

"여기 있습니다."

성난 얼굴로 동궁으로 휘적휘적 걸어가던 헌은 윤현에게 건네받은 서찰을 거칠게 펼쳐 들었다. 서찰을 내려다보던 헌은 그만, 걸음을 멈추고 말았다.

"낭자……?"

저하. 행여 무슨 일이 생기셨을까, 이젠 서찰을 보내는 것이 겁이 납니다.
저하께서 그때 그러셨지요.
저하께서는 을(乙)이 되어 갑(甲)인 소인을 홀로 연모해보시겠다고.
한데 이제는 소인이 을이 되어 저하를 기다리고 있는 것만 같습니다.
갑질을 해도 좋으니, 그 얼굴 좀 보여주시면 아니 되겠습니까?
오늘은 꼭…… 저하를 뵙고 싶사옵니다.

진심이 뚝뚝 묻어나 있는 소진의 서찰에 헌은 움직일 수가 없었다.

"아…….

그러자 윤현이 걱정스러운 얼굴로 헌을 돌아보았다.

"한 규수께서…… 무엇이라 합니까? 너무 오래 기다리게 해, 화가 난 것은 아닐는지요."

그때, 휘적휘적 대전을 나서던 영의정이 헌을 발견하고는 그의 뒤에 섰다.

"저하."

헌은 소진의 서찰을 반으로 접어 다시 윤현에게 넘겼다. 그러곤 등을 돌려, 영의정을 지그시 내려다보았다.

"그때 그러셨지요. 이번만큼은 소신이 저하의 뜻과 같기를 바란다고 요."

그 말에 헌의 입매가 비식, 일그러졌다.

"예, 꼭 그랬으면 좋겠습니다."

"뭐요?"

"저하와 제 뜻이 같기를요. 하면…… 소신 물러나보겠습니다."

보은군과 소진의 혼사를 인정하라는 뜻이었다. 멀어지는 영의정의 뒷모습을 바라보며 헌은 조소했다.

"저하……."

헌은 뒷짐을 지며 영의정에게서 눈을 떼지 못했다. 그러다 윤현을 향해 지그시 입술을 달싹였다.

"가자."

"예……? 어디로요?"

윤현의 물음에 헌은 촉촉이 젖은 눈으로 궐 담, 저 너머를 바라봤다.

"욕심내러."

제 25 장

두 사내의 청혼

"싫다니까요?"

"이게 싫다고 떼를 쓸 일이니? 정말 왜 그러느냐."

"왜 제 뜻은 묻지도 않으시고 이리 강행하시는 겁니까, 어머니?"

"지금 보은군 마마와 민 대감 모두, 기다리고 계신다. 이리 어린애처럼 굴 것이야?"

별채에서는 소진과 최씨 부인이 실랑이를 벌이고 있었다.

"그저 그런 식사 자리가 아니지 않습니까? 다 압니다. 보은군 대감과 저, 혼인을 시키려고 그러시는 거지요?"

"……그건 조금 더 지켜보아야 할 일이라니까?"

"아직 간택이 갈무리되지 않았습니다, 어머니."

"아버지께서 하시는 말씀 못 들었느냐? 간택은 중단되었고 재개된다고 해도 너는 더 참석지 않을 것이다."

소진은 허망함에 고개를 떨구고 말았다. 아직 헌에게 답신도 오지 않은 채였다. 멀리서 이 모습을 지켜보고 있던 숙자는 소진이 안쓰러워 발만 동동 굴렀다.

"채비하고 나오거라. 다들 너만 기다리고 계시니, 가문에 먹칠하는 일은 없어야 할 것이야."

단호하게 그 말을 남긴 채 최씨 부인이 사라졌고, 소진은 그대로 바닥에 주저앉았다.

"아씨……."

숙자가 황급히 소진의 곁으로 달려갔다.

"처음으로…… 그분께 진심을 담아 서찰을 보냈어. 어린아이처럼 칭얼댄 것은 아닐까, 여인이 너무 실없이 속을 드러낸 것은 아닐까, 종일 고민하고 고심하며 써 내려간 내 진심이었어."

모든 것이 원망스러웠다. 오지 않은 헌의 답신도 원망스러웠고, 제 뜻은 묻지도 않은 채 보은군과의 혼인을 강행하려는 어머니와 아버지도 싫었다.

그보다 더욱 가슴을 애달프게 하는 건 행여 헌이 자신을 포기하지 않을까, 하는 두려움이었다. 제 아비가 선위와 자신을 두고 거래를 청한다 하였으니, 헌이 자신이 아닌 선위를 선택한 것은 아닐까.

그 걱정이 제일 소진의 가슴을 아프게 하고 있었다.

"영영, 답신이 오지 않으면 어쩌지?"

"설마요."

"아버지 때문에 내게…… 화가 난 것은 아니겠지?"

"우선 아씨, 보은군 대감마님 댁에 가보셔야 할 것 같습니다……. 안방마님, 무진장 화가 난 것 같아요."

숙자의 말에 소진은 하는 수 없이 자리에서 일어났다. 환복하기 위해 별채로 걸음을 옮기다, 힘없이 숙자를 돌아보았다.

"혹시라도 말이야. 너는 집에 남아 있다가 저하께 답신이 오거든, 서둘러 내게 말해주어야 해."

"식사 도중에라도요?"

"응. 어떻게 해서라도 내게 답신이 왔다는 걸 알려줘. 알았지?"

"알겠습니다, 아씨."

"꼭이야."

숙자에게 거듭 대답을 들은 후에야 소진은 별채로 들어섰다.

"초대해주셔서 감사합니다, 대감마님."

"아닙니다. 비까지 이리 내리는데 오시느라, 고생하셨습니다. 부인."

소진과 최씨 부인은 결국, 민추환의 사가에 당도했다. 하는 수 없이 끌려온 소진은 내내 어두운 얼굴을 하고 있었다. 그러자 최씨 부인이 소진의 옆구리를 콕콕 찔렀다.

"표정 풀지 못해? 민 대감께서 보고 계시는데 어찌……."

"알겠어요."

하지만 소진은 잔뜩 골이 난 채로 우두커니 서 있기만 할 뿐, 민추환은 쳐다보지도 않았다. 그러자 민추환이 인자하게 웃으며 소진에게 다가왔다.

"소진아, 오랜만이구나."

"아…… 예, 그간 강녕하시었어요?"

그제야 소진은 애써 입매를 끌어 올리며 민추환을 향해 고개를 숙여 보였다.

"보은군 마마께서는 곧 당도하실 것이야. 속히 안으로 들자, 네가 무엇을 좋아할지 몰라 어린 시절 네가 즐겨 먹던 것을 생각해 내 차려보았단다."

"아휴, 뭘…… 그렇게까지. 대충 준비하셔도 되는데……!"

민추환의 말에도 여전히 뾰로통한 소진을 대신해, 최씨 부인이 서둘러 대답했다. 그리고 두 사람은 민추환과 함께 예쁘게 꾸며진 화원이 훤히 보이는 정자로 올라섰다. 그곳에는 진수성찬이 차려져 있었다.

"배고프지, 소진아? 어서 앉거라."

상다리가 휠 만큼 갖가지 산해진미가 놓여 있었고 최씨 부인은 감복하며 자리에 앉았다.

"소진아. 대감마님께서 널 위해 이리 정성스레 상을 차려주셨구나."

"우리 소진이 복스럽게 먹는 모습 보면서 나도 외손녀 하나 있었으면 좋겠다, 매번 그리 생각했었습니다."

민추환은 소진이 어린 시절부터 할아버지라고 부르며 따를 만큼 가까운 사이였다. 그런데 이제 그런 그가 시할아버지가 될 수도 있다고 생각하니, 어색하다 못해 껄끄럽기까지 했다.

소진은 웃는 것도 그렇다고 우는 것도 아닌 얼굴로 상 앞에 앉았다. 그녀의 머릿속은 온통 헌에 대한 생각으로 가득했다.

그때, 대문이 삐걱 열리고 누군가가 마당으로 들어섰다.

'혹시……?'

헌의 답신을 가지고 온 숙자가 아닐까 싶어, 소진은 자리에서 벌떡 일어났다. 그런데 안으로 들어서는 것은 숙자가 아닌 보은군이었다.

"아."

때마침 소진과 눈이 마주친 보은군은 환하게 웃으며 그녀를 향해 고개를 꾸벅 숙였다. 소진도 그에게 반듯하게 고개를 조아려 보였다.

"우리 소진이가 보은군 마마를 많이 기다렸나 봅니다."

최씨 부인의 말에 민추환이 흐뭇한 얼굴로 소진과 보은군을 바라보앉다. 정자에 올라선 보은군이 최씨 부인에게 깍듯하게 인사를 했다.

"제가 늦었지요? 많이 기다리게 한 것은 아닐는지요."

"아닙니다, 마마. 저희도 방금 왔습니다."

그렇게 네 사람은 상에 둘러앉아 식사를 시작했다.

도란도란 이야기를 나누는 세 사람 사이에서 소진은 도통, 웃음을 보이지 못했다. 대화에도 끼지 못한 채, 그저 밥알만 깨작거리고 있었다.

"어제 잠은 잘 주무셨습니까, 마마? 출궁 후에 잠자리가 바뀌어 불편한 곳은 없는지요."

최씨 부인의 말에 소진을 바라보고 있던 보은군이 희미하게 웃으며 대답했다.

"괜찮습니다. 모두 걱정해주신 덕분에 편히 잘 지내고 있습니다."

대답하는 순간에도 보은군은 소진만 응시하고 있었다. 평소와 달리 잘 웃지도 않고 참새처럼 재잘거리지도 않는 그녀였다. 어디가 불편한 것인지 연신 어두운 얼굴로 한숨만 내쉬고 있었다.

"이것 좀…… 드셔보시지요, 낭자."

"아. 고맙습니다."

보은군이 그녀의 숟가락 위에 고기를 얹어주며 생긋 웃었다. 하지만 소진은 그와 눈도 맞추지 않았다. 소진의 머릿속은 온통 헌의 답신에 대한 생각뿐이었으니까.

작은 인기척에도 소진은 서둘러 대문 쪽을 바라보았다. 식사 자리가 끝날 때까지 소진은 연신 누군가를 기다리는 듯, 대문을 힐끗거렸다. 보은군은 그 모습을 유심히 지켜보았다.

곧, 밥상이 물러가고 다과상이 차려졌다. 민추환과 최씨 부인이 함께 앉아 차를 나누며 이야기를 했다.

"영의정 대감께서도 함께 오셨으면 좋았을 것을요."

"그러게요. 요즘 궐에 무슨 일이라도 생겼나 봅니다?"

"별일은 아니고요. 곧, 해결될 것입니다. 영의정 대감께서 힘써주시고 계시니까요."

그리고 조금 떨어진 곳에 보은군과 소진이 한 상에 마주 앉았다.

"낭자."

"예?"

찻잔만 만지작거리는 소진을 보은군이 작게 불렀다. 그제야 소진이 고개를 들어 그를 바라보았다.

"무슨 근심이라도 있습니까?"

"아…… 아닙니다."

"그럼 기다리는 이라도 있습니까?"

"예?"

"자꾸 대문 쪽을 바라보는 것 같아서."

"그것이……."

소진이 말끝을 흐리던 그때, 대문이 삐걱 열리고 숙자가 빼꼼 얼굴을 들이밀었다. 그리고 그 모습을 소진이 발견하고는 눈을 동그랗게 떴다.

숙자를 보자마자 소진의 가슴이 크게 요동치기 시작했다. 여종을 그토록 오매불망 기다린 것인지, 보은군은 조금 의아하다는 듯 소진을 바라봤다.

"아씨."

차마 가까이 오지는 못하고 숙자가 대문 앞에서 속삭였다. 그러곤 종이 한 장을 꺼내 휘휘 흔들어 보였다. 아무래도 헌에게서 답신이 온 모양이었다. 그것을 보은군도 묵묵히 지켜보고 있었다.

'저게 무엇이지⋯⋯. 서찰 같은데.'

한편, 소진은 당장이라도 이 자리를 박차고 일어나 달려나가고 싶었다. 하지만 그럴 수가 없어 초조함이 얼굴 가득 차올랐다.

'어떡하지⋯⋯. 지금 빨리 가봐야 하는데.'

숙자가 갖고 온 서찰을 보며 어쩔 줄 몰라 하는 소진의 모습에 보은군의 표정이 점점 굳어졌다.

'설마⋯⋯.'

소진이 그토록 기다린 것이 서찰이라는 걸 깨닫자 보은군의 머릿속에 불이 켜지는 것 같았다.

'저하께서 보낸 서찰일까.'

어쩐지 씁쓸하다 못해, 그 가슴이 시커멓게 타들어가는 것 같았다. 그래서 내내 자신과 함께 있으면서도 도통 집중을 하지 못하고 아픈 얼굴을 하고 있었구나, 싶어 보은군은 가슴이 아려왔다.

"할아버지."

갑작스러운 보은군의 부름에 숙자를 힐끔거리던 소진은 화들짝 놀라며 보은군을 바라보았다. 민추환을 불렀지만, 보은군의 시선은 소진에게 향해 있었다. 어쩐지 그가 자신을 지켜보고 있었다는 생각에 소진은 뜨끔해졌다.

"낭자와 화원을 좀 거닐고 오겠습니다."

"아, 그러겠느냐?"

"예. 집 구경을 시켜주면 좋을 것 같아서요."

"그래, 그리도록 해라."

웬 난데없이 집 구경인가 싶어 소진은 자리에서 일어나는 보은군을 물끄러미 올려다보았다.

"가시지요, 낭자."

보은군은 여전히 다정한 미소를 그리고 있었다. 소진은 쭈뼛쭈뼛 자리에서 일어나 서둘러 보은군의 뒤를 따랐다. 보은군은 우산을 든 채, 앞서 걷기만 할 뿐 아무런 이야기도 하지 않았다.

"저…… 대감."

소진이 불러도 그는 묵묵부답으로 걷기만 했다. 내리는 비를 그대로 맞으며 소진은 그저 그의 뒤만 졸졸 뒤따랐다.

그때, 보은군이 정자와 한참 떨어진 커다란 나무 아래에 다다라서야 그 걸음을 멈췄다. 세찬 빗줄기도 나무 아래에서만큼은 멎어 있었다.

"낭자."

보드라운 그의 음성에 소진이 의문스러운 얼굴로 고개를 들었다.

"……낭자께서도 이미 들었겠지요? 우리의 혼인을."

"아, 대감."

"어쩔 수 없이 낭자와 내가 혼인을 하게 될 수도 있습니다. 할 수 있겠습니까?"

그렇게 묻는 보은군의 얼굴은 그 어느 때보다 차분하게 가라앉아 있었다. 그의 물음에도 소진은 아무런 대답을 하지 않았다.

그저 시선을 아래로 내린 채, 슬픈 얼굴을 하고 있을 뿐이었다.

"기억나십니까? 저번에 내가 낭자에게 했던 말."

"어떤……."

"좋은 벗이 되기 위해 마음을 숨겨야만 한다는."

"……아."

"백 번이고 천 번이고 이 마음을 숨겨 그대를 내 곁에 두고 볼 수만 있다면, 욕심내지 않고 끝내 마음을 숨겨보겠다, 그리 다짐했습니다."

"대감……."

지금 무슨 이야기를 하려는 걸까, 소진의 얼굴이 급격히 어두워졌다.

"한데 그게 욕심이었습니다. 지금까지 둘도 없는 벗으로 지내왔으니, 그대를 갖지 못해도 벗으로나마 그대의 곁에 남으려 했던 것. 그것이 욕심이었나 봅니다."

보은군은 붉어진 눈시울로 소진을 차분하게 바라보았다. 그 슬픈 얼굴을 마주하자, 소진의 가슴이 쿵 내려앉는 것만 같았다.

"대감, 어찌……."

"저하에게 가고 싶어 하는 낭자의 모습을 보면서, 보내주기 싫어 홀로 이리 끙끙 앓는 것을 보니, 이제는 이 마음을 욕심으로 인정해야 할 것 같습니다. 벗이라면, 벗이 가고 싶어 하는 그곳으로 웃으며 보내주어야 하는 건데. 지금 나는 그러지 못하고 있으니까."

보은군은 우산을 펼쳐 든 채, 소진에게 한 걸음 다가갔다. 그러곤 소진과 우산을 함께 쓰며 조심스럽게 입술을 달싹였다.

"연모했습니다, 내내."

"……."

"은애했습니다, 저하보다 훨씬 전부터 낭자를."

"아."

"해서 저하께 낭자를 보내주기 싫습니다."

그의 고백에 소진의 가슴은 지진이라도 난 것처럼 울렁거렸다. 하지만 그 순간에도 그녀는 헌이 이 세찬 비를 맞으며 혹, 자신을 기다리고 있지는 않을까, 하는 생각뿐이었다.

"나와 혼인해주시겠습니까?"

기어이 그 말이 보은군의 잇새에서 흐르고 말았다. 절절한 그의 고백에 소진은 잠시, 할 말을 잃은 듯 머뭇거렸다.

세찬 빗줄기만이 사위를 가득 메우고 있었다.

"대감……."

힘겨운 듯, 젖어 있는 땅바닥만 바라보던 소진이 고개를 들어 보은군을 바라봤다. 진심 어린 그의 눈동자를 애써 마주하며 그녀는 입술을 뗐다.

"미안합니다."

"……!"

"저하께…… 가고 싶습니다."

소진의 대답에 보은군의 입가에 작은 경련이 일었다.

"보내……주세요."

소진의 말에 우산을 쥔 보은군의 손끝이 파르르 떨려왔다. 이미 수도 없이 예상했던 그녀의 대답이었지만, 왜 이렇게 가슴이 찢어지는 것처럼 아픈지.

보은군은 어떤 얼굴로 소진을 봐야 할지 몰라 그만 시선을 떨구고 말았다. 그 모습에 소진의 가슴도 저렸다.

"대감."

소진은 그에게 너무도 미안했다.

보은군은 자신에게 언제나 진심이었고 다정했고 좋았던 기억만 주었던 사람이었다. 십여 년을 함께 해온 사람이었기에, 이렇게 그를 밀어내야 하는 것이 미안하고 안타깝기만 했다.

잠시 말을 잃고 땅바닥만 바라보던 보은군이 힘겹게 고개를 들었다. 그 얼굴에는 쓸쓸함을 애써 밀어내려는 듯, 억지웃음이 지어져 있었다. 차마 그런 보은군을 똑바로 마주할 수 없어 이번에는 소진이 그의 시선을 피했다.

"피하지 마세요, 낭자. 이 마음을 거절당한 것도 서러운데 나를 피하기까지 한다면…… 너무 슬플 것 같습니다. 당장은 불편해 마주 보는 것이 껄끄럽다 해도, 영영 나를 피하지만은 말아주세요. 그래줄 수 있겠습니까?"

그 말에 소진이 끄덕끄덕, 고갯짓을 해 보였다. 그러자 보은군이 소진에게 한 발 가까이 다가가 그녀의 손에 우산을 쥐여주었다. 갑작스러운 그 행동에 소진이 그를 응시했다.

"아까…… 그 여종이 들고 있던 것, 저하께서 보내신 서찰이지요?"

"……아. 보시었습니까?"

"저하께서 기다리고 계신 것입니까?"

"아무래도…… 그런 것 같아요."

"하면 속히 가보시지요. 저와 서책 방에 볼일이 있다고 하고 먼저 나가, 저하를 뵈러 가면 됩니다. 그럼 제가 두 분께 말씀드리고 뒤이어 나가겠습니다."

자신의 마음을 거절하고 다른 사내에게 간다는 여인에게 어찌 이리 친절을 베풀 수 있을까. 보은군의 배려에 소진은 더욱 그에게 미안함이 치솟았다. 머뭇거리는 그녀를 향해 보은군은 어서 가보라는 듯이 우산을 쥐여준 그녀의 손을 떠밀었다.

"기다리고 계시겠습니다, 저하께서."

그 말에 소진은 말없이 보은군을 바라보다, 그를 향해 꾸벅 고개를 숙여 보였다.

"고맙습니다. 그리고…… 미안합니다, 대감."

그러곤 소진은 서둘러 빗속으로 걸음을 옮기기 시작했다. 보은군은 소진의 뒷모습을 물끄러미 바라보다, 깊이 한숨을 내쉬었다.

"내가 낭자를 이 마음에서도 이처럼 보낼 수 있을까요……."

숙자와 황급히 대문을 빠져나온 소진은 헌에게서 온 서찰을 펼쳐 들었다.

**기다리게 해서 미안합니다. 정자나무에서 볼 수 있길 기대합니다.
많이 보고 싶습니다, 낭자.**

많이 보고 싶다는 말에, 소진의 눈시울이 붉어졌다. 심장도 주체할 수 없을 만큼 뛰고 있었다. 보고 싶다는 이 한마디가 이토록 자신을 절절하게 만들 줄은 몰랐다.

어쩌면 내내 그의 답신을 기다리며 그가 이 말을 해주길 기대했던 것은 아닐까. 보고 싶다는 이 한 마디에 그간의 걱정이 눈 녹듯 사라지는 기분이었다.

소진은 금방이라도 눈물이 쏟아질 것 같아 눈에 힘을 주었다. 얼른 헌이 보고 싶었다.

"이거 언제 전해주신 것이야?"

"한 반 시진 전쯤……?"

"서둘러 가보아야겠어. 너는 집으로 돌아가 있거라."

소진은 헌이 기다리고 있을 정자나무 언덕을 향해 서둘러 발걸음을 내디뎠다. 행여 넘어질까, 치맛자락을 꾹 쥐고서 그녀는 빗속을 뛰었다.

"하아…… 하아……."

헌을 보면 제일 먼저 무슨 말을 해야 할까. 소진은 정자나무 언덕을 향해 뛰는 동안 생각했다.

하지만 아무런 말을 하지 않아도 그냥 좋을 것 같았다. 그의 얼굴을 볼 수 있다는 것만으로도 가슴이 벅차올랐으니까.

그렇게 한참을 내달려 소진은 정자나무 언덕에 다다랐다. 차오르는 숨을 힘겹게 몰아쉬며 그녀는 저 멀리, 정자나무를 바라보았다.

하지만 그곳에 사람의 모습은 보이지 않았다.

"가신…… 것인가?"

설마, 하는 얼굴로 소진이 조심스럽게 한 걸음을 내디뎠다. 그런데 거기서부터 정자나무 언덕 위까지 꽃잎이 무성히 깔려 있었다.

"어……?"

봄도 아닌데 웬 꽃잎인가 싶어, 소진이 눈을 동그랗게 뜨고서 발아래를 살폈다. 빨간 꽃잎, 노란 꽃잎, 자줏빛 꽃잎들이 한데 어울려 발아래에서 장관을 이루고 있었다. 대체 누가 여기에 이렇게 꽃잎을 깔아놓은 것인지, 소진은 저 언덕 위에까지 이어진 꽃길에 눈이 휘둥그레졌다.

초조함으로 가득했던 소진의 가슴에 어느새 따뜻한 봄바람이 스며 있었다. 치맛자락을 살포시 쥔 채, 비에 젖은 꽃잎을 밟으며 언덕 위로 향하는 그녀의 입가에 동그란 미소가 달렸다.

"누가 이렇게 해놓은 것이지?"

내리는 빗줄기마저 꼭 보드라운 꽃비 같아 기분이 좋아졌다. 사뿐사뿐 꽃잎을 밟고 언덕 위에까지 올라온 소진은 우산을 접으며 헌의 흔적을 찾았다.

하지만 커다란 나무 아래에 헌은 없었다. 나무 아래 둘레에도 꽃잎이 아름답게 흩뿌려져 있었다. 아무래도 누군가가 다녀간 것 같아 소진은 조심스럽게 나무 가까이에 다가갔다.

"어라?"

그러자 커다란 나무 아래에 무언가가 붙어 있는 것이 보였다.

"이것은……."

활인서에서 환하게 웃으며 방울이와 이야기를 나누는 자신의 모습이 그려진 용모화였다. 익숙한 그림체에 소진의 가슴이 쿵 내려앉는 듯했다. 그 옆에는 물에 빠진 아이를 구하는 소진의 모습이, 그 옆에는 궁녀 옷을 입고 중궁전 앞을 서성이는 모습이 예쁘게 그려져 나무 둘레를 따라 기둥에 붙여져 있었다.

제 모습을 어여쁘게 담은 용모화에 입이 다물어지지 않았다. 한 걸음 더 나아가니 이번엔 간택에 참여했던 지난날 제 모습이 보였다.

"이때 저하께서 갑자기 참관한다고 하시어 정말 심장이 떨어져 나가는 줄 알았는데."

아련한 추억에 잠긴 듯, 용모화를 손끝으로 쓰다듬는 소진의 눈동자가 촉촉하게 젖어갔다.

다음 그림은 서책 방에서 책을 읽는 모습이, 그리고 그 옆에는 화전을 굽느라 한껏 집중한 자신의 모습이 있었다.

풉, 웃음이 나왔다.

이 커다란 나무 둘레는 자신의 모습이 담긴 용모화로 가득 채워져 있었다. 이것을 대체 언제 다 그린 것일까. 소진은 감동한 얼굴로 용화를 따라 나무 둘레를 한 바퀴 찬찬히 돌았다. 그러곤 처음 그녀가 발을 내디뎠던 곳으로 와보니 웬 고운 꽃신 하나가 놓여 있었다.

소진이 가만히 그 꽃신을 손에 들었다.

"내가 깔아놓은 꽃길을, 낭자가 그 꽃신을 신고 걸었으면 좋겠습니다."

어디선가 들려오는 헌의 목소리에 소진이 주위를 두리번거렸다. 그러자 정자 뒤쪽에 숨어 있던 헌이 뒷짐을 진 채, 환하게 웃으며 걸어 나오고 있었다.

"그리고 그런 낭자의 곁에는 평생 내가 있었으면 좋겠습니다."

그 말에 소진의 동그란 콧잔등이 빨갛게 물들어갔다. 엷은 미소를 머금은 헌이 그녀의 앞에 다다르자, 그는 무릎을 굽혀 손수 소진의 발에 그 꽃신을 신겨주었다.

"저하……."

부드러운 손길로 그녀의 두 발에 꽃신을 신긴 그가 고개를 젖혀, 소진을 바라보았다.

"그래도…… 되겠습니까?"

그렇게 말하며 그는 준비한 꽃다발을 그녀에게 내밀었다. 소진은 그만 꾹 참고 있던 눈물을 왈칵, 쏟고 말았다.

"내가 행복하게 해주겠습니다, 낭자."

진심이 담긴 그의 고백에 그녀는 그만 손바닥에 얼굴을 묻고 엉엉 울고 말았다. 헌을 향한 제 마음이 연모라는 걸 알면서도 내내 부정했던 시간이 야속했다. 그래서 괜스레 그를 외롭게 내버려둔 것 같아, 괜히 미안해졌다.

"보고…… 싶었습니다, 저하."

소진은 울음을 꾹, 삼키며 힘겹게 말을 뱉어냈다. 고작 며칠이었지만, 그새 쌓인 그리움은 태산보다 높았다. 그녀의 중얼거림에 헌의 입가에 동그란 웃음이 그려졌다.

"나도…… 내내 그리웠습니다."

그러자 소진이 그의 손을 잡아 헌을 일으켰다.

"해줄 말이 있었습니다. 하고 싶은 말이 있어서…… 연통을 계속 보낸 것이었습니다."

"어떤 말을."

"오늘이 아니면 영영 전할 수 없을지도 모른다는 생각에…… 가슴이 너무 아팠거든요."

소진은 꼭 쥐었던 그의 옷자락을 슬며시 놓으며 입술에 힘을 주었다.

"멀지도 가깝지 않은 곳에서 소인을 열심히 연모해볼 생각이라 하셨지요?"

소진의 물음에 헌이 엷은 미소를 띤 채 고개를 주억거렸다.

"예, 그리했습니다."

"그런 저하의 마음을 받아주고 싶으면 말하라 하셨지요."

"예, 그리도 했습니다."

"해서 이제 저하의 그 고백에 대한 답을 해드릴까 합니다."

소진은 울음을 꾹꾹 참으며 진심을 담아 말을 이어갔다.

"아니라고, 그럴 리 없다고 부정하고 밀어냈던 모든 순간이 참이었습니다. 저하를 보고 싶어 하는 이 눈, 저하만 담게 되는 이 입, 저하만 듣고 싶어 하는 이 귀."

"……아."

"저하만 그리워하는 이 마음."

"낭자."

"모두…… 참이었습니다. 소인이 저하를 연모하고 있었나 봅니다."

그 말이 떨어지자마자 헌은 소진을 와락 끌어안았다. 그의 품은 열병이라도 난 사람처럼 뜨거웠다. 헌의 눈가에도 어느새 뜨거운 눈물이 맺혀 있었다.

"저하……."

헌은 그녀를 그 어느 때보다 뜨겁게 껴안으며 두 눈을 꼭 감았다.

"널 보러 오지 못했던 그동안의 시간은, 널 욕심내어도 좋다는 그 말이 내겐 너무도 절실했던 날들이었다."

"……!"

"나 혼자만의 마음이 아니라 너도 날 연모하고 있다고. 이제는 마음껏 연모해도 좋다고."

"저하."

"그 말이 너무도 절실해…… 너무도 힘겨웠고, 아팠고, 그래서 고민하고 또 고뇌했던 날들이었다."

그렇게 말하며 헌이 소진을 조심스럽게 품에서 놓았다. 그러곤 구슬 같은 눈물을 뚝, 뚝 흘리는 그녀의 눈가를 따스하게 쓸었다.

"한데 방금 너의 그 대답은 그 고민과 고뇌였던 나에게 해답을 주는구나."

너무도 그리웠다는 얼굴로, 나 역시도 네가 너무 보고 싶어 아팠다는 얼굴로 헌이 소진의 입술을 따스하게 어루만졌다.

"널 앞으로 더욱더 많이 연모해도 좋다는."

그 말을 끝으로 헌은 소진의 입술을 보드랍게 삼켰다. 훅 다가온 그의 온기에 소진의 몸이 놀라 굳었지만, 이내 자신의 허리를 따스하게 감싸는 그의 커다란 손길에 그녀는 그에게 몸을 맡겼다.

두 사람의 숨결이 눅진하게 얽혀 들었다. 비스듬히 고개를 꺾으며 그녀를 품에 안는 헌은, 조금의 틈도 허락지 않았다. 완벽히 소진과 밀착

된 채 끊임없이 그녀의 숨결을 탐하고 보듬었다. 그리고 그가 이끄는 대로 소진 역시, 몸을 움직였다.

둘은 완벽히 하나가 되었다.

곧, 마주했던 두 사람의 입술이 떨어지고 소진은 가쁘게 숨을 몰아쉬며 헌의 가슴에 얼굴을 묻었다. 헌은 그런 소진을 꼭 보듬으며 그녀의 머리카락을 다정하게 쓰다듬었다.

그의 품에 안긴 채, 소진이 입술을 달싹였다.

"소인도 앞으로는 이 마음을 숨기지 않을 것입니다."

그렇게 말하며 소진이 살며시 고개를 젖혀 헌을 바라보았다. 달뜬 그녀의 얼굴 위로 뜨거운 눈물이 연신 흘러내리고 있었다.

헌은 말없이 그 눈물에 입을 맞추며 희미한 미소를 띠었다.

"이런 너를 어찌…… 귀히 여기지 않을 수 있을까."

"저하."

"나는 이제부터 최선을 다해 앞으로 나아갈 생각이다. 그러다 보면 너의 부친과 내가 서로를 향해 칼을 겨누게 될 수도 있을 것이야. 하지만 난 너의 부친 역시, 나의 사람으로 만들 것이다. 네 부친을 따르는 모든 대신도 내 편으로 돌려세울 것이야."

"그럴 수 있도록 저도 최선을 다할 것입니다."

소진의 말에 헌이 작게 실소를 터뜨리며 소진을 내려다보았다. 그녀의 뺨에 닿는 그의 눈길은 다정하기만 했다.

"음……. 최선을 다할 것이다?"

"자식 이기는 부모 없지 않습니까?"

"아?"

"제 아버지께서 엄하기는 하셔도 끔찍한 딸 바보시거든요? 제가 어떻게든 구워삶아, 저하를 사위 삼아달라 청할 것이어요.”

눈물이 그렁그렁 맺혀 코끝까지 빨개진 채로 소진이 그렇게 말했다. 그 모습이 귀엽기도 하고 우습기도 하여 헌은 그녀의 양 뺨을 손바닥으로 감쌌다. 그러곤 양손에 힘을 주어 그녀의 입술이 삐죽 튀어나오게 해, 쪽 맞추어버렸다.

“저하······!”

“앞으로 넘어야 할 산이 태산인데도 그저 좋기만 하구나.”

“저도요······. 저하가 좋습니다. 많이.”

호기롭게 고백할 때와 달리, 새삼 다시 그 말을 뱉으려니 부끄러워졌다. 소진은 몸을 배배 꼬며 헌을 힐끔거렸다.

그러자 그가 커다란 손을 척 내밀며 고갯짓을 해 보였다.

“갑시다, 낭자.”

“어디로요······?”

“서로의 마음을 확인한 기념으로 추억을 남겨야지요. 오늘도 호위 무사 달고 왔습니까?”

“아니요. 오늘은 자유의 몸입니다.”

“허허, 자유의 몸이라. 그럼 더더욱 속히 움직여야겠습니다.”

헌은 자신이 가지고 온 우산을 곱게 접어 나무에 세워두곤 소진이 떨어뜨린 우산을 주웠다.

“이걸 쓰고 갑시다.”

“······왜요?”

소진이 눈을 동그랗게 뜨고 헌을 올려다보니 그가 눈을 반으로 접어 음흉한 미소를 지어 보였다.

“이게 더 작으니까. 딱, 붙어서 가야지.”

그러자 소진이 키득거리며 슬그머니 그에게 팔짱을 끼며 입술을 달싹였다.

"한데 그 우산, 소인 것이 아니옵니다만."

"……낭자의 것이 아니면 누구의 것이요?"

"보은군 대감께서 주신 것입니다."

그 말에 헌은 당장 그 우산을 접어 바닥에 내동댕이쳤다.

"이 불결한."

그러곤 다시 자신의 우산을 펼쳐 들어 머리 위로 치켜들었다.

"버립시다, 저것은."

"안 됩니다. 돌려드려야 합니다."

소진이 다시금 그 우산을 향해 손을 뻗으려 하자, 헌이 그 앞을 척 막아섰다.

"어딜. 쯧."

미간을 팍 구긴 채, 입술을 슬쩍 깨물던 헌은 그 우산을 휙 들었다.

"내가 가져다줄 것이다. 보은군에게, 직접."

그러곤 헌은 소진을 자신 쪽으로 바짝 잡아당겼다.

"한 규수가 급한 일이 있었던 모양입니다?"

최씨 부인도 돌아가고 민추환은 홀로 화원에 서 있는 보은군에게로 다가갔다. 그러자 홀로 가라앉은 얼굴로 내리는 비만 바라보던 그가 자리에서 일어났다.

"할아버지……."

"한 규수와 무슨 일이라도 있었습니까, 마마? 안색이 안 좋습니다."

민추환의 물음에 보은군이 씁쓸한 미소를 머금었다. 자꾸만 가슴 깊이에서 한숨이 차올라, 속이 답답해졌다.

"무슨 일은요……."

"곧 대비전에도 허락을 맡으러 제가 직접 갈 생각입니다."

"……소진 낭자와의 혼인이요?"

"예, 마마."

"만약 전하께서 윤허하지 않으신다면요?"

"윤허할 수밖에 없을 겁니다. 전하께서는 지금 영의정의 가문을 곁에 두는 것보다 세자의 보위를 더 제일로 생각하고 계시니까요."

'고맙습니다. 그리고 미안합니다, 대감.'

먹먹한 눈길로 자신을 돌아서며 그렇게 말하던 소진을 떠올렸다. 억지로 끌어 올리는 입매가 부자연스럽게 떨렸다.

"그러니 마마께서는 아무 걱정 말고 궐 밖에서의 생활에 적응하는 것에만 몰두하십시오. 처음이라 모든 것이 불편할 것입니다. 부족한 것이나 모르는 것이 있으면 언제든 이 할애비에게 말씀하시고요."

"예, 할아버지."

곧 민추환이 물러나고 다시 혼자가 된 보은군이었다. 그는 비구름이 잔뜩 낀 어두컴컴한 하늘을 올려다보았다.

"모든 것을…… 운명에 맡겨볼까 합니다."

그렇게 말하며 보은군이 지그시 눈을 감았다. 번쩍, 하늘이 갈라지는 듯 천둥 번개가 내려쳤다. 그의 가슴에도 요란스러운 벼락이 몇 번이고 내려앉고 있었다.

"낭자가 내 운명이라면 내 손을 놓았어도 다시 돌아오겠지요."

소진이 헌을 만나러 떠난 지 벌써 반 시진이나 지났지만, 보은군은 여전히 그녀와 함께 있는 것만 같았다. 다시 돌아와 환히 웃어줄 듯해, 연신 대문 쪽을 돌아보는 그의 얼굴 위로 빗물이 뚝뚝 떨어지고 있었다.

서로의 마음을 확인한 뒤라 그런지 괜스레 나란히 붙어 걷는 것도 어색하고 낯이 간지러웠다.

소진은 두 손을 다소곳하게 모은 채, 연신 땅바닥만 보며 걷고 있었다. 그리고 헌 역시 괜히 그녀의 눈치만 살피며 헛기침을 뱉어냈다.

"흠, 흠흠."

그의 어색한 헛기침에 소진이 고개를 조금 들어 헌을 힐끔거렸다.

"저하."

그때, 소진이 슬그머니 그를 불렀다. 빗소리를 가르며 들려오는 그녀의 나지막한 목소리에 헌이 고개를 돌렸다. 그의 까만 눈동자에 수줍음이 가득한 소진의 얼굴이 소담하게 담겼다.

"예, 낭자."

"우리…… 어디로 가는 것이어요?"

그 물음과 함께 조금 벌어졌던 두 사람 사이의 틈이 좁혀졌다. 맞닿은 팔 사이로 스치는 온기는 너무도 따스했다.

"지금 낭자와 함께 왕실 사냥터에 갈까 합니다."

"왕실 사냥터요?"

"활 쏘는 법을 가르쳐준다고 해놓고 한 번도 못 하지 않았습니까?"

그의 말에 소진의 얼굴에 만월(滿月) 같은 웃음이 드리웠다.

"평소에는 저번에 갔을 때처럼 비어 있는 곳입니까?"

"간혹 궁인들이 들러 재정비를 하기도 하고 경비를 보기도 하지만 대부분 비어 있습니다."

"그렇군요."

"한데 어디에 있다가 오시는 길이기에 보은군의 우산을 낭자께서 들고 있었습니까?"

잠시 잊고 있었던 물음이 그제야 생각난 듯, 헌이 눈을 동그랗게 뜨고서 소진을 바라봤다. 갑작스러운 그의 질문에 소진이 조금 당황해하며 말끝을 얼버무렸다.

"그것이…… 그…… 보은군 대감께서 잠시 집에 오셔서……."

차마 보은군과 집안끼리 혼담이 오가고 있어 어머니와 함께 민추환의 사가에 들렀다 오는 길이라는 말을 할 수가 없었다.

당황한 기색이 역력한 얼굴로 소진이 우물쭈물하자 헌이 말없이 입매를 끌어 올렸다. 보드랍게 미소 짓는 그의 모습에 소진은 더욱 미안한 감정이 일었다.

이미 자신의 아버지인 영의정이나 보은군의 외조부인 민추환은 보은군과 자신을 혼인시킬 생각을 하고 있었다. 헌과 마음을 확인한 기쁜 순간이었지만, 한편으로는 영의정을 어떻게 설득해야 할지 소진은 고민이었다.

"낭자."

헌은 어째서 보은군의 우산을 들고 있느냐는 자신의 질문에 어두워지는 소진의 얼굴이 신경 쓰였다. 무슨 고민을 하는지 그는 소진의 표정을 유심히 살폈다.

"무슨 근심이라도 있습니까?"

소진은 휘휘 도리질했다. 오늘은, 이 순간만큼은 헌에게 집중하고 싶었다. 비록 헌을 향한 이 마음을 앞으로 어찌해야 할지, 어떻게 해야 그와 행복할 수 있을지 깊이 고민해봐야 했지만. 스멀스멀 솟아나는 고뇌를 애써 밀어내며 소진이 활짝 웃었다.

"아닙니다."

아니라고 하니, 헌은 더 묻지 않기로 했다. 그는 쥐고 있던 우산을 조금 더 아래로 숙여 사람들의 시선이 닿지 않게 차단했다.

"왜 그러시어요?"

"낭자가 혹, 곤란해질까 봐. 사주단자까지 올렸는데 다른 사내와 함께 저잣거리를 다니더라는 소문이 돌면 난감해지지 않겠습니까?"

그의 말에 소진이 가만히 자리에 멈춰 서서 잠시 고민했다.

"하긴……. 어머니나 아버지가 보실 수도 있고."

"나는 이렇게 너울로 얼굴을 가리면 되는데 낭자는 그럴 수 없으니."

"봉희의 집으로 가, 옷이라도 갈아입고 와야 하나……. 여기와는 완전히 반대 방향이긴 한데."

그녀의 중얼거림에 무언가 생각난 듯, 헌이 소진을 돌아보았다.

"이렇게 하면 어떨까요?"

"저, 저하……."

문 너머로 소진의 조그마한 목소리가 들려왔다. 두근거리는 마음으로 등을 돌리고 있던 헌이 휙, 몸을 돌렸다.

봉희댁으로 가 변장을 하기에는 거리가 멀었던 두 사람은 가까운 애월루로 향했다. 헌이 일 년 전, 자신을 공격한 이들을 찾기 위해 문턱이 닳도록 드나들었던 곳.

오랜만에 방문한 그를 반기느라 기녀들이 달라붙었지만, 헌은 그들을 냉정히 떼어냈다.

─급히 옷을 빌릴까 하는데. 값은 넉넉히 치러줄 것이니 이 낭자께서 입을 만한 옷 한 벌을 내어 오거라. 가채와 얼굴을 가릴 만한 너울도.

덕분에 소진은 처음 헌을 만났을 때처럼, 기녀로 변장을 하게 되었다.

"다 되었습니까?"

닫힌 문을 돌아보는 헌의 음성에 옅은 떨림이 묻어났다.

"다…… 되긴 했는데……."

곧, 문이 조금 열리고 큰 가채를 올리고 길게 너울을 늘어뜨린 소진의 모습이 틈 사이로 드러났다. 화려한 기녀 복장을 한 그녀는 영락없는 이곳 애월루의 기녀 같았지만, 긴 너울 사이로 언뜻언뜻 드러나는 그녀의 얼굴에는 어느 기녀와 다른 귀티가 줄줄 흐르고 있었다.

헌은 그녀에게서 눈을 떼지 못했다.

"흐음……. 처음 입는 것은 아닌데 영…… 어색하긴 합니다."

옷고름을 만지작거리며 소진이 멋쩍게 웃었다.

"아."

헌은 그대로 굳고 말았다.

눈앞에 기녀의 차림을 한 소진의 모습이 너무도 황홀했기에. 자신이 본 기녀 중에서 제일의 미모를 뽐내고 있었다. 헌은 저도 모르게 피식, 실소를 터뜨리며 코끝을 만지작거렸다.

"이상하지요……?"

소진이 그의 눈치를 살피며 물었다. 그러자 헌은 느리게 고개를 저으며 불쑥 문을 열고 안으로 들어섰다.

"……!"

놀란 소진이 한 걸음 물러나자, 헌은 기방 문을 탁하고 소리 나게 닫았다. 그러면서 한 걸음 물러난 그녀의 앞으로 성큼 다가가 빙긋, 미소를 지었다.

"이상할 리가."

"저하……."

이내 길게 늘어뜨린 너울을 헌이 한 손으로 치워냈다. 그러자 가채를 틀어 올린 소진의 얼굴이 명확하게 드러났다. 보드라운 곡선을 그리고 있는 턱 끝 아래로 단정하게 뻗은 하얀 목선이 연신 반짝였다.

헌의 눈동자에 황홀함이 밀물처럼 밀려들었다. 곧, 그는 소진의 봉긋한 이마와 동그란 콧잔등, 잘 익은 능금 같은 뺨, 그리고 산딸기 같은 붉은 입술을 찬찬히 훑어 내렸다. 손끝으로 어루만지는 듯한 그의 다정하고도 세심한 눈빛에 소진의 가슴이 쿵, 쿵 내려앉았다.

"이리 입은 그대를 보니, 처음 낭자를 마주했을 때가 생각이 납니다."

헌의 달콤한 목소리가 소진의 쿵쿵 뛰는 가슴 위에 살며시 내려앉았다. 그녀도 고개를 젖혀 그를 바라봤다.

"그때도 이리 아리따웠는데."

"제 멱살을 쥐고 흔들었던 그때요?"

소진도 생각이 난다는 듯 킥킥거리며 입술을 슬쩍 말아 물었다.

"멱살을 쥐고 쥐새끼라 망언을 퍼부었던 여인을 내가 이토록 연모하게 될 줄이야."

헌이 그렇게 말하며 슬며시 소진의 턱 아래 곱게 매듭지어진 너울의

끈을 팟, 풀었다. 그러자 스르륵 끈이 풀리며 헌이 그녀의 너울을 조심스럽게 벗겨냈다.

"저하."

그윽한 눈길로 소진을 바라보던 그는 소진의 턱 끝을 보드랍게 그러쥐었다. 소진의 몸이 절로 긴장감에 굳어졌다.

헌은 소진에게 긴장하지 말라는 듯, 편안한 미소로 바라봤다. 그 미소가 굳어버린 그녀의 온몸을 느긋하게 어루만지고 있었다.

"긴장 풀어라."

헌이 슬쩍 상체를 숙여 소진의 귓가에 은밀히 속삭였다. 그의 목소리가 닿자마자 그녀는 순간, 긴장을 풀었다. 그런데 그 찰나, 그는 그러쥐고 있던 소진의 턱을 놓으며 그녀의 허리를 감싸 안았다.

"읍······!"

순식간에 헌이 소진의 입술을 베어 물었다.

허리를 쓰다듬는 그의 커다란 손길이 너무도 따스해, 소진은 스르륵 눈을 감았다. 자신의 입술 위를 부드럽게 유영하는 그의 숨결에 소진은 머리부터 발끝까지 전율이 일었다.

한동안 입술 사이로 뜨거운 숨결이 오갔다. 소진의 작은 손이 헌의 커다란 가슴 위에 살포시 얹혔다. 헌은 그녀의 하얀 손을 따뜻이 감싸쥐었다.

곧 그의 입술이 느긋하게 떨어지고 헌은 그녀의 목덜미를 향해 고개를 숙였다.

"이렇게 어여쁜 여인이 나의 것이라니. 나는 아무래도 복을 받은 사람인 것 같습니다."

능청스러운 그의 말에 소진이 핏, 웃고 말았다. 그러곤 그가 벗겨낸 너울을 다시 쓰며 헌을 돌아보았다.

"서둘러 가요. 지체할 시간이 없지 않습니까?"

헌이 고개를 끄덕이며 그녀의 손을 꼭 잡았다. 소진이 흠칫 놀라며 그에게 잡힌 손을 빼내려 했다.

"누가 보면……."

"누가 보면 뭐, 기생에게 빠져 채신머리를 잃은 한량이라 보겠지요?"

괜찮다는 듯 헌이 다시금 바짝 그녀의 손을 움켜쥐었다.

"진작 이렇게 입힐걸."

방문을 휙, 열고 나서며 그가 혼잣말처럼 중얼거렸다. 그 말에 담긴 뜻이 무엇일까, 소진이 고개를 갸웃하며 헌을 올려다보았는데.

"이 손을 이리 꼬옥 잡고 거닐고 싶어서 죽는 줄 알았거든."

그가 눈을 찡긋거리며 낮게 속삭였다. 그 말에 소진은 터지려는 웃음을 꼭 참아내며 입술을 말아 물었다.

"저하도, 참."

그리고 소진이 헌의 손을 꼭 잡은 채 마루 아래로 내려가려고 하는데, 헌이 먼저 내려가 한쪽 무릎을 굽히고 앉았다.

무엇을 하려고 그러는지.

소진이 눈을 동그랗게 뜨고 치맛자락을 사뿐히 쥐었는데 헌이 소진에게 선물해주었던 꽃신을 발아래에 가지런히 놓아주었다.

"신겨주겠습니다."

고개를 젖혀 그녀를 바라보며 그렇게 말한 헌이 소진의 버선발을 살며시 쥐었다.

"아."

정성스럽게 소진의 발을 움켜쥐던 헌은 그녀의 발에 꽃신을 폭 신겨주었다. 그녀의 달뜬 얼굴 위로 미소가 만발했다.

"활은 이렇게 손끝으로 잡고 어깨는 반듯하게 펴고."

"예…… 이렇게요?"

활을 잡는 법부터 가르쳐주겠다며 헌이 소진 쪽으로 다가왔다.

왕실 사냥터에는 아무도 없었다. 그저 평화로이 산새들이 지저귀고 사슴들이 이리저리 뛰놀고 있었다. 두 사람은 마음 놓고 너울까지 벗어 던진 채, 활쏘기에 몰두했다.

"예. 그리고 허리는 꼿꼿하게."

"이렇게요?"

"조금 더 힘을 주어보십시오."

"이렇……게요?"

헌이 힘을 주라는 대로 소진은 허리를 바짝 세웠다. 하지만 뭔가 마음에 들지 않는지, 헌은 들고 있던 활을 내려놓고 성큼성큼 소진에게로 다가왔다. 그러곤 그녀의 허리를 덥석 쥐었다. 그의 커다랗고 뜨거운 손이 쑥, 소진의 얄따란 허리를 감쌌다.

"여기에 이렇게 힘을 주고. 허리를 빳빳하게 세워야 합니다."

헌이 아무렇지 않게 그녀의 허리를 연신 쓰다듬었다. 얇은 옷 아래로 그의 열기가 고스란히 느껴졌다.

"흡."

괜히 민망해진 소진은 빨개진 얼굴로 슬금슬금, 그에게서 떨어졌다.

"혼자 해볼 수…… 있겠습니다."

이내 그녀는 헌이 가르쳐준 대로 자세를 고쳐 잡고 활을 움켜쥐었다. 독학으로 활쏘기를 배웠을 때보다 조금 더 안정된 자세로 과녁을 볼 수 있었다.

"후."

길게 숨을 뱉어내며 소진은 활 끝에 집중했다.

팟.

그녀의 손에서 떠난 화살은 저 멀리 있는 과녁을 향해 직선으로 뻗어나갔다.

"아……."

하지만 헌이 새로 가르쳐준 자세가 몸에 배지 않은 듯 화살은 과녁 근처에 다다라 그만 땅으로 곤두박질쳤다. 소진이 실망한 얼굴로 어깨를 늘어뜨렸다.

"그래도 제법입니다, 낭자."

"그동안 잘못된 자세로 활을 쥐었던 모양이에요."

"저번에 얼핏 사가에서 화살을 당기고 있던 자세를 보긴 했는데. 그 자세로 오래 활을 당기면 허리에 무리가 갑니다."

"그랬군요……."

아쉬움이 가득한 눈동자로 그녀가 다시 활을 쥐었다. 그러곤 활활 의욕을 태우며 헌을 돌아보았다.

"한 번만 더 자세를 보여주세요, 저하."

"예. 그러도록 하지요."

지치지도 않는지, 소진은 손가락이 빨개지도록 활시위를 당기고 있었다. 기녀 차림새와 어울리지 않게 활을 쥐는 모양새가 제법 씩씩하고 당차 보였다. 화살을 들고 이리저리 고개를 갸웃거리는 소진을 물끄러미 바라보던 헌은 나지막이 미소를 지으며 그녀의 뒤로 다가갔다.

"정말 알려주신 대로 자세를 잡으니 이 어깨 쪽이 훨씬 더 편안……
아……."

그러곤 반듯하게 과녁을 바라보고 서 있는 소진을 뒤에서 끌어안았
다.

"저하……."

소진의 자그마한 몸이 그의 품에 쏙 안겼다.

"잠시만 이러고 있자."

헌은 그녀의 목덜미에 얼굴을 묻으며 나지막이 중얼거렸다. 꼭 따뜻
한 이불을 덮은 듯, 소진의 몸이 사르륵 녹는 것 같았다.

"같이 살면 좋겠다……."

"예?"

"너와 함께하는 순간 내내, 그런 생각이 드는구나."

"저하……."

"그럼 넓은 앞마당에 이런 과녁을 놓고 함께 활쏘기도 하고, 네가 좋
아하는 서책도 방 한가득 꽉꽉 채워 밤새 너랑 손을 꼭 붙들고 책도 읽
고, 네가 배우고 싶어하는 검술도 매일 아침마다 내가 가르쳐줄 텐데."

그의 말에 소진도 배시시 웃으며 자신의 목을 끌어안고 있는 헌의 손
을 잡았다.

"같이 살면 되지요?"

"그래. 그러자. 그러자꾸나, 우리."

그렇게 말하며 헌이 소진의 어깨를 감싸 자신을 보게 했다. 촉촉하게
젖은 두 사람의 시선이 서로를 그윽하게 응시하고 있었다.

"검술도 활도 모두 저하께서 가르쳐주셔야 합니다?"

"당연하지. 내가 가르쳐줄 것이야, 모두."

그의 다정한 대답에 소진이 까치발을 들어 그의 뺨에 쪽, 입술을 맞췄다. 이런 애정 행각이 낯부끄럽기는 했지만, 소진도 그에게 표현해주고 싶었다. 헌은 지금껏 자신에게 끊임없이 마음을 표현해주었다.

이젠 자신도 그에게 그렇게 하려 했다. 헌이 은애한다며 마음을 드러내어줄 때마다 소진은 세상 모든 것을 다 가진 듯, 행복했으니까. 그에게도 그 행복을 전해주고 싶었다.

"낭자."

빨개진 얼굴로 그의 품에서 벗어난 소진이 그에게 활을 쥐어주었다.

"그럼 해볼까요?"

활시위를 당기는 소진의 손 위로 헌의 손이 포개졌다.

"같이 해봅시다."

다정하게 붙어 선 두 사람의 머리 위로 한 쌍의 원앙이 유유히 날아갔다.

제 26 장

대리청정, 간택 재개

"저하, 다음번에는 활쏘기로 겨루어보아요."

"자신 있습니까?"

"예. 오늘부터 열심히 연습할 겁니다."

"도전은 언제든지 환영입니다."

왕실 사냥터를 나서 저잣거리로 향하는 두 사람의 발걸음이 어쩐지 무거웠다.

저 멀리 애월루가 보였다. 이제 헤어져야 할 시각이 다가온 것이었다. 등 뒤로 길게 늘어진 그림자만큼이나 둘의 아쉬움도 짙어지고 있었다.

"이제 헤어지면 언제 또 볼 수 있어요?"

소진이 애써 담담하게 웃으며 물었다. 하지만 그 속은 어쩐지 새까맣게 타들어가는 것 같았다.

어쩌면, 정말 어쩌면, 이것이 그와의 마지막 만남이 될 수도 있을 거란 무서운 생각도 들었다. 보은군과의 혼인을 강행한다면 꼼짝없이 소진은 헌과 생이별을 해야 할 터였다.

자신의 혼인을 두고 헌의 선위와 거래를 한다고 하였으니 분명 머지 않아 결판이 나고 말 것이었다. 어떤 결론이 날지는 모르겠지만, 소진은 헌이 조금 더 선위에 욕심을 내주었으면 하는 바람이었다.

"저기, 저하……."

할 말이 많은 얼굴로 소진이 힘겹게 운을 뗐다. 다정하게 맞잡은 두 사람의 손 위로 보드라운 바람이 스쳤다.

"예, 낭자."

"아버지가…… 하시는 말씀을 우연히 듣게 되었는데요……."

헌에게는 계획이 있을까. 그는 선위를 두고 무슨 생각을 하고 있을까. 소진의 뺨 위로 깊은 근심이 어렸다.

"전하께서 선위를…… 생각하고 계시다고."

"아."

"해서 제 아버지께서는 그것을 반대하고 계셔서…… 저하께서 많이 난감하시지요?"

은근슬쩍 마음에 담아두었던 이야기를 털어놓으며 소진이 헌의 안색을 살폈다. 우려와 달리 헌의 얼굴은 밝기만 했다.

"그것 때문에 내내 얼굴에 근심이 드리웠던 것입니까?"

"아…… 예. 저하께 말씀을 드려야 할지, 말아야 할지. 오히려 저의 말에 저하께서 부담을 갖지는 않으실지, 홀로 고민을 했습니다."

"그것이라면 신경 쓰지 않아도 됩니다."

"하지만…… 제 아버지께서 저하와 전하의 뜻을 받들지 않으시고, 보은군 대감과 저의 혼인을…… 저하의 선위와 맞바꾸려 하신다고 하시던데."

차분하게 말을 이어가는 소진의 입가에 잔 경련이 일었다. 신경 쓰지 않아도 된다는 헌의 말에도 눈덩이처럼 불어나는 걱정은 가실 줄을 몰랐다.

"낭자."

그런 소진의 마음을 다 이해한다는 듯, 헌이 그녀의 어깨를 감쌌다. 초롱초롱한 그녀의 눈동자가 근심으로 젖어 있었다.

"나는 낭자도…… 그리고 내 자리도, 모두 빼앗기지 않을 것입니다."

믿어도 좋다는 듯 그가 확신에 찬 얼굴로 그렇게 대답했다.

"그대의 아버지와 맞서 싸워야 하겠지만, 포기하지 않을 것입니다."

"예, 저하."

"하니, 나를 한번 믿어보겠습니까?"

그의 물음에 소진은 조금의 망설임도 없이 고개를 끄덕였다. 그러곤 그의 손을 꼭 잡으며 소담한 입술을 벌렸다.

"대신, 위험해지지 마세요."

"낭자."

"이제는 안 됩니다. 저하께서 위험해지는 건…… 저도 못 봐요."

제 속마음을 얘기하고 쑥스러운지 소진은 몸을 비비 꼬았다. 소진의 예쁜 걱정에 헌의 입가에 엷은 미소가 드리웠다.

"좋다."

헌의 혼잣말에 소진이 눈을 동그랗게 떴다. 올려다본 그의 얼굴은 조금 전과 달리 밝아져 있었다.

"누군가가 나를 걱정해주는 게 이렇게 좋은 건지 몰랐습니다."

"예?"

"지금껏 내관들과 윤현 말고 날 걱정해주는 사람은 없었거든."

헌은 소진의 양 뺨을 보드랍게 감싸 쥐며 은은한 미소를 그렸다.

"그러니 평생 걱정해주십시오, 내 곁에서."

둘은 그렇게 서로를 바라보다, 누가 먼저랄 것도 없이 서로의 품으로 파고들었다.

"곧 선위 문제도, 또한 낭자의 혼인 문제도 모두 해결을 볼 수 있을 것 같습니다."

"저하께서는 이미 계획이 있으셨군요?"

"있었지요. 하나, 그 계획대로 해도 될지…… 확신은 없었지. 그런데 이제는 확신이 듭니다. 내가 나아가야 할 길이 무엇인지. 무엇을 선택해야 할지."

"저하."

헌은 소진의 머리를 따뜻이 감싸 쥐며 지그시 눈을 감았다.

"하지만 한 가지, 내가 낭자에게 꼭 약속할 수 있는 건, 그것이 어떤 길이든 내 옆에는 낭자가 있으리라는 것. 그건 꼭 약속하겠습니다."

그러자 그녀가 그의 가슴팍에 얼굴을 묻으며 속삭였다.

"남아일언중천금. 아시지요?"

"예, 알다마다."

두 사람은 서로의 마음을 다시금 확인하며 떨어졌다. 그러곤 옷을 갈아입기 위해 애월루 쪽으로 발걸음을 옮겼다.

"여기, 이것."

웬 아녀자 하나가 애월루를 나서며 기녀에게 무언가를 건네고 있었다. 속삭이는 모양새가 제법 친해 보였다. 헌은 무심코 그 여인의 얼굴을 바라봤다.

"예, 알겠습니다. 부인."

그저 이 애월루의 많고 많은 기녀 중 하나겠거니, 생각하며 그녀에게서 눈길을 거두었는데, 무언가 떠오르는 얼굴 하나에 헌이 다시금 그 여인을 바라봤다. 여인은 걸음을 재촉하며 저잣거리 쪽으로 사라지고 있었다.

"왜 그러시어요?"

그때, 소진이 헌을 따라 그 여인에게로 시선을 옮겼다. 헌이 심각한 목소리로 주먹을 말아 쥐었다.

"그때 그 여인입니다."

"예?"

"······내가 그날 밤, 미행했다던 여인. 김 도령의 부인 말입니다."

헌의 말에 소진이 다시 여인 쪽으로 고개를 돌렸다.

"아, 그 여인이라면······ 소인이 그날 얼굴을 똑똑히 보았습니다."

그러곤 치맛자락을 움켜쥔 채 속히 발을 움직이는 여인을 뚫어져라 바라보던 소진의 미간이 순간, 구겨지고 말았다.

"그 부인이 기방에는 어찌."

얼굴을 보일 듯 말 듯, 여인은 아슬아슬하게 뒷모습을 보이며 멀어지고 있었다.

"저하, 그 여인이 확실합니까? 소인이 방금 저 여인의 얼굴을 보지 못해서······."

소진이 의아하다는 얼굴로 헌을 바라봤다. 헌 역시, 멀어지는 여인에게서 눈을 떼지 못하고 있었다.

"확실합니다. 그날 내가 쫓고 있던 여인이 김 도령의 부인 같다고 하셨지요?"

"예. 쪽을 진 머리며, 그자와 다정하게 손을 맞잡고 있던 모습이 영락없는 아내였습니다."

"그럼 저 여인이 김 도령의 부인입니다."

"아."

"내가 김 도령의 흔적을 뒤쫓다 확실하게 얼굴을 봐뒀거든."

행여나 저 여인의 뒷모습에서 잃어버린 기억을 찾을 수 있지는 않을까. 헌은 부들부들 떨며 여인을 바라보고 있었다. 소진은 그런 그를 불안한 시선으로 바라보다, 바투 말아 쥔 그의 주먹을 꼭 감쌌다.

"제가 확인하고 올까요?"

그녀의 말에 헌이 어두운 얼굴로 고개를 돌렸다.

"낭자께서요?"

"아무래도 제가 얼굴을 보고 오는 것이 좋을 것 같아요. 그날 스치듯 보았지만, 반가의 여식 같았습니다. 이리 기생집을 오갈 여인이 아닌 것 같은데. 저하께서 보셨다는 김 도령의 부인과 제가 그날 본 여인이 다를 수도 있으니까."

소진이 나지막이 목소리를 낮추며 금방이라도 여인의 뒤를 쫓을 기세로 치맛자락을 바짝 쥐었다. 그러자 헌이 느리게 고개를 저으며 소진의 어깨를 감쌌다.

"기녀가 아니라 이곳에서 김 도령과 연통을 주고받는 중일 수도 있지요. 일 년 가까이 이 기방을 내 집처럼 드나들었던 나입니다. 만약 정말 애월루의 기녀였다면 저 얼굴을 내가 모를 리가 없지요. 또한, 반가의 여식 같았다고 하니 더더욱 기녀는 아닐 것입니다."

헌은 눈을 반짝이며 소진의 손을 잡았다. 그러곤 자신만 믿으라는 듯이 그가 단호하게 말문을 열었다.

"이곳에 김 도령의 부인이 오가는 것을 확인했으니 그것으로 됐습니다."

"어찌하시려고요?"

"어차피 김 도령의 발이 꽁꽁 묶인 상태라 한양을 벗어나지는 못할 것입니다. 청국으로 향하는 배편도 모조리 내 손아귀에 넣어두었으니,

이제 저 여인은 독 안에 든 쥐입니다. 무사들에게 일러 이곳을 감시하라 할 것입니다. 하니 낭자께서는 이 일에 더 나서지 마십시오. 그때처럼 곤란을 겪으면 어쩌시려고요."

"저하."

"위험해지는 건, 나 하나면 족합니다. 낭자가 위험해지는 것, 더는 두고 볼 수 없습니다."

헌은 저 멀리서 자신을 뒤따르며 호위하고 있던 윤현을 불렀다. 소진은 다시금 여인이 사라진 쪽을 물끄러미 바라봤다. 새빨간 치맛자락을 휘날리며 걷는 그 뒷모습에서 눈을 떼지 못했다.

"윤현아. 이곳에 사람을 풀어 은밀히 감시하라 하여라. 그리고 너는 곧장 포도청과 중궁전의 동태를 살피고."

그렇게 명하는 헌의 목소리가 소진의 귀에 닿았다.

영의정의 사가.

"거짓이다?"

"예. 김 도령이라는 자는 관아에 추포된 적이 없다고 합니다."

영의정은 피식, 웃음을 터뜨리며 자리에서 일어났다.

"추포된 적도 없는 자를 거짓으로 추포했다고 소문을 내어…… 무엇을 얻고자 했을까. 누구를 속이려 한 것일까, 대체 누구를……."

영의정은 깊어진 눈으로 고심에 잠겼다. 그러다 날 선 시선으로 무사를 돌아보았다.

"인신매매는……."

"암암리에 이루어졌던 것 같습니다."

"대체 어디서."

"주로 산속 깊은 곳에서 투전판을 벌였고 거기에 참가한 투전꾼들이 처음에는 세간살이, 쌀, 이런 것으로 시작해 나중에는 제 식솔까지 팔아넘겼다고 합니다."

"감히 보이지 않는 곳에서 그딴 짓을 벌였다?"

소소하게 돈을 벌려는 자들의 장난이 아닐 터였다. 이렇게 관아까지 매수해 판을 벌여 사람까지 사고팔았을 때는 분명, 뒤에서 모든 것을 봐주는 큰 세력이 있는 것이 분명했다.

영의정은 최근 수상쩍은 움직임을 보였던 대신들이 있었나, 곰곰이 생각해보았다. 하지만 마땅히 떠오르는 인물은 없었다. 그러다 영의정은 이런 의심을 처음 하게 된 연유를 떠올렸다.

"중궁전."

마냥 단순한 우연이 아닐 것이라는 생각이 들었다.

그저 봉희댁과 닮은 궁녀라 치부하고 넘길 수 있었던 일인데 이상하게 신경이 쓰였던 것도. 백성들의 일이라면 그저 무관심하기만 하던 자신이 이 일에 이토록 관심을 두려는 것도.

모두 하늘이 자신에게 준 기회인 것만 같았다.

"제발 이 일이 단순히 끝날 일이 아니었으면 좋겠구나."

의미심장한 영의정의 말에 무사가 고개를 치켜들었다. 허공을 헤집는 그의 눈빛이 시퍼렇게 날이 섰다.

"예? 그게 무슨……."

"내가 지금부터 이 일에 적극적으로 가담할 것이니까. 그러니 별게 아닌 일이 아니라 되도록 아주 큰일이었으면 한다. 이 일로 인해, 중궁전을 완전히 쳐내버릴 수 있을 만큼."

영의정의 목울대를 긁고 흘러내린 목소리는 그 어느 때보다 더 잔인했다.

"그래야 내가 이 일을 파헤치는 재미를 보지 않겠느냐."

곧 윤현이 동궁으로 돌아와 고개를 조아렸다.

"그래, 알아보라 한 것은."

그 어느 때보다 동궁의 공기는 무겁게 가라앉아 있었다.

"중궁전에서는 아무런 반응이 없었사옵니다."

"그래? 하면 포도청에서는."

"그곳 역시, 이상하리만큼 조용했습니다. 저하의 말씀대로 꼭, 저하의 반응을 기다리는 사람들 같았습니다."

예상했다는 얼굴로 헌이 느른하게 고개를 젖혔다. 무언가를 골똘히 생각하는 헌의 눈썹 사이에 짙은 내 천(川) 자가 그려졌다.

"윤현."

곧 생각을 마친 듯 헌은 반듯하게 고개를 세우며 윤현을 내려다보았다.

"무사 몇을 변장시켜 포도청으로 보내거라. 나인 것처럼. 김 도령을 추포하라 협박을 한 무리인 것처럼."

"예, 저하."

"해서 그들이 어떤 움직임을 보이는지, 그리고 중궁전에서도 반응을 보이는지. 소상히 살펴야겠다."

"명, 받들겠나이다."

윤현이 방을 나서고 헌은 곧바로 자리에서 일어났다. 이제 등청을 거부하며 감히 어명을 거부하고 있는 그자들에게 답을 내려주어야 할 때였다.

"대전으로 향할 것이다. 길을 잡거라."

헌의 말에 궁인들이 모두 그의 뒤를 우르르 따랐다. 곧 그가 대전에 모습을 드러내자 상선이 기다렸다는 듯, 왕에게 아뢰었다.

"전하, 세자 저하 드셨나이다."

문이 열리자, 헌이 그 안으로 저벅저벅 들어섰다.

"전하."

몸이 안 좋은지, 반듯하게 누워 있던 왕은 헌의 등장에 힘겹게 몸을 일으켰다. 헌은 얼른 그에게로 가, 왕을 부축했다. 끙, 끙 앓는 소리가 그의 메마른 입술 사이에서 연신 흘렀다.

"그래. 무슨 일로……."

"아바마마, 내일 영의정을 포함한 화론파 대신들에게 편전에 들라 명을 내리십시오."

"내일……?"

헌의 말에 왕이 자꾸만 감기는 눈꺼풀에 힘을 주어 그를 똑바로 바라봤다.

"편전에 들라 명을 내리는 것은 곧, 그들의 제안에 대답을 내려야 한다는 뜻이다."

"소자, 잘 아옵니다."

"하면 네가 내릴 답은 무엇인가."

이제 믿을 사람이라고는 헌밖에 없었기에 왕은 초조한 얼굴로 헌을 직시했다. 왕의 팔을 굳세게 잡고 있던 헌이 자신감에 찬 음성으로 입술을 벌렸다.

"소자에게는 한 규수와 소자의 입지 모두 거머쥘 수 있는 해답이 있습니다."

집으로 돌아온 소진은 애월루를 급히 나서던 김 도령의 부인이라는 여인의 뒷모습을 연신 떠올렸다. 바람에 휘날리던 그녀의 붉은 치맛자락이 눈앞에 어른거렸다.

"그때 그 여인이라고……?"

소진은 일 년 전, 자신이 보았던 그 여인의 뒷모습을 한참 헤집어보았다. 그러다 그 여인의 얼굴을 잊지 않기 위해 몇 번이고 머릿속에 새겨 넣었다.

"아씨."

그때, 문밖에서 들려오는 숙자의 목소리에 소진이 고개를 들었다. 별채 문이 열리고 화난 얼굴의 최씨 부인이 성큼성큼 들어오고 있었다.

"어, 어머니……."

뒤에서 숙자가 어찌할 바를 몰라 하며 안절부절못하고 있었다. 아무래도 낮에 그렇게 민추환의 사가를 나선 것을 혼낼 요량인 것 같았다.

"대체 네가 무슨 생각을 하고 사는지, 이 어미는 도통 네 속을 모르겠구나!"

그렇게 소리치던 최씨 부인은 별안간 손을 뻗었다. 그러자 자신을 때리기라도 하는 줄 알고 소진은 질끈 눈을 감으며 몸을 웅크렸다.

그런데 소진은 예상 밖에, 제 손등에 닿는 따뜻한 감촉에 파르르 어깨를 떨며 눈을 떴다. 최씨 부인이 소진을 향해 조용히 하라는 듯 검지를 입술에 갖다 대 보였다. 그러곤 굳게 닫힌 문 쪽을 힐끔거리며 그녀를 자리에 앉혔다.

"숙자야, 지금 당장 회초리를 가지고 오도록 하여라!"

"예, 예! 마, 마님."

황급히 숙자가 방 밖으로 나가고 안에는 두 사람만 남겨졌다. 성난 목소리와 달리 최씨 부인의 얼굴에는 걱정이 가득 차 있었다.

"소진아. 밖에 아버지가 계신다. 그러니 조용히 이야기하자꾸나."

"아…… 예."

아무래도 밖에 영의정이 서 있는 모양이었다.

"이것…… 보았다."

최씨 부인이 한껏 목소리를 낮추며 품 안에서 무언가를 꺼냈다. 그러곤 아직 사태 파악이 안 됐는지, 멍하니 앉아 있는 소진에게 내밀었다. 소진이 불안한 얼굴로 그것을 받아 들었는데.

"아, 어머니……."

차마 그녀는 말을 잇지 못했다. 이것이 무엇인지, 펼쳐보지 않아도 알고 있었기 때문에. 소진은 죄를 지은 사람처럼 고개를 푹 숙인 채, 깊이 한숨을 푹 내쉬었다.

"언제부터 저하와 그런 사이였느냐."

이것은 오늘 낮에, 헌이 숙자에게 건넸던 서찰이었다. 은밀하게 묻는 것을 보니 아직 영의정의 손에는 들어가지 않은 듯했다.

아니라고 부정해야 할까.

잠시 얼굴을 숙인 채, 고민하던 소진은 이내 솔직하게 털어놓기로 마음을 굳힌 듯 고개를 세웠다.

"……꽤 되었습니다."

그녀의 대답에 최씨 부인은 허탈한 듯 어깨를 축 늘어뜨리고 말았다. 소진은 자신을 믿어달라는 얼굴로 최씨 부인의 손을 뜨겁게 맞잡았다.

"압니다. 어머니께서 무슨 말씀을 하실지, 그리고 어떤 걱정을 하고 계시는지. 하지만 어머니……."

"알면서 어찌 저하와 이런 관계를……. 아버지께서 아시면 어찌 되는 줄 아느냐?"

"예. 잘 알아요. 그러니 숨겼던 것입니다."

"하면 이 끝은. 이 끝은 어찌 숨길 요량이었느냐?"

정곡을 찌르는 최씨 부인의 말에 잠시 할 말을 잃은 소진이 입술을 감쳐물었다. 하지만 소진은 다시 입술에 힘을 주었다.

"숨기지 않을 것이었어요."

"……뭐라?"

"그리고 그 생각은 지금도 변함없어요."

"소진아, 대체 어쩌려고 이러는 것이야."

다부진 그녀의 대답에 최씨 부인은 얼굴은 흙빛이 되었다. 하필 정을 쌓은 상대가 가문과 반(反)하는 세력의 왕세자라니. 이 사실을 영의정이 알게 된다면 집안이 발칵 뒤집힐 것이었다.

눈앞이 캄캄해지는 것만 같아 최씨 부인은 소진의 손을 놓고 이마를 짚었다. 그러자 소진이 그녀의 앞에 반듯하게 무릎을 꿇었다.

"어머니……. 아버지 때문에 그러시는 거면 소녀가 어떻게든 아버지를 설득시켜보겠습니다."

"그것이 문제가 아니지 않느냐."

최씨 부인은 붉어진 눈시울로 고개를 들었다.

"세자 저하께서도 너와 같은 마음일 것이란 보장이 없질 않으냐."

"아닙니다. 저하께서도 소녀와 같은 마음이어요. 소녀를 무척이나 아끼고 은애하십니다."

"그 마음이 언제까지 갈 성싶으냐?"

"소녀는 저하와 그 끝을 보고 달려가는 것이 아닙니다."

"무어라?"

"지금 이 순간, 함께하고픈 이 마음만 안고 달려가는 것이어요."

"그러다 저하의 마음이 바뀌면."

"그래도 후회 없습니다. 잠시라도 좋으니 소녀는 그분과 함께 있고 싶고 함께하고 싶어요."

소진의 대답에는 자신감이 흘러넘쳤다. 후회하지 않을 거라는 그녀의 말에 최씨 부인은 끓는 가슴으로 한숨을 뱉어냈다.

"너 혹시…… 세자 저하를 이용하여 세자빈이 되고 싶어서 그런 것이라면."

"아니요. 추호도 그런 욕심은 없습니다. 그분이 왕세자가 아니었어도, 만약 지금이라도 그 자리를 내려놓겠다고 해도 소녀는 기꺼이 그분의 곁을 지킬 것이어요."

잠시 침묵이 두 사람 사이로 켜켜이 쌓였다. 최씨 부인은 덩달아 젖어가는 소진의 눈동자를 바라보며 말없이 고개를 주억거렸다. 사실 그녀는 정계(政界)에 대한 불같은 욕망을 지닌 영의정이 내내 불안했다.

결국, 지나친 욕심이 화를 불러올 것이라는 생각에 최씨 부인은 늘 불안과 고민 속에서 영의정과 살아야 했다. 가진 것에 만족하지 못한 채, 늘 욕망에 휩싸여 살아가는 영의정의 삶이 단 한번도 행복하고 편안해 보이지 않았던 최씨 부인.

정말, 영의정은 가진 것을 뺏길까 봐 전전긍긍하며 살아야 했고 더 큰 것을 쥐지 못해 분노하고 스스로를 고통스럽게 만들면서 살아갔다.

그러던 어느 날, 소진이 세상에 태어났고, 영의정은 내내 어린 소진을 품에 안고서 '네가 아들이었으면.' 하고 아쉬운 소리를 냈다.

그랬으면 자신의 뒤를 잇게 해, 한 가(家)를 더 탄탄하고 힘 있는 가문으로 만들 수 있었을 텐데. 영의정은 입버릇처럼 그런 말을 했었다.

깊이를 알 수 없는 바다처럼 끝없이 욕심을 부리는 남편을 보며 그녀는 차라리, 사내아이를 그의 품에 안겨주지 못한 것이 다행일지도 모른다는 생각이 들었다. 제 욕심에 못 이겨 자식의 인생까지 망칠지도 몰랐으니까.

그런데 정말, 소진이 자라날수록 영의정은 자신의 예상대로 그녀를 자신의 정치에 이용하기 시작했다. 순리를 거스르고 다른 이를 왕으로 앉혀, 그의 배필로 소진을 앉힐 생각을 하고 있었다.

최씨 부인은 소진을 욕망의 소용돌이로 내치고 싶지 않았다. 소진 역시, 영의정처럼 살게 하고 싶지 않았으니까.

행복할 수 있다면.

소진이 남들처럼 평범하고 편안한 삶만 살 수 있다면. 늘 그렇게 바라왔던 최씨 부인은 영의정을 닮지 않은 소진의 모습에 가슴이 뜨거워지는 것만 같았다.

"순간의 욕심이 아니라는 것을, 닿지 못할 곳에 계신 분이라 그저 한순간 일어난 호기심이 아니라는 것을, 자신할 수 있느냐."

잔뜩 내려앉은 최씨 부인의 음성 끝이 어쩐지 바르르 떨렸다. 그녀의 물음에 소진은 젖은 눈가를 야무지게 닦아내며 씩씩하게 고개를 끄덕였다.

"예, 어머니."

단호하고도 확고한 소진의 대답에 최씨 부인은 그제야 소진의 손을 따뜻하게 맞잡았다.

"방금 너의 대답에 대한 책임은 반드시 네가 져야 할 것이야."

"……어머니."

"행여 지금의 마음과 믿음의 끝이 네가 예상한 대로 흘러가지 않는다고 해도 그것은 너의 몫이며, 그로 인해 받게 될 상처와 눈물 또한 누구도 대신 아파해줄 수 없는, 오롯이 너의 것이라는 걸 잘 알아야 한다."

최씨 부인의 말에 소진의 입가에는 초승달을 닮은 보드라운 곡선이 걸렸다.

"실패한 연모에 따른 고통까지 안을 수 있을 만큼, 그분을 은애합니다. 아주 많이요."

다음 날, 화론파가 전한 뜻에 대한 대답을 내리겠다는 왕의 말에 등청을 거부하던 대신들이 편전을 찾았다.

"원하던 바를 이룰 것입니다, 대감."

"미리 감축드립니다."

왕과 헌이 당도하지 않은 편전에는 화론파의 웃음소리가 끊이지 않았다. 이미 왕의 대답을 듣기라도 한 듯 자축하며 기뻐하고 있었다. 그중, 단연 영의정을 향한 대신들의 가증스러운 아부는 넘쳐났다. 마치 이미 국구(國舅)라도 된 것처럼 그를 치켜세우며 콩고물이라도 얻어먹으려는 대신들이 하나, 둘 그의 곁으로 모여들었다.

맞은편에 서 있는 수론파는 그저 힘없이 도리질만 해댈 뿐이었다.

"저하께서…… 부디, 현명한 답을 가지고 오셔야 할 텐데."

수론파 대신들은 죽을상을 하고서 얼른 왕과 헌이 편전에 들기를 기다리고 있었다.

그때, 웅성거리는 편전 위로 상선의 곧은 목소리가 울려 퍼졌다.

"주상 전하, 세자 저하 납시오!"

그러자 대신들은 모두 반듯하게 정면을 보고 서서 왕과 헌을 맞이했다. 영겁(永劫) 같은 침묵이 흐르고 영의정이 느긋하게 고개를 치켜들어 헌을 바라보는 순간, 헌의 굳게 맞물렸던 입술이 벌어졌다.

"전하께서 선위의 명을 거두시겠다고 하십니다."

그 말에 화론파 대신들의 얼굴에 환한 빛이 스몄다. 끝내, 옥좌 대신 영의정을 선택한 모양이다 싶어 그들은 환호했다.

영의정 역시, 원하던 대답을 손아귀에 거머쥐었다는 듯 흡족한 미소를 띠었다. 선위라는 급한 불부터 끄고 이제 차근차근 제 뜻대로 보은군을 왕세자 자리에 앉히고 그의 배필로 소진을 이어주면 될 일이었다.

보은군과 국혼을 치르는 소진의 모습을 상상하며 영의정이 막, 감사 인사를 올리기 위해 입술을 떼는 순간.

"대신 대리청정(代理聽政)을 명하셨습니다!"

반듯하게 정면을 보고 앉아 있던 헌이 자리에서 벌떡 일어나며 소리쳤다. 대리청정이라는 생각지도 못한 단어에 영의정을 비롯한 편전 안의 모든 대신들은 얼어붙고 말았다.

"대, 대리청정……?"

놀란 영의정이 무어라 반박할 새도 없이 헌은 계단에서 내려와 왕의 앞에 무릎을 꿇고 고개를 조아렸다.

"소자, 아바마마의 지엄하신 명을 받잡겠나이다!"

그러자 쭈뼛거리던 수론파 대신들 역시 반색하며 헌을 따라 무릎을
꿇으며 소리쳤다.

"전하의 명을 받잡겠나이다……!"

대리청정이라는 말에 영의정 무리는 아연실색하고 말았다. 생각지 못
한 변수의 등장에 민추환은 급히 영의정을 돌아보았다.

영의정은 무릎을 꿇고 고개를 조아리고 있는 헌의 뒷모습을 뚫어지
게 노려보고 있었다. 한 대 크게 얻어맞은 얼굴로 영의정이 실소를 뱉
어냈다. 왕은 그런 영의정과 헌을 번갈아 쳐다보다, 환호하는 수론파
대신들을 물끄러미 응시했다.

"아니 대리청정이라니요……?"

화론파 대신들이 하나둘, 동요하기 시작했다. 하지만 영의정은 더 할
말이 없었다. 대리청정을 거절할 명목이 없었기 때문에.

선위가 아닌 대리청정이라면 기꺼이 왕의 뜻에 따라야 했다. 왕에게
피치 못할 사정이 생기면 때에 따라 세자에게 대리청정을 명한 전례가
종종 있었기 때문이었다.

왕의 자격을 세자에게 아예 넘겨버리는 것이 아닌, 잠시 왕이 건강을
회복할 때까지만 정사를 돌보는 것이었기에 대리청정을 두고 대신들이
감히, 왈가왈부할 수는 없는 노릇이었다.

'하……. 이런 식으로 뒤통수를 친다?'

굳게 말아 쥔 영의정의 두 주먹이 부들부들 떨렸다. 헌이 대리청정을
시작한다면 본격적으로 영의정과 맞설 것이며, 영의정이 마음대로 조선
을 쥐락펴락하도록 내버려두지 않을 것이었다.

탄탄대로였던 영의정의 앞길에 장애물이 생긴 것이며 제 뜻에 처음으로 강력하게 맞설 적수가 본격적으로 발톱을 드러내고 등장한 꼴이었다. 잔뜩 기대했던 것만큼, 영의정의 가슴에 차오르는 실망감은 너무도 컸다.

　"세자, 나의 뜻을 헤아려주어 고맙다."

　느긋하게 말을 뱉어낸 왕이 자리에서 일어나 대신들을 향해 외쳤다.

　"과인은 최근 몸이 점점 더 미령해져 불가피하게 선위까지 생각할 수밖에 없었소. 해서 왕세자가 장성하였고 이제는 세자에게 내 자리를 물려주어도 될 때가 되었다, 그리 생각하고 선위를 결정한 것이었소."

　"……."

　"한데 세자와 그대들이 한마음, 한뜻으로 나의 선위를 반대하는 모습을 보면서 지난 며칠간, 과인은 내가 내린 결정에 대해 다시 돌아보는 시간을 갖게 되었소. 아주 귀중하고 뜻깊은 시간이었지. 볼품없고 정신마저 해이해진 왕이라 그대들이 당연히 선위를 받아들이고 새 왕을 이 자리에 앉히는 것에 기꺼이 동의하고 세자를 왕으로 앉힐 채비를 할 줄 알았는데, 등청까지 거부하며 강력히 반발하는 그대들의 모습에 나는 아직 내가 건재함을, 그리고 아직 살아 있음을 뼛속 깊이 느낄 수 있었소."

　어쩐지 그 말을 하는 왕의 시선 끝에는 흙빛으로 변한 영의정의 모습이 걸렸다.

　"특히 영의정."

　왕은 정확하게 그를 짚어내며 그를 향해 비스듬히 몸을 돌렸다. 영의정과 왕은 서로를 정확하게 바라보고 있었다. 마주 본 두 사람의 사이로 지독한 냉기가 스멀스멀 솟아올랐다.

"내 이번에 그대에게 크게 감동하였소. 나의 선위를 그 누구보다 아쉬워하고 서운해하던 그대의 모습에 내, 다시 이 자리에 설 힘을 얻었다 해도 과언이 아니지."

"황송……하옵니다, 전하."

영의정의 눈동자에 핏발이 선명하게 섰다. 사지가 부들부들 떨려왔지만, 애써 참아내고 있는 그 얼굴은 보기 좋게 일그러져갔다.

헌 역시, 조심스럽게 자리에서 일어나 왕과 마주 보고 선, 영의정을 지그시 바라봤다. 헌의 눈동자에 딱딱하게 굳어버린 영의정의 모습이 밀려들자, 헌의 입가에 느른한 조소가 번졌다.

"해서 과인은 선위의 뜻을 번복하고 세자에게 당분간만 대리청정을 명할 것이오."

"전하……."

"그리고 세자가 대리청정하는 동안, 과인은 속히 이 무너진 마음과 몸을 추슬러 다시 이 자리로 돌아올 수 있도록 만전을 기할 것이오."

철저히 헌이 설계한 그림이었다.

헌이 대리청정을 하는 동안, 왕은 세자에게 물려줄 옥좌를 더욱 견고히 만들 것이며 헌 역시, 자신이 얻게 될 그 자리를 누구도 넘보지 못하게 벽을 쌓을 것이었다. 그저 더 단단하고 화려한 옥좌를 만들기 위한 시간을 번 셈이라는 걸, 영의정은 잘 알았다.

'젠장……. 당했구나.'

자신보다 한참이나 어린 세자에게 당했다고 생각하니, 영의정은 속이 끓어 견딜 수가 없었다.

"아바마마의 뜻을 받들어 소자, 아바마마의 명성에 누가 가지 않도록 최선을 다해 아바마마의 빈자리를 이끌어 가고 있겠나이다. 속히 옥체

보존하시어 다시 이 자리에 서주십시오, 아바마마."

세자는 더 이상, 난봉꾼에 호색한이라는 추문을 달고 사는 망나니가 아니었다.

문턱이 닳도록 기방을 넘나들며 기녀를 끼고 술을 퍼마시던 지난날 그의 모습이 진짜일까. 아니면 이렇게 아무렇지 않은 얼굴로 자신의 뒤통수를 세게 내려치며 강력한 군주의 모습을 보이는 이것이 진짜일까.

영의정은 처음으로 헌에게 두려움을 느끼고 있었다. 그리고 까딱하다가는 정말, 그의 손에 제 뜻이 어그러질 수도 있겠다는 위협까지 느끼고 있었다.

"전하의 뜻을…… 받잡겠나이다."

부들부들 떨던 영의정이 곧 무릎을 꿇어 어명을 받들었고, 그 모습을 헌이 흡족한 미소를 띤 채, 지그시 내려다보고 있었다.

집으로 돌아온 영의정은 곧장 소진의 행방부터 물었다. 그러자 최씨 부인은 얌전히 닫힌 별채 문을 힐끗 돌아보며, 근심 어린 얼굴로 입술을 달싹였다.

"내내 집 안에만 있었습니다. 한데, 궐에서 무슨 일이 있었습니까?"

"흠."

"대감의 안색이…… 영."

"당했습니다."

당했다는 영의정의 말에 최씨 부인의 눈동자가 반짝였다.

"당했다니요?"

영의정은 한동안 말이 없었다. 옷을 벗지도 않은 채, 가만히 서서는 바닥만 내려다보고 있었다. 그에게서 싸늘한 냉기가 뿜어져 나왔고, 최씨 부인은 그런 영의정의 안색을 유심히 살폈다.

'처음 보는…… 표정이구나. 어쩐지 풀이 조금 꺾인 것 같기도 하고.'

"대감."

최씨 부인이 다시금 영의정을 불렀다. 그러자 얼이 나간 얼굴로 한참, 우두커니 서 있던 영의정이 겉옷을 벗으며 숨을 깊이 내쉬었다.

"세자가 각성한 모양입니다."

"각성이요?"

"예전의 세자가 아니에요. 오늘 세자에게 크게 얻어맞았습니다."

그렇게 말하며 영의정이 쓴웃음을 지었다. 그러자 최씨 부인은 슬그머니 그의 겉옷을 받아 들며 입술을 달싹였다.

"대감께서 예전에 그러시지 않았습니까. 세자 저하는 속을 알 수 없는 분이라고."

"그래……. 그랬었지. 그 말이 맞는 것 같습니다. 도통 무슨 생각을 하는지. 또, 어떤 방식으로 내 목을 옥죌지, 이제는 가늠이 되지 않소."

"대감."

한참 고민에 빠진 영의정을 최씨 부인이 조심스럽게 불렀다. 영의정의 눈동자에는 야욕 대신 허망함이 그득했다.

"세자 저하를…… 대감의 사람으로 만드는 것은 어떻습니까?"

한 번도 생각해보지 못한 말에 영의정의 턱 끝이 예민하게 세워졌다.

"뭐요?"

"잡히지 않을 이라면 차라리 곁에 두고……."

"그건 아니 될 소리!"

"대감······."

"내가 세자와 손을 잡는 순간, 대장 노릇을 하고 있던 나는 화론파의 표적이 될 것이오."

"하지만 그렇게 영민하고 지혜로우신 세자 저하와 함께한다면 둘로 나뉜 세력들을 하나로 모을 수 있지 않겠습니까?"

"하나로 모은다? 과연 그럴까. 수론파로 모두 흡수시킬 세자지. 또한, 세자가 내 손을 잡을까?"

그렇게 중얼거리던 영의정은 절레절레 고개를 저었다.

"소진이를 볼모 삼아 곁에 앉혀두고 결국 내 목을 옥죄다, 눈엣가시였던 우리 가문을 멸문지화시켜버릴 것이다. 그리고 우리 소진이는 폐비(廢妃)가 되어 궐에서 쫓겨나겠지. 그땐, 내가 지켜주고 싶어도 세자에게 모든 힘을 빼앗긴 뒤라 우리 소진이를 지켜주지 못할 것입니다. 소진이가 무너지는 꼴을 내가 어찌 봐. 어찌 보라고······."

이미 그 끔찍한 상상이 눈앞에 닥친 듯, 영의정은 미간을 구기며 고통스러워했다. 최씨 부인은 그런 영의정의 팔을 가만히 쥐어 자신을 보게 했다.

"대감. 우리 소진이를 정녕 소중히 여기십니까?"

"부인."

"대감의 정치에 소진이를 이용하려는 것이 아닌, 진심으로 소진이의 앞날을 위하고 아끼고 있는 것입니까?"

그녀의 말에 영의정이 잠시 할 말을 잃은 듯, 눈동자만 이리저리 굴리고 있었다. 그러자 최씨 부인이 영의정을 가만히 끌어안으며 등을 다독여주었다.

"그런 것이면 우리 이제 그 무거운 짐은 내려놓고 소진이의 앞날을 위해서만 애쓰면 아니 되겠습니까?"

"할마마마께서?"

대리청정이라는 묘수를 낸 헌에게 화답이라도 하듯, 대비는 간택 재개의 뜻을 비쳤다.

"예, 저하. 아무래도 한 규수를 간택에 참여시켜 최종적으로 세자빈이 되게 하려는 것이 아닐까요?"

윤현의 말에 헌의 입가에 엷은 미소가 번졌다.

"간택을 재개시킬 것이라…… 하였다고."

"예."

"하면 내일…… 한 규수가 입궐할 수도 있겠구나."

다시 그녀를 만날 수 있다, 생각하니 내내 긴장하고 있던 헌의 마음이 탁 풀어지는 느낌이었다. 그는 탁 트인 궐의 전경을 내려다보며 뒷짐을 지었다.

어둠이 서서히 궐을 잠식하고 있었다. 밤이 찾아오자 하나둘, 궐을 밝히는 불빛이 곳곳에 켜졌다.

"내가 내린 결정을 듣고 과연…… 한 규수는 무슨 생각을 할까."

"기뻐하시지 않겠습니까? 어찌 되었든 보은군 마마에게 결코, 보낼 수 없다는 저하의 마음을 확고하게 드러낸 것이니까요."

"하지만…… 한 규수에게 난 제 아버지의 한쪽 무릎을 꺾어버린 적이 아니더냐."

"적이라 생각지 마시옵소서, 저하. 그렇게 생각하실 분이 아닙니다."

"영의정의 무릎을 모두 꿇리고 나서야 나는 한 규수를 곁에 둘 수 있을 것이다. 끝내 영의정과의 마지막 싸움은 한 규수를 두고 벌여야 할 것 같구나."

헌은 그렇게 말하며 천천히 윤현을 돌아보았다.

"아직은 마냥 기뻐하기만은 이른 시점이긴 하지만, 내일 한 규수가 입궐한다니 열 일을 제쳐두고 만나러 가야겠다."

"하오나 내일부터 당장 대리청정을 시작하실 것이라, 여유가 있을지는 모르겠습니다."

윤현의 말에 헌이 희미하게 입매를 끌어올렸다.

"허수아비를 동궁에 세워두고서라도 나는 한 규수를 만나러 갈 것이다. 보고 싶어 죽을 것 같거든."

다음 날, 간택 재개 소식과 함께 소진의 입궐 명을 들은 영의정은 모든 것이 무너지는 듯한 느낌이 들었다.

"소진아. 잠깐 보자꾸나."

하지만 지엄하신 대비전의 명이니 감히, 거부할 수는 없었다.

"예, 아버지?"

화원을 바라보고 등지고 서 있던 영의정이 이쪽으로 와보라는 듯 고갯짓을 해 보였다. 혹시나 헌과 자신의 관계를 눈치채고 부르는 것일까, 소진은 잔뜩 겁을 먹은 얼굴로 그의 옆으로 다가갔다.

"예, 아버지……. 무슨 일로……."

영의정의 입술은 쉽사리 떨어지지 않았다. 그의 침묵이 길어질수록 소진의 불안감은 커져만 갔다. 힐끗힐끗, 소진은 영의정의 얼굴을 힐끔거렸다.

"소진아. 너를 처음 간택전에 보낼 때, 내가 했던 말. 생각나느냐?"

갑작스러운 그 말에 소진은 선뜻 대답을 올리지 못하고 그의 안색만 살피고 있었다. 곧, 정면만 고집스럽게 바라보던 영의정이 지그시 소진을 내려다보았다.

"초간택에서 반드시 떨어져야 한다는…… 말씀이요?"

소진이 조심스럽게 대답했다.

"그래. 기억하고 있구나. 그런데 너는 재간택까지 올랐지. 해서 죽을 뻔한 위기도 있었고."

"그것은 아버지……."

"대비전에서 입궐하라는 명이 떨어졌다."

"예?"

대비마마가 자신을 불렀다는 말에 소진의 눈이 점점 커졌다. 간택은 중단되었고, 굳이 자신의 아버지와 척을 지고 있는 대비전에서 자신을 부를 이유가 무엇이 있을까.

소진은 분주히 머리를 굴려보았다. 영의정이 그런 그녀의 어깨를 살며시 그러쥐었다.

"간택이 재개될 것 같구나."

"아……."

"하면 대비마마께서 따로 너를 지목해 불러들이는 연유를 너도 알 수 있겠지?"

"대비마마께서 저를 세자빈으로 염두에 두고 계신 것이지요?"

그 정도쯤은 소진도 예측할 수 있는 부분이었다. 영의정은 고개를 끄덕이며 입술에 힘을 주었다.

"네가 만약 세자빈이 되기 싫다고 한다면 나는 목숨을 걸어서라도 네가 그 간택에서 떨어질 수 있게 만들 것이야."

"아버지."

"그러니 말만 하거라. 네가 말만 한다면……."

꼭, 세자빈이 되기 싫다는 말을 하라고 종용하는 듯했다. 하지만 소진은 입을 열지 않았다.

"응, 소진아?"

영의정이 다시금 그녀를 재촉하자, 소진은 확고한 얼굴로 고개를 들었다.

"되고 싶다면요?"

"뭐?"

"소녀가 세자 저하의 빈이 되고 싶다고 한다면. 저를 세자빈으로 만들어주실 것입니까, 아버지?"

"안 돼. 그것은 아니 되는 일이야……!"

절규하듯, 영의정이 소진을 놓으며 고개를 저었다. 어째서 왜 자신의 마음을 헤아리지 못하냐는 듯 그의 얼굴이 안타까움으로 일그러지고 있었다.

"결국, 아버지께서는 아버지 뜻대로 하실 것이 아니옵니까?"

소진은 영의정을 원망의 눈으로 응시했다. 젖어가는 그녀의 눈동자를 영의정이 물끄러미 바라봤다.

"어차피 아버지의 마음대로 휘두를 제 인생, 제 뜻은 들어주지도 않을 것이면서 어찌 소녀의 마음을 묻는 것입니까?"

"소진아."

"이렇게 제게 답을 강요하는 연유도 아버지의 마음이 편해지고자 하는 것이 아닙니까?"

"너는 어찌 이리 이 아비의 속을 헤아리지 못하는 것이냐. 왜 매번 나와 다른 길을 가려고 애를 쓰는 것이냔 말이다."

영의정이 가슴을 몇 번이고 내려치며 소진에게 물었다. 그러자 소진은 싸늘한 눈으로 영의정에게서 한 발 뒤로 물러났다.

"소녀는 아버지가 나아가고 있는 그 길이 싫습니다."

"뭐……라?"

"자랑스럽지 않습니다."

"한소진."

"아버지의 뜻을 따르고 싶은 마음이 추호도 없습니다."

그 말에 영의정은 하늘이 무너지는 것만 같았다. 눈앞이 아득해진 그의 가슴 위로 허탈함과 허무함이 끝없이 쏟아졌다.

"어째서지?"

"이미 모든 것을 가지고도 만족하지 못하시지 않습니까?"

"아."

"더 가지려고 더 빼앗으려고, 이 나라의 군주이신 전하의 존재 또한 부정하고, 그 위에 서려 하시고. 그것으로도 모자라 전하께서 국본(國本)으로 정해놓으신 왕세자 저하마저도 끌어내리시려 하지 않습니까?"

"한소진…… 너."

"아마 아버지께서는 이 조선을 손에 거머쥐시고도 만족하지 못해, 자신을 끝없이 벼랑으로 몰 것입니다. 소녀는 그렇게 고통스러운 길을 걷고 싶지 않아요."

처음으로 소진은 속에 담겨 있던 말을 꺼내 보였다. 그리고 태어나 처음으로, 아버지인 영의정의 길을 부정하는 뜻을 내비쳤다.

할 말을 잃은 듯 영의정은 빨개진 눈으로 자신을 바라보는 소진과 말 없이 시선만 맞추었다. 곧, 영의정은 소진의 말을 모두 인정한다는 뜻으로 고개를 끄덕였다.

"그래, 네 말이 모두 맞다. 하지만 나는 너도, 그리고 손에 쥔 모든 것도 포기할 수가 없다. 이런 내가 탐욕스러워 보이고 한심하고 못나 보이겠지만, 이것이 네 아비인 걸 어쩌겠느냐?"

"아버지."

"입궐은 하여라. 대비마마의 뜻이니. 간택이 재개된다면, 그때 다시 생각해보자."

돌아서서 별채를 나서는 영의정의 어깨는 축, 늘어져 있었다. 한 걸음, 한 걸음 내딛는 걸음걸이가 무겁기만 했다. 소진 역시 편치 않은 마음으로 그를 바라보다, 그만 얼굴을 손바닥으로 가린 채 풀썩 주저앉고 말았다.

"아주 신이 났구나, 늙은이가. 감히 한 규수를 대놓고 대비전으로 불러들여?"

배가 너무 불러, 이젠 앉을 힘도 없는 중전은 자리에 반듯하게 누워 조소를 터뜨리며 천장을 올려다보았다. 중궁전 상궁은 애가 타는지 연거푸 한숨만 내쉬며 우물쭈물했다.

"저하께서도 이제 전하를 대신하여 대리청정을 하실 것이옵고……
간택마저 이제 모두 대비마마의 소관이 되었으니, 세자빈으로 영의정 여식이 간택되는 것은 시간문제일 것인데. 그것으로도 모자라, 뱃길마저 모두 가로막혀 저 여인들은 오도 가도 못하는 신세로 지하에 갇혀 있으니…… 이를 어쩌면 좋습니까, 마마?"

상궁이 우는 소리를 하며 바닥에 엎드렸다. 그러자 중전이 신경질적으로 그녀를 돌아보며 우악스럽게 입술을 벌렸다.

"지금 제일 울고 싶은 사람이 누군데, 내 앞에서 징징거리느냐!"

"……송, 송구하옵니다. 중, 중전마마."

"김 도령은."

"연락 두절이옵니다."

"강 부인은?"

"부인 또한, 연락이 닿지 않사옵니다. 아무래도 추포령이 내려진 뒤, 꼭꼭 숨어 있는 듯합니다."

"그자들이 청국으로 무사히 떠나야 저 밀실에 처박혀 있는 것들을 얼른 궐에서 내보내버릴 것인데!"

"하온데 궐문과 뱃길을 가로막은 세자 저하의 속셈이 무엇일까요?"

상궁은 또 호통을 들을까, 중전의 눈치를 슬금슬금 살피며 말을 이어갔다.

"말로는 치안(治安)을 위한 경비 강화라고 하지만 시기가 너무…… 수상쩍지 않습니까? 재간택이 무사히 갈무리되는 대로 여인들을 골라 곧장 출궁시키려 했는데 그것마저 무산되었고. 갑자기 뱃길과 궐문까지 걸어 잠가버리시니……."

"시끄럽다."

"앗……."

"지하에 있는 것들, 배곯지 않게 끼니에 신경을 쓰고 있는 것이지?"

"예, 중전마마. 삼시 세끼 꼬박꼬박 챙기고 야참에 간식까지 주고 있습니다."

"……영양에 신경 써야 할 것이다. 저 밀실에 오래 있을수록 그것들의 건강이 미령해질 수 있으니."

"예. 마마."

"아주 골칫덩이들이야……. 골칫덩이들이 되었어!"

중전은 입술을 세차게 악물며 주먹을 바짝 쥐었다. 그러다 살살 아려오는 복통에 미간을 찌푸리며 배를 움켜쥐었다. 산달이 임박해진 듯, 진통이 슬슬 오는 듯했다.

"더는 밀실에 그것들을 두고 있을 수 없어. 내가 출산하는 날, 아마 궐 안이 바빠져 경비가 허술해질 것이다."

"예."

"그 틈을 타, 내가 미리 말해놓은 아이들 빼고는 모두 출궁시켜 강 부인에게 넘겨버리거라. 그러려면, 무조건 강 부인이든 김 도령이든 둘 중 하나를 반드시 출산일 전까지 내 앞에 데려와야 할 것이야."

"아마 김 도령이 잡혔다, 포도청에서 허위 소문을 알려놓은 상태라 이젠 감시의 눈이 줄어들었을 것입니다."

중전은 금방이라도 아이가 나올 것처럼 묵직해진 아랫배를 보듬으며 눈을 번뜩였다.

"아이가 세상에 나오기 전에…… 모든 것을 끝내자. 나는 반드시 아들을 낳을 것이다. 반드시."

"마마……."

"해서 감히 나와 내 가문의 손을 놓으려 한 영의정을 내 앞에 꼭 무릎 꿇리고 말 것이야. 어차피 조선은 내 발아래에 있어. 하니 나는 아들을 낳는 순간, 영의정과 그 여식부터 제일 먼저 부숴놓을 것이다."

점점 더 통증이 잦아지는 것 같았다. 중전은 길게 숨을 뱉어내며 이를 악물었다. 반드시 아들을 낳아야만 한다고, 그녀는 주문처럼 그 말을 되뇌었다.

제 27 장

붉은 치마의 여인

"와……. 궐은 언제 와도 좋아요. 그죠, 아씨!"
혼란스러운 소진의 마음도 모르고 숙자는 오랜만의 입궐에 방방 뛰
었다.
"궐이 좋으니?"
"예. 아씨께서 얼른 세자빈이 되셔서 쇤네 궐에 살게 해주세요."
"너……?"
숙자의 너스레에 소진이 밉지 않게 그녀를 흘겨보았다.
"한데 대감마님께서는 왜 같이 입궐하지 않으셨어요?"
"어? 아…… 그것이."
"아침에 대감마님과 싸우셨지요?"
다 안다는 듯 숙자가 소진의 어깨를 콕, 콕 찔렀다. 영의정과 그렇게
한바탕 하고 난 뒤라, 소진은 기분이 자꾸만 가라앉았다.
아버지께 너무한 것은 아닐까.
상처받은 영의정의 얼굴이 눈앞에 아른거리는 것 같아, 그녀는 괜히
돌부리만 툭, 툭 찼다.
"아버지와 싸우기는."
"……뭐 대감마님께서 조금 엄하시고 무섭긴 하셔도 아씨 생각하는

마음은 조선에서 제일이세요."

소진은 그렇게 말하는 숙자를 넌지시 돌아보며 한숨을 푹 내쉬었다.

"알아. 알지만…… 알고 있지만…… 휴우, 모르겠다. 속히 대비전으로 가자꾸나. 대비마마께서 기다리시겠다."

그러곤 대비전까지 안내해주기로 했던 궁인을 찾기 위해 주위를 두리번거렸다.

"여기서…… 만나기로 했는데."

궐문을 지나 제일 처음 보이는 전각 앞에서 궁인들이 기다리고 있을 것이라 하였다.

그런데 아직 아무도 마중 나와 있지 않았다. 소진은 장옷을 더욱 여미며 주위를 살뜰히 경계했다. 그러던 그때, 누군가가 소진의 등을 톡톡 찔렀다. 그녀가 흠칫 놀라며 뒤를 돌았다.

"누구……!"

헌이 빙그레 웃으며 허리를 숙여 소진과 시선을 바짝 맞추고 있었다.

"보고 싶었어, 한소진."

"저하……?"

그렇게 말하는 헌의 모습이 조금 이상했다.

"어머, 이 차림은…… 무엇입니까?"

소진은 황급히 장옷을 거두며 내관 차림을 한 헌을 바라봤다. 그의 위아래를 훑던 소진의 눈이 점점 커졌다.

"내관……?"

"어떻습니까? 잘 어울리지요?"

"저하……. 왜 이런 차림으로."

하다 하다 이젠 왕세자가 내관 차림으로 나타나다니. 소진은 헌의 무궁무진한 변신에 피식, 웃음이 터졌다. 내관 복장을 한 헌의 옆에는 진짜, 헌을 모시는 동궁 내관이 서 있었다.

이 민망한 상황을 어찌 바라봐야 할지 모르겠다는 듯 진짜 내관은 안절부절못하고 있었다. 숙자는 이런 헌의 모습이 익숙한지 그저, 소진을 따라 웃어버렸다. 제법 잘 어울리는 내관 복장에 소진은 킥킥 소리 내어 웃고 말았다.

"낭자를 만나러 오는 길이 이리 험난합니다."

"저하. 누가 보면 어쩌시려고……."

"그저 키가 큰 내관이겠거니, 지나칠 겁니다. 이 옷을 입고 있는 날 세자라 생각하는 궁인은 아마, 없을 테니까요."

헌도 재미있는지, 미소를 지으며 소진의 옆에 바짝 섰다.

"낭자께서 입궐한다는 소식을 듣고 밤새, 생각했지요. 어떻게 하면 안전하게 낭자를 볼 수 있을까. 이 눈 많은 궐에서 낭자와 편안히 마주할 수 있을까."

"해서 내관이 되신 겁니까?"

헌의 말에 소진이 웃음을 꾹 참으며 고개를 끄덕였다.

"궁인들의 눈을 피하기에는 딱인 것 같습니다."

"하면 오늘은 내가 낭자를 대비전까지 무사히 안내하겠습니다."

그렇게 말하며 헌은 소진의 옆에 딱, 달라붙어서는 진짜 내관에게 앞장서라는 듯 휘휘 고갯짓했다.

"자, 대비전으로 안내하거라."

"예, 저하……."

"쉿. 오늘 내 이름은 무엇이라 하였느냐."

"아……. 아, 알겠소. 이 내관."

그 말에 소진이 장옷을 다시 뒤집어쓰며 웃음기 가득한 목소리로 말했다.

"하면 이 내관만 믿겠소?"

"예, 낭자."

헌이 그런 소진을 향해 찡긋, 한쪽 눈을 깜빡여 보였다.

⁂

헌은 뒷짐을 진 채, 전혀 내관 같지 않은 모습으로 소진의 곁에 서서 걷고 있었다. 그들은 일부러 인적이 드문 통로만 골라서 대비전으로 향하고 있었다. 하지만 소진은 행여 누군가가 눈치라도 채지 않을까, 연신 주위를 두리번거렸다.

"누가 볼까 봐 겁이 납니다. 저하. 정말 저하 때문에 제 수명이 줄 것 같습니다."

그녀의 중얼거림에 헌이 안심하라는 듯 피식 웃었다.

"안심하세요, 낭자. 설마 왕세자가 내관 옷을 입고 궐을 돌아다닐 거라고. 상상이나 하겠습니까?"

그러다 자기가 생각해도 재미있는지, 다시 자신의 차림을 내려다보며 피식거렸다.

"그러니까 그런 상상도 못 할 행동을 왜 매번 하셔서 이리 소인의 심장을 철렁이게 하시어요?"

"그건 낭자도 마찬가지지요?"

"소인이 왜요?"

"간택장에 있어야 할 낭자가 궁녀 옷을 입고 중궁전 앞에 있었을 때,

내가 얼마나 놀란 줄 압니까?"

"아."

그의 말에 이번에는 소진의 얼굴에 엷은 미소가 드리웠다.

"그건…… 뭐, 사정이 있어서 그리하였지요."

"나도 오늘은 급한 사정이 있어 이리 입은 것입니다?"

"급한 사정?"

"정인을 만나야 하는데, 그 거추장스러운 곤룡포 때문에 못 만날 뻔하지 않았습니까. 하니 그것을 벗어버리고 이걸 입어야만 했던 사정이 있었지요. 나름 긴박했습니다?"

소진은 그런 헌을 물끄러미 올려다보다, 터지는 미소를 참지 못하고 터뜨려버렸다. 헌은 주위를 살피며 아무도 없는 것을 확인하고는 슬쩍, 소진의 곁으로 바짝 다가가 그녀의 손을 잡았다.

"저하……!"

흠칫 놀라며 그녀가 그의 손을 밀어냈다.

"누가 봅니다!"

"누가?"

그는 능청스럽게 어깨를 으쓱하며 주위를 휘휘 둘러보았다.

"여기 우리 말고는 아무도 없는 것을."

소진이 피식, 실소를 터뜨리며 그의 손을 꼭 잡았다.

"참. 중궁전 밀실은 종일 무사들이 감시하고 있으니 걱정할 것 없습니다."

헌이 목소리를 한껏 낮추며 말을 이어갔다. 오랜만에 듣는 봉희 소식에 소진의 눈이 반짝였다.

"지켜보니 삼시 세끼 꼬박꼬박, 배곯지 않게 밥도 챙겨주고 있었습니다."

"그렇군요. 그렇다면 다행이긴 한데……."

"아마 중궁전의 출산 일이 임박해져서 그 전에는 저 밀실 문을 열지 않을 것 같습니다."

"하면 출산 직후도 움직이지 않을 것 같은데."

"내 생각에는 출산 날, 밀실 문을 열 것 같습니다."

"아?"

"해서 비밀 군사들을 모두 대기시키고 있습니다. 행여 일이 커질 것을 대비해서요."

헌의 말에 소진의 머릿속이 빠르게 돌아가기 시작했다.

출산 날이라면 아무래도 궐 안의 모든 시선이 중궁전이 아닌 산실청에 쏠릴 것이었다. 당연히 중전이 출산하는 날이니 모든 경비 인력도 산실청으로 향할 것 같았다. 그의 예리한 추측에 소진은 절로 고개가 끄덕여졌다.

"하면 중전마마의 출산 날이…… 어쩌면 결판을 지을 날이 될 수도 있겠군요."

그날, 중전이 아들을 낳게 된다면 궐에는 새바람이 불 것이었다. 요즘 중전과 사이가 좋지 않아 '중전마마께서 반드시 공주를 낳아야 한다.' 는 말을 달고 사는 영의정이었기에 중전이 왕자를 출산한다면, 영의정의 사가 역시 발칵 뒤집힐 것이었다.

그런데 그날은 중전이 꼭꼭 감추고 있던 밀실의 문을 여는 날이 될 수도 있으니. 소진도 영의정과 마찬가지로 밤잠을 못 이룰 것 같았다.

한참 고심에 빠져 있느라, 그녀의 말수가 대번에 줄었다. 헌은 심각한 얼굴로 땅바닥을 응시하는 그녀를 바라보다, 잡고 있는 그녀의 손에 힘을 꾹 주었다. 그러자 소진의 고개가 헌을 향해 세워졌다.

"걱정할 것 없습니다. 늘 그래왔던 것처럼 잘 해결될 것이니."

"예, 저하."

"내가 있지 않습니까."

"예……. 해서 걱정하지 않습니다."

그때, 대비전에 다다랐는지 김 내관의 걸음이 느려졌다. 두 사람의 시선이 동시에 대비전에 닿았다.

"다 왔네요."

어쩐지 아쉬움이 물씬 들었다. 두 사람은 잡고 있던 손을 슬며시 놓았다. 이제 이 통로를 벗어나면 대비전 궁인들 여럿이 왔다 갔다 할 것이라 함께 가기에는 조금 위험할 것이었다.

"하면…… 가보겠습니다. 데려다주서서 고맙습니다, 저하. 잠시나마 얼굴을 뵈어, 좋았습니다."

소진이 옅은 미소를 입가에 머금으며 꾸벅 고개를 숙여 보였다. 그러곤 김 내관과 함께 대비전으로 향하기 위해 발걸음을 돌렸는데. 갑자기 헌이 그녀의 손목을 그러쥐며 자신을 보게 했다.

"이대로 가시려고요?"

뚱딴지같은 그 말에 소진은 커다란 눈만 깜빡였다.

"하면요?"

그가 지그시 눈매를 반으로 접으며 그녀를 향해 볼을 쑥 내밀었다.

톡, 톡.

뺨에 입술이라도 맞추어달라는 듯, 검지로 자신의 볼을 가볍게 두드려 보이는 헌. 소진은 자신의 양 뺨을 손바닥으로 감싸며 고개를 절레절레 저었다.

"대비전 앞이라 위험합니다……!"

위험하다는 그녀의 말에 헌이 한 손을 번쩍 들어 소진을 제 품속에 가두었다. 내관복의 풍성하게 늘어진 소맷자락 속에 그녀를 감추며 슬쩍 허리를 구부리니 완벽하게 가림막이 생겼다.

"이러면 되는 것이지."

소진은 그의 말에 잠시 머뭇거리다가 까치발을 들어 촉, 그의 뺨에 제 입술을 가볍게 맞추었다.

"되, 되었지요?"

자신이 입 맞춰놓고, 소진의 얼굴이 터질 듯 달아오르기 시작했다.

"나도 오늘 잠시였지만 널 보아, 너무 좋았다. 또 보자꾸나."

헌도 그녀의 이마에 입술을 슬며시 맞추고는 돌아섰다. 그가 생긋 웃으며 손을 휘휘 흔들어 보이며 멀어졌다.

소진은 그의 온기가 여전히 남아 있는 이마를 만지작거리며 수줍은 미소를 머금었다. 그 모습에 숙자가 씩, 웃으며 소진의 팔짱을 꼈다.

"어디 짝 없는 사람은 서러워서 살겠나요?"

"응?"

"아주 행복해 죽겠다, 얼굴에 쓰여 있어요. 아씨."

숙자의 말에 소진은 달아오른 자신의 뺨을 슬쩍 쓸어 보이며 걸음을 옮겼다.

"그래, 잘 왔다."

대비는 절을 올린 뒤 차분하게 자리를 잡고 앉은 소진을 바라보았다.

가만히 고개를 조아리고 있는 그녀를 흡족한 얼굴로 바라보던 대비가 가만히 입술을 열었다.

"영의정 대감도 함께 왔으면 좋았으련만."

"예……. 아버지께서 급한 용무가 있으셔서요. 함께 오지 못해, 아쉽다고 송구하단 말씀 전해달라 하시었습니다."

"그래. 내가 선약도 없이 갑자기 부른 것이었으니."

"예, 대비마마."

소진은 좀처럼 얼굴을 들지 않았다. 함부로 대비를 바라보는 것이 예의에 어긋나는 것이라 조심해야 한다고 어머니에게 주의를 들었기 때문이었다. 하지만 대비는 그런 소진의 얼굴을 가까이에서 보고 싶어, 연신 고개를 기우뚱거렸다.

"한 규수. 얼굴을 들어보거라."

그녀의 명에 소진이 조심스럽게 고개를 세웠다. 그러곤 대비를 똑바로 직시하였는데, 순간 소진의 가슴이 철렁 내려앉는 것만 같았다. 멀리서 보았을 때보다 가까이에서 본 대비의 눈빛은 희끗희끗 센 머리카락과 다르게 새까맣고 힘이 있었다.

"이리 생겼구나, 한 규수는."

"예, 대비마마."

"간택 때는 멀리서 잠깐 보았던지라, 이리 오밀조밀 얼굴을 살펴보지 못하였는데. 참으로 영민하고 지혜로운 빛이 흐르는 고귀한 얼굴을 가졌구나."

"황송하옵니다, 대비마마."

가까이에서 본 소진은 대비의 마음에 쏙 들었다. 감히 세자빈을 넘어 국모의 자리에 앉아도 손색없을 귀티 나는 미색을 가졌으며 눈동자는 영롱한 빛을 뿜내고 있었다. 대비의 얼굴에 환한 미소가 드리웠다.

"재간택 때의 일은 내가 대신 사과하마."

"예……? 대비마마께서 어찌 사과를……."

"어찌 되었든 간택을 주관했고 궐의 제일 웃어른으로서 더욱이 경계하고 호위에 신경을 썼어야 했는데, 그러지 못해 간택에 참여한 규수가 큰 화를 입을 뻔하였으니 내 규수들과 세자를 볼 면목이 없구나."

"아니옵니다. 감히 대비마마께서 소인께 사과할 일이 아니옵니다."

"특히 한 규수, 그대에게는 더욱이 그렇구나."

대비는 소진의 얼굴을 빤히 바라보며 말을 이었다.

"그때 입은 마음의 상처가 크지?"

"이미 잊었사옵니다. 마음에 담아두지 마시옵소서, 대비마마."

"이미 잊었다? 그래선 안 되지. 하마터면 목숨을 잃을 뻔한 큰일이 아니었느냐."

"하지만 저하의 도움으로 이리 무사하지 않습니까? 하면 된 것이옵니다. 지나간 날에 연연하는 것만큼 시각을 허비하는 일은 없다고 생각하옵니다."

"그래?"

"예. 하니 대비마마께서도 그 일은 마음에서 싹 잊으시옵소서."

소진은 그렇게 대답하며 고개를 조아려 보였다. 대비가 그녀를 지그시 바라보며 작게 웃었다. 아무리 보아도 참, 마음에 드는 여인이다.

동궁으로 돌아온 헌은 심각한 얼굴로 윤현과 마주했다.

"참, 중궁전 밀실로 따로 들어갈 수 있는 길은 알아보았느냐."

"예, 하오나 따로 그곳으로 들어갈 수 있는 통로를 찾을 수는 없었사옵니다."

윤현의 대답에 헌이 지그시 눈을 감았다. 그의 부정적인 대답에도 헌은 포기하지 않았다.

"그렇다면…… 그곳으로 통할 비밀 통로를 만드는 것은."

"중궁전 담벼락 바로 아래에 있는 지하라 아무래도 은밀히 통로를 내는 것은 불가할 듯싶습니다."

그 말에 헌은 느리게 고개를 주억거렸다.

"중궁전의 궁녀를 첩자로 삼자니, 변수가 발생할 것 같아 불안하고. 중전이 산실청에 입실해 출산을 마치는 그 순간까지 중궁전을 감시할 궁녀가 필요한데. 적당한 인물이 없을까."

"궐 내의 궁녀를 매수해볼까요?"

윤현의 물음에 헌이 도리질했다.

"그것 역시 불안하다. 언제 어느 때, 마음을 바꾸어 뒤통수를 칠지 모르니. 궁인만큼 믿을 수 없는 사람도 없어. 권력에 따라 움직이는 것이 몸에 밴 이들이라."

한참 고민하던 헌이 눈을 떠, 정면을 바라봤다. 지난날, 궁녀 복장을 한 채 마주했던 소진의 모습이 불현듯 떠올랐다.

"한 규수가…… 궁녀로 변장하여 잠복하여준다면 참으로 좋을 텐데."

무속에 집착하는 중궁전이라 반드시 출산 날, 왕자 생산을 위해 국무당의 힘을 빌릴 것이었다. 신성한 기운을 위한다며 항상 얼굴의 반을 가리고 있는 그들이니 그날, 성수청 궁녀로 위장해 중궁전을 들락날락

하면 아무런 의심을 받지 않을 것이었다.

하지만 그녀를 더는 위험에 빠뜨리지 않기로 한 그였다. 그 생각을 곧바로 접은 헌은 고개를 저었다.

"그건 차차 알아보도록 하고. 윤현. 내 자네를 근위대의 새 대장으로 임명할까 한다."

"예……?"

"아바마마께서 관리하고 계시던 군사 인력을 재정비하도록 하라."

"황송하옵니다, 세자 저하……!"

이제 헌은 왕세자의 역할뿐만 아니라, 왕을 대신하는 인물로 궐의 주춧돌이 된 것이었다. 그러므로 신경을 써야 할 일이 한둘이 아니라, 머릿속이 더 복잡해졌지만 그만큼 그에게 권력이 생긴 것이었다.

헌은 윤현을 궐 내의 왕이 관리하고 있던 근위대의 대장으로 임명하고, 그 세력까지 모두 자신이 흡수할 요량이었다. 중궁전에서 들려온 소식에 의하면 중전의 산통이 조금씩 시작된다고 했다. 중전이 산실청에 입성하게 된다면 밀실의 문이 열리게 될지 모르니 지금부터 그날을 대비하고 있어야 했다.

또한, 중전이 왕자를 낳게 된다면 간신히 승기를 잡은 수론파는 또다시 위기에 처할 것이니, 그것 역시 경계하고 있어야 했다.

"봄날이 머지않았구나."

헌은 자신의 이마를 느른하게 쓸어 보이며 궐 전경을 내려다보았다.

궐 안의 여러 전각이 한눈에 들어왔다. 곧 차가운 겨울이 조선에 불어닥칠 터였다. 앙상하게 마른 나뭇가지에 애처롭게 붙은 낙엽을 바라보던 헌은 느리게 입술을 뗐다.

"원래 겨울이 시릴수록 이듬해 봄볕이 따뜻한 법이라 하였다."

그렇게 말하던 헌의 시선이 멈춘 곳은 중궁전. 그는 뒷짐을 지고서는 느긋한 시선으로 중전이 머무는 전각을 내려다봤다.

"저 안에, 감히 아바마마의 눈을 속이고 그 구미호 같은 여인이 대체 무슨 일을 꾸미고 있는지는 모르겠지만, 곧 네가 감추고 있는 추악한 비밀을 세상에 낱낱이 공개하도록 하마."

"어떠셨어요? 소문대로 대비마마께서는 아주 무서우신 분입니까?"

숙자는 대궐을 나서자마자 소진에게 눈을 반짝이며 물었다. 그러자 느리게 고개를 저으며 소진은 작게 입술을 달싹거렸다.

"도통 속을 알 수 없는 분이셔……."

"대비마마요?"

"응. 벌써 노을이 지려고 하는구나? 어머니께서 궁금해하시겠다, 속히 가자."

소진은 궐 밖에서 기다리고 있던 가마에 올라탔다. 가마는 대궐을 벗어나 저잣거리 한복판으로 나아갔다.

한참, 이런저런 상념에 사로잡혀 있던 소진이 천천히 창을 열었다.

"갑갑하시어요?"

그러자 숙자가 빼꼼 허리를 숙이며 물었다.

"으응. 어디쯤 왔는…… 어?"

무심코 저잣거리를 바라보며 대답하던 소진은 무언가를 발견하고는 말문을 멈추고 말았다. 눈에 익은 듯한 붉은 치맛자락이 그녀의 눈에 들어온 것이다.

그저 많고 많은 다홍빛의 치마 중의 하나일 수도 있었지만, 이상하게 그 순간 그녀의 눈동자에 콕 박히는 것만 같았다. 그녀는 창을 활짝 열어 고개를 내밀었다. 그런데, 소진의 시야에 들어온 한 여인의 뒷모습에 그녀의 등골이 오싹해지는 것 같았다.

'저 여인은……!'

때마침, 애월루 쪽으로 방향을 틀며 연신 주위를 경계하는 그녀의 모습에 소진은 확신을 가졌다.

—김 도령의 부인이라는 여인이다.

길게 너울을 늘어뜨린 채 뒷모습을 보여 얼굴을 확인할 수는 없었지만, 그날 애월루 앞에서 보았던 여인과 똑같은 차림새였다. 김 도령의 부인이라며 한껏 경계했던 헌이 눈을 떼지 못하고 있던 그 여인.

"숙자야."

"예?"

"잠시 가마를 멈출 수 있겠니?"

그렇게 말하는 소진의 목소리는 위험하리만큼 은밀했다.

애월루 앞에는 붉은 치마를 입고 검은 너울을 길게 늘어뜨린 강씨 부인이 초조한 얼굴로 서 있었다.

"부인, 아직입니다. 어찌 오늘 또 방문하셨는지요."

기녀는 자신이 더 하얗게 질린 얼굴로 주위를 경계했다.

"너무도 급한 일이라. 하…… 서찰이 서방님께 전해지긴 한 것이오?"

"어제 분명 은신처로 부인의 서찰을 전했다고 했습니다만."

"한데 답신이 없었다?"

강 부인은 속이 바짝 타는 것 같아 제대로 서 있을 수조차 없었다.

"알겠소……. 내일 다시 찾아오도록 하겠소."

그 말을 끝으로 그녀는 얼굴을 푹 숙이고 돌아섰다.

"내일 새벽…… 몰래 한양을 빠져나갈 배가 수척산 입구에 당도할 것인데……. 부디 그 서찰을 받아보셨어야 할 텐데."

그렇게 중얼거리며 강 부인이 발걸음을 재촉하였는데, 갑자기 어디선가 나타난 헌의 무사 무리가 소리 없이 강 부인을 낚아챘다.

"놓으……!"

순식간에 입에 재갈을 물리고서 숲속으로 그녀를 끌고 가버리는 헌의 무사들. 그리고 그 모습을 소진이 멀리서 지켜보고 있었다.

그런데 그때, 저 멀리 그 여인이 떨어뜨린 듯한 노리개가 흙바닥 위에 널브러져 있었다. 소진이 조심스럽게 다가가 그 노리개를 주워 들었다.

옥빛 노리개는 꽤 값이 나가는 물건처럼 보였다. 소진은 그것을 유심히 살폈다. 저잣거리에서 흔히 보지 못했던 노리개인 듯했다. 그것을 손아귀에 넣으며 소진은 여인이 사라진 풀숲을 물끄러미 바라보았다.

"드디어 잡았어……!"

소진은 숙자에게 그 노리개를 슬쩍 건네며 발걸음을 옮겼다.

"숙자야. 이것이 어디서 팔고 있는 노리개인지 알 수 있을까?"

"뭐라? 김 도령의 부인을 잡았다고?"

묵묵히 서책을 읽으며 침소에 들 채비를 하던 헌은 윤현의 말에 자리에서 벌떡 일어났다.

"예. 지금 산속 밀실에 가둬두었습니다."

"서찰 같은 것은? 김 도령에게 받은 답신이라든지, 김 도령에게 전할 중요한 소식이 적힌 밀서라든지."

평소 헌답지 않게 그는 잔뜩 흥분해 있었다. 윤현이 느리게 고개를 저으며 입술을 열었다.

"그런 것은 없었습니다."

"김 도령의 거처는……!"

"아직 추궁 중이옵니다."

"지금 당장 그곳으로 갈 순 없겠지. 내가 직접 심문하여야 하는데."

강 부인을 직접 만나 묻고 싶은 것인 한둘이 아니었다. 헌은 동궁 안을 왔다 갔다 하며, 생각에 잠겼다.

"저하, 지금은 밤이 깊어 잠행이 위험합니다."

"그래. 손아귀에 넣었으니 애써 무리할 필요는 없지."

그렇게 말하며 헌이 우뚝, 멈춰서 윤현을 바라봤다.

밤이 깊어 사위가 어둑해졌지만 헌의 눈빛은 유난히 빛나고 있었다.

"강 부인이 잡혔으니 김 도령은 가만히 있지 않을 것이다. 어쩌면 제일 먼저 발칵 뒤집힐 곳은 중궁전일지도."

"이미 저잣거리 쪽에 수상한 움직임이 없는지, 무사들을 풀어 감시해 놓으란 상태입니다. 당연히 애월루 쪽과 중궁전에도 사람을 붙여 놓았으니 지켜보기만 하면 됩니다."

"그래. 잘하였다."

"그리고 저번에 명하신 대로 무사들을 김 도령을 추포하라 명했던 자들로 위장시켜 관아에 보내, 동태를 살피라 했습니다."

"그랬더니."

"포도대장은 그 무사들을 추포했습니다. 김 도령은 애초에 관아에 잡히지도 않았고요."

"역시…… 그랬단 말이지."

헌은 어처구니없다는 듯 실소를 흘리며 다시 자리로 돌아와 앉았다. 꼬리가 길면 밟힌다고 했던가.

김 도령 패거리의 핵심 인물인 강 부인을 손에 넣었으니 이내, 김 도령과 중궁전의 비밀도 풀릴 것 같았다. 소진에게 이 사실을 얼른 알려주기 위해 헌은 종이를 꺼내 들었다.

"내일 이것을 한 규수에게 전해주거라."

강 부인이 잡혔다는 소식을 듣고서 기뻐할 그녀의 얼굴이 눈앞에 그려졌다.

다음 날, 눈을 뜨자마자 소진은 숙자에게 노리개를 건네주며 저잣거리를 나가 살피도록 했다. 함께 움직이는 것은 아버지에게 들킬 위험이 있으니, 숙자 홀로 움직이게 했다.

그때, 영의정이 든 안채 안으로 그가 수족처럼 부리는 무사 대장이 휘적휘적 들어서고 있었다. 손에는 무슨 서찰 같은 것을 여러 장 쥐고 있었다.

'무슨 일이지……?'

사뭇 비장한 표정으로 안채를 향해 가는 무사를 바라보던 소진은 본능적으로 그 뒤를 따랐다. 그러곤 안채에 들어서는 그를 확인하고는 서둘러 그 앞으로 다가가 몸을 낮추었다.

"대감마님, 소인이옵니다."

한편, 방 안에서는 영의정이 무언가를 골똘히 생각하고 있다가 고개를 들었다.

"그래. 왔느냐."

"여기, 이것……."

무사가 손에 쥔 서찰을 영의정에게 건넸다. 그것은 김 도령과 강 부인의 얼굴이 그려진 용모화였다.

"둘은 부부 관계인 듯하옵고, 현재 따로 떨어져 있는 것으로 확인이 되옵니다."

영의정은 강 부인의 용모화를 뚫어져라 내려다봤다.

"궐 문지기를 포섭해 물으니 거의 일 년 가까이 중궁전의 사람으로 궐을 오가던 여인이라 합니다."

"……일 년이나?"

"예, 대감마님. 김 도령이라는 이 사내는 본 적이 없다고 하고요."

"아무래도 궐이니 사내보다는 여인이 드나들기 수월하였겠지. 아주 쥐새끼처럼 잘도 숨어다녔구나. 부부가 아주, 환상의 호흡을 펼친 것이지."

"한데 말입니다. 포도청에 김 도령이 추포되었다는 소식에 웬 사내 둘이 나타나기는 했습니다만."

강 부인의 용모화만 한참 내려다보던 영의정의 고개가 세워졌다.

"딱히 특이사항은 없었습니다. 그저 마을의 사라진 여인들의 식솔 중 하나인 것 같았습니다."

"포도청의 반응은?"

"당연히 그자들을 추포하였지요. 감히 협박죄로 관아를 농락했다는 이유로요."

"그렇겠지. 그자들을 손아귀에 넣으려고 일부러 덫을 놓은 것이니. 포도청을 찾았다는 그자들을 더 조사하여라. 그리고 혹시 모르니 궐 문지기들도 따로 빼돌려놓고. 우리가 그자들보다 한 발 더 앞서, 증좌를 잡아야 한다."

"당장은 문지기를 빼돌리기는 어렵고, 때를 보아 문지기의 쉬는 날에 맞춰 따로 몸을 숨기고 있으라 하겠습니다."

영의정은 강 부인의 용모화를 서랍 속에 넣어두었다. 그러곤 느리게 고개를 들어 고개를 조아리고 있는 무사를 바라보았다.

"중전의 산통이 시작되었다지?"

"예. 산실청으로 입실할 채비를 마쳤다는 소식이 들리고 있습니다."

"그날 국무당은."

"중궁전에서 치성을 드리고 있을 것이라 합니다."

굿 행위를 일절 금지하는 궐 안이었지만, 그날만큼은 국무당과 성수청 궁녀들이 중궁전을 오가며 중전의 순산을 기원하는 제사를 올리는 것을 허락하고 있었다.

"기도한다고 왕자를 생산할 수 있을까?"

"이미 치성을 드린 지 꽤 된 것 같았습니다. 야밤에 중궁전 쪽에서 굿 소리가 들려왔다는 이야기도 들리고요."

영의정이 피식, 조소를 터뜨리며 절레절레 도리질했다.

"왕자를 생산하면, 제 세상이 열릴 줄 알고 있겠지. 어림도 없는 소리. 내가 그렇게 되도록 내버려둘 성싶으냐?"

그 말을 밖에서 모조리 듣고 있던 소진의 가슴이 두근거리기 시작했다.

'궐 문지기가…… 그 부인의 얼굴을 알고 있다?'

아버지인 영의정에게는 미안한 일이었지만, 헌에게 얼른 이 사실을 알려 영의정이 문지기를 손에 넣기 전에 헌이 먼저 가로채도록 해야 할 것 같았다. 서둘러 안채에서 떨어지며 소진은 별채로 몸을 숨겼다.

―그날 국무당은.

―중궁전에서 치성을 드리고 있을 것이라 합니다.

소진의 귓가에 영의정과 무사가 나누던 대화가 윙윙 울렸다.

"빈 중궁전에…… 국무당이 그곳에서 굿을 벌인다?"

무언가 묘안이 떠오른 듯 그녀의 발걸음이 우뚝 멈춰 섰다. 그때, 대문이 삐걱 열리고 숙자와 함께 서찰을 든 윤현이 모습을 드러냈다.

"아씨……."

소진은 속히 윤현에게 다가갔다.

"성수청에서는 차질 없이 채비하고 있겠지?"

금방이라도 산통이 고조되며 출산을 할 것만 같아, 중전의 낯빛이 파리하게 질려가고 있었다. 하지만 삼 일은 더 기다려야 한다는 국무당의 말에 중전은 반듯하게 자리에 누워 통증을 삼켜내고 있었다.

"예. 매일 밤, 성수청 궁녀들과 치성을 드리고 있다 하옵니다. 마마, 조금만 더 참으시옵소서."

"참아야지. 왕자만 생산할 수 있다면 반드시 참아내야지……."

삼 일 뒤, 축시.

그날, 하늘의 문이 열려 중전이 왕자를 생산할 수 있는 기운을 전해 준다는 국무당의 말에 중전은 악착같이 버티고 있었다.

"벌써 산실청에는 결계(結界)를 쳐, 악한 기운을 막아내고 있다 하옵 니다, 마마."

그때, 중궁전의 문이 열리고 궁녀 하나가 황급히 들어왔다.

"중전마마. 소인이옵니다……!"

다급한 목소리에 중전이 길게 호흡을 뱉어내며 고개를 돌렸다.

"무슨 일이라도 생긴 것이냐?"

중전의 손과 어깨를 주무르고 있던 상궁이 급히 들어서는 궁녀를 쏘 아보았다.

"강씨 부인께서……!"

강 부인의 소식에 중전의 미간이 구겨졌다.

"사라지셨다고……. 혹, 중궁전에 연통이 닿은 것은 없느냐고 김 도령 께서 직접 소인께 여쭈었나이다."

김 도령이 직접 중궁전에 연통을 넣은 것은 처음이었다. 아주 긴박한 일이 아니면, 뭐든지 강씨 부인을 통해서만 연락을 취하곤 했는데.

중전은 힘겹게 몸을 일으켜 등받이에 등을 기대, 앉았다.

"소상히 말하거라. 강 부인이 왜 사라져!"

"어제까지만 해도 애월루에 와, 김 도령의 행방을 묻고는 했다는 데……."

"근데."

"오늘 김 도령께서 강 부인이 전해주라던 서찰을 읽고 급히 청국행 배를 타기 위해, 강 부인의 은신처로 갔는데…… 흔적도 없이 사라졌다 하옵니다."

"뭐라……? 짐은!"

"옷가지의 짐 꾸러미는 그대로인데 몸만 없어졌다고 하시어서…….
혹, 중궁전에서 비호를 하고 있는 것인가, 하여 김 도령께서 직접 연통
을 주셨습니다."

그러자 중전은 산통에 얼굴을 일그러뜨리며 배를 움켜쥐었다. 갑자
기 신경을 쓰니, 잘 참고 있던 통증이 터져버린 것 같았다.

"아, 아윽……!"

"마마! 참으셔야 하옵니다!"

상궁이 급히 중전을 부축했다. 중전은 고통을 참아내며 이를 악물었
다.

"부정을 탈까 피붙이들도 입궐치 말아달라 당부한 마당에, 어찌 피
한 방울 섞이지 않은 강씨 부인을 이곳으로 들여! 말도 안 되는 소리!"

"하면 김 도령께 어찌 전할까요?"

"이곳에는 없으니 당장 강 씨를 찾으라 일러라. 아무래도 일이 잘못
되어가고 있는 것 같다."

흐느끼듯 그 말을 뱉어낸 중전은 거칠게 숨을 몰아쉬었다. 궁녀는 속
히 김 도령에게 그녀의 말을 전하기 위해 중궁전을 뛰쳐나갔고 중전은
상궁에게 기대, 아픔을 삼켜냈다.

"누군가가 납치를 한 것이라면……?"

"마마, 우선 지금은 모든 것을 김 도령께 맡기고 마마께서는 출산에
만전을 가하셔야 하옵니다."

"행여…… 만에 하나 강 씨가 입놀림을 잘못한다면?"

걱정은 더 큰 걱정을 낳고 있었다.

"자네는 곧장 궐 밖으로 나가 김 도령을 만나보아라."

"예, 마마."

"삼 일이다. 삼 일 뒤, 내 출산하는 날 모든 것을 갈무리 지을 수 있으니. 그때까지 반드시 강씨 부인을 찾아와야 할 것이다. 행여 강 씨를 찾지 못한다면."

중전의 짓씹은 입술은 점점 일그러져가고 있었다.

"강 씨를 데려간 이의 먹살이라도 끌고 와야 할 것이야……!"

"잠시, 전할 이야기가 있습니다."

소진은 윤현을 보자마자 황급히 그를 잡아 대문 밖으로 이끌었다.

"어떤……."

그러자 숙자는 알아서 망을 보기 시작했고 소진은 한껏 목소리를 낮춘 채, 윤현에게 바짝 다가갔다.

"궐 문지기가 그 부인을 안다고 합니다. 일여 년 동안 중궁전을 오간 여인이라고 합니다."

"아?"

"저희 아버지께서 입수한 정보니 정확할 것입니다. 아버지 쪽에서 궐 문지기를 포섭하기 전에, 무사님께서 저하께 아뢰어 먼저 그 문지기를 빼돌릴 수 있도록 하세요."

소진의 은밀한 그 말에 윤현의 눈빛이 반짝거렸다.

"예. 꼭 전하겠습니다. 그리고 이것, 저하께서 전해달라 하시었습니다. 김 도령의 부인을 어제 포박했다는 소식입니다."

윤현이 직접 소진에게 헌의 서찰을 내밀었다. 그녀는 행여 누가 볼세라 서찰을 황급히 소맷자락에 숨겨 넣으며 고개를 꾸벅 숙여 보였다.

"그것 참 잘되었군요. 하면 얼른 가보세요. 문지기는 꼭 제 아버지가 포섭하기 전에 저하께서 숨겨놓아야 합니다."

"알겠습니다. 걱정하지 마십시오, 아씨."

그렇게 갓을 깊게 눌러쓰고서 서둘러 등을 돌리는 윤현. 그의 뒷모습을 물끄러미 바라보던 소진은 깊이 한숨을 내쉬었다. 애써 밝은 척, 괜찮은 척, 아버지의 정보를 윤현에게 일러주었지만 실은 그 마음이 편하지는 않았다.

"아씨…… . 괜찮을까요?"

"응?"

"대감마님께서 아시면…… ."

숙자의 말에 소진의 가슴이 더욱 불편해졌다. 며칠 전, 영의정과 한바탕 설전을 벌인 뒤라 더 마음이 가라앉고 있는 것만 같았다.

'아버지, 용서하셔요. 이번 일만큼은 아버지보다 저하께서 먼저 해결하셔야만 하거든요. 그래야…… 봉희를 무사히 구할 수 있어요.'

두 손을 바짝 모은 채, 윤현이 무사히 궐로 가 그 소식을 전하길, 영의정보다 먼저 그 문지기를 손에 넣을 수 있기를 간절히 바랐다.

"아씨께서 그렇게 전하셨습니다."

강씨 부인을 포박해둔 비밀 장소로 잠행을 나가는 길.

헌은 윤현에게 소진이 알려주었던 정보를 전해 들으며 입술을 질끈 악물었다. 그의 낯빛이 점점 굳어지더니, 이내 헌은 걸음을 멈추었다.

영의정 사가 쪽으로 휙, 고개를 돌려 그곳을 아련한 눈빛으로 응시했다. 그것을 윤현에게 전하기까지 얼마나 고민을 했을지.

그리고 지금 이 순간에도, 자신의 아비를 향한 죄책감에 얼마나 그 여린 마음이 상처를 입고 있을지. 헌은 그녀 생각에 울컥, 뜨거운 감정이 치솟았다.

"끝내 아버지와 척을 지려 하는 것이냐……."

자신에게 제일 먼저 그 소식을 전했다는 것이 무척 고마웠지만, 한편으로는 헌의 마음도 불편했다. 자신 때문에 부녀 사이가 척을 지게 되지는 않을까.

그는 소진에게 미안한 마음이 불쑥 일었다. 그러다 다시금 자신의 처지를, 그리고 태생을 원망하게 되었다. 감쳐문 입술은 하얗게 질려갔다.

"내가 네 아비에게까지 떳떳한 사람이었다면, 내 출생이 적어도 보은군과 비슷하기라도 하였더라면, 네 아버지는 날 세자로 받아들였을까."

"저하……."

슬픔이 짙게 깔린 그의 혼잣말에 윤현이 안타까운 얼굴로 고개를 조아렸다. 소진을 더, 곤란하게 할 수는 없었다. 이렇게까지 나서주는 그녀를 위해서라도 헌은 이번 일을 제 손으로 반드시 해결하고야 말겠다고 다시금 다짐했다.

"지금 당장, 문지기를 포섭하여라. 그 누구도 그의 행방을 알 수 없게. 그리고 그 문지기를 데려간 무리가 우리라는 것이 결코, 드러나지 않도록 철저히 비밀리에 포섭하여야 할 것이다."

"예, 저하."

소진이 영의정과 끝내 등을 지는 일은 만들지 않을 것이었다. 비록, 자신이 지금 영의정과 척을 지어야만 하는 관계라 할지라도 그는 포기하지 않을 것이었다.

어떻게든 영의정의 마음을 자신 쪽으로 돌려놓으리라 가슴에 되새겼다. 소진이 이런 일로 영의정을 배신하는 일을 하게 하지 않으리라고 그는 두 주먹을 불끈 쥐며 생각했다.

헌은 다시금 걸음을 옮겼다. 그가 걸을 때마다, 바람에 나부끼는 너울 뒤로 헌의 차갑게 굳은 얼굴이 언뜻언뜻 비쳤다.

곧 두 사람은 숲속 깊은 곳에 자리한 비밀 장소에 도착했다. 입구를 지키고 있던 헌의 호위대가 그를 발견하고는 일제히 고개를 조아려, 그를 맞았다.

"오시었나이까."

"그 여인은."

"안에 있습니다. 김 도령과 자신은 아무런 사이가 아니라며, 좀처럼 입을 열지 않고 있습니다."

무사의 말에 헌은 무표정한 얼굴로 강씨 부인이 결박된 곳의 문을 열어젖혔다. 그러자 모진 고문을 받은 흔적이 역력한 그녀가 거칠게 숨을 몰아쉬며 밧줄에 묶여 있었다.

"고개를 들라."

높낮이 없는 음성이 그녀의 고개 끝을 치켜세웠다. 몰골은 말이 아니었지만, 강씨 부인의 눈빛만큼은 여전히 거셌다.

헌을 집어삼킬 기세로 그녀가 그를 노려보고 있었다.

"네가 우두머리인 것이냐?"

그러자 헌이 재미있다는 듯, 고개를 가볍게 끄덕였다.

"우두머리라……."

강씨 부인은 제 눈앞에 있는 이 사내가 왕세자일 거라고는 감히 짐작조차 하지 못하고 있을 터였다.

헌이 그녀에게 한 걸음 바짝, 다가갔다. 그가 너울을 들어 올리며 상체를 숙이고는 그녀의 얼굴을 유심히 살폈다.

지난번, 김 도령이 버리고 간 사가에서 보았던 그 여인이었다. 하지만 일 년여 전, 자신이 풍등제에서 이 여인의 뒤를 쫓았다는 소진의 말은 여전히 받아들일 수가 없었다. 한참 말없이 강씨 부인의 얼굴을 가까이에서 살피던 그가 입술을 뗐다.

"내가 누군지 아느냐?"

자신의 기억 속에는 없는 여인이었기에, 그녀에게 물을 수밖에 없었다. 헌의 질문에 강씨 부인은 분주히 헌의 얼굴을 살폈다. 그녀의 눈동자가 헌의 눈과 코와 입을 유심히 훑어 내렸다.

"그쪽이 누군데. 대체 누구기에 감히 무고한 자를 이리 납치해, 못살게 군단 말인가!"

정말 자신을 모른다는 어투였다. 움막을 쩌렁쩌렁 울리는 강씨 부인의 고함에 헌이 피식, 조소를 터뜨리며 굽혔던 허리를 폈다.

"그러게…… 대체 누구일까."

낮게 읊조리던 헌이 휙, 윤현을 돌아보았다.

"그자의 용모화를 가져오라."

아무래도 김 도령의 얼굴을 강씨 부인에게 직접 보일 요량이었다. 곧, 윤현이 김 도령의 용모화를 헌에게 내밀었고 헌은 무감한 얼굴로 그녀 앞에 용모화를 펼쳐 보였다.

그러자 이 용모화는 수도 없이 보았고, 자신은 전혀 알지 못하는 사람이라는 듯 콧방귀를 꼈다. 그녀의 조소에 헌도 비릿하게 입매를 비틀었다.

"백번을 물어도, 너는 모른다고 대답을 할 테지."

이자와 무슨 사이냐고 윽박지르던 다른 무사들과는 전혀 다른 분위기로 질문을 해오는 헌이었다.

순식간에 자신의 목덜미를 싸늘하게 움켜쥐는 듯한 냉기에 강 부인은 처음으로 주춤, 눈빛을 떨고 있었다.

"근데 그것 아느냐?"

"……무엇을 말이오."

"나는 너에게 김 도령의 행방을 물을 생각이 추호도 없다. 또한, 너를 통해 그자의 은신처를 알아낼 생각도 없지."

"하면……."

금방이라도 검을 빼어 들어 목을 쳐낼 것만 같은 그의 기세에 강 부인의 입술이 바르르 떨렸다. 헌은 다시금 허리를 굽혀, 그녀의 턱 끝을 우악스럽게 잡아챘다.

"덫을 놓은 것이야."

덫이라는 말에 강 부인의 잇새가 황당한 듯 슬쩍 벌어졌다.

"너를 찾기 위해 김 도령이 한양 곳곳을 미친 사람처럼 뛰어다니겠지? 어쩌면 너희가 뒷배로 두고 있는 중궁전으로 달려갔을 수도 있고."

이미 모든 것을 다 알고 있는 듯한 헌의 말에 그녀의 뺨은 당혹스러움으로 붉어지고 말았다. 그의 입에서 중궁전이라는 단어가 나오리라는 걸, 전혀 예상하지 못했다는 얼굴로 그녀는 벌벌 떨었다.

"너희는 어차피, 한양 밖을 한 걸음도 나가지 못해. 더욱이 너는 이곳을 살아서는 빠져나가지 못할 것이다. 왜 그런 줄 아느냐?"

"……!"

"내가 이 나라의 왕세자니까."

그 말에 강 부인의 핏발 선 눈이 커지고 말았다.

"하니 잘 선택하여라."

"……무, 무엇을 말, 말입니까!"

"네가 조금이라도 면책받고 싶다면 입을 열어야 할 것이야. 김 도령의 은신처 따위는 궁금하지도 않다. 다만, 중궁전 밀실에 있는 여인들. 그 여인들을 어디에 쓰려고 했는지, 그동안 너희가 얼마나 많은 여인을 그런 식으로 빼돌린 것인지, 그것만 네가 증언해주면 된다."

헌은 그 말을 마친 뒤, 쥐고 있던 강 부인의 턱 끝을 거칠게 놓으며 돌아섰다.

"이 여인이 마음을 굳힐 때까지, 물 한 방울도 먹이지 말거라. 또한 중궁전과 궐문, 그리고 애월루를 포함해 김 도령이 나타날 만한 장소 모두에 무사들을 배치해놓도록 하라."

"예, 저하."

제 28 장

시작된 산통

"아씨, 저 혼자 할 수 있다니까요?"

"미세하게 비슷한 건 여럿 있을 수 있어. 내가 직접 눈으로 봐야 할 것 같아서 그래. 서둘러 가자꾸나."

소진은 호위 무사를 대동한 채, 숙자와 함께 저잣거리로 나섰다. 장 옷으로 얼굴을 단단히 여민 소진은 김 도령 부인의 노리개와 비슷한 것을 찾기 위해 점포를 샅샅이 살폈다. 호위 무사는 그저 소진이 숙자와 함께 장신구를 사러 온 모양이라 생각하며 그 뒤를 따르고 있었다.

"아씨, 저기요……! 저쪽이 물 건너온 노리개들을 파는 곳입니다."

숙자가 가리킨 곳으로 가보니, 정말 흔히 볼 수 없었던 독특한 문양의 장신구들이 놓여 있었다.

"노리개 보시게요?"

점포 주인이 환한 얼굴로 소진에게 다가왔다. 그러자 그녀는 소맷자락에서 강 부인의 노리개를 꺼내 주인에게 내보였다.

"혹…… 이런 노리개는 어디서 만드는 건지 알 수 있소?"

점포 주인은 소진이 내민 노리개를 유심히 살피며 고개를 갸웃했다.

"글쎄요. 반가의 규수들이 하는 것은 아닌 것 같고. 그렇다고 기녀들이 찾는 것도 아닌 것 같은 것이, 쇤네도 처음 보는 노리개입니다만?"

그 말에 소진이 아쉬움이 가득한 얼굴로 다시금 노리개를 소맷자락에 집어넣었다.

"예……."

그러면서 눈앞에 쫙, 놓인 노리개들과 비녀를 꼼꼼히 살폈다.

"아마 저잣거리에서는 같은 것을 찾기 힘들 것인데, 아씨."

"그렇겠지요?"

"어차피 여기 저잣거리에 내어놓고 파는 것들은 거의 다 비슷비슷한 물건들이라……. 아, 아니면 저 산 아래, 아파들 사는 마을에 직접 가보시는 것은요?"

그의 말에 소진의 눈이 초롱초롱하게 빛이 났다.

"아파들이 사는 마을……?"

"예. 아파들은 그런 장신구들은 빠삭하게 알고 있을 것이니, 차라리 아파들을 찾아가보는 게 좋을 것 같습니다."

숙자도 고개를 끄덕이며 소진의 팔을 슬며시 쥐었다.

"그러는 게 좋겠어요, 아씨."

"그러자. 고맙소. 많이 파시오."

소진은 환하게 웃으며 다시금 장옷을 입었다. 그러곤 점포 주인이 가르쳐준 아파들이 사는 마을로 가기 위해 서둘러 걸음을 옮겼다. 그리고 그 모습을 누군가가, 유심히 지켜보고 있었다.

"계시오?"

소진과 숙자는 점포 주인이 가르쳐준 산 아래, 아파들이 사는 마을로 내려왔다. 그러자 쉬고 있던 몇몇 아파들이 떨떠름한 얼굴로 소진을 바라봤다.

"예약제라 먼저 선약을 잡은 순서대로 손님을 받고 있습니다만?"

아파 중 하나가 소진의 앞으로 다가와 그렇게 말했다. 소진은 장옷을 걷으며 그들을 향해 고개를 꾸벅 숙여 보였다.

"물건을 사러 온 것이 아니라 하나 여쭙고 싶은 것이 있어서 왔소."

여전히 아파들은 소진을 경계의 눈초리로 힐끔거리고 있었다. 그러자 소진은 경계를 풀어도 좋다는 듯, 환한 얼굴로 그들에게 다가갔다.

"이곳이 한양에서 제일 유명하고 재주 많은 아파들이 사는 동네라 하여 물어, 물어 왔소."

그녀의 호의적인 말에 아파들이 하나둘, 관심을 보이기 시작했다. 소진은 소맷자락에서 강 부인의 노리개를 꺼내, 그들의 앞에 내어놓았다.

"이 노리개와 똑같은 것으로 구입을 하고 싶은데…… 어디 물건인지 알 수가 없어서……."

"노리개요?"

"한양 저잣거리의 점포는 죄다 둘러보아도 아무도 아는 이가 없어, 여기까지 오게 되었소. 아파들도 잘 모르는 물건일 수도 있다고 점포 주인들이 그렇게 말하긴 했는데……."

그녀는 그렇게 말하며 은근슬쩍 아파들의 눈치를 살폈다.

"그것들이 뭘 안다고!"

"그러게? 우리 같은 전문적인 아파와 그저 노상(路上)에서 물건 파는 작자들이랑 같은 줄 알고?"

"어디 봅시다, 형님. 우리가 모르는 노리개가 어딨습니까?"

그제야 그들은 승부욕에 발동이 걸린 듯, 소진의 주위로 삼삼오오 모여들었다. 소진의 작전이 통한 모양이었다. 소진과 숙자도 그들 틈에 끼어, 노리개를 한참 내려다보았다.

'제발 이곳에서는 이 노리개의 출처를 알 수 있었으면……'

"환궁하시는 대로 돌보아야 할 정사가 많으시지 않습니까."

윤현은 근심이 가득한 헌의 얼굴을 돌아보며 그렇게 물었다. 산 아래로 내려오는 헌의 발걸음이 무거웠다.

"많아도 철저하게 채비를 하여야 한다. 조금이라도 허점을 보였다가는 금세 그 틈으로 빠져나갈 인물들이야."

"한데, 저하. 강씨 부인이 쉽사리 입을 열지는 않을 것입니다. 저하의 뜻에 따르지도 않을 것이고요. 무척 악랄하고 독한 여인인 것 같사옵니다."

"상관없다."

헌의 말에 윤현이 그를 조심스럽게 올려다보았다. 깊은 생각에 잠겼던 헌의 낯빛은 어느새 자신감으로 가득 차 있었다.

"입을 열지 않아도 저 여인의 존재만으로도 중궁전을 몰락시킬 수 있지. 행여 저곳에서 그 여인이 끝내 자결이라도 한다면 난, 그 여인의 시체를 끌고 중궁전으로 쳐들어갈 것이다."

"저하……"

"어차피 김 도령과 저 여인의 자백 따위는 바라지도 않았다. 증좌는 중궁전 밀실에 갇힌 가엾은 백성들만으로도 충분할 것이니."

그 말을 하는 헌의 눈동자가 형형하게 번뜩였고 그 순간, 그의 시선

끝에 익숙한 얼굴이 툭 걸렸다.

"아······?"

저 멀리, 웬 초가집이 모여 있는 작은 마을.

허름한 차림의 여인들 사이에서 홀로 돋보이는 규수의 차림을 한 소진의 모습이 보였다.

"한소진······?"

보고 싶어, 헛것을 보는 것인가.

헌은 제자리에 멈춰 서서 눈을 비볐다. 그러자 윤현도 그의 시선을 따라 눈동자를 움직였다.

"하, 하하하! 역시, 대단합니다들!"

그곳에는 정말 소진이 손뼉을 짝짝, 치며 밝은 웃음을 지은 채 서 있었다.

"소진이가 저길 왜."

"아······? 아까 집에 계시었는데."

대체 이곳까지는 어쩐 일로 온 것인지. 그리고 저 여인들은 다 무엇인지. 헌은 반가움 반, 걱정 반의 마음으로 서둘러 걸음을 옮겼다.

"하면 청국에서도 아주 귀한 여인들만 할 수 있는 노리개란 거죠?"

"그렇습니다, 아씨. 이리 진귀한 노리개는 어디서 구하신 것입니까? 아마 중전마마께서도 갖기 어려운 물건일 텐데."

"맞아. 이건 청국 황실 여인들 정도 되어야 가질 수 있는 것이라 들었는데."

소진이 어색한 웃음을 지으며 노리개를 소맷자락 안으로 숨겼다.

'대체······ 그 부인의 정체가 뭐야. 청국 황실 여인들의 노리개라니.'

"주웠소!"

"주웠다고요?"

"예. 실은 저잣거리에서 주웠는데. 너무 값비싼 물건인 것 같아 갖기에는 좀 그럴 것 같아서."

"아…… 예."

"주인이 애타게 찾을 것 같아서 포도청에 가져다주려는데. 아, 이것이 너무 예뻐 밤새 눈앞에 어른거리는 것이 아니오?"

"그렇지요. 한양에서는 쉬이 볼 수 없는 것이니."

"해서 똑같은 거라도 사려고 저잣거리를 돌아다녔던 것이라오."

"그랬군요."

대충 그녀의 변명이 아파들에게 먹힌 것 같았다. 숙자는 소진의 임기응변에 혀를 내두르며 눈썹을 씰룩거렸다.

"한데 아파들의 말을 들으니, 내가 구할 수 있는 건 아닌 것 같네요."

"아무래도 어려울 것이어요. 대체 누가 이걸 저잣거리에 흘렸대?"

"청국 황실 여인들의 노리개가 한양 저잣거리에……."

"아니면 가짜가 아닐까요, 형님?"

"가짜?"

"왜. 어설프게 누가 따라 만들어 팔려고 한 것이라든지."

"그런 것 치고는 그 문양이 너무 정교하였잖아?"

아파들은 서책으로만 보았던 노리개를 실물로 보자 흥분한 듯 이야기를 나누기 바빴다. 소진은 이제 알아내야 할 것을 알았으니 다 되었다는 얼굴로 숙자의 팔을 잡아당겼다. 그러곤 슬슬 돌아갈 채비를 하며 자리에서 일어났다.

"신세 많이 졌소. 원하던 답을 얻지는 못했으나 큰 도움 받고 가오."

그들을 향해 고개를 꾸벅 숙여 보이며 소진이 돌아서자 아파들이 소리쳤다.

"그게 영 갖고 싶어 병이 날 지경이면 쇤네들에게 말하세요!"

"예?"

"똑같은 것은 못 구해도 가끔 청국으로 가는 아파들이 있으니, 부탁해서 비슷한 것이라도 사다드리겠습니다!"

"예. 원래 여인네들이란 갖고 싶은 장신구가 있으면 꼭 가져야 직성이 풀리거든요. 안 그럼 병난다고 하지 않습니까? 하하하!"

아파들의 말에 소진도 어색하게 소리 내 웃으며, 그들을 향해 손을 휘휘 흔들어 보였다.

"꼭 그리하겠소……! 내 오늘 밤에도 이 노리개의 꿈을 꾼다면, 내일 다시 찾겠소. 하면 잘 계시어요!"

그리고 소진이 빙그르르 돌아, 장옷을 뒤집어썼는데. 눈앞에 누군가가 휙, 나타나 그녀의 앞을 턱 가로막고 섰다.

"뭐가 그리 갖고 싶어 꿈에 나온다고 하느냐? 말만 하여라. 내가 사다줄 테니."

갑작스러운 그 말에 소진이 소스라치게 놀라며 장옷을 걷어 위를 올려다보았다. 그러자 헌이 피식, 웃으며 그녀를 내려다보고 있었다.

"어머……! 저…… 아니. 선비님!"

행여 아파들이 들을까, 헌을 선비라고 부르며 소진이 그의 팔을 그러쥐었다.

"여기는 어쩐 일이십니까……!"

우연처럼 만난 헌이 무척 반가웠다. 소진은 박꽃 같은 미소를 터뜨리며 눈을 반짝였다. 그러자 헌이 그녀의 손을 따스하게 맞잡으며 허리를 숙였다.

"이 산 중턱에 김 도령의 부인이 잡혀 있거든."

"예?"

"가서 얼굴이라도 보고 오겠습니까?"

그 말에 소진이 놀란 얼굴로 산 위를 힐끔 돌아보았다.

"여기 이리 마을이 있는데, 이곳이 무사들의 비밀 집결지입니까?"

"입구가 두 개거든. 우린 보통 마을이 없는 반대편 입구를 이용합니다. 해서 사람들 눈에 띌 일이 없지요. 너무 인적이 끊긴 산은 적들의 눈치를 살 수도 있어 적당히 마을도 있고 인적도 드문 곳으로 골랐습니다."

그녀는 엷은 미소를 지으며 고개를 끄덕였다. 그러다 강씨 부인의 얼굴이 궁금하기도 하여 한번 가볼까, 하고 고개를 돌렸다.

"가고 싶으면 지금 같이 가고."

"바쁘신 것 아닙니까?"

"괜찮습니다."

일 년 전, 그날 보았던 그 여인을 다시 마주한다고 생각하니 심장이 벌써 쿵쾅거리는 것도 같았다. 소진은 볼을 잔뜩 부풀린 채로 산 중턱만 뚫어져라 바라봤다.

"한데 그 여인의 얼굴을 가까이에서 보신 소감이 어떻습니까?"

그 말에 헌이 고개를 갸웃거렸다.

"소감?"

"기억이…… 여전히 안 나세요? 그 여인과 김 도령을 쫓다 당하신 사고인데."

"그러게나 말입니다. 해서 하도 답답해 대체 넌 누구냐고, 되레 그 여인에게 시답잖은 질문을 했지요."

"괜찮습니다. 그깟 기억…… 이젠 중요치 않지요. 그 여인을 잡았으니 곧 김 도령도 잡힐 것입니다."

소진은 애써 그를 위로하며 환하게 웃어 보였다.

"소인도 얼른 집으로 가봐야 해서요. 얼굴은 다음에 확인해야 할 것 같습니다."

"그렇군요. 그럼 같이 내려갑시다."

두 사람은 서로를 바라보며 다정하게 미소를 짓다, 어깨를 나란히 하며 걸었다.

"뭐……? 누, 누구?"

한편, 중궁전에서 소식이 들려오기만을 기다리고 있던 김 도령은 자신이 수족처럼 부리는 살수의 말에 소스라치게 놀라고 말았다.

"부인의 노리개를 갖고 있던 사람이 영의정의 여식이었습니다."

"참이냐?"

"예. 그 노리개는 중전마마께서 부인께 선물한 세상에 단 하나밖에 없는 노리개지 않습니까. 분명, 그 노리개였습니다."

영의정이란 말에 김 도령의 입에서 실소가 터져 나왔다.

"이제야 모든 것이 착, 착 들어맞는구나."

김 도령은 지난날, 산속 투전판에서 자신을 세찬 눈빛으로 쏘아보며 훈계를 하던 여인의 얼굴을 떠올렸다.

옷차림만 허름했던, 총기(聰氣)가 다분했던 여인의 눈동자. 그자가 그럼 영의정의 여식이었단 말인가.

그날의 일을 떠올리던 김 도령이 지그시 눈을 감으며 머리를 감쌌다.

"포도청에서 우리의 일에 관해 물었던 것도 영의정, 부인을 납치한 것도…… 영의정?"

"그런 것 같습니다. 아무래도 영의정의 여식이, 영의정에게 모든 것을 토설하고 함께 행수 어르신과 부인의 목을 옥죄고 있는 것 같습니다."

"어쩐지. 감히 궐을 운운하며 포도청에 시건방진 협박을 할 때부터 알아보았다. 그날 이후로 포도청에 얼씬도 안 한다는 것도 수상했지. 뒤가 구리니 몸을 숨기고 있었던 것이야. 또한, 어마어마한 권력 없이 뱃길과 도성 문을 걸어 잠근다? 그것 또한 불가능한 일이지."

김 도령은 지금 자신들을 쫓고 있는 무리가 영의정이라고 확신했다. 그의 눈빛이 거세게 타오르기 시작했다.

"어찌 하올까요. 당장 영의정의 여식을 납치해, 부인을 무사히 놓아달라 거래라도 하올까요?"

살수가 한껏 굳은 얼굴로 그렇게 물었다. 그러자 김 도령은 느리게 고개를 저으며 입술을 달싹였다.

"아니. 그럴 것 없어. 섣불리 영의정을 건드리는 것은 일을 그르치게 하는 지름길이야."

"하면."

"때를 기다리자. 지금 중전마마께서 출산을 앞두고 계시지 않으냐?"

"예."

"영의정을 날려버릴 기회를 지금부터 생각해, 마마께서 순산하시고 난 뒤에 그들을 처단하여야 할 것 같다. 지금 움직이는 것은 마마의 출산에도 큰 영향을 끼칠 수 있으니."

"명만 내려주십시오. 언제든 움직일 채비가 되어 있사옵니다."

김 도령도 제1순위를 중전의 출산으로 보고 있었다. 자신의 뒤를 지금까지 봐준 제 세력에 있어 없어서는 안 될 인물인 중전의 순산은 김 도령에게도 중대한 사안이었다.

그 역시 중궁전의 사람이었기에 그녀가 왕자를 낳는다면 김 도령 또한, 지금보다 더한 권세를 쥘 수 있을 것이었다.

"부디 왕자를 낳으십시오, 마마."

그렇게 읊조리며 김 도령이 자리에서 일어났다.

"하면 이제 소인이 마마의 앞길에 꽃잎을 깔아드리겠나이다."

그러면서 김 도령은 황급히 살수를 돌아보았다.

"지금부터 영의정을 치기 위한 계획을 세울 것이다. 하니, 영의정의 일거수일투족을 감시하고 이 사실을 서둘러 중전마마께도 아뢰어 행여나 있을 불상사를 대비하라, 이르거라."

"예, 행수 어르신."

그때, 문밖에서 다른 살수의 다급한 목소리가 들려왔다.

"행수 어르신, 행수 어르신……! 큰일입니다!"

"무슨 일이냐!"

"궐에서 소식이 왔습니다!"

긴박한 목소리 사이로 궐이라는 단어가 튀어나오자 김 도령은 온몸이 굳는 것 같았다.

"중전마마께서 산통이 시작되셨다 하옵니다……!"

산에서 내려오며 소진이 헌에게 노리개를 슬쩍 건넸다.

"사실 이 노리개, 김 도령 부인의 것입니다."

그 말에 헌이 흠칫 놀라며 걸음을 우뚝 멈춰 서고 말았다.

"그게 무슨 말입니까. 왜 그 여인의 노리개를 낭자가 들고 있는 것입니까."

딱딱하게 굳어가는 그의 낯빛을 보며 소진이 안심하라는 듯, 해사하게 웃어 보였다.

"걱정하실 일 없었어요. 우연히 그 부인이 저하의 무사들에게 끌려가는 것을 목격하였다, 그 여인이 흘린 것을 주웠거든요."

"아, 그러셨습니까?"

"예. 대비마마를 뵙고 집으로 돌아가던 길이었습니다. 이 노리개를 주워서 살펴보니 예사롭지 않은 것 같더라고요."

"해서 아파들을 만나, 노리개의 출처를 물은 것입니까?"

헌의 목소리가 점점 은밀해졌다. 그녀를 살피는 눈빛 또한 심각하게 가라앉아 있었다.

"예. 한양에서 쉬이 보지 못한 물건이라. 혹시 이 노리개의 출처를 알아낸다면 그자들의 주 활동지를 알 수 있지 않을까, 싶어서요."

"어느 지역의 것이라 합니까? 용 문양이 꽤 정교하게 그려져 있는 것으로 보아 값어치도 나가는 물건 같은데."

"청국…… 황실 여인들이 사용하는 것이라 합니다."

그 말에 헌의 동공이 희미하게 떨렸다. 청국 황실이라는 글자가 헌의 귓가에 예민하게 박히는 순간이었다. 소진 역시 아파들에게 처음 이 노리개의 출처지를 들었을 때처럼 가슴이 다시금 출렁, 내려앉는 것만 같았다.

"황실 여인이 사용하는 것인데 어찌 그 부인이……?"

"안 그래도 저하께 의논을 드리려던 참이었습니다. 청국을 오가는 거상(土商)일 것이다, 저하께서 그리 예측하셨었지요?"

"그랬지요."

"한데 어쩌면 단순히 청국 저잣거리에서 물건을 사고팔며 돈을 모은 자가 아닐 수도 있을 거란 생각이 듭니다."

"그런 것 같군요. 이 노리개를 보니…… 어쩌면 청국 황실과 연이 닿아 있는 자일지도."

그렇다면 중궁전 역시, 청국 황실과……?

하지만 그건 너무도 위험한 오해이자, 도무지 헌의 머리로는 상상이 되지 않는 그림이었다. 왕의 윤허 없이 청국 황실과 중궁전이 독단적으로 닿을 방도는 없었다. 게다가 천한 출신의 중전이라 청국 황실도 그녀를 탐탁지 않게 생각하고 있는데, 중전이 뭐가 예쁘다고 따로 연통을 은밀히 주고받을 것인가.

헌은 휘휘 고개를 저으며 소진에게 그 노리개를 다시 달라는 듯, 손바닥을 펼쳐 보였다.

"내가 갖고 있겠습니다, 이것은. 지금 이 상황에서 그 여인의 물건을 갖고 있는 것은 매우 위험한 일입니다."

"예에……."

"자신의 부인이 납치되었으니 김 도령의 눈이 돌아가도 한참 돌아갔을 것입니다. 괜히 이 노리개를 들고 있다, 그들의 눈에 띄면 낭자만 위험에 처할 것입니다."

"미처 거기까지는 생각하지 못하였네요. 여기 있습니다, 저하."

서둘러 그에게 노리개를 넘기며 소진이 걱정스러운 눈길로 주위를 살폈다.

"속히 내려갑시다. 집 근처까지 바래다주겠습니다."

"예, 저하."

영의정의 사가에 다다른 두 사람.

아쉬운 마음을 가득 담은 채, 둘은 서로를 바라보았다.

"중궁전에서 산통이 시작되면 우리 쪽 무사들이 움직일 것입니다. 그 날 모든 것을 처리하기 위해 중궁전이 움직임을 보일 수 있으니, 최대한 많은 인력을 중궁전에 붙여 감시할 것입니다."

은밀한 헌의 목소리에 소진이 가만히 고개를 들어, 헌을 바라봤다.

"혹, 그날…… 그 밀실의 문이 열릴 수도 있겠고요?"

"그렇지요. 하루라도 빨리 궐에서 그 여인들을 내보내고 싶어 하는 중궁전일 것입니다. 김 도령의 부인까지 잡혔으니 그 마음이 더욱 조마 조마하겠지."

"예에……."

오늘 아침, 영의정이 무사와 나누던 이야기가 귓가에 쟁쟁 울렸다.

'빈 중궁전에서 국무당과 성수청 궁녀들이 굿을 벌인다고 하였는데.'

그녀가 근심 가득한 얼굴로 입술을 꽉 깨물었다. 그녀의 표정을 읽은 헌이 가만히 소진의 어깨를 쥐었다.

"무슨 고민이라도……."

"저기, 저하."

"예."

"아무래도 저도 그날 입궐을 해서 중궁전을 살펴보고 싶습니다."

뜻밖의 말에 헌의 몸이 **빳빳**하게 굳어갔다.

"행여 만에 하나, 그날 정말 저하의 예상대로…… 중궁전에 갇혀 있는 봉희와 여인들이 밖으로 나가는 날이라면, 어찌 되었든 그 여인들을 무사히 구해야 하지 않겠습니까? 분명 그들을 곱게 살려둘 자들이 아닙니다. 중궁전의 비밀과 그들의 비리를 모두 알고 있는 그 여인들을 분명 모두 죽여버릴 것이에요."

상상만으로도 끔찍해, 소진의 얼굴이 절로 일그러졌다.

"정말 정면 돌파로, 중궁전을 저하의 무사들이 뚫고 들어간다고 해도 동태를 살필 사람이 필요할 텐데……."

"그건 그렇지만."

무슨 말을 하려고 이러는 것일까.

헌이 불안한 눈빛으로 소진을 바라봤다.

"저하, 중전마마가 산실청에 입실하시면…… 중궁전에 성수청 궁녀들이 들어가 치성을 드린다고 하던데. 그것이 참입니까?"

그녀의 물음에 헌이 가만히 고개를 끄덕였다. 그러자 소진이 헌의 옷깃을 슬쩍 쥐며, 간절한 얼굴로 눈빛을 반짝였다.

"하면 소인이 그날, 성수청 궁녀가 되어 중궁전에 들어가겠습니다. 그 안에서 대체 무슨 일이 벌어지고 있는지. 아니, 봉희가 무사한 것인지만이라도 알고 싶어요."

헌은 그런 그녀의 애원에 입술을 질끈 깨물며 자신의 옷깃을 쥐고 있는 그녀의 손끝을 떼어냈다. 그러곤 냉정한 어투로 입술을 달싹이며 목소리를 한껏 낮추었다.

"그것은 절대 안 된다."

"저하……."

"널 위험에 빠트리는 일은, 절대 허락해줄 수 없다."

"하오나 소인, 위험하지 않게 잘 할 수 있……."

소진이 다시금 헌에게 부탁을 하던 그때, 윤현이 헐레벌떡 두 사람 쪽으로 다가왔다.

"저하…… 중전마마께서 지금 출산 채비에 들어가셨다 하옵니다. 속히 환궁하시어 작전을 개시해야 할 것 같습니다."

다급한 윤현의 말에 소진이 다시금 헌의 옷깃을 쥐었다. 헌이 혼란스러운 얼굴로 소진을 내려다보았다.

"약속하겠습니다."

"……소진아."

"절대, 위험해지지 않겠습니다. 저하를 걸고 약속할게요."

"……!"

"저를 성수청 궁녀로 만들어주세요."

중전의 산통은 갑작스럽게 시작되었다. 당황한 그녀는 식은땀을 뻘뻘 흘리며 고통스럽게 비명을 질러댔다.

"아악, 아악……!"

그리고 그녀의 산통 소식은 대비전에도 닿았다. 대비는 한달음에 산실청으로 달려왔다. 중전의 찢어지는 듯한 비명이 들려왔고 대비는 걸음을 멈춰 서서 낮에 국무당이 저에게 했던 은밀한 말을 떠올렸다.

―삼 일 뒤가 확실히 왕자님을 출산하실 수 있는, 하늘의 기운이 열리는 날이었습니다. 제가 느낀 예지를 중전마마께도 고하였고요.

그렇게 말했던 성수청 국무당의 목소리가 귀에 선했다.

"삼 일 뒤가 왕자를 생산할 날이었다. 그것을 중전도 알고 있다?"

당의 뒤에 두 손을 곱게 포갠 채 대비가 붉게 노을이 진, 하늘을 올려다보았다.

"아들이 낳고 싶어 그토록 발버둥을 쳤는데, 고작 삼 일을 앞두고 진통이 시작되었으니. 얼마나 마음이 타들어갈꼬?"

낮은 목소리로 중얼거리는 대비의 눈동자에 먹구름에 가려진 산실청이 가득 담겼다. 아랫입술을 감쳐물며 대비가 등을 돌렸다. 그때 산실청 안의 동태를 살피고 온 대전 상궁이 대비에게 은밀하게 다가갔다.

"대비마마. 중전마마께서…… 버티고 계시다 하옵니다."

그 말에 대비의 고개가 사납게 획, 돌아갔다.

"뭐? 버텨?"

"예. 아무래도 국무당의 말이 여간 신경이 쓰인 모양입니다."

대비가 입술을 잘근잘근 짓씹으며 다시 산실청 쪽으로 몸을 거칠게 비틀었다. 그 안에서는 중전의 비명이 연신 울려왔다. 온몸에 소름이 쭈뼛 돋을 만큼 세찬 비명이 산실청을 흔들고 있었다.

"저렇게 고통스러운데 참는다고."

"예에……."

"저것이 얼마나 지독한 아픔인데…… 그것을 참는다니. 아이가 참는다고 참아진다는 것이냐!"

"왕자를 생산하겠다는 집념이 너무도 강한 것 같습니다. 한데 저렇게 되면…… 중전마마와 뱃속 아이 모두 무사치 못할 것이온대……."

대비전 상궁이 걱정스러운 듯 산실청과 대비를 번갈아 쳐다보며 읊조렸다. 대비는 절레절레 고개를 저으며 다시 등을 돌려 산실청을 빠져나갔다.

"그것 역시…… 제 운명이겠지. 왕자를 낳는다면 그것도 중전, 그대의 운명일 것이고."

대비전으로 향하는 그녀의 발걸음은 커다란 돌덩이를 단 듯, 무겁기만 했다.

한편, 산실청 안에서 중전은 이를 악문 채 부들부들 떨고 있었다.

"참으시면 아니 되옵니다, 중전마마……!"

"으으윽! 닥치거라! 참을 것이다, 참을 것이야……! 아아악!"

중전은 상궁의 말대로 정말 산고를 참아내며 일 각, 일 각을 버텨내고 있었다. 그때, 국무당을 데리러 갔던 중궁전 상궁이 황급히 국무당과 함께 산실청 안으로 들어섰다.

"주, 중전마마! 쇤네이옵니다! 정신을 좀 차려보시옵소서!"

중전이 부들부들 떨며 힘겹게 눈을 떠 국무당을 올려다보았다.

"삼 일 뒤, 삼 일 뒤가…… 하늘의 기운을 받을 수 있는 날이라 하지 않았더냐……!"

피를 토하듯, 중전이 그렇게 외치며 괴로움에 몸부림을 쳤다.

"어차피 운명의 굴레는 돌아간 것입니다……! 모두 하늘에 맡기시고 순산을 위해 만전을 기하셔야 하옵니다!"

국무당의 외침에 중전의 꽉 다문 입술 사이가 벌어지면서 세찬 비명이 터져 나왔다.

소진이 집으로 돌아오자마자 안채에서 영의정이 후다닥 뛰어나왔다.

"아, 아버지……."

그러곤 무사들과 심각하게 이야기를 나누던 그가, 황급히 집을 나서고 있었다. 그 모습을 최씨 부인이 걱정스러운 얼굴로 바라보았다.

"어머니…… 아버지, 무슨 일 있으셔요?"

소진 역시 근심 어린 표정으로 최씨 부인에게 다가가 물었다. 그러자 깊이 한숨을 내쉬며 그녀가 느리게 고개를 저었다.

"별일 아니야. 신경 쓸 것 없단다."

소진은 굳게 닫히는 대문을 바라보며, 조금은 어두운 얼굴로 최씨 부인을 돌아보았다. 그녀를 응시하는 소진의 눈빛이 총명하게 빛났다.

"궐에…… 무슨 일이 생긴 것이지요?"

아무래도 영의정 역시 중전의 산통이 시작됐다는 소리를 듣고 급히 대신들을 만나러 가는 모양이었다. 그녀의 물음에 최씨 부인이 깊이 한숨을 내쉬었다.

"중전마마께서 출산을 하실 모양이구나."

그 말에 소진이 천천히 고개를 들어 최씨 부인을 응시했다. 최씨 부인 역시, 조금은 먹먹한 눈동자로 소진을 가만히 바라보고 있었다.

"세자 저하께서도 지금쯤 마음을 졸이며 궐을 지키고 계시겠구나."

그렇게 말하며 최씨 부인이 가만히 소진의 손을 움켜쥐었다.

"중전마마께서 혹시나, 왕자님을 낳게 되면…… 그렇게 된다면…… 저하의 안위도 흔들리시겠지. 그렇게 되면…… 너도…….."

차마 말을 잇지 못한 채, 최씨 부인이 고개를 푹 숙여버렸다.

"어머니. 괜찮아요."

"소진아."

"저하께서는 지켜내실 것이어요. 그리고 지켜내실 수 있도록 소녀가 옆에서 힘이 되어드릴 것입니다. 설령 그것을 지켜내지 못한다 하시어도, 저하의 곁만큼은 소녀가 끝까지 지켜줄 것입니다."

최씨 부인은 그런 소진을 가만히 안아주었다. 그녀의 품에 안긴 소진은 가만히 눈을 감고, 조금 전 헌과 했던 이야기를 떠올렸다.

―밤이 깊어지면 궐 앞으로 오세요. 무사를 보내 동궁까지 무사히 올 수 있는 길을 안내하겠습니다.

―예, 하면 저하께서는.

―동궁에서 기다리고 있겠습니다.

그러곤 눈을 떠 캄캄해지려는 하늘을 올려다보며 입술을 굳게 앙다물었다.

'봉희야, 기다려. 오늘은 내가 널, 꼭 구해줄게.'

"중전마마께서는 출산에 돌입하셨습니다."

그 말에 김 도령이 초조한 얼굴로 감고 있던 눈을 떴다.

"밀실은."

"중전마마께서 출산하심과 동시에 밀실의 문이 열릴 것입니다. 중궁전 상궁이 문을 열어 안의 여인들을 모두 밖으로 내보낼 예정이라고 합니다."

"궐문의 호위대를 어떻게 따돌릴 계획이지?"

"어차피 몇 되지 않아, 그저 반란군인 척 위장해 한양을 발칵 뒤집어 놓을 것입니다."

살수의 말을 읊조리던 김 도령이 깊이 한숨을 내쉬었다. 중전의 출산과 밀실의 문이 동시에 열린다 생각하니 가슴이 벅찼다. 영의정이 나타나 일을 방해하는 바람에 모든 계획에 차질이 생겨 지금까지 두 발이 꽁꽁 묶인 채 한양에만 있어야 했다.

행여 이대로 일을 그르치지는 않을까, 조마조마한 마음으로 지금까지 지내온 것을 생각하니 속이 뒤집힐 것만 같았다. 그런데 이제 속앓이를 끝낼 때가 온 것이었다.

김 도령이 묵직하게 입을 열었다.

"그리고 그 반란군은 영의정이 보낸 것으로 꾸밀 것입니다. 후의 일은 걱정 안 하셔도 됩니다."

살수의 말에 김 도령이 흡족한 웃음을 띠며 고개를 끄덕였다. 그러곤 방 밖으로 나가, 궐 쪽을 향해 크게 절을 올리며 두 손을 꼭 모았다.

"중전마마…… 부디, 제발 부디……. 왕자님을 낳으십시오."

제 29 장

산실청 궁녀 한소진

산실청에선 여전히 중전이 산고와 사투를 벌이는 중이라고 했다. 무사복으로 갈아입은 헌은 소진이 무사히 동궁으로 오기만을 기다렸다.

그때, 중궁전의 동태를 살피고 온 윤현이 헌의 앞으로 다가왔다.

"중궁전에 지금 성수청 궁녀들이 하나둘 모여들고 있사옵니다."

"호위대 배치는."

"마쳤습니다. 혹시 몰라 성문까지 배치했습니다."

"잘하였다. 먼저 중궁전 안으로 쳐들어가는 일은 결단코 없어야 한다."

"예, 저하."

"중궁전 안에서 여인들을 모두 끌어내 궐 밖으로 내는 순간 그것을 막아야 한다. 한 규수가 오는 대로 서둘러 중궁전으로 가자꾸나."

그 말에 윤현이 소진이 입을 성수청 궁녀복을 앞에 내려놓았다.

"한 규수께서 잘하실 수 있겠지요?"

윤현 역시 걱정된다는 듯 그렇게 물었다. 그러자 헌이 빙그르르 돌아 창문 밖을 내다보며 한숨을 내쉬었다. 중궁전 안은 윤현도 그리고 헌도 들어갈 수 없었다. 오직 소진 혼자서 해내야 할 일이었다.

곧, 동궁의 정문이 아닌 뒷문 쪽에서 똑똑 문을 두드리는 소리가 작게 들렸다. 헌과 윤현의 고개가 동시에 돌아갔다.

"한 규수가 도착한 모양이구나."

서둘러 헌이 병풍을 걷고 뒷문을 열었다. 그러자 장옷을 뒤집어쓴 소진이 헌의 무사와 함께 서 있었다. 장옷 사이로 소진이 눈만 빼꼼 내놓은 채, 잔뜩 긴장한 얼굴로 주위를 두리번거렸다.

"낭자."

헌의 목소리가 들려오자 소진이 장옷을 홱, 걷으며 헌을 올려다보았다.

"저하……!"

"다행입니다, 무사히 당도하여서."

소진은 헌을 반갑게 바라보는 것도 잠시, 이내 휘둥그레한 눈으로 동궁 안을 살폈다. 언제 준비해왔는지 그녀는 성수청 궁녀처럼 머리를 단단히 틀어올린 채였다.

"이곳이……"

그러자 헌이 피식, 웃으며 윤현에게 나가 있으라는 듯 눈짓을 보냈다. 곧 윤현과 무사들이 사라지고 동궁 안에는 소진과 헌, 단둘이 남았다.

"예. 이곳이 내가 지내는 처소입니다."

"……동궁이란 말이지요? 우와, 처음 와봅니다."

소진이 당연한 소리를 하며 화려하고 웅장한 동궁 안을 살폈다.

"언제까지 거기에 있을 것입니까? 이쪽으로 오시지요."

눈을 동그랗게 뜨고서 연신 감탄을 남발하는 그녀를 헌이 귀엽다는 듯 바라봤다. 그는 곁으로 오라는 듯 뒷짐을 진 채로 까딱 고개를 끄덕여 보였다. 그의 눈짓에 소진이 총총총, 헌의 곁으로 다가갔다.

"영의정 대감은요?"

"일찌감치 출타하셨습니다."

"몰래 나온 것입니까?"

"예. 어머니께서 잠든 것을 확인하고 나오는 길입니다."

그러자 헌이 가만히 소진의 양어깨를 천천히 그러쥐었다. 허리를 굽혀 그녀를 바라보는 헌의 눈동자에는 걱정이 가득했다.

"소진아."

그가 이렇게 자신의 이름을 부를 때마다 심장이 철렁 내려앉는 것만 같았다. 고개를 젖혀 헌을 바라보는 소진의 동공이 엷게 떨렸다.

"할 수 있겠느냐."

"예. 저하. 걱정하지 마세요."

"중궁전 앞까지는 같이 갈 것이나, 안에 들어가서는 네가 혼자 해야 한다."

"압니다. 중궁전으로 들어가, 밀실 안에 있는 여인들이 밖으로 나가지 못하게 막으면 되는 것이지요?"

"그래, 우선은 막아야 해."

그 말에 소진이 고개를 끄덕였다. 그러곤 주먹을 바짝 움켜쥐며 눈빛을 반짝였다.

"밀실로 향하는 열쇠는……."

"정확하진 않으나 중전의 최측근인 중궁전 상궁이 갖고 있을 것이야."

"하면…… 오늘 밤, 그 밀실 문이 열릴 수도 있다는 말이지요?"

"그렇다."

"여인들을 밤새 몰래 빼돌리려 한다? 말도 안 되는 소리."

소진은 부들부들 떨며 헌의 발아래에 놓인 성수청 궁녀복을 휙 내려보았다.

"제가 안에 들어가 제대로 감시하겠습니다."

"혹여, 빼돌릴 움직임이 보이면 곧바로 중궁전 앞에 내가 기다리고 있을 테니 나에게 와 전하거라."

은밀한 헌의 목소리에 소진도 한껏 음성을 낮추며 힘 있게 고개를 주억거렸다.

"예. 안에서 무슨 일이 벌어지고 있는지 이번 기회에 제가 두 눈으로 똑똑히 확인하겠습니다. 봉희도 무사한지 확인하고요."

결의를 다지는 그녀를 바라보며 헌이 소진을 끌어안았다.

"이것이 정말…… 옳은 결정인지 모르겠구나."

소진을 품에 안은 헌은 천장을 올려다보며 한숨을 푹, 내쉬었다. 그가 가만히 머리카락을 쓸어내리며 등허리를 토닥이자, 소진이 걱정하지 말라는 듯이 그의 팔을 꼭 쥐었다.

"이러다 중전마마 출산하시겠습니다. 서둘러 가봐야겠어요."

그러곤 성수청 궁녀복으로 갈아입기 위해 소진이 등을 돌렸다.

"저기 병풍 뒤로 가서…… 갈아입으면 되겠지요?"

그와 한 공간에서 옷을 갈아입을 생각을 하니 괜스레 볼이 달아오르는 것 같았다. 그녀의 말에 헌도 헛기침을 뱉어내며 서둘러 등을 돌렸다.

"입, 입으면 된다. 등을 돌리고 있을 것이니."

곧 소진이 병풍 뒤로 들어가 옷고름을 풀었다. 저고리를 벗고 치마를 벗으며 막 성수청 궁녀 옷으로 서둘러 갈아입었다.

잠시 뒤, 그녀의 목소리가 들려왔다.

"어떻습니까? 성수청 궁녀 같아요?"

등을 돌리고 있던 헌은 조심스레 뒤를 돌았다. 그러자 완벽하게 성수청 궁녀가 된 소진이 저를 향해 빙긋 웃고 있었다.

이렇게 차려입어도 그녀에게서는 빛이 나는 듯했다. 가만히 고개를 끄덕거리며 헌이 그녀의 어깨를 움켜쥐었다.

"그렇구나. 감쪽같아. 하면…… 이제 가볼까?"

한편, 영의정을 비롯한 대신들이 심각한 얼굴로 모여 앉았다.

"중전마마께서 왕자를 출산하시면…… 우리에게 득이 될까요, 해가 될까요."

"요즘 부원군의 기세가 만만치 않아요. 우릴 깔보는 경향이 있다고요. 그런데 중전이 아들이라도 덜컥 낳아보세요. 아주 우리 화론파를 손에 넣고 우두머리 행세를 할 것입니다."

민추환의 사가에 모인 그들은 저마다 말을 보태며 깊은 생각에 잠겼다. 그러다 잠자코 그 이야기를 듣고 있던, 영의정이 입을 열었다.

"아들을 낳든 딸을 낳든, 어차피 중전의 시대는 끝입니다."

그 말에 화론파 대신들이 눈을 동그랗게 뜨고 그를 바라봤다. 물론, 중전의 아들이 아니라도 헌을 대신해 세자에 앉힐 사람이 있었다. 그건 바로 민추환의 손자이자 왕의 차자(次子)인 보은군.

중전의 시대가 끝났다는 말에, 무어라 말을 하려던 대신들은 슬그머니 민추환의 눈치를 살피며 입을 다물었다. 화론파 사이에서도 은연중에 두 세력으로 나뉘고 있었으니까.

중전이 아들을 낳길 고대하는 세력, 그리고 보은군을 세자의 자리에 앉히려는 세력. 두 세력은 은근히 기 싸움을 펼치며 중전의 출산 결과를 기다리고 있었다.

"중전은 우리 화론파에게 독이 될 것입니다."

다행히 오늘 이 자리에 중전의 아비인 부원군은 참석하지 않았다. 부원군과 친한 대신들이 그를 대신해 이곳에 자리하고 있었지만, 영의정은 개의치 않았다. 그가 자리에서 벌떡 일어나 대신들을 지그시 내려다보았다.

"우리 화론파가 세력을 키워갈수록 뜻이 하나로 통합되지 않고 있다는 것, 잘 압니다."

그 말에 대신들이 하나둘 고개를 숙였다. 영의정의 말이 맞았다.

"수론파가 아직 건재해 세자의 뒤를 받쳐주고 있는 이상, 우리가 지금은 몸집이 그들보다 크다고 할지라도 안심할 수 없는 상황입니다."

"그렇지요."

"수론파의 제거, 그리고 세자 교체. 그 모든 것을 이루기 위해서는 우리가 하나로 통합이 되어야 합니다. 그런 의미에서……."

장내에는 긴장감이 흘렀다. 영의정은 차분히 대신들을 돌아보며 무겁게 입을 열었다.

"지금 이 시각부터 중전의 왕자 생산 여부와 관계없이, 세자를 대신할 제1의 인물은 보은군 마마로 결정하고 계획을 준비할 것입니다."

"하면 중전마마와 부원군이 반발할 텐데요. 이번 일로 화론파가 완전 두 동강이 나버릴 수도 있습니다……!"

그러자 영의정의 머릿속에 김 도령과 강씨 부인의 용모화가 그려졌다. 곧, 영의정의 굳게 맞물렸던 입술이 다시 벌어졌다.

"그것을 잠재울 만한 것을 내가 쥐고 있다면요?"

그리고 그런 영의정을 올려다보는, 우참찬(右參贊) 조 씨의 입가에 비릿한 조소가 걸렸다.

⁂

 뒤에서 헌이 지켜보고 있었다. 소진은 그에게 걱정하지 말라는 눈짓을 보내고는 중궁전 쪽으로 걸음을 옮겼다.
 그녀는 떨리는 마음으로 중궁전의 문지방을 넘었다. 바들바들 떨어대는 소진과 달리 호위대와 중궁전 궁녀 모두 소진을 아무 의심 없이 지나쳤다.
 저 멀리 성수청 궁녀들이 모여 있는 것이 보였다. 소진은 그쪽을 향해 빠르게 걸음을 옮겼다.
 그토록 들어가고 싶었던 곳. 하지만 차마, 한 발도 내디디지 못했던 소진에게만큼은 금지된 공간이었던 곳. 소진은 평소보다 휑한 중궁전 안을 휘휘, 둘러보다 앞마당에 우르르 모여 있는 성수청 궁녀들 사이로 들어섰다.
 "곧 치성을 드릴 제사를 지낼 것이니 각자 자리를 지키고 서 있거라."
 국무당의 지시에 성수청 궁녀들이 일사불란하게 움직였다. 그 틈을 타, 헌이 가르쳐준 중궁전 전각 밑 공간으로 소진이 빠르게 들어섰다.
 "하아…… 하아…….."
 행여 들킬까 소진의 가슴이 두근두근했지만, 다행히 그녀는 전각 밑에 몸을 숨길 수 있었다. 그러곤 어둠 속에서 몸을 잔뜩 웅크린 채 중궁전 주위를 빠르게 지나치는 성수청 궁녀와 궁인들의 발을 바라봤다.
 ─중궁전 입구에서 일직선으로 쭉, 들어가다 보면 돌담이 보일 것입

니다. 거기에 철문이 있습니다. 그곳이 밀실이고 그 안에 여인들이 갇혀 있을 것으로 추정됩니다.

헌의 말대로 소진이 낮게 몸을 엎드린 채로 걸음을 옮겼다. 이내 그가 말한 공간이 눈에 보였다.

"저기다……!"

돌담 사이로 철문 하나가 보였다. 어두워 중궁전 주변이 잘 보이지 않았지만, 달빛에 비쳐 번쩍거리는 철문은 확실히 눈에 들어왔다.

'어떻게든…… 저 안에 들어가 여인들이 있는지 확인해야만 해.'

소진은 안타까운 마음으로 철문을 굳게 걸어 잠그고 있는 자물쇠를 바라봤다. 돌멩이를 찾아 부술까 했지만 꼭 그 철문을 감시하는 듯 왔다 갔다 하는 궁녀들 때문에 그건 엄두도 못 내고 있었다.

그때, 자물쇠를 세차게 노려보는 소진의 귓등에 상궁의 목소리가 떨어졌다.

"중전마마 곧 출산 임박하시었다. 먼저 문을 열어놓고 대기하여라."

그 말에 소진의 눈이 동그래졌다.

'먼저 문을 열어놓고 대기하라고……?'

이것은 기회였다.

소진이 눈빛을 반짝이며 궁녀에게 자물쇠 열쇠를 건네는 상궁의 손을 보았다.

"내 지시가 떨어지거든 속히 안에 있는 문을 모두 열어야 한다."

"예, 마마님."

밀실 안의 문을 열 열쇠 꾸러미를 궁녀가 받아 들었다. 곧 돌아서는 상궁의 발이 보이고 소진이 바짝 그 궁녀 근처로 몸을 숙인 채 다가갔다. 궁녀는 소진이 지켜보고 있다는 것은 꿈에도 모르고서 달칵 자물쇠를 열었다.

삐거덕, 철문을 연 그 궁녀는 주위를 삼엄히 살핀 채 그 안으로 들어섰다. 그 순간을 놓치지 않고 소진이 황급히 철문 앞으로 다가가 담벼락에 몸을 기댔다.

궁녀가 밀실 안으로 들어간 틈을 놓치지 않고 소진이 문 쪽에 달라붙어 궁녀의 뒷모습을 빤히 응시했다. 소진이 뒤에서 지켜보는 줄도 모른 채, 궁녀는 발걸음을 서두르기에만 급급했다.

지하로 이어진 돌계단이 꽤 많았다. 궁녀가 계단을 다 내려가 안쪽으로 돌아서자 소진도 서둘러 계단 아래로 내려갔다.

'들켜선 안 돼……!'

숨죽인 채 어둠 속으로 몸을 집어넣는 소진의 발걸음은 조심스러웠다. 벽에 딱 달라붙어 어둠을 방패 삼아, 소진은 궁녀가 내려간 길을 뒤따랐다.

삐거덕, 철창문 열리는 소리가 차례로 들려왔고 그녀는 예민하게 귀 끝을 곤두세웠다.

"드디어 너희들이 밖으로 나가는구나?"

궁녀의 중얼거림이 들렸지만 돌아오는 대답은 없었다. 소진은 여전히 계단 벽에 등을 꼭 붙인 채 귀를 기울이고 있었다.

"신호가 있을 때까지 한 발자국도 움직여선 아니 된다. 내 말을 무시하고 단독 행동을 할 시, 목숨을 부지하지 못할 것이야."

그 중얼거림을 끝으로 궁녀의 목소리는 더 들리지 않았다. 그저 철창문을 여는 듯, 자물쇠 열리는 소리만이 어둠 속에서 메아리쳤다.

쇠를 긁는 듯한 기분 나쁜 소리에 소진의 눈살이 찌푸려졌고, 그녀는 이윽고 계단을 모두 내려와 고개를 빼꼼 내밀었다. 궁녀는 더, 더 안쪽으로 들어가느라 정신이 없었다.

'어떡하지? 어디에 몸을 숨기지?'

소진이 우왕좌왕하며 고개를 휘휘 돌렸는데, 어둠 속에서 까맣게 빛나는 무언가가 보였다.

'저것들이 다…… 뭐지?'

숨죽인 채, 가만히 빛나는 것들을 응시하던 그녀는 그만 소스라치게 놀라며 주저앉고 말았다.

어둠 속에서 반짝이고 있는 것들은 모두, 사람의 눈동자였다……!

"저하, 왜 이렇게 감감무소식일까요?"

윤현이 초조한 눈으로 중궁전을 바라봤다.

성수청 궁녀들의 치성을 위한 제사가 시작되었는지 북 치는 소리가 쿵쿵쿵 들려왔다. 그 소리를 가만히 듣고 있던 헌이 뒷짐을 지고서 중궁전을 향해 눈빛을 번뜩였다.

그때, 중궁전의 움직임이 심상치 않은 것이 느껴졌다.

"저하……."

윤현도 예민하게 동공을 떨며 헌을 바라봤다.

중궁전 안으로 궁녀들이 삼삼오오 짝을 지어 급하게 들어갔다 나오기를 반복했다. 그러다 모두 산실청 쪽으로 빠르게 걸음을 움직이기 시작했다.

"혹시……?"

산실청에서 무슨 소식이 들려온 것인지, 그곳으로 급히 향하는 궁인들을 바라보며 헌이 굳게 입술을 말아 물었다. 무슨 일이 있어도 그들이 뜻대로 움직이도록 내버려둬서는 안 될 일이었다.

"저하, 차라리 한 규수가 저 안에 여인들이 있다는 것만 확인하면 바로 치는 것은 어떻겠습니까?"

윤현이 당장이라도 저 안으로 달려갈 기세로 헌에게 물었다. 하지만 헌은 느리게 고개를 저었다.

"안에 여인이 있다고 해도 지금은 아니다."

"어째서."

왜 평소 그답지 않게 신중을 기하는 것인지, 윤현은 알 수 없다는 얼굴로 헌을 바라보았다. 헌은 연신 고개를 내저으며 소진이 들어간 중궁전만 응시했다.

"오늘 호위대를 배치한 것은 혹시 모를 사태에 대비해서다. 소진이의 안위에 문제가 생기거나, 저들이 무력을 행사할 것을 대비해서지 우리가 저들을 공격하기 위해 배치한 것이 아니다."

느릿느릿, 그러나 정확한 음성으로 그렇게 말하던 헌이 윤현을 돌아보았다.

"중전이 저 안에서 백성들을 가두고 대량 학살을 한다고 해도 오늘은 그저 좌시해야만 하는 날이다."

"어째서요……?"

"중전의 출산 날이 아니더냐. 한 나라의 국모가 왕의 자식을 생산하는 성스러운 날이다. 역공을 당한다면 꼼짝없이 덫에 빠지게 될 수도 있는, 우리에게는 위험한 날이지. 더군다나, 주인도 없는 처소를 들이닥친다? 이미 저들은 우리가 저 안에 무엇이 있는지 알고 있다는 걸 눈치채고 있으면서 움직이는 것일 수도 있다. 그렇다면 빠져나갈 구멍 하나쯤은 다 마련해두고 계획을 실현하는 것이겠지. 우리의 섣부른 행동이 어쩌면 그들을 도와주는 행위가 될 수도 있어. 그 꼴은 죽어도 못 본다."

"예, 저하……. 명대로 기다리고 있겠사옵니다."

헌의 말에 윤현이 그의 깊을 뜻을 헤아리겠다는 듯, 고개를 조아리며 물러났다. 하지만 어쩐 일인지 소진의 모습이 보이지 않았다.

안에 여인이 있는 것을 확인하면 확인하는 대로, 실패하면 실패하는 대로 서둘러 나와 상황을 보고하기로 하였는데, 들어간 지 꽤 되었음에도 소진은 흔적조차 없었다.

'분명…… 자물쇠 열쇠를 지닌 상궁이 안으로 들어갔다 나오는 것을 보았는데. 별다른 지시가 없었던 모양일까. 해서, 문이 열리길 계속 기다리고 있는 것인가.'

성수청 궁녀들의 의식이 모두 끝나기 전에, 소진도 중궁전 밖으로 나와야만 했다.

"소진아……. 아무 일도 없어야 한다."

그때, 중궁전 안으로 궁인 여럿이 우르르 몰려 들어가며 소리쳤다.

"산실청에서 소식이 들려왔소……!"

그 말에 헌의 고개가 세차게 돌아갔다.

"중전마마께서 지금 막 출산을 하셨다고 하옵니다!"

'어떻게 이, 이런 일이……!'

어둠 속에서 빛나는 사람들의 눈동자를 본 순간, 소진의 온몸에는 소름이 쭈뼛 돋아나는 것 같았다. 헌의 말대로 정말 이 지하실에, 많은 사람이 갇혀 있었다. 너무 놀란 그녀는 두 다리가 떨려 조금도 움직일 수 없었다.

"제발 오늘 밤에는 너희들이 출궁할 수 있었으면 좋겠구나. 너희 때문에 내가 할 일이 너무 많거든. 아주 성가셔서 죽겠어."

저 안 깊숙이까지 들어갔던 궁녀가 다시 중얼거리며 밖으로 나왔다.

소진은 서둘러 몸을 숨겨야만 했다. 하지만 이 안에 갇힌 많은 사람의 눈동자를 직시한 순간, 두 다리에 힘이 풀려버려 조금도 움직일 수가 없었다. 그러던 그때, 우왕좌왕하는 그녀의 팔을 누군가가 휙, 잡아당겼다. 그 덕에 소진은 궁녀의 눈을 피해 몸을 숨길 수 있었다.

소진이 들어간 곳은 그녀가 서 있던 바로 옆 철창 안이었다. 놀란 소진을 향해 소리를 지르지 말라는 듯, 소진을 잡아당긴 그 여인은 조용히 하라는 듯한 손짓을 해 보였다.

곧, 지하실 안 철창문 몇 개를 연 궁녀가 상궁의 명령을 기다리기 위해 다시 계단 위로 올라갔다.

대체 이 안에서 무슨 일이 벌어지고 있는 것인지.

소진은 부르르 몸을 떨며 궁녀가 사라지기만을 기다렸다. 철창문이 다시 삐거덕 닫히는 소리가 나고 정적이 흘렀다.

소진은 서둘러 자신을 잡아당긴 여인을 돌아보았다. 빛 한 점 없는 캄캄한 지하라, 누가 누구인지 분간이 되지 않았다.

"대체 이곳이……."

자신의 주위에 분명 사람들이 있는 것 같은데, 몇 명이 있는지 확인조차 할 수 없었다. 소진은 더듬더듬 손을 뻗어 자신의 곁에 서 있는 사람들의 몸을 만져보았다.

"그러는 그쪽은 누구입니까?"

"저희를 좀 구해주세요……!"

여인들이 하나둘, 소진의 곁으로 몰려들기 시작했다. 캄캄한 시야였지만 살려달라는 여인들의 목소리는 선명했다.

"다들 여인입니까? 누가 이렇게 가둬둔 것입니까? 대체 이곳에서 무엇을 했던 것이고요?"

묻고 싶은 말이 너무 많아 소진은 숨이 차올랐다. 심장이 두근거리고 눈앞이 핑, 돌아 제대로 서 있을 수조차 없었지만 소진은 목구멍에 힘을 주었다.

"모두 여인들입니다……. 저희를 구하러 오신 분인가요?"

그때, 소진의 팔을 잡아당겼던 그 여인이 소진에게 바짝 다가가며 물었다. 그 목소리 끝이 여러 갈래로 갈라지고 있었다. 울음을 참는 모양인 듯, 먹먹한 그녀의 목소리에 소진의 마음도 덩달아 뜨거워졌다. 그녀는 자신의 팔을 꼭 붙들고 있는 그 여인을 향해 더듬더듬 손을 뻗으며 말했다.

"예. 그대들을 구하러 왔습니다. 제가 여러분들을 구해줄 테니, 제 말을 잘 들어주세요."

그렇게 소진이 차분하게 말을 이어가고 있던 그때, 소진의 팔을 쥐고 있던 그 여인이 소진을 자신 쪽으로 휙 잡아당겼다.

"너……?"

그리고 소진의 양어깨를 꽉 쥐며 파르르 떨기 시작했다.

"너 혹시…… 한소진. 소진이니?"

소진의 이름을 부르는 그 목소리가 너무도 귀에 익어 소진의 눈이 동그랗게 커지고 말았다.

그토록 찾아 헤맸던 목소리. 그렇게 듣고 싶어, 심장이 터져나갈 것만 같았던 음성.

소진은 자신의 이름을 말하는 그 여인에게 아무런 대답도 하지 못한 채 몸을 부르르 떨기만 했다. 긴가민가하는 소진의 눈시울이 점점 붉어지고 있었다. 그런데 아무런 말도 잇지 못하는 소진을 향해 그 여인이 소리쳤다.

"맞지? 너 소진이…… 맞지, 그치?"

동시에 두 사람은 서로를 뜨겁게 부둥켜안았다. 짙은 어둠에 가려 서로의 얼굴을 확인할 수 없었지만, 목소리만으로도 둘은 알 수 있었다.

"봉희야!"

"소진아!"

드디어 찾은, 자신의 하나뿐인 벗 봉희.

소진은 뜨겁게 눈물을 흘리며 그녀를 꽉 끌어안았다.

"다시는 너랑 안 헤어질 거야, 윤봉희……!"

"하아…… 하아……."

힘겹게 숨을 토해내며 중전이 부들부들 떨었다. 곧, 아기 울음소리가 산실청을 꽉 메웠고 곁을 지키고 있던 산파와 궁인들이 환하게 웃으며 모두 납작 엎드렸다.

"중전마마! 감축드리옵니다!"

"감축드리옵니다, 중전마마!"

눈물과 땀으로 범벅이 된 중전이 거친 숨을 몰아쉬며 벌겋게 달아오

른 얼굴을 치켜들었다. 그러곤 아이를 확인하려는 듯 손을 뻗으며 파르
르 떨었다.

"공주냐······?"

"마마······."

"공주인 것이냐고 물었다. 속히 대답하지 못할까!"

곧 들려올 대답이 두려운 듯, 중전의 얼굴은 파리하게 질려갔다. 그러
자 아이를 안고 있던 산파가 우렁차게 울어대는 아이를 한 번 내려다보
곤 고개를 조아리며 입술을 벌렸다.

"감축드리옵니다, 중전마마! 건강하신 왕자님이옵니다!"

그 말에 상궁들과 궁인들 모두 산파를 따라 엎드리며 만세 하듯이
외쳤다.

"참으로 감축드리옵니다!"

왕자라는 말에 중전은 자리에서 벌떡 일어났다. 그러곤 포효하듯 울
부짖으며 하늘을 향해 고개를 젖혔다.

"하늘이······! 하늘이 역시, 나의 손을 놓지 않은 것이야!"

감격에 젖은 중전은 그대로 아이를 품에 안아 들었다. 그러곤 와아
앙, 소리 내 우는 아이를 내려다보며 질끈 입술을 악물었다.

"왕자, 이 어미에게 와주어 참으로 고맙습니다. 이 어미가 왕자에게
세상 제일 높은 자리를······ 꼭 선물해줄 것입니다!"

"여긴 어떻게 들어온 거야. 곧 중궁전 나인들이 들이닥칠 것인데 어쩌
려고!"

봉희의 말에 소진은 눈물을 닦아내며 그녀의 손을 꼭 잡았다.

"오늘 밤, 이곳 밀실에 있는 여인들을 모두 밖으로 내보낼 거래."

"들었어. 하지만…… 집으로 보내주진 않을 거야."

그렇게 대꾸하는 봉희의 목소리가 축, 가라앉았다.

"맞아. 대체 너와 이 여인들을 어디로 보내려는 건지, 무슨 꿍꿍이인지는 알 수 없지만, 분명 무사히 집으로 돌려보내주진 않을 사람들이지."

"쓸모가 없어졌으니…… 죽이겠지? 죽일 것이야. 중전마마께서 쓸모가 없어지는 순간, 우릴 죽일 것이라고 했어."

봉희가 파르르 떨며 눈물을 훔쳐냈다. 그녀의 울음을 시작으로 밀실 안에 자포자기 심정으로 갇혀 있던 모든 여인이 울기 시작했다. 그러자 소진이 눈물을 흘리는 여인들을 돌아보며 나지막한 목소리로 입을 열었다.

"다들 살아서 나갈 수 있어요. 그리고 식솔들의 품으로 무사히 돌아갈 수 있을 것입니다. 제가 약속할게요."

그 말에 봉희가 자리에서 벌떡 일어나 소진의 등을 떠밀었다.

"어서 나가. 우리는 이미 글렀어. 너 여기에 있다간 우리와 함께 죽을 것이야!"

하지만 소진은 힘차게 도리질했다.

"아니, 죽지 않아. 내가 그렇게 내버려두지 않을 것이니까."

그러곤 내려왔던 돌계단을 슬쩍 올려다보며 바깥의 동태를 살폈다. 아직 밖이 잠잠한 것을 보니, 서둘러 나가 세자에게 자신이 보고 들은 것을 전해줘야 했다.

시간을 더 지체했다간 모든 것이 수포로 돌아갈 것이었다.

"밖에 세자 저하께서 기다리고 계시어요."

"저, 저하께서……?"

궐 안의 모든 사람이 자신들을 방관하고 있을 것이라고, 식솔들마저 모두 저들을 포기했을 것이라고 생각했는데, 세자가 기다리고 있다니.

꺼져가던 촛불에 다시 불을 밝히듯 사람들의 얼굴이 하나둘, 밝아지기 시작했다.

"참입니까? 우릴…… 구해주려는 궐 안의 세력이 있습니까?"

"예. 그러니 포기하지 마세요! 지금 제가 서둘러 밖으로 나가 저하께 이 모든 사실을 알려……!"

그때 계단 위, 밀실 입구에서 둔탁한 발소리가 들려오기 시작했다.

입구 쪽에서 들려오는 발소리에 소진은 황급히 어둠 속의 여인들을 뒤로 물러나게 했다. 그러곤 당장이라도 주먹을 뻗을 기세로 단단히 손을 움켜쥔 채, 눈빛을 반짝였다.

"소진아……."

봉희는 소진을 걱정스럽다는 듯이 바라보며 그녀의 옷깃을 쥐었다.

"괜찮아."

그런 봉희를 슬며시 뒤로 밀어내며 소진은 애써 미소를 그렸다.

입구에서 내려오는 누군가가 횃불을 들었는지, 점점 더 지하실 안이 밝아지기 시작했다. 잔뜩 몸을 낮추어 발소리에 집중하니 다행히도 한 명인 것 같았다.

소진은 이를 꽉 악물고서는 길게 숨을 내쉬었다.

'궁녀든 무사든…… 한 명이면 해볼 만해.'

그리고 막, 그 누군가가 계단을 모두 내려와 지하실 바닥에 발을 디디려 하는 순간, 소진이 야무지게 움켜쥔 주먹을 잽싸게 휙, 날려 단숨에 제압하려는데, 그 누군가가 소진이 뻗은 팔을 부드럽게 움켜쥐어서 그녀를 뒤에서 와락, 끌어안아버렸다.

"납니다, 낭자."

이내 잔뜩 긴장한 그녀의 귀 위로 나지막한 헌의 목소리가 떨어졌다.

"저하……?"

"낭자가 너무 나오지 않아 걱정되어서요. 서둘러야 합니다."

"저하, 밖에 궁녀가 감시하고 있지 않았습니까?"

"중궁전의 출산 소식에 잠깐 자리를 비운 사이 들어온 것입니다."

'저하'라는 말에 밀실 안 여인들이 술렁이기 시작했다. 모두 헌을 향해 납작 엎드리며 살려달라 부들부들 떨었다.

"사, 살려주시옵소서, 세자 저하!"

"저하…… 저희를 부디 집으로 보내주세요!"

그러자 헌 역시, 처음 지하실 안의 여인들을 발견했을 때 소스라치게 놀랐던 소진과 마찬가지의 반응을 보였다.

"아니…… 정말 이곳에……!"

채 말을 잇지 못하는 헌을, 소진이 눈을 반짝이며 돌아보았다.

"저하, 정말 저하의 말대로 이곳에 여인들이 있었습니다. 그리고 여기에…… 저의 벗인 봉희도 있었고요!"

"벗을 찾았습니까?"

"예! 드디어 찾았습니다."

소진의 눈시울이 다시 뜨거워지고 있었다. 헌은 정말 다행이라는 듯 그녀의 손을 움켜쥐며 여전히 바닥에 납작 엎드리고 있는 여인들을 돌아보았다.

"방금 중전이 출산을 마쳤소."

그 말에 소진이 눈을 크게 떴다. 지하실 안의 여인들도 크게 동요하기 시작했다.

"예상컨대 아마 오늘 밤, 중궁전 사람들이 그대들을 밖으로 내보낼 것이오."

"아닙니다! 저희를 무사히 집으로 보낼 인간들이 아닙니다!"

"맞습니다, 저하……! 지금까지 저희를 이곳에서 짐승 취급하며 사육을 한 몹쓸 인간들입니다. 제발 저하께서 저희를 데리고 나가주세요!"

여인들이 울부짖으며 아우성치기 시작했고 소진은 행여 이 소리가 밖으로 새어나갈까, 조마조마한 얼굴로 여인들을 진정시켰다.

"진정들 하세요……! 이러다 여기서 들키면 모두 끝장입니다!"

그녀는 그렇게 소리치며 서둘러 지하실 밖의 동태를 살폈다.

"중전마마께서 출산하셨다고 하면 필시, 사람들이 이쪽으로 몰려올 것이어요! 그러니 다들 조금만 흥분을 가라앉히고 저하의 말씀에 귀를 기울여주세요."

어수선한 지하실 안 분위기를 단숨에 정리시키는 소진. 헌은 그런 그녀를 물끄러미 바라보며 고개를 주억거렸다. 다시 여인들을 돌아보는 헌의 눈빛이 매섭게 번뜩였다.

"지금 당장 그대들을 이 밀실 밖으로 내보내는 것은 무리요. 난 그대들을 오늘 밤, 이 밀실에서 한 발자국도 내보내지 않을 생각이오."

근엄한 헌의 음성에 바닥에 납작 엎드렸던 여인들이 하나둘, 머리를 추어올렸다. 소진도 그의 옆에 바짝 붙어 서서 걱정 가득한 눈길로 그를 올려다봤다.

"그대들이 짐작하고 있는 대로 오늘 밤 그대들이 이 밀실 밖으로 나서다면…… 무사히 식솔들의 품으로 돌아간다는 보장이 없소."

"저, 저하……!"

"하니, 나는 우리 무사들과 함께 그대들을 빼돌리려 하는 무리와 대치해 그들의 계획을 무산시킬 것이오. 그러니 염려하지 말고 나를 믿고 이곳에서 좀 더 시간을 보내주시오."

헌의 말이 끝나자마자 소진이 두 손을 모아 호소하듯 그들의 앞으로 다가갔다. 그러곤 동요하는 여인들을 설득시키려는 듯, 말을 보탰다.

"지금 당장 당신들을 저들의 손아귀에서 빼앗다간…… 그대들 중 누군가는 죽임을 당할 수도 있습니다. 그대들을 빼내기 위해 저쪽에서 많은 군사를 준비했다면 우리가 그대들을 한 명도 손에 넣지 못하도록 방해하는 것은 물론이고, 증거 인멸을 위해 그대들을 모두 위험에 빠뜨릴 것입니다. 또한, 이유는 모르겠으나 오늘 이곳 여인 중 일부만 밖으로 내보낸다고 하였으니…… 그렇게 되면 이곳에 남은 여인들의 목숨은 위태로울 수밖에 없습니다. 그러니 모두 다 구하기 위해서 때를 기다리는 것입니다. 저하와 함께 철저하게 준비해 다시 그대들을 구하러 올 것이니, 저하의 말을 믿고 조금만 더 버텨주세요."

그러자 여인들은 서로를 돌아보며 뜨거운 눈물을 흘리기 시작했다.

"예, 그리하겠습니다. 아씨!"

"세자 저하의 명을 받들겠나이다……!"

"꼭, 부디 꼭…… 구하러 와주셔야 하옵니다."

가엾은 이들을 두고 다시 돌아서야 한다고 생각하니 자꾸만 눈물이 쏟아져 나왔다. 소진은 봉희의 손을 뜨겁게 그러쥐며 말없이 부둥켜안았다.

"괜찮아. 난 정말 괜찮아……."

"봉희야……."

"모두 다…… 우릴 잊은 줄 알았어. 우린 힘없고 가난한 천것들이니…… 당연히 모두의 기억 속에서 잊힌 줄 알았어."

"그럴 리가 없잖아. 넌 내 소중한 벗이고…… 이곳에 있는 여인들 모두도 누군가의 어머니이고 자식이고 벗이고…… 아내인데. 어찌 우리가 잊을 수 있어."

"소진아."

"모두 포도청 앞에서 몇 날 며칠 진을 치고 앉아 목 놓아 울고 있어."

"정말……이야?"

"다들 포기하지 않고 기다리고 있으니까, 모두…… 조금만 더 힘내줘. 알았지?"

두 사람은 그렇게 마지막 인사를 나누며 떨어졌다. 헌과 소진이 서둘러 지하실을 나섰고 여인들은 모두 눈물을 훔치며 서로를 다독였다.

"조금만 힘냅시다, 우리!"

"예. 저하와 저 규수께서 우리를 반드시 구하러 와주실 거예요!"

그들의 목소리를 들으며 헌과 소진은 무사히 지하실을 빠져나왔다. 두 사람은 중궁전의 전각 밑의 틈으로 황급히 몸을 숨겼다.

"저하……."

"정말…… 정말 저 안에 여인들이 있다니……. 보고도 믿기지 않아."

"저도 그랬어요. 대체 여인들을 가두고 무슨 짓을 벌인 것인지."

두 주먹을 움켜쥔 소진은 온몸을 부르르 떨고 있었다. 헌은 그런 소진의 어깨를 따스하게 그러쥐며 허리를 굽혀 그녀와 시선을 수평으로 맞추었다.

"내 말······ 똑똑히 듣거라, 소진아."

"예, 저하."

"중전이······ 아들을 낳았다."

머릿속이 새하얀 백지장이 된 것 같았다. 그 말을 듣자마자 소진은, 헌이 걱정이 되었다.

"괜찮사옵니까, 저하?"

"당연하지. 중전이 아들을 낳는다고 해서 달라질 것은 아무것도 없으니까."

걱정하는 투의 소진을 달래주듯 헌은 편안한 미소를 그려 보였다.

"해서 아마 반드시 오늘, 저 밀실 안의 여인들을 밖으로 **빼내려고** 할 것이야."

"······예."

"왕자를 낳았으니 여유도 생겼을 테고, 기세도 등등해졌을 테니 하늘 높은 줄 모르고 기어오르겠지."

"······소인이 어찌하올까요?"

"여기서 상궁들이 저 여인들을 어찌한다든지, 어디로 데려간다든지 혹 그런 이야기를 하거든 하나도 빠짐없이 듣고 내게 고하여야 한다."

"예. 알겠습니다."

"나는 중궁전 밖에서 윤현과 기다리고 있을 것이며, 네가 고해준 대로 무사들을 움직일 것이야."

막중한 책임에 소진의 몸에 힘이 절로 들어갔다. 그녀는 입술을 꾹 앙다문 채 세차게 고개를 끄덕였다.

"그리하겠습니다. 속히 나가보세요. 곧, 이곳으로 궁인들이 몰려올까 봐 겁이 납니다, 저하."

소진이 그의 등을 떠밀며 얼른 나가보라 손짓을 했다. 돌아서던 헌은 이곳에 그녀를 홀로 두고 가는 것이 마음에 걸리는지, 연신 뒤를 돌아 소진을 바라봤다.

"소인은 괜찮습니다. 얼른 가세요."

소진이 입술을 뻥긋거리며 그렇게 속삭였다. 헌은 그녀를 향해 고갯짓을 해 보이며 희미한 미소를 그려 보였다. 곧, 그가 떠나고 전각 밑에는 다시 소진 혼자 남겨졌다.

"아들을…… 낳았다니."

그가 했던 말이 귓가에 맴돌아 입술을 질끈 깨물 수밖에 없었다. 중전이 왕자를 출산했으니, 아무리 헌이 괜찮다고 해도 그의 입지가 흔들릴 수밖에 없을 터였다.

한참 헌을 걱정하며 중궁전의 동태를 살피고 있던 그때…….

"아주 경사스러운 일이야! 하늘은 역시 중전마마의 편이었어!"

감격에 겨워 그렇게 소리치며 중궁전 상궁이 이쪽으로 다가오고 있었다. 소진은 한껏 자세를 낮추어 그녀의 발을 유심히 살폈다.

"이제 저희도 궐에서 큰소리치면서 지낼 수 있는 것이지요?"

"그럼……! 중전마마께서 무려 왕자님을 생산하셨는데!"

그들의 대화에 소진이 입술을 질끈 악물었다.

그때, 한참 목젖이 보이도록 웃음을 터뜨리던 상궁이 궁녀의 팔을 휙, 잡아당겨 은밀히 말했다.

"채비는 되었겠지?"

"물론입니다. 오늘 밤 보낼 여인들의 철창문을 모두 열어놓고 명령만 떨어지길 기다리고 있었사옵니다."

"중전마마의 왕자 출산 소식이 막 궐에 퍼진 지금, 저 안에 있는 여인들을 모두 출궁시키라는 명을 내리셨다."

유달리 흥분에 들떠 있는 듯한 상궁의 목소리가 소진의 귓가에 세차게 박혔다. 소진은 움켜쥐고 있던 주먹을 가슴으로 끌어와 몸을 작게 웅크렸다. 그러곤 조금 더, 그들 쪽으로 다가가 두 사람의 대화에 온 감각을 기울였다.

"지금 당장 너와 강 나인이, 그리고 조 나인이 동시에 저 안으로 들어가 오늘 밤 내보낼 이들에게 재갈을 물리고 복면을 씌우거라."

"예."

"나는 이대로 궐문을 지키고 있는 무사들에게 가, 여인들이 오고 있음을 알릴 것이니. 속히 서둘러야 할 것이다."

"예, 마마님……!"

그리고 기다렸다는 듯 상궁이 다시 중궁전 밖으로 나가기 위해 등을 돌렸고. 막, 이쪽으로 다가온 두 궁녀와 함께 총 세 사람이 지하실 안으로 빠르게 달려 들어갔다.

'지금이야……!'

소진도 서둘러야 했다. 자신이 지체한다면 헌의 무사들도 명령이 떨어지기만을 기다리다, 저들을 놓칠 것이 분명했다. 소진은 재빠르게 헌이 있는 곳으로 달려갔다.

곧 그녀는 헌과 재회했다.

"저하……! 지금 저 안에 있는 여인들에게 재갈을 물리고 복면을 씌우라는 명이 떨어졌습니다. 해서 궁녀 3명이 저 안으로 들어가 있는 상태고요. 상궁은 곧바로 궐문으로 가, 무사들에게 이 사실을 알린다고 했습니다."

"대기하고 있는 모양이구나. 여인들이 무사히 빠져나올 수 있게 손을 미리 써뒀어."

헌은 곁에 있는 윤현에게 얼른 궐문으로 가보라는 고갯짓을 해 보였다. 그러자 윤현은 한 치의 망설임도 없이 궐문 쪽을 향해 달려갔다.

어둠을 헤집고 달려가는 윤현은 정말 빛보다 빠른 듯했다. 어떻게든 중궁전 상궁보다 먼저 당도해 채비를 해야 하니, 그는 숨도 안 쉬고 달려가고 있었다.

그 모습을 물끄러미 바라보고 있는 소진의 손을 헌이 살며시 끌었다.

"소진아."

"예, 저하."

"오늘 너에게 큰 짐을 안겨주었던 것 같아서, 널 볼 면목이 없구나."

"그런 말씀 마셔요. 제가 이 일에 조금이나마 힘이 될 수 있어 너무 기쁩니다. 또, 제가 직접 저 안으로 들어가 봉희까지 만났으니 이제 여한이 없어요."

그 순간, 중궁전 문을 우르르 나서는 밀실의 여인들이 보였다. 모두 눈을 가린 채라 서로가 서로에게 의지해 한 발, 한 발 힘겹게 내디디고 있었다. 그리고 그 옆을 중궁전 궁녀들이 작정한 사람들처럼 달려들어 여인들의 모습을 감추었다.

"……무사하겠지요, 모두?"

그 틈에 낀 봉희를 발견한 소진이 입술을 악물며 말했다. 헌은 그녀의 어깨를 따뜻하게 감싸며 자신의 옆으로 바짝 당겼다.

"무사할 것이다."

"저하……."

"모두…… 무사해야만 한다."

이내 그들은 따로 마련해놓은 비밀 통로로 걸음을 옮기고 있었다. 그것을 바라보던 헌이 그녀의 손에 손깍지를 꼈다.

"가자. 널 집에 데려다줄 것이야."

"혼자 가겠습니다. 숙자도 지금 궐 앞에서 기다리고 있고……."

"어차피 동궁으로 가 옷을 갈아입어야 하지 않느냐. 네가 무사히 집에 들어가는 것을 보아야 내가 안심될 것 같아서 그런다."

더는 그의 말에 토를 달고 싶지 않았다. 긴박하고 촉박한 상황이라 그런지 사실 헌과 더 오래, 함께 있고 싶었다.

소진은 한참 그를 올려다보다가 말없이 고개를 끄덕였다. 그리고 두 사람은 왔던 길 그대로 돌아, 동궁으로 향했다.

제 30 장

위험한 덫

"중전마마, 지금 밀실 안의 여인들이 궐문을 향해 빠져나가고 있사옵니다……!"

궐문에서 대기하고 있던 중전 쪽 무사들에게 명을 전달하고 온 중궁전 상궁이 산실청 안으로 뛰어 들어왔다. 그러자 왕자를 품에 안은 채 세상 모든 걸 다 가진 얼굴을 하고 있던 중전이 반색했다.

"참이야? 모두 무사히 밀실을 빠져나간 것이야?"

"예, 마마. 기뻐하소서……! 오늘은 중전마마의 날입니다!"

중전은 함박웃음을 지으며 자신의 아들을 바라보았다.

"우리 세자가 복덩이구나? 네가 이 어미를 살렸어. 응?"

중전은 이미 제 아들을 세자라 부르고 있었다.

"태어나…… 처음으로 느껴보는 행복이야. 또한, 처음 느끼는 벅찬 감정이고."

그러다 무언가 생각난 듯 중전이 비릿한 조소를 터뜨리며 얼굴을 치켜들었다.

"아, 처음이 아닌가?"

중궁전 상궁은 어느새 가까이 다가와 중전의 아들을 바라보고 있었다. 그러다 의미심장한 중전의 말에 상궁이 눈을 반짝였다.

"예……?"

"조 숙원."

"……!"

"그년이 죽었을 때도…… 딱, 이런 느낌이긴 했지."

중전은 매섭게 돌변한 눈빛으로 다시금, 제 아들을 내려다봤다.

—내 아들…… 우리 아들 세자만큼은…… 살, 살려주세요. 중, 중전 마마……!

잊고 지냈던 그날의 그 목소리가 중전의 귓가에 어렴풋이 들려왔다.

"네 아들 세자라……. 한데 어쩌지? 네 아들은 이제 세자가 아닌데?"

그러면서 중전은 제 아들의 뺨을 다정하게 어루만지며 피식, 웃음을 터뜨렸다.

"내가, 조선의 왕세자를 낳았거든."

환복한 소진은 헌과 함께 궐문 앞에 당도했다. 그러자 그곳에는 헌의 무사와 중전의 무사가 거센 신경전을 벌이며 대치하고 있었다.

"신분을 밝혀라! 그렇지 않으면 모두 즉살해도 좋다는 세자 저하의 명이 있었다!"

선봉에 선 윤현이 자비 없이 소리치며 검을 뽑아 들었고, 예상치 못한 변수에 중궁전 세력들이 주춤하고 말았다.

"우, 우리는……!"

"감히, 중전마마의 출산을 틈타서 반역의 움직임을 보여?"

"반역……!"

윤현의 입에서 '반역'이라는 말이 나오자마자 궐문 앞에 포진해 있던 무사들이 술렁이기 시작했다. 그 모습을 바라보던 소진의 가슴도 괜히 두근거렸다.

"저하, 괜찮을까요?"

그녀가 걱정 가득한 얼굴로 헌의 옷자락을 슬며시 쥐었다. 그러자 헌이 그녀의 손을 꼭 잡아주며 고개를 주억거렸다.

"생각보다 만만찮은 변수를 만났으니 쉽사리 움직이지 못할 것이다."

"하나…… 여인들을 반드시 궐 밖으로 내보내야 하는 저들이니 싸워서라도 궐문을 나가는 것은 아니겠지요?"

"결코, 그러지 못할 것이야."

단호하게 말하는 헌을 소진이 지그시 올려다보았다.

"중전의 사람들이다."

"……아."

"중전이 왕자를 출산한 경사스러운 날, 피를 보려 하겠느냐?"

"예에……. 몸을 사리겠군요."

"계획에 차질이 생겨 지금 무척 진땀을 빼고 있을 것이다."

헌의 말에 소진이 가만히 생각하다가, 무언가 생각이 난 듯 그를 바라봤다.

"한데 왜 저하의 무사들은 복면을 쓰지 않았습니까? 얼굴도 다 드러내고, 또 저하의 명까지 받았다고 하면 중궁전 쪽에서 저하의 세력이 자신의 일을 방해했다는 걸 알게 되면 위험하지 않겠습니까?"

"아니지. 위험해지는 건 오히려 저쪽이다. 우리가 뭐 꿀릴 것이 있다고 얼굴을 가리겠느냐? 우리는 그저, 중궁전의 무사 출산을 위해 경비를 더욱 강화했다고 하면 될 일."

"······!"

"이제 문제는 저들이지. 누가 어디서 보낸 이들인지, 왜 시커멓게 무장을 하고서 궐문 앞을 서성이고 있었는지, 입을 열지 않으면 반역으로 치부해 모두 생포당할 것이야."

그제야 소진은 이것 역시 헌의 계획이었음을 알게 되었다. 소진이 안도의 한숨을 내쉬며 고개를 끄덕일 때쯤이었다. 헌과 헌의 무사들만 아는 이곳으로 무사 하나가 헐레벌떡 달려왔다.

"저하. 여인들이 다시 중궁전으로 돌아왔습니다."

그 말에 소진의 눈이 반짝거렸다.

"뭐? 확실한 것이냐?"

"예. 상황이 여의치 않다고 판단하였는지, 다시 돌아온 것을 확인했습니다."

그 말에 소진이 화들짝 놀라며 입술을 달싹였다.

"궐문 쪽으로 오는 것을 보지 못하였는데요?"

그러자 헌이 가만히 고개를 끄덕였다.

"그들 역시 궐 밖으로 향하는 비밀 통로가 있었겠지요. 저 대치 상황이 끝나도 내 명이 떨어지기 전까지 계속 중궁전을 감시하여야 한다. 언제 어느 때 빼돌릴지 모르니."

"예, 저하."

무사는 헌의 명령에 속히 걸음을 옮겨 궐 안으로 돌아갔다.

"우리도 속히 움직입시다."

헌은 소진의 손을 꼭 붙든 채 잠행하러 다닐 때 자신이 사용하던 비밀 통로로 소진을 이끌었다. 소진 역시, 그와 잡은 손을 놓지 않으려 힘을 주며 서둘러 그의 뒤를 따랐다.

"신분을 밝히지 못하겠느냐!"

궐문 앞에서는 일촉즉발의 상황이 이어지고 있었고 긴장한 소진은 그곳을 뚫어져라 바라보며 천천히 움직였다. 그런데 그때, 웬 사내 둘이 궐문과 반대 방향으로 부리나케 달려가는 모습이 보였다.

"누구지……?"

수상쩍은 모습의 그들에게서 소진은 눈을 떼지 못했다.

"아?"

순간, 이쪽으로 돌아본 그와 눈이 마주친 소진은 그자가 '김 도령'이 라는 것을 단번에 알아보았다. 그녀의 짧은 탄식에 헌 역시 소진의 시선이 닿아 있는 곳으로 고개를 돌렸고, 그 순간 헌의 명민한 시선에 돌아보는 김 도령의 얼굴이 박혔다.

"저자는!"

김 도령이다, 라고 생각하던 찰나. 헌의 머리를 누군가가 세차게 때리는 듯한 통증과 함께 눈앞에 번쩍 불이 켜졌다……!

─얼른! 부인, 얼른 달아나야 하오!

일 년 전, 풍등제 날 밤. 김 도령이 자신의 부인을 잡아끌면서 외쳤던 소리가, 헌의 귓가에 선명하게 들려왔다.

"……정말이었구나."

두 사람이 미친 듯이 애월루 쪽으로 뛰어가는 뒷모습이, 그러다 머리를 강타당하기 직전, 헌을 향해 돌아보는 두 사람의 모습도 눈앞에 생생하게 그려졌다. 그 이후 머리에 아릿하게 퍼지는 통증과 함께 자신이 비명을 내지르며 쓰러졌던 것이 기억났다.

"왜 그러십니까, 저하? 머리가 아프십니까?"

되살아난 기억에 그날의 아픔까지 생생하게 밀려오는 것 같았다. 고통스럽게 얼굴을 일그러뜨리는 헌을 부축하며 소진이 걱정했다.

"저하……."

"내가…… 정말 김 도령을 쫓고 있었어."

지금까지는 그 전 과정까지만 기억이 났었는데, 오늘은 잃어버린 기억 속에서 김 도령의 얼굴을 찾을 수 있었다.

기뻤다. 정말, 그 캄캄한 기억 속에서 김 도령의 얼굴이 선명하게 나타났다니 기뻐서 박수라도 치고 싶었다. 하지만.

"김 도령의 얼굴이 기억났습니까?"

이상하게 여전히 그 기억 속에서도 김 도령의 얼굴은 낯설었다.

―저 사내는 누구지……?

그날, 헌은 멀어지는 김 도령의 얼굴을 확인하고도 그렇게 중얼거렸었으니까.

분명 일 년 전에도 김 도령은, 헌에게 낯선 얼굴인 듯했다. 하지만 끝끝내 보이지 않는 강씨 부인의 얼굴에 헌은 한숨을 내쉬었다.

"응……. 한데 그 옆의 강씨 부인의 얼굴은 아직 흐릿하구나."

"이제 한둘씩 기억이 나나 봅니다! 김 도령이 누군지 아시겠습니까?"

소진이 안타까운 마음으로 식은땀을 흘리는 헌의 이마를 닦아주었다.

"한데 참, 이상해."

"예?"

"난 일 년 전에도 김 도령의 존재는 몰랐던 것이야."

"그것이 어떻게……."

"분명 내가 그날 김 도령의 얼굴을 확인하고는 저 사내는 누구지, 라고 중얼거렸다. 방금 그렇게 말하며 괴한들의 습격을 받고 쓰러지는 내

모습까지 기억이 났거든."

"아……?"

"일면식도 없는 강씨 부인과 김 도령을 내가 왜 쫓았지?"

더는 그날의 기억이 떠오르지 않아, 짜증스러운 듯 헌이 미간을 구기며 주먹을 바짝 쥐었다. 괴로워하는 그의 모습을 보니 소진의 가슴도 더 새카맣게 타들어가는 것 같았다. 소진은 바짝 쥔 그의 커다란 주먹을 자신의 두 손으로 부드럽게 감쌌다.

"수상쩍은 행동을 보였으니…… 따라간 것이 아닐까요? 중궁전에 저리 큰 비밀을 숨겨두고 있었으니 그날 저하의 눈에 비친 그 두 사람의 동태가 얼마나 수상했겠습니까? 그러니 저하께서 위험을 감수하시고도 그 뒤를 따랐겠지요."

위로하는 소진의 말에 헌이 물끄러미 그녀를 바라보다, 소진을 품에 안았다. 헌의 몸은 열병이라도 걸린 사람처럼 무척 뜨거웠다.

"저하……."

소진이 걱정스럽게 그의 등을 다독였다.

"그렇겠지. 그래서 그 뒤를 따르다가…… 습격을 당했겠지?"

"예. 그러니 너무 괴로워하지 마세요. 어쩌면 그 기억이 전부일 수도 있습니다."

"하지만 왜 이렇게 찜찜한 것인지……."

"당연히 기억을 잃었다가 되찾았으니 찜찜한 것이겠지요."

그녀는 연신 그를 위로하며 따뜻하게 대답했다. 그러다가 다시 그의 두통이 걱정된다는 듯, 헌을 물끄러미 올려다보며 제 소맷자락으로 그의 이마를 닦아주었다.

"아픈 것은, 괜찮으시어요?"

그녀의 고운 눈동자에 걱정이 주렁주렁 매달려 있었다. 그 모습을 바라보던 헌은 그녀의 하얀 손목을 뜨겁게 움켜쥐었다.

"당연히 괜찮지. 너만 있으면 하나도 아프지 않다. 고맙다. 늘 이렇게 내 앞에 네가 있어줘서."

그 말에 소진이 그의 품에 쏙 안기며 해사하게 웃었다.

"소인이야말로 고맙습니다. 늘 소인의 곁을 지켜주셔서요."

소진을 무사히 집으로 보낸 뒤, 헌은 곧바로 궐로 향했다. 윤현이 동궁에서 헌을 오매불망 기다리고 있었다.

"저, 저하……!"

"그래. 어찌 되었느냐?"

궐문이 조용한 것으로 보아 모두 정리가 된 것 같았는데, 그 이후가 궁금했다. 헌이 옷을 벗으며 윤현을 세차게 돌아보았는데 어쩐지 그의 표정이 어두웠다.

"무슨 일이냐?"

"……여인들은 무사히 밀실로 다시 돌아갔고 궐문 앞에 진을 치고 있던 중궁전 쪽 무사들을 모두 생포하기는 했습니다만."

윤현이 그 뒤로 말을 잇지 못하고 있었다.

"속히 고하거라."

그의 심상찮은 반응에 헌이 옷을 벗던 손을 멈추며 매섭게 눈을 번뜩였다.

"잡힌 무사들이…… 배후를 물으니 중궁전 쪽이 아닌……."

윤현이 뜸을 들이고 있던 그때, 갑자기 동궁 밖이 소란스러웠다.

"아니! 중전마마……! 어, 어찌!"

동궁 궁인들이 안절부절못하며 중전을 부르고 있었다. 갑작스러운 소리에 헌이 미간을 홱 구긴 채, 동궁 문 쪽을 바라보았다.

"저, 저하……! 중전마마께서 납시셨나이다!"

막 출산을 해 성치 않은 몸으로 대체 여기는 왜.

잠시 궐을 비운 사이 무슨 큰일이라도 생긴 것인지 헌의 가슴이 세차게 뛰기 시작했다.

"모시어라."

헌의 명이 떨어지자마자 동궁 문이 우악스럽게 열리더니 중전이 상궁들의 부축을 받으며 휘청휘청 들어서고 있었다. 그 얼굴은 창백하게 질려 있었고 눈가도 빨개져 있었다.

"세, 세자……!"

"성치 않은 몸으로 대체 여기까지는 어인 일로 납시셨습니까."

헌은 딱딱하게 대꾸하며 중전을 외면했다. 그러자 중전이 상궁들의 손을 뿌리치며 위태로운 걸음걸이로 헌의 앞으로 다가왔다. 그러곤 헌의 소맷자락을 꼭 붙들며 세차게 이를 악물었다. 서 있기조차 버거운 듯, 가쁘게 숨을 몰아쉬며 그녀는 힘겹게 헌을 바라보며 말했다.

"들었습니까? 방금 궐문 앞에서 생포했다는 반역의 무리들……!"

그 말에 헌이 중전이 아닌 윤현을 거세게 바라보았다.

'그건…… 너희가 보낸 무리지 않으냐? 한데 그걸 어찌 내게.'

그가 속으로 의문을 품고 있을 때쯤, 중전이 갑자기 소리 내어 울기 시작했다.

"내 아들을 노린 것입니다! 내 아들을……!"

"……그게 무슨."

"세자께서 경비를 강화하라, 은밀히 명을 내리지 않았으면 정말 내 아들과 내 목숨이 큰일 날 뻔하였어요……! 흑흑…… 흑흑."

가증스러운 눈물을 흘리는 중전을 바라보던 헌이 심각한 얼굴로 윤현을 돌아보았다.

"이게 무슨 소린지 소상히 고하라."

"궐문 앞에서 생포한 무사들의 배후가…… 영의정 대감 쪽…… 무리라고 하옵니다."

"뭐? 영의정?"

그러자 중전이 헌의 눈치를 슬쩍, 살피다가 바닥에 철퍼덕 엎어졌다. 중궁전 상궁들도 흠칫하며 그녀의 곁으로 달려가 넘어진 중전을 부축했다.

"영의정이…… 영의정 대감이…… 내 아들의 목숨을 노리고 있을 줄이야!"

그러다 엉엉, 소리 내어 우는 중전을 거세게 지나치며 헌이 윤현의 팔을 잡았다.

"이게 무슨 소리야. 영의정이라니? 그게 왜 영의정……!"

그러자 윤현이 고개를 숙이며 오직, 헌만 들리게 나직이 속삭였다.

"궁지에 몰린 그들이, 우선 위기를 피하고자 영의정의 이름을 둘러댄 것 같습니다."

"이런…… 일이……. 영의정은 지금 어디에 있는가."

"하도 중전마마께서 난리를 치는 바람에…… 저희 쪽 무사들이…… 영의정 대감을 데리러 갔습니다."

소진이 막 집에 도착했을 텐데 그 사실을 알면 얼마나 놀랄까. 헌은 소진이 걱정되어 숨통이 턱턱, 막히는 것만 같았다.

그때, 중전이 다시 비틀거리며 헌의 옷자락을 꾹 움켜쥐었다.

"세자, 나와 우리 아기의 목숨을 지켜주세요. 영의정 대감을 지금 당장 추포해 일의 진상을 꼭 밝혀주세요. 아니지요, 이참에 말입니다. 세자의 눈에도 영의정은 늘 눈엣가시였지 않습니까?"

그러다 음성을 은밀히 낮추며 헌에게 바짝 다가가 속삭였다.

"이참에…… 화론파를…… 모두 파멸시켜버리세요, 세자."

자신도 화론파였으면서 어떻게 저런 소리를 할 수 있는지.

헌은 도무지 이해가 가지 않는다는 얼굴로 중전을 홱, 노려보았다.

"화론파는. 작금의 중전마마를 만든, 마마께는 구세주 같은 존재가 아닙니까? 한데 어찌 내게 화론파를 파멸시키라는 말을 할 수가 있습니까?"

딱딱한 헌의 어투에 중전이 눈가의 맺힌 눈물을 닦아내며 입술을 달싹였다.

"구세주 같은 존재……였었지요."

"……뭐요?"

"하지만 이제는 아닙니다. 보시면 모르겠습니까? 내 아들을 잡아먹다 못해, 나까지 궐에서 내쫓으려 혈안이 되어 있는 영의정 대감입니다. 그리고 이미 화론파에선 나와 우리 친정 쪽은 찬밥 신세가 된 지 오래지요. 그렇다고 그들이 세자를 위하는 자들입니까? 결코, 아니지요. 보은군을 다음 보위에 앉힐 준비에 여념이 없는 자들이라는 것, 세자가 제일 잘 알지 않습니까?"

중전의 속삭임은 꼭, 악귀(惡鬼)의 꿀 발린 목소리 같았다. 헌은 그런 중전을 물끄러미 바라보며 입술을 세차게 악물었다.

"나를 이용해도 좋습니다. 영의정을 버리고 보은군까지 물리칩시다, 세자. 어차피 적수는 많이 둘수록 우리에게만 손해지요. 훗날에 세자가 나와 내 아들을 내칠지는 모르겠지만 지금은, 잠시나마 동맹을 맺자는 겁니다. 이 일을 계기로 세자와 내가 힘을 합치면 영의정쯤은 단숨에 몰락시켜버릴 수 있어요."

중전이 헌의 옷자락을 더욱 거세게 쥐었다.

"영의정을…… 버리세요, 세자."

깊은 새벽이라 그런지 저잣거리는 조용했다. 영의정을 태운 보교만이 달빛을 받으며 고요한 저잣거리를 가르고 있었다.

집으로 되돌아오는 길. 영의정의 표정은 심란함으로 엉망이 되었다.

"아들을…… 기어이 아들을 낳았다고."

대신들의 앞에서는 중전이 아들을 낳든 딸을 낳든 상관없이 중전의 시대는 끝이 났다고. 이제 화론파는 더, 중전과 부원군을 포용하지 않는다고 선언을 했지만 중전이 아들을 낳았다는 소식은 못내 그를 불편하게 만들었다.

잠자코 눈을 감은 채 내일부터 어떻게 해야 할지 고민하고 있던 찰나, 영의정의 귓가에 찢어지는 듯한 비명이 들렸다.

"대체 뭐 하는 짓입니까!"

순간, 영의정의 눈이 떠졌다.

"무슨 소란이야."

그가 짜증스럽게 얼굴을 구기며 소리가 들리는 쪽으로 고개를 돌렸는데.

"······대감마님, 사가인 듯합니다?"

보교꾼의 말에 영의정의 눈이 커졌다.

"뭐······? 우리 집?"

서둘러 자신의 집 쪽을 돌아보니 웬 무사들이 대문 앞에 잔뜩 몰려 있었다.

"저것들이 다 뭐야······! 가마를 내리거라!"

영의정은 황급히 가마에서 내려 집으로 달려갔다. 그러자 마당까지 무장한 무사들로 꽉 들어차 있었다.

"뭣들 하는 짓이야!"

영의정의 고함에 그의 사가에 들어차 있던 사람들의 시선이 모두 그에게로 향했다. 창백하게 질려 있던 최씨 부인과 소진이 영의정을 발견하고는 영의정의 앞으로 달려갔다.

"아버지!"

"대감······!"

영의정은 소진을 끌어안아 자신의 등 뒤로 감추며 형형한 눈빛으로 무사들을 바라봤다.

"감히 여기가 어디라고들 몰려와서 행패인 것이야!"

짐승의 포효 같은 영의정의 고함에 무사들이 쭈뼛쭈뼛 물러났다. 최씨 부인이 파리한 안색으로 영의정의 팔을 잡았다.

"대감······ 궐에서 온 사람들이라 합니다."

궐이라는 말에 그의 눈빛이 더욱 매섭게 변했다.

"궐에서 이 시각에 어인 일로. 게다가 나까지 없는 집 안에 무뢰배들처럼 쳐들어와?"

그의 노발대발에 대장이 저벅저벅 걸어와 영의정을 향해 고개를 조아려 보였다. 아무리 궐에서 죄인으로 치부하고 압송하라 일렀지만, 함부로 그에게 손을 댈 수는 없었다.

"송구하옵니다, 영의정 대감. 궐에서 속히 대감을 압송하라는……."

압송이라는 표현에 영의정이 버럭 소리를 내질렀다.

"감히 누굴 압송해!"

무사들을 한 명, 한 명 뜯어보는 그의 눈빛은 금방이라도 그들의 목덜미를 뜯을 기세로 핏발이 서 있었다. 그러다 자신의 등 뒤에 감춘 소진을 내려다보며 나지막이 일렀다.

"너는 속히 별채로 가거라."

"아버지……."

태어나 자신의 집에 이렇게 무장한 무사들이 우르르 몰려온 것은 처음이었다. 게다가 제 아버지를 압송하러 왔다는 그들의 말은 소진을 충격에 빠뜨리기에 충분했다. 태산 같던 자신의 아버지가 흔들리는 순간이었으니까.

소진은 울먹이며 영의정의 옷자락을 꾹 쥐었다.

"괜찮다. 난 괜찮아."

그러자 정말 괜찮다는 얼굴로 그가 소진을 향해 고개를 주억거려 보였다.

"부인, 얼른 소진이 데리고 별채로 가 있으세요."

"대감. 대체 이게 무슨 일입니까? 무슨 일인지는 알아야……."

영의정은 최씨 부인의 팔을 꼭 잡으며 허리를 굽혔다. 그러곤 나지막이 목소리를 낮추며 무사들이 들리지 않게 읊조렸다.

"중전마마께서…… 아들을 낳았습니다."

이미 알고 있던 소진은 눈빛을 떨며 영의정을 직시했다.

'중전마마께서 아들을 출산하신 것과 아버지의 압송이 무슨 관련이 있단 말일까?'

그녀가 입술을 질끈 깨물며 영의정을 올려다보았는데, 그가 다시 이어 말했다.

"아무래도 그 때문에 나를 경계하려 압박을 넣는 모양입니다."

그렇게 말하며 영의정이 다시 소진을 바라봤다.

"아무 걱정 말고 어머니와 함께 방 안으로 들어가 있거라."

"……아버지."

"궐에 다녀올 테니 문단속 잘하고. 알았지?"

그리고 한쪽에 서 있는 자신의 무사들을 향해 고갯짓을 해 보였다. 그러자 그들이 소진과 최씨 부인을 감싸며 별채로 안내했다. 영의정과 멀어지는 소진의 눈동자가 불안감에 휩싸였다.

"아버지……!"

그때, 영의정이 궐에서 나온 무사들을 향해 사납게 소리쳤다.

"어느 전에서 떨어진 명령인 것인가."

그의 물음에 소진의 걸음도 멈추었다. 그녀의 두 귀가 쫑긋 세워지는 순간이었다. 당연히 중궁전이겠거니 생각하며 이를 악물었는데.

"동궁……입니다, 대감."

동궁이라는, 상상치도 못한 의외의 대답에 소진의 눈이 커지고 말았다. 덩달아 영의정의 낯빛도 딱딱하게 굳었다. 당연히, 중궁전에서 내린 명령일 줄 알았다.

소진은 세상이 무너진 듯한 얼굴로 최씨 부인을 돌아보았다. 하지만 최씨 부인은 평온한 얼굴로 소진의 손을 꽉 잡았다.

"어머니…… 세자 저하께서 왜…… 아버지를."

동궁과 척을 지고 있는 아버지기에, 언젠간 이런 날이 올 수도 있다고 예상은 했었다. 하지만 지금은 아닐 거라 생각했다. 자신이 기꺼이 세자의 사람이 되기로 했으니까, 헌의 손을 잡고 같은 길을 가기로 했으니 당장은 제 아버지를 공격하지 않을 거라고 생각했다.

그런데 방금까지 함께 있던 그가 궐로 돌아가자마자 영의정 압송 명을 내렸다니. 믿기지 않았다. 멍한 얼굴로 소진이 최씨 부인을 바라보자 최씨 부인이 다정한 음성으로 그녀의 손을 잡았다.

"믿어야 한다, 소진아."

"어머니."

"의심하면 아니 돼. 언젠간 아버지와 저하께서 대립하리라는 걸 너역시 예상하지 않았느냐. 그 길을 가려 한 것도 네 선택. 하니, 이 시련역시 너의 몫이다."

그 말에 혼란스럽게 탁해지던 소진의 눈동자가 또렷하게 최씨 부인을 향해 꽂혔다.

"예…… 어머니. 저하를 믿어보겠습니다."

그렇게 대답하며 별채로 향하는 소진의 가슴이 무겁게 가라앉았다.

'저하, 저하를 믿겠습니다. 소인은 절대 흔들리지 않을 것이에요.'

"어떻습니까? 나의 제안이?"

중전은 헌의 대답을 이미 들은 것처럼, 오만한 얼굴로 헌의 앞에 바짝 다가가 섰다. 그러자 아무 말 없이 그녀를 내려다보던 헌이 천천히 입술을 달싹였다.

"영의정을 버리고 중전마마의 손을 잡아라?"

"그렇지요. 내가 기꺼이 화론파의 배반자가 되어 세자의 뒤에 서줄 터이니, 세자께선 마음 놓고 화론파를 파멸시켜 주춤하던 수론파의 세력에 불을 지피세요."

묵묵히 중전만 바라보던 헌은 그녀에게서 시선을 거두고 윤현을 돌아보며 말했다.

"영의정 대감은 지금 어디에 있는가."

"의금부 무사들이 추포하러 갔으니 곧 궐로 올 것입니다."

그러자 헌이 휙, 중전을 돌아보며 단호하게 입을 열었다.

"하면 진상을 낱낱이 파헤치면 될 일. 내가 왜 영의정을 버리고 중전마마의 손을 잡아야 합니까? 이것이 왜 그쪽으로 이야기가 튀는 것이지요?"

그 말에 중전이 당혹스러움으로 굳어지고 말았다.

"뭐…… 뭐라고요?"

무표정하다 못해 무료해 보이기까지 하는 헌의 얼굴이었다.

"배후가 없는 것도 아니고, 배후를 발설하지 않은 것도 아닌데. 왜 이리 호들갑입니까?"

"세자."

"막 출산을 하여 과민한 건 이해하겠지만, 이건 아니지요. 중전마마. 체통을 지키셔야지."

냉랭한 그의 대답에 중전의 뺨이 화르르 빨개졌다.

"그깟 일로 몸도 다 추스르지 못했으면서 여기까지 쪼르르 오셨습니까? 정 불안하면 아랫것들을 시켜 호위를 더 강화하라 하면 될 것을.

이러다 몸이라도 상하게 되면 또 누굴 탓하시려고요?"

"내가 누굴 탓한다고!"

"탓하기 딱 좋은 먹잇감 아닙니까?"

"말을 왜 그렇게……!"

"물러가시지요. 호위대에서 못 잡은 것도 아니고 생포까지 해서 추국
청에 데려다놓았다고 하니."

싸늘하게 대꾸하며 헌이 돌아섰다.

"지금 내 제안을 거절한 것입니까?"

중전이 헌을 세차게 노려보며 앙칼지게 물었다. 그러자 헌이 피식, 입
매를 비틀었다.

"거절하고 자시고 할 것이 무엇 있습니까?"

"……뭐요?"

"저는 그 누구의 손도 잡지 않을 생각입니다. 영의정 대감의 손을 쳐
낼 생각도, 또한 중전마마의 손을 잡을 생각도 없습니다. 나는 나 홀로
내 갈 길을 갈 것이니 중전마마께서도 제 살길 알아서 찾아가십시오."

그러면서 피곤하다는 듯 그녀에게서 등을 돌리며 저벅저벅 제자리로
돌아갔다. 그러자 중전이 쪼르르 달려와 신경질적으로 입술을 열었다.

"이 좋은 기회를…… 어찌 이리 허망하게 놓치려 합니까, 세자?"

"좋은 기회요?"

헌은 어처구니없다는 듯이 돌아선 채로 고개만 비스듬히 꺾어 중전
을 바라봤다. 그러자 그녀는 빨개진 눈으로 헌을 노려보고 있었다. 조
금 전, 함께하자며 나긋나긋한 목소리로 다가올 때와는 확연히 다른
태도였다.

"지금 중전마마께서는 위기일 수도 있었던 이 상황을 좋은 기회라 말

씀하십니까? 하마터면 내 아우가 죽을 뻔했는데?"

묘하게 변해가는 중전의 얼굴에 헌이 능청스럽게 그녀를 바라보며 입술을 달싹였다.

"아들을 노렸다며 노발대발해 눈물을 흘릴 땐 언제고. 이제 와 그 끔찍할 수도 있던 일을 기회라 이야기하며 그것을 이용하려 하십니까?"

"……그건."

"일의 전말을 따져 물어 다시는 이리 궐의 기강이 무너지지 않도록 힘을 써야지. 어떻게 그런 생각을 할 수 있습니까? 중전마마께 무척 실망했습니다."

조금도 굽히지 않는 헌의 태도에 중전은 할 말을 잃은 사람처럼 입술을 꾹 다물었다. 헌은 그런 그녀를 물끄러미 바라보다 여유 넘치는 얼굴로 고개를 끄덕였다.

"소자가 지금 몸이 좀 피곤해서 그러는데, 물러가주시겠습니까? 중전마마께서도 막 출산한 뒤인데 이리 돌아다니시면 옥체(玉體) 상하십니다. 게다가 이제 내일부터는 홀로 그 왕자와 부원군 대감, 그리고 중전마마의 외가(外家)까지 지켜내셔야 할 텐데."

"……세자!"

"건강하셔야지요."

의미심장한 미소를 지으며 헌이 그녀를 향해 고개를 까딱, 숙여 보였다. 오만하고도 방자한 태도였다.

"여봐라!"

"예, 저하……!"

"중전마마 나가신다는구나. 중궁전까지 안전히 모셔다드리거라."

"예!"

그리고 활짝 열린 동궁 문. 중전이 부들부들 떨며 그 자리에 선 채 헌을 노려보고 있자, 헌이 피식 웃었다.

"방금 잡아들인 영의정 쪽 무사들, 티끌 하나 남김없이 소상히 문초해, 영의정 대감이 왜, 무엇 때문에, 언제부터 궐문 앞에 있었던 것인지, 정말 영의정 대감의 무사들이 맞는 것인지까지 모조리 다 알아내도록 할 테니, 걱정하지 말고 중궁전으로 가시지요. 우리 아우는 내 날이 밝는 대로 만나러 가지요."

꼭 그 말에 가시가 박혀 있는 것 같아 뒤돌아서던 중전은 흠칫할 수밖에 없었다.

'영의정의 무사들이 맞는 것인지까지……? 저딴 말을 하는 연유가 뭐야.'

중전은 제 입술을 잘근잘근 씹으며 상궁들의 부축을 받아 동궁을 나섰다.

헌은 그런 그녀의 뒷모습을 뚫어져라 바라보다 주먹을 꽉 쥐었다.

"참, 그리고 한 가지 더. 영의정 대감을 건드린 대가는…… 톡톡히 치러야 할 것입니다."

지금 궐로 오고 있다는 영의정이 과연, 중궁전 쪽에서 자신을 지목했다는 사실을 알게 된다면 어떤 반응을 보일지. 이미 중궁전이 께름칙한 비밀을 숨기고 있다는 걸 알고 있는 영의정이 어떻게 반격을 할지 매우 궁금했다.

닫히는 동궁 문을 바라보며 헌이 중얼거렸다.

"내가 굳이 나서지 않아도…… 둘 중 하나는 알아서 몰락하겠구나."

그러다가도 헌은 고개를 치켜들어 환한 달이 뜬, 밤하늘을 올려다보며 깊이 한숨을 내쉬었다.

"내가 누굴 버려."

그 말에 윤현의 시선도 천천히 그에게 닿았다.

"내 목에 칼이 들어와도 절대…… 소진이의 손은 놓지 않을 것이야."

맹렬한 눈빛으로 그렇게 중얼거리던 그의 귓가에 조심스러운 목소리가 들려왔다.

"저하, 지금 영의정 대감께서 추국청에 납시셨다 하옵니다."

그 말에 헌은 잠행복을 벗고 곤룡포로 갈아입은 후 익선관을 반듯하게 썼다.

"가자. 영의정을 만나러."

달빛이 훤히 비추는 추국청 안.

헌과 마주 선 영의정의 눈빛은 의외로 담담했다. 마치 자신이 이 시각에, 이곳까지 불려 올 줄 알았다는 듯이 그는 평온한 얼굴로 헌을 올려다보고 있었다.

헌은 돌계단 위에 서서 영의정을 내려다보며 묵묵히 입을 열었다.

"거두절미하고 본론부터 묻겠습니다."

그러자 영의정이 느리게 고개를 끄덕이며 대답했다.

"하문하시지요."

헌이 손가락을 들어 포박된 무사들을 가리켜 보였다.

"저 무사들 대감의 무사들입니까?"

명료하고도 단호한 헌의 어투에 영의정의 고개도 그쪽으로 향했다. 시커먼 옷을 입은 무사들을 물끄러미 바라보는 영의정의 표정은 무감각하기만 했다.

가만히 무사들을 한 명 한 명 뜯어보던 영의정은 입을 열었다.

"아닙니다, 저하."

아니라는 것을 헌도 역시 잘 알고 있었다. 헌의 시선이 다시 한 점 동요도 없는 영의정에게 닿았다.

"저들은 배후로 영의정 대감을 지목하고 있습니다."

"그렇습니까? 참으로 안타깝군요."

덤덤한 그의 대답에 추국청 안의 모든 사람의 시선이 흔들리기 시작했다. 영의정은 건조한 눈동자로 헌을 올려다보며 말을 이었다.

"저들이 나를 지목한 이상, 오늘 밤은 내가 여기에서 밤을 지새워야 하겠군요."

헌은 아무 말 없이 영의정과 중궁전 쪽 무사들을 번갈아 쳐다보았다.

그때 추국청 안으로 중전의 부친인 부원군이 저벅저벅 들어섰다.

"아주 있을 수 없는 일이 일어났지요!"

그렇게 소리치며 들어서는 부원군은 기세가 등등한 모습이었다. 영의정의 고개가 찬찬히 그쪽으로 돌아갔다. 그러자 부원군이 영의정을 세차게 노려보며 헌과 영의정 쪽으로 가까이 다가왔다.

"감히 조선의 국모가 원자를 생산하는 동안……! 무장한 살수들을 궐에 보냈다니! 이게 무슨 일입니까, 대체!"

추국청 안을 쩌렁쩌렁 울리는 부원군의 목소리에 영의정이 그만 피식, 웃음을 터뜨리고 말았다. 그의 조소에 부원군이 기분 나쁘다는 듯 미간을 구겼다.

"지금…… 웃음이 나옵니까, 대감?"

"감축드리오, 중전마마께서 왕자 아기씨를 출산하셨다지요. 아주 경사스러운 밤입니다."

살벌한 부원군의 태도에도 영의정은 여유를 잃지 않았다. 그 모습을 지켜보는 헌의 한쪽 눈썹이 흥미롭게 솟구쳤다.

"감축……? 참 태평하십니까? 그 왕자 아기씨를 위협하려 살수들까지 궐에 보낸 주제에, 감히 감축이요?"

노발대발하던 부원군은 꼭, 중전이 헌에게 애원하던 것처럼 헌을 올려다보며 목구멍에 힘을 주고 있었다.

"저하. 반드시 이 일의 책임을 영의정에게 물어 타당한 죗값을, 아니 무거운 벌을 받도록 해야 합니다!"

그렇게 소리치는 부원군을 말없이 내려다보던 헌은 어처구니없다는 듯 실소를 터뜨렸다. 그러곤 짙은 실소가 가득 차오른 입술을 벌려 대꾸했다.

"어찌 부녀가 이리 똑같은지."

비아냥거리는 헌의 말투에 영의정이 힐끔, 그를 바라봤다.

"중전마마께서도 버선발로 동궁으로 뛰어와 영의정 대감을 엄하게 벌해달라, 그리 청하던데. 마치 기다렸다는 듯 부녀가 이리 나서서 청을 해오니 난감할 따름입니다."

"난감할 이유가 무엇 있습니까! 조선의 법도대로 엄벌에 처해야지요!"

언성을 높이던 부원군은 포박된 무사 중 하나의 멱살을 질질 끌어 헌의 앞으로 데려와 강제로 무릎을 꿇게 해 고개를 치켜세웠다.

"말해보아라, 네 배후를."

"……영, 영의정 대감께서 시키셨습니다!"

"너희에게 무엇을 하라고 했지?"

"그, 그것이……."

더듬더듬 말을 이어가던 무사가 힐끗 영의정의 눈치를 살피며 입술을 달달 떨었다.

"아기씨를…… 죽, 죽이라고……!"

무사의 대답에 추국청 안 사람들은 소스라치게 놀라며 숙덕대기 시작했다. 또한, 그 대답을 들은 헌의 동공 역시 커다래지고 말았다.

하지만 단 한 사람. 모든 사람이 술렁이며 무사의 대답에 동요하고 있었지만, 오직 단 한 사람, 영의정만큼은 아무런 감정의 변화가 없어 보였다. 덤덤하게 땅바닥만 바라본 채 조금도 입술을 달싹이지 않았다.

"방금 그 말이 사실인가."

거짓을 고하고 있다는 걸 알면서도 헌은 엄중하게 물었다. 그러자 무사가 벌벌 떨며 바닥에 납작 엎드렸다.

"예, 사실입니다! 한 치의 거짓도 없사옵니다!"

이 무사의 대답에 모든 것이 끝나지 않았냐는 듯, 부원군이 영의정을 세차게 훑어보며 우악스럽게 입을 벌렸다.

"이 살수의 대답이면 저하께서 더 난감해하실 연유가 없겠지요?"

부원군이 당당하게 고개를 치켜들었다. 그러자 헌이 지그시 영의정을 돌아보며 물었다.

"영의정 대감, 그대의 반론은."

건조한 헌의 목소리에 부원군이 피식, 웃음을 터뜨렸다.

'그래…… 이참에 눈엣가시였던 영의정을 해치워버리자고. 세자가 이 적절한 기회를 설마 멍청하게 날려버리진 않겠지?'

속으로 그렇게 생각하며 부원군이 느긋하게 영의정의 대답을 기다렸는데.

"제가 할 반론이 무엇인지 저하께선 이미 알고 계시지 않습니까?"

"무어라."

절벽 끝까지 몰린 상황에서도 무엇이 그리 당당한지. 영의정은 조금도 당황한 기색 없이 눈동자를 검게 번뜩이며 대답했다.

"저깟 살수들의 대답 따위에 좌지우지될 저하가 아니라는 걸, 소신은 잘 아옵니다. 하오나 아무런 증좌도 없이 저들의 말 한마디에 나를 옥에 가두시겠다면, 그리하시지요."

자포자기한 것인지, 부원군은 영의정을 예민하게 바라보았고 헌도 한 치의 흐트러짐 없이 영의정을 꼿꼿하게 내려다보고 있었다.

"어쩌겠습니까. 함정에 빠뜨리고자 하는 세력이 명확하고 그들의 뜻도 확고한데, 이제 제 목숨은 저하의 손에 달린 것이겠지요."

"영의정 대감."

"저하 역시 저들과 함께하겠다, 마음먹은 것이라면 제가 아무리 반론을 하고 변명을 하고 나는 이들과 무관한 관계라 소리친들 무슨 소용이 있겠습니까?"

영의정의 말에 부원군의 낯이 후끈, 달아오르고 말았다. 괜스레 헛기침하며 부원군은 영의정의 시선을 회피했다.

"그대의 목숨이 내 손에 달려 있다?"

헌은 영의정이 했던 말을 곱씹으며 부원군을 물끄러미 바라봤다.

"저들이 영의정 대감과 한통속이었다는, 그리고 정말 산실청으로 쳐들어가 전하의 자식을 사살하려 했다는 더 강한 증좌가 필요합니다. 저 간사한 살수들의 말만으로는 결단을 내릴 수 없습니다."

부원군의 눈을 똑바로 바라보며 헌이 그렇게 말할 때쯤이었다.

"증좌라면…… 내가 더 증언하면 되겠습니까, 세자 저하?"

갑작스럽게 들려온 목소리에 모든 시선이 그쪽으로 고정됐다.

"……우참찬?"

추국청 안으로 휘적휘적 걸어 들어오는 것은 다름 아닌, 우참찬 조 씨였다. 조금 전까지 산실청에서 들려올 소식을 함께 기다리던 그는 화론파 세력이자 영의정과는 오랫동안 정사(政事)를 함께 논하던 인물이었다.

우참찬 조 씨의 얼굴을 확인한 영의정은 그제야 얼굴을 일그러뜨리고 말았다.

'중전의 세력에 붙으려던 것이 너였구나, 우참찬……!'

갑작스럽게 부원군의 편에 붙은 우참찬이 아무래도 김 도령을 포함한 중궁전의 비밀을 알고 있을 수도 있었다. 하지만 그것을 깨달았을 때는 이미 늦은 뒤였다.

"제 관직을 걸고, 또한, 제 가문을 걸고 증언하지요."

우참찬 조 씨는 비릿한 조소를 입술에 매단 채, 영의정을 지그시 돌아보았다.

"오늘 밤, 영의정 대감은 화론파 대신들을 민추환 대감의 사가에 모아 이렇게 전했습니다. 중전마마께서는 화론파의 독이 될 것이며, 이 시각 이후로는 중전마마와 그 세력들을 화론파에서 배제할 것이라 하였습니다……!"

그렇게 말하며 우참찬이 헌의 앞에 무릎을 꿇고 고개를 조아려 보이자 헌의 입술이 힘껏 일그러졌다. 순간, 헌의 눈빛이 영의정에게 맹렬히 닿았다.

'대감께서…… 지독한 덫에 걸리셨군요.'

영의정은 부들부들 떨며 주먹을 바짝 움켜쥐었다. 우참찬까지 나서

증언한 마당에, 이대로 영의정을 돌려보낼 수는 없었다.

물론 이것 역시 말에 불과하니 영의정이 정말 중전의 아들을 죽이려 했다는 것을 강력히 입증할 증좌로 채택되긴 어려웠다. 그러나 영의정이 무고하다는 증좌가 나오기 전까지는 영의정을 함부로 사가로 보낼 순 없는 일이었다.

'소진이가…… 많이 걱정을 하고 있겠지.'

소진의 걱정에 헌의 얼굴도 일그러졌다.

헌은 참담한 마음으로 망망대해에 외로운 돛단배처럼 서 있는 영의정을 향해 한 걸음 한 걸음 다가갔다. 영의정은 활활 타오르는 눈빛으로 우참찬을 바라보고 있었다.

"더한 증좌가 필요는 하겠지만, 오늘은 사가로 돌아가기 어려울 듯합니다."

그 말에 영의정이 더는 대꾸하지 않고 우참찬에게서 시선을 거두었다. 그러곤 오직 헌만이 들을 수 있게 나지막한 목소리로 입술을 열었다.

"……제 여식을 만날 수 있게 해주십시오. 꼭 전해줄 말이 있습니다. 이제 소신은 아무도 믿을 수 없습니다. 하니, 제 여식을 은밀히 불러주십시오."

"대감."

"제가 함정에 걸린 이상, 소진이도 위험을 피할 수 없게 되었습니다. 나를 건드리는 것도, 또한 내 가문을 욕보이는 것도 모두 참을 수 있습니다. 하지만……."

자신이 알고 있던, 적시 적격에 터뜨리기 위해 꽁꽁 감추고 있던 중궁전의 비밀을 소진에게 모두 알려줄 참이었다.

빨갛게 충혈된 눈으로 영의정은 파르르 떨었다. 헌이 놀란 얼굴로 그를 직시했고, 마주친 두 사람의 시선은 그 어느 때보다 거칠었다.

"하지만, 내 여식을 건드리는 것만큼은 못 참습니다."

그리고 영의정은 자신들을 향해 다가오는 근위대를 바라보며 지그시 눈을 감았다. 그 모습을 바라보고 있던 헌이 서로 낄낄대며 좋아하는 부원군과 우참찬을 지그시 응시했다.

'나 역시 내 여인을 건드리는 것만큼은 못 참지.'

곧 헌은 윤현에게 다가가 소진을 은밀히 궐로 불러들일 방도를 의논하기 시작했다.

제 31 장

위기의 한소진

"뭐? 영의정의 여식이……?"

추국청에서 들려온 반가운 소식에 반색하며 기뻐하기도 잠시, 중전은 상궁이 전한 소식에 놀라움을 금치 못했다.

"그러니까 영의정의 여식이, 강씨 부인의 존재에 대해 알고 있다고?"

"알고 있는 것까지는 모르겠사옵니다만, 강 부인의 노리개를 갖고 저 잣거리를 쏘다니며 수소문하는 것을 김 도령께서 보셨다 하옵니다."

그 말에 중전이 입술이 피가 나도록 깨물며 주먹을 쥐었다.

"역시…… 그년을 볼 때마다 내 기분이 께름칙하다 했어. 내 발목을 잡을 년이었구나."

"하오나 어차피 영의정 대감이 옥에 가둬져 있는 이상, 그년도 별다른 힘을 못 쓰지 않겠습니까?"

"……지하실의 비밀까지 모두 알고 있다면?"

"설마요."

"아니야. 불길한 예감이 드는구나. 강씨 부인을 납치한 것도 영의정, 그간 마을의 사라진 여인들에 대해 수소문하고 다닌 것 또한 영의정이 라니. 거기에 그 여식까지 나서서 내 목을 옥죄고 있었다면 필시 지하 실의 비밀까지 알고 있을 수도 있어……!"

반듯하게 누워 있던 중전이 힘겹게 몸을 일으켰다. 그러면서 조금 전, 동궁에 가 영의정을 함께 치자던 자신의 거래를 참으로 냉혹하게 쳐냈던 헌의 얼굴을 떠올렸다.

"세자와 그년이 꽤 친밀한 사이라지?"

"아무래도 간택전에서 보였던 행동이나…… 저하까지 나서서 세자 빈으로 한 규수에게 집착하는 모습을 보면, 무언가 끈끈한 연결고리가 있는 것 같기도 합니다."

상궁의 은밀한 목소리에 중전의 머리가 빠르게 돌아가기 시작했다.

"재간택 때도…… 어찌 알고 그리 딱 그년을 구했다지."

"예, 마마."

"영의정은 쉽게 몰락할 사람이 아니야."

이불 자락을 꽉 움켜쥐며 중전이 입술에 힘을 주었다.

"곧 풀려나 언제든 내게 반격을 해올 위인이지. 그러니 그 전에 영의 정을 해치워버리려면 한 규수, 그년부터 없애버려야겠다. 비밀을 모두 알아버린 이상 살려두긴 힘들지."

놀란 상궁이 채 입을 다물기도 전에 중전이 이어 말했다.

"영의정의 손발이 묶여 있는 틈을 타 세자를 이용해서 한 규수, 그년 부터 없애자."

날이 밝도록 소진은 잠을 한숨도 잘 수 없었다. 물론 최씨 부인도 오지 않는 영의정이 걱정되어 내내 마당을 왔다 갔다, 하고 있었다.

그때, 궐에 소식을 들으러 갔던 하인 하나가 헐레벌떡 대문을 열고 들어섰다.

"마님! 안방마님!"

최씨 부인이 화들짝 놀라며 대문으로 달려갔고, 그 곁을 지키고 있던 소진 역시 놀란 얼굴로 자리에서 일어났다.

"대감마님께서 지금 추국청에서 꼼짝도 못 하고 계시다 하옵니다."

"옥에…… 갇히셨단 말이냐?"

최씨 부인의 목소리가 덜덜 떨렸다. 덩달아 소진도 소스라치게 놀라며 굳고 말았다.

"대체 연유가 무엇이라고 하더냐."

"그것이, 대감마님께서 중전마마의 왕자 아기씨를 사살하려고……."

그 말에 소진과 최씨 부인은 경악을 금치 못했다.

"뭐? 그것이 말이 되느냐?"

"어머니! 대체 그것이 무슨 말이에요!"

그러자 하인 역시 안절부절못하며 발만 동동 구르고 있었다. 소진이 최씨 부인의 팔을 잡으며 이건 아니라는 듯이 도리질했다.

"어머니…… 아무래도 아버지께서 함정에 빠지신 것 같아요."

"그러게. 왕자 아기씨 사살이라니, 그 무슨 끔찍한 소리를……!"

"어떡하죠? 제가 아버지라도 만나봐야 하는데."

어쩔 줄 몰라하며 대문 밖만 연신 기웃거리는 소진에게 하인이 울먹이며 대답했다.

"소인도 어떻게 해서든 대감마님 얼굴 한 번 뵙겠다고 문지기들을 구워삶아봤지만 절대, 절대 안 된다고 하네요."

최씨 부인이 털썩, 흙바닥 위에 주저앉고 말았다. 황급히 하인들이 달려와 그녀를 부축했고 소진은 입술을 꽉 악문 채 파르르 떨었다.

"이제…… 이 일을 어찌하면 좋으냐, 어찌……."

소진은 궐에 가서 소식을 듣고 온 하인의 팔을 붙잡았다.

"소상히 말해보게. 아버지께서 어떻게 중전마마의 아기씨를 사살하려 했단 누명을 쓰게 된 것인가."

"그것이…… 소인도 잘……."

"증좌가 있었을 것이 아닌가. 아무 증거도 없이 아버지를 옥에 가둬둘 만큼 무자비한 궐이 아닐 것이야."

"……아!"

그때, 무언가 생각난 듯 하인이 눈을 반짝이며 소진을 바라봤다.

"그…… 무슨 무사들이."

"무사들?"

"궐문 앞에서 생포가 되었다고 문지기가 말해줬습니다."

그 말에 소진의 머릿속에 번쩍, 하고 불이 켜지는 것 같았다.

"궐문 앞에서 무사들……!"

어젯밤, 헌과 궐을 나서다 본 광경이 눈앞에 생생하게 그려졌다.

분명 그 무사들은 중궁전 사람들이었다. 중궁전에서 밀실의 여인들을 빼돌리기 위해 미리 배치해놓은 세력이었는데, 그것을 감히 자신의 아버지에게 뒤집어씌우다니.

"괘씸한 놈들."

소진이 파르르 떨며 주먹을 꽉 움켜쥐었다.

"어머니, 저 좀 다녀오겠습니다."

그러자 최씨 부인이 서둘러 그녀를 붙잡으며 고개를 저었다.

"어디 가려고! 그러다 너까지 위험해진다, 안 돼!"

"일의 자초지종을 들으려면 민추환 대감님을 뵙고 와야 할 것 같아서요."

"민 대감을······?"

"예. 아버지께서 분명 어젯밤 늦게까지 민 대감님하고 이야기를 나누고 오셨어요."

"그래, 그랬었다."

"하면 뭐 수상한 낌새는 없었는지······. 그리고 무슨 이야기를 하셨는지. 앞뒤 상황은 제가 알고 있어야 할 것 같아서요."

소진이 걱정스러운 얼굴로 자신을 올려다보는 최씨 부인의 손을 꼭 잡았다. 소진의 표정은 어느 때보다 진지했다.

"어머니. 걱정하지 마세요."

"······소진아."

"민 대감님께 청을 드려볼게요. 아버지를 만날 수 있게 해달라고."

"다른 것도 아니고······ 중전마마의 왕자 아기씨를 사살하려 했다는 누명이다. 그 정도 누명이라면 반역과도 같은 무게를 두고 네 아버지의 죗값을 치르게 할 것이야."

최씨 부인의 얼굴에 근심이 뚝뚝 묻어났다. 좋지 않은 예감이 자꾸만 그녀를 덮쳐왔고 행여 그 먹구름이 하나뿐인 자식 소진이까지 덮칠까, 노심초사했다.

"그럼 민 대감께서도 분명 연루되지 않기 위해 몸을 사리실 것인데."

"······어머니."

"행여 네가 문전박대라도 당하게 된다면······."

그녀가 상처라도 입고 돌아올까, 걱정이 되는 것이었다. 하지만 그 말을 들은 소진은 최씨 부인의 염려와 달리 밝고 씩씩하게 대답했다.

"걱정하지 마세요. 괜찮습니다."

"소진아."

"큰 기대는 없어요. 원래 한마음 한뜻이다가도 조금의 해를 입을 것 같으면 금세 파를 나누고 돌아서는 것이 정당(政黨)이 아니겠습니까?"

제법 어른스러운 대답으로 소진은 최씨 부인의 마음을 안심시켰다.

"그래도 오랫동안 아버지와 뜻을 함께해온 대감이시니 문전박대까지는 하지 않으실 거여요."

"혼자 괜찮겠니?"

"예. 숙자와 호위 무사와 함께 다녀오도록 하겠습니다."

"알겠다……. 서둘러 다녀와야 한다. 아버지께서 그런 큰 누명을 쓰고 갇혀 계시니 불똥이 우리에게까지 튀는 것은 시간문제야."

"명심하겠습니다."

소진은 진지한 얼굴로 대답하며 숙자의 손을 잡았다. 숙자 역시, 영의정의 걱정에 한숨도 자지 못해 얼굴이 퉁퉁 부어 있었다.

"아가씨는 쇤네가 잘 모시고 오겠습니다. 하니, 마님…… 조금이라도 눈을 붙이셔요."

"그래, 알겠다."

소진과 숙자가 대문을 나서자 호위 무사가 서둘러 뒤를 따랐다.

애써 어머니 앞에서는 담담한 척 씩씩하게 대답하며 나섰지만, 막상 민 대감을 만나러 갈 생각을 하니 가슴이 쿵, 쿵 뛰었다. 정말 어머니의 말대로 문전박대를 당할 수도 있었다.

소진은 마음을 다잡으며 서둘러 걸음을 옮겼다.

"숙자야…… 우리 아버지 괜찮겠지?"

"암요. 누구십니까. 나는 새도 떨어뜨린다는 한양 최고의 실세, 영의정 대감마님이 아닙니까?"

숙자가 소진을 위로하며 그 손을 꼬옥 잡아 흔들었다. 오히려 더 숙자가 언성을 높이며 밝게 이야기하자 아버지의 걱정에 딱딱하게 굳었던 마음이 그나마 조금, 녹는 것 같았다.

"그래. 서둘러 민 대감을 만나러 가보자꾸나."

그렇게 소진이 애써 웃으며 걸음을 옮기려던 그때였다. 저 멀리서 보은군이 이쪽으로 부리나케 뛰어오고 있었다.

"어? 보은군 대감……!"

그날의 고백 이후 처음 마주하는 보은군이었다. 보은군이 영의정의 사가를 향해 달음박질을 치다, 소진을 발견하고는 황급히 걸음을 멈추었다.

"소진 낭자!"

그날 이후로 보은군은 소진을 마음에서 지우기 위해 의도적으로 그녀를 피했었다.

그런데 오늘만큼은 소진을 외면할 수 없었다. 영의정의 압송 소식은 한양을 발칵 뒤집어놓았으니까.

그 이야기를 듣자마자 보은군은 소진에게 달려가고 있던 길이었다.

행여, 그녀가 울고 있지는 않을까. 영의정을 만나지 못해 안절부절 발만 동동 구르고 있지는 않을까.

그녀를 도울 일이 있다면 백방(百方)으로 돕기 위해 민추환의 반대도 무릅쓰고 이곳으로 오고 있던 것이었다.

"대감……! 어딜 가시는 길입니까?"

못 본 사이, 수척해진 그녀의 얼굴에 보은군의 가슴이 철렁 내려앉았다.

"……낭자를 뵈러."

채 말을 잇지 못하며 보은군이 소진의 야윈 팔을 꼭 그러쥐었다.

"저를요……?"

의외라는 듯이 그녀가 눈을 크게 뜨며 보은군을 직시했다.

"낭자가…… 울고 있을 것 같아서요."

그 말에 소진의 가슴이 아려오기 시작했다.

민추환의 사가로 향하는 길.

보은군과 소진이 어깨를 나란히 한 채, 새벽길을 걸었다.

이른 아침이라 그런지 저잣거리는 한산했다. 내내 어두운 얼굴로 묵묵히 걷기만 하는 소진을 향해 보은군이 물었다.

"괜찮습니까, 낭자?"

"예. 저는 괜찮아요. 다만, 홀로 갇혀 계실 아버지가 걱정이지요."

그녀의 대답에 보은군이 안심하라는 듯 말문을 열었다.

"그것은 걱정하지 마십시오. 외조부께서 도와주실 것입니다."

그 말에 소진이 걷던 걸음을 멈추곤 가만히 보은군을 응시했다.

"이번 일로…… 대감을 곤란하게 할 일은 없을 것이어요."

소진의 말에 보은군의 굳게 맞물렸던 입술이 슬쩍 벌어졌다.

"아버지께서…… 중전마마의 아기씨를 사살하려 했다는 누명을 쓰셨답니다. 대감께서도 들어서 아시지요?"

그렇게 묻는 그녀의 눈동자는 그 어느 때보다 깊었다.

"예……. 그리 들었습니다."

"하면 그것이 얼마나 위험한 누명인지 잘 아시지 않습니까. 제 아버지의 일로 보은군 대감까지 곤경에 처하게 하고 싶진 않습니다."

"낭자."

"아버지께서도 저와 같은 마음이시기에 따로…… 다른 대감께 연통을 넣지 않은 것이겠지요."

도와달라고 할 줄 알았는데, 소진은 역시 저의 예상을 빗나가고 있었다. 보은군은 착잡한 마음으로 그녀를 바라보았다. 밤새 울어 눈이라도 퉁퉁 부어 있을 줄 알았는데, 의외로 그녀는 담담해 보였다.

그래서 다행이란 생각이 보은군의 머릿속을 스쳤다.

"그러니 애쓰지 마셔요, 대감. 민 대감님을 만나 어제 무슨 일이 있었는지 일의 자초지종을 묻고…… 아버지를 만날 수 있게만 해달라고 청을 드릴 생각입니다."

"그 정도는…… 제가 부탁을 해도 될 것이에요, 낭자."

자신에게도 그 짐을 좀 나누어주면 좋으련만.

보은군은 안타까운 얼굴로 그녀의 손을 꼭 잡았다.

"제가 외조부님께 낭자 대신 청을……."

"아니요. 제가 하겠습니다. 괜한 불똥이 대감께 튀는 것은 원치 않습니다."

소진은 단호했다.

"불똥이라니요……. 낭자의 가문과 우리 가문은 늘 함께하지 않았습니까? 그 정도는 외조부님께서도 기꺼이 들어주실 것입니다. 하니, 따로 낭자께서 부탁하지 않으셔도 됩니다."

그 말에 가만히 보은군을 바라보던 소진은 자신의 손을 꼭 쥐고 있는 그의 커다란 손을 내려다봤다. 그러면서 잠시 생각에 잠긴 얼굴로 입을 다물고 있다, 고개를 들었다.

"명색이 화론파를 짊어지고 계시던 아버지께서 불미스러운 일에 휘말리신 것입니다. 그것도 너무 크고 위험한 누명예요. 제 아버지를 돕고 싶은 마음이야 굴뚝같겠지만, 다른 화론파 대신들을 위해서라도 민 대감님께서 쉬이 나서주실 수 없으실 것입니다."

"……낭자."

"게다가 보은군 대감께서 직접 청을 넣었다고 하면…… 다른 대신들도 크게 동요할 것입니다. 하니 이번 일은 전적으로 그분의 여식인 제가 나서는 것이 옳은 처사일 것이어요. 제 마음을…… 헤아려주실 수 있으시지요, 대감?"

그녀의 물음에 보은군은 말없이 그녀를 지켜보다, 애써 미소를 그려 보였다. 그가 고개를 주억거리며 잡았던 그녀의 손을 놓았다.

"예. 그리하겠습니다."

"이해해주셔서 감사합니다."

"속히 가시지요."

두 사람은 민추환의 사가로 향하는 걸음을 재촉했다.

"그래, 앉거라."

예상대로 이른 아침이었지만, 민추환의 사가에는 여러 대신이 모여 있었다. 영의정의 추포 소식에 모두 버선발로 뛰어온 모양이었다.

"이른 아침부터 송구하옵니다."

소진이 안채로 들자, 모여 있던 대신들이 서로 힐끗힐끗 눈치를 살피며 자리에서 일어났다. 모두 그녀의 등장을 놀라워하면서도 한편으로는 불편한 듯, 소진을 힐끔거리며 안채를 나섰다.

소진은 그의 앞에 반듯하게 앉아 두 손을 모았다.

"대감마님."

"그래, 소진아. 말해보아라."

"어젯밤, 제 아버지의 소식은 들으셨지요? 거두절미하고 단도직입적으로 여쭙겠습니다. 저희 아버지가 왜 누명을 쓰신 것이지요?"

소진은 거침없었다. 민추환을 직시하는 그 눈빛도 제법 영의정을 닮아, 총명하게 빛나고 있었다.

"누명……."

"중전마마의 아기씨를 사살하려 했다는 누명 말입니다. 어젯밤, 이곳에서 저희 아버지가 대신들께 무슨 말씀을 하시었습니까? 소상히 일러주십시오."

"네가 직접…… 네 아비를 구하려고 하느냐?"

민추환은 굳은 얼굴로 그렇게 물으며 소진의 빛나는 눈동자를 살폈다. 하지만 어쩐 일인지 그녀는 묵묵부답이었다. 그러자 그가 생각에 젖어 있는 그녀를 향해 다시금 입술을 뗐다.

"소진아. 영의정 대감께서도 원치 않을 것이야. 돌아가 어머니와 함께 기다리고 있거라. 지금 대신들과 함께 네 아버지를 구할 방법을 논의 중이니. 아무 염려 말고……."

소진은 기다렸다는 듯, 민추환의 말을 끊으며 입술을 벌렸다.

"아무도 구해주시지 않으리라는 걸 아니까요."

"……뭐?"

"선뜻 구하기 힘드시리라는 걸 잘 아니까, 소인이 온 것입니다."

그 말에 뒤통수라도 세게 얻어맞은 것처럼 민추환은 얼얼한 얼굴로 굳어버렸다. 그러다 소진의 말을 수습이라도 하려는지 고개를 저었다.

"당연히 구해야지. 우리를 이끌고 하나로 만든 장본인이 영의정 대감이신데. 어찌 우리가 대감이 위기에 처한 것을 손 놓고 보고만 있어."

"아버지께 연통이 온 것이 있었습니까?"

"아직……. 우리도 기다리고 있단다."

"아버지께서 아무런 명령도 전하지 않고 그저 당신 발로 궐까지 가시었습니다. 얼마나 촘촘한 덫에 걸리셨는지는 모르겠지만. 날이 밝도록 대감마님께도 아무런 소식이 없는 것을 보면, 대감마님과 다른 분들이 나서는 걸 원치 않으시는 걸 수도 있지 않습니까?"

민추환도 그것이 의문이었다. 새벽 내내 영의정에게서 연통이 오길 기다리고 있었지만, 그는 묵묵부답이었다. 그래서 민추환과 화론파 대신들은 더 긴장하고 있어야만 했다.

당연히 누명을 썼으니, 이곳에서 빠져나갈 수 있게 도와달라는 서찰이 올 줄 알았다. 그러나 영의정은 그 누구에게도 도움의 손길을 요청하지 않고 있었다. 민추환은 애써 밝은 얼굴을 해 보이며 말했다.

"화론파에 누가 끼치지 않길 바라시는 대감의 뜻일 수도 있겠지만. 소진아, 걱정하지 말거라. 우린 대감을 꼭 지킬 것이야."

소진은 가만히 고개를 주억거리다, 엷은 미소를 띠었다.

"그렇게 말씀해주시어 감사합니다. 대감마님."

"하지만 어젯밤의 일은 너도 알고 있어야겠지……? 어제 별다른 이야기는 없으셨다. 중전마마의 산고로 그저 대신들이 모여 산실청에서 들려올 소식을 기다리고 있었지."

"그러셨습니까."

"한데 한 가지 걸리는 게 있다만……."

민추환이 아랫입술을 질끈 씹으며 나지막이 목소리를 낮추었다.

덩달아 소진의 가슴도 쿵, 쿵, 세차게 뛰기 시작했다.

"중전마마를…… 화론파에서 배제할 것이라는 말씀을 하시었다. 그것이…… 너무 마음에 걸리는구나."

그러자 그녀의 눈동자가 순간 반짝였다.

"중전마마를요? 무슨…… 말씀을 덧붙이시면서요?"

왜 중전을 손에서 놓으려고 했는지. 생각해보면 재간택 때 있었던 일 때문에 신뢰를 잃었기 때문일 수도 있었다.

하지만 그 일을 지금까지 끌고 와 출산을 앞둬 예민해져 있는 대신들 앞에서 말을 했다는 건 조금 의아했다. 중전이 아들이라도 출산한다면, 화론파에게는 더할 나위 없는 천군만마를 얻는 것이 될 텐데.

그런 경솔한 발언을 했다는 것이, 소진의 의구심을 건드렸다. 가만히 어젯밤의 일을 헤집던 민추환이 더듬더듬 입술을 달싹였다.

"화론파의 독이 될 것이라 하시며…… 또한, 그럴 만한 이유가 있다는 이야기도 덧붙였지."

이유라는 말에 긴 소맷자락 속에 감춰졌던 그녀의 하얀 주먹이 동그랗게 말렸다.

"독이요……."

민추환은 길게 한숨을 내쉬더니 다시 소진을 응시했다.

"걱정할 것 없어. 대감께서 연통을 주지 않으셔도 지금 막, 궐로 입궐하려던 참이었으니."

"대감마님, 한 가지 청이 있습니다."

"청이라."

"아버지를 만날 수 있게 해주십시오."

그렇게 말하는 소진의 눈빛은 견고했다. 민추환은 선뜻 대답을 내뱉지 못한 채, 굳어가는 그녀의 얼굴만 바라보고 있었다.

한편 밤새, 한숨도 눈을 붙이지 못한 건 헌도 마찬가지였다. 당장 소진에게 달려가 그녀를 안심시켜주고 싶어 날이 새기만을 기다렸다.

"윤현! 윤현……!"

그는 정무를 모두 끝내자마자 윤현부터 찾았다. 헌의 부름에 윤현이 곧장 동궁 안으로 들어왔다.

"찾으시었나이까, 저하."

"소진이를 만나러 나가야겠구나."

"제가 직접 모시겠나이다, 저하."

"아니. 너는 강씨 부인을 감시하러 가야지."

"하면……."

"네가 믿을 만한 무사에게 곧장 영의정의 사가로 가서 한 규수를 데리고 정자나무 언덕으로 올 수 있도록 명령을 내리거라."

그렇게 말하며 헌이 곤룡포를 거칠게 풀어헤쳤다.

'나는 너를…… 버린 것이 아니다. 부디 오해하지 말고 마음 아파하지도 말아야 한다, 소진아.'

"이제 혼자 갈 수 있습니다, 보은군 대감."

소진은 차분하게 그를 돌아보며 말했다.

"감사합니다, 항상."

항상이라는 두 글자가 귀에 닿고서야 보은군이 지그시 그녀를 내려다보았다.

"해드린 것 없는 제게…… 이리 과분한 마음을 주셔서."

소진은 그 말을 덧붙이며 그를 지그시 올려다보았다. 그녀의 말에 보은군은 실없는 미소를 터뜨리며 고개를 떨어뜨렸다.

"해준 것이 왜 없습니까. 태어나 내게 가장 많은 것을 준 이는…… 낭자인 것을요."

소진은 그에게 같은 마음이지 못해, 그리고 그 마음을 함께해주지 못해 미안하다는 말을 꼭 해주고 싶었다.

목 끝까지 차오른 그 말을 차마 뱉지 못한 채 꾹꾹 삼키고 있는데, 그 마음을 알아차렸는지 그는 천천히 도리질하며 포근한 미소를 그렸다.

"대감……."

"들어가시지요, 얼른. 영의정 대감을 뵈러 가야지요. 외조부님께서 입궐하였다가 상황을 봐서 낭자께 연통을 넣어준다고 하였으니 기다려 봅시다."

"예, 대감."

그렇게 둘은 소진의 집에 다다랐는데, 웬 처음 보는 무사 한 명이 대문 앞을 왔다 갔다 하며 누군가를 기다리고 있었다. 그 모습에 두 사람의 걸음이 동시에 멈추었다.

"누구지……?"

그때, 소진을 발견한 그 무사가 서둘러 그녀의 앞으로 뛰어왔다. 그러자 그녀의 뒤를 지키고 있던 호위 무사가 황급히 그 사람을 제지했다.

"뉘십니까."

소진 역시 경계심 가득한 얼굴로 호위 무사 뒤에 숨었다. 보은군도 그녀를 보호하며 무사의 행동을 감시했다. 그러자 당황한 듯 소진을 바라보던 무사는 서둘러 고개를 조아리며 입술을 열었다.

"궐에서 왔습니다."

궐이라는 말에 소진의 눈이 커졌다.

"소인은 세자 저하의 사람입니다. 지금 바로 한 규수를 모시고 오라는……. 옥에 갇혀 계신 영의정 대감의 일로 보내시었습니다."

그 말에 호위 무사가 얼굴을 일그러뜨리며 소진을 돌아보았다.

"아가씨. 어떻게 할까요."

그러자 보은군의 낯빛이 딱딱해졌다.

'형님께서……?'

무사의 얼굴을 유심히 살피던 보은군이 소진의 손을 잡아끌었다.

"위험합니다, 낭자. 조금만 더 기다리면 제 외조부께서 소식을 가져다주실 것이니 그때까지 기다리심이……."

하지만 언제까지 기다리고 있을 수만은 없었다. 소진도 얼른 헌을 만나 일의 자초지종과 지하실의 여인들도 무사한지 소식을 들어야만 했다. 그녀는 잠시 고민하다, 무사의 얼굴을 빤히 바라보았다.

늘 헌의 곁을 지키던 윤현이 아니었다. 어쩌면 함정일지도 모른다는 생각도 스쳤지만, 소진은 머뭇거리지 않았다.

"보은군 대감, 혹시 궐에서 소식이 오거든 제 어머니께 전해주세요. 저하를 만나러 가야겠습니다."

그러면서 그녀는 여전히 경계를 풀지 않고 있는 호위 무사의 팔을 잡아끌었다.

"호위를 부탁하오."

그러자 호위 무사가 고개를 조아리며 소진의 뒤에 섰다. 헌이 보냈다는 무사는 속히 등을 돌려 걸음을 옮겼는데, 소진이 그 무사의 팔을 툭, 잡아채며 입술을 달싹였다.

"한데 말입니다. 저하께서 어디서 기다리고 계신다 하시었습니까?"

그러자 무사는 덤덤하게 턱끝을 내리며 답했다.

"늘 보던 곳은 위험할 수도 있어, 그저 궐 근처 동산에서 보자 하시었습니다."

애매한 대답이었다.

'저하와 늘 만나던 곳은 정자나무 언덕이었는데…… 참일까?'

무사의 대답에 보은군은 속히 소진의 손을 잡았다. 갑작스러운 그의 온기에 소진의 눈이 커졌다.

"함께 가겠습니다."

그러자 숙자와 호위 무사는 머뭇거리며 그녀의 눈치를 살폈다. 소진은 느리게 고개를 저으며 그의 손을 밀어냈다.

"괜찮습니다. 호위 무사가 따를 것입니다. 정 걱정되시면 제 어머니를 곁에서 지켜주세요."

"낭자."

"부탁합니다."

소진은 곧장 숙자를 잡아끌어 등을 돌렸다. 그러곤 그녀만 들을 수 있도록 목소리를 한껏 낮추며 입을 열었다.

"너는 여기서 지키고 있다가, 혹 세자 저하께서 보내셨다는 무사가 또 나타나거든."

"……예?"

"내가 궐 근처 동산에서 기다리고 있다고 말해주거라."

"아씨, 그건……."

"혹시 이자가 덫이라면. 덫을 놓은 이를 잡아야지."

그 말에 숙자의 눈이 번쩍 떠지는 것 같았다.

이런 상황에 이딴 덫을 놓아, 자신의 발목을 잡으려는 자는 분명 제 아버지에게 누명을 씌운 작자일 것이었다. 소진의 머리가 빠르게 돌아갔고 숙자는 서둘러 고개를 끄덕이며 그녀에게서 물러났다.

이내 소진은 헌이 보냈다는 무사의 뒤를 따랐다. 그러곤 보은군을 향해 괜찮다는 듯 고개를 끄덕이며 걸음을 옮겼다. 보은군은 그런 그녀를 걱정스러운 눈길로 응시하다, 그녀의 호위 무사에게 정중히 부탁했다.

"낭자를…… 잘 부탁하오."

"예, 알겠습니다."

소진은 최대한 그와 거리를 두고 걸었다. 연신 주위를 살피며 무사의 뒷모습을 유심히 살피던 소진은 별안간 좋은 묘수가 떠오른 듯, 후다닥 그의 뒤로 다가갔다.

"저……."

그러자 앞만 보며 걷던 무사가 걸음을 멈추었다. 소진은 아까와 달리 경계를 풀고서 히죽 웃었다.

"저하께서 따로 전해주신 서찰 같은 것은…… 없사옵니까?"

그녀가 무사의 얼굴을 뚫어져라 응시하며 고개를 갸웃거렸다.

"어제 저하와 함께 있던 무사분…… 아닙니까?"

그 말과 함께 소진은 과장되게 놀라는 시늉을 하며 걸음을 우뚝 멈춰 섰다.

"아, 아닌가? 어제 제가 낮에 저하께 전할 서찰이 있어…… 잠시 뵈었었는데……?"

"그것이……."

"모릅니까? 분명 여러 무사와 함께 오셨잖습니까? 아닙니까?"

연신 고개를 갸웃거리며 그녀가 잔뜩 흐린 눈으로 무사의 위아래를 훑었다.

"맞, 맞습니다."

그러자 무사는 잠깐 당황하더니 서둘러 대답했다.

"맞습니까? 하면 답신은……."

"아, 그것은 지금 저하께서 직접 주신다고 하시었습니다."

"어제 제 서찰의 답신을 말입니까?"

"예, 아씨."

무사의 대답이 소진의 귀에 닿자, 그녀의 가슴이 쿵 내려앉았다.

'……이자가 함정이었구나.'

소진은 속으로 그렇게 생각하며 태연한 표정을 유지했다. 심장이 쿵, 쿵 뛰기 시작했지만 내색하지 않기 위해 더욱 미소를 그렸다.

"그렇지요? 하면 속히 갑시다. 저하께서 기다리시겠습니다."

무사는 황급히 고개를 돌리며 걸음을 옮겼다. 그녀는 천천히 속도를 늦추며 자신의 호위 무사에게 다가갔다.

"이보시오, 무사님."

낮고도 은밀한 그녀의 목소리에 호위 무사가 꼿꼿하게 정면을 유지한 채, 입술만 벙긋거렸다.

"예. 아씨."

"저 무사…… 저하께서 보낸 것이 아닌 것 같습니다."

그 말에 호위 무사의 눈동자가 흔들렸다.

"더 많은 무사가 목적지에서 우리를 기다리고 있을지도 모릅니다."

"그럼 지금 저놈의 뒤를 가격하는 것이……."

"할 수 있겠습니까? 저 무사를 생포하고 배후를 찾아내는 것이 급선무입니다."

"한 명은 가볍게 제압할 수 있습니다."

그러며 호위 무사가 소진을 슬쩍 뒤로 잡아당겨 막아서려는데, 소진은 서둘러 길바닥에 아무렇게나 널브러진 나무 막대기를 주워 들었다.

"그것으로 무엇을 하시려고."

호위 무사가 의아하다는 듯 그녀를 바라보자 소진은 여유 있게 싱긋, 미소 지었다.

"혼자보단 둘이 낫지요."

두 사람은 동시에 앞서 걷는 무사의 뒤를 바라봤다.

"……뭐라?"

허겁지겁 정자나무 언덕으로 올라온 무사는 숙자에게 들은 이야기를 헌에게 전했다. 그러자 헌의 눈빛이 매섭게 변했다.

"다른 무사가 한 규수를 데리고 갔다?"

"예. 궐문 쪽에 있는 동산으로 모시고 갔다 하옵니다."

그걸 듣자마자 헌은 혹시 몰라서 가져왔던 말에 서둘러 올라탔다.

"저, 저하……!"

그러자 무사 역시, 말에 올라타며 헌의 뒤를 비호하려 했다.

"날 비호할 필요 없다. 너는 지금 당장 궐로 가 영의정에게 가거라. 가서 한 규수가 위험에 처했다는 사실을 알리거라!"

"예, 알겠습니다!"

멀리서 헌을 지키고 있던 호위대들도 우르르 뒤를 따르기 시작했다.

"모두 궐문 쪽 동산으로 향한다!"

그는 한 치의 망설임도 없이 말고삐를 잡아당겼다. 그러면서 깊은 새벽, 윤현과 은밀하게 나누었던 대화를 떠올렸다.

─아무래도 불안하구나. 중궁전이 영의정까지 잡아둔 마당에…… 한 규수를 가만히 내버려 둘 것 같지도 않고.

─제가 뒤를 따를까요.

─너는 강씨 부인이 잘 감금되어 있는지 확인 후에 환궁하지 말고, 곧바로 영의정의 사가로 향하거라.

아무래도 불안한 마음에 쉽사리 잠자리에 들지 못했던 그는 윤현을 불러 소진을 지키라 일렀었다.

─내가 내일 궐 밖으로 나가 한 규수를 무사히 만날 때까지 한 규수의 뒤를 네가 따르도록 하여라.

─예, 저하.

그렇게 미리 명을 내려둔 것이 다행인 일이 될 줄이야. 헌은 말의 배를 툭, 차며 속력을 올렸다.

"그래. 꼬리가 길면 잡히는 법. 내 오늘 중궁전을 필시 무릎 꿇리고 말 것이다."

배후를 알아보고 말 것도 할 것 없었다.

이 기회를 틈타, 소진을 습격한 것은 중궁전이 틀림없을 터였다. 허리를 낮춘 채 속도를 내는 헌의 얼굴이 무자비하게 구겨졌다.

"서둘러라! 감히 세자를 사칭한 반란의 무리다!"

헌과 그의 호위대는 모래바람을 일으키며 맹렬히 저잣거리를 가로지르고 있었다.

'너를 홀로…… 궐 밖에 두는 것이 얼마나 위험한 일인지, 이제 확실히 깨달았다.'

헌은 고개를 치켜들며 입술을 꽉 깨물었다. 이 모든 것을 기회로 삼아, 자신의 자리를 넘보는 모든 세력을 처치하고 소진을 제 곁에 둘 참이었다.

그때, 모래바람 때문에 뿌옇게 된 그의 시야에 아까 무사가 말한 장소가 보이기 시작했다.

'기다려, 한소진.'

이를 악문 그의 눈빛은 모래바람 속에서도 불같이 번뜩이고 있었다.

"하아, 하아…… 또 있어?"

한참 자신을 이곳까지 불러낸 무사를 공격하고 보니 여기저기서 무사들의 무리까지 튀어나왔다. 소진과 호위 무사, 그리고 어디선가 나타난 윤현까지 세 명이서 그들을 제압했는데도 또 한 무리가 더 나오고 있었다.

소진은 거칠게 숨을 몰아쉬며 막대기를 다시금 움켜쥐었다. 호위 무사는 생각보다 많은 세력에 조금 당황해하며 소진을 자신의 뒤로 보냈다. 일찌감치 나타나 함께 그녀를 보호하고 있던 윤현 역시 표정을 굳히며 그녀의 앞을 가로막고 섰다.

"한데…… 대장님께서는 어찌 알고 오신 것입니까?"

소진이 거칠게 숨을 몰아쉬며 윤현을 올려다봤다.

"저하께서…… 미리 명령을 내리셨습니다. 곧 저하께서 이쪽으로 오실 것입니다."

한 수 앞을 내다보고 명령을 내린 헌에게 감복하기도 잠시, 점점 더 거리를 좁혀오는 무사들의 무리에 그녀의 호위 무사가 소진의 등을 떠밀었다.

"아씨. 여기서부터는 무리입니다. 제가 어떻게든 막아설 테니, 아씨께서는 속히 달아나십시오."

"무슨 일이 있어도 이놈들을 모두 생포해 배후를 밝혀야 하오. 이놈들이 내 아버지에게 누명을 씌운 무리와 같은 배후일 것이니."

그녀가 그렇게 말하며 한껏 긴장한 얼굴로 숨을 고르고 있는데.

"피하십시오, 아씨!"

그들이 소진을 향해 검을 겨눈 채 달려오기 시작했다. 윤현이 있는 힘껏, 소진에게 달려드는 무사를 제압하며 소리쳤다.

"얼른요!"

이미 호위 무사와 윤현은 그들과 한데 엉켜 피 튀기는 싸움을 하고 있었다. 소진은 사람들을 더 데려오기 위해, 저잣거리 쪽으로 막 내달리기 시작했는데.

"……앗!"

갑자기 그녀의 눈앞에 무사 한 명이 튀어나와 그녀를 잡아채려고 했다. 그녀는 필사적으로 그의 손을 뿌리치며 발을 움직였다.

"잡아라! 계집이 도망친다!"

자신을 향해 득달같이 달려드는 무사들을 돌아보곤 소진은 이를 악물고 뛰었다. 달리기에는 자신이 있다고 생각했는데, 숙련된 무사들을 앞지르기에는 무리가 있어 보였다.

'잡히면 안 돼, 잡히면 안…… 앗!'

그때, 이쪽으로 달려오던 웬 말을 탄 사내가 저잣거리 쪽으로 달려가는 소진을 휙, 낚아채 말 위로 올렸다. 놀란 소진이 파르르 떨며 휘청거리자 그 사내가 소진의 허리를 단단히 움켜쥐었다.

그러곤 그녀가 미처 누구냐고 물을 새도 없이 칼을 뽑아 들어, 소진을 공격하던 무리를 쳐내기 시작했다.

"누, 누구……!"

그를 선두로 뒤에서는 화살촉이 무수히 날아오고 있었다.

소진이 한껏 몸을 웅크리자 그가 그녀의 허리를 꽉 보듬어 자신의 몸과 밀착시켰다. 그러곤 겁에 질린 그녀의 귀에 낮게 속삭였다.

"늦어서 미안하구나, 소진아."

"저하……?"

"한 명도 살려 보내지 말아라! 모두 잡아 내 앞에 무릎을 꿇려라!"

그렇게 소리치는 헌의 목울대에 굵은 핏대가 섰다. 소진은 마른침을 삼키며 그의 몸에 등을 기댄 채 바들바들 떨었고, 그는 능숙하게 말을 몰며 무사들을 한 손으로 제압하고 있었다.

"저하……."

"잠시면 된다."

그 말과 동시에 헌이 소진의 눈을 한 손으로 살며시 가렸다. 칼을 휘두르는 장면을 그녀에게 보이지 않기 위한 것이었다.

작게 움츠러든 소진의 몸을 단단히 자신의 품에 고정한 채, 헌은 이를 악물고 그들과 맞섰다.

"대감마님, 대감마님……"

헌이 보낸 무사는 은밀히 옥(獄) 안으로 들어와 영의정을 찾았다. 반듯하게 양반다리를 한 채 앉아 있던 그가 번쩍 눈을 떴다. 소진이 온 것이 아닐까 하는 생각에 영의정은 다급하게 소리가 들리는 쪽으로 고개를 돌렸다. 그곳에서는 무사 하나가 거칠게 숨을 몰아쉬며 주위를 살피고 있었다.

"무슨 일인가. 저하께서 보낸 것이냐?"

"예, 대감마님. 큰일 났습니다."

큰일이라는 말에 영의정의 입술이 바르르 떨렸다.

"누군가가 한 규수를 노리고 있습니다."

짜증스럽게 소리를 내지르며 영의정이 자리에서 일어났다. 그러곤 주먹으로 문을 쾅, 쾅 내려치며 터지려는 분노를 꾹, 꾹 삼키고 있었다.

"저하께서 미리 손을 써두신 탓에 큰 위기는 없을 것이오나, 대감마님께서도 아시고 계셔야 할 것이라며 저하께서 저를 보내셨습니다."

"괜찮은 것이냐? 소진이는, 소진이는 무사할 수 있는 것이야?"

"예. 저하께서 곧바로 달려가셨습니다."

"감사……합니다. 감사합니다, 저하……!"

영의정은 침통에 잠긴 채 스르륵 주저앉고 말았다. 자신의 여식이 위험에 처했는데도 이곳에서 한 발자국도 움직이지 못하는 신세라니. 그

는 참담함에 고개를 들 수가 없었다. 그러다가도 자신을 대신해 그녀를
지키기 위해 힘쓰는 헌에게 고마울 따름이었다.

"다른 것은 다 참아도 내 여식을 건드리는 것만큼은 참지 못한다고
경고하였을 텐데."

그렇게 읊조리던 그가 괴로움에 일그러진 얼굴을 치켜들었다.

"네년이 노리고 있는 것이 내 여식의 목숨줄이라면…… 나 역시 너
를 궐에서 내칠 수밖에 없겠구나. 단, 살아서는 못 나간다. 내 여식을
건드린 죗값은 치러야지."

어느새 독으로 얼룩진 그의 눈동자가 향하는 곳은, 다름 아닌 중궁
전이었다.

단숨에 상황을 정리한 헌의 호위대. 헌은 소진과 말 위에 올라탄 채
로 무릎을 꿇고 있는 무사들을 물끄러미 바라봤다.

"저하……. 어찌하올까요?"

윤현의 물음에 헌이 싸늘한 눈초리로 그들을 내려다보다, 지그시 입
술을 열었다.

"모두 궐로 데리고 가거라. 죄명은 왕세자 사칭 및 반역 도모다."

반역 도모라는 말에 무사들이 웅성거리며 고개를 치켜들어 헌을 바
라보았다. 그들의 눈빛에 억울함이 가득했다. 그중 하나가 엉금엉금 기
어 와 헌의 앞에 납작 엎드려 벌벌 떨었다.

"반역 도모는 결코 아니옵니다! 결코!"

"닥치거라."

"저하……! 반역이 아니라 그냥 잠깐 장난을 친 것뿐……!"

그저 장난을 쳐본 것이라는 무사의 말에 헌이 크게 분노하며 칼을 뽑아 들었다. 그러곤 지체 없이 무사의 목에 겨누며 말을 씹어 뱉었다.

"장난이라 하였느냐."

낮은 그 목소리에는 독기가 그득했기에 모두 몸을 떨 수밖에 없었다. 소진 역시, 평소와는 다른 그의 모습에 잔뜩 긴장해 그를 바라보았다. 말없이 눈빛만 쏘아대며 그의 목에 세차게 칼을 겨누고 있던 헌이 입술을 달싹였다.

"그럼 나도 네 목숨을 갖고 장난 한번 쳐볼까?"

금방이라도 무사의 목을 베어낼 것만 같은 그의 냉기 서린 음성에 무사는 온몸이 굳어 아무 말도 할 수 없었다.

"반역의 연유야 갖다 붙이기만 하면 되는 것. 걱정들 하지 말거라. 내 왕세자의 이름을 걸고 너희를, 반역자로 처넣어줄 것이니."

그 말을 끝으로 헌이 무사의 목에 겨누었던 칼을 거두며 윤현에게 눈짓을 해 보였다. 그러자 윤현이 호위대와 함께 그들을 모두 일으켜 한 줄로 세우고 있었다. 그 모습을 소진이 멍하니 바라보고 있는데, 헌이 그녀의 손을 살며시 잡았다.

"가자, 소진아."

"예?"

"아버지를 뵈러 가야지."

한적한 숲속, 훤히 트인 전경을 내려다보며 헌이 말에서 내렸다. 그러곤 이어 소진을 땅으로 내려주며 그 손을 꽉 잡았다.

"밤새…… 걱정하였지, 소진아."

"아버지께서는…… 무사한 것이지요?"

"강경하신 분이지 않으냐. 잘 버티고 계신다."

"아무런 준비도 없이…… 갑작스럽게 궐로 끌려가신 거라……. 속수무책으로 당하고만 계시지는 않을까, 내내 걱정하였습니다."

영의정 생각에 소진의 눈시울이 빨개지고 있었다. 헌은 그런 소진을 가만히 안아주었다.

"나는 영의정 대감과 척을 지고 있는 사람이지만. 이제 그와 같은 길을 걸어보려 한다."

"저하……!"

그의 말에 소진이 놀란 얼굴로 그를 올려다보았다.

"영의정 대감과 나는 한평생을 다른 곳을 보고 다른 길을 걸으며 살아왔지만, 이 순간만큼은 각자의 신념을 묻어두고 같은 것을 바라볼 수 있게 되었거든."

"그것이 무엇입니까……?"

그녀의 눈가가 어느새 촉촉하게 젖어 있었다.

헌의 옷깃을 꼭 붙든 그녀의 작은 손에 힘이 실렸다. 그는 제 옷깃이 동아줄이라도 되는 것처럼 꽉 쥔 소진의 손을 따뜻하게 감쌌다.

"한소진, 너."

"……!"

"너를 지키겠다는 그 마음만큼은 영의정 대감과 같으니까."

"저하……."

"대감을 대신해 내가 너를 지키고, 대감 역시 나를 대신하여 너를 지켜줄 것이야."

소진은 다시 그의 품에 얼굴을 묻었다.

"영의정 대감께서 꼭 널 만날 수 있게 해달라 내게 부탁하시었다."

"아버지…… 흐윽."

"평생 함께해온 화론파 대신들도 아닌, 너를 찾았을 때는 그만한 이유가 있을 것이야. 다른 이도 아닌 꼭 너여야만 한다고 하였으니, 네가 영의정 대감에게 힘이 되어주어야 할 것 같구나."

헌은 그렇게 말하며 소진의 머리를 부드럽게 쓰다듬었다.

"할 수 있겠지?"

가만히 그녀의 어깨를 감싸며 그가 허리를 굽혀 물었다. 그러자 소진은 눈물이 그렁그렁 맺힌 눈으로 고개를 끄덕이며 헌을 향해 시선을 올렸다.

"해보겠습니다."

"오늘처럼 난 항상 네 뒤를 지키고 있을 것이니 염려 말고 영의정 대감을 만나러 가거라. 혹 내가 도울 일 있으면 주저 말고 이야기하고."

그의 따뜻한 말에 소진은 까치발을 들어 그의 입술에 촉, 제 입술을 맞추었다.

"감사합니다, 저하."

가볍게 입을 맞추고 소진이 다부진 얼굴로 다시금 말에 올라타려고 하는데, 헌이 그녀의 허리를 끌어안아 자신의 품에 깊숙이 안았다.

"소진아."

"예, 저하……."

"이 겨울이 끝나면 함께 살자꾸나."

그의 말에 소진이 얼떨떨한 얼굴을 해 보였다.

"아무리 거친 눈보라가 휘몰아친다 해도, 내 이 손은 절대 놓지 않을 것이니. 꽃 피는 봄이 오면 이 맞잡은 손에 같은 가락지를 나눠 끼고, 같은 집에서 같은 꽃을 바라보며 함께 살고 싶구나. 그때까지 잡은 내 손, 놓지 않을 수 있느냐?"

그의 물음이 그녀의 귓가를 부드럽게 간지럽혔다.

금세 소진의 커다란 눈에 뜨거운 눈물이 뿌옇게 차올랐다.

"안 놓아요, 결코."

그 말에 헌이 그녀의 눈물을 닦아주며 그녀를 다시 말 위에 앉혔다. 그러곤 가만히 소진의 손을 다시금 그러쥐며 입술을 달싹였다.

"네가 놓는다고 해도 내가 다시 잡을 것이야."

제 32 장

덫을 놓은 자, 덫을 파괴하는 자

소진은 헌의 도움으로 영의정이 갇혀 있는 옥으로 들어올 수 있었다.

궁녀복으로 갈아입은 그녀는 연신 주위를 살피며 빠르게 영의정이 있는 곳으로 다가갔다. 미리 매수해놓은 문지기 덕분에 소진은 쉽사리 옥 안으로 들어올 수 있었다.

"아버지, 아버지……?"

그녀의 목소리를 들은 영의정이 화들짝 놀라며 감고 있던 눈을 떴다.

"소진아."

때마침 영의정을 발견한 소진이 그곳으로 달려갔다.

"아버지! 괜찮으신 것이옵니까?"

안 본 사이 부쩍 야윈 듯한 그의 모습에 소진이 안타까운 얼굴로 영의정의 손을 덥석 잡았다. 그들을 가로막은 창살이 야속할 뿐이었다.

"나는 괜찮지. 네 어미는? 어머니는 괜찮은 것이냐?"

"예, 저희 걱정은 마셔요. 저희는 아버지가 걱정일 따름입니다."

"……그래. 나도 괜찮다. 내 걱정은 말아라."

소진은 차마 그를 바라보지 못한 채 눈물만 뚝뚝, 흘렸다. 그는 손을 뻗어 소진의 눈가를 닦아주었다.

"소진아. 위험한 일인 줄 알면서도 너를 이리로 끌어들인 것은……"

이제 너 아니면 아무도 믿을 수가 없기 때문이다."

영의정의 말에 소진이 눈물을 훔치며 몇 번이고 고개를 주억거렸다.

"이제부터 내가 하는 말, 잘 들어야 한다."

"말씀하세요, 아버지."

사뭇 무겁게 가라앉은 그의 목소리에 소진은 더욱이 그에게 집중했다. 은밀하게 낮아지는 영의정의 음성과 점점 더 굳어가는 소진의 얼굴. 영의정은 소진의 손을 꼭 잡으며 부르튼 입술을 엄중하게 뗐다.

"너도 대충 들어서 알다시피 나는 지금 함정에 빠졌다."

"예, 아버지."

"이 함정을 빠져나가기 위해서 어떻게 해야 하는 줄 아느냐?"

"함정을 설치한 자를 찾아내 무고를 밝혀내야 하는 것이 아닙니까?"

소진이 눈을 반짝이며 영의정의 대답을 기다렸다. 그러자 영의정이 잔뜩 굳어진 얼굴로 도리질했다.

"아니. 함정을 설치한 자를 찾아내 무고를 밝혀내봤자, 언제든 다시 내 목에 칼을 겨눌 자들이지."

"……하면요?"

"함정을 놓은 자를 박살 내어 덫마저 없애버리는 것. 나를 건드린 그 모든 것들이 애초에 존재하지 않았던 것처럼, 모조리 부수어놓는 것."

"아버지."

"그것이 내가 지금부터 할 일이다."

견고한 그의 눈빛을 바라보던 소진의 가슴이 웅장해졌다. 그녀 역시, 눈물을 지워낸 말끔한 얼굴로 고개를 단단히 치켜들었다.

"이제부터 중궁전의 몰락은 네 손에 달려 있다."

"아버지에게 누명을 씌운 배후를…… 중전마마라고 생각하고 계신 것이옵니까?"

그렇게 묻는 소진의 얼굴이 어두워졌다.

대체 영의정은 왜 배후를 중전이라고 생각하게 된 것일까? 그저 손
놓고 있다가, 갑작스럽게 누명을 쓰고 이곳으로 추포되어 온 것인데. 이
렇게까지 그가 확신하며 중궁전을 배후로 지목하는 것에는 그럴 만한
이유가 있을 것이었다.

그러자 영의정은 대답 대신 그녀의 손을 꽉 움켜쥐었다.

"배후든 아니든 그따위 것은 이제 중요치 않다. 너를 건드렸다는 것,
감히 영의정의 여식을 건드렸다는 것, 그것이 제일 큰 죄악이지."

홀로 읊조리던 그의 눈동자에는 살기가 돌고 있었다.

"……소녀가 무엇을 하면 되겠습니까?"

마침 소진에게도 중궁전은 반드시 제거해야 할 적군과도 같은 존재
로 다가오고 있었다.

"아직 대신들 그 누구에게도 말하지 않은 비밀이 있다."

"비밀이라 하시면……."

순간 긴장한 소진의 목울대가 부자연스럽게 움직였다. 영의정은 조
금 전보다 더 낮은 음성으로 말을 이으며 자세까지 낮추었다.

"믿기지 않겠지만 중전이 마을의 여인들을 데리고 장난을 치는 것
같다."

그 말이 귀에 닿자마자 소진은 어떤 표정을 지어야 할지 몰랐다.

"여인들을…… 데리고 장난이라니요?"

우선은 모르는 척 영의정의 말을 들어보기로 했다. 그 역시 내내 중
궁전을 의문스러운 눈으로 감시하고 있던 것을 소진도 알고 있었다.

"너도 한 번쯤은 들어보았겠지. 마을의 여인들이 사라진다는. 그것

이 중궁전과 연관이 있는 것 같구나."

"확실한 증좌가…… 있습니까?"

소진의 물음에 영의정이 느리게 고개를 저었다.

"그 확실한 증좌를 내 손에 넣지 못해…… 내가 쉬이 중궁전을 치지 못하였지."

"하면 어떻게 중궁전을 처리하시려 하옵니까?"

"미리 매수하려던 궐 문지기들도 누군가가 먼저 데리고 갔더구나. 또한, 도성 문과 뱃길마저 일찌감치 꽁꽁 묶어둔 것을 보면 나 말고 중궁전의 비밀을 알고 있는 이가 더 있다는 것이다."

"예, 아버지……."

"김 도령이라는 이번 일과 큰 관련이 있는 그 사내 역시 누군가가 저를 쫓고 있다는 것을 알고 포도청에 덫까지 설치해놓은 것을 보면 확실하다."

그간 중궁전의 비밀을 파헤치기 위해, 홀로 많은 것을 알아낸 그였다. 하지만 그 어마어마한 비밀을 알고 있는 다른 사람이 헌이라는 것까지는 모르는 눈치였다.

소진은 입술을 꾹 앙다문 채 영의정의 말만 잠자코 들었다.

"하지만 보통 사람은 아닐 것이야."

뒤이은 영의정의 말에 소진은 그에게서 시선을 거두고 말았다.

"해서 네가 그 사람을 좀 찾아주어야겠다."

영의정의 말에 소진의 속이 바짝바짝 타들어가는 것 같았다. 그녀는 아무런 대꾸도 하지 못한 채, 바닥만 응시하고 있었다.

"내 예상이 맞는다면 그자는 분명 궐과 연루된 사람일 것이다."

정확한 그의 추측에 소진의 고개가 세워졌다.

"도성 문과 궐문을 그리 마음대로 잠그라고 명을 내릴 수 있는 권한을 지닌 사람이거나, 그자의 권력에 비빌 수 있는 인물이거나, 둘 중 하나겠지."

"예……."

차마 그것이 헌이라는 말이 입 밖으로 나오지 않아, 소진의 마음은 점점 불편해졌다.

"이곳에 갇히기 전까지 이것저것 알아놓은 것이 다행이었지. 세자 저하께서 아무래도 이번 일과 관련 있을 수도 있겠다는 생각을 하였다."

소진의 동공이 숨김없이 떨리고 있었다.

"도성 문과 바닷길을 차단한 것이 세자 저하라고 하더구나."

"그렇습니까?"

잠시 뜸을 들이던 영의정이 고개를 슬쩍 주억거리며 소진의 눈을 똑바로 응시했다.

"지금부터 내가 하는 이야기를 세자 저하께 그대로 전하고 중궁전의 비밀을 알고 있는 그자를 좀 찾아달라, 청을 드려야 한다."

영의정의 말에 그녀가 입술을 꾹 감쳐문 채, 슬그머니 영의정의 눈을 직시했다.

"그리할 수 있겠느냐?"

"……해서 중궁전이 감추고 있는 그 비밀을 알고 있는 자를 찾아내어 어찌할 생각입니까?"

"내가 알고 있는 사실과 그가 가진 증좌를 합하여 내가 직접 중궁전을 칠 것이다."

"직접……요?"

이 일은 헌과 자신이 하기로 한 일이었다.

지금이라도 영의정에게 자신이 알고 있는 모든 것을 털어놓을까, 했지만 지금은 때가 아닌 것 같았다. 모든 것을 털어놓기에는 턱없이 부족한 시간이었다. 그리고 우선 헌과 상의를 해 방도를 잡아놓은 후에, 영의정에게 말을 해야 할 것 같았다. 잠시 머뭇거리던 소진은 걱정스러운 얼굴로 입구 쪽을 바라보았다.

"직접은 위험하지 않겠습니까?"

그러자 영의정의 대답은 예상 밖이었다.

"이미 내가 그들의 의심을 받고 있을 것이다."

"예?"

"중궁전에서는 아마, 자신들의 뒤를 캐고 다니는 거머리 같은 인물로 나를 지목하고 있을 테지."

"……어째서요?"

"포도청 사람과 몇 번 그와 관련된 이야기를 나눈 적이 있었지. 내가 그 일에 관심이 있다는 것도 그들이 알고 있고."

그 말에 소진의 머릿속에 번쩍, 불이 켜졌다.

"알겠습니다. 속히 말씀하십시오, 아버지."

영의정을 바라보는 그녀의 눈빛이 어느 때보다 힘이 있었다.

—이 모든 것을 저하께 전하고 한 가지 더. 우참찬에 대해 은밀히 알아봐달라는 말도 덧붙여주어라.

옥을 나서는 소진의 낯빛이 유난히 어두웠다.

한 발 한 발, 내디디는 그녀의 발은 꼭 쇳덩이라도 매단 듯이 무거워 보였다. 질질 신을 끌며 정신없이 걸음을 옮기며 그녀는 영의정이 했던 말을 떠올렸다.

─우참찬…… 조 대감님 말씀입니까? 그분은 오랜 시간 아버지와 뜻을 같이해 온 분이 아닙니까?

─그랬지. 그런데 나를 이렇게 만든 사람이 그자다.

─어째서……!

─찾고 있었거든, 내가. 중궁전에 따박따박 정보를 갖다 바치는 쥐새끼 같은 놈을. 캐보면 분명 마을의 사라지는 여인들과 중궁전, 그리고 우참찬이 연관되어 있을 것이다.

알겠다고 굳은 목소리로 대답하며 차마 영의정을 홀로 두고 떨어지지 않는 발걸음을 떼야만 했던 소진은, 자신을 안으로 들여보내주었던 문지기를 향해 꾸벅 고개를 숙여 보였다. 그러곤 밖으로 완전히 나오고 나서야 다리에 힘이 풀린 듯 털썩 주저앉아버렸다.

"아버지……."

중궁전의 비밀을 완벽히 터뜨리지 못하면 영의정은 이대로 누명을 쓰고 몰락할 수도 있었다. 이제 그 일에 제 아버지와 가문의 명줄까지 달려 있다고 생각하니 어깨가 더욱 무거워졌다.

그때, 주저앉은 그녀의 머리 위로 그림자가 길게 늘어졌다.

"소진아."

흐릿하던 시야 앞에 커다란 헌의 모습이 나타났다. 그가 손을 내밀며 그녀를 향해 허리를 굽혔다.

"저하……."

소진이 힘겹게 입술을 달싹이며 그의 손을 꽉 맞잡았다. 뜨거운 그의 열기가 그녀의 작은 손 위에 고스란히 닿았다.

소진이 휘청이며 일어서자 그는 기다렸다는 듯, 소진의 양팔을 부드 럽게 쥐었다. 그러곤 명료하고 단호한 음성으로 입술을 떼며 그녀와 시 선을 수평으로 맞췄다.

"이제 내게 말해보거라. 네 아버지를 살릴 방도."

그 목소리는 칠흑 같은 어둠 속을 단번에 뚫는 강렬한 빛이었다.

이 순간, 헌이 제 곁에 있다는 것이 어쩌나 큰 위안이 되고 힘이 되는 지. 그녀는 힘차게 고개를 끄덕이며 헌을 향해 입술을 뗐다.

"예. 아니 그래도 아버지께서 저하께…… 간곡히 청을 하였습니다."

그녀의 말에 헌이 걱정하지 말라는 얼굴로 그녀의 어깨를 토닥였다.

"그래, 여기는 위험하니 동궁으로 가자꾸나."

덫을 놓은 자와 덫을 파괴하려는 자의 피 튀기는 싸움이 시작된 것이 었다. 소진은 가볍게 고개를 끄덕이며 자연스럽게 헌의 뒤를 따랐다.

영의정의 사가.

보은군은 소진이 돌아올 때까지 최씨 부인의 곁을 지키려 했다. 그 때, 숙자의 목소리가 안채 밖에서 들려왔다.

"저…… 안방마님."

조금은 머뭇거리는 듯한 목소리에 보은군의 눈빛이 살짝, 떨렸다.

"……보은군 대감마님을 모시러 오셨습니다."

그 말에 보은군이 고개를 툭, 떨구었다. 최씨 부인은 인자한 미소를 그리며 보은군을 향해 시선을 돌렸다.

"이제 괜찮으니 가보세요, 마마."

"소진 낭자⋯⋯ 오는 것은 보고 가겠습니다."

"마마를 직접 모시러 온 것 같은데⋯⋯. 소진이가 무사히 오면 연통을 넣어드리겠습니다."

그녀는 자리에서 일어나 안채 문을 열었다. 그러자 문밖에는 뜻밖의 얼굴이 기다리고 있었다.

"⋯⋯할아버지."

민추환이 직접 보은군을 데리러 온 것이었다. 그와 눈이 마주친 보은군은 얼굴을 구기며 주먹을 움켜쥐었다. 민추환은 뻣뻣하게 고개를 세우며 말했다.

"마마. 사가로 모시겠습니다. 가시지요."

그 단호한 말에 최씨 부인의 눈동자는 절망으로 떨려갔다.

"대체 할아버지께서 왜 여기에 계신 것입니까."

그녀의 곁에 서 있던 보은군이 허망하다는 얼굴로 민추환을 내려다보았다. 최씨 부인은 난감하다는 듯, 두 사람을 번갈아 응시하다가 옆으로 물러났다.

"못 들었습니까? 모시러 왔⋯⋯."

"들었습니다. 데리러 왔다고 하신 말씀."

"들으신 그대로입니다, 마마. 내려오시지요."

민추환은 단호하게 대꾸했다. 하지만 보은군 역시, 호락호락하게 그 말을 듣지 않았다. 그가 직접 자신을 데리러 왔다는 것은, 이번 영의정의 일에서 발을 빼겠다는 뜻과도 같았다. 아니 애초에 발을 담그지도 않았으니 영의정과의 사이에 선을 확실히 긋겠다는 것이었다.

'세상 모든 사람이 영의정 대감에게 등을 돌려도⋯⋯ 할아버지만큼은 끝까지 그편에 설 것이라 생각했습니다.'

자신을 세자로 세우기 위해, 그 오랜 세월을 영의정과 함께해온 그였다. 그랬기에 이번 일 역시 그저 지나가는 바람이라 여기며, 당연히 영의정을 구제하기 위해 힘쓸 것이라 생각했다. 그것이 피바람이라 할지라도 영의정의 손을 결코, 놓지 않을 거라 믿었었다.

하지만 그것은 보은군의 착각이었다. 불편한 기색을 역력히 내비치며 보은군이 다시금 입술을 뗐다.

"아직 소진 낭자께서 오지 않았습니다."

민추환은 어깨를 으쓱거리며 보은군에게서 시선을 떼지 않았다.

"한 규수가 걱정이 되는 것이면 무사를 보내겠습니다."

"할아버지."

"마마께서 직접 여기에 계신 건, 오히려 영의정 대감과 한 규수를 더 곤란케 하는 것일 수도 있습니다."

그의 말에 반듯하던 보은군의 입가에 비릿한 조소가 걸렸다.

"우리가 곤란해지는 것은 아니고요?"

말꼬리를 잡는 보은군을 최씨 부인이 물끄러미 바라보았다.

"우리가 왜…… 곤란해집니까. 지금 마마께서 뭔가 단단히 비뚤어진 시선으로……."

"시선이 비뚤어진 것은. 내가 아니라 화론파 대신이겠지요?"

"마마……!"

"영의정 대감을 지금까지와 다른 비뚤어진 시선으로 바라보고 있지 않습니까? 할아버지도 포함해서 말입니다."

보은군은 안채를 나서 천천히 돌계단 아래로 내려왔다.

"영의정 대감의 무사들도 이곳을 지키고 있겠지만 우리도 이곳에 우리의 무사를 배치하시지요."

그 말에 민추환은 선뜻 대답하지 못했다. 그런 불순하고 추악한 누명을 쓴 영의정을 보호한다는 건, 그 누명을 함께 쓰겠다는 것과 같은 뜻이었으니까. 달리 말하면 중궁전에게 목덜미를 그대로 내어주는 것과 다름이 없었다.

"왜요? 못하시겠습니까?"

민추환이 머뭇거리는 시간이 길어지자 보은군이 다시 조소를 뱉었다. 그러곤 무어라 말을 잇기 위해 입술을 달싹일 때쯤이었다.

"황송한 그 마음만 받겠나이다."

잠자코 둘을 지켜보던 최씨 부인이 대꾸했다. 그러자 신경전을 벌이며 서로를 직시하던 보은군과 민추환의 시선이 동시에 그녀에게로 향했다.

"소진이 돌아오는 대로 연통 넣겠사옵니다, 마마. 하니 아무 걱정하지 마시고 민 대감과 함께 돌아가시지요."

"……부인."

"저희 가문을 염려하고 걱정해주시는 그 마음, 잊지 않겠습니다."

민추환과 보은군의 설전을 더 듣고 있다간 민추환의 적나라한 민낯을 보게 되지는 않을까 덜컥 겁이 났다. 최씨 부인의 말에 보은군은 입술을 짓씹으며 민추환의 앞으로 다가갔다. 그러곤 빙그르르 돌아 최씨 부인을 올려다보며 송구하다는 낯빛으로 입술을 달싹였다.

"하면…… 가보겠습니다. 소진 낭자 돌아오는 대로 연통, 꼭 넣어주십시오."

"예. 마마. 살펴가시옵소서."

반듯하게 허리를 굽히는 최씨 부인의 모습을 끝으로 보은군은 걸음을 옮겼다.

무사히 동궁으로 돌아온 소진과 헌은 심각한 얼굴로 이야기를 나누었다.

"영의정 대감께서 모두 알고 있었단 말이지. 일이 복잡하게 되었구나. 김 도령 쪽이 우리라고 알고 있는 사람이 영의정 대감이 되었으니."

헌은 무겁게 가라앉은 얼굴로 이마를 쓸었다. 곁에 앉은 소진 역시, 굳은 표정으로 고개만 연신 끄덕였다.

"하면 더 고민할 것도 머뭇거릴 필요도 없겠구나."

단호한 그의 음성이 소진의 귓가를 사로잡았다.

"치러 가자, 중궁전."

"······저하."

순간, 두 사람의 시선이 깊숙이 교차했다.

"영의정 대감을 더, 곤경에 빠뜨리게 할 순 없다. 이것은 영의정 대감의 목숨과도 연관된 문제다."

"······하오시면."

"그들은 영의정 대감이 모든 것을 알고 있다고 착각하고 있으니 하루라도 빨리 대감을 죽이고 싶어 안달이 나 있겠지. 오히려 잘되었다. 때만 기다리고 있던 내게도, 결정적인 증거가 고팠던 대감에게도 아주 좋은 기회가 될 것이야."

소진은 그의 팔을 슬며시 그러쥐며 슬픈 눈을 해 보였다.

"처음부터 아버지와 중궁전의 비밀을 의논했더라면······ 그랬더라면 아버지께서 이런 함정에 빠지지 않을 수도 있었을 텐데. 그 생각이 들자 꼭 이렇게 된 것이 모두 내 탓인 것만 같아, 송구스럽습니다."

"네 탓이 아니라는 것, 잘 알지 않으냐."

헌은 초조해하는 그녀를 품에 꼭 보듬었다.

"지금 당장 영의정 대감에게 갈 것이다."

"……저하께서요?"

"내가 직접 가야지. 가서 모든 것을 대감에게 말하마. 처음부터 끝까지. 이 일의 시발점이었던 1년 전의 일부터 지금까지의 모든 것을."

그 말에 소진이 그의 품에서 벗어나 눈을 크게 떴다.

"저하…… 그럼."

"그래. 내가 기억을 잃었고, 잃어버린 내 기억을 소진이 네가 갖고 있었다는 것까지 모두, 말할 것이야."

그 말은 결국 영의정에게 자신의 약점을 드러내겠다는 말이었다. 소진은 먹먹한 얼굴로 그에게서 시선을 떼지 못했다.

"끝까지 숨기고 싶었던 패 하나는 내어주어야 대감 역시 나를 믿고 마음을 내어주지 않겠느냐?"

한편, 해가 저물고 사위가 어둑해지자 부원군은 기다렸다는 듯 영의정이 갇혀 있는 옥사(獄舍)로 향했다. 그 곁에서는 우참찬 조 씨가 비열한 조소를 연신 그리고 있었다.

"이참에 아주 다시는 일어설 수 없도록 짓밟아 놓아야 합니다, 부원군 대감."

조 씨가 안달이 난 얼굴로 부원군의 곁에 바짝 다가가 섰다.

"아니. 짓밟아도 되살아날 영의정이지. 하니 죽여놓아야 하오. 그것이 중전마마께서 우리에게 내리신 명이오."

우참찬 조 씨는 이제 완벽한 부원군의 사람이 되어 있었다. 부원군의 말에 조 씨는 흡족한 듯 고개를 끄덕이며 옥사를 물끄러미 바라봤다.

"오래 끌지 맙시다. 완벽히 만들어낸 증좌도 있으니, 더 끌 것 없습니다. 부원군 대감."

"나 역시 같은 생각이오. 중전마마께서 왕자까지 떡하니 낳았으니, 우리 왕자님께 새 시대를 열어주어야지."

그렇게 말하며 두 사람이 옥사 안으로 들어서자 저 멀리 양반다리를 하고서 앉아 있는 영의정의 모습이 보였다.

오랜 세월 영의정의 사람으로 살아왔던 두 사람의 배신. 영의정이 자신들을 마주하면 노발대발하겠지, 속으로 짐작하며 그의 앞으로 가까이 다가갔다. 그러자 들려오는 인기척에 영의정이 감고 있던 눈을 지그시 떴다.

영의정은 조 씨와 부원군의 얼굴을 확인하고서도 아무런 동요가 없었다. 태연한 그의 반응에 오히려 당황한 것은 두 사람이었다.

"포기한 것인가."

부원군은 애써 당황한 기색을 지워내며 물끄러미 영의정을 내려다보며 말했다. 그러자 곁에 있던 조 씨가 이죽거렸다.

"자포자기했겠지. 감히 그리 큰 죄를 짓고 어찌 살아남길 바라겠소."

그제야 덤덤하게 둘을 바라보고 있던 영의정이 피식, 웃었다. 짙은 조소가 그의 입가에 번져갔다.

"그간 어찌 참았소?"

"……뭐?"

"이런 내 모습이 보고 싶어, 어찌 참았느냔 말이오."

꼿꼿하게 고개를 치켜들던 영의정의 얼굴에는 자신감이 넘쳐났다. 그러다 우참찬 조 씨를 지그시 응시하며 다시금 입술을 뗐다.

"중전마마께서 왕자를 생산하셨다고 하니, 천군만마라도 얻은 듯싶었소? 하긴. 어쩌면 중전마마께서 왕자를 생산하시길 그 누구보다 고대했던 것이 그대였을 수도 있었겠군. 까딱 공주 아기씨라도 낳으셨으면, 그 얼굴이 볼 만했겠소."

"그 입, 닥치시지."

"내 말이 틀렸소? 중전마마께서 아들을 낳아 이리 떵떵거릴 수나 있지. 딸을 낳으셨으면 이런 패악을 어찌 부렸겠소."

의미심장한 그 말에 조 씨가 미간을 일그러뜨렸다. 그러곤 파르르 떨리는 입술을 짓이겨 물며 허리를 굽혔다. 오만한 얼굴을 하고서 영의정을 쏘아보던 조 씨의 입술이 떨어졌다.

"아직 민추환 대감은 코빼기도 비추지 않고 있다지? 혹 그날 밤을 후회하고 있소, 대감?"

"그날 밤?"

"중전마마를 화론파에서 제외하겠다, 선언했던 그날 밤. 또한 중전마마께서 떡두꺼비 같은 왕자 아기씨를 출산하시었던 경사스러운 그날 밤 말이오."

그러자 영의정이 껄껄껄, 소리를 내 웃으며 고개를 젖혔다. 난데없는 그의 웃음이 냉기만이 가득했던 옥사를 꽉 메웠다.

"후회한다고 하면, 나를 여기서 꺼내주기라도 하려고?"

그 말에 부원군의 얼굴이 일그러졌다. 그는 바로 영의정의 멱살을 잡아 창살 앞까지 우악스럽게 끌어당겼다. 그의 손에 힘없이 끌려온 영의정이지만, 눈빛만큼은 누그러뜨리지 않고 있었다.

"언제까지 그 오만방자한 태도로 일관할 수 있을지, 두고 보겠소."

"……두고 볼 시간이나 있고?"

"뭐?"

살기 서린 영의정의 말에 부원군의 눈빛이 흔들렸다.

"여기서 내 멱살을 잡아끌 시간이…… 없을 텐데요? 속히 저하께 가, 나를 얼른 처단하라 간곡히 청을 넣어도 부족할 텐데."

혼잣말인 듯 그렇게 중얼거리는 영의정의 멱살을 부원군이 거칠게 놓았다.

"나를 빨리 죽이지 않으면, 중궁전이 위험해지리라는 것, 두 대감 모두 잘 알고 있을 텐데 어찌 여기서 시간을 허비하고 있소? 여기서 이럴 것이 아니라 내 명줄을 쥐고 있는 세자 저하를 찾아가, 얼른 내게 엄벌을 내리라 징징거리기라도 해야 하는 것 아니오?"

그 말이 입 밖으로 떨어지자마자 부원군은 분을 참지 못하고 영의정이 갇혀 있는 창살을 발로 차버렸다. 그러자 영의정이 피식거리며 절레절레 도리질했다.

"그래봤자 네 발만 아프지."

"뭐?"

비아냥거리는 투가 다분한 영의정의 중얼거림에 부원군의 눈이 커졌다.

"지금 그대들의 꼴이 꼭, 맨손으로 바위를 치고 있는 격이니. 자꾸만 웃음이 나서."

"네 시대가 끝이 났다는 것, 인정하기가 싫겠지. 하지만 곧 인정할 수밖에 없게 될 것이야. 내가 꼭 그렇게 만들어줄 것이니까."

부원군이 부들거리며 영의정에게서 시선을 떼지 않았다. 영의정 역시 바르게 치켜세운 고개를 조금도 움직이지 않은 채 조소만 터뜨렸다.

그때, 세 사람의 귀에 헌의 목소리가 떨어졌다.

"예. 아니 그래도 증좌가 부족해서 영의정 대감의 시대가 끝이 났다는 것을 증명해 보이기가 힘들었던 참인데."

"저, 저하……!"

"잘되었습니다."

입구 쪽에 반듯하게 서서 뒷짐을 지고 있던 헌이 부원군과 조 씨를 물끄러미 응시하고 있었다. 갑작스러운 그의 등장에 두 사람은 얼어붙었고 영의정은 지그시 헌을 올려다보며 입술을 꽉 물었다.

가만히 가라앉은 눈빛으로 둘을 바라보던 헌이 휘적휘적 두 사람의 앞으로 다가갔다. 그러면서 어쩐지 웃음기가 진득하니 묻어난 얼굴로 둘의 앞에 바짝 붙어 섰다.

"그대가 나 대신, 영의정 대감의 시대가 끝이 났다는 것을 직접 증명해 보이겠습니까?"

"저하……."

어쩨 말에 가시가 있는 것 같아 부원군은 솟아나는 의뭉스러움을 밀어냈다. 그러곤 반듯하게 고개를 조아리며 입술을 달싹였다.

미우나 고우나, 지금 영의정의 명줄을 쥐고 있는 것은 헌이었으니 부원군은 그에게 싫은 내색을 할 수 없었다. 그리고 헌에게도 눈엣가시였던 영의정이었으니, 부원군은 당연히 이번 일만큼은 헌이 자신과 같은 편에 서리라, 장담했었다.

"그것을…… 어찌 제게……."

그런데 왜 이 순간, 자신을 바라보는 헌의 눈빛에 저를 향한 경멸이 담겨 있는 것인지. 부원군은 힐끔힐끔 헌의 눈치를 살피며 이상하게 흘러가는 듯한 분위기를 파악하기 시작했다.

"고작 무사들의 말만으로 영의정 대감에게 그 죄를 인정하라고 하는 것은, 그저 자결하라는 것과 무엇이 다를까 하여서요."

"저하. 하오나 우참찬 조 대감의 증언도 있지 않았습니까? 또한 당시 함께 자리했던 화론파 대신들이 아직 모습조차 나타내지 않고 입을 다물고 있다는 것은 그날 밤, 그들의 우두머리 역할을 했던 영의정이 그런 사악한 짓을 벌였다는 것에 의문을 갖지 않는다는 것. 다시 말해 충분히 그리고도 남을 자라는 것을 스스로 증명해 보이는 것이 아니겠습니까?"

그러자 헌이 피식, 웃으며 고개를 끄덕였다.

"조 대감의 증언이…… 과연 오랜 시간 화론파를 이끌고 왕세자인 나와 맞섰던 영의정 대감을 무너뜨릴 만큼 힘이 있을까요?"

영의정은 헌의 말에 안도의 한숨을 내쉬었다. 우참찬 조 씨를 소상히 파헤쳐보라, 소진을 통해 전달했던 자신의 청이 헌에게 닿은 것이었다.

그렇게 말한 헌이 물끄러미 영의정을 향해 시선을 던졌다.

"난 사사로운 감정에 휩싸여 일을 그르치고 싶지 않습니다. 진실은 결코 개인적인 감정에 휘둘려서는 안 된다, 아바마마께서 누누이 말씀해주셨거든요."

조 씨가 왜 갑자기 자신을 거론하며 넘어지는 것인지, 불안한 얼굴로 헌을 바라볼 때쯤이었다. 영의정과 느긋하게 시선을 주고받던 헌이 별안간 고개를 돌려 조 씨를 바라봤다.

"해서 조 대감의 증언에 힘이 있는지, 없는지를 지금부터 조사해볼까 하는데. 조 대감 사가의 대문을 한번 열어봐주시겠습니까?"

그러자 당황해하는 조 씨를 대신해 부원군이 헌의 앞에 바짝 다가

서며 얼굴을 구겼다.

"갑자기 그게 무슨. 우참찬의 사가를 왜 조사하겠다는 것입니까?"

조금은 격앙이 된 목소리로 부원군이 따져 묻자, 헌은 입가에 그렸던 미소를 싹 거두었다.

"지금 내가 대문을 열어봐달라 청을 하는 것으로 보입니까? 명령입니다."

간단한 그 말에 조 씨의 눈동자가 사시나무처럼 떨렸다.

"하면 왜 영의정의 일에 조 대감의 사가를 뒤져봐야 하는지 연유를 말해주실 수 있습니까?"

호락호락하게 비켜나지 않을 기세로 부원군이 되물었다. 그러자 헌이 씨익, 웃으며 옥사 입구에 서 있던 윤현을 향해 단호하게 입술을 달싹였다.

"윤현, 지금 당장 추포했던 무사들을 이쪽으로 끌고 오거라."

"……?"

"오늘 나를 사칭해, 영의정 대감의 여식을 죽이려 한 무리가 있었습니다."

헌의 호통에 부원군이 불안한 기색으로 조 씨를 바라보았다. 헌을 사칭했다는 말에 조 씨가 예민하게 어깨를 떨며 입술을 짓이겨 물었다. 그들이 무언가 일이 잘못되어간다는 것을 직감할 때쯤이었다.

"조 대감의 사가를 조사할 명분을 말하라 하였습니까?"

"저하, 그것은……."

"이젠 이 일에 나까지 연루되어 있다고 하면 명분이 되겠습니까."

"저하!"

"이것은 나를 끌어들여 나를 사칭하고, 내가 영의정의 여식을 죽이려 했다는 누명을 씌워 감히 나를 몰아내고자 한 반역의 움직임, 왕세자 권력에 대한 도전입니다!"

그렇게 소리친 헌이 윤현을 향해 우악스럽게 입술을 벌렸다.

"지금 당장 우참찬과 부원군, 영의정, 또한 이번 일과 관련된 모든 대신의 사가를 샅샅이 뒤지거라! 감히 누가 나를 이번 일에 끌어들인 것인지, 나는 반드시 알아야겠다!"

이번 일과 관련된 모든 이들의 사가를 조사하라는 헌의 명령은 중궁전에도 들렸다. 동시에 소진을 습격하려던 자신의 무리가 되레 헌에게 붙잡혔다는 소식까지.

중전은 노발대발하며 소리쳤다.

"일을 그따위로밖에 처리를 못 해?"

"송, 송구하옵니다. 마, 마마……!"

"어떻게 이럴 수가……! 대체 어떻게 알고 빠져나간 것이야, 그 영악한 년은!"

황망하다는 얼굴로 도리질하던 중전이 절규했다. 그 모습을 힐끔거리며 올려다보던 상궁은 더듬더듬, 말을 이어갔다.

"세자 사칭에…… 반역까지 엮어 이번 일의 죄를 물을 요량인 듯합니다……!"

"뭐?"

"반역이라니…… 예상치 못하게 일이 꼬여서…… 어찌해야 할 바를 모르겠나이다, 마마!"

바들바들 떨며 상궁이 말을 이어가자 중전은 서안 위에 놓여 있던 경대를 들어 던졌다. 그러자 경대는 상궁이 엎드리고 있는 바로 옆에 곤두박질치며 와장창 깨졌다. 그 때문에 깨진 파편이 고개를 조아리고 있던 상궁의 뺨에 튀었다. 금세 상궁의 뺨에 피가 새어 나왔다.

"어찌해야 할 바를 몰라? 일은 멍청한 너희가 저질러놓고 수습을 나더러 하라고?"

중전이 호통치며 다시금 상궁을 향해 물건을 던지려고 할 때였다.

"중전마마, 부원군 대감마님 들었사옵니다!"

밖에서 들려오는 소리에 중전은 손에 쥐고 있던 물건을 다시 내려놓았다. 그러면서 흐트러진 호흡을 가다듬으며 다시 자리에 앉았다.

딱 봐도 창백해진 얼굴의 부원군이 중궁전 안으로 들어섰다. 그 옆에는 더 하얗게 질린 우참찬 조 씨가 따르고 있었다.

"세자가 사가를 뒤지라고 했다던데, 어째서 다들 이곳으로 옵니까? 얼른 사가로 가, 치워야 할 물건들은 치워야지요."

중전은 부원군과 우참찬을 힐끔거리며 옆으로 슬쩍 돌아앉았다. 그러자 부원군이 그녀를 향해 버럭 소리를 내질렀다.

"갈 수가 있어야 가지요! 궐에서 단 한 발자국도 나가지 말라는 세자의 명이 떨어졌습니다."

그 말에 중전이 눈을 번뜩이며 우악스럽게 미간을 일그러뜨렸다.

"뭐요……? 감히 이 국모의 아비를 궐에 감금해? 이런 오만방자한!"

중전이 그렇게 소리치자 부원군이 어처구니없다는 얼굴로 중전을 바라보며 말했다.

"이게 다 누구 때문인데요? 왜 시키지도 않은 짓을 한 겁니까, 마마! 반역이라니! 졸지에 멸문지화(滅門之禍)를 당하게 생겼습니다! 그런 중대한 일을 왜 상의도 없이 벌이신 것입니까!"

부원군의 고함에 중전이 맞받아 소리쳤다.

"어디서 큰 소리입니까, 아버지! 우리 왕자 놀라면 어쩌하려고요!"

그러면서 중전은 자신의 아들을 보듬은 채, 어찌할 바를 몰라하는 보모를 획 돌아보았다. 왕자를 낳아 가문에 영광을 안긴 중전이기에 부원군은 말을 멈출 수밖에 없었다.

부원군은 흥분을 가라앉히며 말문을 열었다.

"이제 어찌실 겁니까."

"생각 중입니다."

"생각 중이라니요……! 하…… 일촉즉발 상황입니다. 잡힌 무사들이 반역이라는 죄로 자신들을 옥죄자 다들 겁에 질려 있습니다! 금방이라도 중전마마가 배후라는 것을 밝힐 기세라고요! 영의정만 죽이면 되는 것을, 왜 그 여식까지 건드려 일을 크게 만든 것입니까!"

그러자 지그시 부원군을 바라보던 중전이 느리게 입술을 뗐다.

"죽여버리고 싶었으니까."

"……뭐, 뭐요?"

살기 가득한 그녀의 음성에 우참찬이 흠칫 동공을 떨며 중전을 바라봤다. 이내 중전과 우참찬 조 씨의 시선이 예민하게 스쳤다.

"내 인생에 걸림돌이 되는 자들은 모조리 죽여버려야만 하니까요. 그래야 귀한 내 아드님이 자갈밭이 아닌 향기로운 꽃밭을 걸을 수 있지 않겠습니까?"

동의를 구하듯, 중전은 조 씨를 뚫어져라 바라보며 그렇게 말했다. 이내 조 씨는 무언가에 홀린 것처럼 천천히 고개를 끄덕거리면서 주먹을 바짝 말아 쥐었다.

"당연합니다, 중전마마. 우리 귀하고 귀하신 왕자님 앞에 험한 돌밭을 깔아드릴 수는 없지요!"

부원군은 그렇게 대답하는 조 씨를 지그시 응시하며 입술을 악물었다. 조 씨의 대답이 흡족한지 중전은 보란 듯이 부원군을 직시했다.

"내 아들을 위해서 그리했습니다."

그 말에 부원군이 버럭 소리 질렀다.

"왕자 아기씨를 위해서라면 더욱이 몸을 사렸어야지요!"

그러자 중전이 싸늘하게 조소를 터뜨리면서 맞받아쳤다.

"내 아드님만큼은 나 같은 인생 살게 해주고 싶지 않아, 그리했습니다. 그것이 그리 큰 죄입니까?"

"뭐요……?"

죽일 듯이 부원군을 노려보던 중전은 조 씨를 휙, 돌아봤다.

"죽이세요."

"마, 마마……!"

"우리가 살길은 단 하나입니다."

부원군은 굳은 얼굴로 중전을 바라봤다.

"오늘 세자에게 생포 당한 무사들. 그들이 입을 열기 전에 모조리 죽어버리세요. 그러면 우참찬 대감과 아버지의 사가에서 무엇이 나오든 그것은 무의미한 것들이 되어버릴 테니까요. 그리고 난 직접 내 아드님과 함께 대전으로 가 전하께 청을 넣을 것입니다."

그녀의 말에 부원군과 조 씨가 눈을 동그랗게 뜨고 중전을 바라보았다. 중전은 곧 보모의 품에 안겨 있는 왕자를 자신이 끌어안았다.

"우리 왕자를 죽이려 한 영의정의 목을…… 당장 베어달라고요. 세자가 머뭇거린다면 전하께서 직접 움직여달라고 해야겠습니다."

"하지만…… 세자의 뜻이 워낙 강경한데 전하께서 움직이겠습니까?"

부원군의 걱정스러운 목소리에 중전이 묘한 웃음을 얼굴에 그렸다.

"잊었습니까? 전하께서 제정신이 아닐 때면 이 궐에서 절대 권력을 갖게 되는 사람이 누구인지요."

그러면서 중전은 자신의 품에 안긴 어린 왕자를 사랑스럽다는 얼굴로 내려다보며 중얼거렸다.

"아드님, 아직 아바마마의 얼굴을 뵌 적이 없지요? 오늘 아바마마를 뵙고 문안 인사 여쭌 뒤 세자로 책봉해달라고 합시다. 그럼 되겠지요?"

그 모습이 제정신이 아닌 것 같아 부원군은 눈살을 찌푸렸다.

하지만 조 씨는 눈을 반짝이며 중전의 품에 안긴 왕자를 바라봤다. 그의 입가에 잔인한 조소가 번져나갔다.

제 33 장

왕세자 폐위

　영의정과 헌, 그리고 소진이 드디어 한자리에 모였다.

　윤현은 추국청의 문을 굳게 걸어 잠그며 주위를 삼엄하게 경계했다. 영의정을 심문하겠다는 목적으로 헌은 영의정을 추국청 마당으로 데려왔고, 소진 역시 그의 앞에 섰다.

　헌이 말없이 소진을 바라보다 고갯짓을 해 보이자, 소진이 영의정의 앞으로 다가와 섰다. 그러곤 그의 손을 꼭 맞잡으며 시선을 올렸다.

　"아버지께서 말씀하신 중궁전이 감추고 있는 비밀, 실은 소녀도 알고 있었사옵니다."

　소진이 그렇게 말하자마자 영의정은 그녀가 아닌 헌을 다급하게 바라보았다.

　"그렇다면……?"

　영의정의 눈빛에 헌이 천천히 고개를 끄덕이며 김 도령과 강 부인의 얼굴이 그려진 용모화를 그에게 내밀었다. 그것을 받아 든 영의정의 입술이 슬쩍 벌어졌다.

　"저하셨군요."

　이제야 헝클어졌던 모든 단서가 맞춰지는 기분이었다.

　이리저리 흩어져 있던 조각이 제자리를 찾아갔지만 영의정의 얼굴에 근심이 드리웠다.

"저하께서도 알고 계시다는 것을 혹, 저들이 눈치채고 있습니까?"

"아직은 모르는 것 같습니다. 자신들의 뒤를 쫓는 나를 영의정 대감이라 생각하고 대감을 공격한 것 같으니까요."

헌의 말에 영의정이 걱정 가득한 눈으로 소진을 돌아보았다.

"한데 넌…… 어쩌다가 중궁전이 감추고 있는 비밀을 알게 된 것이야. 대체 언제부터?"

이리 위험한 일에 그녀가 연루되어 있다고 생각하니 숨통이 턱턱, 막히는 것만 같았다. 그의 물음에 잠시 머뭇거리던 소진이 조심스럽게 입술을 달싹였다.

"아버지께서 중궁전에서 봉희를 보았다고 하셨던 것, 사실입니다. 아버지께서 잘못 보신 것이 아니어요."

"역시……! 그랬던 것이야. 내가 잘못 보지 않았어. 하면 그 봉희댁에 있었던 여인은……?"

"예. 소녀가 아버지를 속이기 위해 속임수를 쓴 것입니다."

"소진아…… 어찌 그런 위험한 일에……!"

"걱정하시는 일은 없었습니다. 저하께서 늘 함께해주셨거든요."

소진이 그렇게 말하며 뒤에 서 있던 헌을 지그시 돌아보았다. 오늘 이 순간이 오기까지 함께했던 많은 나날이 눈앞을 스쳐 지나갔다.

그것은 헌도 마찬가지였다. 헌은 깊은 시선으로 영의정을 향해 입술을 달싹이는 소진을 물끄러미 바라보고 있었다.

"처음 봉희가 궐로 사라졌다는 것을 알게 된 후, 저는 그것을 확인하기 위해 궐로 들어가야만 했습니다."

"그래서…… 초간택에 참여하겠다고 떼를 썼던 것이냐?"

"예, 그랬었지요."

"하면 봉희는. 지금 중궁전 안에 있는 것이 확실한 것이고?"

"예. 안에 있습니다. 다른 여인들과 함께 생포되어 있는 것을 확인했습니다."

소진의 다부진 음성에 영의정의 눈빛이 흔들렸다. 잠시 생각에 잠겼던 영의정이 헌을 올려다보며 나지막이 입술을 뗐다.

"저하께서 기억을 잃었다던 일 년 전 그날 밤부터 비극은 시작되고 있었겠군요."

"그렇지요. 소진 낭자가 없었다면 아마 끝까지 묻히고 말았을 비밀이기도 하고요."

마주친 두 사람의 눈동자가 형형했다. 둘은 말없이 시선을 마주한 채, 이제 이 일을 완벽히 갈무리하기 위해 힘을 모아야 한다는 눈빛을 주고받았다.

이내 영의정은 헌을 향해 굳은 얼굴로 말했다.

"저하, 아무래도 저자들이 노리고 있는 대상에 소진이도 포함된 것 같습니다. 오늘 일만 해도 뜬금없이 소진이를 공격한 것이 내내 의문이었거든요. 소진이도 그 일을 알고 있다고 생각해 공격한 듯싶습니다."

"저도 그렇게 생각하고 있습니다. 저번에 이 노리개를 낭자께서 주위, 직접 저잣거리에 수소문하고 다닌 적이 있었습니다. 아마 그때 노출이 된 것 같습니다."

헌이 품에서 강씨 부인의 노리개를 건네 영의정 앞에 내밀었고 영의정은 그것을 유심히 살폈다.

"이것은……."

"강씨 부인이 갖고 있던 노리개입니다. 소녀가 직접 주웠습니다."

"예사롭지 않은 물건 같구나."

"예. 소녀가 알아보기로 그것은 청국 황실 여인들만이 지닐 수 있는 노리개라 하였습니다."

"청국 황실과 중궁전이라……?"

중전이 생각보다 큰일을 저지르고 있다는 직감이 영의정의 뇌리를 스쳤다. 그때, 우참찬 조 씨와 영의정, 그리고 부원군의 사가를 조사하고 온 무사들이 추국청 안으로 들어섰다.

"저하, 명하신 대로 대감들의 사가를 샅샅이 살피고 오는 길입니다."

"그래. 무언가 책(責) 잡을 만한 것은 발견하였고?"

무사들의 앞으로 저벅저벅 다가간 헌이 명민한 시선으로 그들을 하나하나 훑었다. 무사 중 하나가 헌의 앞으로 다가가 허리를 굽혔다.

"별다른 것은 없었고 우참찬 대감의 사가에서 이런 것들을 발견하였습니다."

갖고 온 꾸러미를 풀어헤쳐 땅 위로 쏟아붓자, 한눈에 보아도 값이 비싸 보이는 물건들이 와르르 쏟아졌다. 헌과 영의정이 잔뜩 심각한 눈으로 그것들을 하나하나 살펴보고 있는데 무사가 말을 보탰다.

"우참찬 대감의 사가로 들어서자마자 하인들이 유독 한 곳간을 꼭꼭 숨기려는 것이 보여, 그곳을 습격하여 가져온 물건들입니다."

도자기와 비단, 금은보화가 흙바닥 위에 널브러져 있었다. 그중, 웬 백자(白瓷) 하나를 들어 살펴보는 헌의 눈빛이 불같이 타오르기 시작했다. 한참 백자의 문양을 살피던 헌이 윤현을 향해 버럭 소리쳤다.

"지금 당장 우참찬 조 씨를 포박하여라!"

명령이 떨어짐과 동시에 영의정도 헌이 살펴보던 백자를 들었는데.

"아……!"

강씨 부인의 노리개와 똑같은 문양이 그려진 도자기였다. 이것은 필시, 청국 황실의 물건이었다.

"강씨 부인의 노리개가 없었더라면 그저 이것을 청국에서 들여온 도자기라고 둘러댔겠지. 하지만 어림도 없다! 이 도자기와 물건들은 중궁전 밀실에 갇힌 여인들과 우참찬 조 씨가 밀접한 관련이 있다는 것을 명백히 보여주는 증좌인 것이다. 하니 지금 당장 조 씨를 포박해 이 앞으로 끌고 오거라. 지금부터 이 도자기를 시작으로 중궁전이 꼭꼭 감추고 있던 그 비밀을…… 하나씩, 세상에 드러내보자꾸나."

"예, 저하."

윤현과 무사들이 황급히 추국청을 빠져나갔고 소진은 그 모습을 물끄러미 바라보고 있었다. 헌의 말에 영의정이 짧게 혀를 차며 같은 문양을 한 비단과 장신구들을 돌아보며 말했다.

"우참찬이 내게서 등을 돌려야만 했던 이유, 중전의 손을 잡을 수밖에 없었던 이유……. 그것이 대체 무엇이었을까요?"

그의 물음에 헌 역시 느리게 도리질하며 뒷짐을 지었다.

"그러게 말입니다. 오랜 시간 대감의 사람으로 살아왔던 우참찬이 한순간에 배반자가 되어 중전의 편에 서야만 했던 연유, 그것이 궁금하단 말이지요."

그때, 두 사람의 말을 가만히 듣고만 있던 소진의 낯이 딱딱하게 굳어졌다. 그녀는 황급히 헌에게 다가가 그의 팔을 붙잡았다.

"저하…… 한 가지 청이 있사옵니다."

"무엇입니까, 낭자."

"오늘 붙잡아 온 무사들…… 저하를 사칭해 저를 죽이려 한 그 무리 말입니다. 그 무사들의 안위를 살펴주십시오."

소진의 말에 헌과 영의정의 고개가 동시에 돌아갔다.

"무사들이 반역이라는 큰 누명을 썼으니 살기 위해 배후를 발설하지 않을까, 중궁전과 우참찬은 지금 그것을 걱정하고 있을 것이에요."

"그렇겠지요."

"그렇다면 그들을 죽이는 것만이 저들이 살 수 있는 길이라 생각하지 않겠습니까? 중궁전과 우참찬을 완벽히 제거하려면…… 그들에게 반역이라는 죄를 씌워야 하지 않을까요? 그러려면 저하께서 그 무사들을 쥐고 있어야 하지 않겠습니까."

헌은 총명하게 빛나는 소진의 눈동자를 보며 고개를 끄덕였다.

"맞는 말입니다, 낭자. 옥에 가두어둔 반역의 무리를 지금 추국청으로 끌고 오거라!"

"예, 저하."

영의정과 소진, 그리고 헌은 추국청 밖으로 달려나가는 헌의 호위대를 바라보며 굳은 결의를 다졌다.

"단 한 명도…… 살려두지 않을 것입니다. 그리고 그들이 단 하나의 죄도 벗지 못하게 할 것이고요."

"우리가 한발 늦은 듯싶소, 대감."

서둘러 중궁전을 나선 부원군과 우참찬 조 씨는 곧장 포위된 무사들에게 갔지만, 이미 한발 늦은 상태였다.

추국청으로 끌려가는 무사들을 바라보며 그들은 탄식을 뱉을 수밖에 없었다. 저들이 먹을 음식에 독을 타 독살하려고 했는데 수포가 되고 말았다.

"매번 이렇게 한발씩 늦어서야!"

부원군은 짜증스럽게 얼굴을 구기며 돌아섰다.

'대체 누가 세자의 옆에서 그를 조종하고 있다는 말인가! 필시 누군가가 세자의 손발이 되어 우리보다 한 수 앞을 내다보고 있는 것이야.'

추국청으로 끌려가는 무사들의 뒷모습을 바라보며 초조함을 감추지 못하던 조 씨 역시 손톱을 잘근잘근 물어뜯었다.

"내 사가에 있는 청국 물건들을…… 세자가 본 것은 아니겠지요?"

"보면 뭐 어째서. 그저 청국에서 값비싸게 들여온 물건이라 잡아떼면 되는 것. 그것으로 무슨 시비를 걸려고? 걸 테면 걸어보라지, 어디."

하지만 어딘가 불안한 듯 조 씨는 연신 헌의 무사들이 사라진 쪽을 힐끔거렸다.

"저들이…… 정말 중전마마께서 보낸 배후라고…… 토설한다면?"

"무엇이 걱정이오?"

"예……?"

"무려 왕자 아기씨를 출산한 마마입니다. 무사들의 세 치 혀에 감히 왕자를 생산한 국모를 폐위라도 시키려고요?"

"하지만 세자 반역과 연관 짓고 있지 않습니까? 반역이라면…… 중전마마를 위협하기에 충분한 죄명인데."

조 씨가 부원군의 말에 눈을 동그랗게 떴다. 부원군은 피식거리며 이어 대답했다.

"그것 또한 증좌라고는 무사들의 세 치 혀뿐. 세자 역시 증거가 고작 무사들의 말뿐이라, 다른 증좌를 찾기 전까지 영의정의 죄를 인정할 수 없다 하지 않았습니까?"

"예…… 그랬지요. 맞습니다. 자신이 내뱉은 말이 있으니…… 이번 일을 반역과 연관 짓기에는 무리가 있겠습니다!"

조 씨는 손뼉을 치며 듣던 중 반가운 소리라는 듯이 히죽 웃었다.

"그래. 제까짓 게 세자면 다인가? 반역의 증좌를 찾아야지! 암!"

부원군은 그런 조 씨를 뭉근한 시선으로 바라보았다.

"한데, 우참찬 대감."

"예?"

"만약 이번에 영의정을 처단하지 못한다면. 그대는 화론파에서 영원히 제명될 터인데. 괜찮겠소?"

2년 전, 갑자기 찾아와 중전마마의 사람이 되겠다고 한 그를 부원군은 여전히 흐린 눈으로 바라보고 있었다.

―부원군 대감, 절대 권력인 영의정이 언제 어느 때 대감과 마마를 버릴지도 모릅니다.

―……그게 무슨 말이오?

―우리도 대책이라는 걸 갖고 있어야 하지 않겠습니까? 만일을 대비해서 말입니다.

―우참찬 대감.

―나는 화론파의 사람이기는 하지만 영의정의 사람으로 남고 싶지는 않습니다.

―……!

―지금부터 나는 중전마마의 사람이 되겠습니다.

영의정의 개라고 불릴 만큼, 그의 발아래에서 어떻게든 영의정에게 잘 보이기 위해 허덕거리던 그였는데, 하루아침에 변심해 자신의 사람이 되겠다고 하는 그를 처음에는 완전히 믿지 못했었다.

하지만 그는 부원군의 의심을 없애주려는 듯, 매일 밤 그를 찾아와 영의정이 중전을 탐탁지 않게 생각한다는 이야기들을 해주었다. 부원군을 쏙 빼놓고 나누었던 이야기까지 모조리 그에게 일러바치니 부원군은 조 씨를 자신의 사람으로 인정해야만 했다.

그리고 중전에게 다가가 신뢰와 호의를 산 뒤, 마을의 여인들로 돈벌이를 해보지 않겠느냐고 제안한 것이었다.

─마마, 더 큰 부귀를 누려보지 않겠습니까?

─더 큰 부귀라니요……?

─제게 좋은 묘안이 하나 있는데……. 들어보시겠사옵니까?

그 일을 계기로 우참찬 조 씨와 중궁전 사이에는 끈끈한 연결고리가 생겨 부원군은 조 씨를 향한 의심의 눈초리를 거둘 수밖에 없었다.

게다가 조 씨는 겉으로는 영의정의 사람이면서 뒤로는 철저히 중전과 부원군을 위해 살아갔으니, 완벽한 제 사람으로 거듭난 조 씨를 향한 중전의 신뢰는 커져만 갔고, 부원군은 더 중전에게 조 씨를 경계하라는 말을 꺼낼 수도 없게 됐다.

그러나 부원군은 여전히 의문이었다.

'어째서, 왜. 영의정의 개가 중전의 개가 되겠다 자처한 것이지……?'

처음에는 중전이 회임하자마자 제 발로 찾아온 조 씨가 중전이 아들을 낳을 것을 대비하는 것이라 생각하였다.

그렇지만 중전이 아들을 반드시 낳는다는 보장도 없는데, 조선 최고의 실세인 영의정의 등에 칼을 꽂는 것은 무리수였다. 믿는 척, 같은 편인 척 지금껏 지내온 부원군이었지만 그는 여전히 의심을 거둘 수 없었다.

그때, 부원군의 말에 빙그레 조소를 그리던 조 씨가 입술을 열었다.

"제명당하는 건, 나뿐만이 아니지 않습니까?"

그의 대답에 부원군의 눈이 형형해졌다.

"부원군 대감과 중전마마와 한배를 탔는데, 그깟 영의정이 이끄는 화론파 따위야, 뭐가 아쉽겠습니까?"

"흐음."

"김 도령이나 빨리 찾아야 할 텐데. 대체 연통도 없이 어디에 꼭꼭 숨어 있는 것인지."

"벌써 청국으로 내뺀 것은 아니겠지?"

"아닐 겁니다. 청국에 당도했으면 벌써 중전마마께 연락을 취했을 텐데요."

"그나저나 강씨 부인은 이미 놈들의 손에 넘어갔다고 하던데, 소식이 전혀 없군."

"그 여인은 죽었으면 죽었지, 절대 입 밖으로 중전마마의 이름을 꺼내지 않을 인물이니 안심하십시오."

"어허! 조용히 하지 못해? 누가 들으면 어쩌려고."

입술을 삐죽이며 다시 대책을 모의하기 위해 중궁전으로 돌아가려는데, 갑자기 어디선가 나타난 무사들이 두 사람의 앞을 가로막았다.

"뭣들 하는 짓이냐!"

"저희를 좀 따라와주셔야겠습니다."

그렇게 말하며 무사들은 우참찬 조 씨 앞에 우두커니 섰다. 조 씨의 얼굴이 붉으락푸르락해진 것은 한순간이었다.

"뭐, 뭐……?"

"세자 저하께서 우참찬 대감을 추국청으로 끌고 오라는 명을 내리셨사옵니다."

그 말과 함께 무사 둘이 조 씨의 양팔을 결박했고 조 씨는 분노했다.

"끌고 오라고? 감히 나, 우참찬을?"

무사들은 그를 질질 끌고 갔다.

"대감! 부원군 대감! 이게 무슨 일입니까! 대체 나를 왜……!"

"우참찬……!"

"중전마마를 불러주세요! 지금 당장요!"

개처럼 질질 끌려가는 조 씨를 바라보던 부원군은 발등에 불이 떨어진 것만 같았다.

"마마…… 중전마마……!"

왕이 노망(老妄)나 자신을 찾을 때까지 대전 문 앞에서 기다리고 있을 것이라던, 중전의 말이 떠올랐다. 그는 중전이 들어 있을 대전을 향해 서둘러 달음박질을 쳤다.

어느새 해가 기울어 궐에는 짙은 어둠이 깔려 있었다.

"나를 왜! 나를 왜……!"

저 멀리서 우참찬 조 씨의 목소리가 들려왔다. 추국청의 문이 세차게 열리고 무사들에게 포박당한 조 씨가 끌려 들어오고 있었다.

그리고 가만히 뒷짐을 진 채, 밤하늘을 밝히는 달을 올려다보던 영의정의 고개가 그쪽으로 돌아갔다.

"우참찬……."

그는 나지막이 조 씨를 부르며 입술을 짓이겨 물었다. 무사들의 손에 의해 억지로 무릎을 꿇은 조 씨는 부들부들 떨며 헌을 노려보았다.

"대체 이게 무슨 짓입니까, 저하!"

그러자 묵묵한 시선으로 그를 내려다보고 있던 헌이 휘적휘적 그의 앞으로 걸어와 섰다.

"무슨 짓인지는…… 내가 물을 소리입니다, 대감."

헌이 조소하며 내관을 향해 고갯짓을 해 보였고 내관은 기다렸다는 듯 조 씨의 사가에서 발견한 물건들을 내어왔다. 그것들을 발견한 조 씨는 잠시 흠칫하더니 더욱 고개를 뻣뻣하게 추어올렸다.

"도둑질이라도 한 것입니까, 저하?"

조금 전, 부원군과 나누었던 이야기처럼 이것이 왜 문제가 되느냐는 듯 발뺌할 셈이었다. 하지만 헌은 호락호락하지 않았다.

"도둑질이라……"

"이것들은 내 소유의 재산입니다! 한데 어찌 이것을 함부로 가져다 이곳에……!"

"하면 이것도 그대의 것이오?"

주절거리는 조 씨의 말이 듣기 싫다는 듯 헌이 그의 말허리를 끊으며 무언가를 꺼냈다. 그러곤 무릎을 꿇은 조 씨의 앞에 툭, 던졌다.

그것을 내려다본 조 씨의 눈이 점점 커졌다. 덩달아 소진도 긴장한 얼굴로 조 씨를 바라보고 있었다.

"그대의 것이냐고 물었소만."

헌은 천천히 허리를 굽혀 비스듬히 고개를 꺾었다. 당황한 기색을 감추지 못하는 조 씨를 느긋하게 바라보던 헌이 피식, 웃음을 터뜨렸다. 난데없는 헌의 웃음에 조 씨가 당황으로 검게 물든 눈동자를 들었다.

"아차차. 내 질문이 좀 우스웠지요? 이것은 여인네의 노리개인데, 사내대장부인 우리 우참찬 대감의 것이냐고 물었으니 대감께서 당황하실 수밖에요. 그렇지요?"

여유가 흘러넘치는 헌의 말에 조 씨는 입술을 악물었다.

'……세자가 다, 알고 있다?'

조 씨의 눈동자가 사시나무처럼 흔들리기 시작했다. 그 모습을 지켜 보던 소진의 주먹이 말렸다.

'그대 역시, 이 일에 연루된 것이 맞군요.'

지하실 안에서 저를 향해 울부짖던 여인들의 울음이 귓가에 생생히 들리는 것 같아 소진은 견디기 힘들었다.

그때, 헌이 노리개를 질끈 그러쥐며 굽혔던 허리를 폈다.

"그럼 질문을 바꾸어서, 이 노리개의 주인이 누군지 알고 있지요?"

"저하! 지금 이것이 무슨 억지입니까!"

"억지라니! 내가 이 노리개를 들고 있다는 것이 무슨 뜻인지 정녕 모 르는 겁니까, 대감? 하면 이 노리개의 주인이 누군지, 중전마마를 이곳 으로 모셔와 물어볼까요? 그럼 그 입을 여시겠습니까!"

헌의 외침에 조 씨가 두 눈을 꾹 감았고, 영의정이 그의 앞으로 와 섰 다. 그러면서 조금 전, 헌과 나누었던 이야기를 회상했다.

―모든 건 내가 짊어지고 가겠습니다.

―……대감.

―감히 이 나라의 왕세자인 저하께서 손수 그 위험한 일을 파헤쳤다 는 것은 훗날 저하께 치명적인 독이 될 수도 있습니다. 화론과 대신들 에게 약점이 될 수도 있어요. 중궁전까지 몰래 들어갔다는 것이 알려지 게 되면 필시 저하를 노리는 대신들이 그것을 물고 늘어질 수도 있을 것이고, 기억을 잃었다는 것까지 알려지게 되면 필사적으로 저하의 목 덜미를 물어뜯을 것입니다. 게다가 혹시나 이번 일이 우리의 뜻대로 되

지 않는다면, 무고한 국모를 의심해 파멸로 이끌려 했다는 의혹에서 벗어나지 못할 것입니다.

─……!

─처음부터 내가 모든 것을 의심해 파헤쳤고 그것을 저하께 알렸다고 합시다.

그토록 몰아내려 했던 헌이었지만, 이제 자신을 버리면서까지 지켜야만 하는 헌이었다. 헌의 사람이 되고 싶어 하는 여식 때문에. 그리고 그런 자신의 여식을 끝까지 지켜준 그였기 때문에.

"일 년 전부터 마을에서 여인들이 사라지고 있었다지."

영의정이 조 씨를 향해 천천히 말문을 열었다. 두 눈을 꾹 감은 채, 묵언 시위를 하려던 조 씨가 고개를 들어 영의정을 바라봤다.

"그 일에 차마 입에 담기조차 민망한 인물이 가담되어 있었더군."

"대체 무슨 말을 하는 건지 조금도 모르겠습니다만?"

"조금도 몰라? 하기야 살려면 모른다고 해야지."

쯧쯧 혀를 차던 영의정이 헌을 돌아보며 반듯하게 허리를 접었다.

"지금까지 소신이 아뢰었던 것이 중궁전이 감추고 있는 비밀의 전부입니다. 소신의 말이 진짜인지 가짜인지는 이제 저하께서 판단하여주시면 됩니다."

"영의정 대감."

"부디 청하옵건대 마을의 여인들 실종 사건부터 해결하여주시옵소서. 그 뒤에 소신은, 소신이 저지른 벌이 있다면 그 대가를 혹독하게 받겠사옵니다."

그러면서 영의정이 헌을 향해 무릎을 꿇었다. 그 모습에 소진이 입술을 질끈 악물며 고개를 돌렸고 조 씨는 부들부들 떨어야만 했다.

'……기어이 살고자 화론파를 버리고 세자에게 붙었겠다? 한데 어쩌느냐? 곧 전하께서 세자의 폐위를 명하고 중전마마의 왕자님을 세자로 책봉하실 터인데?'

영의정의 말에 헌이 윤현을 향해 고갯짓을 해 보였다. 그러자 어디선가 어마어마한 숫자의 호위대가 와르르 쏟아져 나왔다.

"지금부터 궐 곳곳을 뒤져 영의정 대감이 말한 지하 밀실을 찾아내어라!"

"예, 저하!"

그 말이 떨어지자 조 씨가 바락 소리를 질렀다.

"감히 왕실의 큰 어른이신 대비전까지 뒤지실 요량입니까, 저하? 또한, 얼마 전 출산해 몸조리를 하고 계실 중전마마의 처소도 쳐들어가시려고요? 간악한 영의정의 꾐에 속아 대체 얼마나 큰 불효를 저지르려는 것입니까! 통촉하여주시옵소서!"

조 씨가 그렇게 소리치며 흙바닥 위에 자신의 이마를 쿵, 박았다. 그러자 추국청 입구에서 근엄한 목소리 하나가 날아왔다.

"날 왕실의 큰 어른이라 칭해주어 고맙소, 대감."

우참찬이 황급히 돌아보니 대비가 반듯하게 서서 자신을 바라보고 있었다.

"하면 내 왕실 제일의 어른으로서 명합니다."

"……마마!"

"동궁전도 대비전도 대전도 그리고 중궁전도! 모두 예외 없이 처소를 뒤져 밀실인가 뭔가 하는 것을 반드시 찾아내세요!"

"마마!"

"일의 전말을 소상히는 모르나, 감히 이 신성한 궐 안에서 그런 일이 벌어지고 있다니. 그것이 사실이든 아니든 왕실의 명예를 실추시킨 장본인이 누군지, 내 이 두 눈으로 직접 보아야겠거든."

그러자 조 씨가 무릎걸음으로 엉금엉금 기어 대비를 마주 보았다.

"중전마마께서 출산하신 지 겨우……!"

애원하듯 대비를 바라보며 조 씨가 입을 열었는데.

"누가 중전의 몸을 뒤지라 하였습니까?"

대비는 단호하게 대꾸했다.

"중전을 위해서라도 반드시 짚고 넘어가야 할 문제입니다! 귀한 왕자까지 낳으셨는데 그 왕자가 궐에 기생충처럼 숨어 살고 있던 악의 무리 때문에 해라도 입으면 어쩌려고요?"

"마, 마마……!"

이내 헌이 피식 웃으며 추국청이 쩌렁쩌렁 울리도록 명을 내렸다.

"지금 당장 궐 곳곳을 뒤져 영의정이 말한 밀실의 존재를 파헤치도록 하라! 또한! 지금 이 시각 이후로 개미 새끼 한 마리도 궐 밖으로 빠져나가지 못하도록 밖으로 통하는 개구멍까지 삼엄히 경비하라!"

⚓

"중전마마…… 돌아가심이……."

"닥치거라. 곧 전하께서 나를 찾으실 것이니."

추국청에서 한바탕 난리가 벌어지고 있는 것도 모른 채, 중전은 대전 앞에서 왕자를 안은 채 기다리고 있었다.

벌써 반 시진이 넘어가고 있었다. 중전의 이마에 땀방울이 송골송골 맺혀갈 때쯤, 대전으로 누군가가 쿵쿵거리며 들어섰다.

"마마, 마마!"

다급하게 자신을 부르는 목소리는 다름 아닌 부원군이었다.

순간 중전의 등골이 오싹해졌다. 무슨 일이 터졌구나, 좋지 않은 직감
이 그녀를 휘감는 순간이었다.

"무슨 소란입니까. 대전입니다."

"큰일 났습니다. 우참찬 대감이…… 추국청으로 끌려갔습니다."

하지만 그 말을 들은 중전은 표정 하나 변하지 않았다. 오히려 터질
것이 터졌다는 듯 담담하기까지 했다.

"중전마마……."

"경거망동 마세요. 우참찬이 잡혀간 것과 우리가 무슨 상관입니까."

의연하게 대처하려는지 중전은 고개를 더욱 꼿꼿하게 치켜세웠다. 언
제 어느 때, 자신들을 잡으러 올지 모르는 헌의 호위대였지만, 중전은
조금의 당황함도 내비치지 않았다.

"전하께서는요……."

부원군은 대전 궁인들의 눈치를 살피며 은밀히 물었다. 그러자 중전
은 대답이 없었다. 여태 안으로 들어가지 못한 채, 찬 바닥에 서서 왕자
를 안고 있는 것을 보면 아직 왕의 부름이 없었다는 것이었다.

"어쩌시려고요. 무작정 기다리고만 계시려고……."

그때, 부원군이 초조한 얼굴로 중전을 다시 중궁전으로 데려가기 위
해 팔을 뻗었는데.

대전 안에서 희미한 목소리가 들려왔다.

"조 숙원…… 조 숙원……!"

조 숙원을 찾는, 아니 자신을 부르는 목소리에 중전의 눈이 커졌다.

"되었습니다, 되었어요!"

중전은 기쁨을 감추지 못하며 왕자를 꼭 끌어안고서는 문 앞으로 바짝 다가갔다.

"뭣 하느냐? 열지 않고?"

중전이 대전 상궁을 향해 눈을 흘기자, 상궁은 난감한지 입술만 잘근잘근 깨물고 있었다.

"조 숙원을 들라 하라! 조 숙원을!"

안에서 들려오는 왕의 외침이 더욱 선명해졌다. 하지만 상궁은 요지부동이었다. 왕은 중전이 아닌 조 숙원을 찾고 있었지만, 중전은 자신이 들어가겠다 문을 열라고 하는 것이니.

"뭐 하는 것이야? 속히 문을 열지 않고?"

중전이 표독스럽게 소리치자 상궁이 그제야 조아리고 있던 고개를 들었다.

"하오나 전하께서 그 누구도 안으로 들게 하지 말라는⋯⋯!"

그 말에 중전이 상궁의 뺨을 우악스럽게 내리쳤다.

"아앗⋯⋯! 마마⋯⋯!"

한 손에 왕자를 안은 채, 나머지 한 손으로 그녀의 뺨을 쳐버린 중전의 얼굴은 태연하기 짝이 없었다. 상궁은 부풀어 오른 뺨을 감싸며 놀란 얼굴로 중전을 바라보았다.

"어, 어찌 쇤네의 뺨, 뺨을⋯⋯!"

"내가 조 숙원이라면 조 숙원이 되는 것이고, 내가 문을 열라고 하면 넌 그저 열면 되는 것이다. 알겠느냐?"

어찌 아이를 안고 이런 짓을 벌일 수가 있는지. 상궁은 벌벌 떨며 뺨을 쥐고 있던 손을 놓은 채, 궁녀들에게 문을 열라 눈짓을 해 보였다.

뒤에 서 있던 부원군도 악독한 그녀의 모습에 혀를 내두르고 말았다.

"전하…… 중전……."

중전마마 들었다는 말을 하려다가, 상궁은 중전의 세찬 눈초리에 다시 입술을 달싹였다.

"조 숙원…… 마마 들었사옵니다."

그 말에 그제야 중전의 입가에 흡족한 미소가 드리워졌다.

"아버님께선 여기서 기다리고 계시지요."

중전은 고고하게 허리를 곧추세운 채, 궁인들의 인사를 받으며 대전 안으로 들어섰다.

"전하……. 조 숙원 왔사옵니다."

교태가 뚝뚝 떨어지는 목소리로 중전이 왕의 앞으로 달려갔다.

그러자 초점 없는 눈동자로 대전을 헤집고 다니며 조 숙원을 부르던 왕은 자신의 앞에 나타난 중전을 보고는 환하게 웃었다. 그 모습은 꼭, 어미를 잃고 헤매던 어린아이가 어미를 찾은 듯한 얼굴이었다.

"조 숙원! 어디에 있다가 이제 오느냐!"

왕의 흐트러진 모습을 멀찌감치서 바라보던 궁인들은 모두 고개를 조아리며 시선을 피했다. 그 곁을 지키고 있던 상선 역시, 불편한 기색을 감추지 못하며 두 눈을 질끈 감았다.

"어디에 가긴요. 신첩은 밖에서 내내 전하를 기다리고 있었나이다. 신첩을 찾으실 때까지 말입니다."

왕은 그녀를 와락 끌어안다가, 중전의 품에 안긴 갓난아기를 보고는 흠칫했다. 그 와중에도 왕의 동공은 힘없이 풀려 있었다.

"이 아이는 누구……."

왕의 물음에 중전은 기다렸다는 듯이 그의 품에 왕자를 안겼다.

"전하께서 오매불망 기다리시던 왕자 아기씨입니다!"

그 말에 왕이 화들짝 놀라며 왕자를 꽉 안았다.

"세상에! 우리 세자란 말이냐, 조 숙원?"

곧바로 왕의 입에서 세자라는 말이 흘러나오자 중전은 기쁨을 감출 수 없었다. 동시에 푹 숙여 있던 상선의 고개가 들렸다.

"전하…… 세자 저하께서는 동궁전에……."

"쓸. 어디 전하께서 말씀하시는데 토를 달아?"

중전은 상선에게 입을 다물라며 호통쳤다. 왕은 믿을 수 없는지 연신 포대기 속에서 꼬물거리는 아이를 내려다보다 바닥에 털썩 앉았다. 그러다 중전의 손을 끌어 마른 눈물을 흘리며 어깨를 들썩였다.

"고맙다, 고마워. 조 숙원 네가, 세자를 낳아주었구나…… 세자를!"

대전 밖에서는 부원군과 대전 궁인들이 조마조마한 마음으로 왕의 말을 듣고 있었다. 그 말과 동시에 중전은 이때다 싶어, 왕의 앞에 털썩 무릎을 꿇었다.

"숙원…… 어째서 무릎을 꿇는 것이야."

이미 제정신이 아닌 왕은 눈물을 훔치며 무릎을 꿇은 중전을 놀라 바라보았다. 그러자 중전 역시, 닭똥 같은 눈물방울을 뚝뚝 흘리면서 애원하기 시작했다.

"전하……! 전하께서 미령하시고 신첩이 출산하던 틈을 타 영의정이 신첩과 우리 세자를 죽이려 했사옵니다!"

"뭐, 뭐라?"

왕은 파르르 떨며 중전을 와락 끌어안았다. 갑작스러운 포옹에 포대기에 감싸져 있던 왕자는 놀라 울음을 터뜨렸고, 대전에는 갓난아이 울음소리가 쩌렁쩌렁 퍼지고 있었다.

"영의정이? 감히 누가 내 여인과 내 아들에게 손을 댄단 말이냐! 반드시 지킬 것이야. 내가…… 내가 꼭, 지켜낼 것이야!"

부들부들 떨던 왕의 얼굴이 창백하게 질려갔다. 중전은 그런 왕의 눈치를 살피다가, 눈물을 슬쩍 닦아내며 더 연약한 소리를 냈다.

"전하, 신첩은 무섭사옵니다. 우리 세자와 신첩을 꼭 지켜주세요."

더욱이 왕의 품을 파고들며 중전이 흐느끼자 왕은 버럭 소리를 내지르기 시작했다.

"밖에 누구 없느냐! 밖에 누구 없어!"

그의 호통에 대전 문이 열리고 대전 상궁과 근위대들이 황급히 들어섰다. 중전과 왕자를 끌어안고 있는 왕의 꼴을 직시하자, 그들은 모두 미간을 구기며 고개를 돌렸다.

"부르셨나이까, 전하……."

"지금 당장 영의정을 끌고 오거라! 우리 숙원과 세자를 해치려 한 파렴치한 인물이다!"

그러자 대전 상궁은 중전에게 뺨을 맞아 빨개진 얼굴로 무릎을 꿇었다. 그와 동시에 뒤에 서 있던 근위대와 궁인들 모두 상궁을 따라 무릎을 꿇으며 고개를 조아렸다.

"뭐…… 뭐 하는 것이야! 지금 당장 영의정을 끌고 오라니까?"

"전하……. 부디 통촉하여주시옵소서……."

상궁은 눈물을 삼키며 입술을 뗐고 그 모습을 중전이 세찬 눈빛으로 응시하고 있었다.

"앞에 계신 분은…… 숙원 마마가 아니시옵니다."

"뭐야?"

"그리고 저하께서는…… 동궁전에 따로 계시지 않사옵니까."

목숨을 건 상궁의 발언에 중전이 자리에서 벌떡 일어났다. 그러곤 왕의 품에 안긴 왕자를 뺏어 안고 왕의 뒤로 물러나며 소리쳤다.

"전하! 부디 저 간악한 무리로부터 신첩과 세자를 보호해주세요! 저들 역시 영의정의 무리입니다!"

"중전마마! 지금이라도 전하께 사실대로 고하셔야지요! 전하께서 정신이 혼미하신 틈을 타, 이러시면 아니 되지 않습니까?"

"닥치지 못하느냐? 저 보십시오, 전하! 이젠 신첩과 세자의 존재마저 부정하며 전하를 병자 취급하고 있사옵니다!"

찢어질 듯한 중전의 외침에 왕의 얼굴을 시뻘게졌다. 왕은 엉금엉금 기어 장검(長劍)을 뽑아 들었다. 칼날이 칼집에 부딪혀 챙, 하는 날카로운 소리가 대전의 공기를 갈랐다.

순간, 바닥에 엎드려 있던 궁인들이 두려움이 가득한 눈으로 왕을 올려다보았다. 왕은 단숨에 그 장도를 상궁의 목에 겨누며 말했다.

"세자가 따로 있어……?"

"……전하!"

"숙원이…… 숙원이 아니야?"

"통촉하여주시옵소서!"

"정신이 혼미한 건 내가 아니라 바로 너구나! 아주 미쳤어!"

그러면서 그녀의 목을 베어내기라도 하려는 듯 장도를 들자, 중전이 황급하게 막아섰다.

"전하! 이런 천한 것들 때문에 전하의 손에 피를 묻혀서는 아니 되옵니다! 우리 왕자를 봐서라도 부디 참으시옵소서!"

중전의 가증스러운 울부짖음에 왕의 손이 멈추었다. 곧 그는 그녀를 갸륵한 눈으로 바라보다 장도를 바닥에 툭, 떨어뜨렸다.

"이리 착하고 어여쁜데…… 왜 우리 숙원이 아니라는 것이야……."

왕의 눈에서는 애틋함이 뚝뚝 떨어지고 있었다. 이미 그의 눈에는 중전은 세상에 둘도 없는, 그토록 사랑하는 여인 조 숙원이었던 것이었다.

상궁은 이 참담한 상황을 도저히 받아들이기 힘들다는 듯, 절레절레 도리질하며 주먹을 꽉 움켜쥐었다. 그때, 중전은 자신을 응시하는 왕의 눈에 자신을 향한 무한한 애정과 신뢰가 담겨 있는 것을 확인하자 본색을 드러내기 시작했다. 그녀는 다시 왕의 앞에 무릎을 꿇었다.

"숙원, 어째서 자꾸 무릎을 꿇는 것이야."

"……도저히 이대로는 못 살겠습니다. 우리 왕자를…… 세자로 책봉해주세요."

그 말에 궁인들이 소스라치게 놀라며 입을 쩍 벌리고 말았다. 중전을 내려다보는 왕의 눈빛이 순간 반짝, 빛이 났다. 그는 한껏 흐트러진 모습으로 휘청이다 중전의 앞에 함께 무릎을 꿇었다.

"그럴까? 우리 숙원이 원하는 것이 그것이야?"

"예, 전하. 우리 왕자를 세자로 책봉하여 전하께서 지켜주세요."

"그게 무슨 어려운 일이라고 이리 무릎까지 꿇는 것이야. 내 숙원이 아들을 낳으면 당연히 세자로 책봉해줄 것이라 약조하지 않았더냐?"

"……지금 당장 해주십시오, 전하. 이대로 대전을 빠져나가면 신첩은 왕자와 함께 영의정의 손에 죽을지도 모릅니다!"

그것은 사실이었다. 이대로 대전에서 물러나면 다음 차례는 중전, 자신이 될 것이라는 걸 그녀는 잘 알고 있었다. 우참찬 조 씨가 개처럼 끌려갔듯, 곧 자신이 추국청으로 질질 끌려가 모든 것이 낱낱이 파헤쳐져 난도질당할 것이라는 걸.

살고 싶다는 진심을 담아 중전은 애원했다. 그 말에 왕이 겁에 질린 얼굴로 도리질했다.

"그건 아니 되지! 누가 누굴 죽여! 나는 절대 너를 못 잃는다, 숙원!"

"하면…… 신첩이 살길은 단 하나입니다."

"어찌해줄까? 응?"

"지금 저들이 동궁전에 있다고 우기는 세자를 폐위하고, 이 왕자, 신첩 조 숙원이 낳은 이 왕자를, 지금 이 순간부터 세자로 책봉하겠다는 어지(御旨)를 밝혀주십시오!"

뒤에 서서 이 모든 걸 지켜보고 있던 부원군은 환호할 수밖에 없었다. 세자 헌을 폐위하고 중전이 낳은 아이를 세자로 책봉하는 순간, 이 모든 상황은 반전되고 말 것이었다.

권력을 잃은 헌은 이 모든 사건에서 손을 떼야 할 것이고, 세자의 생모가 되는 중전은 이 사건에서 우위를 선점할 수 있을 것이었다. 언제나 빠져나갈 구멍이라도 있는 것처럼, 궁지에 몰려도 당당하게 일관하던 작태의 까닭을 이제야 알 것도 같았다.

'네가 아들 유세 한번 제대로 부리는구나.'

중전의 말이 대전 바닥에 떨어지자마자 궁인들이 안 된다며 반발하기 시작했다.

"전하! 아니 되옵니다! 그것은 절대 아니 되옵니다!"

상선과 상궁이 나서 적극 중전의 말에 반대했다. 하지만 왕은 지금 제정신이 아닌 상태였으므로 그들의 반발이 더욱 왕의 가슴에 불을 지피고 있었다.

"좋다. 내 조 숙원의 뜻대로 해주지."

"……전하!"

"상선, 지금 당장 옥새를 내어 오너라!"

상선은 움직일 수 없었다. 어서 빨리 왕이 그런 헛된 결단에 옥새를 찍기 전에 헌을 데리고 와야만 했다. 상선의 꾸물거림에 왕이 핏, 조소를 터뜨리며 직접 자리에서 일어났다.

"모두 다, 영의정과 한통속이라 이것이지? 그래 좋다! 내가 직접 가져오지!"

그러면서 그가 터벅터벅 옥좌로 걸어가 붓과 종이를 꺼내 유지(諭旨)를 써 내려가기 시작했다. 중전은 반색하며 왕자를 끌어안고 그에게 다가가 황급히 입술을 열었다.

"이 아이 이름은 열입니다. 이열(李悅)."

왕은 고개를 끄덕이며 휘청휘청 붓을 움직였다.

"너희들이 세자라 생각하는 작금의 세자를 폐위하고!"

"……아니 되옵니다, 전하!"

"지금 내 눈앞에 있는 이 왕자, 열을 세자로 책봉하겠다!"

더듬더듬 옥새를 찾아, 그 말도 안 되는 유지 위에 찍으려는 순간…….

"전하! 세자, 헌이옵니다!"

헌이 영의정, 그리고 소진과 함께 대전에 모습을 드러냈다. 헌의 등장에 고개를 조아리고 있던 대전 궁인들이 일제히 그를 바라보았다. 안절부절못하던 상선도, 고개만 조아린 채 어찌할 바를 몰라 끙끙 앓기만 하던 상궁도 모두 안도의 한숨을 내쉬었다.

"뭐…… 누구?"

왕은 옥새를 찍으려다 말고 손을 멈추며 대전 입구에 서 있는 헌을 돌아보았다. 헌은 왕자를 꽉 안은 채, 왕의 곁에 꼭 붙어 서 있는 중전을 지그시 응시하고 있었다.

"누구냐, 넌!"

그러자 왕은 중전을 예사롭지 않은 눈으로 바라보는 헌을 경계하며 그녀를 자신의 뒤에 숨겼다.

"웬 놈이냐고 묻지 않느냐!"

"……아바마마."

역시나 자신을 알아보지 못한 채 소리치기만 하는 왕을, 헌이 허망한 얼굴로 바라보았다.

"아바마마? 웬 미친놈이 감히 나에게 아바마마라고 해? 뭣들 하느냐, 저놈을 당장 포박하지 않고?"

왕의 외침에 중전은 더욱 서럽게 눈물을 흘리며 그 뒤에 달라붙었다.

"영의정과 그의 무리가 세자로 떠받들고 있는 자입니다. 전하…… 부디 신첩과 왕자를 지켜주세요!"

그러자 헌이 호위대에게 눈짓하며 소리쳤다.

"아바마마의 뒤에 있는 중전마마를 당장 떼어놓아라!"

"이놈들! 누가 중전이야! 중전은 죽었다!"

"아바마마, 지금 아바마마 뒤에 서 있는 자가 중전마마이옵니다!"

"닥치거라! 누구를 포박하라는 것이야, 누구를!"

왕은 눈이 뒤집혀 자신과 중전에게 다가오는 호위대를 향해 다시금 장도를 주워 겨누었다.

"한 발자국만 더 오면 모두 다, 죽여버릴 것이야!"

소진은 차마 대전 안으로 들지 못하고 한 걸음 뒤로 물러나, 대전 문밖에서 등을 돌리고 서 있었다. 감히 흐트러진 왕의 모습과 중전의 얼굴을 함부로 마주할 수가 없었기 때문에. 그러나 적나라하게 들려오는 그들의 대화 소리가 소진의 머릿속을 혼란스럽게 했다.

'세자 저하께…… 누구냐니? 정말…… 소문대로 전하께서 노망이 드

셨구나……!'

소진은 말없이 대전 밖으로 발걸음을 옮겼고, 영의정은 그 모습을 깊은 시선으로 바라보았다.

한편, 중전에게 손끝 하나 건드리지 못하게 하는 왕을 바라보기만 하던 헌은 저벅저벅 호위대를 헤치고 왕의 앞에 섰다. 물끄러미 옥좌 위에 얹힌 종이를 바라보던 그가 손을 뻗어 그것을 그러쥐었다. 동시에 왕은 장도를 대전 바닥에 내동댕이치며 헌의 멱살을 거세게 잡았다.

"네놈은 왜 우리 세자의 옷을 입고 있는 것이야!"

허무맹랑한 왕의 외침에도, 왕의 손길에 곤룡포가 한껏 구겨져도 헌의 시선은 오로지 종이 위에 닿아 있었다.

"세자를 폐위하고…… 왕자 이열(李悅)을 세자에 책봉한다……?"

검은 글씨가 헌의 눈동자에 잔인하게 박혔다. 온전한 정신이 써 내려간 것이 아니라고, 머리는 끝없이 그렇게 흩어져가는 헌의 이성을 움켜쥐고 있었지만, 마음은 그러지 못했다. 어쩌면 아버지를 이렇게 무너지게 한 그 간악한 병마(病魔)가 원망스러운 건지도 몰랐다.

왕은 그 모습을 뚫어져라 바라보다, 바닥에 아무렇게 나뒹굴고 있는 옥새를 주워 헌이 들고 있던 종이를 뺏어 들었다. 그러곤 보란 듯이 그 위에 도장을 찍기 위해 으름장을 놓으며 헌을 바라봤다.

"네가 주제도 모르고 세자 노릇을 한다는 그놈이지?"

"아바마마."

"누가 네 아비야! 그 입 닥치거라! 내 오늘 그 곤룡포를 벗겨주마!"

옥새를 그러쥔 왕의 손에 힘이 들어가자, 영의정이 그를 향해 버럭 소리를 질렀다.

"전하! 소신, 영의정 한성준이옵니다!"

영의정의 목소리에 왕의 손이 멈추었다. 그러곤 한껏 구긴 얼굴을 들어 무릎을 꿇는 영의정을 획, 돌아보았다.

"오호라…… 영의정 대감?"

한 손에 옥새를 그러쥔 왕이 저벅저벅 영의정의 앞으로 다가갔다.

"그대가 내 여인을 죽이려고 했다지? 그것도 모자라 나의 세자까지!"

그렇게 소리치는 왕을 향해 영의정이 힘껏 고개를 추어올렸다.

"전하께서 지금 잡고 계신 그 손은 조 숙원이 아닙니다!"

이내 영의정은 눈을 번뜩이며 조 숙원 행세를 하며 왕을 홀리고 있는 중전을 세차게 노려보았다.

"저 여인은 조 숙원인 척하며 전하의 장자이자 이 나라의 국본(國本)이신 세자 저하를 몰아내기 위해 혈안이 되어 있는 중전 김 씨입니다!"

그러자 중전이 영의정을 향해 핏발이 선 눈으로 고래고래 소리쳤다.

"중전 김 씨라니! 나는 전하의 여인입니다! 예를 갖추시지요!"

그녀의 외침에 영의정이 비틀린 조소를 뱉어냈다.

"전하의 여인이시라, 예를 갖추라……? 예, 맞는 말입니다. 한데 어쩌지요? 아무리 전하의 여인이라도 중죄를 지은 이에게까지 예를 갖출 필요는 없을 것 같은데."

중죄라는 말에 뒤에 죽은 듯이 가만히 있던 부원군의 입꼬리가 덜덜 떨렸다. 그 순간 중전은 영의정을 직시하고 있던 눈빛을 거두어 왕을 바라봤다.

"전하, 무얼 망설이십니까? 이리 전하와 신첩을 무시하는 오만방자한 이들에게 보란 듯이 전하의 권위를 보여주셔야지요……!"

제 아들을 세자로 책봉하는 것만이 살길이니, 그녀에게는 이것이 더 급선무일 터였다.

"얼른요, 전하!"

"아니 되옵니다, 전하! 그 말에 현혹되어서는 절대, 아니 되옵니다!"

중전과 영의정이 대치를 벌이는 동안, 헌은 말없이 왕을 바라보고만 있었다. 그런 덤덤한 헌의 태도에 영의정과 다른 궁인들은 더욱 가슴이 타들어가는 것 같았다.

"저하…… 저하 어떻게 좀……!"

상선이 헌의 곁으로 다가와 옥새를 쥔 왕을 바라보며 발을 동동 굴렀다. 그러자 헌이 피식, 웃음을 터뜨리며 말문을 열었다.

"중죄를 짓고도 완벽한 국모의 자리에, 제 자식까지 국본의 자리에 앉게 되면 모든 죄가 없어진다고 믿고 있는 겁니까?"

"닥치세요! 그렇게 한다고 해서 그대들이 나를 끌어내릴 수 있다고 생각합니까?"

"아바마마께서 혼몽하신 틈에 날치기로 세자를 바꿔치기하겠다?"

"날치기라니……! 엄연히 이 아이도 전하의 핏줄, 그리고 이것은 전하께서 내내 고집하셨던 뜻입니다! 말씀 가려 하시지요!"

그 순간, 왕이 들짐승처럼 포효하며 종이 위에 옥새를 쾅 찍었다.

"으아아악! 다들 조용히 하지 못 해? 나는 내 여인과 내 자식을 지킬 것이야!"

"아니 되옵니다, 전하!"

결국, 왕은 유지에 옥새를 새기고 말았다. 동시에 힘이 풀린 듯 왕은 기절하듯 바닥에 주저앉았고, 상선과 대전 상궁이 황급히 그를 부축했다. 그 모습에 영의정이 절망하며 바닥에 널브러지고 중전 역시 다리가 풀려 털썩 앉았다. 그러곤 기쁨의 눈물을 흘리며 왕자를 꼭 안았다.

"되었다…… 열아, 되었어……! 너는 이제 이 나라의 왕세자란다!"

두어 걸음 물러나서 이 모든 상황을 방관하기만 하던 부원군이 서둘러 중전의 앞으로 뛰어왔다. 그러곤 그녀를 향해 납작 엎드리며 만세하듯 외쳤다.

"경하드리옵니다, 중전마마!"

중전은 제 앞에 납작 엎드린 부원군을 힐끔거리며 입술을 씰룩였다.

'이제야…… 아버지께서 내 발아래에 무릎을 꿇는군요.'

끓어오르는 희열을 느끼며 중전이 자리에서 일어났다. 그러자 기다리고 있던 중궁전 상궁과 그녀의 궁녀들이 쪼르르 달려와 부원군과 마찬가지로 고개를 조아렸다.

"경하드리옵니다, 중전마마!"

그들은 그들만의 세계에서 이미 중전의 아들이 세자로 책봉된 듯 굴었다. 헌이 옥새가 선명하게 찍힌 유지를 바라보며 말했다.

"결국…… 나의 아우가 세자가 되었군요?"

곧 중전은 가소롭다는 듯 헌을 위아래로 훑으며 자신을 향해 무릎을 꿇고 있는 궁인들을 돌아보았다.

"뭣들 하느냐? 세자…… 아니, 이제 폐서인이 된 이자를 대전에서 치우지 않고!"

중전의 명에 서로 눈치만 살피던 중궁전 궁인들이 자리에서 일어나 헌에게로 다가갔다. 정말 이제 헌은 세자에서 폐위가 된 것인지. 중전의 아들이 세자로 책봉이 된 것인지. 혼란스러운 듯 대전 안의 궁인들은 우왕좌왕했다.

"뭣들 하느냐! 전하의 어지(御旨)를 이리 두 눈으로 보고도 머뭇거리는 것이야? 당장 영의정과 폐서인 이 씨를 치우지 못해?"

부원군이 벌떡 일어나, 중전을 호위하며 궁인들을 향해 소리치던 그 순간. 헌이 갑작스럽게 소리 내어 웃기 시작했다.

"하, 하하하! 하하하하!"

그의 웃음에 궁인들은 모두 얼음이 되고 말았다.

"해서 그 종이 한 장이 중전마마의 처소에 있는 지하로 통하는 밀실
의 문을 영영, 잠글 수 있다고 생각하는 것입니까?"

"……뭐?"

일순, 중전의 동공이 흔들렸다. 헌은 허리를 굽혀 중전과 시선을 맞춘
채, 쯧쯧 혀를 찼다.

"우리 아우가 중전마마의 이런 못되고 비열한 짓을 배울까 봐 겁이
납니다."

"뭐, 뭐라?"

"중전마마. 세자라는 이 자리는 이딴 종이 한 장에 쉬이 뒤집힐, 가벼
운 자리가 아닙니다. 하려면 제대로 하셨어야지요."

조롱 섞인 헌의 말투에 중전이 눈을 번뜩였다.

"이딴 종이 한 장이라니! 전하의 뜻입니다!"

중전이 발악하며 그렇게 대꾸하는 순간…….

"밖에 도승지 대감 있소?"

갑자기 도승지를 찾는 헌의 목소리에 사람들의 고개가 일제히 대전
문 쪽으로 향했다. 중전 역시 얼떨떨한 얼굴로 고개를 돌렸다.

"예, 저하……. 도승지 들어 있사옵니다."

"도승지 대감과 어의는 당장 안으로 들라!"

어의까지 어쩐 일로 이 시각에, 이곳에 있는 것인지. 궁인들이 숙덕이
며 조심스럽게 열리는 대전 문을 바라보았다. 그러자 어의와 도승지가
굳은 얼굴로 저벅저벅 들어서고 있었다.

헌은 굽혔던 허리를 펴 근엄한 표정으로 입술을 달싹였다.

"그 종이에 힘이 실리려면 미령하신 전하의 뜻이 아닌, 옥체와 정신이 건강한 어지여야만 한다는 것. 잘 알고 있으면서 왜 모르는 척입니까?"

"그게 무슨……."

"도승지는 일전에 전하께서 따로 이른 어명을 전하라!"

거센 헌의 음성에 도승지가 들고 있던 족자를 펼쳐 들었다. 그러곤 한 치의 망설임도 없이, 마치 왕이 직접 어명을 내리듯 진지하게 입을 열었다.

"과인은 오랜 세월 정체 모를 병에 걸려 때때로 혼몽한 채 헛소리를 지껄일 때가 있다. 죽은 조 숙원을 찾으며 중전 김 씨를 숙원이라 일컫고, 세자 헌의 존재를 부정하며 중전 김 씨가 회임한 아이를 세자에 책봉하겠다는 내 뜻과는 전혀 상관없는 말을 하고는 한다."

도승지의 말에 중전과 부원군의 낯빛이 파리하게 질려갔다.

"행여 과인이 정신이 투명하지 못할 때 그릇된 어명을 내려 나의 장자인 세자 헌을 폐위시킬까 염려되어, 도승지를 통해 직접 과인의 뜻을 전하고자 한다."

"……안 돼."

"조선의 왕세자는 이헌, 단 하나이며 과인은 결코 세자를 폐위할 생각이 없다. 과인의 뒤는 오직 세자, 헌만이 이을 수 있다. 혹여 과인이 또다시 정신을 잃고 세자 헌을 폐위하고 중전 김 씨의 아이를 그 자리에 앉히겠다는 명을 내린다면 그것은 결코 과인의 뜻이 아니며, 중전 김 씨를 조 숙원이라 칭할 때에 내뱉는 어명은 모두 잘못된 것이니 효력이 없는 것임을 미리 밝히는 바다."

그러자 중전이 비명을 내지르며 절규했다. 도승지가 들고 있는 족자에는 역시, 옥새가 찍혀 있었다.

"하면 지금 이 나라의 지존이신 전하께서 노망이라도 걸렸단 말이냐? 나더러 그 말을 믿으라고?"

발악하는 중전을 가엾게 응시하던 헌이 가볍게 혀를 차며 말했다.

"그럴 줄 알고 전하께서 어의에게 이런 명을 내리셨지요. 어의는 전하의 뜻을 전하라."

그러자 이번에는 도승지의 곁에서 고개를 조아리고 있던 어의가 한 걸음 앞으로 걸어 나왔다.

"예, 저하……. 전하께서 도승지 대감께 어지를 전하실 때 소신도 옆에 있었사옵니다. 혹시 전하의 병명을 두고 왈가왈부하는 말들이 나오며 전하의 병세를 부정하는 이가 나올 수도 있다며, 전하께서 따로 소신에게 전하의 병명을 때에 따라 알려도 좋다고 하였사옵니다."

어의는 고개를 들어 절레절레 고개를 젓고 있는 중전을 향해 반듯하게 이어 말했다.

"입에 담기 민망하옵고 송구스러운 말이지만, 전하께서는 오랜 시간 헛것을 보고 헛것을 들으며 전하의 뜻과는 전혀 다른 말씀을 하시는 병세에 시달리고 계시옵니다."

"하면…… 전하께서 노망이라도 걸리셨다는 말이야?"

함부로 한 나라 왕의 병세를 떠벌리기라도 하겠냐는 듯, 중전이 되묻자 어의가 명료한 눈빛으로 고개를 끄덕였다.

"예, 중전마마. 전하께서 앓고 계신 병은 사물을 잘 구별하지 못하고 매병(呆病) 혹은 백치(白癡)라 불리는 정신 질환 중의 하나이옵니다. 속된 말로 노망이라고도 하지요."

모든 것을 잃은 얼굴로 중전이 스르륵 주저앉았고, 부원군은 괴로움에 얼굴을 감싸쥐며 중전에게서 등을 돌리고야 말았다.

다시 승기를 잡은 헌은 자신의 호위대를 향해 소리쳤다.

"지금 당장 중전 김 씨를 포함한 중궁전 궁인들을 모두 포박하라! 감히 전하의 옥새를 함부로 넘보다니. 그 죄를 엄히 물을 것이야."

"예, 저하!"

헌은 주저앉은 채 포박당하는 중전의 앞에 허리를 굽히고 앉았다.

"그리고 한 가지 더. 중궁전에 이상한 밀실이 하나 있던데, 자물쇠로 꽁꽁 잠겨 있어서 말입니다. 열쇠를 좀 내어주시겠습니까?"

그렇게 말하던 헌은 이내 피식 웃으며 손사래 치고는, 말을 번복했다.

"아니, 아닙니다. 지금 정신이 없을 텐데 열쇠까지 내어놓으라 하면 마마께서 더 혼란스러우시겠지요."

"……뭐?"

"열쇠 따위는 필요 없다! 당장 중궁전 밀실의 문을 부수어 박살을 내어라. 그 안에 무엇을 감춰둔 것인지 낱낱이 밝혀내야 할 것이야!"

싸늘하게 등을 돌리던 헌은 자신의 발아래에 기진맥진해 있는 중전을 향해 말을 덧붙였다.

"전하께서 제게 대리청정을 명하시던 때, 이런 비극을 대비해 미리 장치를 심어둔 것이지요."

"……하아."

"이제 알겠습니까? 아무리 발버둥 치고 발악해보았자, 이 궐 안에 중전마마의 사람은 아무도 없다는 것을요."

제 34 장

왕의 자리

중전이 호위대와 함께 대전을 나서고 있었다. 대전 밖에서 기다리고 있던 소진은 황급히 고개를 숙이며 그녀에게서 등을 돌렸다.

"놔! 놓지 못해? 감히 뉘에게 손을 대는 것이야!"

모든 것이 세상에 까발려져 추락할 일만 남은 중전이었지만, 그녀는 아주 고고하고 오만방자한 태도로 고성을 내지르고 있었다.

"너희가 이러고도 무사할 줄 아느냐? 무사할 수 있을 거라고 생각해?"

깜깜하게 내려앉은 밤공기를 갈기갈기 찢는 듯한 중전의 고함. 소진은 고개를 숙인 채 두 눈을 질끈 감았다. 눈앞에 사약이 놓인다 해도, 죄를 뉘우치며 곱게 그것을 마실 위인은 아닌 듯싶었다.

그때, 발악하는 중전의 앞에 대비가 우두커니 멈춰 섰다.

"감히 뉘에게 손을 대⋯⋯?"

그녀는 중전이 소리쳤던 말을 곱씹으며 여전히 죄를 뉘우치지 못하고 거세게 반발하는 중전을 노려보다가 버럭 소리쳤다.

"하면 너는 감히 무엇에 손을 댄 것이냐!"

"뭐, 뭐요? 너는⋯⋯?"

"네가 방금 손을 댄 게 무엇인 줄 아느냐? 옥새, 왕의 자리였다!"

대비의 호통에 중전이 잠시 주춤했다. 내내 꼿꼿하게 고개를 치켜든 채 하늘 높은 줄 모르고 소리만 내지르던 눈빛이 순간 흔들렸다.

"왕의 자리……?"

대비는 휘청거리는 중전의 앞으로 바짝 다가갔다. 그러곤 중전이 자신의 목숨줄이라도 되는 것처럼 품에 꽉 안고 있는 왕자를 지그시 내려다봤다.

"네가 넘본 것이 왕의 자리라고. 내 말이 어려우냐? 뭣들 하는 것이야! 왕자를 당장 반역자에게서 떼어놓지 않고!"

"예, 대비마마!"

대비는 중전의 품에 안겨 있는 왕자를 잽싸게 뺏었다.

"아악! 왕자를 내어놓으세요! 왕자는 절대 아니 됩니다!"

왕자를 빼앗기자 중전이 더욱 발악하기 시작했다. 양팔이 포박된 채로 그녀는 발바닥에 불이라도 붙은 사람처럼 팔짝팔짝 뛰고 있었다.

"아아악! 왕자는 건드리지 마세요! 왕자는 아니 됩니다!"

그러자 대비는 그런 중전을 지그시 응시하며 왕자를 대전 상궁에게 건넸다.

"반역을 저지른 중죄인에게 주상의 고귀한 혈육을 맡길 수 없지. 그 더러운 손으로 다시는 왕자를 보듬을 수 없을 것이다."

대비는 울부짖는 중전을 향해 그렇게 말하며 싸늘하게 돌아섰다.

"으아아악! 가만두지 않을 것이야!"

짐승처럼 포효하는 중전의 울음에 대비가 별안간 걸음을 멈추었다. 그러곤 물끄러미 그녀를 돌아보며 건조하게 입을 열었다.

"중궁전에서 밀실이 발견되었다지?"

대전 상궁이 황급히 고개를 조아리며 대답했다. 눈물이 가득 차올랐던 중전의 얼굴이 고통스럽게 일그러졌다.

"예, 대비마마. 지금 그곳으로 영의정 대감과 세자 저하께서 속히 발걸음을 하고 계시옵니다."

대비가 찬찬히 고개를 끄덕이며 다시금 중전의 앞으로 다가갔다. 중전은 자신의 앞으로 다가오는 대비를 죽일 듯이 노려보았다. 그런 중전이 가소롭다는 듯 대비가 피식, 조소를 터뜨렸다.

가만히 중전의 앞에 서서 그녀의 세찬 시선을 덤덤히 바라보던 대비가 갑자기 손을 들었다.

쫘악!

주저하지 않고 대비는 곧장 중전의 뺨을 내리쳤다.

순간, 대전 앞이 차가운 정적으로 휩싸이고 말았다. 벼락같은 뺨을 맞은 중전 역시 예상치 못한 대비의 행동에 소스라치게 놀라며 굳었다.

그 모습을 소진 또한 멀리서 초조한 마음으로 지켜보았다.

"어떡해……."

등진 채, 뺨을 감싸 쥔 중전과 그런 그녀를 빤히 응시하고 있는 대비. 조선에서 최고 실세라 할 수 있는 두 여인이 일촉즉발의 상황에서 서로만 바라보고 있었다.

곧, 대비가 묵직하게 입술을 뗐다.

"궐을…… 주상과 세자의 신성한 궐을 더럽혀? 밀실에서 네년이 무슨 추악한 짓을 벌이고 있었는지 조금도 빠짐없이 모두 다 밝혀낼 것이다. 마음 단단히 먹는 것이 좋을 것이야."

그 말을 끝으로 대비가 달빛을 맞으며 다시 돌아섰다. 오늘따라 길게 늘어진 대비의 그림자가 검고 크게 보였다. 그것을 굳은 얼굴로 지켜보고 있던 소진의 뒤에서 목소리 하나가 들려왔다.

"냉정한 분이시지."

"……아, 저하."

"하지만 자신의 사람에게는 한없이 인자하고 다정하신 분이야."

헌이 그녀와 같은 곳을 바라보며 옆에 바짝 붙어 섰다. 소진과 어깨를 나란히 한 그가 이내, 여전히 굳어 있는 소진을 내려다보았다.

"그리 걱정할 것 없다. 영의정 대감께선 무사하실 것이니."

잠자코 입술을 사리물고 있던 소진이 눈물이 그렁그렁 맺힌 눈으로 고개를 들었다. 그녀의 눈물에 헌이 걱정스럽게 미간을 구기며 그녀를 슬쩍 대전 뒤쪽으로 데리고 갔다. 그러곤 궁인들의 눈을 피해 그녀를 어둠 속에 감추며 와락, 품에 안았다.

"소진아, 어찌 그러느냐."

"놀랐지 않습니까……."

투정 어린 그 목소리에 원망도 조금 묻어 있었다.

"전하께서 미리 그런 것을 써두셨으면 제게 언질이라도 좀 주시지. 아까는 놀랐잖아요. 전하께서 정말 옥새를 찍으시는 건 아닐까…… 중전마마의 꾐에 넘어가 행여, 저하께서 잘못되시는 건 아닐까."

그때를 생각하면 지금도 눈앞이 아찔해지는지 소진은 뺨을 타고 흐르는 눈물을 손등으로 닦아냈다. 그러자 헌이 재미있다는 듯, 엷은 미소를 그리며 그녀의 젖은 눈을 바라보았다.

"내가 폐위라도 당할까 봐?"

"조금 전은 정말 그럴 위기셨다구요."

"내가 너를 두고 무책임하게 그렇게 물러날 것 같으냐? 네 벗도, 너의 아버지인 영의정 대감도 모두 내가 지켜야 하는데 어찌 물러나."

"저하."

396

"물러나더라도 모든 것을 해결하고 모두를 안전하게 지킨 뒤에 물러나야지."

그 말에 소진이 새초롬하게 헌을 향해 눈을 흘겼다.

"물러나긴요……! 농이라도 그런 소리 마시어요."

소진이 눈가에 맺힌 눈물을 깔끔하게 닦아내며 다시금 그를 올려다보았다. 그러곤 주위를 휘휘, 살피며 궁인이 없는 것을 확인하고는 손을 뻗어 그의 등을 토닥여주었다. 마치 참 잘하였다고 칭찬이라도 하는 것 같았다.

"무엇이냐?"

헌도 그녀를 따라 미소 지으며 물었다.

"멋있어서요. 우리 세자 저하."

"멋있어……?"

"참, 멋있으십니다. 저하."

그 말에 헌도 소진이 그랬던 것처럼 주위를 둘러보고는 그녀의 팔이라도 다독이려 손을 뻗었다.

초옥.

"……저하!"

그리고 소진의 뺨에 입술을 가볍게 맞추었다.

놀란 그녀가 그의 온기가 묻어 있는 뺨을 손바닥으로 감싸며 눈을 깜빡였다. 금세 그녀의 하얀 뺨 위로 동그란 홍조가 드리웠다.

헌은 그런 소진을 지그시 바라보다, 입술을 달싹였다.

"울다가 웃으면 엉덩이에 뭐 난다?"

"아이참……!"

"그리고 새삼 멋있느냐, 내가?"

"예, 갑자기 멋있어 보입니다."

소진의 대답에 그가 가볍게 고개를 갸웃거렸다.

"나는 원래 매 순간이 멋이 있는 사내이다. 몰랐느냐?"

그러면서 그가 얼른 가보자는 듯 고갯짓하며 이어 말했다.

"서두르자꾸나. 영의정 대감께서 기다리시겠다. 봉희댁도."

봉희라는 이름이 그녀의 가슴 위에 뜨겁게 내려앉았다.

"예. 봉희가 기다리겠습니다. 서둘러 가시어요."

마주 본 두 사람은 같은 생각을 하는 듯 힘차게 고개를 끄덕였다.

왕자까지 빼앗긴 중전은 세상을 잃은 듯한 얼굴로 입을 꾹 다물고 있었다.

"세자 저하 납시오!"

먼저 와 중궁전 밀실 문 앞에 서 있던 중전이 멈칫했다.

"여기가 어디라고 와! 가짜 세자 따위가!"

하지만 그녀의 외침에도 개의치 않는다는 듯, 헌은 저벅저벅 밀실 문 앞에 섰다.

"저하, 끝까지 자신과는 무관한 장소라며 열쇠 같은 것은 없다고 주장하고 있사옵니다."

호위대장의 말에 내내 여유롭게 행동하던 그가 불같이 화를 냈다.

"내가 언제 저 죄인에게 열쇠를 내어 오라고 하였느냐! 당장 문을 부수지 못해?"

헌의 말이 떨어지자마자 호위대가 달려들어 문을 부수기 시작했다.

소진과 영의정, 그리고 대비는 한 걸음 물러서서 그 모습을 초조한 얼굴로 지켜봤다.

그때, 윤현이 다른 무사들 무리를 이끌고 급히 중궁전을 빠져나가는 것이 보였다.

"무사님!"

소진이 서둘러 윤현을 불러 세웠다.

"어디를 그리 급하게 가십니까?"

"김 도령을 추포하러 가야 합니다."

잊고 있던 김 도령마저 헌이 끝까지 추격하려는 모양이었다.

"분명 오늘 새벽 안으로 어떻게든 한양을 빠져나가려 할 것이니, 생포해 궐로 데리고 오란 저하의 명이 계셨습니다."

그 말에 영의정이 가만히 뒷짐을 지고 있다, 윤현에게 말했다.

"우참찬 조 씨의 집을 주시하여야 할 것이오. 김 도령과 조 씨 사이에 끈끈한 무언가가 분명, 있을 것이니."

"예, 대감마님."

고개를 조아리며 황급히 사라지는 윤현과 무사를 바라보던 영의정이 걱정스레 운을 뗐다.

"……궐과 한양의 모든 문을 지키려면 저 수로는 부족할 것 같은데."

"예?"

영의정의 혼잣말에 소진이 가늘게 눈을 떴다.

"김 도령, 그자까지 추포해야 하니 저하를 보필할 군사들의 수가 좀 더 많았으면 하는데."

잠자코 생각하던 영의정이 걱정 가득한 얼굴로 다시금 헌을 돌아보았다.

"이럴 때…… 민추환 대감이 힘을 좀 보태주면 좋으련만."

아쉬움이 뚝뚝 묻어나는 그 목소리에 소진도 덩달아 가슴을 졸였다.

'인력이 많이 모자란 것일까.'

영의정의 말도 틀린 것이 아니었다. 부원군과 중전, 그리고 우참찬 조씨까지 포박이 되어 있으니, 밖에서 쥐새끼처럼 숨어 있던 김 도령 세력이 가만히 있지 않을 터였다.

어떻게 해서든 중전을 구하기 위해 숨겨놓은 군사들과 궐로 쳐들어온다면, 김 도령을 찾기 위해, 그리고 도성 문과 뱃길을 꼭꼭 막기 위해 호위대들이 여기저기 포진된 틈에 경비가 허술한 궐문을 밀고 들어온다면, 상황이 끔찍하게 역전이 될 수도 있겠다는 생각이 스쳤다.

수심에 잠긴 소진의 시야에 산산이 부서진 밀실 철문이 들어왔다.

"봉희야……!"

소진은 빨개진 눈으로 헌의 곁으로 뛰어갔다.

"저하…… 봉희와 마을 여인들이 무사히 버티고 있었겠지요?"

그녀가 초조함에 발을 동동 구르며 두 손을 꼭 모았는데.

"어……? 저, 저기 안에……!"

"사, 사람?"

문을 뜯어내고 지하실 안으로 속히 들어간 무사들의 놀란 목소리가 들려왔다.

"저하……! 여기에 여, 여인들이 있사옵니다!"

"저하! 사람이 있사옵니다!"

무사들의 외침에 궁인들과 대비는 믿을 수 없다는 듯 경악하며 입을 떡 벌렸다. 헌은 언제나 어두컴컴하던 지하실이 드디어 횃불로 환하게 밝혀진 것을 응시하며 소진의 손을 꼭 잡았다.

"똑똑히 보아라, 소진아. 내가 어떻게 이 더러운 궐을 청소하는지. 추악하고 더러운 것들은 오늘 이후로 깨끗이 사라질 것이다."

"저하."

"여기는 너와 함께할 궐이니까. 너와 평생 함께 살아갈 세상이니까."

컴컴한 지하실 안에서 여인들이 하나둘, 무사들을 따라 모습을 드러내기 시작했다.

감히 이곳에 궁인이 아닌 민간인이 있으리라고 누가 상상이나 했을까. 한두 명도 아닌, 떼를 지어 올라오는 무리에 궁인들은 경악하고 말았다.

"아, 아니 어떻게 이런 일이……!"

대비는 황당함과 충격으로 얼굴이 일그러져가고 있었다. 영의정 또한, 밀실에서 눈을 떼지 못한 채 입을 못 다물었다.

"중전 김 씨를 추국청으로 데려가거라. 중궁전 궁인들 역시, 한 명도 빠짐없이 포박해 함께 끌고 가도록 하여라."

나지막한 헌의 명령에 호위대가 분주히 움직였다. 호위대가 다시금 중전을 포박한 채로 자리를 떠났고 중전은 순순히 그들을 따랐다.

그때, 발을 동동 구르는 소진의 눈에 수척해진 모습으로 지하실을 걸어 나오는 봉희가 보였다.

"봉희야!"

소진은 반가운 얼굴로 그녀의 이름을 부르짖으며 달려갔다.

"소진아……?"

봉희 역시 저 멀리 자신을 향해 달려오는 소진을 발견하고는 두 팔을 벌렸다. 소진과 봉희는 뜨겁게 포옹했다. 소진의 품에 안긴 봉희는 꺽꺽, 숨이 넘어갈 만큼 서럽게 울어댔다.

"소진아…… 흐흑, 소진아……!"

"괜찮아. 이제 다…… 이제 모두 다 끝났어……. 꼭 다시 구하러 온다고 했잖아."

"네가 올 줄 알았어. 우린…… 우리는 믿고 있었어, 소진아…… 흑."

"이제 집에 갈 수 있어. 그러니까 울지 마, 봉희야. 응?"

두 여인의 뜨거운 포옹을 먼발치서 바라보고 있던 대비의 눈시울도 붉어졌다. 헌의 곁으로 조심스럽게 다가간 대비간 조심스럽게 입을 열었다.

"한 규수의 벗도 저곳에 갇혀 있었습니까."

"예, 할마마마."

"한 규수의 속이 타들어갔겠구먼. 언제부터 알고 있었습니까, 한 규수는."

"영의정 대감께서 미리 말을 한 모양이었습니다. 벗이 실종된 뒤로 마을의 여인들이 사라진 것을 눈치챈 한 규수에게 영의정 대감께서 모두 털어놓은 듯싶었습니다."

"그랬군……. 대체 저 많은 여인을 어찌할 요량이었을까."

대비는 추국청을 향해 멀어져가는 중전과 그의 무리를 바라보며 짧게 혀를 찼다.

"무슨 꿍꿍이로 만삭인 몸을 이끌고 저런 짓을……."

헌은 느리게 도리질하며 먹먹한 시선으로 봉희를 끌어안고 있는 소진을 바라봤다.

"하루 이틀 만에 벌어진 일이 아닙니다. 최소 한 해 이상 지속되어 온 범죄입니다. 마을의 투전판을 이용해 여인들을 잡아두었고, 그 여인들 일부는 섬으로 또 일부는 이곳 중궁전 밀실로 보낸 것이었지요."

굳게 입술을 사리문 대비의 얼굴이 새파랗게 질려갔다.

"······섬으로 팔았다니?"

"그렇다고 합니다. 이 일의 진상은 소상히 조사해보아야 알겠지만, 여인들을 돈벌이 수단으로 사용한 것은 분명해 보입니다."

"아주 사람이길 포기하였군요. 대체 그 마음에 어떤 악한 기운이 깃들어야 저런 추악한 짓을 벌일 수가 있을까."

"반드시 중전 김 씨와 그의 무리의 죄를 하나도 빠짐없이 전부 다, 파헤쳐 무거운 죗값을 치르게 할 것입니다."

그때, 대비가 부둥켜안고 있는 소진과 봉희를 향해 무거운 걸음으로 다가가는 영의정을 응시했다.

"그래도 다행이에요. 영의정 대감이 세자의 편에 서서."

"······이번 사건이 이렇게 세상에 알려지기까지 큰 도움을 준 사람은 사실 한 규수입니다."

그 말에 대비가 밀실에서 막 빠져나온 여인들을 하나, 하나 살뜰히 살피는 소진에게 시선을 돌렸다. 소진은 여인들의 머리카락과 옷자락에 묻은 지푸라기를 손수 떼어주며 그들과 눈을 맞추고 있었다.

"괜찮소? 다들 몸은 괜찮은 것이지요?"

"예, 아씨. 감사합니다. 참으로 감사합니다."

"내가 아니라 저하께 감사하다고 하셔야지요. 저하께서 모두를 구해 주신 것인데."

"저희를 잊지 않고 기억해주신 아씨 덕도 크지요."

"예! 참으로 감사하옵니다, 아씨!"

여인들에게 둘러싸여 인사받는 소진의 모습을 묵묵히 바라보던 대비가 입술을 열었다.

"세자, 이 할미는 말입니다, 저 한 규수를 처음 봤을 때부터 가히 세자빈이 될 여인이구나, 그런 담대하고 총명한 빛을 지닌 아이이구나, 싶었습니다. 보세요. 한 규수에게서 고귀한 세자빈의 품격이 흐르고 있지 않습니까?"

대비의 물음에 헌은 말없이 미소만 지었다. 그의 깊은 시선 역시, 여인들과 마주하고 있는 소진에게 닿았다. 그녀를 바라보는 헌의 눈빛이 세상에서 가장 아끼는 것을 바라보는 듯 반짝이고 있었다.

"이번 일을 위해 큰 결단을 내려준 영의정 대감에게도 고맙다는 말을 꼭 전하고 싶네요."

"꼭 자리 마련하도록 하겠사옵니다, 할마마마."

곧, 영의정이 소진과 함께 헌의 앞으로 다가왔다. 대비가 영의정을 향해 고개를 까딱, 숙여 보이고는 먼저 돌아섰다.

"밤이 늦어 난 처소로 돌아가 있겠습니다, 세자. 새로운 일이 생기면 내게도 알려주세요."

그러고는 허리를 굽히고 있는 영의정의 앞으로 다가가 한결 누그러진 얼굴로 이어 말했다.

"일이 갈무리가 되면 대비전으로 부르겠습니다."

"예, 대비마마."

평소 눈만 마주쳤다 하면, 싸늘한 공기를 뿜던 두 사람이었지만 이번만큼은 달랐다. 대비가 고개를 끄덕이며 걸음을 옮겼고, 영의정의 곁에 반듯하게 서 있는 소진에게 다정한 눈짓을 보내고는 멀어졌다.

"저하…… 한 가지 염려되는 것이 있어서."

영의정이 주위를 경계하며 헌을 향해 허리를 기울였다.

"지금 궐에 있는 모든 군사 인력이 어디, 어디에 배치가 되었습니까."

"궐문을 지키고 있는 이들과 김 도령을 찾으러 간 이들 그리고 남은 이들은 그 세력이 한양 밖으로 도망치지 못하도록 한양을 빠져나갈 구멍을 죄다 막고 있을 것입니다."

그러자 영의정이 좀 전보다 더 은밀한 목소리로 입을 열었다.

"부원군과 우참찬, 그리고 중전이 보유하고 있는 군사 세력이 모두 더해지면 저하와 근위대들의 세력과 비등할 수도 있고, 까딱하면 더 많을 수도 있습니다."

"안 그래도 그것이 조금 염려되기는 하지만 워낙 뛰어난 훈련을 받은 이들이라."

"포도청 사람들이 김 도령의 편에 있다는 것도 찝찝합니다."

염려 섞인 영의정의 말에 헌도 천천히 고개를 끄덕였다.

"그것 역시, 저도 염두에 두고 있는 일이기는 합니다. 포도청 사람들이 은밀히 김 도령 세력을 돕는다면……"

"도성 문과 뱃길을 막는 것에 좀 더 많은 군사를 배치해야 할 성싶은데."

소진은 그 말을 모두 곁에서 듣고 있었다. 굳어가는 영의정의 표정만큼이나 그녀의 가슴도 초조함으로 딱딱해지는 듯했다.

"우선, 제가 보유하고 있는 사병을 저하께 드리겠습니다. 도성 문과 뱃길을 막는데 인원을 보충하시지요. 하오나 궐문 역시 좀 더 군사 인력을 보충하면 좋을 듯싶사옵니다만."

그 말에 소진이 영의정과 헌의 눈치를 살피며 슬그머니 입을 열었다.

"저⋯⋯."

조심스레 운을 떼는 그녀에게 헌과 영의정의 시선이 쏠렸다.

"보은군 대감과 민추환 대감마님의 도움을 받는 것이⋯⋯ 어떻겠사 옵니까? 사병이라면 그분들도 꽤 보유하고 계실 것이온데."

하지만 소진의 말에 두 사람은 말이 없었다. 그도 그럴 것이, 일이 이 사달이 났는데도 민추환은 코빼기도 내비치지 않고 있었다.

민추환을 포함한 화론파 대신 그 누구도 영의정을 찾아오지 않고 있 으니 영의정도, 또한 헌도 그들에게 선뜻 도움을 청하기가 꺼려졌다.

"민추환 대감과 보은군 마마의 사병이라면⋯⋯ 어째 해결이 될 것도 같기는 하다만."

영의정은 말끝을 흐리며 애써 소진의 시선을 회피했다. 그러곤 참담 한 마음으로 떨어지지 않는 입술을 달싹였다.

"세자 저하께서 어찌 반대 세력에게 감히 도움을 청하겠느냐. 내가 이곳에서 옴짝달싹 못 하고 있으니 민 대감을 만나러 가지도 못하는 처지고⋯⋯ 다른 방도를 찾는 것이⋯⋯. 차라리 수론파 대신들의 사병 을 따로 청하면 어떻겠습니까."

그러자 한참 영의정을 바라보고 있던 소진이 발끝만 바라보고 있던 헌을 올려다보며 말했다.

"아버지 쪽 대감들의 사병이 더욱 강력하지 않사옵니까. 그러니 아버 지께서도 제일 먼저 민 대감마님 사병을 생각한 것이 아니옵니까?"

"그게 무슨⋯⋯."

"아까 혼잣말하시는 것 들었어요, 아버지. 민 대감마님의 도움이 아 쉬워, 그런 말씀을 하신 것이 아닙니까?"

똑 부러지는 소진의 물음에 영의정은 아무런 말도 하지 못했다. 수론파 대신들의 사병을 죄다 모아봤자 영의정과 민추환의 사병 수에 크게 못 미쳤다. 권력의 크기와 사병의 규모는 맞먹는 것이었기에.

머뭇거리는 영의정을 바라보던 소진이 입술에 힘을 주었다.

"소녀가…… 보은군 대감을 만나뵙고 오겠습니다."

뜻밖의 말에 헌의 검은 눈동자가 떨렸다.

"낭자."

"청이라도 해봐야지요."

하얀 달빛이 고고하게 내려앉은 소진의 얼굴이 어느 때보다 다부졌다. 영의정과 헌을 번갈아 응시하는 그녀의 눈동자도 단단하게 빛났다.

"아버지를 찾지 않은 사람들에게 어찌 이곳까지 오라, 청을 넣겠습니까. 그렇다고 해서 아버지의 말씀대로 세자 저하께서 반대되는 세력에게 직접 도와달라 할 수도 없는 노릇이고."

"……."

"제가 있지 않습니까."

"낭자."

"소진아……!"

이내 소진이 씨익, 웃으며 영의정과 헌의 손을 각각 그러쥐었다.

"잊었사옵니까? 저도 두 분과 같은 배를 탔다는 것을요."

두 사람은 그녀의 따뜻한 온기가 번지고 있는 손을 내려다보았다.

"저하와 아버지께선 추국청에서 진실을 밝히는 데 힘써주시어요. 소녀는 김 도령을 추포할 수 있게, 민 대감마님과 보은군 대감을 만나뵙고 도와달라 청을 해보겠습니다."

그래도 걱정이 된다는 듯, 헌과 영의정이 여전히 근심으로 굳은 얼굴로 소진을 바라봤다.

"김 도령을 잡아야 하지 않습니까. 지금은 그 나쁜 자식을 잡는 것에 온 힘을 쏟아야 할 때입니다."

소진이 그렇게 말하며 잡은 두 사람의 손을 슬쩍 흔들었다. 그러면서 피식, 엷은 미소를 터뜨리며 말했다.

"두 분, 지금 같은 표정 짓고 계신 것 아시옵니까?"

그 말에 영의정과 헌이 동시에 서로를 바라보았다.

"……아."

"흠, 흠흠."

멋쩍은 듯 영의정이 헛기침하며 서둘러 헌에게서 시선을 거두었다. 헌도 갑자기 그와 시선을 마주친 것이 쑥스러운지 괜스레 먼 산만 바라보았다.

"하면 두 분께서는 지금 같은 마음이시겠지요?"

소진의 말에 애써 서로 다른 곳을 바라보고 있던 헌과 영의정이 그녀를 직시했다. 두 사람의 애정 어린 시선에 그녀는 빙그레 입매를 끌어 올리며 막 핀 꽃처럼 미소 지었다.

"알겠습니다. 소녀, 걱정은 마시어요. 아시겠지요, 두 분?"

그리고 그녀는 두 사람의 손을 놓으며 씩씩하게 발걸음을 옮겼다.

걱정 가득한 눈으로 봉희가 저 멀리서 소진을 바라보고 있었다. 소진은 그녀에게 손을 휘휘, 흔들며 입술을 벙긋거렸다.

"내가 꼭, 김 도령 잡아 올게!"

궐을 나선 소진은 숙자에게 곧장 봉희의 소식을 전했다.

─봉희 남편에게 가, 이 기쁜 소식을 전하여라. 벗과 식솔을 기다리는 백성들에게 단비 같은 소식이 될 것이야.

숙자가 봉희의 집 쪽으로 뛰어가는 것을 보고 소진도 걸음을 옮겼다. 그녀는 곧장 보은군의 사가로 달음박질쳤다. 소진은 조마조마한 마음으로 보은군을 기다렸다.

이내, 안에서 낮게 가라앉은 보은군의 목소리가 들렸다.

"잘 오셨습니다. 들어오시지요, 낭자."

곱게 휘는 그의 눈매를 바라보니 괜스레 긴장감으로 딱딱해진 소진의 마음이 풀어지는 것 같았다.

"무슨 일입니까. 이리 늦은 시각에 직접 발걸음 하시고요."

보은군이 걱정 가득한 눈으로 소진을 돌아보며 물었다. 소진은 잠시 머뭇거리다, 그의 방으로 들어섰다.

"출궁하신 지 꽤 되었는데 이제야 대감의 사가에 들렀습니다. 송구하옵니다, 대감."

그녀의 말에 보은군이 엷은 웃음을 띤 얼굴로 느리게 도리질했다.

"아닙니다. 그럴 상황도 아니지 않았습니까. 앉으시지요."

보은군이 먼저 자리에 앉고 소진이 그의 앞에 조심스럽게 앉았다.

"영의정 대감께서는 어찌하고 계십니까."

"그저 잘…… 견뎌내고 계십니다. 하온데 대감."

자신을 부르는 그녀의 목소리가 심상치 않은 것을 느낀 보은군은 말없이 입술을 꾹 다물었다. 그녀의 입에서 흘러나올 말이 궁금하면서도 어쩐지 긴장감에 허리가 뻣뻣하게 굳는 듯했다.

"중궁전의 밀실이 방금…… 드러났습니다."

"드디어…… 드디어 여인들을 구해낸 것입니까?"

그 소식은 보은군에게도 참 반가운 것이었다.

"그러합니다. 참으로 다행인 일이지요. 그 때문에 궐 안팎이 시끄럽습니다."

"저하께서 직접 중궁전의 밀실을 드러낸 것입니까?"

"예. 제 아버지께서도 이미 알고 계셨기에 이번 일에 가담을 하셨습니다."

"그래도 영의정 대감께서 큰 곤욕을 치르기 전, 중궁전의 일이 먼저 드러나 다행입니다."

"해서…… 저하께서 지금 그 일을 오늘 밤, 완전히 파헤쳐 세상에 드러낼 계획이십니다."

"그렇군요. 그것참 잘된 일입니다. 하면 김 도령의 행방은."

"지금 막 쫓고 있사옵니다."

"저하께서 그 사건을 진두지휘(陣頭指揮)하고 계신 것이옵니까?"

"예……. 해서 말입니다, 대감."

본론으로 들어가려는 듯 소진이 자세를 고쳐 앉으며 신중하게 입술을 뗐다.

"대감과 민 대감님의 사병이 필요합니다."

보은군의 눈이 조금 커지는 순간이었다.

"사병이요……?"

나라에서 개인이 군사력을 지니는 것을 금기했지만, 암암리에 대신들이 사병을 보유하고 있다는 것쯤은 소진도 그리고 헌도 알고 있는 사실이었다. 그랬기에 헌도 왜 사병을 보유하고 있느냐는 비난 대신 암묵적으로 그 존재들을 인정하고 나라의 위기인 만큼, 영의정과 민추환의 도움을 받기로 한 것이었다.

세자 다음으로 왕위에 닿아 있는 그가 선뜻 사병을 입에 담기가 껄끄러운 듯, 잠시 망설였다. 그러자 소진이 괜찮다는 듯이 고개를 끄덕이며 말을 이었다.

"괜찮습니다. 저하께서 그것으로 책을 잡지는 않을 것이어요. 저희 아버지께서도 보유하고 있는 무사를 저하께 보내기로 하였습니다."

"그렇습니까?"

"예. 김 도령이 한양을 빠져나가지 못하도록 궐에 있는 호위대가 도성 문과 뱃길, 그리고 한양 밖으로 향할 수 있는 모든 길을 가로막고 있사옵니다. 그리고 혹시 모를 사태를 대비해 궐문도 지키고 있고요."

"……아."

"거기서 남은 병사들이 지금 김 도령을 쫓고 있다고는 하는데, 턱없이 부족한 인력이라 대감께 청을 드리러…… 이렇게 왔습니다."

괜스레 이런 청을 하기 위해 발걸음 했다는 것이 미안하기도 했다. 평생을 궐에서 살다, 갓 출궁해 낯선 것도 많을 테고 외롭기도 한 그였을 텐데. 한번도 그에게 잘 지내느냐, 궐 밖 생활은 할 만하냐는 살가운 말도 건네지 못했던 소진이었다.

미안한 마음이 불쑥, 그녀의 마음을 헤집자 소진은 슬쩍 그의 시선을 회피하고 말았다. 그러자 맞은편에 앉아 있던 보은군은 그런 그녀를 이해한다는 듯이 살며시 미소를 그렸다.

"그럼 당연히 도와야지요. 어찌 그걸 그리 어렵게 청을 하십니까, 낭자."

"대감……."

"잊었습니까. 낭자의 벗을 찾는 그 일에, 나 역시 발을 벗고 나서서 돕기로 하였던 것. 내심 서운했습니다. 서운하다고 하는 것이 맞는 표현일지는 모르겠지만 사실 그런 마음이 불쑥불쑥 들고는 했지요."

갑작스러운 그 말에 소진은 조금 얼떨떨한 얼굴로 그의 다음 말을 기다렸다.

"걱정하지 마세요, 지금 당장 제 호위 무사들을 궐로 보내겠습니다. 외조부님께도 제가 잘 말씀드려 힘을 보탤 수 있도록 하겠습니다."

그 말을 끝으로 보은군이 바로 자리에서 일어나 안채의 문을 열었다. 그러자 안채를 지키고 서 있던 무사 하나가 그를 향해 허리를 굽혔다.

"지금 당장 무사들을 모두 모을 수 있도록 하여라."

소진은 선뜻 제 청을 들어주는 보은군의 모습에 가슴이 뭉클해졌다.

그때, 갑작스럽게 대문 밖이 소란스러워지기 시작했다. 동시에 대문을 바라보는 두 사람의 몸이 딱딱하게 굳어버렸다.

쾅, 쾅, 쾅 대문을 두드리는 거센 소리가 고요한 밤을 세차게 흔들었다. 하인들과 내관이 곳곳에서 뛰쳐나오며 보은군을 바라보았다. 순간 문밖에서 익숙한 목소리가 들려왔다.

"마마……! 납니다! 문을 열어주세요, 급히 전할 말이 있습니다!"

안 그래도 소진이 찾아가려고 했던 민추환이었다. 불길한 기운이 그녀를 엄습하던 찰나, 보은군이 황급히 소진의 손을 잡았다.

"뒷문이 있습니다. 뒷문으로 나가서 얼른 저하께 가세요. 외조부님은 반드시 설득시키겠습니다."

보은군이 그렇게 말하는 와중에도 대문 밖의 민추환은 사정없이 문을 두드리고 있었다.

"저하께 궐문 앞으로 힘을 보탤 무사들을 보낼 것이니 기다리고 있으라고 전해주세요."

"……민 대감님께서 허락해주실까요?"

아무래도 궐의 소식을 듣고 보은군을 보호하기 위해 한달음에 달려온 것 같았다. 저 문을 열면, 분명 민추환은 소진과는 반대되는 뜻을 보은군에게 전할 것이었다.

"무조건 보내겠습니다."

그와 동시에 내관은 더 기다릴 수 없다는 듯 발을 동동 구르며 보은군의 앞으로 다가왔다.

"어찌하올까요, 마마."

그러자 보은군이 소진을 내관 앞으로 데려갔다.

"낭자를 부탁하마."

"……예?"

"낭자가 궐까지 무사히 가는 것을 보고 돌아오도록 하라. 낭자가 뒷문으로 빠져나가고 나면 대문을 열고."

"예, 알겠습니다. 마마."

결국, 소진은 내관의 안내를 받으며 뒷문으로 향했다. 보은군의 배려에 소진은 연신 뒤를 돌아 그를 바라보게 됐다. 괜찮다며, 저만 믿으라는 듯이 보은군은 그녀를 향해 손을 흔들고 있었다.

"이쪽으로요, 아씨."

바삐 걸음을 옮기며 소진은 입술을 악물었다.

"좀처럼 입을 열지 않고 있습니다. 모르는 일이라고만 하옵니다."

헌은 어느덧 머리 위로 바짝 오른 달을 올려다보며 실소를 터뜨렸다.

"제 처소에 버젓이 밀실이 있었는데, 그것을 모른다? 거기에 길고양이가 들락날락한 것도 아니고 저렇게 많은 여인이 있었는데?"

중전을 추궁하던 금부도사의 말에 헌이 재미있는지 옅은 웃음을 뱉고 말았다. 여전히 고고하게 고개만 치켜든 채 눈을 감고 있는 중전을 향해 헌이 고개를 돌렸다. 어처구니없는 그녀의 말에 헌은 절레절레 고개를 저었다.

터벅터벅 중전의 앞으로 다가가 헌이 허리를 굽히며 그 비틀린 입술을 열었다.

"강씨 부인. 그 여인을 이리로 데리고 오면 저 밀실에 대해 좀 아는 것이 생기려나? 아니면 김 도령?"

김 도령이라는 말에 그제야 중전이 감았던 눈을 떴다.

"무례하군요, 세자. 감히 국모인 나를, 전하의 아들을 낳은 나를……
이리 험하게 대하시다니요?"

"……뭐요?"

"이 뒷일이 무섭지 않으십니까?"

그러자 헌은 중전의 귓가에 바짝 다가가 속삭였다.

"좀 닥치시지요, 중전마마. 아직은 내, 그대에게 마마라는 호칭을 쓰고 있지만, 한 번만 더 주제도 모르고 무례하게 군다면 나 역시 예의 따위는 치워버리고 지금 그대의 처지에 맞는 언사를 행할 것입니다. 알겠습니까?"

그와 동시에 헌의 등 뒤로 윤헌의 목소리가 들려왔다.

"저하……! 강씨 부인을 생포해 왔나이다!"

추국청 안 모든 이의 시선이 그쪽으로 쏠렸다. 추국청 앞에 막 당도한 소진도 문 너머에서 들려오는 그 목소리에 바삐 움직이던 걸음을 멈추었다.

"강씨 부인. 드디어 네 얼굴을 마주하는구나."

일 년 전, 치맛자락만 휘날리며 달아나던 그때 그 여인의 얼굴을 떠올리며 소진은 문고리를 잡았다.

"뭐? 사병을? 절대 아니 됩니다, 절대!"

소진의 예상대로 민추환은 보은군의 말에 펄쩍펄쩍 뛰었다.

"아무리 저하께서 지금 상황이 급해 대신들의 사병을 눈감아준다고 해도, 엄연히 그것은 전하의 권한에 맞서는 것이라 할 수 있고 나아가 반역의 씨앗이 될 수도 있음입니다."

"그렇다고 중궁전의 악행을 보고도 모르는 척하신단 말입니까."

"모르는 척이 아닙니다. 어차피 처음부터 연관이 되어 있었던 일도 아니고. 화론파 대신들은 물론이고 나 역시, 아예 몰랐던 일이니 지금 와서 나서는 것이 오히려 이상해 보일 수도 있습니다……!"

민추환의 말에도 보은군은 아무런 미동도 하지 않았다. 그의 고집스러운 모습에 민추환은 점점 더 불안해졌다.

"마마…… 어찌 그리……."

"애초에 그 일에 제가 개입되어 있었다면."

"예?"

"사병을 내어주실 것입니까?"

보은군의 말에 민추환의 얼굴이 심각하게 일그러지고 말았다. 불쑥 솟는 불안함에 대체 그게 무슨 소리냐며 그에게 물으려던 찰나.

바깥이 다시금 소란스러워졌다.

"마마…… 보은군 마마……!"

내관의 부름에 달싹이던 민추환의 입술이 맞물렸다. 보은군은 천천히 고개를 돌려 내관의 부름에 대답했다.

"무슨 일이냐."

"저, 그것이……."

내관이 안채로 들어서며 곤란한지 미간을 구겼다. 그의 표정에 민추환이 물끄러미 바깥을 바라보니, 화론파 대신들이 어느새 이곳까지 도착해 있었다.

"아니…… 어찌!"

민추환이 자리에서 벌떡 일어나 우르르 몰려온 대신들을 바라봤다.

"대체 이것이 무슨 일입니까!"

"대감, 말해보세요! 중전마마께서 백성들을 납치, 감금했다니요!"

"영의정 대감은 미리 알고 있었던 것 같은데. 이러다 저희까지 모두 불똥이 튀는 것은 아니겠습니까?"

늦은 밤이었지만, 중대한 일이 터진 만큼 대신들이 모두 한마음 한뜻으로 달려온 것이었다. 그들의 아우성에 민추환은 이러지도 저러지도 못한 채, 이마만 감쌌다.

"어찌하실 겁니까? 영의정 대감도 저렇게 된 마당에……."

"아니 영의정 대감도 참 너무하지 않습니까? 그런 어마어마한 일을 지금껏 꼭꼭 숨겼다는 것도 괘씸한데, 그것을 우리가 아닌 세자 저하께 제일 먼저 알리다니요!"

"맞습니다. 어찌 됐든 중전마마 역시 화론파의 일원이었는데 그런 일이 있으면 우리와 먼저 상의를 해 일을 어찌 해결한 것인지를 정해야지, 곧바로 저하와 손을 잡고 중궁전을 치다니!"

대신들의 아우성을 보은군은 고스란히 듣고 있었다. 소란스러운 외침에도 보은군의 표정은 조금도 변함이 없었다.

"이것은 말도 안 되는 일입니다! 우리를 먼저 배반한 것은 영의정이라고요! 살기 위해, 우리를 배반하고 수론파에 붙은 것입니다!"

"그래요. 이참에 영의정도 중궁전도 모두 화론파에서 내쳐야 합니다. 지금 세자 저하의 입지가 하늘 높은 줄 모르고 솟구치고 있는데. 이러다 저희 모두가 위험에 처할 수 있습니다."

"결단을 내려주시지요, 민추환 대감. 이번 일에서 아예 손을 떼고 영의정 대감을 화론파에서 내치십시오."

"저희는 이미 영의정이 화론파를 이끌 자격을 상실했다고 보고 민대감께 우리의 운명을 맡길 것입니다!"

민추환의 어깨가 무거워졌고 동시에 보은군은 의미심장한 표정을 지은 채, 대신들을 바라보고 있었다.

"이제 저희의 운명은 보은군 마마에게 달려 있사옵니다."

"자칫하다가는 우리 모두 중궁전과 함께 몰락할 수 있습니다. 그 일에 연루도 되지 않았는데, 죄를 함께 뒤집어쓸 수도 있다고요!"

그러자 민추환이 결심한 듯 등을 돌려 보은군을 바라보았다. 굳은 얼굴로 대신들만 바라보고 있는 보은군을 향해 민추환이 고개를 숙였다.

"마마……. 이제 우리 화론파의 명줄은 마마께서 쥐고 계십니다. 부디……."

그때, 보은군이 민추환의 말허리를 끊으며 단호하게 입술을 열었다.

"저하를 도울 것입니다."

"……예?"

결국, 보은군은 고집을 꺾지 않았다. 뜻밖의 말에 아우성치던 대신들이 한꺼번에 입을 다물고 말았다. 잘못 듣기라도 한 건 아닌지, 그들은 눈을 끔뻑이며 보은군을 바라보고 있었다.

보은군은 그들에게 한 발짝 더 가까이 다가가 낮은 목소리로 입을 열었다.

"나라의 위기입니다. 조선의 위기이며 왕실이 송두리째 뽑힐 비극이 닥친 것입니다."

"마, 마마……!"

"왕실을 기만하고 추악한 죄를 저지른 것은 중궁전입니다. 그리고 중궁전을 도와 그 죄에 가담한 세력이 궐 깊숙이 포진되어 있다면, 그것 역시 이 기회에 모두 뽑아 불태워버려야 할 일이지요. 한데 비겁하게 숨을 생각만 하고 계십니까?"

단호한 그의 말에 너 나 할 것 없이 영의정을 내쫓자, 발을 빼자 소리치던 대신들은 모두 꿀 먹은 벙어리가 되고 말았다.

"화론파, 수론파 모두 가는 길은 다르나 결국 같은 곳을 향하던 것 아니었습니까? 궐의 안녕과 조선의 평안, 왕실의 번영과 백성의 안위!"

내내 조용하고 말 없던 보은군이 그 어느 때보다 근엄한 얼굴로 소리치자 모두 고개를 조아릴 수밖에 없었다. 민추환은 안타까움에 속이 새까맣게 타들어가고 있었다.

"한데 저하께서 악의 뿌리를 뽑고 엄벌을 내려, 백성들의 억울함과 아픔을 치유하고 무너진 왕실의 기강을 다시 세우려 하시는데 어찌 도울 생각은 않고 도망칠 생각만 하는 겁니까! 지금부터 나, 보은군은 세자 저하를 적극적으로 도와 이번 중궁전에서 벌어진 불미스러운 사건을 해결하는 것에 일조할 것이며."

"……마마!"

"나아가 형님의 아우로서, 또한 저하의 신하로서! 저하께서 왕위에 오르시어 조선을 다스리는 그날까지 혼신의 힘을 다해 저하의 뜻을 따를 것입니다. 하니, 나로 인해 부귀영화를 누린다거나 입신양명할 생각은 지금 이 시각 이후로 접어야 할 것입니다."

이내 보은군은 직접 밖으로 나가 아직 잡히지 않은 김 도령의 행방을 쫓기 위해 칼을 뽑아 들었다. 그 모습에 민추환이 절대 안 된다는, 마지막 몸부림이라도 치려는 듯 그 앞을 가로막고 섰다.

"아니 되옵니다, 마마……! 그 일에 가담도 하지 않았던 마마께서 왜, 자처해 위기를 맞으려 하십니까! 영의정 대감 때문에 그러는 거라면……."

"아니요. 저는 이미, 저하와 같은 뜻이었습니다. 저 역시 이번 중궁전 밀실 사건을 해결하기 위해 처음부터 나섰습니다."

보은군의 선언에 넋이 나간 대신들은 허망함이 가득한 눈동자로 보은군을 올려다봤다.

"이것이 그 증좌라면, 믿겠습니까?"

그러면서 보은군은 품속에서 무언가를 꺼내 대신들의 앞에 내보였다. 놀란 민추환은 보은군이 꺼낸 종이 한 장을 서둘러 받아 들었다.

"김 도령은 노름꾼들에게 여인들을 사들이기 위해 산속에 비밀 투전판을 만들었습니다. 그 비밀 투전판의 위치가 그려진 지도입니다."

"……이것을 어찌."

"내가 해결하기 위해 가담했던 이 일을, 끝까지 갈무리 지을 생각입니다. 강요하진 않겠습니다. 하니 내 뜻을 따르실 분들만 따르시지요."

그 말을 끝으로 보은군은 민추환을 지나, 자신의 무사가 모여 있는 곳으로 휘적휘적 걸어갔다. 그가 굳게 그러쥔 칼이 달빛을 받아 반짝이고 있었다.

그 모습을 민추환은 허무한 얼굴로 바라보다 그만, 스르륵 자리에 주
저앉고 말았다.

"하긴 모르는 이라고 딱 잡아떼면 될 일. 그렇지요?"

한편, 추국청 안은 강씨 부인이라는 새로운 인물의 등장에 공기의 흐
름이 뒤바뀌고 있었다.

중전은 자신의 곁으로 터덜터덜 끌려오는, 자신과 같이 소복 차림을
한 그녀를 물끄러미 바라봤다. 하지만 강씨 부인은 좀처럼 중전과 눈을
마주치지 않고 있었다.

이내 강씨 부인은 중전의 옆에 나란히 앉혀졌다.

"이 여인은 김 도령의 부인이자 한양의 여인들을 직접 입궐시켜 그대
에게 보인 장본인이지요. 좀 알아보겠습니까?"

헌은 비스듬히 고개를 꺾어 중전 김 씨를 향해 물었다. 중전은 피식,
조소하며 가볍게 어깨를 으쓱였다.

"내 옆에 앉은 이년이 모든 일을 꾸몄단 말입니까? 감히 겁대가리도
없이 중궁전 처소에 쥐구멍을 만들어 자기가 빼돌릴 여인들을 모두 숨
겨놓았다? 네가 그러고도 살아남을 줄 아느냐?"

오히려 중전은 강씨 부인을 향해 버럭 소리치며 무서운 기세로 눈을
희번덕거렸다. 그러자 강 씨는 벌벌 떨며 고개를 푹 조아린 채 두 손을
모아 싹싹, 빌기 시작했다.

"사람 잘못 보셨습니다! 김 도령이라는 자가 누구인지 저는 죽어도

모르옵니다! 그저 그날, 애월루라는 기방에 가 김 도령의 소식을 듣고 오라는 웬 여인의 부탁으로 발걸음한 것이었습니다. 저는 죽어도 김 도령이라는 자를 모릅니다. 그리고 그 여인들과 저는 아무런 관계도 없습니다!"

일관된 거짓말에 헌이 언성을 높였다.

"일 년 전! 네가 김 도령과 함께 손을 잡고 뛰어가는 것을 본 이가 있다! 그날도 마을의 여인들을 빼돌리기 위해 김 도령과 모의 중이었겠지?"

그 말에 가면을 쓴 것처럼 꾸민 표정으로 앉아 있던 중전의 눈빛이 묘하게 변했다.

"제, 제가…… 김 도령과요? 아닙니다. 결코, 아닙니다! 저는 김 도령의 얼굴도 모르는 것을요?"

살기 위해 끝까지 거짓을 뱉어내는 강 씨를 세찬 눈길로 바라보던 헌은 굽혔던 허리를 폈다. 그러곤 저 멀리 추국청 문 앞에서 기다리고 있던 소진을 발견하곤 입술을 열었다.

"일 년 전, 풍등제가 열리던 밤. 너와 김 도령을 목도한 이가 지금 이곳에 와 있다."

"……!"

"영의정 대감의 여식 한 규수."

동시에 중전과 강씨 부인의 턱 끝이 예민하게 떨리기 시작했다.

"한 규수는 이쪽으로 와 그날 밤, 그대가 보았다는 김 도령 부인의 얼굴을 확인하라!"

헌의 명령에 무표정하게 서 있던 소진이 조심스럽게 걸음을 떼었다. 소진이 거리를 좁혀올수록 두 여인의 얼굴이 사색이 되어가는 것이 보였다. 영의정은 근심 가득한 얼굴로 헌의 앞으로 다가가는 소진을 바라봤다. 소진은 아직 강씨 부인의 얼굴을 확인한 적이 한 번도 없었다. 그 때문에 소진이 그때 그 여인을 여전히 기억하고 있을진 미지수였다.

반듯한 자세로 고개를 조아린 채 헌의 앞으로 다가온 소진은 발아래에 무릎을 꿇고 있는 두 여인의 정수리를 바라봤다. 같은 소복을 입은 채, 같은 쪽 찐 머리를 한 이들. 소진은 가만히 눈을 감고 그날 밤 보았던 여인의 얼굴을 다시금 떠올렸다. 눈앞에 생생히 그려지는 김 도령 곁에 있던 여인의 얼굴. 그제야 소진은 감았던 눈을 떠, 얼굴을 내려다 봤다. 순간, 여인의 얼굴을 확인한 소진이 아랫입술을 질끈 깨물었다.

'맞아……! 그때 그 여인이야!'

그때의 얼굴을 다시 마주한 소진은 확신에 찬 음성으로 입을 열었다.

"예. 그때 그 여인이 맞습니다. 김 도령과 손을 꼭 맞잡은 채, 장옷을 휘날리며 뛰어가던 여인이요. 생생히 기억합니다."

그 말에 헌이 더 들을 것도 없다는 듯 고갯짓을 해 보였다.

"뭣들 하느냐. 강 씨를 지금 당장 옥에 처넣거라. 김 도령이 생포되는 대로 즉시 죄를 물어, 엄벌에 처할 것이니."

헌의 명령과 동시에 의금부 무사들이 달려와 강씨 부인을 포박했다. 그런데 그 모습을 말없이 바라보고 있던 소진의 눈이 의문스럽게 커졌다.

"어찌…… 저 여인을……?"

그 말에 헌도 그리고 강씨 부인도 모두 소진을 바라봤다. 그때 발버둥 치는 강씨 부인을 끌고 가려는 무사들의 손을 제지하며 소진이 소리쳤다.

"왜 중전마마를 데려가는 겁니까?"

마른하늘에 날벼락과도 같은 소진의 말에 추국청 안이 순식간에 얼어붙었다.

"중전……마마라니요?"

헌이 제 귀를 의심하듯 소진에게 되물었다. 그러자 소진의 시선이 여전히 흙바닥 위에 무릎을 꿇고 앉아 있는 중전 김 씨에게 닿았다.

"강씨 부인은 저 여인입니다."

소진의 입에서 튀어나온 뜻밖의 말은 모두를 굳어버리게 했다. 지목당한 중전도 그리고 끌려가던 강 씨도. 이를 지켜보고 있던 궁인들도 헌의 명령을 따르던 무사들도.

모두 같은 얼굴로 이 상황이 대체 어떻게 된 것인지 파악하기 위해 열심히 눈동자를 굴려대고 있었다.

하지만 이들 중 제일 당황한 건 헌과 소진이었다.

"……강씨 부인이 누구라고요?"

믿을 수 없는 얼굴로, 믿을 수 없다는 듯한 목소리로 헌이 물었다.

소진을 마주한 그의 눈동자가 파르르 떨리고 있었다. 모든 이들의 시선이 그녀에게 향했고 소진은 이 이상하고도 잔뜩 흐린 기운을 온몸으로 느끼며 입술을 짓씹었다.

'무언가 크게 잘못된 듯한…… 이 이상한 반응들은 무엇이지?'

잠시 머뭇거리던 소진이 손을 들어 호위대에 끌려가던 강 씨가 아닌, 중전 김 씨를 지목했다.

"이…… 여인이요."

그녀의 손이 정확하게 중전 김 씨를 가리켰다. 순간, 내내 평정심을 유지하려 애쓰던 중전이 처음으로 흐트러진 모습을 보였다.

"네 이년!"

소진의 말에 크게 동요하며 자리에서 벌떡 일어선 중전의 눈이 빨갛게 충혈되고 있었다. 난데없이 자신을 향해 '네 이년'이라고 욕하는 중전을 바라보며 소진은 눈을 동그랗게 떴다.

"내가 누군 줄 알고 망발을 하는 것이야!"

중전의 반응에 그제야 소진의 머릿속에도 불이 번쩍 켜졌다.

'설마…… 이 여인이 중전마마?'

중전과 스칠 일은 많았지만, 단 한번도 그녀의 얼굴을 제대로 본 적 없었던 소진이었다. 그래서 궁인들과 중전의 이런 반응에 소진의 눈앞이 새하얘졌다.

"혹…… 중전……."

놀란 그녀가 파리해진 얼굴로 입술을 달싹이는데, 헌이 소진의 앞을 가로막고 섰다. 이내 그가 다급하게 소진에게 되물었다.

"참입니까?"

"예?"

"참으로 이 여인이 그날 밤 보았던, 김 도령의 부인이란 말입니까?"

저 멀리 서 있던 영의정도 경악하며 소진이 있는 쪽으로 달려왔다. 그 역시 헌과 마찬가지로 황급히 그녀에게 따져 묻고 있었다.

"대체 그것이 무슨 말이냐, 소진아."

"……아버지."

"똑바로 다시 보거라. 그날의 기억이 조금도 틀려서는 아니 돼!"

행여 소진의 이 발언이 실수일까 봐. 잘못된 기억으로 감히 왕의 여인인 중전을 외간 사내, 그것도 수배령이 내려진 죄인의 여인으로 지목했을까 봐. 소진의 손이 중전을 가리키자마자 영의정의 등골이 오싹해지고 말았다.

"낭자……. 잘 보셔야 합니다. 조금의 실수도 있어서는 아니 됩니다."

헌 역시 소진이 위기에 처할까, 잔뜩 긴장한 얼굴로 그녀를 응시하고 있었다. 실수여서는 안 된다고. 절대, 그대가 잘못 본 것이면 아니 된다고. 잔뜩 깊어진 헌의 눈빛이 소진을 향해 그렇게 말하고 있었다.

헌과 영의정의 반응에 소진은 다시, 중전을 바라봤다. 부들부들 떨며 자신을 뚫어져라 응시하고 있는 그녀를 마주하며 소진이 입을 열었다.

"그날 밤 제가 본, 김 도령과 손을 잡고 가던 여인은 이분이 맞습니다. 확실합니다. 한데…… 혹 이분이 중전마마인 것 입니까?"

똑 부러지는 소진의 대답에 중전이 다시 한번 더 그녀를 향해 소리를 내질렀다.

"닥치지 못해? 감히 전하의 여인인 내게 그런 모욕적인 언사를 행하고도 네가 무사할 것 같아?"

하지만 위협적인 중전의 포효에도 소진은 눈 하나 깜빡하지 않았다. 오히려 좀 전보다 태연하고 덤덤한 모습으로 중전을 똑바로 직시했다.

"송구하오나. 중전마마라고 하시어도 제 대답은 변함이 없습니다."

"뭐, 뭐?"

"제가 그날 본 분은 중전마마가 맞습니다."

말문이 턱, 막히고 말았다. 동시에 강씨 부인을 끌고 가던 호위대가 그녀를 놓고 헌의 다음 명령을 기다리고 있었다. 소진은 중전을 빤히 바라보다가, 헌을 향해 등을 돌렸다. 소진의 대답에 심란해진 그는 조금 얼떨떨한 얼굴로 입술을 악물었다.

"……하면 그날 밤 내가 쫓은 것이……."

그제야 풀리지 않은 의문이 해소되는 순간이었다. 김 도령의 얼굴을 보아도, 그의 부인이라는 강씨 부인을 보아도 자신과는 일면식도 없는 사람들인데. 일 년 전, 자신이 왜 그들을 미친 듯이 쫓다 공격을 받은 것인지. 좀처럼 이해되지 않던 자신의 행동을 이제야 알 것 같았다.

동시에 온몸의 털이 쭈뼛 섰다.

'그럼 내가 그날 밤…… 중전의 밀회라도 봤다는 것인데.'

아직 기억은 돌아오지 않았지만 더는 그 기억을 찾기 위해 애쓰지 않아도 됐다. 지금까지는 잃어버린 기억 속 그날, 자신이 왜 저 둘을 쫓았는지에 대한 이유를 알지 못했기에 반드시 기억을 되찾아야만 했지만.

이젠 아니었다.

강씨 부인이 아닌 중전 김 씨라면, 자신이 당연히 그 두 사람의 뒤를 미친 듯이 뒤쫓았을 테니까.

"그랬군…… 그래서…… 그날 그랬었군, 내가."

나지막이 혼잣말을 중얼거리는 헌을 바라보며 소진이 걱정스럽게 물었다.

"하면 이제 어찌……."

그 순간, 중전이 소진의 팔을 우악스럽게 잡아채며 고성을 질렀다.

"네년의 말만으로 그것이 사실이 될 수 있다고 생각하는 것이야?"

그러자 헌이 곧바로 중전의 손을 제지하며 맞받아 소리쳤다.

"한 명이 아닙니다!"

"뭐요?"

"그날 밤, 김 도령과 중전 김 씨가 함께 있는 것을 본 이가 한 규수 말고 또 있다면요. 인정하겠습니까?"

생각지도 못한 헌의 말에 이번에는 소진이 화들짝 놀랐다.

'기억이…… 돌아온 것입니까?'

헌을 빤히 올려다보는 소진의 가슴이 세차게 뛰기 시작했다. 이내 성난 얼굴로 중전의 손을 쳐내던 헌이 차분하게 말문을 열었다.

"내가 보았지요."

"······뭐라고?"

그제야 영의정이 한시름을 놓은 듯, 파르르 떨며 꽉 쥐고 있던 주먹을 풀었다.

"그날, 잠행을 나갔다가 웬 낯선 사내와 두 손을 꼭 붙들고 저잣거리를 돌아다니는 중전 김 씨의 모습을 보았습니다. 설마 하는 마음으로 그 뒤를 쫓았지요. 한데 의문의 공격을 받고 그 자리에서 나는 쓰러졌고, 둘은 곧장 애월루가 있는 쪽으로 도망을 쳤습니다."

헌의 증언까지 이어지자 추국청 안이 소란스러워졌다. 중전은 이리저리 눈동자를 굴리며 마땅한 변명거리를 찾기 위해 애쓰고 있었다.

"당황한 기색이 역력한 것을 보니 그날, 그쪽 무사가 웬 사내 하나를 공격해 쓰러뜨렸다는 이야기는 전달받지 못했나 봅니다."

"거짓말, 거짓말, 거짓말······!"

"아니? 한 규수의 증언과 내 말이 진실이라는 것을 이미 그대는 알고 있습니다."

"거짓이야! 누구를 능멸하는 것이야, 누구를!"

"어차피 진실은 그대와 나 둘만 알면 될 일이며, 더욱이 내가 알아야 할 일! 그 진실을 이제 내가 알았으니, 그대와 김 도령의 변명과 거짓말 따위는 내게 중요치 않습니다."

점점 더 중전과의 거리를 좁혀가던 헌은 그녀를 더욱이 압박하며 입술을 달싹였다.

"전하의 승은을 입은 귀한 몸으로······ 외간 사내와 내통(內通)한 그 죄는, 그대가 저지른 그 어떤 죄의 무게보다 무거울 것입니다."

그리고 헌은 다른 말 없이, 고갯짓 한 번으로 중전을 포박시켰다. 그가 까딱 고갯짓을 해 보이자 호위대는 기다렸다는 듯 중전의 양팔을 압박해 끌고 갔다.

끌려가는 내내 중전은 모함이다, 함정이다 하며 발버둥 치고 있었다. 헌의 검은 눈동자가 그런 중전의 뒷모습을 빤히 좇았다. 그러다 한쪽 구석에서 벌벌 떨고 있는 중궁전 밀실에서 나온 여인들을 돌아보았다.

"오래 걸리지 않을 것이오. 그대들이 받아야 했던 고통과 아픔, 그리고 느껴야만 했던 두려움과 상실감을 저들에게 반드시 갚아주겠소."

소진은 그렇게 중얼거리는 헌을 젖은 시선으로 한참 바라보다 반듯하게 고개를 조아렸다.

"저 여인들이 머무를 만한 처소를 알아보거라. 김 도령을 생포해 얼굴을 확인할 때까지 따뜻하게 지낼 수 있는 곳으로."

"예, 저하."

제 35 장

지켜내야 할, 조선

한바탕 소란이 일었다, 그치자 소진은 헌에게 조심스레 다가갔다.

"한데 기억이…… 돌아온 것입니까?"

주위를 휘휘, 둘러보며 소진이 은밀히 물었다. 그러자 그는 여전히 엷은 미소를 띤 채 천천히 도리질했다.

"그러나 이제는 그것은 중요한 것이 아니게 됐습니다."

"예……?"

"내가 그날 왜 김 도령과 강씨 부인을 쫓았는지, 도무지 알 길이 없어 반드시 기억을 찾아야만 했지만."

"……."

"이젠 그 이유가 사라지지 않았습니까. 중전과 김 도령의 밀회를 목격했기에 둘을 미행한 것이 되었으니까."

소진 역시 그의 손을 꼭 잡고서 이제 행복할 일만 남았다고 속삭여주고 싶은 충동을 억누르며, 말없이 그와 시선을 맞추었다.

"조금 더…… 버텨요, 우리."

그를 안아주는 대신 소진은 그 말을 남기고서 한 걸음 물러났다. 그러곤 봉희가 있는 곳으로 가기 위해 그녀가 막 등을 돌렸는데, 등 뒤에서 헌의 은밀한 지시가 들려왔다.

"김 도령을 직접 잡으러 나가야겠습니다."

그 말에 소진이 걸음을 멈추고 헌을 돌아보았다. 헌이 영의정과 이야기를 주고받고 있었다.

"추국청은요."

"보은군이 무사를 보낸다고 합니다. 여기 있는 호위대들에게 추국청을 맡기고 저는 보은군과 함께 아무래도 저잣거리로 나가봐야 할 것 같습니다."

"저하께서 직접 움직이시면 위험에 처할 수도 있습니다. 안 됩니다."

영의정의 만류에도 헌은 굳은 의지를 다졌다.

"직접 잡고 싶습니다. 절대, 한양을 빠져나가 몸을 숨기지 못하도록 내 손으로 잡고 싶습니다. 병상에 계신 아바마마를 농락한 두 벌레를 반드시 잡아, 아바마마 앞에 무릎을 꿇릴 것입니다."

두어 걸음 떨어진 곳에서 헌의 말을 듣던 소진의 가슴도 착잡해졌다. 자신이 목격한 것이 조선의 국모인 중전의 밀회 장면이었다니. 당시에는 몰랐던 진실을 일 년이 지난 지금에야 알게 된 소진은 손이 덜덜 떨리는 것 같았다.

헌이 서둘러 환복하고 궐을 나서려 몸을 움직이는데, 저 멀리서 내관이 허겁지겁 뛰어오는 것이 보였다.

"저하…… 궐문 앞에……."

소진도 그리고 헌도 모두 걸음을 멈추고 내관을 바라보았다.

"아휴…… 큰일이 났습니다!"

"무슨 일이냐."

"궐문 앞에…… 아휴, 일단 빨리 가보셔야 할 것 같습니다!"

다급해 보이는 내관의 얼굴에 헌이 서둘러 무사들과 함께 걸음을 옮겼고 소진도 그 뒤를 따르기 위해 봉희에게 다가갔다.

"봉희야, 우선 상궁 마마님들을 따라서 처소에 가 있어. 무슨 일인지 확인하고 금방 올게."

"몸조심해야 해, 알았지?"

"알았어."

소진은 멀어지고 있는 헌의 뒤를 빠르게 따랐다. 그녀의 등 뒤로 영의정와 봉희의 걱정스러운 눈길도 그림자처럼 따르고 있었다.

"하아, 하아……."

헌과 소진이 한참 달려 차오르는 숨을 가다듬고 궐문 앞에 도착했다.

"자리를 단단히 지킵시다!"

"결코, 물러나선 아니 되오!"

궐 담을 타고 흐르는 소란스러운 소리에 둘의 눈이 동그래졌다.

"이게 다 무슨……."

약간 겁에 질린 소진이 마른침을 꼴깍 삼키며 두 손을 모았다. 벌써 김 도령의 무리가 궐문 앞을 장악한 것인지. 심상찮은 소란에 점점 긴장감이 궐문 뒤에 서 있는 헌과 소진의 무리에게 퍼져가고 있던 그때, 헌이 검을 꽉 그러쥐며 무사들에게 명령을 내렸다.

"궐문을…… 열어라."

그 말과 동시에 무사들은 헌을 보호하는 구도로 섰고 헌은 소진을 자신의 뒤로 꼭, 숨겼다.

"궐문이 열리면…… 반드시 안쪽으로 달아나야 합니다, 낭자."

팽팽히 날 선 기운이 궐 안을 휘감았다. 곧 무장한 무사 하나가 궐문으로 조심스럽게 다가가 굳게 잠긴 궐문을 휙 열어젖혔다

눈앞에 펼쳐진 놀라운 광경에 헌과 소진의 눈이 커지고 말았다. 궐문

앞에는 김 도령의 세력이 아닌, 백성들이 너 나 할 것 없이 곡괭이와 낫, 호미 등을 손에 쥔 채 지키고 서 있었다! 그들은 갑작스럽게 궐문이 열리자 잔뜩 굳은 얼굴로 모두 안쪽을 바라보았다.

"그대들이 어찌……."

놀란 헌과 소진은 말문이 막혔다. 곧, 내관의 외침이 긴장한 채로 서로를 바라보고 있던 두 세력을 하나로 만들었다.

"세자 저하시다! 모두 예를 갖추어라!"

백성들은 헌을 발견하고는 재빨리 고개를 조아렸다.

"이젠 저희가…… 저하를 지켜드릴 것입니다!"

"맞습니다! 저희 식솔을 구해주셨으니 저희가 궐을 지키겠습니다!"

하나가 되어 포효하는 백성들의 아우성에 헌과 소진의 가슴은 동시에 뜨거워지고 말았다. 어느새 소진의 눈시울이 붉어졌다.

"그대들이……."

벅차오르는 감동과 말로 형용할 수 없는 뜨거운 감정들이 치열하게 뒤섞이고 있었다. 그때, 인파를 헤치고 저 멀리서 익숙한 얼굴이 소진에게로 다가왔다.

"소진아!"

봉희의 남편이었다. 소진이 눈을 동그랗게 뜨고서 그에게 달려갔다.

"이게 다 어찌 된 일이야……!"

놀란 그녀의 반응에 봉희 남편이 자신의 뒤에 서 있는 백성들을 돌아보았다.

"내가 다 전하였어. 세자 저하와 네가 우리 식솔들을 보호하고 있다고……! 그랬더니 모두 저렇게 버선발로 뛰쳐나온 것이야."

"……아."

"궐을 지켜야지. 지금 그 진짜 범인을 아직 잡지 못하였다면서."

"응. 안 그래도 그자를 잡으려고 저하께서 직접 출궁하시려고 해."

소진의 말에 봉희 남편이 목소리를 낮추며 주위를 휘휘 둘러보았다.

"오다가 보니까 도성 문과 뱃길, 산길, 모두 군사들이 꽉 막고 있더라고. 저잣거리도 막 무장한 군사들이 이리저리 뛰어다니는 것을 보니…… 아무래도 궐문을 우리가 지키고 있어야 하겠더라고. 식솔들을 찾고 싶어도 아무것도 할 수 없어 손 놓고 울기만 하던 우리인데…… 그런 우리를 위해 저하께서 직접 위험을 무릅쓰고 저들과 맞서, 식솔들을 구해주신 거잖아."

봉희 남편의 눈가에도 어느새 굵은 눈물방울이 그렁그렁 맺혀 있었다. 그는 하도 눈물을 닦아 달아버린 소맷자락으로 슥, 눈가를 훔치더니 다시 목구멍에 힘을 주었다.

"가만히 앉아 도움만 받을 수는 없어. 그래서 내가 아재들하고 벗들한테 이야기해, 궐문을 지키자고 했어."

"……고마워. 정말 고맙다."

"고맙긴. 고생은 너와 세자 저하께서 다 하셨는데."

어느새, 소진의 곁으로 하나둘 모여든 백성들이 저마다 고개를 끄덕이며 힘차게 소리쳤다.

"무슨 일이 있어도 이 궐만큼은 저희가 지키겠습니다요!"

"예, 아씨. 하니 걱정하지 말고 그 김 도령인지 이 도령인지 하는 극악무도한 자를 꼭 잡아주세요."

"보니까 포도청 사람들도 다 한통속이었어요! 믿을 곳은 이제 이 궐밖에 없습니다. 부디 저 안에 갇혀 있는 우리 식솔들……. 꼭 좀 무사히 돌아올 수 있게 해주세요."

눈물로 애원하는 백성들을 한 명, 한 명, 돌아보던 소진의 가슴이 뭉클해졌다. 곡괭이를 쥔 손에 힘을 주며 전의를 다지는 이도 있었고, 그 사이사이에는 흐르는 눈물을 주체하지 못한 채 닦는 이들도 있었다.

"곧…… 그토록 그리워하던 가족을 볼 수 있을 것입니다. 조금만 더…… 버티세요."

소진도 울먹이며 그들에게 힘을 실어주기 위해 주먹을 꽉 쥐어 보였다.

"예! 그때까지 궐은 소인들에게 맡기세요."

"고맙습니다. 모두…… 고맙습니다."

헌 역시, 그 모습을 물끄러미 지켜보다 소진의 곁으로 다가왔다. 그러곤 자신을 향해 서둘러 고개를 조아리는 백성들을 찬찬히 돌아보며 말문을 열었다.

"그대들을 보니 조선의 앞날이 참으로 밝은 것 같소."

그렇게 말하며 헌은 막 도착한 말 위에 올라타며 소진에게 나지막이 일렀다.

"궐은 백성들에게 맡기고 나는 속히 김 도령을 잡아 와야겠습니다. 여인들과 이곳을 잘 부탁합니다."

"예, 저하. 반드시…… 김 도령을 잡아 오세요."

헌이 가볍게 고개를 끄덕이며 말고삐를 꽉 움켜쥐었다.

곧 궐문 앞을 단단히 가로막고 있던 백성들이 물러나기 시작했다. 인산인해를 이루어 좀처럼 틈이 보이지 않았는데 순식간에 길이 나타났다. 그 사이로 헌이 탄 말이 지나갔고 그의 무사들이 그 뒤를 따랐다.

"저하, 고맙습니다!"

"몸 조심히 돌아오십시오, 저하!"

434

백성들의 인사를 받으며 헌이 멀어졌고, 그 모습을 지켜보고 있던 소진은 두 손을 꽉 모았다.

'……다치면 아니 됩니다. 무사히 돌아오시어요, 저하.'

"나비라고 했다고?"

"응, 저들끼리 쓰는 비밀 용어인 것 같았어."

여인들이 모여 있는 처소로 돌아온 소진은 그들에게 그간 있었던 일을 전해 듣고 있었다.

지금 이 여인들 모두, 봉희와 같은 날 밀실에 갇힌 여인들이라고 했다. 봉희가 그곳에 끌려갔을 때 한 무리의 여인들이 새벽을 틈타 막 밖으로 나갔다는 말도 전했다.

"처음 그곳에 갇혔을 때…… 나비를 막 날려 보냈다, 뭐 이런 말을 썼었어."

봉희의 말에 소진이 잠자코 생각에 잠겼다.

"아마 저 밀실에 갇혀 있던 여인을 나비라고 칭하고, 출궁을 날려 보낸다고 표현해, 귀를 속인 것 같아."

소진이 나지막이 중얼거리자 그 말을 듣고 있던 한 여인이 무언가 생각난 듯 황급히 말을 보탰다.

"저…… 바다를 건너서 간다고 했어요. 집으로 돌려보내달라고 사정했을 때는 집보다 더 좋은 곳으로 보내준다고도 했었고요. 입고 먹고 자는 것에도 불편함 없이 호화를 누리며 살 것이라 했습니다."

여인이 그렇게 말하자 소진이 버럭 화를 내며 미간을 구겼다.

"……식솔들이 없는데 어찌 더 좋은 곳이라 하는 것이오! 참으로 이해할 수 없는 사람들입니다."

봉희가 그녀의 손을 꼭 잡으며 그래도 다행이라는 듯, 엷게 미소를 그렸다.

"그간 잘 지낸 것이야? 너를 만나고도 네 안부조차 묻지 못하였네."

"잘 지냈겠니? 못 지냈지. 네가 없어져서."

퉁명스러운 듯하면서도 따뜻한 소진의 대답에 봉희의 눈동자가 촉촉하게 젖었다.

"나도…… 못 지냈어. 소진이 네가 보고 싶어서."

"네 남편도 못 지낸 건 마찬가지야. 다들…… 여기 있는 식솔들 그리워하느라 모두 살아도 사는 것이 아니었을 것입니다."

여인들이 훌쩍, 훌쩍 눈물을 훔치며 고개를 끄덕이고 있었다.

"삼시 세끼는 꼬박꼬박 잘 챙겨주었다고?"

"응, 그리하였어. 뭐 배를 곯는 일도 없고 씻지 못한 일도 없고……. 오랫동안 이런 일이 반복된 것처럼 그 밀실 안에서의 생활은 꽤 체계적으로 돌아갔어."

소진이 심각한 얼굴로 봉희의 이야기를 들었다.

"바깥소식을 듣지 못할 뿐이지, 우리끼리 안에서는 이런저런 이야기들 나눴어."

"도망칠 생각은? 엄두도 못 한 것이야?"

"당연하지. 반 시진에 한 번씩 감시하러 궁녀들이 내려왔어."

"혹…… 너희를 그렇게 가둔 중전마마는 본 적 있어?"

소진의 목소리가 매우 조심스러웠다. 중전은 자신과는 무관한 일이라고 딱 잡아떼고 있으니 이들에게 증언이라도 확보할 참이었다. 질문을 던진 소진은 봉희의 대답을 조마조마한 마음으로 기다렸다. 봉희는 머뭇거리다가 여인들을 한번 돌아보고는 은밀히 입술을 뗐다.

"뵌 적 있어."

봉희의 대답에 소진의 눈이 커다래졌다.

"어떻게? 중전마마께서 밀실로 직접 갔을 것 같지는 않은데……."

"그곳에 들어갔을 때가 깊은 새벽이었던 것으로 기억해."

기억을 더듬으며 봉희가 조심스레 말을 이어갔다.

"그리고 다음 날이었을 거야. 그때 차례로 무리를 지어 중궁전 안으로 들어갔어."

"……그랬어?"

"거기서 처음이자 마지막으로 중전마마를 뵈었지."

그때를 떠올린 듯, 봉희를 포함한 다른 여인들이 모두 어두운 얼굴로 서로를 힐끔거렸다. 소진의 낯빛이 심각하게 굳어갔다.

"뵈어서…… 무얼 했어?"

"그냥 우리 모두를 유심히 살폈어. 얼굴과 몸…… 곳곳을……."

봉희는 미간을 구기며 온몸을 파르르 떨었다.

"한참 우리를 살피던 중전마마께서 상궁 마마로 보이는 분에게 무어라 말을 전하더니 우리를 두 무리로 나누어놓았어."

"그게 무슨 말이야?"

방 안 공기는 순식간에 가라앉았다. 소진이 봉희의 차가운 손을 꼭 움켜쥐며 그녀에게 바짝 다가가 앉았다.

"처음에는 뒤죽박죽, 그냥 아무렇게나 철창 안에 가둬놓는데, 중전마마를 뵙고 난 후에는 무슨 기준으로 그런 건지는 모르겠지만 여인들을 두 부류로 나누어서 따로 가두었어. 꼭, 쓰임에 따라서 나눈 듯한 기분이 들었거든."

봉희가 그렇게 말하자 모두 그녀의 말에 동의하듯 고개를 끄덕였다.

"맞아요, 아씨. 봉희댁이 있던 무리가 우리보다 먼저 밖으로 나갈 것
이라는 이야기를 얼핏 들은 적 있어요."

"들어온 것은 같은 시일에 들어왔으나, 출궁은 다른 날 한다?"

소진이 그녀의 말을 곱씹자, 여인들이 하나둘 고개를 끄덕였다.

"처음 이곳에 올 때도 사실 두 부류로 나누었거든요. 그 아까……
아씨께서도 보셨던 그 여인. 강 씨라 불리는 그 여인이 처음에 중전마
마가 했던 것처럼 우리를 유심히 살핀 뒤 두 부류로 나누었어요. 둘로
나눈 무리 중 하나가 우리였고요."

"그럼 나머지 무리는요?"

"나머지 무리는 어디로 갔는지 모릅니다."

여인들의 이야기를 듣고 있자니, 얼핏 예전에 소진이 직접 산속으로
가 몸소 경험했던 일이 떠올랐다. 그때도 애초에 두 부류로 나누어
소진을 갈라놓았었다. 게다가 갈라놓은 뒤에도 저고리로 색을 구별 지
어 다른 곳으로 팔려간다는 소리를 했었다.

"혹…… 바다를 건너간다…… 이런 이야기는 못 들어보셨습니까?"

"아. 들어봤습니다. 바다 건너 첩실이니…… 노리개니…… 뭐 그런
이야기들을 하던데."

─젊고 반반한 새댁들은 죄다 첩실로 팔려간다오.

산속에서 만난 여인들이 제게 해주었던 이야기가 순간, 떠올랐다.

─이 푸른색 옷고름을 가진 우리는 돈 많은 집, 노리개로 팔려가는
것이고. 새댁처럼 붉은색 옷고름을 지닌 여인들은 돈이 더 많은 사내
의 첩실로 팔려가는 것이지.

그런데 왜, 어째서. 첩실이든 노리개든, 팔아버릴 여인이라면 그곳에서 바로 배를 태워 보내버리면 될 일. 위험을 감수하고까지 왜 굳이 궐 안으로 들인 것일까. 그리고 이곳에서도 왜 중전이 직접 여인들을 살피고 두 부류로 나누어 가두었던 것일까.

아직 풀리지 않은 의문이 소진의 머릿속을 뒤죽박죽 만들었다.

"맞아. 한데 우리는 무슨 문제가 생긴 것인지, 원래 나가기로 한 날에 나가지도 못하고 여태 밀실에 머물렀어. 혹, 소진이 네가 우리가 나가지 못하도록 훼방을 놓았던 것이야?"

봉희의 말에 소진이 느리게 고개를 저었다. 헌이 필사적으로 여인들의 출궁을 막은 덕에 지금껏 무사히 궐에서 머무를 수 있던 것이었다.

"한데, 소진아. 아까 그 네가 일 년 전에 보았다던⋯⋯ 김 도령의 부인 말이야."

그 말에 소진이 난감한지 여인들의 눈치를 살폈다. 역시 궁금하다는 듯, 여인들도 웅성거리며 소진을 바라보고 있었다.

"참으로⋯⋯ 중전마마가 맞아?"

"어?"

"네가 중전마마를 가리켰잖아⋯⋯. 참이야? 하면⋯⋯ 중전마마께서 김 도령의 진짜 부인이고⋯⋯ 그의 정인인 것이야?"

그것은 소진도 확실히 알 수 없는 부분이었다. 하지만 장담할 수 있는 건, 그날 밤 김 도령의 손을 잡고 달아난 여인이 바로 중전이라는 것. 그것만은 자명한 사실이었으니까.

소진이 느리게 도리질하며 여전히 숙덕거리는 여인들을 돌아보았다.

"그것까지는 확실치 않아. 하지만 그날 내가 중전마마를 본 것은 확실해."

"……그렇구나."

"한데 행여나 그런 이야기 함부로 입에 담지 말아. 아직까지는 이 나라의 국모이신 중전마마시니까."

"알았어."

"그대들도 지금 제게 했던 이야기, 제가 말해도 좋다고 할 때까지 아무에게도 발설하지 말고 함구해야 합니다."

"예, 아씨."

소진은 슬쩍 방문을 열어 바깥 동태를 살폈다.

깊은 어둠이 내려앉은 궐 안은 스산하기만 했다. 처소 밖을 지키는 궁인들 몇이 분주히 오가고 있었다.

"포도청 사람들도 저쪽 편으로 돌아선 것 같습니다. 곳곳에서 우리 무사들과 대치 중이라고 합니다."

윤현이 다급한 목소리로 헌에게 소식을 알렸다. 저잣거리를 샅샅이 훑고 있었지만, 김 도령의 흔적은 좀처럼 보이지 않았다.

벌써 저 멀리서 먼동이 터오고 있었다. 해가 뜨기 전에 반드시 잡는 것이 목표였는데. 헌은 허탈한 얼굴로 윤현을 바라보았다.

"포도청 사람들도…… 김 도령 편에 섰다고."

"예. 처음부터 한통속이었습니다. 한데 보은군 마마는 어찌……."

궐문 앞에서 기다리고 있을 거라던 보은군은 어떻게 된 일인지, 도통 보이지 않았다. 헌의 눈빛이 깊이 가라앉았다.

"……그러게. 마음이 변한 것인가."

실망의 기색을 감추려고 해도 불쑥 솟는 섭섭한 마음을 가라앉히기 힘들었다. 헌은 멀리 어스레하게 보이는 숲속을 살피며 말을 돌렸다.

"나루터 쪽으로 가보자꾸나."

그렇게 헌의 무리가 막 방향을 틀어 나루터 쪽으로 향하려고 했다.

"저하……! 저쪽에……!"

그때, 윤현의 다급한 목소리에 헌이 황급히 뒤를 돌았다.

"저하를 비호(庇護)하라!"

어마어마한 기세로 흙바람을 일으키며 무장한 무사들이 이쪽으로 달려오고 있었다. 아무래도 김 도령 쪽 세력인 것 같았다. 얼핏 보아도 지금 헌의 호위대보다 훨씬 더 많은 수였다.

"물러서지 말아라! 남김없이 생포해, 궐로 끌고 간다!"

하지만 헌은 물러나지 않았다. 모두 긴장한 상태로 말 위에 올라, 검을 굳게 그러쥐었다. 조금의 지체도 없이 두 세력이 한데 엉겨 붙었다.

"이얏……!"

순식간에 두 세력은 한 덩어리가 되어 치열하게 칼을 휘두르고 있었다. 그 사이에서 헌도 이를 악물고, 김 도령 쪽 세력을 하나씩 제거해 나갔다.

하지만 아무리 뛰어난 검술을 가진 헌의 호위대라고 해도, 수에서 밀렸기에 모두 생포하기는 무리였다. 열악한 상황임을 알면서도 헌은 포기하지 않았다.

"물러서지 말아라! 단 한 명도 도망가게 내버려 둬서는 아니 된다!"

흙먼지를 가로지르는 포효와 같은 헌의 외침에 호위대들은 더욱 이를 악물었다. 고성과 칼들이 부딪치는 날카로운 소리로 엉망이 되어갔다. 한 치 앞도 보이지 않는데, 설상가상으로 윤현의 외침이 들려왔다.

"저하, 저하! 위험하옵니다!"

당장 눈앞에 있는 무사를 처치하기 바빴던 헌은 뒤에서 들려오는 그 소리에도 몸을 피할 수 없었다.

그때, 헌의 귀 아주 가까이에 챙, 하는 날카로운 칼 소리가 들려왔다.

"윽!"

"보은군······?"

어디선가 나타난 보은군이 헌을 향해 날아오는 칼을 대신 맞고 말았다.

"보은군 마마!"

헌을 대신해 칼을 맞은 보은군이 낙마(落馬)하는 순간이었다. 헌이 화들짝 놀라며 말에서 뛰어내렸다. 순식간에 헌의 호위대가 쓰러진 보은군과 헌을 감쌌다.

"보은군! 정신 차려보거라, 보은군!"

그때, 보은군과 함께 나타난 보은군의 무사들이 헌의 호위대와 합세해 김 도령의 세력을 제압해 나가기 시작했다. 점점 밀려나던 헌의 호위대는 활기를 되찾아 전세를 역전시켰다.

싸움은 호위대와 보은군의 무사에게 맡겨둔 채, 헌은 서둘러 부상을 입은 보은군을 감쌌다. 붉은 피가 헌의 팔에 흥건히 묻기 시작했다. 피를 발견한 그의 얼굴에 금이 갔다.

"뭣들 하느냐! 보은군을 데리고 서둘러 궐로 돌아가야겠다!"

등 쪽에 큰 상처를 입은 보은군은 거칠게 숨을 몰아쉬며 힘겹게 눈을 감고 있었다.

"보은군! 보은군, 정신 차려야 한다! 응?"

자신을 대신해 칼을 맞은 아우였다. 말로 형용할 수 없는 뜨거운 감정이 가슴을 뚫고 목구멍으로 밖으로 치밀고 있었다. 헌은 부들부들 떨며 피를 흘리는 보은군을 끌어안았다.

"미안하다……! 미안하구나……!"

"저, 저하……."

언제나 보은군은 제게 있어 위협을 가하는 존재라 여겼었다. 해서 '형님!' 하고 살갑게 저를 부르며 해맑게 웃던 보은군을 내내 밀어낸 채 살아왔었다. 수론파인 자신과는 명백히 반대되는 화론파였던 그라고 생각했으니까.

하지만 아니었다.

그것은 자신의 오만한 착각이었고 단 하나뿐인 형제 사이를 영영 갈라놓을 위험한 오해였다. 보은군은 언제나 헌의 뒤를 그림자처럼 맴돌던 충신이었고, 언제나 자신을 싸늘하게 대하는 그를 마음에서 놓지 않던 착한 아우였다. 그 사실을 알면서도 애써 부정하고 눈을 감은 채 그를 밀어냈던 것은 헌이었다.

연신 미안하다며 중얼거리는 헌을 향해 보은군이 느리게 눈을 떴다. 말을 하기가 버거운 듯, 입을 벙긋거리던 그의 얼굴이 고통으로 일그러졌다. 그러자 헌이 그를 더욱 보듬으며 입술을 짓씹었다.

"나 때문에 네가…… 나 때문에……."

어느새 헌의 눈시울이 붉어져갔다.

"미안해하지…… 않으셔도…… 됩니다, 저하."

그 말에 헌의 커다란 눈에 뜨거운 눈물이 그렁그렁 맺혔다. 그와 모처럼 시선을 마주한 보은군이 다시금 입술을 달싹였다.

"소인은…… 저하를 지킬 수 있어 기쁩니다……."

그 말과 함께 헌의 손을 꼭 쥐고 있던 보은군의 손이 힘없이 툭 떨어졌고, 동시에 헌의 가슴도 아프게 내려앉고 말았다.

"보은군……! 보은군!"

헌의 처절한 비명이 아수라장이 된 싸움판을 세차게 갈랐다.

자신의 아우인 보은군은, 적이 아니었다.

유일하게 끝까지 제 곁을 지킬 자신의 사람이었다.

'보은군은…… 나의 사람이오. 내가 내 사람을 지킬 수 있게…… 아무 탈 없이 보은군이 눈 뜰 수 있게 해주시옵소서…….'

그리고 그 사실을 너무 늦게 깨달아버린 헌이었다.

"뭐…… 뭐?"

보은군이 치명적인 부상을 입고 사경을 헤매고 있다는 소식은 민 소용의 처소에도 닿았다.

동이 터, 아침이 밝아올 무렵이었다. 민 소용의 얼굴이 죽은 사람의 것처럼 창백하게 질려갔다.

"다시…… 다시 고하거라."

"마마……. 흑흑……."

"다시 고하라 하지 않느냐!"

잘못 들은 것이 아닌 줄 알면서도 민 소용은 상궁이 고한 말을 부정하고, 또 부정했다.

"보은군 마마께서 큰 부상을 입으시고…… 사경을……."

차마 말을 잇지 못한 상궁은 그저 고개를 조아린 채 눈물을 뚝뚝 흘렸다. 민 소용은 넋이 나간 채로 자리에서 일어났다. 그녀는 위태롭게 비틀거리고 있었다.

"마마!"

상궁이 황급히 그녀를 부축했다.

"……중궁전과 맞서다 그리되었다고? 내 아들을…… 그리 만든 자가…… 중궁전 세력이라고?"

민 소용의 얼굴이 눈물로 엉망이 되어갔다. 그녀는 그렇게 소리치며 상궁의 손을 뿌리쳤다. 이미 삶의 이유를 잃은 듯한 얼굴로 민 소용이 휘적휘적 처소를 벗어났다.

"마마! 마마! 아니 되옵니다!"

민 소용이 향하려는 곳이 어디인지 짐작이라도 한다는 듯, 상궁이 다급하게 그녀를 막아섰다. 그러자 민 소용은 처소가 떠나가라 소리를 질렀다.

"비키지 못해? 감히 내 아들을 다치게 해? 절대 용서하지 못한다!"

그때였다. 반쯤 정신이 나간 사람처럼 고래고래 소리지르던 민 소용의 앞으로 민추환이 터벅터벅 걸어왔다. 자신의 아버지인 그를 보자마자 민 소용은 불같이 화를 냈다.

"여기가 어디라고 발걸음 한 것입니까! 보은군에게 미안하지도 않습니까!"

민 소용은 이 모든 사달의 원인이 민추환에게 있다고 생각했다. 결국 민추환이 사병을 내놓지 않아 보은군이 직접 자신의 무사들을 이끌고 가다 화를 당한 것이었기에. 그녀의 울부짖음에 민추환은 아무런 대답도 하지 못한 채 입술만 씹고 있었다.

"내어주지 그랬습니까! 그깟 사병이 뭐라고……! 영의정 대감도 이미 보유하고 있는 사병을 다 드러내놓은 판에 무엇이 두려워! 무엇이 욕심이 나서 사병을 내어주지 않은 것입니까!"

털썩, 민 소용이 흙바닥 위에 주저앉고 말았다. 궁녀들이 서둘러 그녀를 부축했지만, 민 소용은 그 손을 모두 뿌리쳤다.

"죽을 것입니다! 우리 보은군이 잘못되기라도 한다면……! 나는 죽을 것이에요!"

그러자 민추환이 착잡한 얼굴로 민 소용의 앞으로 다가가 무릎을 구부렸다.

"미안합니다, 마마."

"……처음 후궁으로 입궐할 때 제가 아버지께 했던 말, 기억합니까?"

민 소용이 눈물을 뚝뚝 흘리며 민추환을 힘겹게 바라보았다. 그러자 민추환이 느리게 고개를 끄덕였다.

"마마께서…… 그러셨지요. 나의 인생을 포기하고 입궐하는 대신…… 내 사람만큼은 목숨을 내어놓아서라도 지키리라고요."

"보은군은 내 목숨과 맞바꿔도 아깝지 않을 내 자식입니다. 한데 어째서…… 그 위험한 곳에 보은군을 혼자 밀어 넣은 것입니까."

"나 역시 지키기 위해 그리하였습니다."

민추환의 대답에 민 소용이 원망 가득한 눈으로 그를 응시했다.

"아버지께서 지키려 한 것은 우리 보은군이 아니지 않습니까?"

"마마."

"보은군을 앞세워 화론파를 지키려 한 것이겠지요. 권세를, 부귀를 놓지 못해 결국 보은군을 저리 만든 것이 아닙니까! 그게 염려가 되어…… 점점 영의정보다 더한 욕심을 품는 아버지가 걱정되어, 우리 보은군을 수론파 대감의 여식에게 장가보내려 했습니다."

민 소용의 고백에 민추환의 가슴이 뜨끔하는 듯했다. 그는 힘겹게 말을 이어가는 민 소용을 참담한 심정으로 바라보았다.

"그리하면 아버지께서 우리 보은군을 좀 놓아주실까, 욕심을 내려놓고 손주의 행복한 앞날만을 위해 뒤를 봐주실까, 오죽하면 보은군이 그토록 바라던 한 규수와 연을 끊어놓고, 바라지도 않는 수론파 여식과 이어주려 했겠습니까?"

할 말이 없었다. 민추환은 그저 고개만 숙인 채, 입술을 꾹 다물고 있었다.

"이대로 좌시하지 않을 것입니다."

"마마."

"아버지께서 우리 보은군을 지키지 못해, 저리 만드신 것이니…… 이젠 제가 나설 것입니다."

"어찌하시려고요."

민 소용은 비틀거리며 자리에서 일어났다. 그녀의 눈빛은 독이 오를 때로 잔뜩 오른 맹수의 것과 같았다.

"네 자식 소중하면 내 자식도 소중한 법이지. 내 자식을 건드린 죗값을 치르게 할 것입니다."

곧, 민 소용은 민추환의 손을 뿌리친 채 서둘러 걸음을 옮겼다.

제 36 장

그날의 진실

집에 들렀다 보은군의 부상 소식을 접한 소진은 다시 궐로 향했다.

"괜찮으셔야 할 텐데……."

사경을 헤매고 있단 보은군의 소식에 마음이 편치가 않았다. 그가 다친 것이 꼭 자신 때문인 것 같았다. 자신이 어제 보은군에게 도와달라 채근하지만 않았어도 일어나지 않았을 비극이었다.

"괜찮으셔야 합니다, 대감……. 괜찮으셔야……."

무거운 마음으로 그렇게 읊조리던 소진은 별채 앞에서 자신을 기다리고 있던 최씨 부인을 발견했다.

"어머니."

"입궐하는 것이지?"

그녀가 양손 가득 무언가를 들고 있었다.

"예…… 한데 무엇입니까?"

"같이 가자꾸나."

같이 가자는 말에 소진의 눈이 조금 커졌다. 숙자 역시 양손 가득 보따리를 든 채 별채로 들어서고 있었다.

"아씨! 서둘러 가요."

"그것들이 다 무엇이야……?"

소진이 어깨를 축 늘어뜨린 채, 최씨 부인의 앞으로 다가갔다.

"궐문 앞에…… 백성들이 궐문을 지키겠다고 모여 있다며. 밤새 힘쓰느라 배를 곯았을 텐데, 끼니라도 제대로 챙겼겠느냐?"

최씨 부인의 말을 잠자코 듣고 있던 숙자가 말을 보탰다.

"모두 세자 저하를 위해 모인 백성들이 아닙니까. 해서 마님께서 그들에게 챙겨 먹일 주먹밥과 전 몇 장 부치라고 하셔서 준비했습니다."

소진이 먹먹한 눈으로 최씨 부인을 돌아보았다. 밤새 한숨도 못 자고 음식을 만든 듯 그녀의 얼굴이 조금 피곤해 보였다.

"그들이 궐문을 막지 못하고 적들에게 뚫리게 된다면 너와 대감, 그리고 세자 저하 모두 위험해지는 것이 아니겠느냐."

"어머니……."

"조선 전체가 악의 손에 좌지우지되는 것은 막아야지. 나의 사람들과 우리 모두를 지키기 위해서…… 나도 뭐라도 해야 하지 않겠니?"

그 말에 소진은 참고 있던 눈물을 뚝, 뚝 흘리고 말았다.

"어머니…… 흑…… 흐윽……."

"소진아 네 탓이 아니야…… 응?"

최씨 부인은 소진의 등을 따스하게 토닥여주었다.

"네가 나서서 대감에게 도움을 청하지 않았어도…… 대감은 기꺼이 저하를 위해 그곳에 가셨을 분이야."

"……어머니."

"네가 이렇게 죄책감을 느끼며 힘들어하는 것을 알면 대감께서 얼마나 슬퍼하시겠느냐?"

"하오나."

"보은군 대감께서 제 몸을 던져 지키고자 하였던 것이 무엇이겠느냐.

결국, 네가 처음부터 지키고자 했던 것들이 아니겠느냐?"

소진은 온몸에 힘을 주어 고개를 끄덕였다.

"보은군 대감께서 일어나실 때까지 제가 꼭 지켜내고 있겠습니다."

주먹밥과 찬거리가 가득 든 보따리를 쥔 하인들이 마당에서 소진과
최씨 부인을 기다리고 있었다.

"가자, 얼른."

"예, 어머니."

그들은 애써 무거운 발걸음을 떼, 집을 나섰다.

"저하…… 소인입니다."

"왔느냐."

"대감께서는…… 차도가…….."

파르르 몸을 떨며 소진이 헌의 곁으로 다가왔다. 그러자 헌이 마른세
수를 하며 여전히 눈을 꼭 감고 있는 보은군을 내려다보았다.

"고비는 넘겼다고 하는데……. 언제 깨어날지는……. 피를 너무 많이
흘리기도 하였고 치명상을 입은 탓도 있고."

그가 괴로운 듯 얼굴을 감쌌다.

"보은군에게 미안해 얼굴을 들 수가 없다. 내내 경계하고 이유 없이
미워하고 내치기만 하던 내가 원망스럽지도 않은지 어찌 몸을 날린 것
일까."

헌의 말에 소진이 그를 더욱 꽉 보듬으면서 힘겹게 입술을 열었다.

"하나뿐인…… 형이지 않습니까."

소진의 대답이 헌의 어지럽던 머릿속에 불을 켜는 듯했다.

"세자 저하이시기 전에 대감의 유일한…… 형님이 아닙니까. 식구는 그런 것입니다. 이유도 까닭도 없이, 몸을 던져 지켜내는 것. 보호하는 것. 그리고 편이 되어주는 것."

그녀의 말이 이어질수록 헌의 눈가도 점점 젖어갔다.

"그것이 내 사람이고 내 편인…… 식구가 아니겠습니까."

내 사람, 내 편, 그리고 식구. 언제나 자신에게는 생소하기만 했던 말들이었다. 헌은 착잡한 마음으로 여전히 눈을 감고 있는 보은군을 돌아보았다.

"나의 아우…… 나의 편…… 그리고 나의 식구."

그 말을 읊조리던 헌이 가만히 보은군의 손을 따스히 잡아주던 그때, 내의원 밖에서 상선의 목소리가 들려왔다.

"저하……. 민 소용 마마께서…… 드셨사옵니다."

보은군의 생모인 민 소용이 내의관을 방문한 것이었다. 소진이 황급히 헌에게서 물러나며 고개를 조아렸다.

"대감을 뵈러 오셨나 봅니다. 하면 소인은……."

이어서 들려온 민 소용의 목소리에 헌과 소진의 몸이 조금 굳었다.

"저하, 간곡히 청이 있사옵니다! 옥에 갇힌 중전마마를 뵙게 해주시옵소서!"

─어찌…… 하시려고요. 만나서 따지기라도 할 요량입니까.

─갚아주려 합니다.

─갚아주려 하다니요.

─받은 만큼 돌려주어야지요. 잠깐이면 됩니다. 중전마마를 뵙게 해주십시오.

─갚아주는 것도, 돌려주는 것도 내가 하겠습니다.

─아니요. 저하께서는 백성들을 위해 힘써주세요.

─…….

─백성들의 편에 서서 그들의 죗값을 치르게 해주세요. 저는…… 보은군의 어미로서 중전마마에게 받은 것을 돌려줄 것입니다.

헌은 불같이 타오르던 민 소용의 눈빛이 잊히지 않았다.

민 소용이 사라진 쪽을 바라보며 헌은 조금 전 그녀가 제게 했던 말을 떠올렸다.

"민 소용 마마께서…… 중전마마를 왜…….."

두 사람이 이야기할 수 있도록 잠시 물러나 있었던 소진이 헌의 곁으로 다가왔다.

"되돌려준다는구나. 중전에게 보은군을 다치게 한 책을 물을 참인가 보구나."

"……옥에 갇힌 중전마마에게 그 죄를 어찌 물으시려고."

소진도 덩달아 근심 가득한 얼굴을 해 보였다.

"해서…… 만날 수 있게 허락을 해주신 것입니까?"

그녀의 물음에 헌은 멍하니 시선을 고정한 채 고개를 끄덕였다.

"딱히 보호해야 할 가치도 없는 중전이 아니더냐. 보은군이 저리 누워 있어 내 마음도 착잡한데, 민 소용의 마음은 오죽하겠느냐. 중전을 만나 사지를 갈기갈기 찢어놓고 싶은 심정이겠지."

한껏 가라앉은 목소리의 헌을 소진이 물끄러미 바라보았다.

"나는 조금 이따, 다시 나가보아야겠다."

자신을 응시하는 소진의 눈빛이 느껴졌는지, 그가 시선을 내려 그녀와 눈을 맞추었다. 걱정 가득한, 소진의 얼굴을 바라보던 헌이 피식 웃었다.

염려하지 말란 뜻이 담긴 미소였다.

"오늘은…… 저잣거리가 꽤 번잡할 것입니다."

오늘은 풍등제가 열리는 날이었다. 꼭 일 년이 지난 지금이었다.

"밤에 풍등제가 열린다고 하지."

"예. 연례행사라…… 미룰 수도 없겠지요?"

"미꾸라지 하나 잡자고 백성들이 기다려온 풍등제를 미룰 순 없지."

"참, 포도청 사람들은요?"

"김 도령을 도운 적이 없다, 딱 잡아떼고 있기는 한데, 오늘 밤에는 꼼짝하지 못하도록 통제를 해둔 상태다."

"그래도 무슨 수를 써서라도 김 도령을 돕는 데에 사람을 보태지 않을까요?"

어제 새벽, 보은군과 자신을 습격한 무리는 끝까지 포도청과는 연관이 없는 자들이라고 했지만, 헌은 단번에 그들이 포도청과 관련이 있는 인물일지도 모른다는 생각을 했다. 그래서 동이 트자마자 포도청 사람 모두를 오늘 밤, 저잣거리에 배치하여라 명을 하였다.

안전하고 건강한 풍등제를 위한다는 구실을 삼아 포도청 사람들을 모두 밖으로 보내버릴 생각이었다.

"할 테면 하라지. 보은군의 무사들까지 힘을 보태었으니…… 오늘 밤에는 꼭 잡을 것이야."

헌의 말에 소진이 찬찬히 고개를 끄덕였다. 두 사람은 살며시 내의원을 나와 돌담길을 따라 걸었다. 착잡한 마음과 달리 햇살은 눈부시게 반짝이고 있었다.

"결국, 민추환 대감께서는 사병을 내놓지…… 않은 것이지요?"

소진은 깊이 한숨을 내쉬며 그렇게 물었다.

그러자 그가 하는 수 없다는 얼굴로 고개를 주억거렸다.

"이제 더는 누구에게 기대거나 바라지 않을 것이다."

"상심하지 마세요……. 마음만은 돕고 싶을 것입니다. 다만, 남은 화론과 대신들을 위해서 어쩌실 수 없겠지요."

"보은군 한 명으로 족하다. 모두를 내 편으로 삼을 수는 없어. 내내 다른 길을 걷던 영의정 대감이 나의 편으로 돌아선 것만 해도 나는 만족한다."

헌의 미소를 잠자코 바라보던 소진이 그의 말에 동의한다는 듯 고개를 끄덕였다. 그녀의 동그란 이마 위로 반짝이는 햇살이 보드랍게 내려앉고 있었다.

"그렇게 말씀해주셔서…… 감사합니다. 제 아버지가 저하께 큰 힘이 된다니, 감읍할 따름입니다."

둘 사이로 피어오르는 따스한 햇볕이 오래도록 반짝거렸다.

"민 소용……?"

세찬 기세의 민 소용이 걸음이 우뚝 멈춰 선 곳은 한 철창 앞이었다. 그 안에서는 소복을 입은 중전이 고고하게 턱 끝을 치켜들고서 그녀를 응시했다.

"왜. 할 말이라도 있는 것이냐?"

중전의 기세는 조금도 누그러져 있지 않았다. 그 모습에 민 소용이 당의 안에 넣고 있던 손을 풀어 치맛자락을 꽉 움켜쥐었다. 그러곤 슬며시 무릎을 굽혀 중전과 시선을 수평으로 맞추었다.

"내 아들을 건드렸다지."

민 소용의 말에 중전이 피식, 조소했다.

"그래. 네 아들이 사경을 헤맨다는 소식은 들었다. 해서 따지기라도 하려고?"

"옥에 갇힌 너 따위에게 잘잘못을 따져 무엇하겠느냐."

지금까지와 달리 하대를 하며 중전을 우습게 여기는 민 소용의 태도에 중궁전 상궁이 버럭 소리쳤다.

"중전마마께 예를……!"

그러자 민 소용이 곧바로 소리쳤다.

"주둥이를 갈기갈기 찢어버리기 전에, 그 입 닥치지 못해? 뉘가 중전 마마고 뉘에게 예를 갖추어!"

"……저, 저!"

"이곳에서까지 중전마마 놀이나 하는 것이냐?"

민 소용의 세찬 시선이 곧 중전에게 꽂혔다.

"아들이 생사를 오간다니 눈에 뵈는 것이 없는 모양이다. 한데 어쩌느냐? 내 뺨이라도 내려치고 싶겠지만 너도 알다시피 난 여기에 갇혀 있어서. 그렇다고 내 아드님을 똑같이 만들어주고 싶겠지만, 그마저 변변치 않으니. 그 억울하고 원통한 마음을 어째?"

"왜 네 아들은 무사할 것이라 장담하는 것이지?"

중전의 비아냥거림에 이번에는 민 소용이 코웃음 치며 물었다.

"감히 후궁의 소생 따위에 내 아드님을 견주느냐?"

"후궁의 소생이라……."

"비록 내가 지금은 죄인 신분으로 이곳에 갇혀 있을지언정, 내 아드님은 왕실의 일원이다. 왕의 핏줄이며 국모인 정실의 왕자이다. 한데 누가 건드려. 감히 고귀한 피가 흐르는 왕자를 누가 건드리냐는 말이다!"

철창 안을 쩌렁쩌렁 메우는 중전의 고함에 민 소용이 혀를 찼다.

"오늘 밤이 지나고 동이 텄을 때도, 네가 그 말을 할 수 있을까?"

"뭐?"

"차라리 지금 내게 싹싹 빌며 내 아들만큼은 살려달라, 청이라도 할걸…… 후회하지는 않을까?"

"무슨 말이 하고 싶은 것이냐."

중전의 목소리가 잔뜩 낮아졌다. 민 소용은 그 모습을 빤히 바라보다가, 자리에서 일어났다.

"내가 무슨 말을 할지…… 감히 네가 상상이나 할 수 있을까? 어쩌면 이 순간이 네가 누릴 수 있는 마지막 행복일지도 모르겠다. 네 아들을 끝까지 지킬 수 있으리라는 착각은 할 수 있는 순간이니까."

그 말에 중전이 벌떡 자리에서 일어나 철창을 거세게 그러쥐었다.

"너. 내 아들에게 무슨 짓을 하려고……."

"왜. 내 아들이 당했던 것처럼 네 아들의 몸에 칼이라도 꽂을까 봐?"

"닥치지 못해?"

"뭐…… 그편이 나을 수도 있겠구나. 칼에 베인 상처는 치료하면 되는 법. 물론, 생사는 운에 맡겨야겠지만."

의미심장한 말을 남긴 채 민 소용이 돌아섰다.

"분명히 경고하였었다. 좌시하고 있는 것은 내 사람을 건드리지 않았기 때문이라고."

"민 소용. 하고 싶은 말이 무엇이야. 똑바로 말하지 못해?"

"방관하고 좌시한 나의 죄 역시 무겁겠지만, 너를 나락으로 떨어뜨리려면 함께 나락으로 뛰어드는 수밖에."

벌겋게 충혈된 눈으로 민 소용이 중전을 돌아보더니 피식, 조소했다.

"미안한데 나는, 이제 더 두려울 것이 없는 사람이다. 나도 내 죄의 값을 달게 받을 테니 너도 네가 지은 죄…… 모두 짊어져야 할 것이야. 다만 너 따위는 달게 받을 가치도 없어. 아주 쓰고 고통스럽게 죗값을 치르도록 하여라."

그리고 민 소용은 뒤도 돌아보지 않고 감옥을 나섰고 남겨진 중전은 찢어지는 고함을 내질렀다.

"으아아아악! 민 소용……!"

분을 이기지 못한 듯 그녀가 연신 철창을 맨손으로 내리쳤다.

"무슨 일이 있어도 오늘 밤 이곳을 나가야만 해."

아직 김 도령의 세력이 헌에게 생포 당하지 않았으니, 얼마든지 궐의 사람들을 이용해 밖으로 나갈 수 있을 것이었다.

"마침 오늘이 풍등제가 열리는 날이라고 합니다."

"그래, 오늘이 아니면 아니 된다. 저잣거리가 혼란스러운 틈을 타…… 반드시 오늘, 내 아들과 청국으로 건너갈 것이야."

의지를 불태우는 중전의 얼굴은 민 소용이 남기고 갔던 말 때문인지, 파리하게 질려가고 있었다. 지푸라기를 움켜쥔 그녀의 손등 위로 벌건 피가 새어 나왔다.

"저녁밥을 주러 오는 궁녀가 김 도령의 소식을 전할 것이라 하였습니다……. 김 도령께서 방도를 마련하였으면 필시 궁녀에게 소식을 전하였을 것입니다."

상궁이 그녀의 손등을 제 치맛자락을 뜯어 감싸며 중얼거렸다. 혹,
이런 일을 대비해 김 도령이 미리 손을 써둔 것이었다.

연신 입구 쪽을 바라보는 중전의 낯빛이 초조함으로 굳어져갔다.

"마마…… 마마!"

민 소용은 석고대죄할 준비를 하고서 처소를 빠져나왔다. 소복 차림
으로 머리를 길게 늘어뜨린 채 그녀가 처소를 걸어 나오자, 민추환이
황급히 말렸다.

"마마! 아니 됩니다! 보은군 마마를 살리셔야지요!"

"살리기 위해 이러는 겁니다."

"대체 마마께서 무슨 죄를 지었다고 석고대죄를 한단 말입니까!"

날이 어둑해지고 있었다. 민 소용은 조금도 지체할 수 없었다. 김 도
령이 여태 잡히지 않고 있으니, 조금이라도 주춤하였다가는 중전이 미
꾸라지처럼 죄의 그늘에서 빠져나갈 수도 있었다.

말리는 민추환의 손을 뿌리치며 민 소용이 눈물을 닦아냈다.

"방관했습니다. 그동안. 아버지께도 말 못 한 것이 있습니다."

"……무엇을요! 전하께 아뢰기 전에, 이 아비에게 먼저 고하세요."

애원하며 민추환이 다시금 민 소용의 손을 잡았는데, 민 소용은 차
마 그와 눈을 마주치지 못한 채 마른침만 삼키고 있었다. 쉬이 말문을
떼지 못하는 그녀의 모습에 민추환의 가슴이 내려앉았다.

"……대체 무슨 일이 있었기에."

속이 타들어가는지 민추환은 발을 동동 구르며 민 소용의 손을 꽉 잡았다. 그러자 민 소용이 힘겹게 말문을 열었다.

"청이 있습니다."

"……무엇입니까."

"지금이라도 저하께 사병을 바치세요. 김 도령을 잡는 데 일조하세요. 그리고 화론파를 해산시키세요."

"어째서……! 그것만이 유일하게 보은군 마마를 지켜줄 세력이라 하지 않았습니까."

민추환의 말에 그녀는 느리게 도리질했다.

"애초에 나는 전하와 저하께 용서받지 못할 죄를 지은 몹쓸 사람입니다."

민 소용의 고백에 그녀를 쥐고 있던 민추환의 손이 툭, 떨어졌다.

"더는 그분들과 맞설 수 없습니다. 지금까지는 그 죄를 숨기면서 살아왔기에 아버지의 행보를 막아서지 않았지만. 이제 스스로 죄인이 되기로 한 이상, 더는 좌시할 수 없습니다."

그녀는 흘러내리는 눈물을 닦으며 웬 서책 같은 것 하나를 품에서 꺼냈다. 그것을 내려다보는 민 소용의 눈동자가 슬픔과 미안함으로 얼룩졌다.

'이제야 이 무거운 짐을 덜어내오. 미안하오……. 참으로 그대에게 미안하오……'

"더는…… 몸을 숨길 곳이 없습니다, 행수 어르신."

숲에서 꼬박 뜬눈으로 밤을 지새운 김 도령은 한껏 예민한 얼굴로 주위를 살폈다. 일이 터지고 내내 그는 이 숲에서 조금도 움직이지 않았다. 산 아래에서 동태를 은밀히 살피고 온 수족 하나가 참담한 표정을 지었다.

"곧, 이곳도 수색을 시작할 것 같습니다……. 어찌하올까요."

그 말에 무사들이 김 도령을 힐끔거리며 동요하기 시작했다. 그러자 김 도령이 검을 꽉 그러쥐며 산 바로 아래에 보이는 궐을 지그시 응시했다.

"겁먹을 것 없다. 우리는 오늘 밤, 반드시 이 조선을 떠날 것이니까."

영의정에게 뒷덜미만 잡히지 않았어도 지금쯤 당당히 조선을 버리고 청국으로 가, 떵떵거리며 살고 있었을 것이다. 물론, 지금 옥에 갇혀 온갖 수모를 겪고 있는 중전 김 씨도 함께.

김 도령의 목소리는 흔들림이 없었다. 눈빛 또한, 조금의 망설임도 두려움도 스미지 않았다. 수장(首長)인 그가 주춤하는 기세가 없이 여전히 용맹하게 맞서 싸우려 하자 그의 부하들 역시 포기할 수 없었다.

'오늘 밤 무조건 한양을 벗어난다.' 이 목표 하나를 모두 가슴에 새긴 채, 날이 저물길 기다리고 있었다.

그때, 김 도령의 명을 받고 궐로 향했던 무사가 황급히 비탈길을 올랐다.

"행수 어르신……!"

들려오는 목소리에 모두 무사를 바라봤다. 가장 중요한 것은 중궁전의 소식이었다.

"부인과 중전마마께서는 옥에 갇힌 채 꼼짝도 못 하고 계시고 부원군 대감과 우참찬 대감 역시 사가에 꼼짝없이 갇혀 손발이 묶였습니다.”

“……중전마마께 소식은 전하였느냐.”

“예. 석반(夕飯)을 나를 궁녀에게 서찰을 전했습니다.”

“마지막 기회다. 중전마마와 부인을 궐에서 빼낼 기회. 그리고 우리 모두 목숨을 부지할 기회.”

“예에…… 행수 어르신.”

“반드시 실수는 없어야 한다.”

“차질 없이 궁녀에게 전달하였고 그 궁녀 역시 목숨을 걸고 움직일 것이라 하였습니다.”

김 도령이 고개를 끄덕이며 다시, 궐 쪽으로 시선을 옮겼다. 전의를 다지는 그의 뺨은 딱딱하게 굳어갔다.

“오늘 밤, 저잣거리의 풍등제는 차질 없이 진행된다고 했습니다.”

수족의 말에 그가 느긋하게 고개를 끄덕였다.

“오히려 잘되었다.”

“예? 그것 때문에 저희를 도와주던 포도청 세력이 모두 저잣거리로 배치가 되었습니다. 해서 오늘 밤, 저희끼리 움직여야만 합니다. 위험이 더 커진 것인데 어찌 잘되었다고…….”

그러자 김 도령은 뜻 모를 웃음을 지으며 입술을 뗐다.

“포도청, 그 오합지졸 무리는 필요 없다. 어제도 괜히 그들이 나서서 보은군을 치는 바람에 일만 더 커지지 않았더냐. 쓸데없는 희생은 우리의 발목만 붙들고 늘어질 뿐인데.”

“그 일 때문에…… 세자 저하께서 분노하시어 포도청 사람들을 모두 저잣거리로 빼돌린 것이겠지요.”

“부원군 대감께서는 더 나설 수가 없지만 대신 숙부님께서 숨겨두었던 사병을 더 내어주실 것이다."

"예."

"오늘 밤, 그 세력들을 포함한 모든 세력이 동시에 궐문을 공격할 것이야. 그렇게 되면 뱃길과 저잣거리를 감시하던 세자의 무리가 모두 궐문 앞으로 모여들 것이지."

말을 이어가는 김 도령의 얼굴에는 자신감이 넘쳐흘렀다.

괜스레 그의 무사들은 이 싸움에서 이미 승리를 한 것만 같은 착각에 빠지게 됐다.

"그 혼란을 틈타, 궐에서 부인과 중전마마, 그리고 왕자 아기씨까지 모두 모셔 올 것이야. 저잣거리에 풍등제가 열리니 평범한 사가의 부부인 척 위장을 하고 미리 봐둔 뱃길로 갈 예정이다. 너희는 우리 비밀 경로인 산길을 통해 오도록 하여라."

"예. 명심하겠습니다."

한시라도 빨리 세 사람을 곁에 두고 싶어 김 도령의 마음이 조급해졌다.

날은 점점 어둑해지고 있었다. 저잣거리를 헤집는 헌의 눈길은 어둠이 짙어질수록 더욱 타올랐다.

"저하……. 궐로 돌아가 조금 쉬시는 것이."

헌을 곁에서 지켜보던 윤현은 위태로워 보이는 그 모습에 걱정했다. 하지만 헌은 고개만 저을 뿐, 궐로 돌아갈 생각이 없었다.

"오늘이 마지막 기회일 것 같아 그런다. 시간을 더 끌어서는 안 돼.

오늘은 반드시 그놈들을 잡아야만 한다."

그때, 저 멀리 누군가가 말을 타고 이쪽으로 오고 있었다. 헌은 저잣거리 이곳저곳을 훑어보다, 문득 시선을 멈추고 고개를 돌렸다. 호위대는 경계 태세를 갖추고 헌을 비호하기 시작했다.

"한…… 규수?"

그런데 호위 무사와 함께 말을 탄, 소진의 모습이 보였다. 헌은 당장 쥐고 있던 칼을 검집에 집어넣으며 그녀에게로 다가갔다.

"여긴 어찌……!"

소진이 호위 무사의 도움을 받아 말에서 내리며 쓰고 있던 장옷을 벗었다.

"저하…… 서둘러 궐로 돌아가보셔야 할 것 같습니다."

"무슨 일이 있느냐?"

걱정스럽게 자신을 올려다보는 소진을 향해 헌이 허리를 굽히며 물었다. 그의 목소리가 낮고도 다정했다.

"민 소용 마마께서…… 아무튼, 저하께서 직접 가보셔야 할 것 같아요."

민 소용이라는 말에 헌이 잠시 머뭇거렸다. 궐을 나오기 전, 중전을 만날 수 있게 해달라던 민 소용의 모습이 떠올랐다.

"그래, 알겠다. 서둘러 가자꾸나. 너는 궐에서 나오는 길이냐?"

"예. 봉희와 함께 있다가, 아버지께서 저하를 모셔 와야 할 것 같다고 하시어. 아, 그리고 오는 길에 대전 소식을 들었는데."

"대전 소식?"

"전하께서 깨어나신 것 같습니다."

그날, 그렇게 한바탕 큰일을 치르고 난 후 쓰러졌던 왕은 내내 깨어나지 않았다. 어의의 말로는 기력을 소진하여 깊은 잠이 든 것이라고 하였다. 그리고 그의 말대로 왕이 잠에서 깨어난 것이었다.

"난 한 규수와 궐로 돌아가봐야 할 것 같다."

"예, 저하. 속히 환궁하시옵소서. 저잣거리는 저희가 둘러보고 있겠습니다."

"포도청의 움직임은 우리가 파악하고 있는 것인가."

"그것 역시 걱정하지 마십시오. 꽉 쥐고 있습니다."

"그래. 하면 다녀오겠다."

윤현과 호위대의 인사를 받으며 헌은 소진이 타고 온 말을 올려다보았다.

소진의 호위 무사가 한 걸음 물러나며 비켜서자 헌이 말 위로 가볍게 올랐다. 그러곤 소진에게 손을 내밀며 얼른 올라오라는 듯한 고갯짓을 해 보였다.

"하면……."

그녀가 살며시 그의 손을 잡았고, 이내 헌이 그녀를 한 손으로 잡아 말 위에 앉혔다.

"속도를 좀 낼 것이야. 고삐를 꽉 붙잡거라."

"예, 저하."

두 사람은 같은 곳을 뜨겁게 응시했다.

"전하, 부디 소첩을 소용(昭容)에서 폐하여 주시옵고 엄벌을 내려주시옵소서!"

소복을 입은 민 소용이 고개를 조아린 채, 멍석 위에서 대전을 향해 소리치고 있었다.

뉘엿뉘엿 해가 서산으로 넘어가고 어둠이 조금씩 깔릴 때쯤이었다. 궁인들이 민 소용을 안타깝게 바라보며 수군덕거렸다.

"대체 소용 마마께서 왜 저러시는 걸까?"

"그러게…… 우리 소용 마마만큼 조용하시고 인자하신 분이 어디에 있다고."

숙덕이는 궁인들을 헤집고 드디어 헌이 모습을 드러냈다. 헌이 잔뜩 가라앉은 얼굴로 대전을 향해 석고대죄하고 있는 민 소용의 뒷모습을 바라보았다.

그 곁에는 소진이 어두운 표정을 지으며 서 있었다.

"세자 저하 납시오……!"

내관의 목소리가 넓은 대전을 꽉 채웠다. 동시에 대전을 지키고 있던 모든 궁인의 고개가 반듯하게 숙여졌다.

경건하게 석고대죄를 하고 있던 민 소용이 슬며시 헌을 돌아보았다. 두 사람의 시선이 찰나에 부딪쳤고, 굳게 닫혀 있던 대전의 문도 그때 열리고 있었다.

"주상 전하 납시오!"

그 말에 헌을 바라보고 있던 민 소용도, 그리고 이쪽으로 향해 오고 있던 헌도, 모두 하던 것을 멈추고 왕 쪽으로 고개를 조아린 채, 반듯하게 섰다.

"대체…… 이것이 다 무슨……."

왕은 상선의 부축을 받으며 피폐해진 모습으로 그들의 앞에 섰다. 그러다 석고대죄 중인 민 소용을 참담한 얼굴로 내려다보며 돌계단을 툭,

툭, 내려왔다.

"소첩, 씻지 못할 죄를 두 분께 지었나이다."

"……씻지 못할 죄라니."

그리고 그 말을 끝으로 민 소용이 털썩 무릎을 꿇고 앉았다.

"감히, 전하의 여인이었던 조 숙원의 죽음을 좌시하였나이다."

조 숙원이라는 이름에 놀라기도 잠시, 곧바로 이어진 민 소용의 말에 왕은 그만 몸을 휘청이고 말았다.

저 멀리서 민 소용의 고백을 가만히 듣고 있던 헌의 얼굴에도 무자비한 금이 가기 시작했다.

"……어머니의 죽음을."

무언가에 홀린 듯, 헌은 점점 민 소용의 곁으로 가까이 다가갔다. 소진은 그런 헌을 차마 잡지 못한 채, 안타까운 표정을 지으며 바라볼 수밖에 없었다.

"그게 무슨 말이냐, 민 소용."

그제야 겨우 정신을 차린 왕은 황급히 민 소용의 양팔을 그러쥔 채 소리쳤다.

"대체 그게 무슨 소리냐! 바른대로 고하지 못해?"

"조 숙원이 죽던 날…… 그곳에 소첩이 있었나이다. 조 숙원의 의문사는…… 자결이라 잠정적으로 결론이 지어져 속히 숙원의 장례가 치러졌지만, 숙원은 자결을 하지 않았습니다."

또박또박, 한 글자씩 힘주어 말하는 소용. 왕은 그대로 쓰러지듯 주저앉고 말았고 헌은 민 소용에게 달려들어 울부짖었다.

"하면 누가! 누가 내 어머니를 죽인 것입니까! 대체 누가!"

처절한 헌의 울부짖음이 대전 공기를 갈랐고 민 소용은 눈물을 뚝,

뚝 흘리며 품에서 무언가를 꺼냈다.

손바닥 크기의 작은 은장도였다.

"……이것이."

그것을 헌에게 내밀며 민 소용은 바닥에 이마가 닿을 정도로 허리를 굽혔다.

"그 은장도의 주인이…… 조 숙원을 죽였사옵니다!"

헌이 무너지듯 무릎을 꿇고 앉았다. 얼굴에는 형언할 수 없는 슬픔이 짙게 깔려 있었다.

"해서 이 은장도의 주인이…… 누구란 말입니까."

당장이라도 그자를 잡아 목이라도 베어낼 기세로, 헌이 부들부들 떨며 물었다. 그러자 하염없이 눈물을 흘리고 있던 민 소용이 헌과 같은 눈빛을 하고서 입을 열었다.

"중전…… 김 씨의 것입니다."

그때는 조 숙원이 헌을 낳고 8년이 지났을 무렵이었다. 민 소용이 막 보은군의 동생인 둘째를 가져 입덧을 시작했을 때니, 민 소용은 그날을 똑똑히 기억하고 있었다.

"중전마마께서 부르시옵니다."

왕의 정비(正妃)가 죽고 새 중전이 책봉된 지 달포도 지나지 않았던 날, 새 중전이 민 소용을 찾았다. 떨리는 마음으로 민 소용이 중궁전에 당도하였을 때는 조 숙원도 함께였다. 이미 그녀의 앞에서 무릎을 꿇고 고개를 조아리고 있던 숙원은 민 소용이 중궁전으로 들어서자 황급히 자리에서 일어났다.

"오, 오셨사옵니까…… 소용 마마."

두려움에 벌벌 떨고 있던 조 숙원을 민 소용이 심상찮은 얼굴로 바라봤다.

"중전마마를 뵈옵니다."

민 소용은 반듯하게 허리를 숙여 자신보다 한참 어린 새 중전에게 절을 해 보였다. 한눈에 보아도 앳된, 새파랗게 어린 중전이었다.

한참 민 소용의 얼굴을 살피던 중전의 시선이 멈춘 곳은 민 소용의 아랫배였다.

"회임 유세라도 부리는 건가?"

"예, 예? 마마…… 그것이 무슨 말씀이신지."

"어찌 아침 문안을 거르느냐 이 말이야."

"아……. 송구하옵니다, 중전마마. 소인이 근래 입덧이 너무 심해져 한 끼도 제대로 먹지 못 해 내내 누워만 있었습니다. 해서 처소 밖을 조금도 나서지 못하였나이다. 그 때문에 대비마마께도 전하께도 문안을 여쭙지 못하였고요. 결코, 유세를 부려 중전마마께 문안을 드리지 않은 것이 아니옵니다."

"그것이 유세지! 입덧 따위가 심해봤자지, 감히 내명부의 수장인 내게 문안을 걸러?"

그 말에 중전이 코웃음 치며 그 사이에 서서 어찌할 바를 모른 채, 벌벌 떨고 있는 조 숙원을 응시했다.

"숙원? 종아리를 걷게."

갑작스러운 중전의 말에 숙원이 화들짝 놀라며 고개를 들었다.

그러자 중전은 호통쳤다.

"어허! 어디서 감히 천한 그 얼굴을 들어 국모인 나를 바라보는 것인 가!"

"……송구하옵니다!"

"네년 따위가 전하의 장자(長子)를 낳았다고 해서 국모라도 되는 양 싶으냐?"

"결, 결코 아, 아니옵니다, 마마!"

"대체 내명부의 기강이 어찌 이리 해이한 것이야! 아들을 낳았다고 해서 무수리 출신의 천한 네년이 정말, 내명부의 일원이라도 된 듯싶 어?"

숙원이 바짝 고개를 조아리며 사죄했지만, 중전을 말릴 수는 없었다.

"기강을 바로잡아야겠다. 나는 전 왕비와는 다르다. 첫째도 품계, 둘 째도 품계. 너희와 내 사이의 선을 견고히 해, 내명부의 위상을 드높일 것이지. 하니 네가 민 소용 대신 회초리를 맞아야겠어."

그 말에 민 소용이 황급히 무릎을 꿇었다.

"벌하실 거면 소인을 벌하여주시옵소서, 어찌 아무 죄가 없는 조 숙 원에게……!"

"자네와 조 숙원이 형님, 아우 하는 사이라며? 하면 형님을 대신해 아우가 회초리쯤은 맞을 수도 있지. 아니 그러느냐?"

"마마!"

"종아리를 걷거라, 숙원."

중전은 정말 회초리를 잔뜩 꺼내, 눈을 매섭게 치켜떴다. 안절부절못 하는 민 소용을 바라보며 조 숙원이 괜찮다는 듯 고개를 끄덕였다.

"민 소용, 너의 방자함을 엄히 물어 채찍질하려 하였으나 네가 고귀 하신 아기씨를 품고 있으니, 너를 벌하였다가 그 배 속에 있는 전하의 씨가 잘못이 되기라도 하면 아니 될 일이지. 안 그러느냐?"

그 말에 숙원은 아무 말 없이 자리에서 일어나 종아리를 걷었다.

"마마……!"

"닥쳐라. 민 소용, 넌 앞으로 조 숙원과 멀리해야 할 것이야. 숙원과 소용 사이의 품계 차가 얼마인데 체통도 없이 후궁 말단 따위와 가까이 지내!"

조카뻘 되는 중전에게 모욕스러운 말을 모조리 듣고서도 숙원은 눈물 한 방울 흘리지 않았다. 그저 묵묵히 종아리를 내놓은 채, 눈을 감고 있을 뿐이었다. 중전은 그런 숙원의 종아리를 사정없이 내리쳤다.

"이 일은! 결코, 중궁전 담을 넘어서는 아니 될 일이야! 만에 하나 전하의 귀에 이 일이 들어가 내게 다시 전해지는 날에는, 너희 두 아들 모두 무사치 못할 것이야!"

매질하면서 중전은 그렇게 두 여인에게 겁박하고 있었다. 어린 나이였지만, 표독스러움은 오랜 궐 생활에 찌들어 독이 오른 후궁들과 다를 바가 없었다.

"숙원……. 미안하네. 미안해."

두 종아리에 핏빛이 새어 나오고 나서야 중전의 매질이 멈췄다. 민 소용의 부축을 받으며 중궁전을 나서는 조 숙원은 제대로 걷지도 못하고 있었다. 그런 조 숙원에게 미안해 어쩔 줄을 몰라 하며 민 소용은 울고 말았다. 하지만 조 숙원은 희미한 미소를 지었다.

"뭐가 미안합니까, 마마."

"……나 때문에 자네가."

"괜찮습니다. 제가 당연히 마마를 대신해 맞아야지요."

오히려 민 소용을 위로하며 눈물을 닦아주던 그녀였다.

"울지 마세요. 배 속의 아기씨를 생각하시어야죠."

"……숙원."

"보은군 마마 못지않게 영리하고 씩씩한 왕자를 낳으세요, 마마."

민 소용의 손을 꼭 잡으며 숙원이 그렇게 말했다.

"용서하지 않을 것이야. 이 일을 절대 이렇게 넘기지 않을 것이야."

"그러지 마세요, 마마."

"전하께 알려야겠네. 이 궐에서 전하의 성총을 이길 만한 것이 무엇이 있어? 자네는 누가 뭐래도 전하께서 제일로 아끼는 여인이야. 한데 감히 그런 자네에게 타당하지 않은 이유로 매질이라니. 이것은 중전마마라고 해도 용서받지 못할 일이야."

곧장 대전으로 향하려던 민 소용을 숙원이 막아서며 자신의 처소로 끌고 갔다.

"하면 보은군 마마와 우리 헌이 다칠 수도 있지 않습니까."

"……숙원."

"참으세요. 참다 보면…… 기회가 올 것입니다. 제 처소에 입덧을 조금 가라앉힐 차가 있습니다. 소인이 따뜻하게 달여드리겠어요."

조 숙원은 그토록 착하고 어진 여인이었다. 투기도 또한, 욕심도 없는 하해와 같은 아량을 가진 왕의 여인이었다. 민 소용은 그런 숙원이 자신보다 천한 출신이고 한참 아래의 품계를 지녔지만, 늘 동경했고 고마워했고 좋아했다.

하지만 사건은 정말 예기치 못한 순간에 터지고 말았다.

숙원이 중궁전의 처소에 붙들려 가 매질을 당한 지 달포 정도가 지났을 무렵, 일찍 침소에 들었던 민 소용은 흉한 악몽을 꾸고 잠에서 깨어났다.

"대체 왜 그런 꿈을……."

숙원의 처소가 무너지는 꿈을 꾼, 민 소용은 뒤숭숭한 마음에 밤길을 나섰다. 곧장 숙원의 처소로 향했던 민 소용은 그만 끔찍한 광경을 목격하고 만 것이었다.

"윽…… 윽……!"

조 숙원이 누군가에게 칼을 맞아 피를 흘리며 쓰러지고 있었다. 너무 놀란 민 소용은 그대로 몸이 굳고 말았다. 동행했던 궁녀 역시, 너무 놀라 악 소리도 내지르지 못했다.

"주, 중전마마……."

숙원이 바닥으로 고꾸라지며 자신을 찌른 상궁의 치맛자락을 힘겹게 붙들었다. 그녀는 끊어질 듯한 숨으로 '중전마마'라고 말하고 있었다.

그녀를 그렇게 만든 상궁은 가볍게 숙원의 손을 발로 밀어내며 비스듬히 몸을 꺾었다. 동시에 먹구름에 가려졌던 달빛이 드러나며 상궁의 얼굴을 확인할 수 있었다.

그것은 중전이었다.

상궁으로 변장한 중전이 조 숙원을 해치고 만 것이었다.

"어찌…… 윽."

"눈엣가시였거든. 네년이. 내가 너보다 못한 것이 뭐기에, 전하께서 날 거들떠보지도 않느냐 말이야."

민 소용은 입을 틀어막은 채, 벌벌 떨며 그 모든 것을 지켜보았다.

"아들 하나 낳았으면 됐지, 또 씨를 받으려고 그렇게 전하의 곁에 달라붙어 교태를 부리느냐?"

"……왜, 왜. 어째서."

"왜냐고? 네가 없어져야 나도 아들을 낳을 수 있을 것 같아서! 그러니 너무 억울해할 것 없어. 어차피 무수리로 평생 걸레질만 하다가 죽었을 몸. 그래도 성총을 받고 아들도 낳고. 네년 따위가 누릴 수 있는 복은 죄다 누렸으니 지금 죽어도 여한이 없잖아?"

독 같은 말을 뱉어낸 중전은 뒤에 서 있던 자신의 상궁에게 얼른 치워버리라는 듯이 눈짓을 해 보이고 걸음을 옮겼다. 조 숙원은 마지막 힘을 다해, 그녀의 다리를 붙잡았다.

"약조, 약조하여주세요……. 우리 헌…… 헌이 만큼은 지, 지켜주시겠다고요……."

숙원의 마지막 애원에 중전은 코웃음 쳤다. 그러곤 일어나기 위해 애쓰는 조 숙원을 가볍게 밀어 넘어뜨렸다.

"민 소용이 하는 것 봐서. 네 형님이 내게 하는 걸 보고 결정하지. 하니 이승에서의 마지막이 될 네 약조는 못 들어주겠구나."

바닥에 고꾸라져 있던 조 숙원은 연신 일어나려는 듯이 꿈틀거리고 있었다. 그때, 상궁이 숙원의 저고리 속을 헤집어 그녀가 지니고 있던 은장도와 중전의 은장도를 바꿔치기했다.

"네 은장도로 자결한 것으로, 너의 죽음은 깔끔히 위장될 것이야."

숙원의 손바닥에 은장도가 놓였고 곧 상궁과 중전은 그곳을 빠르게 벗어났다. 민 소용은 속히 조 숙원에게로 달려갔다.

"숙, 숙원……!"

눈물범벅이 된 민 소용은 충격으로 말이 이어지지 않았다. 숨이 끊길 듯, 조 숙원이 애처롭게 소용을 올려다보았다.

"마마……."

"어의를…… 얼른 어의를……!"

"아니요."

숙원은 소용의 손을 꼭 잡으며, 어의를 부르지 말라고 했다.

"……오늘이 아니더라도 언젠간 중전마마의 손에 죽게 될 것입니다."

"하지만 숙원."

"여기 이것……."

눈물을 뚝뚝 흘리는 소용에게 숙원이 손에 쥐었던 은장도를 건넸다.

"중전마마는 언젠간…… 스스로 자멸할 순간을…… 만들 것입니다……."

"……그게 무슨 말이야."

"그 비틀린 탐욕이 스스로를 무너뜨릴 때가…… 올 것이어요. 그때, 제 죽음도 밝혀주세요……. 이것을 보이면서요……."

그것은 중전의 상궁이 중전의 은장도와 바꿔치기한 숙원의 은장도였다. 한데 어찌 그것을 보여주라고 하는지, 민 소용은 알 수 없다는 얼굴로 숙원의 손을 잡았다.

"이것은 자네의 은장도가……."

"바꿔치기…… 했습니다, 제가……. 은장도를…… 바꿀 것 같아 방금, 다시 저의 것과 바꾸어놓았어요. 이것은 중전의 것입니다."

그 말과 함께 숙원은 좀 전보다 더 위태롭게 숨을 몰아쉬며 힘겹게 입술을 열었다.

"그리고 제 처소에…… 처소 서랍에……."

"말하지 말게. 응? 말하지 말고 잠시만 기다려. 어의를 불러올……."

"어의가 쓴…… 일지가 있을 것입니다……. 전하를 곁에서 모셨던 어의 영감이 쓴 일지를…… 꼭 소용 마마께서 보관하시어요……."

"숙원!"

"제가 말한 때가 오거든…… 그 일지를 세상에 드러내세요. 하면 중전은…… 무너지고 말 것입니다."

알 수 없는 말을 늘어놓던 숙원은 숨이 턱 끝까지 다다른 듯 눈을 감으며 말끝을 흐렸다.

"몸조심하세요, 마마. 그리고 우리 세자, 세자…… 헌…… 헌이를 잘, 잘 부탁……."

그렇게 숙원은 민 소용의 손을 놓고 말았다.

조 숙원은 자결이 아닌, 기구한 죽음을 맞은 것이었다.

"그 일로, 소인은 유산을 하고 말았지요. 하지만 슬퍼할 수 없었습니다. 당연한 죗값이라고 생각하였거든요. 조 숙원을…… 그리 보낸 것, 숙원의 장례가 치러질 때까지 진실을 숨기고 방관한 저의 죗값."

민 소용의 입에서 흘러나온 말들은 도무지 믿을 수 없는 것들이었다.

헌은 눈물을 뚝뚝 흘리며 민 소용이 지니고 있었던 은장도를 살펴보았다. 그곳에는 정말 '김윤희'라는 중전의 이름이 쓰여 있었다. 미처 그 순간에 숙원이 자신의 은장도와 바꿔치기했을 것이라고 예상치 못하였을 터였다.

"어머니……. 흑…… 흑흑, 어머니……."

헌은 그 은장도를 꽉 그러쥔 채 연신 어머니를 불렀다. 하지만 그 어느 곳에서도 대답은 들려오지 않았다. 소진은 슬퍼하는 그의 모습을 멀리서 바라보다, 눈물을 터뜨리고 말았다.

겨우 정신을 차린 왕이 부들부들 떨며 민 소용을 향해 물었다.

"하면…… 숙원이 말한 그때가…… 지금이라는 것이냐? 그 어의……

일지는 다 무엇이고……?"

왕의 물음에 민 소용이 내내 품고 있던 서책을 꺼내 왕에게 건넸다. 왕이 떨리는 손으로 '어의 일지'라고 적힌 서책을 조심스럽게 펼쳤다.

숙원이 죽던 그해, 왕의 정신이 조금씩 혼탁해져가던 것을 제일 먼저 깨달은 숙원이 어의에게 따로 부탁해 치료를 맡아달라고 했었다. 그리고 그 어의가 직접 쓴 일지였다.

"마지막 장을 읽어보십시오. 하면 숙원이 말한 때가 무엇인지…… 알 수 있을 것입니다."

모두 숨죽인 채, 왕의 시선을 따라 눈을 움직이며 얼어 있었다. 그때, 왕이 충격받은 얼굴로 일지를 떨어뜨리고 말았다.

그 일지를 헌이 대신 주워, 마지막 장을 황급히 펼쳐 들었다. 그러곤 믿을 수 없는 말이 쓰인 그것을 읽어 내려갔다.

"전하께서는…… 매병 증세를 조금씩 보이고 계신다. 그리고 정신이 혼탁해짐과 동시에 음맥(陰脈)이 점점 짙게 나타나고, 이는 생식 기능 저하를 뜻하는바, 전하께서는 더는 후사를 보실 수 없을 것이다."

헌의 목구멍을 타고 흐른 말에 궁인들은 모두 죄를 지은 사람처럼 얼굴을 들지 못했다.

뻣뻣하게 군은 왕을 걱정스럽게 바라보던 민 소용이 두 눈을 질끈 감으며 말했다.

"후사를 볼 수 없는 전하를 통한 중전의 회임. 숙원은 그것을 이미 예상하였습니다. 해서 그때를 기다리라, 제게 부탁한 것입니다."

차마 그 누구도 뱉지 못한 그 말을 민 소용이 내뱉자마자 헌은 허리춤의 칼을 세차게 뽑아 들었다.

"내 어머니의 복수는 내가 할 것이야."

"큰일 났습니다, 저하!"

감옥 밖에서 중전이 끌려 나오길 기다리고 있던 헌은 큰일 났다는 말에 사색이 됐다.

"왜! 중전이 도망친 것이야?"

"이것이 어찌 된 일인지……!"

"비키거라!"

헌은 버럭, 호통치며 감옥 앞을 지키고 있던 문지기들을 밀치고 안으로 들어서서 서둘러 중전과 상궁이 갇혀 있던 철창 안을 바라보았다. 그들은 거짓말같이 사라져 있었다.

빈 철창 안을 확인하자마자 헌은 황급히 몸을 돌렸다.

"궐문을 걸어 잠그고 석반을 날랐던 궁녀 모두 추포해 중전의 행방을 쫓아라! 그리고 문지기들과 옥을 관리했던 모든 이들 또한, 당장 추국청으로 끌고 가라!"

단호한 그 말을 남긴 채, 헌은 사복시(司僕寺)로 달렸다. 그때, 그를 기다리고 있던 영의정이 황급히 헌의 앞에 섰다.

"저하!"

"대감, 중전이 사라졌습니다. 빨리……!"

"왕자 아기씨도요."

난감하다는 듯 연신 주위를 살피며 영의정은 미간을 구겼다.

이제는 왕자 아기씨라고 하기도 뭣한 중전의 아들이었다. 반드시 잡아야만 하는 희대의 악녀였다. 자신의 어머니를 죽이고 아버지까지 기만한 절대 용서치 못할 여인이었다.

사복시를 향해 내달리는 헌의 눈앞이 자꾸만 뿌옇게 흐려졌다.

한 시진 전. 철커덩, 철창문이 열리자 내내 눈을 감고 기도를 올리고 있던 중전이 눈을 떴다.

"석반이오."

덩달아 그 옆에 앉아 있던 상궁도 눈을 반짝이며 중전을 바라보았다.

"마마…… 김 도령이 언질해두었던 석반입니다."

그 말에 중전이 고개를 조심스럽게 까닥였다. 철창문을 열고 어두컴 컴한 통로로 궁녀 여럿이 석반이 든 바구니를 들고 차례로 들어오고 있었다. 분명 석반을 전해주는 궁녀가 김 도령과 한패라고 했다. 중전 은 예민하게 눈을 치켜뜨며 죄인들에게 석반을 내어주는 궁녀들을 하나 하나 바라보았다.

그때 궁녀 하나가 쭈뼛쭈뼛 주위를 심하게 경계하며 중전 앞에 섰다.

"여기 있습니다."

석반을 건네받은 중전은 궁녀의 손을 홱 잡아끌었다.

"받은 것, 있지."

나지막이 그 한 마디만 뱉었는데, 궁녀는 입구 쪽을 힐끔거리며 고개 를 끄덕였다.

"여기 아래."

궁녀가 가리킨 곳을 보니 석반 바구니 틈에 서찰 하나가 끼워져 있었 다. 서둘러 가보라는 눈짓과 함께 중전이 황급히 종이를 펼쳐 들었다.

중전마마, 석반이 끝날 무렵
문지기 둘이 우리 쪽 사람들로 교체될 것입니다.
궁녀가 석반을 치우러 올 때 문을 열어줄 것이니, 궁녀복으로 갈아입고
서둘러 석반 담당하는 궁녀인 척 옥을 빠져나오십시오.
늘 만나던 비밀 통로에서 기다리고 있겠습니다.
그때 왕자 아기씨도 저희가 사람을 붙여 빼돌려놓겠습니다.
부디 무사히 만날 수 있길 고대하겠습니다.

그 종이를 모두 읽자마자 잘게 찢어 국에 넣어 종이를 섞었다. 그러곤 아무 일도 없었던 것처럼 태연하게 석반을 한구석에 밀어놓으며 때가 되기를 기다렸다.

"좋은 소식이 있습니까?"

상궁이 중전의 눈치를 살피며 조심스럽게 묻자, 중전은 아무 말 없이 고개만 끄덕였다. 그러다 내내 뭔가 하나 걸린다는 듯이 눈을 게슴츠레 떠 말끝을 흐렸다.

"한데 참 이상하단 말이지…… 그날 나를 분명 보았다면…… 세자 성격에 날 가만히 뒀을 리가 없어."

중얼거리던 중전은 고개를 갸웃거렸다.

"그날 내가 김 도령과 손을 잡고 가던 것을 세자가 보았다면 날 가만히 뒀을 리가 없지 않으냐? 당장 날이 밝자마자 나를 불러, 전하께 모든 사실을 고해 일의 전말을 파고들었을 거야."

"하지만 공격을 받았다고 증언을 했다면 당시 현장에 있었다는 것이 확실하온데……."

중전은 단호하게 말을 끊었다.

"현장에 있었던 한소진 그년이 세자에게 말해, 그곳에 있었던 것처럼

꾸몄을 수도 있지. 아니면, 불미스러운 일이 세자에게 생겼었다던가."

어떻게 해서든 이 늪을 빠져나가겠다는 듯 중전은 필사적으로 머리를 굴리고 있었다.

"불미스러운 일이라 하시면."

"공격을 받아 머리를 크게 다쳐 기억 소실증에라도 걸렸다던가. 그렇다면 이야기는 또 달라지지 않겠느냐? 정신이 온전치 못한 세자가 그날 이후로 헛것을 보고 들어 모든 것을 꾸몄다고 뒤집어씌울 수도 있고, 세자의 또렷하지 않은 기억을 들먹이며 결코 사실이 아니다, 한소진과 영의정이 나를 해치기 위해 모두 꾸민 일이다…… 하며 둘러댈 수도 있고. 충분히 사건을 뒤집을 수 있지."

상궁은 그런 중전을 바라보며 감복을 금치 못했다.

"판은 언제든 뒤집을 수 있다. 그러니 포기는 이르다. 난 반드시 이것을 전화위복 삼아 더한 부귀를 누리며 살 것이야."

그리고 그때, 옥 입구를 지키고 있던 문지기 둘이 복통을 호소하며 다른 이들과 자리를 바꾸는 것이 보였다.

"반드시…… 그럴 것이야."

중전은 그 모습을 담담히 지켜보며 주먹을 말아 쥐었다.

제 37 장

풍등제의 밤

"저기 좀 봐! 너무 예쁘다!"

저잣거리는 알록달록한 풍등과 백성들의 웃음으로 꽉 차 있었다. 하지만 그곳을 헤집는 무사들과 헌의 얼굴은 그들과 대비되고 있었다. 무사복을 입은 헌은 언제든 칼을 뽑아 들 자세를 취한 채 저잣거리를 두리번거렸다.

"분명 한양을 아직 빠져나가진 못했을 것이다. 백성들 사이에 숨어 있을 것이니 유심히 살피거라."

일 년 전에도 그들을 쫓아 이 풍등제가 한창인 저잣거리를 헤집고 다녔을 터다.

"쥐새끼 같은 것들. 악연이 질기구나."

눈빛을 번뜩이며 저잣거리를 세차게 훑고 있던 헌의 시선에 익숙한 얼굴이 걸렸다.

"소진아."

소진이 숙자와 함께 열심히 여인들의 얼굴을 하나, 하나 살피고 있었다. 거침없이 장옷을 쓰고 있는 여인들에게 다가가 양해를 구하고는 얼굴을 확인하고 있었다. 자신 때문에 괜한 고생 중인 것 같아, 헌은 여전히 슬픔이 가시지 않은 눈빛으로 그녀를 바라보았다.

"아, 미안하오. 찾는 이가 있어서."

찾는 얼굴이 아니라 실망하기도 잠시, 그녀는 다시 씩씩하게 걸음을 옮겼다. 헌은 그런 소진의 앞으로 살며시 다가갔다. 그가 가까이 다가온 줄도 모른 채 소진은 열심히 움직였다.

이내 헌이 가만히 그녀의 손목을 그러쥐었다.

"앗……!"

놀란 그녀가 어깨를 흠칫 떨며 뒤를 돌자, 반듯한 헌의 모습이 나타났다.

"저하."

"여기서 이리 만나니 반갑다."

아까 그 일이 있고 헌과 제대로 이야기를 나누지 못했는데, 이렇게 다시 그를 만나니 소진 역시 반가웠고 다행이라는 생각이 들었다.

"괜찮으시옵니까?"

소진은 이제야 그에게 위로를 건넬 수 있었다. 조심스러운 그녀의 물음에 헌은 가만히 고개를 끄덕였다.

"괜찮지. 괜찮아야지."

차마 말을 잇지 못한 그는 입술을 꽉 악물며 분노를 그리고 슬픔을 꾹꾹 가슴 아래로 내리고 있었다. 소진이 그의 팔을 따스하게 그러쥐며 한 발자국 가까이 다가갔다.

"숙원 마마의 한을 꼭 풀어드려요, 우리."

"소진아."

"저하만 이렇게, 저하의 사람들만 이렇게 아파하는 건 너무 불공평하잖아요."

그제야 분노로 사색이 되어가던 그의 얼굴이 핏기를 되찾았다. 고개를 끄덕이며 헌이 걸음을 옮겼다.

"아무리 괴롭고 아픈 가시밭길이라도 너와 함께 걸으면 하나도 고통 스럽지가 않아."

정면을 바라보는 헌을 향해 소진이 고개를 들었다. 날렵한 그의 턱선이 달빛을 받아 오늘따라 더욱 은은하게 빛나고 있었다.

"저도 그렇습니다."

두 사람의 시선이 교차했다. 고운 풍등이 시선을 마주한 두 사람의 머리 위로 수를 놓듯, 아름답게 떠다녔다.

"이번 풍등제는 꼭 너와 즐기고 싶었는데. 이렇게 죄인들을 잡기 위해 저잣거리를 돌아다니게 될 줄은 꿈에도 몰랐구나."

"우리에게는 내년이 또 있지 않사옵니까?"

그때, 저잣거리가 갑자기 어수선해지고 있었다.

"궐문 쪽으로 모두 움직여라!"

"궐문을 수호하라!"

저잣거리 곳곳에 배치되었던 포도청 사람들이 일제히 한곳으로 달려가기 시작했다. 심상치 않은 분위기에 백성들도 주춤거리며 삼삼오오 모여들었다.

"무슨 일이냐!"

헌이 달려가는 포도청 사람 하나를 잡아 매섭게 몰아붙였다. 그러는 헌의 차림새를 살피다, 그 주변에 있는 호위대를 발견하고는 황급히 고개를 조아렸다.

"궐문을 침범하려는 자들이 나타나, 위기라고 하여……!"

그 순간, 호위대들 또한 모두 궐로 달려가기 위해 방향을 틀었다. 소진은 아연실색하며 헌의 팔을 붙잡았다.

"김 도령 쪽 세력이 아예 궐을 공격하려나 봅니다! 서둘러 궐로 가보아야 할 것 같아요!"

윤현 역시 상황이 심각하게 흘러가는 것을 감지하고는 헌의 명령을 기다렸다.

"궐문을 지키고 있는 세력이 턱없이 부족할 것입니다. 모든 인력을 김 도령을 찾기 위해 저잣거리와 뱃길 쪽에 배치해둔 상태라…… 인력을 모두 모아 궐로 쳐들어가야 할 것 같습니다."

그때였다. 저 멀리 호위대 무리가 허겁지겁 헌을 향해 달려왔다.

"그대들이 어찌!"

궐문을 지키고 있어야 할 무리 일부가 대열을 이탈해 온 것이었다.

"큰일 났사옵니다! 예상했던 것보다 훨씬 더 많은 무사가 궐문을 향해 쳐들어오고 있습니다! 이대로는 무리입니다. 저잣거리에 포진해 있는 세력을 합세해주십시오!"

"백성들이 힘을 보태고 있지만, 턱없이 부족한 인력이라 이대로라면 곧 궐문이 열릴 것입니다!"

헌은 고민에 빠지고 말았다. 쉽사리 그렇게 하라는 명이 입 밖으로 떨어지지 않았다. 소진과 윤현, 호위대들은 모두 조마조마한 얼굴로 그의 명령을 기다리고 있었다.

"저하……."

하지만 헌은 이것이 함정일 수도 있다는 생각이 자꾸만 머릿속을 뒤흔들었다. 부러 숨겨두었던 군사를 한꺼번에 풀어 궐문으로 향하게 한 뒤 호위대를 혼란에 빠뜨리려 하는 것. 해서 헌이 골고루 배치해두었던 병사들을 모두 궐 쪽으로 오게 만든 다음 경계가 허술해진 틈을 타 한양을 빠져나갈 수도 있을 것이었다.

"함정일 수도 있어······ 이 일을 어찌한다."

함정이라는 말에 윤현과 소진의 눈이 동시에 커졌다.

"하면 우선 저잣거리 쪽 세력만 궐문으로 향한다. 나와 윤현, 한 규수의 호위 무사 이 셋만이라도 저잣거리에 남는 것으로 해야겠다."

"예, 알겠습니다."

그 말에 윤현과 소진의 호위 무사가 고개를 끄덕였다. 하지만 이 인력으로 넓은 저잣거리 모두를 수색하는 것은 무리였다. 그러나 지금으로선 이 방법이 최선이니 어쩔 수 없었다.

헌의 명령에 모두 일사불란하게 움직일 때였다.

"저하······ 저기······."

무언가를 발견한 소진이 조금 굳은 얼굴로 한 곳을 가리켰고 모두의 시선이 그쪽으로 향했다.

뿌연 모래바람을 일으키며 얼핏 보아도 어마어마한 수의 무사들이 무장을 한 채 이쪽으로 다가오고 있었다. 호위대는 반사적으로 헌과 소진을 호위하며 맞서 싸울 태세를 갖추었지만, 가까이 다가온 그들의 얼굴을 확인하고선 모두들 놀라움을 금치 못했다.

"아니······! 민 대감님?"

민추환이 전투태세를 갖추고 자신의 사병과 함께 나타난 것이었다. 놀란 소진은 그대로 굳어버렸고 헌은 믿을 수 없다는 듯 그들에게서 눈을 떼지 못하였다. 그뿐만이 아니었다.

"그대들은······!"

"저하. 늦어서 송구하옵니다!"

화론파 대신 모두가 민추환과 마찬가지로 무장한 모습으로 각자의 사병을 이끌고 등장했다. 그 수는 가히 헤아릴 수 없을 만큼 어마어마했다. 저잣거리를 꽉 채우는 병사들 수에 백성들은 전쟁이라도 터진 것인가 싶어, 모두 두려움에 떨고 있었다.

"송구하옵니다, 저하."

놀란 헌을 향해 민추환이 고개를 조아렸다. 그러자 모두 그를 따라 헌에게 예를 갖추어 허리를 접었다.

"오늘부로 화론파는 해체되었습니다."

단언하는 민추환의 모습에 소진의 눈이 커다래졌다. 또한, 전혀 예상치 못한 그의 결심이 헌의 가슴을 뒤흔들어놓는 순간이었다.

"화론파 생성의 궁극적인 목표를 우리의 주요 인물이었던 중전 김 씨와 부원군이 산산조각을 낸 오늘, 더는 화론파의 존재가 무의미해졌음을 온몸으로 실감하였나이다. 또한 소용 마마께서 석고대죄하며 스스로 죄인이 되시었으니 그분을 추종하는 우리 모두 역시 죄인입니다."

헌이 먹먹한 눈으로 민추환을 응시하였다.

"민 대감."

"모두 죄인의 마음으로 저하의 뒤를 따르겠나이다. 같은 마음으로 왕실을 기만한 중전 김 씨와 그의 무리를 처치하는 데 힘을 보태겠사옵니다!"

민추환이 그렇게 외치자 다른 대신들도 모두 목소리를 높였다.

"힘을 보태겠나이다!"

소진은 형언할 수 없는 전율이 온몸에 퍼지는 것을 느꼈다. 순간, 민추환과 시선이 스친 그녀는 차마 그를 제대로 쳐다보지 못한 채 시선을 피했고, 민추환은 이해한다는 듯 그녀를 향해 고개를 끄덕여 보였다. 그때, 가만히 무사들을 돌아보던 헌은 무겁게 입술을 열었다.

"그대들의 결심이 조선과 백성, 그리고 왕실을 지키는 데 큰 힘이 될 것이오. 어려운 결정을 내려주어 참으로 고맙소."

그리고 그는 윤현을 향해 그 어느 때보다 큰 목소리로 명령을 내렸다. 먹구름이 가득했던 헌의 얼굴에 화사한 햇볕이 들고 있었다.

"저잣거리를 지키던 우리 호위대는 그 자리를 지킨다! 화론파 대신들의 사병의 절반은 궐문을 지키는 데 힘쓰고 절반은 호위대와 함께 잠적한 김 도령과 중전 김 씨를 찾는 데 주력하도록 한다!"

그 말에 수백이 되는 군사들은 저잣거리가 떠나가라 대답했다.

"명, 받잡겠나이다!"

헌은 날개라도 단 듯 발걸음이 가벼웠다. 그를 따르는 호위대도 천군만마를 얻은 것만 같은 기분에 활력을 되찾았다.

궐문은 김 도령의 세력과 대치 상황을 벌이는 중이라고 했다.

누구 하나 선뜻 나서지 못하는 싸움.

더욱이 그럴 것이 김 도령 쪽 세력은 화론파 대신들이 사병을 풀어 세자의 뜻을 따를 것이라고는 조금도 상상하지 못했기에 서로 눈치만 살피고 있을 뿐이었다.

화론파 대신들의 사병을 얻어 몸집을 부풀린 호위대는 여차하면 김 도령 세력을 칠 기세로 궐을 보호하고 있었다.

"저쪽으로 가자, 소진아."

"예, 저하."

"여기서부터는 반으로 나뉘어 수색하도록 하자."

한편, 윤현이 이끄는 무리와 헌이 이끄는 무리 둘로 나뉜 호위대는 양 갈래 길에서 갈라졌다. 화려한 풍등이 휘날리는 저잣거리에서 멀어지자 음침한 길이 나타났다. 소진은 잔뜩 몸을 웅크리고는 주위를 경계했다.

"이러고 있으니…… 꼭, 일 년 전 그때 같아요."

그녀의 말에 헌이 엷게 웃으며 그녀의 손을 꼭 잡아주었다. 손에 닿는 보드라운 온기에 소진이 씨익, 미소를 그렸다.

"으아아앙! 으아앙!"

그때, 어디선가 갓난아기의 울음이 고요한 정적을 찢어놓았다. 모두 약속이라도 한 것처럼 걸음을 멈추고 귀를 기울였다. 조용히 하라는 듯, 헌이 자신의 입가에 검지를 갖다 댔고 소리가 나는 쪽으로 조금씩 움직였다. 행여 소진의 손을 놓칠세라 헌은 그 손을 꽉 움켜쥐었다.

"아앙! 으아아앙!"

아이의 울음이 점점 더 가까워질수록 헌과 소진의 가슴은 터질 듯 뛰어댔다.

"쉿, 조용히 해야지…… 으응? 아가. 착하지? 조금만 더 참자. 쉬이."

우는 아이를 달래는 웬 젊은 여인의 목소리가 들려왔다. 헌과 소진의 시선이 찰나에 부딪쳤고 둘은 직감적으로 그 목소리가 중전 김 씨라는 것을 알아챘다.

"어찌합니까. 아직 가야 할 길이 먼데……. 아기씨가 울어서."

"배가 고픈가 봅니다. 일단 저잣거리를 벗어나 숲으로 들어가 배를 채워줘야지……. 여긴 너무 위험해서."

"바로 앞의 산에 우선 몸을 숨깁시다, 마마."

도란도란 들려오는 대화 소리가 헌과 소진의 귀에 정확하게 들렸다. 바로 앞의 산이라는 말에 힐끗 어둠 너머의 산을 바라보았다.

헌은 고갯짓으로 안에 중전과 김 도령이 있다는 것을 알리며 셋을 센 뒤 습격하자는 듯이 손가락 세 개를 펼쳐 보였다. 그러자 모두 고개를 끄덕이며 검집을 세차게 그러쥐고서 헌의 손가락을 주시했다.

그의 손가락 하나가 접히고.

"힘들지는 않으십니까, 마마."

"괜찮습니다. 속히…… 움직이지요."

"아기씨를 먼저 무사들에게 보내놓을 걸 그랬습니다."

"아니 됩니다. 이젠 내 아들과 절대 떨어지지 않을 것이에요. 그러다가 또 일이 잘못되면 영영 아이를 못 볼지도 모르잖습니까."

이내 두 번째 손가락이 접혔다.

여전히 이 사실을 모르는 듯, 어둠 속에서는 김 도령과 중전의 목소리가 나지막이 들려오고 있었다.

심장이 터져나갈 듯 뛰어대기 시작하고 소진은 그의 마지막 손가락이 접히길 기다렸다. 그리고 그때, 헌이 마지막 남은 손가락 하나를 접으려는데, 등 뒤에서 거센 목소리가 어둠을 흔들었다.

"웬 놈들이냐!"

"놈들이다! 피하십시오, 행수 어르신!"

어디선가 나타난 김 도령의 무사들이 호위대를 공격하기 시작했다. 순식간에 어둠 속은 난장판이 되었고 헌과 소진은 김 도령과 중전의 목소리가 들려왔던 곳을 덮쳤다.

"앗……!"

그때, 헌과 눈이 마주친 김 도령은 서둘러 중전을 보호하며 달아나기 시작했다.

"저쪽이다! 잡아라!"

아기를 품에 안은 중전은 필사적으로 장옷으로 얼굴을 가린 채 달렸다. 김 도령의 무사들이 그들을 보호하기 위해 달려들자, 호위대들이 목숨을 걸고 막아섰다.

"저하, 얼른요!"

저쪽에서 소리를 듣고 합세한 윤현의 무리도 김 도령의 무사들과 칼을 겨누고 있었다.

소진은 헌의 손을 놓으며 치맛자락을 바짝 움켜쥐었다.

"저하! 먼저 달려가세요! 저쪽 산으로 가는 지름길을 제가 압니다!"

"조심하여야 한다! 무사, 낭자를 잘 부탁하오!"

그녀보다 달리기가 조금 더 빠른 헌이 앞서 뛰어가고 그 뒤를 소진이 따르다가, 샛길로 빠졌다. 아무래도 헌보다는 저잣거리의 숨은 지름길에 익숙한 소진이었으니까.

그녀의 옆을 호위 무사가 바짝 따랐고 헌은 홀로 어둠 속을 빠르게 헤집고 있었다.

"하아, 하아……!"

목 끝까지 숨이 차올랐지만, 그는 멈출 수 없었다. 바로 눈앞에 어머니의 원수가 달아나고 있었으니까.

김 도령과 손을 꼭 맞잡은 중전은 치맛자락을 휘날리며 뛰었다.

"으아아앙!"

그녀의 품에 위태롭게 안겨 있던 아이는 연신 울음을 터뜨려댔다. 그때, 아기를 품에 안은 중전이 엉망이 된 얼굴로 헌을 힐끗, 돌아보았다. 장옷에 반쯤 가려진 중전의 얼굴을 헌이 똑바로 직시했다. 팽팽한 긴장감 속에서 겁에 질린 그녀의 눈동자를 정확하게 마주친 그 순간…….

"아."

헌은 무언가 머리를 세게 얻어맞은 듯한 충격과 함께 더는 달릴 수가 없었다. 띵, 하는 소리와 동시에 귀에서는 찢어지는 이명이 들렸고 눈앞이 순식간에 뿌예졌다.

'대체…… 저것이 무슨……!'

이내 자신의 것인 듯한 목소리가 이명을 뚫고 메아리처럼 번졌다.

깜깜한 어둠뿐이던 눈앞에 거짓말같이 한 장면이 그려지고 있었다.

일 년 전, 모처럼 풍등제가 열려 백성들의 얼굴에 웃음꽃이 피었던 날. 헌은 여느 때와 다름없이 잠행에 나섰다가 뜻밖의 얼굴을 마주하고, 지금 이 순간처럼 두 다리가 얼어붙은 듯 앞으로 나아가지 못했다.

'중전마마……?'

감히 이곳에 있어서는 안 될 얼굴을 발견했기 때문에, 그리고 그 사람이 감히 해서는 안 될 행동을 하고 있었기 때문에.

"중전과…… 김 도령이었어……!"

헌은 번쩍 눈을 떴다.

오색 빛의 찬란한 풍등 아래에서 다정하게 입술을 맞추고 있었던 중전과 김 도령의 모습. 그것을 보고 충격을 받은 헌이 황급히 중전의 뒤를 미행했던 것이었다.

정신을 차린 헌이 번쩍 눈을 떴다. 저 멀리 치맛자락을 휘날리며 김 도령과 멀어져가는 중전의 뒷모습을 바라보며 입술을 악물었다.

그 모습 위로 일 년 전, 공격을 당하고 쓰러진 자신이 바라보았던 두 사람의 뒷모습이 포개지기 시작했다.

그때도 딱, 저 눈동자로 자신을 힐끗거렸던 중전.

헌이 잃어버린 기억을 되찾은 순간이었다.

"저하! 괜찮으시옵니까!"

이쪽으로 모두 몰려든 호위대들이 황급히 헌을 부축했고, 헌은 김 도령을 가리키며 굽혔던 허리를 폈다. 기억을 모두 찾은 그는 온몸의 털이 쭈뼛 서는 것만 같았다.

'중전이 맞았어. 소진이의 기억이…… 모두 맞았어……!'

혼몽해지던 자신을 품에 안고 정신을 차리라며 소리치던 소진의 모습도 떠올랐다. 그날의 중전과 김 도령의 옷차림까지 모두 선명하게 기억이 나고 있었다.

무너질 것만 같던 두 다리에는 어느새 초인적인 힘이 실렸다.

멀어졌던 두 사람과의 거리가 점점 좁혀져 가던 그때, 저 멀리 소진이 호위 무사와 함께 정확하게 김 도령과 중전의 앞을 가로막은 채 서 있었다.

"소진아!"

헌이 그녀를 발견하고 그녀의 이름을 힘껏 외치자, 소진이 양팔을 벌린 채 중전에게 도리질을 했다.

"이제 멈추십시오, 중전마마!"

앞은 소진이, 뒤는 헌이 가로막고 있어 더는 움직일 수 없는 두 사람이었다. 그때, 중전이 소진을 밀치고 달아나기 위해 아기를 더욱 세게 품에 안고서 한 걸음을 내디뎠는데.

"아기가 울지 않습니까! 아기가 아파서 얼굴이 새빨개져 있습니다. 더는 아니 됩니다. 그러다 아기가 경기라도 하면 큰일이지 않습니까?"

소진의 말에 중전은 더 움직일 수 없었다. 그러자 김 도령이 그녀를 자신의 뒤로 숨기며 헌과 맞섰다.

"중전마마와 아기씨는 살려준다고 약조하면 스스로 잡히겠다."

그 말에 헌이 거칠게 숨을 몰아쉬며 그들의 앞으로 휘적휘적 다가갔다. 뒤늦게 달려온 김 도령의 무사들이 두 사람을 보호하려 했지만, 호위대에게 생포당해 다가갈 수가 없는 상태였다.

이제 모든 것이 끝났다고 직감한 중전은 두 눈을 지그시 감은 채 서 있을 뿐이었다.

"스스로 잡혀?"

헌은 김 도령의 말꼬리를 잡으며 이죽거렸다.

"네놈이 죄를 인정하고 스스로 무릎을 꿇을 기회는 숱하게 많았다. 하지만 지금 여기까지 끌고 온 건, 네 선택이 아니었더냐?"

점점 더 포위망을 좁혀오는 탓에 김 도령과 중전은 서로만을 의지한 채 딱 달라붙어 있을 수밖에 없었다.

"스스로 죄를 인정할 기회는 이미 사라지고 없다. 너희 둘은 끝끝내 죄를 인정치 않고 도망을 치다가, 우리에게 잡힌 것이다. 하니 그따위 말로 너희의 죄를 조금이라도 씻으려 하지 말아라."

헌이 그 말을 뱉어내자마자 중전이 갑자기 헌을 똑바로 직시하며 세차게 소리쳤다.

"너 역시 네 아비와 같은 병을 앓고 있다는 걸 다른 이들은 알고 있느냐? 이것 모두 다, 네가 나를 궐에서 내쫓기 위해 설치한 덫임을 내가 모를 줄 알고?"

뜻밖의 외침에 공기가 순식간에 반전되었다. 소진도 미간을 구긴 채, 헌을 바라보았다.

"일 년 전, 네가 나를 보았다고? 어디서? 무엇을 하다가?"

무언가 믿는 구석이라도 있는 듯, 중전은 좀 전과 달리 당당한 태도로 헌의 앞에 섰다.

"그날 내가 여기 김 도령과 손을 잡고 달아나는 것을 보았다고 하였지. 하면 왜 곧장 나를 추궁하지 않았던 것이지?"

순간, 윤현과 소진의 눈동자가 예민하게 떨리기 시작했다.

'이를 어쩌지! 중전이 세자 저하의 기억 소실증을 알아버린 것이야!'

그것을 집요하게 물고 늘어져 상황을 뒤집어보려는 중전의 술수가 눈에 뻔히 보였다.

"다 거짓이니 그러지 못했던 것이겠지! 한 규수, 저년과 꾸미고 나를 몰아내기 위해 추국청에서 거짓말을 지껄인 것이겠지!"

"그, 그건……!"

"네년은 닥치고 있거라! 내가 왜 지금 이자와 함께 죄인 취급을 당하며 몸을 숨겨야 하는지, 세자! 네가 설명해보아라."

그러자 헌이 느긋하게 중전의 앞에 멈춰 섰다. 그의 붉은 입술이 곧 진득하게 벌어졌다.

"네가, 이자와 입술을 맞추고 있었지."

헌의 말에 중전의 얼굴은 순식간에 차갑게 질려버렸고 소진의 눈은 동그래졌다.

"붉은색과 개나리색의 풍등 아래에서 애틋하게 서로를 응시하다가 입을 맞추었지."

"뭐……?"

"자주색 치마와 푸른색 장옷을 뒤집어쓴 너와 옥빛 도포를 입고 갓을 쓴 이자가, 아주 진하게. 더 소상히 말해주랴?"

낮고도 차가운 헌의 목소리에 중전은 아무런 대꾸도 할 수 없었다.

소진은 그저 놀란 얼굴로 헌을 바라보고 있을 뿐이었다.

"지금 이 순간부터 단 한 마디도 지껄이지 말아라. 쓰레기 같은 네년의 멱살을 당장에 쥐고 흔들어 뺨이라도 갈기고 싶은 심정이지만!"

부들부들 떨며 거세게 소리치던 헌은 한껏 겁에 질려 숨이 넘어갈 듯 울어대는 갓난아기를 바라보다가 중전에게서 한 걸음 물러났다.

"네 품에 안긴 이 갓난이가 무슨 죄가 있겠나 싶어, 온 힘을 다해 참고 있는 중이니."

그 말을 끝으로 헌은 참담한 얼굴로 호위대에 고갯짓을 한 번 해 보였다. 그러자 그들이 우르르 달려와 중전과 김 도령을 포박했다.

끝내 그들을 잡았지만, 이 악의 무리를 결국 손아귀에 넣었지만, 왜 눈물이 나는 것인지.

뒤돌아선 헌의 뺨 위로 뜨거운 눈물이 뚝, 뚝 흐르고 있었다.

"저하……."

소진이 황급히 그의 곁으로 다가가 헌을 부축했다. 그러자 헌은 쓰러지듯 소진의 품에 안겨 참았던 눈물을 토해냈다.

"소진아…… 모든 것이…… 허무하구나……."

"저하."

"이렇게 해도 억울하게 눈감은…… 내 어머니는…… 살아 돌아오지 못하는…… 것이겠지."

지독한 슬픔에 휩싸인 헌을 소진이 꽉 끌어안았다.

중전과 김 도령이 생포되어 궐로 돌아오자, 궐문을 지키고 있던 김 도령의 무사들은 모두 칼을 내려놓고 말았다. 동시에 궐문을 단단히 지키고 있던 호위대가 곧바로 그들을 덮쳤다. 자신들의 우두머리가 잡혔으니 더는 버티고 있을 이유가 없는 것이었다.

"행수 어르신……!"

자포자기의 심정으로 무사들은 호위대에게 하나, 둘, 잡혔다. 그리고 궐문을 지키겠다, 너도나도 곡괭이를 들고 나섰던 백성들은 기쁨의 눈물을 훔치기 시작했다.

"중전을 잡았다!"

"우리가 이겼다! 이겼어!"

고개를 푹 숙인 채, 끌려오는 중전 김 씨를 보며 손가락질하던 백성들이 갑자기 돌을 집어 들었다.

"저 나쁜 년!"

"중전은 무슨 중전이야! 생때같은 내 여식 잡아간 도둑년!"

그러곤 사정없이 중전을 향해 돌팔매질을 했다.

제 여식들과 부인, 누이들을 잡아 가두고 팔아넘기기까지 하려 했으니, 백성들에게 김 씨는 더는 국모가 아니었다. 자신의 식솔들을 고통스럽게 한 악한 여인일 뿐이었다.

탁, 탁.

돌멩이가 위협적으로 날아와 중전의 발아래에 떨어졌다. 그러자 김 도령이 황급히 그녀를 막아서며 백성들을 향해 소리쳤다.

"어허! 무엄하도다! 감히 뉘 안전이라고 돌을 던지느냐!"

하지만 그 외침은 분노한 그들에게 불을 지피는 기름에 불과했다.

"무엄? 저놈이 미쳤나!"

"전하의 여인과 놀아난 주제에 누구에게 훈수질이야!"

백성들의 돌은 김 도령에게도 향하기 시작했다.

"더러운 연놈들 같으니라고!"

"우리 손으로 죽입시다! 저들은 우리 식솔들의 원수요!"

중전은 모욕적인 말과 함께 돌을 맞고도 눈 한번 깜빡이지를 않았다. 묵묵히 정면만 바라보면서 입술만 악물고 있을 뿐이었다.

그러던 그때, 백성들의 원성은 윤현의 품에 안겨 있는 중전의 아기에게 꽂혔다.

"저 갓난이를 감히 전하의 아들이라 속이려고 했다지?"

"창피한 줄도 모르고 기어이 아이를 낳았어?"

"쯧쯧. 어미, 아비를 잘못 만난 죄로 저 아이는 이제 어찌 얼굴을 들고 살아갈꼬?"

"살긴 어찌 살아! 전하께서 사실을 알고도 저 원흉 같은 아이를 궐에서 살도록 내버려두겠어?"

"하긴. 곧바로 저 둘과 함께 죽이겠지?"

지금껏 그 어떠한 모독에도 동요하지 않던 중전은 자신의 아기를 두고 숙덕이는 소리에 눈살을 찌푸리고 말았다. 괴로움에 일그러지는 얼굴. 꾹 움켜쥔 주먹은 주체할 수 없을 정도로 부들부들 떨리고 있었다.

아이를 향한 모진 말은 점점 더 날카로운 화살이 되어 무자비하게 날아들었다. 중전이 애처로운 눈길로 제 아들을 돌아보았다. 낯선 사내의 품에 안겨 있어 그런지 조금 전부터 목청이 터져라 울고만 있었다. 그 모습이 안쓰러운지 손을 잠시 뻗으려던 중전은 다시 그 손길을 거두고 말았다.

'저 아이만이라도 살려야 해. 불쌍한 내 아들…… 내 아들이 살 수 있는 길은 단 하나야……. 아이만큼은 왕의 핏줄이라고 우겨야 해. 정을 떼야겠어. 이제부터 매정하게 대해야 해.'

눈물을 삼키며 중전은 굳게 다짐했다.

그때, 헌의 곁에 잠자코 서 있던 소진이 윤현의 곁으로 조심스럽게 다가갔다.

"저…… 제가 안고 가도 되겠습니까?"

자지러질 정도로 울어대는 아기가 걱정됐는지, 소진은 직접 자신이 안고 가겠다고 말했다.

"아이가 너무 울어서 걱정입니다. 사내의 손보다는 제가 나을 것 같아서요. 그리고 백성들의 말이 마음에 너무 걸려서…… 아이가 가엾습니다. 아직 말을 알아듣지 못하는 아이라고는 하나 저런 모진 말들을 고스란히 듣게 하는 것이……."

윤현의 품에 어정쩡하게 안긴 아기를 보며 소진은 이어 말했다.

"궐 안까지만이라도……. 소인이 안고 가게 해주세요."

"하나 죄인의 아이다. 네가 그렇게 신경 쓸 필요는 없어."

"아이는…… 죄가 없지 않습니까."

그 말에 헌은 고심에 잠긴 얼굴을 했다. 두 사람을 지켜보고 있던 윤현이 희미한 미소를 지으며 소진에게 아기를 건넸다.

"이번에는 아씨의 말을 따르는 게 좋을 것 같습니다. 제가 아이 보듬는 건 처음이라 어색하기도 하고, 해서 불편해 계속 우는 것 같습니다."

헌은 어쩔 수 없다는 듯 느리게 고개를 끄덕였다. 윤현에게 아이를 건네받은 소진은 얼굴이 빨개져라 우는 아기를 품에 꼭 보듬었다. 자신의 품 안에서 꼬물거리는 중전의 아기를 내려다보니 이상하게 엉킨 마음이 사르륵 녹는 기분이었다.

"저도…… 이런 갓난아기는 처음 보듬어 봅니다."

머쓱하게 웃으며 소진이 아기의 손을 꼭 쥐었다.

"아기야……. 울지 마. 응?"

그녀의 다정한 목소리가 온통 욕설과 거친 말로 뒤덮였던 아기의 작은 귀를 감싸고 있었다. 품 안이 따뜻하고 포근한지 아기의 울음이 점점 잦아들었다. 그런 아기를 물끄러미 바라보는 헌의 눈동자가 먹먹하게 젖어갔다.

"참으로 작고…… 귀엽습니다. 그렇지요?"

소진이 눈을 반짝이며 그를 보드랍게 올려다보았다. 저도 모르게 사랑스러운 눈길로 아기를 내려다보던 헌이 황급히 시선을 거두며 등을 돌렸다. 헛기침을 뱉어내는 그를 희미한 미소를 머금은 채, 소진이 바라봤다.

찰나였지만, 그녀는 아기를 내려다보던 헌에게서 다정한 눈빛을 읽어낼 수 있었다. 소진은 말없이 아이를 품에 안고 걸음을 옮겼다. 그리고 그 모습을 헌이 다시 바라보았다.

'저 아이를 어찌해야 할까.'

여전히 그 시선은 깊어져 있었다.

한편, 저 멀리서 중전은 그런 소진의 모습을 바라보곤 속히 고개를 돌렸다. 아무렇지 않은 척 담담하게 굴긴 했지만, 못내 아기의 찢어지는 울음이 마음에 걸리던 참이었다. 자신의 품에 보듬고 싶다는 생각을 밀어내며 중전은 서둘러 발걸음을 옮겼다.

그 뒤로 중전의 아들을 안은 소진과 그 옆을 헌이 지키며 모두 궐 안으로 들어서고 있었다.

소진을 밀실 여인들이 머무는 처소에 데려다준 후 헌은 대전으로 돌아왔다. 민 소용은 처소로 돌아가 처분을 기다리고 있었다.

"믿을 수가 없다. 아니 믿고 싶지가…… 않구나."

왕의 성총을 한 몸에 받고 세자의 생모이기까지 했던 조 숙원을 그렇게 참담하게 죽였다는 것이었다.

용서할 수도, 용서해서도 안 되는 일이었다.

"그 어떤 벌을 내려도 어머니의 한을 풀어드릴 수는 없을 것 같습니다."

"대체…… 민 소용은 무슨 생각으로 지금껏 그 사실을 숨겨온 것일까. 그간 조 숙원이 죽고 지금까지 민 소용은 그 누구보다 조용히 살아오지 않았더냐. 그런 어마어마한 비밀을 품고 있으리라고는 생각지도 못하였는데."

그러자 곁에 앉아 있던 대비가 말문을 열었다.

"두려웠던 것이겠지요. 민 소용이 두 번째 회임을 그렇게 유산했다는 것만 들어도…… 그 일로 어마어마한 두려움과 고통을 느낀 것 같습니다."

어느 정도 민 소용을 이해할 수 있다는 듯 왕은 힘겹게 고개를 끄덕였다.

"모든 것이 내 탓이구나."

"……아바마마."

"내가 그런 악귀에 씌지만 않았어도 곧바로 숙원의 죽음을 파헤칠 수 있었을 텐데 말이야."

그때를 회상하는 듯 왕의 눈가가 축축하게 젖어갔다. 대비도 차오르는 안타까움에 마른 한숨만 내쉬며 말을 보탰다.

"지금에서야 그때를 생각해보니 이상한 점이 한둘이 아니었지만, 그

땐 급하게 넘어갈 수밖에 없었습니다. 나 역시 중전이 새로이 책봉된 지 얼마 되지도 않아 궐 안팎을 시끄럽게 하는 것을 원치 않아 숙원의 죽음에 석연치 않은 것이 있다는 것을 알면서도, 속히 정리하라 명령을 내린 것도 사실이었으니까."

그날을 후회하며 대비가 두 눈을 질끈 감았다. 솔직히 말하자면 숙원의 죽음이었기에 그리 허술하게 넘긴 것일 수도 있었다.

무수리 출신에 후궁 말단인 조 숙원. 외가도, 그녀를 받쳐주는 세력도, 아무것도 없던 그녀의 죽음이었기에 그렇게 쉬이 넘어갈 수 있었던 것이었다. 그 누구도 그녀의 죽음에 강력하게 이의를 제기하지 않았다.

그래서일까. 서둘러 일을 덮기에만 급급했었다. 왕도 그 일로 심신이 약해져 병세가 악화하였으니, 그의 병세에만 더욱 신경을 썼다.

참담함은 쉽게 가시질 않았다.

"한데 중궁전 아기는 어찌할 셈입니까."

대비가 어렵사리 질문을 꺼내놓았다. 잠깐의 정적이 흐르고 헌이 한숨 섞인 목소리로 입을 열었다.

"……지금 한 규수가 데리고 있기는 한데."

"영의정의 여식이?"

"예. 어찌하오리까."

왕이 괴로운 듯 얼굴을 찌푸리며 고심에 잠겼고 대비는 더 들을 것도 없다는 듯 대꾸했다.

"어찌하긴. 중궁전과 김 도령이라는 그 작자와 함께 그 갓난이도 없애버려야지."

조금은 가혹한 그 대답에 헌은 조금 전, 아기를 품에 보듬고 있던 소진의 모습을 떠올렸다.

그때, 왕이 무겁게 입술을 뗐다.

"……갓난이는 죄가 없지 않습니까."

깊은 밤, 달은 휘영청 밝게 떠 있었다. 그 달을 묵묵히 올려다보던 소진은 여인들이 잠든 처소 안을 힐끔 돌아보며 조용히 방을 나섰다.

마루에 걸터앉아 저 멀리 떠 있는 달을 올려다보며 가슴이 착잡해졌다. 길고 긴 싸움이 끝이 났지만 이상하게 속은 시원하지 않았다.

중전이 감추고 있는 비밀은 생각보다 무거웠고 소진이 감당하기에는 가혹하기만 했다.

생각지도 못한 헌의 어머니인 조 숙원의 죽음까지. 그리고 후사를 잇지 못하는 왕의 자식을 가졌다며 저 갓난이를 두고 그런 아슬아슬한 줄타기를 하려고 했으니.

제 상식으로는 결코, 이해가 되지 않는 것들이었다.

그때, 저 멀리 호롱불 하나가 이쪽을 향해 다가오고 있었다. 소진이 슬그머니 자리에서 일어나 조금 긴장한 채 그쪽을 바라보고 있었는데.

"안 자고 무엇 하고 있느냐?"

어렴풋한 어둠 속에서 헌의 목소리가 작게 들려왔다.

"저하……?"

이내 소진의 곁에 헌이 성큼 다가와 섰다.

달빛 아래, 침소 의대로 갈아입은 헌이 지그시 미소를 그린 얼굴로 소진을 내려다보고 있었다. 그의 옆에는 윤현 홀로 헌의 곁을 지키고 있었다.

"주무시지 않으셨습니까?"

"잠이 오지 않아서…… 한데 너는?"

"소인도요……. 잠이 오지 않네요."

"내일이면 너도 이곳을 떠나, 집으로 돌아가겠구나."

"……예. 여인들도 모두 가족의 품으로 돌아가겠지요."

두 사람은 같은 눈빛을 하고서 여인들이 잠들어 있는 처소를 바라보았다.

"그토록 찾고 싶던 벗을 찾았으니 이젠 여한이 없겠습니다."

나지막한 목소리로 헌이 말했다.

소진을 가득 담은 그의 눈빛이 은은하게 빛이 나고 있었다.

"여한이 없긴요……."

입술을 달싹이는 그녀의 표정이 슬펐다.

"여인들을 식솔의 품으로 돌려보낼 수 있어 다행이지만…… 저하는 큰 슬픔을 얻지 않았습니까."

"소진아."

"어찌 위로를 건네야 할지…… 모르겠습니다."

소진의 대답에 여전히 그는 희미한 미소만 그리고 있었다. 슬퍼하는 그녀를 가만히 바라보던 헌이 밤하늘을 향해 고개를 들었다.

"조금 걸을까, 우리."

그가 천천히 걸음을 옮겼고 소진이 그 뒤를 따랐다. 풀벌레 소리가 사방에서 피어나고 발아래에서는 사그락사그락 풀이 스치는 소리가 귓가를 간지럽혔다.

생각에 잠긴 얼굴로 앞서 걷던 헌이 문득, 걸음을 멈추고 등을 돌렸다. 그러고는 말없이 그녀를 향해 커다란 손을 내밀었다. 소진은 그의 손에 자신의 손을 조심스럽게 포갰다.

어깨를 나란히 한 채, 두 사람은 달빛을 받으며 걸었다.

"중전은 사약을 면치 못할 것이다."

침묵을 유지하던 헌이 입술을 열었다.

"예에……."

"김 도령도 그리고 그를 도왔던 부원군과 우참찬, 그리고 중궁전과 포도청 사람들 모두 엄중한 벌을 받을 것이야. 죄질이 너무 악하고 무거워 모두에게 엄벌을 내리라 특별히 어지(御旨)를 내리셨거든."

소진이 조금 가라앉은 얼굴로 고개를 끄덕였다.

"그리고 중전의 아기는……."

말끝을 흐리는 헌을 그녀가 걱정 가득한 눈으로 올려다보았다. 아기라는 말에 가슴은 금세 조마조마해지고 말았다.

"아기는…… 어찌하라 하시었습니까?"

그녀의 마음을 읽은 듯, 헌은 소진의 손을 가만히 놓고 그녀의 어깨를 따뜻이 보듬어주었다.

"아바마마께서는…… 다행히 너와 같은 생각이시더구나."

"아."

소진은 저도 모르게 짧은 탄성을 뱉었다.

"갓난이가 무슨 죄가 있겠느냐며……. 죄가 있다면, 오히려 본인에게 있지 않겠느냐고 하시었거든."

비스듬히 헌을 향해 시선을 들어 올린 소진의 뺨에 불그스름하게 열기가 돌았다.

"어째서 전하께서……."

"당시에 어의 영감이 분명 아바마마께 아바마마의 병세에 관하여 소상히 알려주었다더구나."

"……예."

"한데 아바마마께서 모두 잊은 것이지. 정신이 혼몽해지실 때마다 중요한 것들을 한둘씩 잊어가시었더구나. 해서 후사를 잇지 못한다는 어의 영감의 말도 잊어버리시고 중궁전이 회임했다는 말에 당연히 본인의 아이일 것으로 생각하시었던 것이야."

소진은 천천히 고개를 끄덕이며 헌의 말에 귀를 기울였다. 그 역시 착잡한 마음으로 찬찬하게 말을 이었다.

"어의 영감이라도 살아 있었더라면 중전의 회임에 이상한 낌새를 느꼈을 텐데. 그것도 아니었으니 아무도 중전의 회임에 문제를 제기하지 못하였던 것이지. 그 모든 것이 자신의 탓이라며 자책하고 계신다. 해서 갓난이가 무슨 잘못이 있겠느냐며…… 아기를 어찌할지는 조금 더 고민해보아야겠다고 하시었다."

다행이면서도 한편으로는 걱정이 되기 시작했다.

아기가 만약 자라 제 부모에 관한 이야기를 모두 알게 된다면 자신이 살아 있음을 후회하지는 않을까.

그 아이는 끝까지 행복한 삶을 살 수 있을까.

뒤죽박죽된 마음으로 소진은 연거푸 한숨을 내쉬었다.

"전하께서도 마음이 무겁겠습니다. 한데 소용 마마님은 어찌 되시는 것입니까? 뒤늦게 고백을 하였다고 해서 비난을 받기보다는…… 이제야 말할 수밖에 없었던 사정을 좀 봐주셔야 하지 않을까요?"

조심스러운 질문에 헌이 고개를 끄덕였다.

"그래야지. 나 역시 같은 생각이기는 하다. 어머니께서 죽기 직전에 민 소용에게 어의가 남긴 일지를 넘겼던 이유도."

"예……. 언젠간 중전마마가 아기를 두고 이런 장난을 칠 것이라고 예상을 하여서……."

"그래. 해서 민 소용은 중전이 아들을 낳았다며 유세를 떨고 떵떵거리길 기다렸다가 터뜨린 것이다. 그리고 그때 어머니의 죽음까지 모두 발설하겠다고 마음먹고 기다렸고."

"예."

"늦긴 하였지만, 이제라도 말을 해주었으니 모든 것을 바로잡을 수 있어 다행이라고 해야 하지 않을까."

그 말을 끝으로 두 사람은 아무런 말도 없이 걷기만 했다. 각자 생각에 잠긴 듯, 혼란스러운 얼굴을 하고서.

그때, 못가에 당도한 두 사람은 약속이라도 한 것처럼 바위에 걸터앉았다.

"소진아."

할 말이 있는 듯이 그가 소진의 손을 자신 쪽으로 가만히 끌어왔다.

"예, 저하."

"……요즘 들어 부쩍 그런 생각을 많이 하게 된다."

"어떤……."

달빛이 흐르는 못가를 바라보는 헌의 눈가가 촉촉하게 젖어가고 있었다.

그를 올려다보는 소진의 눈동자 역시, 그와 마찬가지로 물기가 설핏 어렸다.

"너를 만난 건 하늘의 뜻이 아닐까. 그날 밤, 나를 구한 이가 너였다는 것도. 그리고 내가 기억 소실증에 걸려 너를 내 사람으로 만들기 위해 그리 고군분투하였던 것도. 봉희댁이 사라져 네가 간택전에 참가하겠다고 궐에 뛰어든 것도, 모두."

못가만 바라보던 헌이 스르륵 시선을 돌려 소진을 내려다봤다.

"하늘이 너와 날 엮어주려 그런 것이 아닐까?"

엷은 미소가 그의 붉은 입술 위로 곱게 번져갔다. 헌이 가만히 손을
뻗어 소진의 입술을 어루만졌다.

"슬프긴 하지만, 또한 잊고 있던 아픔이 다시 불거져 힘이 들긴 하지
만 소진이 네가…… 이렇게 내 눈앞에 있다는 사실이 그 모든 고통을
사그라들게 한다."

단맛이 날 것만 같은 그의 촉촉한 입술에서는 연신, 소진의 가슴을
두근거리게 하는 달콤하고 따뜻한 말들이 흘러나오고 있었다. 가만히
소진의 검은 눈동자를 바라보던 헌이 그녀를 끌어안았다.

"이제 정말 끝이구나, 슬픔은."

"……."

"너랑 행복할 일만 남았다."

"저하."

"하니 오늘만 슬퍼하마. 오늘만…… 이리 휘청거리마."

곧 쪽, 감은 그의 눈 아래로 투명한 눈물이 흘렀다. 아무래도 숙원에
대한 그리움과 안타까움이 헌의 눈물샘을 자극한 모양이었다.

그의 흐느낌을 느낀 소진이 그를 더욱 쪽, 끌어안으며 등을 토닥여주
었다. 그러자 헌이 가만히 그녀를 품에 놓으며 붉어진 눈으로 소진과
시선을 맞추었다.

"예……. 슬퍼하시어요, 저하."

"소진아."

"오늘만이 아니라…… 언제든 슬프고 아프면 그 짐을 내려놓으시어

요. 언제든 저하께 이 품을 내어드릴 테니까요."

그러면서 소진이 헌의 눈가에 맺힌 눈물을 다정히 닦아주었다.

두 사람은 오래도록 서로에게서 눈을 떼지 못하였다.

제 38 장

모두 제자리로

다음 날, 날이 밝자마자 추국청은 많은 이들로 북적거렸다.

모두 참담한 얼굴을 하고서 포승줄에 포박된 채, 흙바닥 위에 무릎을 꿇고 앉았다. 헌과 대비, 그리고 왕이 그들 앞에 서서 죄인 한 명, 한 명을 세찬 눈길로 응시했다.

그때, 저 멀리 내내 옥에 갇혀 있던 영의정이 풀려나 세 사람 앞에 반듯하게 섰다. 그러자 왕은 천천히 입술을 열어, 조금은 수척해진 영의정을 바라보았다.

"영의정 한성준은 아무런 죄가 없다. 그러니 이 시각 이후로는 다시 영의정의 자리로 돌아가 세자와 나를 위해 힘써줄 것을 명하는 바다."

"성은이 망극하옵니다, 전하……!"

영의정은 왕의 말에 무릎을 구부리며 그를 향해 큰절을 해 보였다. 그 모습을 멀리서 지켜보던 소진은 안도의 한숨을 내쉬며 두 손을 모았다. 곧, 헌의 시선이 부원군의 옆에 무릎을 꿇고 있는 우참찬에게로 향했다.

"우참찬은 고개를 들라."

헌은 무감한 얼굴로 우참찬을 불렀다. 그러자 그는 억울하다는 듯 황급히 입술을 달싹였다.

"저하! 소신은 억울하옵니다! 아무것도 모르고 그저 중전마마와 부원군 대감의 명령을 받잡았을 뿐입니다!"

이제 와 발을 빼려는 그의 모습에 맨 앞줄에 앉아 있던 중전 김 씨가 조소했다. 하지만 그런 입에 발린 소리는 헌에게 조금도 먹히지 않았다. 오히려 헌은 더, 거센 눈길로 그를 훑으며 버럭 소리쳤다.

"억울해? 감히 네가 억울하다는 말을 입에 담아?"

자리에서 벌떡 일어난 헌은 억울하다 소리치는 우참찬이 아닌 김 도령의 앞에 섰다.

"조상현."

헌이 생경한 이름 하나를 뱉어내자, 우참찬과 중전 김 씨의 동공이 예민하게 떨리기 시작했다.

"우참찬, 네놈의 숨겨진 조카이자 김 씨의 간통 상대인 김 도령의 진짜 이름이지."

지금껏 중전과 부원군이 아무런 의심 없이 그런 악행을 저지를 수 있었던 까닭은 우참찬이 있었기 때문이었다. 대내외적으로 얼굴이 덜 알려지고 화론파에서도 늘 조용조용하던 그였기에 그 누구도 우참찬이 뒤에서 그런 일을 벌이고 있을 거라고는 상상도 못 했으니까.

해서 지금껏 중궁전이 여인들을 두고 돈놀이를 했던 흔적 모두를 우참찬의 사가에 숨겨두었던 것이다. 그리고 그가 중전을 대신해 수족처럼 궐과 저잣거리를 오가며 자처해 연결고리가 되었던 것.

"그것이…… 대체."

놀란 우참찬이 저도 모르게 획, 김 도령 쪽으로 고개를 돌렸고, 조상현이라는 진짜 이름을 숨기고 살던 김 도령은 깊이 한숨을 내쉬며 고개를 푹 떨구고 말았다.

밤새, 우참찬과 부원군의 사가를 집중적으로 뒤진 결과, 그간 마을의 여인들로 무엇을 하였는지, 그 여인들로 얼마를 벌어들였는지를 소상히 적어놓은 장부 같은 것을 발견하였다. 헌의 눈짓 한 번에 금부도사는 우참찬의 사가에서 어렵사리 발견한 장부 무리를 들고 왔다.

한눈에 그것의 정체를 알아본 듯, 중전과 김 도령은 서로 시선을 부딪친 후 약속이라도 한 것처럼 두 눈을 질끈 감았다. 그 모습에 헌이 싸늘한 목소리로 입을 열었다.

"마치 물건을 사고팔 때 주고받는 거래서처럼 거기에는 여인들을 판 값과 어디로 팔아넘겼는지, 누가 샀는지, 아주 자세히도 쓰여 있더군."

그러곤 허리를 굽혀 장부 하나를 집어 아무 장이나 펼쳤다. 모든 이들의 시선이 그곳에 꽂히는 순간이었다.

"붉은색 옷고름 5인, 입궐."

그것이 뜻하는 바가 무엇인지, 소진은 대번에 알 수 있었다.

"푸른색 옷고름 10인, 탐라행."

"……하."

"옷고름 색에 따라 값이 다 다르구나? 붉은색 옷고름의 여인들을 푸른색보다 곱절로 받은 것으로 보아, 꽤 값어치를 매긴 듯한데. 한 규수는 이쪽으로 오시지요."

내내 차갑게 쏘아붙이던 헌의 시선이 저 멀리, 소진에게 닿았다. 소진은 살짝 고개를 끄덕이며 헌의 앞으로 서둘러 다가갔다. 영의정이 걱정 가득한 눈으로 소진을 응시했다.

"한 규수는 이 장부에 적힌 것들이 무엇을 말하는지, 알고 있소?"

"예, 저하."

소진이 알고 있다는 말에 사람들의 시선에 의문이 가득하였다.

대체 명문가의 여식이 이것을 어찌 알고 있다는 건지. 호기심 어린 얼굴들이 그녀에게 하나둘 닿을 때쯤 소진이 조심스럽게 입을 열었다.

"소인이 직접 여인들이 산속에 감금되어 있던 곳에 간 적이 있었사옵니다. 저잣거리 투전판이 아닌, 산속에서 암암리에 열리고 있던 투전판에 직접 잠복하였고요."

"직접, 낭자가 그곳으로 갔었다고요."

"예, 저하. 그곳에서 이 장부에 적힌 이들과 같은 처지에 놓인 여인들과 한 공간에 있었습니다."

"반가의 규수인 그대가 직접 그 위험한 곳으로 뛰어든 까닭은."

"저의 벗이 이들의 손아귀에 잡혀 있었기 때문이었지요. 처음에는 단순히 제 벗을 찾기 위해 이들을 뒤쫓기 시작했습니다. 하지만 단순한 사건이 아님을 직감하고 본격적으로 파헤치기 시작했고요. 그 과정에서 아버지의 도움을 받기도 했습니다."

차마 세자인 헌과 함께 파헤쳤다고 할 수는 없었기에, 소진은 약속한 대로 아버지인 영의정을 언급하고 있었다. 그 말에 중전이 천천히 고개를 들어 소진을 똑바로 직시했다.

'……네가 내 발목을 잡으리라는 것을 예상은 했다만. 정말 끈질긴 악연이구나.'

소진을 향해 있는 중전의 눈동자에 원망과 증오가 가득했다. 하지만 소진은 더욱 눈빛을 견고하게 하며 이어 말했다.

"해서 저 역시, 한 가정의 부인으로 위장해 그 산속 처소로 끌려갔지요. 손은 묶이고 입에는 재갈이 물린 채, 두 눈은 가리개에 꼭꼭 가려 앞도 보지 못한 채로 말입니다. 한데 산속으로 이동 전, 여인들의 수가 꽤 많아 한 곳에서 처리하기가 힘들어서 그런지, 두 부류로 나누어 이 동시켰습니다. 산속에 여인들을 팔기 위해 마련된 공간이 한둘이 아니라는 것을 알 수 있었지요."

이내 그녀는 중전과 김 도령을 세차게 돌아보았다. 그리고 손을 들어 자신의 앞에 무릎을 꿇고 있는 김 도령을 정확하게 가리켰다.

"그리고 한참 들어간 산속에서 눈가리개를 풀자마자 만난 이가 이 사람입니다. 이자를 행수라고 부르더군요. 한눈에 보아도 우두머리라는 걸 알 수 있었습니다."

지목당한 김 도령의 입가가 미세하게 떨렸다.

"그곳에서 저는 이미 감금되어 있던 여러 여인을 만났고 그들은 옷고름 색이 붉은색과 푸른색으로 나누어진 저고리를 입고 있었습니다."

그때를 생각하면 여전히 가슴이 아릿한지, 소진이 잠시 머뭇거리며 숨을 골랐다.

"그들이 말하길, 붉은색 옷고름을 입은 여인이 푸른색 옷고름의 여인들보다 훨씬 더 값어치가 나가는 물건이라 했습니다."

"아."

"푸른색 옷고름은 돈 많은 집 노리개로 팔려가지만 붉은색 옷고름은 그보다 더 돈 많은 집 사내의 첩실로 팔려가는 것이라 했습니다. 그곳을 지키고 있던 웬 여인들이 저를 유심히 살피더니 제게도 붉은색 옷고름이 달린 저고리를 주었습니다. 거기서 다시 여인들을 두 부류로 나누었지요."

그 말에 헌이 가만히 고개를 까딱이며 초롱초롱하게 빛나는 소진의 눈동자를 마주했다.

"해서 그 여인들은 어찌 되었는가."

"죽었습니다."

한 치의 망설임도 없이 소진이 입술을 달싹이고 있었다. 죽었다는 말에 궐 안 사람들이 술렁이기 시작했다.

"죽었다?"

"예, 저하. 제가 미리 포섭해놓은 무사들이 그들을 생포하기 위해 그곳을 들이닥치자, 저들은 망설임도 없이 여인들이 머무는 공간에 불을 질렀습니다. 증거 인멸을 위해서요. 그 탓에 여인들은 산 채로 불에 타죽었습니다."

그리고 소진은 지금 생각해도 절대 용서할 수 없다는 얼굴로 김 도령을 똑똑히 내려다보았다.

"사람의 목숨을 개미보다 못하게 생각하는, 천벌을 받을 이들이지요. 한편으로는 그런 극악무도한 자들이기에 이런 추악한 짓을 벌일 수 있지 않을까, 싶기도 하지만요."

헌도 그날을 여전히 기억하고 있다는 듯, 눈살을 찌푸렸다. 그는 '붉은색 옷고름 5인, 입궐'이라 쓰인 글귀를 다시금 읽었다.

"한데 여기에는 붉은색 옷고름의 여인들이 입궐했다는 말이 있는데."

그것을 설명하려는 듯이 소진은 중궁전 밀실 안에 갇혀 있던 여인들을 돌아보며 말했다.

"그것은 저 여인이 설명해줄 것입니다."

이내 봉희가 헌과 왕, 그리고 대비의 앞으로 쭈뼛쭈뼛 다가와 황급히 고개를 조아렸다.

"쇤네는…… 여기 한 규수의…… 벗이자 지금까지 중궁전의 지하실에 갇혀 있었던 여인 중의 한 명입니다."

봉희가 떨리는 목소리로 자기소개를 한 뒤, 소진을 바라보았다. 그러자 소진이 봉희를 향해 긴장 풀고 준비한 말을 하라는 듯 몇 번 고개를 주억거렸다.

"방금까지 한 규수가 했던 말, 모두 사실입니다."

"······!"

"저희는 이른 아침, 깊은 밤, 동트기 전 새벽, 사람들의 눈을 피해 저들에게 보쌈당해 강제로 식솔들과 생이별을 하고 말았습니다. 그리고 저와 함께 지하실에 갇혀 있던 여인들 모두······ 산속 처소에서 붉은 옷고름의 저고리를 입었던 이들입니다. 우린 모두 깊은 새벽 궐로 들어왔습니다. 붉은색 옷고름의 여인들만요. 그리고 궐에 들어오자마자 중전······마마를 뵈었습니다."

모두 봉희의 말에 귀를 기울이고 있었다. 중궁전 처소 궁인들은 자신들이 윗전으로 모시던 중전 김 씨의 뒷모습을 힐끔거렸다.

"중전마마께서 우리 모두의 옷을 벗기고······ 몸 이곳저곳을 곳곳이 살핀 뒤······ 혼인을 한 여인과 혼인을 하지 않은 여인으로 나누어 밀실 안에 가두었습니다."

헌은 눈살을 찌푸리고 말았고 대비는 경악했다. 하지만 봉희는 거기서 말을 끝내지 않았다.

"하나, 혼인한 여인 중에서도 나이가 어리거나······ 외모가 뛰어난 여인들은 혼인하지 않은 여인들과 함께 지내도록 했습니다."

"······대체 무엇을 하려고?"

황망하다는 듯 대비가 물었다. 봉희가 서둘러 대비의 질문에 답했다.

"저희가 밀실에 갇힌 후, 이들의 계획에 차질에 생긴 것인지 예정된 날짜에 빠져나오지 못했습니다. 해서 정확하게 저희를 어디에 팔아넘기려고 했는지······ 그것은 모르지만, 입궐하기 전 푸른색 옷고름을 입은 여인들이 모두, 배를 타고 바다 건너 섬으로 팔려갈 것이라는 이야기를 얼핏 들은 적 있습니다. 그러니 아마 저희도…… 바다 건너 부잣집에 첩실로 팔려갔지 않았을까, 추측해보고는 했습니다."

봉희의 말이 끝나자 금부도사가 장부 하나를 헌에게 다시 내밀었다.

"이 장부 속에 입궐했던 여인들이 최종적으로 팔려간 곳이 적혀 있습니다."

헌은 그것을 받아 들고서는 담담한 얼굴로 장부를 펼쳐 들었다. 그의 손끝에 팔랑이는 종이는 가볍기 그지없었지만, 그 종이는 누구도 감당할 수 없을 만큼 무거운 일들을 담고 있었다. 한 글자, 한 글자 천천히 읽어 내려가던 헌의 얼굴 위로 걷잡을 수 없는 분노가 치솟았다.

"타국…… 황실?"

헌은 어처구니없다는 듯 조소를 터뜨리며 중전을 물끄러미 바라봤다.

"감히…… 우리의 백성을 타국 황실의 후궁으로 바치려고 하였다?"

그 말에 내내 참담한 표정으로 골치 아프다는 듯 두 눈을 감고 있던 왕이 번쩍 눈을 떴다.

"뭐?"

그러곤 호통을 치며 자리를 박차고 일어나 헌을 바라봤다.

"그것이 무슨 소리야! 타국의 후궁이라니!"

헌은 장부를 왕에게 넘기며 자신이 읽은 것을 그대로 설명했다.

"거기 적힌 대로 여인들의 몸값을 받고 타국으로 넘긴 것입니다."

왕의 시야에는 여인들의 이름이 쭉 적혀 있고 몇몇 여인들의 이름에 붉은색으로 동그라미를 친 것이 보였다. 동그라미 속 여인들의 몸값은 그렇지 않은 여인들보다 훨씬 더 비싼 값에 거래되고 있었다.

그리고 그 옆에는 조그맣게 타국 후궁의 첩지가 쓰여 있었다.

왕은 그 글자를 발견한 순간 억장이 무너지는 듯한 느낌이 들었다. 아무래도 저들끼리 여인의 외양을 살피고 받을 수 있을 만한 후궁 첩지를 논의한 뒤, 그에 상응하는 몸값을 챙겨 받은 것 같았다.

"아니 이것이 어찌……! 조선 여인을 타국 황실의 첩지로?"

말이 안 되는 이야기였다. 조선의 군주인 자신이 모르게 타국으로 조선의 여인을 보내는 것은 있을 수 없는 일이었다. 왕은 노발대발하며 장부의 다음 장을 휙, 휙 넘겼다. 그러자 타국 황실로 보낼 여인 외의 나머지 여인들은 모두 타국 갑부들의 첩실로 보낸 흔적이 남아 있었다.

"실제로 후궁으로 들어간 여인은 있느냐."

왕이 장부를 구기며 금부도사를 내려다보았다.

"아직은 없고 모두 후궁으로 만들기 위해 따로 타국에서 준비 중인 것 같았습니다."

"그 근거는."

근거를 들라 하자, 금부도사가 무언가를 또 내밀었다.

"이것이 그 근거입니다."

또 다른 장부였다. 금부도사가 설명을 보태주었다.

"타국 황실 후궁으로 넘길 것이라며 저들이 예상했던 금액을 보시면 됩니다. 타국으로 넘길 때 처음 받았던 예상 금액과 그 옆에 실수령 금액이 쓰여 있지요."

"그렇군."

"한데 그 옆에 실제로 후궁으로 들어갔을 때 최종적으로 더 받기로 한 금액이, 첩지마다 다 다른 것을 볼 수 있습니다."

왕이 더욱 깊은 시선으로 장부를 살폈다. 금부도사의 말대로 실제로 여인을 한 번 타국으로 넘기면 총 세 번의 값을 받기로 책정이 되어 있었다. 처음 타국으로 넘길 때의 몸값. 그리고 황실 후궁이 되기 위한 교육을 받고 실제로 후궁이 되었을 때 받기로 한 값. 마지막으로 후궁이된 그 여인이 회임했을 때 받는 값까지. 그들은 철저하게 이 여인들로 장사 놀음을 하고 있었던 것이었다.

상궁은 파르르 떨다, 당장에 무릎을 꿇으며 애원했다.

"전하……! 쇤네는 정말 윗전의 명을 따랐을 뿐입니다! 쇤네를 포함한 중궁전 궁녀들 모두, 중전마마가 하라는 대로 해야만 했을 뿐, 저희는 저 여인들이 타국 황실의 후궁으로 바쳐지는지는…… 결단코 몰랐습니다!"

상궁의 변명에 중궁전 궁녀들 모두 슬금슬금 그 뒤로 무릎걸음으로 다가와 고개를 조아렸다.

"참, 참이옵니다. 저, 전하……!"

"저희 모두…… 그저 배를 타고 타국으로 건너가 갑부들의 첩실로만 팔려가는 줄 알았지, 황실의 후궁으로 바쳐질지는 추호도 몰랐습니다!"

"맞습니다. 그저…… 시키는 대로 따르면 천세…… 천세를 누릴 것이라고 했을 뿐…… 저 여인들이 어디로 가는지 전혀 몰랐습니다!"

그 말에 잠자코 정면만 바라보고 있던 중전이 어처구니없다는 얼굴로 조소를 터뜨렸다.

"말하면 달라질 게 무엇인데?"

중전의 고개가 왕의 앞에 무릎을 꿇고서 주저리주저리 변명을 늘어놓고 있는 궁녀들을 획 돌아보았다.

"타국으로 팔아넘기든, 황실로 팔아넘기든 그것이 네년들에게 무엇이 중요하다고? 어차피 출세를 위해, 개처럼 내 발아래에서 무릎을 꿇고 내가 시키는 대로 다 할 년들이 아니었더냐?"

그 말에 상궁이 고개를 치켜들며 소리쳤다.

"우리는! 여태껏 김 도령이 우참찬 대감의 조카인지도…… 또한, 중전 마마의 내연남인지도 몰랐습니다!"

상궁의 외침에 너도나도 김 도령 옆에 무릎을 꿇고 앉은 강씨 부인을 가리키며 한목소리로 말했다.

"맞습니다! 우리 모두 김 도령의 부인은 저 강 씨인 줄 알았습니다!"

"중전마마께서 저 사내와 뒤에서 그런 짓을 벌이는 줄 알았으면 저희 모두 죽을 각오를 하고 중전마마의 명을 거부하였을 것입니다!"

혼란스러워하는 헌의 곁으로 윤현이 다가와 무언가를 건넸다.

"김 도령과 중전 김 씨의 사이를 그 누구도 의심치 못했던 이유가…… 바로 이것입니다."

종이 한 장을 받아 든 헌이 벌벌 떨고 있는 강씨 부인을 한 번 쳐다보고는 그 종이를 펼쳤다.

"이것은…… 혹, 서약서?"

헌의 물음에 윤현은 강씨 부인과 중전 김 씨를 번갈아 쳐다보았다. 덩달아 소진도 심각한 눈으로 두 사람을 내려다봤다.

> 을, 강수연은 갑, 조상현의 기둥 부인으로서
> 혼신의 힘을 다해 그 역할을 수행할 것을 맹세한다.

말 그대로 강씨 부인은 김 도령의 기둥 부인이었던 것이다. 김 도령의 진짜 정인(情人)인 중전 김 씨를 대신하여 그의 옆에 서서 대내외적인

'부인' 역할을 해왔던 것. 때문에 김 도령을 행수로 모시며 그를 추종하고 따랐던 이들 모두 강 씨를 그의 진짜 부인으로 생각했던 것.

그리고 궐에 있는 중전 김 씨는 김 도령의 뒷배를 봐주며 최종적으로 타국 황실로 보낼 여인을 간택하는, 이 먹이사슬의 제일 꼭대기에 있는 우두머리라고 여겼었다. 그래서 김 도령이 중궁전에게 뒷배를 봐달라 청하며 여인을 타국과 조선 팔도 이름 모를 섬 곳곳에 팔아넘기면서 챙긴 돈을 꼬박꼬박 갖다 바치고 있다고, 모두 알고 있었다.

그런데 그것이 아닌, 조선의 국모인 그녀가 조상현이라는 한 사내와 깊은 정을 나눈 인물이자, 그와 함께 조선의 백성을 타국으로 팔아넘긴 돈을 차곡차곡 모아 곧 조선을 떠날 채비를 하고 있었던 것이었다.

"이 여인들을 마지막으로 모두 정리하고 타국으로 떠나려고 했군. 강수연이라는 이 여인의 기둥 부인 노릇도 이번 여인들을 타국으로 보내고 난 뒤까지라 쓰여 있으니."

서약서의 마지막, 강 씨가 김 도령의 가짜 부인 노릇을 행해야 할 시기가 적혀 있었다. 그것은 이번 중궁전 밀실에 갇힌 여인들이 모두 타국으로 떠난 뒤까지였다.

헌은 어처구니없다는 얼굴로 서약서를 빤히 훑다, 고개를 치켜들었다. 그의 날 선 시선이 정확하게 꽂힌 곳은 중전 김 씨의 얼굴이었다.

"강 씨는 어마어마한 돈을 받고 김 도령의 부인 행세를 해주고. 중전 김 씨는 강 씨를 앞세워 모두의 눈을 속인 뒤 김 도령과 밀회를 즐겼다? 해서 회임까지 해, 국왕의 아이라 속이고 출산까지 하였고?"

"그 아이는…… 누가 뭐래도 전하의 핏줄이다!"

아직도 정신을 차리지 못한 듯, 중전이 그렇게 소리치자 우두커니 서 있던 영의정이 그제야 이 모든 것이 이해가 가는지 고개를 끄덕였다.

"……그래서 우참찬, 그대가 확실히 뒷배를 봐주고 있었군. 내 눈까지 속여가면서 말일세."

영의정은 저벅저벅 우참찬의 앞으로 다가갔다.

"영상 대감! 나는 아니란 말이오! 나는 그저 시키는 대로……."

다시 실세를 거머쥔 영의정에게 빌붙기 위해서 우참찬이 울먹이며 두 손을 싹싹 빌기 시작하는데.

"네 조카 놈이…… 중전 김 씨의 정인이니, 네 조카 놈의 정인이란 중전이 회임까지 하였으니! 그런데 왕자라고 눈속임할 수 있는 아들까지 출산하였으니!"

버럭 소리를 지르는 영의정의 눈동자에 붉은 핏발이 선연했다.

"네놈은 무슨 일이 있어도 중전 김 씨에게 달라붙어서, 중궁전이 더럽게 쌓아 올린 권세 덕을 봐야 했겠지. 그것만이 네가 살 길이라 생각했으니까!"

모든 것을 꿰뚫고 있는 것처럼 영의정이 허리를 굽혀, 우참찬과 시선을 맞추었다. 우참찬의 얼굴이 점점 일그러지고 있었다.

"호시탐탐 실세가 될 기회를 엿보던 네놈은 어느 날, 네 조카가 중전 김 씨의 숨겨둔 정인이라는 사실을 알게 되었겠지. 그것을 알게 된 너는 뛸 듯이 기뻤을 것이야. 아, 화론파 아래에서 늘 고개만 조아리고 눈치만 살펴야 했던 네놈은 이걸 기회로 삼아 어쩌면 부원군만큼이나 동등한 명성을 지닐 수 있겠구나, 싶었겠지."

헌 역시, 묵묵히 시선을 아래로 내리깐 채 영의정의 말을 듣고 있었다.

"세상 그 누구도 중전 김 씨와 네 조카 놈이 밀회를 나누고 있다는 것을 모르고 있으니. 당연히 중전 김 씨가 낳은 아이를 전하의 왕자라고 생각할 것이고! 나아가 세자 저하를 밀어내고 국본(國本)의 자리까지 차지하게 된다면…… 넌 조선을 발아래에 둘 수 있을 것이라, 그리 아둔한 착각을 하며 살아왔겠지."

정곡을 찔린 탓에 우참찬의 고개가 푹, 꺾이고 말았다.

"중전이 네놈 조카와 타국으로 야반도주를 하든…… 그것에 실패해 조선에 남아 뻔뻔하게 국모로서 생을 마감하든, 우참찬, 네놈에게는 어떻게 해서든 동아줄이 되어줄 중전이었으니…… 놓을 수 없었겠지. 해서 필사적으로 도왔겠지."

헌도 그에 동의하는지 고개를 한참 끄덕였다. 그러곤 우참찬의 앞에 우뚝 서며 벌레를 보는 듯 경멸스러움으로 가득 찬 눈을 치켜떴다.

"참으로 끈끈한 연(緣)으로 엮인 사악한 무리구나."

더 볼 것도, 들을 것도 없다는 얼굴로 헌이 휘적휘적 왕의 앞으로 다가왔다. 그리고 그 어느 때보다 확신에 찬 눈빛을 위엄 있게 번뜩이며 입을 열었다.

"저쪽에는 우참찬 사가에서 발견된 타국에서 들여온 귀중품과 금은보화가 있습니다. 모두 여인을 판 대가로 받은 것이지요. 실제로 여인들을 타국 황실 후궁으로 만들기 위한 공간이 그곳에 따로 있는 것도 확인하였습니다. 물론, 황실에는 도적질하듯 조선에서 여인을 훔쳐 와 후궁으로 바치는 것이 아닌. 모두 원해서, 자발적으로 건너온 것으로 말을 맞추어놓았고요."

한숨을 푹 내쉬는 왕의 얼굴은 여전히 어두웠다.

"하면 타국이 아닌 조선의 다른 섬으로 팔려간 여인들의 행방은……."

"모두 어느 섬에, 또 누구에게 팔았는지 명부에 소상히 적혀 있으니 지금 당장 의금부를 보내 데려오면 될 것 같습니다."

잠자코 모든 이야기를 듣고 있던 왕이 천천히 입술을 벌렸다.

"……여기 죄인, 한 명도 빠짐없이 그들이 저지른 악행에 비례한 엄벌을 내리도록 하여라."

"예, 전하."

"그리고 중전 김 씨는 이 자리에서 국모의 자격을 박탈하고 폐위한다. 폐서인 김 씨와 김 도령, 그리고 우참찬, 부원군. 이번 일을 주동한 주동자들의 삭탈관직과 재산 압수, 그리고 교수형(絞首刑)을 명한다."

간단한 그 말을 남기고 왕이 돌아섰다. 모두 곡소리를 내며 살려달라 울부짖었지만, 단 한 사람.

"……교수형을 처하든 능지처참을 당하든, 다 좋으니!"

중전은 서슬 퍼런 기세로 돌아서는 왕을 향해 소리쳤다.

"왕자는…… 왕자만큼은…… 전하의 핏줄임을…… 거부하지 마시옵소서. 그 아이는……!"

"닥쳐라."

왕은 더는 못 들어주겠다는 얼굴로 그녀의 말허리를 끊었다.

"그 아이는, 죽었다 깨어나도 나의 핏줄이 아니다."

"……전하! 아이는 아무 죄가 없습니다! 살려주시옵소서! 살려주세요! 제발 살려주시어요!"

발악하는 중전을 돌아보며 왕은 가차 없이 이어 말했다.

"죄라면 중죄인의 부모를 둔 것이 죄이지."

왕은 그렇게 매몰차게 돌아섰고 중전은 오열하며 아이를 보게 해달라, 소리치기 시작했다. 그 모습에 어쩐지 소진의 가슴도 울렁이는 것 같았다.

하지만 마음 놓고 슬퍼할 수도 없었다. 죄인은 벌을 받아야 하는 것이 마땅하니, 모든 이의 가슴을 부수어놓은 이 악한 자들이 벌을 받는이 순간을 슬퍼해서는 안 될 일이었다.

아기 생각에 치미는 울음을 꾹, 꾹 삼켜내는 소진을 바라보며 헌이 숨을 가다듬었다.

"내일 해가 뜨면…… 우리는 다시 일상으로 돌아갈 것이오."

그 말에 궁인들과 밀실에 갇힌 여인들은 환호성을 질렀다.

영의정도 모두 끝이 났다는 홀가분한 마음으로 울먹이는 소진의 손을 잡았다.

"소진아…… 수고 많았다."

말없이 그녀를 끌어안으며 영의정은 두 눈을 감았다.

그 뒤로 죄인들은 한 명씩, 다시 옥으로 끌려가고 있었다. 왕의 명령대로 모두 엄벌을 피할 수 없을 것이었다. 죄의 무게에 따라 관노로 보내거나, 사약을 먹는 이들. 또한, 곤장을 맞는 이들도 있을 터였다.

특히, 폐서인이 된 중전 김 씨와 그의 정인 김 도령. 그리고 두 사람의 뒤를 봐주던 우참찬과 부원군 김 씨는 교수형에 처할 예정이었다.

"모두 없었던 것처럼 말끔히 돌아갈 순 없겠지만, 이번 일로 상처받은 백성들을 한 명, 한 명, 살뜰히 보살필 수 있도록 만전을 기하겠소."

옥체 미령한 왕을 대신해 헌이 대리청정(代理聽政)하고 있으니, 이번 일의 마무리는 모두 그가 책임져야 했다.

헌의 말에 소진이 고개를 들어 그를 반듯하게 올려다보았다. 두 사람의 시선이 따스하게 교차했다.

곧, 헌이 찬찬히 그녀의 앞으로 다가와 섰다.

"그리고 우리도 이제 행복한 일상으로 들어가자."

뺨에 닿는 그의 목소리만큼이나 보드랍고 달콤한 눈빛이 소진을 꽉, 안아주고 있었다. 그녀는 대답 대신 함박웃음을 지으며 오래도록 그를 바라보았다.

유난히 햇살이 눈부신 아침이었다. 소진은 여느 날과 달리 환한 얼굴로 눈을 떴다. 조금 열린 창틈 사이로 맑은 새 소리도 들려왔다. 귓가에 닿는 다정한 새 소리에 괜스레 그녀의 입꼬리가 올라갔다.

"아씨! 아씨……!"

멍하니, 방 안으로 밀려오는 햇살을 바라보던 그때, 별채 밖에서 숙자의 목소리가 들려오고 있었다.

"응! 일어났어……!"

이불을 걷어내며 소진이 막 몸을 일으켰다. 그러자 별채 문이 빼꼼 열리며 숙자의 얼굴이 나타났다.

"오늘은 어째 기분이 좋아 보이십니다?"

소진의 밝은 표정을 발견한 숙자가 그렇게 말하며 코를 찡긋했다.

"당연하지? 오늘은……."

"아씨의 낭군님을 만나러 가는 날이니까?"

숙자가 그녀의 말을 가로채며 애교 섞인 웃음을 지어 보였다.

"얘도 참…… 낭군님은…… 무슨."

말끝을 흐리는 소진의 뺨이 능금빛으로 물들어갔다.

"창피해할 것 없어요. 아씨 낭군님이 세자 저하이신 거…… 한양 사는 사람은 모두 다 아는 사실인데요, 뭘?"

"쓥. 조용히 해. 내가 경거망동하지 말랬지?"

"경거망동이 아니라 사실이잖아요? 곧 세자빈이……."

"숙자, 너?"

"알겠습니다! 후딱 세안 물 받아 오겠습니다요, 아씨!"

소진이 혼자 들떠 재잘거리는 숙자를 힐끗거리자, 그녀는 황급히 별
채 문을 닫고 나섰다. 쿵 닫히는 문을 바라보며 소진은 빙그레 미소 지
었다. 그러다 무언가 생각난 듯, 서안 위에 곱게 접어놓았던 서찰 하나
를 천천히 펼쳐 들었다.

어젯밤, 헌이 보내온 연서(戀書)였다. 서찰을 펼쳐 들자마자 보이는 반
듯하고 정갈한 필체는 꼭, 그를 닮아 있었다. 이제는 필체만 보아도 히
죽, 웃음이 나는 소진이었다.

아바마마의 뜻을 받들어 국사를 살피고 성난 민심을 다스리느라
그간 너에게 소홀하였구나.
교수형도 끝이 났고 죄인 모두 각자의 벌을 받고 옥사를 나간 뒤라
흉흉했던 궐 안도 조금 예전의 생기를 되찾아가고 있다.
해서 내일은 왕세자가 아닌, 한 여인의 정인으로 너를 만날까 한다.
내일만큼은 백성의 마음이 아닌, 은애하는 너의 마음만을 헤아리고 싶구나.

어쩜 이렇게 말도 예쁘게 하는지. 다시금 서찰을 읽어 내려가는 소진
의 얼굴 위에 말간 미소가 드리웠다. 붉어진 양 뺨을 손부채질하며 자
리에서 일어난 그녀는, 사뿐히 소복 자락을 움켜쥐며 헌과 만날 때 입
고 갈 옷을 고르기 시작했다.

"다홍빛 치마를 입고 나갈까? 댕기는 뭐가 좋으려나……."

좀처럼 치장하는 것에 관심이 없던 그녀가 변한 것이었다.

한 사내를 향한 깊은 연모의 감정이 생긴 후부터.

두 사람은 들뜬 미소를 그리며 나란히 거닐었다.

얼마 만에 마음의 짐을 덜어놓고 가벼운 마음으로 만나는 것인지, 둘은 미소가 끊이지 않았다.

"참, 소식…… 들었습니다."

소진은 한적한 숲길로 들어서자 슬며시 말문을 열었다. 이미 백성들 사이에서는 두 사람이 돈독한 사이라는 소문이 은밀히 퍼져 있는 상태이기 때문에, 평소와 달리 소진도 헌처럼 얼굴을 꼭꼭 숨긴 채 부지런히 걷기만 했다.

"……모두 전례에 없던 엄중한 처벌을 받았다는 것을요. 그리고 백성들이 모두 볼 수 있는 곳에서 폐서인 김 씨와 그의 무리가…… 죽음을 맞이했다는 소식도 전해 들었습니다."

"직접 보았느냐?"

"보지는 못했습니다. 참, 그리고 폐서인 김 씨의 아기는……."

그녀가 머뭇거리며 말끝을 흐렸다. 그러자 헌이 희미한 미소를 지으며 소진의 손을 따뜻이 잡았다.

"곧 처분이 내려질 것이야. 아바마마께서도 그리고 대비마마께서도 생각이 많으신 모양이야. 쉬이 결정을 내리지 못하고 계신다."

"예에……. 고생 많으셨습니다, 저하."

헌은 말없이 미소를 지으며 소진의 뺨을 따스하게 쓰다듬었다.

"고생은 네가 하였지."

"제가 무엇을요……."

그러면서 그는 허리를 굽혀, 그녀를 꼬옥 안았다. 그렇게 안고 싶었던 소진을 품에 안자, 왕을 대신해 국사를 돌보느라 지친 심신이 사르륵 녹는 것만 같았다.

"역시 좋구나……."

헌의 두 눈이 살며시 감겼다.

"얼마나 이 품이 그리웠는지."

"저하……."

"네 얼굴이 그리워 밤마다 잠 못 이루었던 것보다 더한 고통은 안고 싶은 널, 이리 품에 안지 못해 쓸쓸히 밤을 지새워야 했던 것이었다."

그 말에 소진이 슬쩍 고개를 젖혀 헌의 얼굴을 바라봤다.

"홀로 지새우는 밤이 쓸쓸해, 소녀가 보고 싶은 것이 아니고요?"

"뭐?"

소진의 너스레에 헌이 피식, 실소를 터뜨리다가 촉, 헌은 자신을 향해 한껏 고개를 젖히고 있는 그녀의 무방비 상태의 입술을 삼켰다.

갑작스러운 입맞춤에 당황하기도 잠시, 소진은 뜨거운 그 입술을 받아들였다. 진득이 붙은 입술 사이로 짙은 숨결이 치열하게 오갔다. 누가 먼저랄 것도 없이 둘은 서로를 보듬었다.

이내 조금의 틈도 없이 두 사람의 몸이 밀착되었다. 다정하게, 부드럽게. 그러다가 위험하리만큼 거칠고 깊숙이 서로를 탐했다.

곧, 둘은 아쉬움이 그득한 얼굴로 슬며시 떨어졌다.

"네가 없는 밤이 쓸쓸하다는 것이다. 너는 내가 없는 밤이 쓸쓸하지 않으냐?"

헌의 목소리는 촉촉하게 젖어 있었다. 소진은 그의 입술을 손끝으로 천천히 만지작거리며 대답했다.

"밤만…… 쓸쓸하겠습니까?"

"소진아."

"저하가 없는 하루, 온종일 쓸쓸하고 외롭습니다."

진심이 뚝뚝 묻어나는 그녀의 대답이 헌의 가슴에 뜨겁게 꽂혔다. 헌은 한 손으로 그녀의 허리를 꽉 끌어안아 자신의 품으로 다시, 끌어당겼다. 그러곤 비스듬히 고개를 숙여 그녀의 오른쪽 귓가에 속삭였다.

"하면, 같이 살까, 지금부터."

"같이…… 살자고요?"

하지만 같이 살고 싶다고 하여, 덜컥 함께할 수 있는 그가 아니었다. 왕세자와의 혼인은 일반 사가에서 흔히 하는 혼례와 다른 것이었기 때문에. 두 사람이 아무리 은애하고 아낀다고 해도 '국혼'은 윗전의 권한이었다. 소진이 말끝을 흐리며 입술을 굳게 맞다물자, 헌이 그녀의 손을 꼭 잡으며 함께 걷기 시작했다.

"할마마마께서 곧 간택을 재개한다고 하시었다."

"……대비마마께서요?"

"응. 재간택에서 멈추었으니. 다시 세자빈 간택을 진행하여야겠지."

그 말에 소진의 입가에 웃음이 사르르 번져갔다. 간택에 떨어지기 위해 수도 없이 노력했던 지난날, 자신의 모습이 주마등처럼 스쳐갔기에.

소진의 희미한 미소에 헌이 물끄러미 그녀를 내려다보았다.

"왜 웃는 것이야?"

그의 물음에 그녀는 살포시 그의 팔에 머리를 기댔다.

"지난날의 장면들이 머릿 속에서 하나, 하나 생생하게 되살아나는 것 같아서요."

그러자 헌도 고개를 끄덕거리며 생각에 잠긴 얼굴로 입술을 열었다.

"태어나서 지금까지 너와 함께했던 그 순간들만큼 짜릿하고 위험한 순간들은 없었던 것 같구나. 너와 생사를 넘나들며 백성들의 고통을 가까이에서 느껴보고 그들의 애환을 지켜보고, 내가 미처 보지 못했던 곳에서 일어나던 참담한 일들까지 모두 너와 함께 마주하며 지금껏 느끼지 못한 고통과 괴로움을 견뎌내야만 했다."

차분하게 입술을 달싹이는 그를 바라보는 소진의 눈이 검게 빛났다.

"그리고 내가 여기까지 올 수 있었던 건, 또한 그것들을 모두 이겨내고 지금 이 순간을 맞이할 수 있었던 건, 모두 소진이 네 덕이 아닐까."

그러면서 그는 품 안에서 무언가를 꺼냈다. 헌의 얼굴 위에 닿아 있던 소진의 반듯한 시선이 그의 손을 따라 움직였다. 가슴팍에서 비단 보자기 하나를 꺼낸 그는 조심스럽게 그것을 펼쳐 들었다.

소진의 눈에 호기심이 일렁거렸다.

"이건……."

빨간 댕기였다.

한눈에 보아도 감탄이 터질 만큼 곱고 어여쁜 댕기.

"곧 간택이 열릴 것이다."

"……저하."

"비록 네가 처음 간택에 참여하였을 땐, 벗을 찾기 위한 목적으로 초간택에 임했고. 반드시 간택에서 떨어져야만 한다는 생각을 하고 있었지만, 이번 간택은……."

헌이 그녀의 손에 빨간 댕기를 쥐여주며 빛나는 눈을 직시했다.

"오로지 나를 위해…… 임해줄 수 있겠느냐?"

"저하."

"세자빈에서 떨어지기 위한 간택이 아닌…… 세자빈이 되기 위한 간택으로……."

소진이 간택에 매고 왔으면 하는, 댕기를 골라 직접 사 온 것 같았다. 자신을 생각해 언제 이런 것을 준비한 것인지. 호기심으로 반짝이던 그녀의 두 눈동자가 이내 감동으로 붉게 물들어갔다.

"이번 간택에 이 댕기를 매고 오면 참 예쁠 것 같아서 부러 직접 골라 산 것이다."

"……저하."

"그래줄 수 있겠느냐, 소진아?"

그의 목소리가 조심스러웠다. 한참 소진의 안색을 살피는 그를 말없이 올려다보던 소진이 대답 대신 그의 목을 끌어안았다.

"소진아……."

그의 품에 얼굴을 묻으며 그녀는 작게 웅얼거렸다.

"당연한 것을 왜 그리 어려운 것처럼 말을 꺼내서요."

"……당연한 것."

"저하께서 주신 이 고운 댕기 매고…… 저하의 신부가 되기 위해 최선을 다하겠습니다. 꼭…… 그럴 것이에요."

그녀의 말에 헌도 소진의 허리를 꽉 안았다. 살랑살랑 부는 바람 아래, 두 사람은 서로를 꼭 보듬은 채 떨어질 줄을 몰랐다.

제 39 장

왕세자의 연인

"아씨! 아씨……!"

삼간택을 앞두고 간택 준비에 한창이던 소진에게 숙자가 헐레벌떡 달려왔다.

"무슨 일이야?"

"기쁜 소식이 있습니다!"

그러면서 숙자가 서찰 하나를 그녀에게 불쑥, 내밀었다.

"웬 서찰……? 혹 저하께서?"

"기다리시는 것이 저하의 서찰뿐이옵니까?"

아리송한 숙자의 말에 잠시 생각에 잠겼던 소진은 번쩍, 눈을 크게 떴다.

"혹, 보은군…… 대감께서?"

"예, 아씨. 얼른 펴보세요."

병중에 있던 보은군에게서 소식이 온 것일까, 소진은 서둘러 서찰을 펼쳐 읽었다. 그러자 반가운 필체가 그녀를 기다리고 있었다.

마지막 간택 준비로 여념이 없을 거라 생각해
서찰을 보낼까 말까 망설였습니다.

그러나 병중에 있을 때 제 걱정을 많이 하였다는 이야기에
깨어났다는 소식은 전해야 할 것 같아, 이렇게 붓을 들었습니다.
괜찮다면 잠깐 정자나무 언덕에서 만날 수 있을까요?
간택 준비로 바쁘다면 나오지 않으셔도 괜찮습니다.

보은군이 자신을 기다리고 있다는 말에, 소진은 울컥 눈물이 치솟을
것만 같았다.

"깨어나셨구나…… 드디어 깨어나시었어……."

눈시울이 붉어진 소진은 서둘러 서찰을 접으며 자리에서 일어났다.

"보은군 대감마님께서 기다리고 계신대요?"

"응. 가보아야겠어. 속히 다녀오자꾸나."

그렇게 소진은 숙자와 함께 보은군이 기다리고 있을 정자나무 언덕
으로 한달음에 걸어갔다.

저 멀리 도포 자락을 휘날리며 서 있는 그의 모습이 보였다. 꽤 오랜
만에 마주한다는 반가움과 다행이란 안도감에 그녀는 복잡 미묘한 얼
굴로 그의 뒤에 다다랐다.

"대감……."

가만히 그를 불러보았다.

"낭자."

그러자 보은군은 언제나처럼 환하게 웃으며 소진을 돌아보고 있었다.

"대감!"

그의 건강한 모습을 마주하니 소진은 내내 참았던 눈물이 왈칵 터지
고 말았다. 그녀는 그대로 주저앉아 엉엉 울고 말았다.

"낭자……. 괜찮습니다. 눈물을 거두세요."

"대감……. 흐윽, 송구하옵니다, 대감……! 나 때문에…… 그런 곤욕을 치르신 겁니다……!"

소진의 눈물에 보은군은 어쩔 줄을 몰라 하다, 실소를 터뜨리며 그녀와 마찬가지로 허리를 굽혔다. 그러곤 눈물을 뚝뚝 흘리는 그녀와 시선을 마주하며 괜찮다는 듯, 소진의 눈물을 손수 닦아주었다.

"왜 그게 낭자 때문입니까, 제가 선택한 것이었는데요. 덕분에 저하께 인정받는 사람으로 살고 싶다는, 제 소원을 이룬 것을요?"

"대감……! 어찌 그런 것을 목숨과 바꿀 수 있사옵니까."

"한데 이리 건강히 깨어나지 않았습니까? 그럼 된 것이지요. 그러니 낭자도 이제 마음 쓰지 마세요. 예?"

마음 같아선 자신 때문에 마음 아파하며 엉엉 우는 이 여인을, 꼭 보듬어라도 주고 싶었지만, 이제는 정말 그리해서는 안 될 사람이었다.

형님의 여인이자, 장차 세자빈이 될 여인이었기 때문에.

"그래도 그 마음이 편치 않다면, 나의 소원 하나 들어주시겠습니까?"

소원이라는 말에 소진이 자신의 눈가를 더듬으며 고개를 끄덕였다.

"예, 대감. 어떤 것이든 들어드리겠습니다. 말만 하셔요."

그녀의 대답에 보은군이 설핏 미소를 그렸다.

"행복해주세요. 이젠…… 울지 마시고 힘들어하지도 마시고 꼭, 행복하여주세요. 저하와 함께요."

소진은 아무런 대답도 할 수가 없었다. 이렇게 멋있고 다정하고 근사한 보은군을 은애하지 못했다는 미안함과 안타까움이 그녀의 코끝을 찡하게 했다. 하지만 이제 더는 울지 않으려, 입술에 힘을 주었다. 울지도 말고 힘들어하지도 말고, 그저 행복해달란 보은군의 말에 그녀는 눈물을 참기로 했다.

"약조해주실 수 있지요?"

보은군이 새끼손가락을 내밀며 생긋 웃었다. 그 맑은 웃음에 소진은 그 새끼손가락에 제 손가락을 걸며 고개를 끄덕거렸다.

"예……. 약조하겠습니다, 대감."

이 순간 이후로는, 한 여인을 오래도록 연모한 사내도, 또한 그 사내의 마음을 받아주지 못해 힘겨워하는 여인도 없을 것이었다.

그저 좋은 추억만 간직한 벗으로 남아 서로의 행복을 빌어줄 터였다.

마지막 삼간택이 열리는 날 아침. 소진은 크게 숨을 내쉬며 마지막으로 옷차림을 점검했다.

"잘하고 오너라."

영의정이 그녀의 어깨를 다독이며 웃었다.

"예, 하면 다녀오겠사옵니다."

그런 그를 향해 활짝 웃으며 소진은 대문을 나섰다.

헌이 준 고운 댕기 드리고 또 그가 주었던 어여쁜 꽃신까지 신은 소진은 지금 자신이 그토록 은애하는 왕세자 헌의 신부가 되기 위한 한 걸음을 내디디고 있는 중이었다.

"아씨! 얼른 오르세요!"

대문 앞에는 그녀를 위한 고운 꽃가마가 준비되어 있었다. 영의정과 최씨 부인의 배웅을 받으며 소진이 가마를 타고 집을 떠났다.

"아씨, 긴장되시지요?"

그리고 그 곁은 그녀의 영원한 벗인, 숙자가 지키고 있었다.

"긴장이 되는 듯하면서도…… 한편으로는 이제 끝이라는 생각에 후련하기도 하고 그래."

"하긴. 이례적으로 아주 긴, 간택이었다지요?"

숙자가 그렇게 말하며 생긋 웃었다. 그녀의 말대로 정말 길고도 험난한 간택이었다. 소진도 그녀를 따라 빙그레 미소를 짓다가, 지난날 중전과 그 무리가 교수형에 처해졌던 공터가 눈에 들어왔다.

욕심을 버리지 못해, 나아가고자 하는 곳이 나락인 줄 알면서도 걸음을 멈추지 못했던 중전 김 씨. 무엇이 그녀를 그토록 악하고 어리석게 만들었을까.

날 때부터 총명하고 비상한 머리로 주위를 놀라게 했다던 그녀. 하지만 핏줄이 천해 핍박과 무시를 받아야만 하는 자신의 처지를 비관해, 모두를 제 발아래에 두고자 했던 여인.

공터를 바라보던 소진은 모든 욕심과 사랑하는 아기까지 두고 눈을 감았을 중전을 떠올렸다.

"조금씩, 조금씩, 제 살을 파먹는 줄도 모르고. 우러러보던 것을 자신의 발아래에 두고 있다고 생각하며 살아갔던 세월이…… 그 여인에겐 행복이었을까?"

촉촉해진 눈빛으로 어딘가를 뚫어져라 바라보며 소진이 중얼거리자 숙자가 그녀의 시선을 따라 눈동자를 움직였다. 그러다 죄인들이 처형을 당했던 장소를 바라보는 것을 알곤 황급히 가마의 창을 닫았다.

"아씨! 큰일 앞두고 부정 타게……. 보지 마셔요, 저런 것."

소진은 희미한 미소를 머금은 채, 두 눈을 감았다.

"고통이었을 것이야…… 쥔 것을 놓지 못하고 빼앗길까 전전긍긍하며 살아가는 삶이 행복할 리가 없잖아."

536

"아씨……."

"다음 생애에는 유복한 집의 여식으로 태어나, 이번 생에 느끼지 못했던 것들을 느껴보았으면 싶구나."

"아씨도 참. 천벌을 받아도 모자랄 죄인인데 다음 생이 어딨습니까?"

숙자의 볼멘소리에 소진이 피식, 웃었다.

"천벌은…… 아마 사는 내내 받았을 것이야. 단 하루도 행복하지 않았을 테니까."

멀어져가는 공터를 물끄러미 돌아보는 소진의 눈가가 촉촉해졌다.

"발을 걷거라. 마지막 질문은 얼굴을 마주하고 할 것이야."

왕의 말에 눈앞에 드리워져 있던 발이 걷히고 세 여인의 얼굴이 왕의 앞에 드러났다. 영의정의 여식인 소진이 가운데 앉아, 슬머시 고개를 조아리고 있었다.

삼간택에 오른 여인들은 모두 긴장한 듯, 굳은 얼굴을 하고서 대비와 왕 앞에 앉았다.

"그래, 모두 훌륭한 답변을 하였다. 내 이리 총명한 너희를 삼간택에서 마주하게 되어 참으로 기쁘다."

왕의 말에 세 명의 규수는 허리를 반듯하게 접으며 말했다.

"성은이 망극하옵니다, 전하."

그리고 그 모습을 대비가 흐뭇한 모습으로 바라보고 있었다. 대비는 세 규수를 찬찬히 살피며 입술을 달싹였다.

"그래. 마지막 질문은 내가 아닌, 주상께서 내리실 것이야."

그 말에 세 규수의 얼굴이 동시에 살며시 들렸다. 왕은 세 규수 모두와 시선을 천천히 맞추며 그들의 표정을 살폈다. 다들 긴장한 듯, 한껏 굳어 있는 채였지만 소진은 조금 달랐다. 꼭 이 간택을 즐기는 것처럼 행복한 빛이 두 눈동자에 역력했다.

"마지막 질문은 어쩌면 조금 어려울 수도 있겠지만 내가 너희에게 이런 질문을 하는 연유는, 지금 궐에서 가장 큰 골칫거리이기도 하고 나의 고민거리이기도 해, 너희의 의견도 한번 들어보고 싶어 내리는 질문이니 크게 마음 쓸 것 없이, 그저 편안하게 대답을 하면 된다. 알겠느냐?"

"예, 전하."

왕의 고민거리를 나누는 것이라니. 세 규수는 바짝 긴장해, 왕의 입술만 바라보고 있었다.

"너희도 알다시피, 며칠 전 중궁전에 불미스러운 일이 생겨 폐서인 김 씨와 그의 무리를 벌하였다."

"예, 전하."

"그와 관련된 죄인들 모두에게 마땅한 엄벌을 내려 사건을 갈무리 지었지만, 아직 해결하지 못한 것이 하나가 있다."

그 말에 소진의 머릿속에 번쩍, 불이 켜지는 것 같았다.

'해결하지 못한 것이라면 설마……?'

왕은 호기심 가득한 눈으로 저를 올려다보는 규수들을 응시하며 이어 말했다.

"바로 폐서인 김 씨의 아들."

쿵, 소진의 가슴에 커다란 돌덩이가 내려앉는 것 같았다.

"참으로 입에 담기 민망해 긴말은 하지 않겠지만…… 다들 그 아이의 출생에 관해 다 알고 있으리라 생각한다."

"……예에."

"왕가의 피는 조금도 섞이지 않은 중죄인 둘 사이에서 나온 아이다. 그 아이의 부모는 모두 교수형에 처해 세상에 없다. 또한, 그 아이의 핏줄 역시 모두 죄인 신분으로 사형에 처해 세상에 없지. 이제 남은 것은 이 아이 하나뿐이다. 그 불미스러운 일의 살아 있는 증좌이기도 한, 그 아이에게 어떤 벌을 내려야 하겠느냐."

왕의 말에 소진의 얼굴이 심각해졌다. 대비는 묵묵히, 규수들을 내려다보며 그들의 굳어가는 얼굴색을 살폈다.

"제일 먼저 누가 답해보겠느냐."

선뜻 나설 수가 없었다. 지금까지의 질문에는 모두 먼저 나서서 답을 올린 소진이었지만, 이번만큼은 쉬이 나설 수 없었다. 제 품에 안겨 새근새근 잠들던 갓난아기가 순간, 눈앞에 그려졌다. 그녀의 가슴이 순식간에 뭉클해지고 말았다.

"소인이 먼저 답해보겠사옵니다."

그때, 수론파 대감의 여식 중 하나가 조심스럽게 말문을 열었다. 모두의 시선이 그쪽으로 향했다.

"갓난아기에게 무슨 죄가 있겠냐고…… 한편에서는 그런 말들을 하는 줄로 아옵니다만. 발칙하고 잔혹한 성정을 지닌 부모의 자식으로 태어난 것도 죄라면 죄이옵니다. 전하의 말씀대로 존재하는 것만으로도 그날의 불미스러운 일을 상기시키는, 살아 있는 증좌이기도 한 그 아이에게 역시 부모와 다를 바 없는 엄벌을 내려야 한다고 생각하옵니다. 혹여 그 아이가 커서 제 부모의 존재를 알게 되고 죽음까지 알게 되어 행여 복수심이라도 품게 된다면 큰일이지 않사옵니까. 원흉은 일찌감치 제거해야 하는 줄로 아옵니다, 전하."

소진의 눈이 빨개졌다. 규수의 대답에 천천히 고개를 끄덕이는 왕의 모습에 그녀는 가슴이 뜨거워졌다.

"네 생각은 어떠하냐?"

왕은 곧, 다른 규수에게 시선을 옮겼다. 역시 앞서 대답한 규수와 같은 수론파 대감의 여식이었다.

지목당한 여인은 힐끔, 대비와 왕을 바라보더니 고개를 조아렸다.

"소…… 소인의 생각도 같사옵니다."

"그래?"

"부모가 죄인이면…… 자식도 죄인이라 배웠사옵니다."

"하면…… 어떤 처벌을 내리는 것이 좋겠느냐?"

"관노비로 살게 하는 것이 어떻겠사옵니까? 아마 어린 시절부터 관노비로 자란다면 제 부모의 흉측한 실체를 알게 되더라도 부끄러워 복수심 따위는 품지 않을 것이옵니다."

"관노비라…… 그것도 괜찮겠구나."

왕은 이번에도 고개를 끄덕이며 규수의 대답을 경청했다.

이제 남은 것은 소진, 하나였다. 소진은 두 사람의 대답에 고개를 푹, 숙인 채 아무 말도 하지 못하고 있었다. 그 모습에 왕이 알 듯 말 듯 묘한 표정을 지으며 입술을 열었다.

"한 규수의 생각은 어떠한가?"

자신을 콕, 집는 왕의 부름에 소진이 슬픔이 가득한 얼굴로 고개를 들었다. 왕과 시선이 부딪친, 그녀는 어렵사리 말문을 열기 시작했다.

"아뢰옵기…… 황공하오나, 전하. 소녀의 생각은 앞선 규수들과는 다르옵니다."

"……다르다?"

"부모가 죄인이면 자식까지 죄인이라는 것은…… 틀린 생각 같사옵니다."

소진의 대답에 대비의 눈이 커졌다. 뜻밖의 말에 대비전 안에 있던 모든 이의 이목이 소진에게 집중되었다.

"왜 그렇게 생각하지?"

소진은 잠시 숨을 고르며 반듯하게 손을 모았다.

"예로부터 자식이 죄인이면 그 부모도 죄인이라는 말은 있었사옵니다. 하오나 부모가 죄인이라고 해서 자식까지 죄인으로 치부하고 벌하는 것은 가혹한 행위라고 생각합니다. 자식을 올바르게 키우지 못하고 죄인으로 만든 것은 그 부모에게도 책임이 있기에, 함께 마음 아파하고 용서를 구하는 것이 마땅한 줄로 아오나, 반대의 경우에는 오히려 그 아이도 부모처럼 죄인이 되지 않게 주위에서 바른길로 인도하고 이끌어주는 것이 옳은 처사라고 생각하옵니다."

소진의 대답에 규수들이 서로 눈치를 살피며 소진을 힐끔거렸다. 대비의 얼굴에는 묘한 미소가 번져가고 있었다.

"해서…… 폐서인 김 씨의 아들을 부모와 같은 죄인으로 묶어, 엄벌을 내리기보다 부모와는 다른 삶을 살 수 있게 새로운 삶의 길을 내어주는 것이…… 어떻겠습니까."

그 말에 왕의 한쪽 눈썹이 치솟았다.

"하지만 큰 죄를 지은 자들의 아들인데. 새로운 삶의 길을 내어주라는 것은…… 벌이 아닌 상을 주는 것이 아니겠느냐? 네 말대로라면 부모를 잃은 저 아이게 새길이란, 새 부모를 만들어주어야 하는 것. 번듯한 가문의 양자(養子)로 보내란 말인가."

소진은 희미한 미소가 드리운 입술을 천천히 벌렸다.

"어찌 죄인의 아들에게 그만한 은혜를 내려달라 청하겠습니까."

"하면?"

"사실, 이번 일을 해결하러 다니면서 한 가지 느낀 것이 있었사옵니다."

"……느낀 것이라?"

"생각보다 많은 아이가 길거리에 방치되고 있었사옵니다. 가세(家勢)가 기울어서, 또는 부모의 부재로. 각기 다양한 이유로 어린아이들이 저잣거리를 떠돌고 있었지요. 개중에는 부모가 죄인이라 홀로 빈집을 오가며 연명(延命)하는 아이들도 있었습니다. 아이는 한 나라의 밑천이라는 말도 있습니다. 한데 소중한 그 아이들이 저잣거리를 떠돌다뇨. 참으로 안타깝고 가엾어, 쉬이 발걸음이 옮겨지지 않았습니다. 해서 그 아이들을 보며 한 가지 든 생각이 있었는데……."

잠시 머뭇거리던 소진이 다시 눈빛을 반짝이며 왕을 직시했다.

"한양에 고아(孤兒)들을 위한 구휼(救恤)원을 만들면 어떨까, 싶었습니다."

생각지도 못한 말에 이번에는 대비의 눈이 커졌다. 왕 또한, 심각한 얼굴로 소진을 내려다보다가 흥미롭다는 듯 표정 색을 바꾸었다.

"고아들을 위한 구휼원이라?"

"예, 전하. 혜민서와 비슷한 개념의 공간이지요. 보호받지 못하는 아이나, 부모의 품에서 자라지 못하는 아이들을 데려와 먹이고 입히며 가르쳐 새로운 삶을 살게 하는 것이지요. 죄인들의 아이도 이곳에서 자라게 해도 좋고요. 그곳에서 스승들의 가르침을 받고 자란다면, 죄인들의 벌을 대물림하는 일도 없을 것이고 부모와 같은 죄인이 되지도 않을 것입니다."

"아."

"오히려 자신들의 딱한 사정을 가엾이 여겨, 새롭게 살게 해준 조선과 전하께 감사한 마음을 품고 올바르게 자라날 것이지요. 그 아이들이 모두, 이 한양과 조선과 그리고 나아가 궐을 뒷받침해줄 인재가 되지 않겠습니까?"

모두 홀린 듯이 소진의 대답만 듣고 있었다. 먼발치서 소진을 바라보던 상궁들도 조금도 상상치 못한 그녀의 답변에 입을 벌리고 말았다.

"죄인을 엄벌로 다스리는 것은 당연하고 마땅한 일입니다. 하지만 죄인의 자식까지 죄인으로 만들어 벌하고 세상으로부터 격리하는 것은, 세상에 대한 앙심과 복수심, 그리고 증오심을 품게 하는…… 악(惡)한 기운을 대물림하는 것이 아니겠습니까?"

소진의 대답이 끝나자, 잠시 대비전 안이 조용해졌다. 소진은 행여 자신이 잘못된 답변을 올린 것은 아닐까, 순간 입술을 흠칫 깨물며 눈치를 살폈다. 그러나 그녀의 염려와는 달리, 곧 대비와 왕이 마치 약속이라도 한 것처럼 동시에 소리 내어 웃기 시작했다.

"아."

놀란 소진이 손가락을 꼼지락거리며 왕과 대비를 올려다보았는데.

"참으로 나를 부끄럽게 하는 대답이구나."

웃음을 거둔 왕이 흡족한 미소를 그린 채, 소진을 내려다보았다.

"나의 부족한 생각을 채찍질하는 대답이었어."

"송, 송구하오나, 전하……!"

"아니다, 정말 모두 훌륭한 답변을 해주어 내 마음이 흐뭇하구나. 그러나 이것은 간택 심사를 위한 질문이었으니, 너희의 대답을 참고삼아 세자빈을 간택해야겠지? 음……. 마지막 대답을 들으니, 희미하던 내 생각이 확고해지더구나. 아마 대비마마께서도 나와 같은 생각을 하고 계실 것이다."

이내 왕이 입술을 굳게 다물고 세 규수를 다시금, 찬찬히 살펴보았다. 그러곤 묵직하게 입을 열며 셋 중 하나를 뚫어져라 바라보았다.

"영민하고 총명한 답변으로 이번 삼간택을 통과한 규수는……."

소진의 가슴이 두근두근 떨리기 시작했다.

"저하……! 소신이옵니다!"

대비전에서 소식이 들려오길 오매불망 기다리고 있던 헌은 동궁 밖에서 들려오는 윤현의 목소리에 세차게 고개를 돌렸다.

"어떻게 됐느냐. 응? 어떻게 되었어!"

문을 열고 들어오는 윤현의 손을 잡고 헌은 그의 대답을 재촉했다. 평소 그답지 않게 서두르는 모습이었다.

"저하, 그것이……."

"얼른 이야기해보아라. 내 지금 숨넘어가기 직전이다!"

윤현이 슬쩍 동궁 밖을 살피다, 문을 닫았다. 그러곤 그의 앞에 반듯하게 서서는 힐끔 헌의 눈치를 살폈다.

"어허. 속히 말해보래도! 왜 이리 뜸을 들이는 것이야!"

"……감축드리옵니다, 저하! 소진 아씨께서…… 세자빈으로 간택이 되셨사옵니다!"

윤현이 밝게 웃으며 그렇게 말하자 헌은 그대로 굳어버리고 말았다.

온몸에 전율이 찌릿, 번져가는 것이 생전 처음 느껴보는 뜨거운 감정이 그를 휘감았다.

"아아."

"저하……!"

다리에 힘이 풀려버린 헌이 순간적으로 휘청이자, 윤현이 다급하게 그를 부축했다.

"괜찮으시옵니까?"

간택 때문에 종일 긴장했던 것이 단숨에 풀리니 다리가 후들거리고 말았다.

"하아…… 정말 다행이다, 다행이야."

걱정 안 하는 척, 당연히 소진이 세자빈이 될 것이라 단언하던 그였지만, 내심 소진을 제외한 나머지 두 규수가 모두 수론파 대신들의 여식이라는 말에 염려를 떨칠 수가 없었다.

대비와 왕이 소진을 흡족해하면서도 한편으로는 화론파였던 영의정의 여식이라, 꺼리지는 않을까, 삼간택 날이 정해진 후부터 지금까지 잠을 한숨도 자지 못했다.

"소진이는 지금 어디에 있느냐?"

"최종 간택되시어 별궁으로 향하고 있사옵니다. 바로 세자빈 수업을 받으시는 것 같사옵니다."

윤현의 말이 떨어지자마자 헌은 동궁을 뛰쳐나갔다.

"저하! 저하!"

"가봐야겠구나, 소진이를 봐야겠어."

그러자 내관과 궁인들이 황급히 헌을 막아섰다.

"아직은 아니 되옵니다, 저하……!"

"아니 되긴 뭐가 아니 된단 소리야. 내가 나의 아내를 보러 가겠다는데."

그 말을 하면서도 뭐가 좋은지, 헌은 히죽거렸다. 그 모습에 궁인들도 흐뭇하게 미소 지으며 그를 바라보았다.

"잠시만 보고 오겠다, 잠시만……! 수고했다는 말을 해주어야 하지 않겠느냐?"

헌은 궁인들이 잠시 뜸을 들이는 틈을 타, 서둘러 걸음을 옮겼다.

"저하! 저하……!"

그 뒤로 동궁전 궁인들이 종종걸음으로 황급히 헌을 따랐다.

"마지막 질문이 무엇이었더냐?"

"예, 전하께서 내리신 질문이었는데 폐서인 김 씨의 자식에게 어떤 벌을 내리면 좋겠느냐, 물었다고 하옵니다."

소진이 향했다는 별궁으로 걸음을 옮기면서 헌은 소진이 어떻게 간택이 되었는지, 마지막 질문이 무엇이었는지 궁금해 이것저것을 물었다. 그러다 윤현에게 소진이 왕에게 올린 대답을 들은 헌은 무릎팍을 탁, 치며 걸음을 멈추었다.

"참으로 현명한 대답이구나……. 고아를 위한 구휼원이라? ……가히 소진이다운 대답이었어."

그녀의 대답에 감탄하며 다시 걸음을 옮기기 위해 시선을 돌렸는데, 저 멀리 궁인들에게 둘러싸여 별궁으로 향하는 소진을 발견하였다.

"소진아……!"

채신머리없다는 소리를 들어도 좋았다. 왕세자가 체통도 없이, 경거망동한다고 숙덕대도 괜찮았다. 지금 헌은 이제 자신의 반려(伴侶)가 된 소진을 당장 마주하는 것이, 우선이었으니까.

저 멀리서 들려오는 헌의 목소리에 소진이 걸음을 멈추곤 뒤를 돌아보았다. 그러자 헌이 곤룡포 자락을 휘날리며 달려오고 있었다.

"아, 아니…… 저하……?"

소진과 함께 별궁으로 향하던 궁인들은 갑작스러운 헌의 등장에 황급히 고개를 조아렸다.

"저하……!"

"소진아!"

이내 마주한 두 사람. 헌은 소진의 앞에 다다르자마자 그녀를 와락 끌어안았다.

두 사람의 포옹에 궁인들은 화들짝 놀라며 등을 돌렸다.

"저하……. 여기서 이러시면……."

"네가 될 줄 알았어. 응? 네가 될 줄 알았다, 소진아."

헌은 그녀를 더욱 꽉 보듬으며 다정하게 머리카락을 쓸어주었다. 그의 손끝에 자신이 선물해준 댕기가 부드럽게 휘감겼다.

"네가 나의 세자빈이 되어 참으로 기쁘구나."

"저하……. 기뻐해주시니 몸 둘 바를 모르겠습니다."

이제야 두 사람은 온전히 함께할 수 있게 된 것이었다. 믿을 수 없다는 얼굴로 헌이 몇 번이고 소진을 내려다보고 품에 안기를 반복했다.

"저하, 궁인들이 봅니다."

그의 거침없는 애정 행각에 그녀의 뺨이 불그스름하게 물들었는데.

"참을 수가 있어야지. 지금껏 내내 참느라 힘들었는데."

"……아."

"고아들을 위한 구휼원을 대답으로 올렸다는 것을 들었다."

"……주제넘은 답변이 아니었나, 노심초사하였습니다. 한데 전하와 대비마마께서 예쁘게 봐주시어 다행입니다."

"아주 훌륭한 답변이 아니었을까 싶구나. 주제넘은 답변이라니, 두 분 다 흡족하시며 기쁜 마음으로 널 간택하였을 것이다."

한참 소진의 말똥말똥한 눈을 내려다보던 헌이 다시금 그녀를 끌어안았다.

"매일 함께 살자, 같이 살면 좋겠다, 빨리 함께하고 싶다, 말로만 이날을 그렸는데 정말 현실이 되었다고 생각하니. 무슨 말로 너에게 이 기쁨과 고마움을 표현해야 할지 모르겠다."

"표현해주시지 않아도…… 다 압니다. 소인도 지금, 저하와 같은 마음이거든요."

헌은 당장이라도 그녀의 입술에 제 입술을 맞추고 싶었다. 하지만 보는 눈이 많아, 그저 소진의 입술을 뜨겁게 내려다보며 입술만 달싹여야 했다.

소진은 그런 그의 마음을 눈치챘는지, 고개를 절레절레 흔들며 수줍게 웃었다.

"아니…… 되겠지, 여기선?"

헌이 슬그머니 허리를 굽혀 소진의 귓가에 속삭였다. 그러자 소진은 빨개진 얼굴로 그의 가슴팍을 가볍게 톡, 쳤다.

"당연하지요……."

"하긴. 이젠 눈을 뜨고 감을 때까지 네 옆에 있을 것인데. 아껴두지 뭐."

그 말에 그녀의 눈이 동그래지고 말았다. 행여, 누군가가 그 이야기를 들었을까. 홍당무가 된 얼굴로 소진이 휘휘, 주위를 살폈다.

"가자. 별궁으로."

"……예? 함께 가시려고요?"

"그럼. 함께 가야지. 뭣들 하느냐, 앞장서지 않고."

헌의 명령에 상궁이 어찌할 바를 몰라 하며 헌의 눈치를 살폈다.

"저, 저하……. 별궁은 본디…… 빈궁마마가 홀로……."

"어허. 본디 그렇고 말고는 중요하지 않다. 이제부터는 내가 하고 싶은 대로 할 것이니, 잔말 말고 앞장서거라."

그 말과 함께 헌은 소진의 손을 꼬옥 잡았다.

헌과 소진은 다정한 눈짓을 주고받으며, 함께 별궁으로 향했다.

'부부'라는 낯설고 설레는 세상에 첫발을 디딘 순간이었다.

"오늘은 여기까지 하겠사옵니다."

별궁에서 일명 '세자빈 수업'을 받은 지 달포가 지났을까.

삼간택에 참여하겠다, 집을 나서고 지금껏 어머니 아버지 소식도 듣지 못한 채 별궁에서 지내고 있었다.

"예, 마마님."

오늘 일과가 끝나고, 소진은 찌뿌둥한 몸을 일으키며 물러나는 상궁에게 인사했다.

혼자 남겨진 그녀는 마루에 앉아 무릎을 감싸 안았다. 귀가 따가울만큼 옆에서 재잘거리던 숙자도 보고 싶었고, 꼭 세자빈이 되어 궐 밖을 나오라 신신당부하던 봉희도 보고 싶었다. 오매불망 자신 걱정만 하고 있을 어머니, 아버지의 얼굴도 그리웠다.

하지만 무엇보다…….

"저하께서는…… 무엇을 하고 계실까?"

세자빈으로 간택된 날, 함께 별궁으로 온 뒤로 헌의 모습을 볼 수 없었다. 시집을 간다고 생각하니 안 그래도 마음이 심란한데, 홀로 남겨져 그리운 이들을 마음속으로만 떠올리려니 연신 눈물이 차올랐다.

이럴 때 헌이라도 볼 수 있다면 서운한 마음이 가실 것도 같은데.

소진이 한숨을 푹 내쉬며 노을을 바라보다가 무릎에 얼굴을 묻었다.

"저하, 보고 싶사옵니다. 저하께서는 소녀를 잊으신 건 아니겠지요?"

그렇게 꿍얼거리는 그녀의 눈가가 다시금 뜨겁게 젖어가던 그때.

"잊긴. 보고 싶어 상사병이 날 뻔하였는데."

어디선가 헌의 목소리가 들려왔다. 의기소침해져 있던 소진은 벌떡 고개를 들었다. 그러자 정말 거짓말같이 헌이 근사한 웃음을 지은 채, 자신의 앞에 서 있었다.

"저하……!"

오랜만에 보는 그의 얼굴이 너무도 반가워, 소진은 그만 그의 품에 와락 뛰어들었다.

"소진아!"

헌도 그런 그녀를 다정하게 보듬으며 내내 그리웠던 그녀의 이름을 불렀다.

"잘 지냈느냐?"

"어찌…… 얼굴 한 번 비추지 않았습니까. 보고 싶어서 혼났습니다."

눈물이 그렁그렁해진 얼굴로 그녀는 볼멘소리했다. 헌이 그런 그녀를 사랑스럽다는 눈으로 내려다보다, 눈물을 닦아주었다.

"망할 놈의 궁인들이 절대 갈 수 없다, 막아서는 바람에 그래서 오늘은 도무지 참을 수가 없어서, 몰래 왔다."

"몰래요……?"

"응. 잘하였지?"

그러면서 헌은 소진의 이마에 가볍게 뽀뽀하며 그녀의 곁에 앉았다. 두 사람은 정말 오랜만에 나란히 앉아, 하늘을 올려다볼 수 있었다.

"네가 궁금해할까, 사가 소식도 가지고 왔단다."

"……어머니 소식을요?"

"응. 두 분 모두, 네가 세자빈으로 간택되었다는 소식에 기뻐하시고 계신다. 참, 여기 이것."

그러곤 품 안에서 무언가를 꺼내, 그녀에게 내미는 헌. 소진이 조금 놀란 눈으로 그것을 내려다보았는데, 곱게 싸인 보자기를 풀자 약과가 나타났다.

"이건……!"

약과 위에 잣 세 알이 올망졸망 올려져 있는 것을 보니, 이것은 분명 봉희의 솜씨였다.

"봉희도…… 만난 것입니까?"

"응. 머리 쓰는 일은 아주 질색인 네가 고생하고 있을 거라며, 약과를 싸서 네게 전해달라 부탁을 하였다는구나."

그 말에 소진은 빨개진 눈으로 피식, 웃음을 터뜨리고 말았다.

"모두…… 잘 지내고 있어. 보은군도 이젠 상처가 모두 나아, 조금씩 나의 일을 돕고 있단다."

보은군의 소식에 소진이 가만히 헌을 올려다보았다.

"네가 그때 말했던 고아들을 위한 구휼원. 벌써, 전하께서 추진하고 계신단다."

"벌써요?"

"응. 이름도 정하였어. 너와 내 이름을 한 글자씩 따서, 소헌원."

"아……!"

정말 마음에 쏙, 드는 이름이었다.

"그리고 보은군이 그곳 아이들의 스승이 되기로 했단다."

참으로 듣던 중 반가운 소식이었다.

소진이 함박웃음을 지으며 고개를 연신 끄덕거렸다.

"보은군 대감이라면…… 아이들에게 참으로 훌륭한 스승이 되어주실 거예요."

"그래. 나도 그렇게 생각한다."

두 사람은 붉은 노을이 번져가는 먼 하늘을 바라보았다. 그러다 문득, 헌이 소진을 향해 비스듬히 고개를 기울였다.

"너에게 부끄럽지 않은 지아비가 되도록 하마."

나지막한 음성이 그녀의 귓가를 어루만졌다. 소진이 그의 어깨에 살포시 기대며 대답했다.

"소인 역시, 저하에게 최선을 다하는 아내가 되도록 하겠습니다."

그렇게 말하며 그녀가 천천히 두 눈을 감았는데.

"……!"

헌의 입술이 갑작스럽게 다가왔다. 그녀의 손을 꼭 쥔 채, 그가 부드럽게 소진의 입술을 삼켰다.

그의 숨결을 받아들이는 소진의 입가에 행복의 미소가 번져갔다.

달포 뒤, 하늘의 기운이 열리는 성스러운 날.

드디어 헌과 소진의 국혼이 치러졌다.

날이 밝자마자 여느 때보다 훨씬 더 화려하고 성대한 국혼이 열렸다.

"빨리 좀 하면 안 되겠느냐. 무슨 술잔만 몇 번째 따르고 있는 것이야. 누굴 취하게 할 심산이야?"

"아, 아니옵니다, 저하! 그것이 아니오라 순서가 다, 있는 것이온대."

"어허, 어찌 이리 굼뜬 것인지. 이러다 빈궁 안아 보기도 전에 내가 취해, 뻗겠다!"

그리고 지금은 공식적인 행사가 끝나고 헌이 고대하고 기다리던 초야가 치러지기 직전. 헌은 결국 진득하니 기다리지 못하고 연신 상궁을 재촉하였다. 그 모습에 소진은 볼이 빨개지고 말았다. 슬쩍 아랫입술을 감쳐물며 소진이 비스듬히 고개를 숙였다.

"술잔을 나눠 드셨으면 이제 빈궁마마의 가체를……."

"아니 되겠다."

헌은 큰 결심이라도 한 듯, 술잔을 소리 나게 내려놓으며 제조상궁을 돌아보았다.

"어, 어디 불편한 곳이라도……!"

"모두 물러나 있거라. 빈궁과 긴히 할 이야기가 있으니."

"……예?"

국혼을 치르다가 말고, 긴히 할 이야기?

소진은 다소곳하게 손을 모으고 앉아 있다, 갑작스러운 헌의 말에 슬그머니 그를 바라보았다.

"어허. 내 명이 들리지 않는 것이냐? 모두 물러나래도?"

"하오나, 저하. 아직 초야를……."

"초야는! 내가 알아서 할 것이니, 물러나 있거라!"

곧 헌의 불호령이 떨어질 것만 같아, 상궁들은 헌의 눈치를 살피며 물러났다.

"하면 여기 바로 앞에서…… 명을 기다리고 있겠나이다. 말씀 나누시고 꼭 쇤네를 불러주셔야 합니다."

"알았대도?"

동궁에 모든 상궁이 물러나고 헌과 소진 둘만 남겨지게 되었다. 이 순간만을 기다렸다는 듯 헌은 문이 닫히자마자 소진 옆으로 다가갔다.

"저하! 상궁들 보기 부끄럽사옵니다. 어찌 그리 재촉하시는지……."

"내가 이날을 얼마나 기다렸는데. 술잔을 따라라, 마셔라, 가채를 풀어라, 비녀를 빼어라, 알려주지 않아도 내가 어련히 알아서 할 텐데!"

바깥에 있는 궁인들이 들으라는 듯, 헌은 부러 더 크게 말하며 소진의 손을 잡았다. 그러곤 오직 그녀만 들을 수 있도록 작게 속삭였다.

"성가신 제조상궁 끼고 너와 나의 첫날밤을 보내라고? 상궁 들어오기 전에, 우리끼리 역사를 쌓고 있자꾸나."

그 말과 동시에 헌이 소진의 허리를 바짝 끌어안았다.

"앗……! 저하!"

"쉿!"

놀란 소진이 황급히 입술을 달싹이자, 그가 그녀의 입술에 검지를 갖다 댔다. 이내 그는 묘한 미소를 지은 채, 소진을 번쩍 안아 올렸다.

"어찌……!"

"침상으로 가자꾸나. 방해꾼도 사라졌으니."

"바, 바로요? 아직 절차가 많이 남은 것 같은데……."

적극적인 헌의 애정 행각에 소진의 얼굴은 새빨갛게 달아올라 있었다. 행여, 궁인들이 볼세라 그녀는 그의 품에 안긴 채 연신 문 쪽을 돌아보았다.

"내 명 없이는 아무도 저 문을 열지 못하니, 안심하거라."

그 말과 함께 헌이 소진을 금침(衾枕) 위에 살며시 눕혔다. 그녀를 한참이나 위에서 내려다보던 헌이 피식 웃음을 지었다.

"이리 가까이에서 내려다보니…… 참으로 어여쁘구나."

천천히 눈을 깜빡이는 소진의 눈꺼풀이 긴장감으로 파르르 떨렸다. 그러자 헌이 부드럽게 고개를 숙여, 그녀의 눈가에 입을 맞추었다.

"빈궁."

이젠 세자빈이 된 그녀를 '빈궁'이라 나지막이 부르자, 소진이 수줍은 미소와 함께 입술을 뗐다.

"예, 저하."

"정말 나의 빈궁이 맞느냐?"

그녀를 눕히고 그 위에서 지그시 소진을 내려다보며 헌이 물었다. 야릇한 자세에 자꾸만 몸이 뜨거워지는 것만 같아, 그녀는 슬그머니 그의 시선을 피하며 대답했다.

"맞지요. 신첩, 이제 저하의 빈입니다."

그 말에 헌은 세상을 다 가진 듯한 환희가 차올랐다. 헌은 아무런 대답도 하지 못한 채, 그녀를 내려다보기만 했다.

"어찌…… 그리 보시는……!"

그때였다. 헌은 참고 참았던 본능을 터뜨리며 소진의 입술 위에 자신의 입술을 덮쳤다. 동시에 그녀의 옷고름을 쥐며 헌이 그녀의 품속으로 파고들었는데.

"……저하."

잔뜩 뜨거워진 그를 겨우 밀어내며 소진이 숨을 몰아쉬었다. 그러자 반쯤 눈이 풀린 헌 역시, 거칠게 숨을 뱉으며 그녀의 치맛자락을 움켜쥐었다.

"불은 끄고…… 하시어야……."

더듬거리며 소진이 촛불을 가리키자 헌이 피식, 웃으며 단숨에 촛불을 껐다. 새까만 어둠이 동궁 안을 휘감자, 그는 기다렸다는 듯이 다시 소진을 안았다.

"이젠 되었지?"

"……!"

"하니 나를 막지 말아라, 멈출 생각 없으니."

"저하!"

그 말을 끝으로 헌이 거침없이 소진의 품속을 파고들었다.

소진의 홍조 띤 얼굴이 절로 천장을 향해 젖혀졌다.

外전

가족이란 이름으로

"마마! 세자빈마마!"

숙자가 종종걸음으로 동궁의 자선당으로 들어서며 목소리를 높였다. 그러자 처소 문 앞을 지키고 서 있던 박 상궁이 세차게 고개를 돌려 그녀를 향해 눈짓을 보냈다.

"쉬잇. 어찌 또 경거망동하게 구는 것이야. 이곳에서는 언제나 발소리를 죽이고 음성을 낮추어야 한다 하지 않았더냐."

"아아. 예에, 마마님……."

"궐에서 지낸 지도 꽤 되었건만, 어찌 매번 같은 이유로 지적을 당해."

"세자빈마마께서 좋아하실 소식을 가지고 왔기에 마음이 급하여서……."

숙자는 오늘도 윗전 상궁인 박 상궁에게 혼쭐이 나고 말았다. 빨개진 얼굴로 숙자가 고개를 내리며 입술을 달싹거렸다.

"송구하옵니다, 마마님……."

그러자 짧게 혀를 차며 박 상궁이 꼿꼿하게 허리를 세웠다.

"얼른 들어가보아라. 마마님께서 기다리고 계실 것이니."

그 말에 숙자가 다시금 고개를 숙이며 조심조심 걸음을 옮겼다. 그러

곧 굳게 닫힌 문을 바라보며 작게 입술을 달싹거렸다.

"마마. 쇤네 들어가도 되겠사옵니까?"

하지만 어쩐지 방 안에서는 아무런 목소리도 들려오지 않았다. 숙자가 고개를 갸웃하며 다시금 입술을 뗐다.

"쇤네, 사가의 소식을 가지고 왔사옵니다. 마마."

곧 영의정의 탄생일이라 사가에서 잔치가 크게 열릴 예정이었다. 그 소식과 함께 그녀가 소진이 기다리고 있을 이런저런 이야기를 한 아름 가지고 왔는데 어찌 말이 없나 싶어, 숙자가 박 상궁을 힐끔 돌아보았다. 행여 그녀에게 문제가 생긴 것은 아닌가 덜컥, 걱정이 앞섰다. 그러자 문을 열어보아도 좋다는 듯 박 상궁이 고개를 까딱였다. 이내 숙자가 조심스럽게 문을 열었는데.

"마마……?"

소진이 서안 앞에 앉아 꾸벅꾸벅 졸고 있었다. 그 모습에 숙자가 씨익, 웃으며 그녀의 앞으로 천천히 다가갔다.

"주무시려면 편히 주무시지 왜 이렇게……."

나지막이 중얼거리며 숙자는 서책을 활짝 편 상태로 옆으로 넘어갈 듯, 아슬아슬하게 졸고 있는 소진의 팔을 잡았다.

"마마. 편히 누워서 주무셔요."

"……"

"마마……?"

조금도 들리지 않는지, 소진은 고르게 숨을 뱉어내며 잠들어 있었다. 아무래도 회임 중이라 잠이 쏟아지는 모양이었다.

소진은 국혼을 올리고 3년 만에 회임했다. 이제는 제법 배가 불러 당의가 볼록하게 들릴 정도였다. 그녀의 배를 흐뭇한 미소로 내려다보며

숙자가 그녀를 조심스럽게 이부자리 위에 뉘이려는데,

"세자 저하 납시오."

갑작스레 들려온 목소리에 숙자가 흠칫 놀라며 서둘러 고개를 들었다. 그러자 헌이 미소 가득한 얼굴로 이쪽으로 걸어오고 있었다.

"저, 저하……. 납시셨나이까."

그녀가 소진을 이부자리에 누인 후, 황급히 자리에서 일어나 고개를 조아렸다. 헌은 두 눈을 꼭 감은 채 잠들어 있는 소진을 발견하고는 눈을 동그랗게 떴다. 세상 모르게 잠든 그녀를 보고 있자니, 절로 웃음이 터졌다.

"마, 마마. 세자 저하께서……!"

숙자가 그런 헌의 눈치를 살피며 잠들어 있는 소진을 향해 그렇게 말하는데,

"되었다."

헌이 낮게 웃으며 그러지 말라는 듯 손을 들어 보였다.

"세자빈께서 많이 피곤하신 모양이다. 되었으니 나가보아라."

"예, 저하."

그의 명령에 숙자가 방을 나서고 헌은 천천히 그녀에게 다가갔다.

"곤히도 자는구나."

헌의 얼굴에서는 웃음꽃이 환하게 피어났다. 곧 그녀의 곁에 자리를 잡은 그는 소진이 잠에서 깨지 않도록 살며시 그녀의 머리를 들어 제 무릎에 올려두었다. 그러곤 살살 그녀의 머리카락을 쓰다듬으며 미소 가득한 얼굴로 소진을 내려다보았다.

"어찌 이리도 어여쁜 것인지."

낮게 중얼거리며 그가 그녀의 뺨을 느리게 문질렀다. 그때, 그의 온기

를 느낀 소진이 작게 몸을 뒤척거리며 눈꺼풀을 들어 올렸다.

"으음."

그러다가 소진은 헌과 시선이 마주치자, 이것이 꿈인가 하는 얼굴로 그를 빤히 바라보기만 했다. 헌은 아무 말 없이 빙긋, 미소 지으며 그녀와 지그시 눈을 맞추고 있었다. 그제야 정신이 든 소진이 눈을 동그랗게 뜨며 입술을 달싹거렸다.

"아. 저하……! 언제 오신 것입니까?"

그러면서 그녀가 얼른 몸을 일으키기 위해 손을 뻗었는데.

"잘 잤느냐?"

그가 보드랍게 그녀의 손을 움켜쥐며 나긋한 목소리로 물었다.

"언제 잠들었지…… 분명 서책을 읽고 있었는데."

그렇게 말하며 소진은 멋쩍은 듯 씨익, 웃으며 몸을 일으켰다. 헌이 그녀를 일으켜 세워주며 다정하게 소진의 허리에 손을 둘렀다. 두 사람은 나란히 붙어 앉아 서로에게서 눈을 떼지 못했다.

"회임을 하면 잠이 많아질 것이라고 어의 영감이 그러지 않았더냐."

그렇게 말하며 헌은 그녀의 동그랗게 부른 배를 살살 어루만지며 이어 말했다.

"우리 범이가 잠이 많은 모양이다. 그렇지?"

헌이 씨익, 입매를 끌어올리며 소진과 눈을 맞추었다. 소진의 회임 소식 이후 헌과 소진 그리고 대비가 차례대로 호랑이 꿈을 꾸었다. 그래서 두 사람은 태명을 '범이'로 정한 것이었다.

그의 말에 소진도 피식 웃음을 터뜨리며 제 배를 어루만지고 있는 그의 커다란 손 위에 저의 손을 포갰다. 두 사람은 같은 표정을 지은 채로 배를 천천히 만지작거렸다.

"얼른 범이가 보고 싶어요."

헌도 고개를 주억거리며 그녀의 뺨에 가볍게 입술을 맞추었다.

"나 역시 우리 범이가 얼른 보고 싶구나."

"저하……."

"내 평생 소원이 내가 연모하는 여인과 나를 똑 닮은 자식을 낳는 것이었는데, 네가 나의 소원을 이루어주는구나."

그러면서 그가 허리를 조금 더 굽혀 그녀의 부른 배 위에 따뜻하게 입술을 포갰다.

"어찌 해준 것도 없는 나에게 이런 행복을 주는 것인지."

"저하."

"이리 받기만 해도 되는 것인가, 싶기도 하고."

그러자 소진이 보드랍게 눈매를 접으며 그의 손을 꼭 잡았다.

"어찌 그리 서운한 말씀을 하셔요."

"소진아……."

"저하께서 제 곁에 있어 주시는 것만으로도 얼마나 큰 힘이 되고…… 또 저하께서…… 소첩에게 얼마나 큰마음을 주고 계시온데."

서운하다는 듯 입술을 삐죽 내밀며 그녀가 그렇게 말하자 헌은 곧바로 그녀의 뺨을 부드럽게 감싸 쥐었다. 그러곤 소진이 놀랄 새도 없이 입술을 교차했다.

단숨에 그녀의 잇새를 파고들며 헌은 그녀의 뺨을 느리게 문질렀다. 그러자 꼭 닫혀 있던 소진의 입술 사이가 벌어지며 그의 뜨거운 숨이 단박에 흘러들었다. 그녀는 고개를 조금 젖히며 그의 타액을 받아들였다. 목 뒤로 넘어가는 헌의 숨결이 무척이나 뜨거웠다.

두 사람은 서로를 꼭 보듬은 채로 한참이나 숨결을 나누었다.

"직접…… 소헌원에 다녀오겠다고?"

대비가 의외라는 듯이 눈을 동그랗게 뜨며 왕을 돌아보았다.

기력이 많이 쇠하기는 했지만, 왕은 전보다 훨씬 더 맑은 정신으로 국사를 돌보고 있었다. 소진이 극진하게 그를 보살피며 왕의 안위를 살폈으니까.

때에 맞추어 자신이 직접 탕약을 갖고 대전에 들러 그가 탕약을 마시는 것을 지켜봐주었다. 그러곤 틈틈이 대전에 들러 왕의 말동무가 되어주고 백성들의 이런저런 이야기를 들려주기도 했다. 공허함과 외로움으로 가득해 한겨울의 메마른 땅 같았던 왕의 마음은 소진의 극진한 정성으로 따뜻한 볕이 자리 잡고 있었다.

소진은 왕의 며느리로서, 헌의 아내로서, 그리고 백성들의 세자빈으로서 그 역할을 완벽하게 해내고 있었다. 그래서 그녀는 왕을 비롯한 궁인들에게, 나아가 백성들에게까지 인정받고 칭송받는 세자빈이었다.

"몸도 무거울 텐데 어찌 직접 그곳으로 가."

왕은 걱정 가득한 얼굴로 입술을 뗐다. 그러자 헌이 그녀의 손을 다정하게 맞잡으며 그녀를 대신해 대답했다.

"아니 그래도 군이 무거운 몸으로 출궁까지 하여야 하느냐고 소자가 물었습니다만, 세자빈의 뜻은 확고하더라고요. 소헌원에 직접 가서 본 지도 오래되었고 가서 아이들 한 명 한 명, 잘 지내고 있는지도 궁금하다고."

"아아."

"그리고 아이들과 함께 시간을 보내면 우리 범이에게도 좋은 영향을 줄 수 있을 것 같다고도 하고요."

그 말에 왕이 고개를 주억거리며 다시금 소진을 바라보았다.

"세자빈의 뜻이 그렇다면 그리해야지. 하나, 홑몸이 아니니 조심 또 조심하여야 할 것이다."

그렇게 말하며 왕은 가만히 자리를 지키고 앉아 있는 대비를 돌아보았다.

"혹시 모르니…… 어의도 동행하는 것이 좋겠지요?"

그러자 대비가 엷게 미소를 그리며 고개를 끄덕거렸다.

"당연히 그리해야지요. 근위대도 평소보다 더 많이 붙여주시고요."

"예, 그리해야겠습니다."

잠자코 두 사람을 바라보고 있던 소진은 고개를 조아리며 입술을 달싹거렸다.

"무리한 청을 기꺼이 허락해주시어, 황송하옵니다. 부디 두 분께 걱정 끼치지 않도록 행동거지에 신중, 또 신중을 기하겠나이다."

헌은 흐뭇한 얼굴로 예를 갖추어 인사를 올리는 소진을 바라보았다. 그녀를 응시하는 그의 눈에서 꿀이 뚝, 뚝 떨어지고 있었다. 그 모습을 보고 있던 대비가 피식 웃음을 터뜨리며 말했다.

"세자. 세자의 눈에서 꿀이 떨어집니다, 그려."

그 말에 소진이 볼을 붉히며 그가 꼭 쥐고 있는 손을 살며시 밀어냈다.

"아닙니다. 보기 좋아 한 말이니, 편히 손잡고 있으세요."

헌은 환하게 웃으며 다시금 그녀의 손을 꼭 잡았다.

"하여튼. 우리 세자, 아주 애처가이십니다."

대비가 기분 좋게 하하하, 웃자 왕 역시 동의한다는 듯 고개를 끄덕이며 웃음을 터뜨렸다.

"그러게요. 볼 때마다 아주 흐뭇합니다."

잠자코 왕을 바라보고 있던 헌이 씨익 입매를 끌어 올리며 소진을 바라보며 말했다.

"두 분을 더욱 흐뭇하게 해드리기 위해서라도 세자빈과 더욱 더 다복하게 지내도록 하겠습니다."

헌의 대답에 소진이 볼을 붉히며 말없이 미소를 그렸다.

"참입니까? 참으로…… 전하께서 아버지의 탄신 연회에 참석해도 좋다고 윤허하신 것입니까?"

소진은 믿을 수 없다는 얼굴로 몇 번이나 묻고 있었다. 그러자 헌은 그녀의 손을 따뜻하게 다독거리며 말했다.

"그렇대도. 때마침 소헌원까지 가기로 하였으니 그날 소헌원에 갔다가 사가에 가면 좋을 듯싶구나."

"그러면 참으로 좋겠어요. 오랜만에…… 봉희도 만나고."

설렘 가득한 얼굴로 소진이 그렇게 말하며 부른 배를 쓰다듬었다.

"봉희도 놀라겠지요?"

"그 배를 보면?"

"예. 저번에 봉희를 만났을 때는 아주 배가 납작하였었는데."

그 말에 헌도 피식, 웃음을 터뜨리며 그녀의 어깨를 다정하게 감쌌다.

"참 봉희댁도 회임하였다지?"

"예. 회임하였다는 소식을 듣기는 하였는데. 아마 소첩만큼 배가 불러오진 않았을 것이어요. 소첩보다 조금 늦게 회임하였으니까요."

"벗은 벗인가 보다. 이리 회임까지 나란히 하는 걸 보니."

두 사람은 궐 담을 따라 천천히 걸음을 옮기고 있었다. 다정하게 손을 잡고 걸음을 맞추어 걷는 두 사람의 머리 위로 따스한 햇볕이 내려앉았다.

업무를 보러 황급히 길을 옮기던 궁인들은 세상 그 어떤 부부보다 다복해 보이는 두 사람에게서 눈을 떼지 못했다. 궁녀들은 삼삼오오 모여 다정해 보이는 둘을 부러워하며 미소를 그리고 있었다.

"소진아."

헌은 그 어느 때보다 따뜻한 목소리로 그녀를 불렀다.

"예, 저하."

"이제 우리 범이가 태어나면 이 길을 셋이 손잡고 나란히 걷게 되겠지?"

그의 말에 소진이 그의 어깨에 살며시 고개를 기대며 미소 지었다.

"그렇겠지요. 얼른 그날이 왔으면 좋겠어요."

"나도…… 무척이나 기다리고 있다. 그날을."

"범아, 듣고 있느냐? 이 어미와 아버지는 네가 세상에 태어날 날만을 손꼽아 기다리고 있단다."

소진은 다정한 음성으로 나지막이 속살거렸다. 그러자 헌도 살짝 고개를 기울여 그녀의 배를 지그시 바라보며 말했다.

"우리 범이는 이 아비보다 어질고 현명하고 어여쁜 이 어미를 똑 닮아야 한다."

"어찌 그리 말씀하시어요, 저하. 우리 범이는 용맹스럽고 자상하고 다정한 저하를 닮아야 합니다."

"하면 우리의 아주 좋은 면만 쏙쏙 골라 닮아야만 한다."

순간, 소진과 헌의 시선이 부딪쳤고, 둘은 약속이라도 한 것처럼 눈을 맞춘 채 환하게 웃었다.

"어머…… 봉희야, 네가 예까진 어인 일로."

며칠 후, 헌과 함께 소헌원에 당도하여 보니 먼저 와 있던 봉희 부부가 소진을 기다리고 있었다. 소진은 오랜만에 보는 벗의 얼굴에 반색을 감추지 못하며 그녀의 손을 덥석 잡았다.

"마마께서 오신다는 소식을 듣고 너무 뵙고 싶어 이리 불쑥, 찾아왔습니다."

봉희가 그녀와 눈을 맞추며 예의를 갖추어 대답했다. 그 곁에 서 있던 봉희 남편도 고개를 조아리며 그녀에게 인사를 올렸다. 그러다가 두 사람은 소진의 뒤를 든든히 지키고 서 있는 헌을 발견하고는 동시에 허리를 굽혔다.

"세자 저하를 뵙니다."

두 사람의 인사에 헌이 고개를 끄덕거리며 인자하게 웃음을 그렸다.

"내 세자빈에게 봉희댁의 회임 소식을 전해 들었소."

"아…… 예. 소인이 회임을 하였습니다. 미천한 소인의 회임 소식까지 저하께서 알고 계신다고 하니, 황송하여 몸 둘 바를 모르겠나이다."

봉희의 말에 그가 피식 웃음을 터뜨렸다.

"미천하다니. 나의 세자빈께서 아죽 귀하게 여기는 벗은 나에게도 귀한 벗과 마찬가지요."

"저하……."

"회임을 감축드리오. 마침 우리 범이와 같은 해에 태어날 아이이니 더욱 관심이 가기도 하고."

"저하께서 그리 말씀해주시니 감읍할 따름입니다."

소진은 봉희의 손을 꼭 잡으며 미소 지었다.

"보이지? 나 배가 제법 부른 것."

"예, 마마. 몰라보게 배가 부르셨사옵니다. 괜스레 소인이 감개무량하옵니다."

"너도 곧 이만큼 배가 불러올 것이야."

그렇게 말하는 소진의 눈에 한 아이가 보였다.

세 살 정도로 되어 보이는 한 사내아이에게서 어쩐지 소진은 눈을 떼지 못했다. 아이는 제법 빠르게 걸으며 형들과 어울려 이리저리 달음박질을 치고 있었다. 그 모습에 소헌원을 관리하는 보모가 조심스럽게 말문을 열었다.

"세자빈 마마…… 저 아이가 덕이옵니다."

덕이라는 말에 소진의 입술이 살며시 벌어졌다. 헌 역시 눈을 크게 뜨며 그 아이에게 시선을 고정했다.

"덕이가…… 덕이가 벌써 저만큼 자랐단 말입니까."

"예, 마마."

덕이는 중전 김 씨의 아들이었다. 중전 김 씨가 처형당할 때 하마터면 함께 죽임을 당할 뻔하였던 그 아이였다. 벌써 그 아이가 장성해 저렇게 뛰어다니는 것을 보게 되니, 기분이 묘해졌다. 소진과 헌은 깊은 시선으로 그 아이를 바라보았다.

덕을 보고 목숨을 부지하였으니 많은 이들에게 덕을 베풀라는 뜻에서 '덕이'라는 이름을 붙였다고 했다. 이제 막 걸음마를 떼 보모의 손을 잡고 겨우 한 걸음 디디던 것이 엊그제 같은데 벌써 자라 저렇게 형들 꽁무니까지 쫓아다니고 있으니. 두 사람은 괜스레 가슴이 뭉클한 것도 같았다.

"덕이가 저리 밝게 자라 뛰어다닐 수 있는 것은 모두…… 세자빈마마와 세자 저하의 하해와 같은 은혜 덕이지요."

보모의 말에 헌이 나지막이 웃음을 터뜨리며 소진의 손을 잡았다.

"내가 한 것이 무엇이 있다고. 모든 것이 어질고 현명하신 우리 세자빈의 덕이지."

"아닙니다, 저하. 소첩의 조금은 황당할 수 있는 그 생각에 힘을 실어준…… 저하와 주상 전하 그리고 대비마마의 은혜 덕이 아니겠사옵니까."

"애초에 그런 생각조차 하지 못했습니다. 부인의 그 어진 생각이 저 아이의 목숨을 살린 것이지요."

봉희 부부는 흐뭇한 얼굴로 덕이를 바라보고 있다가 서로의 덕으로 돌리는 두 사람을 응시했다. 언제 보아도 다복하고 화목해 보이는 부부 사이였다. 우리도 꼭 저렇게 행복하게 살자는 얼굴로 봉희와 봉희 남편은 눈짓을 주고받았다.

"세자 저하께서 이리 찾아주시니 몸 둘 바를 모르겠나이다."

소헌원을 찬찬히 살핀 두 사람은 곧장 영의정의 탄신 연회가 열리고 있는 소진의 사가를 찾았다.

오랜만의 친정 방문에 한껏 들뜬 소진은 집 이곳저곳을 살피느라 여념이 없었다. 최씨 부인은 제법 배가 부른 그녀를 깊은 시선으로 바라보며 연신 손을 어루만졌다.

"장인 어른의 탄신 연회에 참석할 수 있게 돼 오히려 내가 영광이지요."

"이리 찾아주신 것도 황송하온데, 윤허해주신 전하께 무척 감읍할 따름입니다."

"세자빈께서 회임하신 후로 부쩍 사가를 그리워하는 것 같기에 출산 전에 한번은 함께 들러야겠다 싶었거든요."

"예, 그러셨습니까."

"이리 세자빈과 함께 오게 되니 더욱 좋은 것 같네요."

헌은 그렇게 말하며 곁에 앉은 소진을 따뜻한 눈길로 돌아보았다. 그 말을 들은 최씨 부인과 영의정의 마음이 흐뭇해졌다. 소진이 궐에서 큰 사랑을 받고 있는 것 같아 다행이다 싶었다.

"차린 것은 많이 없지만, 많이 들고 가십시오. 저하."

그때, 최씨 부인이 가만히 소진을 바라보고 있다가 무언가를 꺼냈다.

"마마…… 여기 이것."

이것이 무엇인가 싶어 헌과 소진이 동시에 그것을 바라보는데.

"내가 직접 만든 배냇저고리입니다."

배냇저고리라는 말에 두 사람의 동공이 커졌다.

"마마의 무사 출산과 복중 아기씨의 무병장수를 기원하며 한 땀, 한 땀 정성스레 만든 것입니다. 꼭 태어날 아기씨께 입혀주셨으면 좋겠어요."

소진이 눈시울을 붉히며 배냇저고리를 만지작거렸다.

"예…… 고맙습니다, 어머니. 꼭 아기씨가 태어나면 입히겠사옵니다."

"불편한 것이 있으면 언제든 궁인들에게 이야기하고. 홀로 속앓이하지 마시고요. 알았지요?"

최씨 부인 역시 젖은 눈으로 소진을 바라보며 말했다.

"모두 잘해주십니다. 무척 편하게 대하여주세요."

"그렇다면 다행입니다."

"이 모든 것이 저하께서 배려해주시고 신경 써주신 덕분이지요."

소진의 대답에 영의정과 최씨 부인은 다시금 헌을 향해 고개를 조아렸다.

"감읍할 따름입니다, 세자 저하."

"황송하옵니다."

두 사람의 인사에 헌은 말없이 소진을 바라보며 그녀의 손을 잡았다. 맞잡은 손 위로 따뜻한 온기가 얽혀갔다.

"하아…… 아직도 소식이 없는 것이냐."

몇 달 후, 소진의 출산 날. 벌써 몇 시진이나 흘렀지만, 산실청에서는 소식이 들려오지 않았다.

왕도 대비도 모두 한마음 한뜻으로 소진을 걱정하며 마른 한숨만 내쉬고 있었다. 그리고 그중, 단연 헌이 가장 걱정하고 있었다. 그는 소진의 산통이 시작된 후로 근심에 휩싸여 제대로 자리에 앉아 있지도 못한 채 동궁을 몇 바퀴나 돌고 있는 상황이었다.

"저하…… 이러다가 저하 몸 상하실까 걱정되옵니다. 얼른 안으로."

그때, 산실청 소식을 가지고 왔는지 내관 하나가 헐레벌떡 뛰어오고 있었다.

"저하! 저하……!"

그러자 세차게 얼굴을 구긴 채 왔다 갔다 하고 있던 헌이 예민하게 고개를 돌렸다.

"어찌 되었어!"

"산실청에서 소식이 들려왔사옵니다. 속히 가보심이……!"

내관이 채 말을 끝내기도 전에 그가 헐레벌떡 산실청으로 달려갔다.

"소진아! 소진아……!"

그러자 산실청을 나서던 상궁들이 그를 발견하고는 고개를 조아렸다.

"저하 납시셨나이까."

"세자빈은……! 세자빈은 어찌 되었어!"

"마마와 아기씨 모두 무탈하시옵니다. 안에서 마마께서 기다리고 계시오니 들어가보시지요."

그렇게 말하는 상궁의 얼굴이 밝았다. 헌은 서둘러 문을 열고 안으로 들어섰다. 그러자 창백한 얼굴의 소진이 품 안에 아이를 안고 있었다.

"아."

그 모습에 그만 헌은 털썩 주저앉고 말았다. 그는 황급히 소진의 손을 잡으며 수척해진 그녀의 얼굴을 꼼꼼하게 살폈다.

"소진아, 괜찮은 것이야? 응? 괜찮아?"

그의 물음에 소진은 눈물이 그렁그렁한 얼굴로 헌을 응시했다.

"신첩은…… 괜찮사옵니다."

"고생하였다. 너무 수고했어."

그가 그녀를 품에 꼭 안으며 소진의 젖은 등을 부드럽게 쓰다듬어주었다.

"으아아앙!"

그때 소진의 품에 안긴 아이가 우렁차게 울음을 터뜨리기 시작했다. 그 소리에 헌이 황급히 고개를 내려 그녀가 안고 있는 아이를 바라보았다.

"감축드리어요, 저하."

소진이 눈물을 뚝뚝 흘리며 아이를 그에게 살며시 내밀었다.

"아……."

"왕자…… 아기씨입니다."

그 말에 헌의 눈시울이 금세 붉어졌다. 그녀가 그렇게 말하자마자 산실청 안팎의 궁인들이 모두 바닥에 납작 엎드려 감축을 전했다.

"감축드리옵니다, 세자 저하!"

"감축드리옵니다, 세자빈마마!"

헌은 감격에 찬 눈으로 제 품에 꼭 안겨 있는 아이를 내려다보았다. 어쩐지 저와 소진을 쏙 빼닮은 것만 같아, 가슴이 뭉클해졌다.

"범이…… 네가 범이구나."

"저하를 똑 닮았습니다."

"범이……."

아이의 태명을 말없이 읊조리던 그는 젖은 눈으로 아이를 한참 바라보다가 곧, 소진을 응시했다.

"이 아이는 이제 세손이 될 것이야."

"······저하."

"그리고 나는 우리 세손을 위하여 지금보다 더 치열하게 살아갈 것이고."

그렇게 말하며 그가 그녀의 손을 잡고 확고한 음성으로 이어 말했다.

"나는 우리 세손에게 꼭 절대 흔들리지 않을 왕위, 그리고 풍요롭고 풍족하기만 한 조선을 안겨줄 것이거든."

그 말에 소진이 눈물을 닦으며 고개를 주억거렸다.

"예. 함께 만들어가요, 저하. 언제나처럼 저하와 함께하겠사옵니다."

"소진아······."

서로를 쏙 빼닮은 아이를 바라보며 둘은 오래도록 미소 지었다.

'가족'이라는 이름으로 이젠 셋이 된 그들이었다.

〈끝〉

작가 후기

『간택주의보』를 처음 작업하게 된 계기는 조선 시대의 '간택 제도'에 대해 흥미가 생기면서부터였습니다. 엄중한 절차에 따라 이루어지는 간택 제도를 살펴보면서 문득 그런 의문도 들었습니다. 간택에 떨어지고 싶어 하는 여인은 없었을까? 그렇다면 간택에 떨어지기 위해 애쓰던 여인도 있지 않았을까? 이런 조금은 엉뚱한 그 의문에서 시작된 글이었습니다.

누가 보아도 세자빈의 자격을 충분히 갖춘 명문가의 여식이지만 세자빈 간택에서 떨어지려 애쓰는 인물. 그렇게 탄생한 주인공이 바로 소진이었습니다.

그리고 그런 여인을 반드시 곁에 앉혀야만 하는 비밀투성이 주인공은 왕세자 헌이었고요.

『간택주의보』는 전작이었던 『공주, 폭군을 유혹하다』와 달리 밝고 명랑한 분위기의 글입니다. 『간택주의보』를 작업하는 동안 밝은 느낌의 동양풍 노래를 들으면서 작업했습니다. 꼭 햇볕이 쨍한 오후, 쏟아지는 햇살을 받으며 다정하게 손을 맞잡은 두 주인공이 저잣거리를 거닐 때 흐를 법한 노래로요.

그래서 그런지 이제는 『간택주의보』라는 제목만 보아도 꼭 그 신나는 노래가 귓가에 맴도는 것만 같습니다.

독자님들께도 『간택주의보』가 그런 작품으로 남았으면 좋겠습니다.

제목만 떠올려도 두 주인공의 행복한 모습이 퍼뜩 떠오르고 두 주인공의 웃음소리가 어디선가 들려오는 듯한 그런 작품으로요.

그 어떤 작품보다 재미있게 작업했습니다. 그럴 수 있게 도와주신 테라스북 출판사에 이 자리를 빌려 감사의 인사 전합니다. 그리고 전작에 이어 이번 작품에도 연재 기간 내내 예쁜 삽화를 그려주신 Aggie.R 님께도 감사의 말씀을 드립니다.

또한, 무엇보다 『간택주의보』를 사랑해주시고 아껴주신 독자님들께 깊은 감사의 인사를 전합니다.

독자님들이 있어 『간택주의보』도 있을 수 있었습니다.

감사합니다, 독자님들.

저는 또 좋은 작품으로 인사드릴 수 있도록 열심히 달려보겠습니다. 항상 건강하시고 행복하시길 바랄게요. 사랑합니다.

진숙 드림.

Jinsook ^^♡

간택주의보 2

초판 1쇄 인쇄 2022년 12월 05일
초판 1쇄 발행 2022년 12월 15일

지은이 진숙 ｜ 펴낸이 강성욱 ｜ 책임 기획 전주예 ｜ 일러스트 김스타
디자인 김한솔 ｜ 기획 편집 김민지 이진영 고현나 김지수 방은지 김선주 ｜ 교정 서진영
펴낸곳 테라스북 ｜ 등록 제 2022-000073호
주소 (04799) 서울특별시 성동구 아차산로 17길 26, 301호 (성수동2가, 규장각빌딩)
전화 070-4794-5826 ｜ 팩스 0505-911-5826
블로그 https://blog.naver.com/terracebook ｜ 전자우편 terracebook@naver.com
ISBN 979-11-6728-189-0 (04810)
ISBN 979-11-6728-187-6 (SET)

ⓒ 진숙 2022 Printed in Korea

테라스북은 주식회사 스토리펀치의 임프린트 브랜드입니다.